Werde ich im Winter noch Blumen finden?

Brigitte Cleve

Werde ich im Winter noch Blumen finden?

Erinnerungen »am Nachmittag eines Lebens«

Bibliografische Information der Deutschen Nationalbibliothek:
`Die Deutsche Nationalbibliothek verzeichnet diese Publikation
in der Deutschen Nationalbibliografie; detaillierte bibliografische
Daten sind im Internet über http://dnb.d-nb.de abrufbar.

© 2008 Brigitte Cleve
Satz, Umschlaggestaltung, Herstellung und Verlag:
Books on Demand GmbH, Norderstedt
ISBN: 978-3-8334-7664-8

Zur Erinnerung an meine Mutter,
die ich immer versucht habe zu lieben,
für meine Tochter,
die oft an meiner Mutterliebe zweifelte,
und für meinen Mann,
dem ich immer in Liebe und
Freundschaft verbunden sein werde

Vorwort

Bis vor sechs Jahren machte ich mir über das Älterwerden nur selten Gedanken. Was hatte ich als viel beschäftigte Bankerin mit diesem Thema zu tun? Meinen 40. Geburtstag hatte ich genauso locker weggesteckt wie später den 50. Wenn in den Jahren danach unter Kollegen schon mal das Wort Vorruhestand fiel, zog i c h mir diesen Schuh nicht an. Natürlich registrierte ich, dass meine hochbetagte 92-jährige Schwiegermutter und meine noch etwas jüngeren, aber ansonsten auch schon alten Eltern (damals 86 und 82) auf das Ende ihres Lebens zusteuerten – ich dagegen dachte mehr daran, noch ein paar »eckige Runden« zu drehen; zumindest hatte ich das vor. Das änderte sich im Jahr 2003. Ab da sollte ich auf eine Art und Weise mit alten Menschen zu tun bekommen, die ich mir vorher nie hätte träumen lassen.

Als ich in meinem früheren Beruf als Bankerin aussortiert wurde, weil 25-Jährige billiger und angeblich dynamischer waren, hatte ich zunächst die Idee, mich teilselbstständig zu machen, d. h. von zu Hause aus Kunden in Finanzfragen zu beraten und die Abwicklung der Aufträge durch eine darauf spezialisierte Bank erledigen zu lassen. Nachdem ich einen guten Start hingelegt hatte, stellte die Bank, mit der ich zusammenarbeitete von heute auf morgen ihre Arbeit ein. Ich las das übrigens (wie noch ungefähr 1000 andere Finanzberater zwischen Flensburg und München) morgens in der Zeitung. Man hatte es nicht für nötig befunden, persönlich mit uns zu sprechen. Meine Kundendaten wurden weiterverkauft, ohne dass ich mich dagegen hätte wehren können – vereinnahmt und weiterverkauft. Auch wenn ich später vor Gericht recht bekommen sollte, von der »Nadelstreifengesellschaft« hatte ich ab dem Zeitpunkt endgültig die Nase voll.

Zur gleichen Zeit erkrankte meine Mutter so schwer, dass wir in der Familie (mein Vater, mein Mann und ich) ihre Pflege nicht mehr alleine bewältigen konnten. Einer der Pflegerinnen des uns unterstützenden ambulanten Dienstes stellte ich eines Tages die Frage, wie ich lernen könnte, bei der Betreuung und Pflege meiner Mutter gravierende Fehler zu vermeiden. Durch ihre Antwort sollte sich in kürzester Zeit mein ganzes Leben total verändern. Sie sagte: »Mach doch bei uns ein Praktikum, da kannst du viel lernen.« Und genau das tat ich. Am Ende dieser Zeit wurde mir empfohlen, etwas aus Talenten zu machen, die ich bis dahin gar nicht gekannt hatte. Mit der Entscheidung, mich als 55-jährige Exbankerin bei einer Pflegeschule anzumelden, machte ich den ersten Schritt auf meinem (so sehe ich das heute ganz deutlich) »alternativen Jakobsweg«. Ich ließ mich zur staatlich geprüften Altenpflegerin ausbilden und ergatterte – allen Unkenrufen zum Trotz – einen Ausbildungsplatz.

Im Herbst 2003 verstarb meine Mutter. Sie und ich hatten (solange ich zurückdenken konnte) ein schwieriges Verhältnis zueinander gehabt, das sich erst durch ihre Pflegebedürftigkeit und der damit zwischen uns neu zustande gekommenen Nähe in den letzten Monaten ihres Lebens besserte.

Als 1975 meine Tochter geboren wurde, wollte ich alles dafür tun, dass wir es einmal leichter miteinander haben würden. Die Praxis sah dann anders aus – auch zwischen uns sollte es nicht ganz so einfach werden, und das lag in erster Linie an mir und meinen Entscheidungen, die wiederum Auswirkungen auf ihr Leben hatten. Wie mir seit ungefähr 30 Jahren liebe oder auch weniger liebe Mitmenschen zu verstehen gaben, gehörte ich in ihren Augen eher in die Kategorie »Rabenmutter«. Meine Tochter schenkte mir vor etwa 16 Jahren (sie wohnte zu der Zeit bei ihrem Vater) eine handgeschriebene Gedichtesammlung, in der ich unter anderem folgende Zeilen fand: »Vor deinem Haus, da hängt mein Herz am Zaun, eingewickelt in tränennasses Papier, den lieben langen Tag.« Ich weiß bis heute nicht, ob sie, als sie es schrieb, mich gemeint hatte oder einen ihrer ersten Freunde. Allein die Vorstellung, dass ich sehr wohl auch als Adressat infrage kam, bewirkte viel. Ich wusste, wir würden noch viel Zeit brauchen, um eines Tages neutral und ohne unkontrollierte Emotionen miteinander kommunizieren zu können. Zuvor hatte sie aber (mehr als jeder andere Mensch, der mir in meinem Leben lieb und teuer war) das Recht, ehrliche, ungeschminkte Auskünfte von mir zu bekommen, was ich mir bei den Entscheidungen gedacht hatte, deren Auswirkungen auch sie betrafen.

Meine Tochter ist inzwischen 32 Jahre alt und ich bin fast 60. In der jüngsten Vergangenheit sind wir in unserer Beziehung (mir erscheint es jedenfalls so) in eine immer enger werdende Sackgasse geraten. Deutlich erkennbar war dabei auch für Außenstehende, dass sich unsere persönlichen Gespräche immer schwieriger gestalteten. Als sie mich wieder einmal mit Fragen wie »Was bist du eigentlich für ein Mensch und wie gehst du mit deinen Schuldgefühlen um?« konfrontierte, nahm ich mir vor, in aller Ruhe niederzuschreiben, was mein Leben geprägt hat, was mir zu schaffen machte und wofür ich heute dankbar bin, bevor ich vielleicht eines Tages durch irgendwelche Umstände nicht mehr dazu in der Lage sein werde. Dass ich dies in öffentlicher Form tue, werden einige Menschen sicher nicht verstehen. Ich weiß, dass (zumindest einem) nichts, was wir in unserem Leben tun, verborgen bleibt. Was hat es also für einen Sinn, immer wieder Energie dafür aufzuwenden, uns Nachbarn, Freunden, Kollegen oder auch Fremden gegenüber in einer Weise darzustellen, die nicht der Wahrheit entspricht?

Als ich Teil I meines Buches gegenlas, war ich erstaunt, wie schnell doch die Zeit der Kinderreime zu Ende gegangen war. Als Jugendliche ahnte ich bald, dass auch ich mir – wie konnte es anders sein – auf meinem weiteren Weg noch etliche Schrammen holen würde, war dann aber als junge Erwachsene trotzdem erstaunt darüber, dass das Leben so viele verschiedene Arten von Schmerz mit sich brachte.

Teil II steht unter der Überschrift »Zuerst Mensch, dann Mutter ...« (Jean Paul – Levana). Frauen haben für meine Begriffe logischerweise genau wie die »andere Hälfte der Menschheit« angenehme und weniger angenehme Eigenschaften und legen diese als Ehefrauen und Mütter nicht plötzlich ab. Männern wurde es nach meinen Beobachtungen oft noch als Vorteil ausgelegt, wenn sie manchmal schwierig, selbstbewusst oder egoistisch daherkamen, Frauen erhielten zu allen Zeiten schon sehr schnell den Stempel »Gefahr für die Gesellschaft« aufgedrückt .

Teil III: Die Zeilen »I am I and you are you ...« von Frederick S. Perls begleiten mich seit 1978. Damals lernte ich den Mann kennen, der mich mit diesen Zeilen, aber auch mit seinen Auslegungen konfrontierte. Seit nunmehr fast 30 Jahren liebe ich ihn und kann mir ein Leben ohne ihn nicht vorstellen. Die unterschiedliche Auslegung dieser Zeilen hat über viele Jahre zwischen uns zu heftigen Diskussionen geführt. Heute, nachdem wir über drei Jahrzehnte immer neue Schwierigkeiten in unserer Beziehung erfolgreich aus dem Weg räumen konnten, sind wir beide erheblich gelassener.

1999 wurde ich Mitglied der evangelisch-lutherischen Kirche, nachdem ich – als Kind katholisch erzogen und später aus der römisch-katholischen Kirche ausgetreten – viele Jahre reichlich atheistische Ansichten in Familie und Umfeld vertreten hatte. Aus Teil III, »Neue Wege mit dem Neuen Testament«, erklärt sich, warum ich ab dem Zeitpunkt mit Belastungen in meinem Leben besser umgehen konnte.

Nach den ersten Schritten ins neue Jahrtausend – Teil IV dieses Buches – zeichnete sich für mich eine weitere Veränderung ab. Mir ging es so wie vielen anderen Arbeitnehmern. Profitgier der Bosse bewirkte, dass früher hochgelobte Mitarbeiter, falls sie nicht mehr ins Konzept passten, bereits lange vor dem natürlichen Ende ihres Arbeitslebens »entsorgt« wurden.

Das in Teil V meines Buches zitierte Gedicht »Rosenstein in welken Händen«, das meine Tochter ihrer Großmutter zusammen mit einem Rosenquarz zum Abschied in den Sarg legte, war für mich Auslöser dafür, endgültig mit meiner toten Mutter und anderen Dingen, die mich bis dahin belastet hatten, Frieden zu schließen.

Mir kommt es heute so vor, als hätten sich durch das Verweben meiner Lebensfäden mit denen der Menschen, die mir nahestanden oder noch -stehen, manchmal helle und klare, manchmal sehr bunte, aber zeitweise auch sehr düstere Muster ergeben, die ich selber nicht immer richtig deuten konnte. Ich stelle aber keineswegs infrage, dass ich kräftig, ohne dass mich jemand dazu gezwungen hätte, an diesen Mustern mitwirkte (besonders in den Zeiten, in denen ich es als sehr wichtig erachtete, meinen jeweiligen beruflichen Tätigkeiten einen höheren Stellenwert einzuräumen als meinem Familienleben).

Im Laufe der letzten Jahre wurde ich durch meinen neuen Beruf auch täglich auf drastische Weise mit dem Thema »Altwerden« konfrontiert. Erschrocken war ich ganz zu Anfang meiner Ausbildung, als wir »Altsein« näher definieren sollten und dazu erst einmal Material sammelten, wie alte Menschen heute in der Gesellschaft gesehen werden. Eins wurde uns schnell klar: Zu Werbezwecken eigneten sich natürlich vorrangig die »jungen« oder »neuen Alten« zwischen 60 und 65. Wir fanden von ihnen reichlich Abbildungen in Zeitungen und Illustrierten mit Kommentaren, dass sie fit, selbstbestimmt und finanziell meist liquide seien. Es war uns dagegen fast unmöglich, für eine zu erstellende Collage Bilder Hochbetagter zu finden. Wo hatte man sie denn alle versteckt?

Ist es nun ein Glück, dass ich zurzeit noch zur Kategorie der »jungen« oder »neuen Alten« gehöre? Immerhin habe ich ja auch schon einige Kilometer auf dem Tacho. Was wird sein, wenn es für mein Modell keine Ersatzteile mehr gibt? Es tröstet mich, dass so mancher Oldtimer gerade wegen seiner besonderen Ausstrahlung geschätzt wird.

Am Rande meiner Recherchen stieß ich damals auf einen Spruch, der mich sehr nachdenklich gemacht hat:

Unser Leben kann man mit einem Wintertag vergleichen,
wir werden zwischen 12 und 1 des Nachts geboren,
es wird 8, bevor es Tag wird, und vor 4 Uhr des Nachmittags wird
es wieder dunkel, und um 12 sterben wir.

Georg Christoph Lichtenberg (1775)

So bin ich denn darangegangen, meine Erinnerungen »am Nachmittag meines Lebens« aufzuschreiben. Sollte ich bei der Wiedergabe Fehler gemacht haben und sich deshalb jemand ge- oder betroffen fühlt, bitte ich jetzt schon um Entschuldigung, da ich dies ganz sicher nicht beabsichtigte.

Brigitte Cleve, Frühjahr 2008

Inhaltsverzeichnis

Teil I

Wo tut's weh?

Wo tut's weh?
Hol ein bisschen Schnee,
hol ein bisschen kühlen Wind,
dann vergeht es ganz geschwind.

Wo tut's weh?
Trink ein Schlückchen Tee,
iss einen Löffel Haferbrei,
morgen ist es längst vorbei.

Kinderreim

1. Kapitel 1948 – 1954

Die ersten Jahre aus dem Leben eines nicht ganz (aber beinahe) zusammen mit der BRD geborenen Mädchens

Es liegt mir fern, mit meinen kursiv gedruckten Zeilen über allgemeine Ereignisse eine Art Unterricht erteilen zu wollen. Sie haben nur alle etwas mit Dingen zu tun, die entweder zu besonderen Diskussionen in meiner Familie geführt haben, oder sie sind Stichworte für ganz persönliche Erlebnisse. Es ist natürlich unendlich viel in all den geschilderten Jahren geschehen, was anderen Personen wichtiger erscheinen mag. Mir geht es nicht um die Heraushebung von Daten, sondern um die Verknüpfung von Geschehnissen mit eigenem Erleben und mit Erinnerungen, die mir aus bestimmten Gründen heute wieder vor Augen gekommen sind. Darüber hinaus möchte ich für jüngere Interessierte ab und zu ein paar Stimmungsbilder aus der jeweiligen Zeit einfügen.

Nach dem Ende des Zweiten Weltkrieges hatte sich das Leben auf dem Land – so hörte ich es jedenfalls aus späteren Erzählungen im Familienkreis heraus – schon eher wieder normalisiert als in den Städten, in denen die »Trümmerfrauen« noch immer gut zu tun hatten. Etwas gab es aber hier wie dort gleichermaßen: Es waren durch die Umstände erstarkte Frauen auf Posten, die sie zwangsläufig während der kriegsbedingten Abwesenheit der Männer hatten einnehmen müssen. Um die Gesellschaft zusammenzuhalten, wuchsen sie vielfach über sich hinaus, in Berufen, von denen sie vorher keine Ahnung gehabt hatten, wie überhaupt in schwierigen Situationen. Trotzdem wollten oder mussten dann wohl die meisten nach Rückkehr der überlebenden Männer ihr mühsam erkämpftes Terrain wieder aufgegeben. Es hat natürlich Ausnahmen gegeben – wie auch in der Nachkriegsliteratur des Öfteren beschrieben. Beiden, Mann und Frau, stellte sich aber damals ganz sicher die gleiche Frage: Auf welchem Weg kommt man am schnellsten wieder an die Dinge, die zur Befriedigung der einfachsten Grundbedürfnisse nötig sind, wie Nahrungsmittel, Kleidung,

Heizmaterial, Wohnung usw.? Vorstellbar, dass deshalb zum Beispiel das nachstehend geschilderte Ereignis im Ausland auf mehr Interesse stieß als bei der deutschen Bevölkerung:

Ende 1945 beginnen in Nürnberg die Kriegsverbrecherprozesse. Aufgrund der Moskauer Dreimächteerklärung von 1943 und des Londoner Abkommens von 1945 bilden Frankreich, Großbritannien, die USA und die UdSSR einen internationalen Militärgerichtshof. Neben dem Hauptprozess, in dem 22 der schwersten Kriegsverbrecher aus SS, SD, Gestapo und Führerkorps der NSDAP verurteilt werden (davon zwölf zum Tode), gibt es im Anschluss noch diverse Folgeprozesse gegen verschiedene Führungsgruppen, wie zum Beispiel auch aus dem Wirtschaftsbereich.

Diejenigen, die den furchtbaren Krieg überstanden hatten, fassten vorrangig ins Auge, was dem reinen Überleben nützte. Millionen waren ausgebombt, Tausende starben auch nach Kriegsende noch den Hungertod. In den Familien, in denen der Ernährer den Krieg nicht überlebt hatte, begann für die verwitweten Frauen und ihre Kinder eine sehr schwierige Zeit. Manchmal gingen die nun allein auf sich gestellten Frauen neue Verbindungen »ohne Trauschein« ein, da sie kein Interesse daran hatten, ihre Kriegerwitwenrente zu verlieren. Man nannte diese Zweckbündnisse damals »Onkelehen«. Daraus entstanden, schon lange bevor sich solche Konstellationen in der deutschen Gesellschaft als fast selbstverständlich darstellen sollten, damals schon »Patchworkfamilien«, auch wenn man den Begriff so noch nicht kannte. Die Kinder aus diesen Familien hatten oft die gleichen Schwierigkeiten, sich zurechtzufinden, wie die »Scheidungswaisen« in späteren Jahren.

Auch in den Familien meiner Eltern hatte es viele Kriegstote gegeben. Das Elternhaus meiner Mutter war noch in den letzten Tagen des Zweiten Weltkrieges von aus dem Rothaargebirge vorrückenden Amerikanern beschossen worden und abgebrannt. Die Situation meiner Eltern selber, so erzählten sie später, war schwierig, aber doch irgendwie erträglich. Meine Mutter, 1920 als jüngstes von vier Mädchen im oberen Lennetal geboren, hatte meinen Vater, einen 20-jährigen jungen Mann aus einem Nachbardorf, 1936 kennengelernt und 1941 geheiratet. Im Juni 1942 bekam sie ihr erstes Kind, meinen Bruder. Anfang Mai 1945 hatte sich ihr Mann aus Russland zurückkommend nach einer gefährlichen Zwischenstation im ständig unter Bombenhagel liegenden Berlin ins heimische Sauerland durchgeschlagen. Kaum, dass er mitgebrachte Mauer- und Mörtelreste aus diversen Berliner Luftschutzbunkern aus seinem Landsergepäck geschüttelt hatte, kamen die Amerikaner ins Dorf und nahmen ihn gefangen. Frauen und Kinder mussten nachts das Dorf verlassen, so auch meine Mutter mit meinem dreijährigen Bruder. Die Nächte waren noch sehr kalt und man schlief, dicht zusammengedrängt, unter freiem Himmel in den umliegenden Wäldern. Tagsüber durften die Frauen kurzzeitig in die Häuser zurück, um nach Nahrungsmitteln zu suchen und Kleidung für die Kinder zu holen. Einige der Amerikaner sollen zu den Kindern sehr freundlich gewesen sein. Meine Mutter erzählte, sie hätte ihnen deshalb auch relativ schnell verziehen, dass sie mit ihrer besten Bettwäsche Panzer und Lastwagen putzten und mit ihrer Hutsammlung ein Lagerfeuer im Hof am Brennen hielten.

Im Herbst 1945 kam mein Vater aus einem Kriegsgefangenlager am Niederrhein zurück in sein sauerländisches Heimatdorf. Er fand neben seiner erleichterten und glücklichen Ehefrau seinen Sohn in recht gutem Zustand vor; er hatte ihn bis dahin nur einige Male bei kurzen Fronturlauben gesehen. Mein Bruder dagegen fand, wie mir erzählt wurde, dass die plötzliche Einmischung dieses abgemagerten, bärtigen und auf ihn unheimlich wirkenden Mannes in die ihm vertraute Zweierbeziehung mit seiner Mutter einfach nur unverschämt störte. Auch in späteren Jahren blieb zwischen ihm und seinem Vater, so habe ich es empfunden, eine gewisse Distanziertheit, die meines Erachtens mit den erschwerten »Startbedingungen« der beiden zu tun hatte.

Über die ersten Jahre nach der Rückkehr meines Vaters in ein sich langsam normalisierendes Privatleben wurde mir berichtet, dass er die Lebensbedingungen für die noch dreiköpfige Familie unter anderem dadurch verbesserte, in dem er selbst gebrannten Schnaps unters Volk brachte. Zusammen mit der Frau meines späteren Patenonkels, die Büstenhalter aus Eigenproduktion verkaufte, fuhr er in umliegende Gebiete, um Ware an den Mann oder die Frau zu bringen. Nach Aussage meiner Mutter verkauften sich die wie Zelte aussehenden BH-Gebilde wesentlich schlechter als sein »Selbstgebrannter«. Vielleicht lag das weniger daran, dass sie noch nicht so sexy wie heutige Exemplare aussahen, sondern an der über Jahre hinweg ausgegebenen Parole: »Die deutsche Frau lebt gesund, ist sportlich und sie kann und soll das Mutterkreuz auch anstreben, ohne überflüssige, verderbte Dessous zu tragen.«

Kommen wir nun zu dem Tag, an dem sich für meine Eltern und meinen Bruder neben dem täglichen Überlebenskampf weitere Herausforderungen anbahnten.

Die Familie war inzwischen in ein kleines, verwinkeltes, schwarz-weißes Fachwerkhaus mit kleinem Vorgarten im immer noch gleichen Dorf im Hochsauerland umgezogen. Am 18. April 1948 gab es (so hörte ich Jahre später) für die Familie mehrere Gründe, sich ohne Arg über den neuen Tag zu freuen. Der Ernährer der Familie hatte Arbeit, Wohnung und sich gesundheitlich von den Kriegsstrapazen weitestgehend erholt. An dem erwähnten 18. April, einem Sonntag, wurde dann ich im nahe gelegenen Kreiskrankenhaus geboren. Es hieß, dass es sich bei mir um ein »vitales« Kind handelte (27 Jahre später sollte diese Beschreibung wiederum für ein Neugeborenes zutreffen – nämlich für meine eigene Tochter). Mein Vater war voller Erwartungen, dass nun interessante Erkenntnisse und Erfahrungen auf ihn zukommen würden, die er während der Kriegszeit, als sein Sohn im Kleinkindalter gewesen war, schmerzlich vermisst hatte. Mein Bruder freute sich, dass seine Mutter wohl bald wieder nach Hause kommen würde, wenn auch mit einem Paket, das er noch nicht so richtig einschätzen konnte. Als dieses Paket dann Tage später zu Hause ausgepackt wurde, soll er gesagt haben:

»Müssen wir das da nun immer behalten?« Er war noch über Jahre mit den Folgen dieser »Lieferung« nicht einverstanden – das größer werdende Paket aber auch nicht mit seiner Einstellung.

März 1948: Der amerikanische Kongress und das Repräsentantenhaus beschließen, den besiegten Deutschen mit fünf Milliarden US-Dollar unter die Arme zu greifen. Den Russen gefällt diese Entwicklung gar nicht. Über Nacht unterbrechen sie die Verkehrsverbindungen zwischen der östlichen und den westlichen Besatzungszonen, was zur Folge hat, dass die »zwischen den Stühlen« sitzenden Berliner vom Westen aus über eine Luftbrücke versorgt werden müssen. In den drei Westzonen wird die alte »Reichsmark« eingesammelt und am 20. Juni 1948 pro Person neues Geld, und zwar 40 DM pro Kopf, ausgegeben. Relativ schnell füllen sich wieder Schaufenster und Läden mit bis dahin von Geschäftsleuten gehorteten Waren, die sie vorher wegen der galoppierenden Inflation nicht mehr gegen wertloses Geld hatten herausgeben wollen.

Meine Eltern freuten sich, dass ich gerade noch rechtzeitig auf den Plan getreten war, um die Familienfinanzen mit aufzubessern. Meine Mutter wunderte sich allerdings, als sie erfuhr, was der Kaufmann nebenan alles wieder aus dem Keller hervorgeholt hatte und nun zur Schau stellte. Nach meiner Geburt war er nicht zu erweichen gewesen, meinen Eltern die für ihr Kleinkind dringend benötigen Dinge zu verkaufen, obwohl sie immer eine gute Nachbarschaft gepflegt hatten.

In Deutschland tagen die Väter des Grundgesetzes, unter anderem Carlo Schmidt. (Dass sie sich anfangs mit dem Entwurf für unser späteres Grundgesetz nicht immer leichttaten, geht eindrucksvoll aus seinen »Erinnerungen« hervor.) Daneben fällt Kurt Schumacher auf, der, durch einen KZ-Aufenthalt gesundheitlich angeschlagen, darauf hinarbeitet, die SPD zu stärken und von einem Zusammenschluss mit der KP (erfolgreich) abzuhalten. Er übt massive Kritik an der Haltung Konrad Adenauers, der den Aufbau der CDU vorantreibt und ein Jahr später erster Bundeskanzler wird.

Dies alles diskutierte man zum Beispiel in Deutschland, während es in anderen Teilen der Welt andere Probleme gab.

So wird 1948 in Indien Mahatma Gandhi bei einem Attentat getötet.

Jahrzehnte später würde ein zum Zeitpunkt seiner Ermordung gerade in Europa geborenes Mädchen, nämlich ich, den Film »Gandhi« sehen und begeistert dem Hauptdarsteller Ben Kingsley applaudieren.

Zunächst konnte ich aber, zwei Monate alt, wie oben erwähnt, der Familie für den Neustart weitere 40 DM bescheren. Der Einkauf von Lebensmitteln war, abgesehen von Zucker, wie in der Kriegszeit immer noch an zugeteilte Lebensmittelkarten gebunden. Trotzdem bekamen wir genug und ich wuchs in dem kleinen Sauerlanddorf kontinuierlich in Höhe und Breite. Es gibt nur zwei Fotos von mir aus diesen Kindertagen. Auf dem einen hält mein heil aus dem Krieg zurückgekommener und zu der Zeit noch mit allen möglichen Gelegenheitsarbeiten beschäftigter Vater ein finster blickendes Kind (mich) auf dem Arm, neben sich einen sehr niedrigen, kompakten Kinderwagen mit enorm geschwungenen Seitenteilen und sehr kleinen Rädern. Wahrscheinlich hatte auch mein Bruder schon in diesem tollen Gefährt gelegen. Auf dem zweiten stehe ich in einem von der Mutter gestrickten gestreiften Glockenrockkleid neben einem Stuhl, auf dem mein sechs Jahre älterer Bruder sitzt. Er blickt eher heiter, ich aber sehr skeptisch in die Linse des Fotografen, den meine Eltern mangels eigener Fotoausstattung bestellt hatten.

Aus dieser Zeit wird erzählt, dass mein Bruder kein überzeugter Schulgänger war. Schon wenige Tage nach seiner Einschulung soll er sich während der Unterrichtszeit wieder auf den Heimweg gemacht haben, und zwar (zum nachträglichen, berechtigten Entsetzen unserer Mutter) über einen schmalen Pfad an dem damals stark Hochwasser führenden Fluss Lenne entlang. Zu Hause angekommen soll er lakonisch erklärt haben, diesem nervenden »Lernklub« nicht mehr länger angehören zu wollen. Es half ihm nicht weiter; die für ihn Verantwortlichen sahen das anders.

Wirtschaftlich geht es in der BRD zunächst kaum aufwärts. Eine Vielzahl von Flüchtlingen und Vertriebenen muss zusätzlich mit Wohnraum versorgt und ernährt werden. Dass man immer noch »Muckefuck« statt echten Bohnenkaffees trinkt, ist dabei noch das geringste Problem. In Deutschland sind fast zwei Millionen Menschen ohne Arbeit. Da kommt den Deutschen ein anderer Umstand zu Hilfe. 1951 wird das dem Westen nahestehende Südkorea vom kommunistischen Nordkorea überrannt. Eine internationale Truppe unter Führung der Amerikaner eilt zu dem neuen Kriegsschauplatz. Die Folge dieser Entwicklung ist, dass auch die Nachfrage nach Rohstoffen wächst, unter anderem nach Kohle.

Deutschland hat Kohle, und es bahnt sich, dadurch angestoßen, ein Wirtschafts-wachstum an, das noch viele Jahre anhalten wird.

Mein Bruder und ich profitierten davon, dass unsere Eltern – wie viele andere auch – einen Schrebergarten bewirtschafteten und ansonsten ihre verwandtschaftlichen Beziehungen so intensiv pflegten wie nie wieder in späteren Zeiten. Dies führte ebenfalls zu erheblichen Verbesserungen unserer Ernährungsmöglichkeiten. Mein Vater konnte wegen abnehmender Sehkraft seinen Beruf als Dreher nicht mehr ausüben, war dann als Maurer beschäftigt und baute in den umliegenden Dörfern zerbombte und ausgebrannte Gebäude wieder mit auf. Die Mutter nähte und strickte sehr geschickt in Heimarbeit für die Familie und für Auftraggeber im Dorf, in erster Linie aber für eine große Textilfirma im Hochsauerland, die es auch heute noch gibt. Mein Bruder besuchte weiterhin die von ihm nicht geliebte Dorfschule. Eines Tages, er brachte wieder ziemlich lästige Schulaufgaben mit nach Hause, war unter diesen Aufgaben auch die Anweisung, ein bestimmtes Gedicht auswendig zu lernen. Dies ist deshalb der Familie in Erinnerung geblieben, weil infolge der intensiven und lautstarken Versuche unserer Mutter, ihm den Text einzutrichtern, ich anscheinend einiges mitbekam, wenn ich es wohl auch nicht ganz korrekt verstanden hatte. Auf jeden Fall soll ich danach am Gartenzaun gestanden und den auf der Dorfstraße vorbeikommenden Leuten Folgendes vorgetragen haben:

Variation einer Strophe aus »Eiszapfens Klage« von
August Wibbelt (und in jedem Fall aus dem
damaligen Lesebuch meines Bruders):

Ich hab die Schwitzung auf dem Leib
und wenn ich so ans Schwitzen bleib,
dann leb ich nich bis muagen,
das sind gar bitter Suagen!

Wer den Sauerlanddialekt kennt, ist klar im Vorteil. Ich weiß nicht, ob mein Bruder damals darüber lachen konnte – heute amüsiert uns alle beide diese alte Geschichte. Das Gefühl, mit einem oder mehreren Geschwistern aufzuwachsen, war, wie auch andere Spiel- und Schulkameraden später oft klagten, sehr ambivalent, aber selten langweilig. Ich finde es bedauernswert, dass die vielen Einzelkinder heute keine solchen gemeinsamen Erfahrungen machen können.

In meinem noch jungen Leben passierten – wie könnte es auch anders gewesen sein – nicht nur lustige Dinge. Noch heute, mehr als fünf Jahrzehnte später, drängt sich eine starke Erinnerung auf, die mit dem Gefühl von »Verlassenwerden« zu tun hat: Die Mutter meines Vaters, Oma Anna, kam nach dem Zweiten Weltkrieg irgendwann in den Haushalt meiner Eltern. Da mein Vater als einziges ihrer Kinder noch im gleichen Dorf wohnte, nahm er seine alte Mutter, als sie sich nicht mehr alleine versorgen konnte, zu sich. Im wahrsten Sinne »zu sich«, denn seine Frau, meine Mutter, hatte – so was bekommen auch schon kleine Kinder instinktiv mit – ein sehr gespanntes Verhältnis zu ihrer Schwiegermutter und war mit diesem Familienzuwachs nicht unbedingt glücklich.

Mein Vater, als jüngstes von sieben Kindern 1916 geboren, wuchs in einer kleinen Kate mit gestampftem Lehmboden auf. Er musste anfangs barfuß zur Schule gehen und wurde zu Hause nicht immer richtig satt. Von seinen ersten Lebenstagen an, bis er in den 30er-Jahren als junger Mann das Dorf verließ, wurde er auch dadurch geprägt, dass in fast keinem Lebensbereich Dinge wirklich ausreichend vorhanden gewesen waren. Bis zu seinem Tod kurz nach seinem 90. Geburtstag behielt er die Eigenart bei, jeden Pfennig (und später jeden Cent) dreimal umzudrehen, bevor er ihn ausgab. Als er sich in meine aus dem Nachbarort stammende Mutter verliebte, muss ihm von vornherein klar gewesen sein, dass er es nicht ganz leicht haben würde, bei ihren Verwandten Anerkennung zu finden. Die Gegensätze zwischen seiner und der Familie meiner Mutter waren »nicht ganz ohne«. Auf der einen Seite seine mir später von Verwandten als sehr dünkelhaft beschriebene Schwiegermutter. Sie stammte von einem großen Bauernhof im Hochsauerland, hatte zwar auch einen Arbeiter geheiratet, aber nie aufgehört, auf ihre angeblich so »besondere Herkunft« zu pochen. Für meinen Großvater mütterlicherseits muss es schlimm gewesen sein, wenn seine Frau ihm wieder einmal klarmachte, dass ihre Ehe für sie eher einen Abstieg bedeutete. Auf der anderen Seite die in Armut aufgewachsenen Eltern meines Vaters, die Mutter Magd (was damals fast noch einer Leibeigenschaft geähnelt haben muss), der Vater Fuhrknecht. Auf dem einzigen Foto von ihm aus den letzten Kriegsjahren dominiert sein durch schwere Arbeit krumm gewordener Rücken.

Der Vater meiner Mutter war noch im Krieg gestorben, seine Frau, meine Großmutter, bald darauf. Eine für mich wichtige Bezugsperson, die zwar ein eingeschränktes Weltbild gehabt haben soll, mir aber einige Jahre auf ihre Art Herzenswärme schenkte, war deshalb meine Großmutter Anna, die Mutter meines Vaters. Mit ihr lebte ich – wie erwähnt – als Kind mit meinem Bruder und meinen Eltern für zwei bis drei Jahre in einem Haushalt . Ich habe sie heute noch als stets in Schwarz gekleidete, alte, etwas säuerlich riechende Person in Erinnerung, die aber viel Zeit für mich hatte und mir, wenn sie konnte, kleine Wünsche erfüllte. Ich sehe sie noch genau vor mir: die dünnen Haare in einen strengen Knoten gezwängt, ihr verhärmtes Gesicht mit einem engmaschigen Gitter von Falten überzogen. Den schwierigen Anforderungen, sich in der Nachkriegszeit in eine rasant verändernde »neue Gesellschaft« einzufügen, war sie längst nicht mehr gewachsen und den Vorstellungen, die ihre Schwiegertochter (meine Mutter) von Ehe, Familie und Haushalt hatte, schon gar nicht. Wenn etwas nicht in ihre Welt passte, rang sie schnell ihre knotigen Hände und klagte, klagte, klagte. Das brachte regelmäßig meine Mutter auf die Palme, die sich wiederum umgehend bei meinem Vater beschwerte, kaum dass er abends, von schwerer Maurerarbeit nach Hause kommend, etwas Ruhe gefunden hatte.

Kurz gesagt: Die Idylle, wie sie heute von vielen wieder eingefordert wird, die glauben, dass ein Leben mit mehreren Generationen unter einem Dach das einzig Richtige wäre, war trügerisch. Eines Tages, nach einem deftigen Streit zwischen meiner Mutter und meiner Großmutter – mein Vater hatte angeblich des Öfteren Schwierigkeiten gehabt, die jeweils richtige Partei zu ergreifen (in den Augen meiner Mutter natürlich ihre) und seine klagende Mutter in die Schranken zu weisen. Meine Großmutter muss dann wegen der immer wieder auftretenden Meinungsverschiedenheiten ihre wenigen Habseligkeiten gepackt und das Haus verlassen haben. Für mich eine Katastrophe – keine Wanderungen mehr mit ihr in Wald und Feld, keine Geschichten mehr für das Enkelkind, keine Bratäpfel mehr aus der Röhre, nach denen sie auch immer ein bisschen roch (das lag wahrscheinlich daran, dass sie den ganzen Winter über ihren Apfelvorrat auf ihrem Kleiderschrank lagerte). Ich habe jahrelang geglaubt, dass ich an ihrem Verschwinden wegen diverser Ungehorsamkeiten, die sie mir gerne drastisch vorhielt, die Schuld gehabt hätte. Jahre später, kurz vor ihrem Tod, sah ich sie erst wieder, sie war in ein anderes Dorf in den Haushalt der jüngsten Schwester meines Vaters gezogen. Für mich der zweite Schock: Sie konnte mit mir wegen ihrer demenziellen Erkrankung nichts mehr anfangen und ich nicht überblicken, warum sie sich so verhielt, als hätte sie mich nie gekannt.

Während der Jahre, die unsere Familie in dem Fachwerkhaus an der Hauptstraße des kleinen Dorfes verbrachte, in dem mein Vater geboren worden war, spielte ich viel mit dem Kind unserer Mitmieter sowie mit anderen Kindern aus der Nachbarschaft in Gärten und auf umliegenden Wiesen und Feldern. Es gab damals schon einen Kindergarten. Mein Bruder hatte ihn nach seinen Erzählungen zwar zeitweise besucht, aber nicht sonderlich gemocht. Sein mitgenommenes Spielzeug ging dort regelmäßig verloren – ich vermute, dass er den anderen Kindern die gleiche Nachsicht entgegenbrachte wie später meistens auch seiner kleinen Schwester. Ich kam jedenfalls nie in den »Genuss« einer solchen Einrichtung, hatte dafür aber, wie zuvor berichtet, den Vorteil einer umfassenden mütterlichen und großmütterlichen Betreuung. Dass der Haussegen zwischen den beiden schief hing, empfand ich aber oft als sehr bedrückend.

Es hatte aber auch Vorteile, einen Bruder zu haben. Mit dem anatomischen Unterschied zwischen Jungen und Mädchen konnte man mich nämlich noch nicht anhand von entsprechend ausgestatteten Babypuppen bekannt machen, wie es später vielfach üblich sein würde, nein, den fand ich selber heraus. Überhaupt sahen Puppen damals noch nicht so aus wie die gestylten Traumexemplare, die später auf den Markt kommen sollten. Meine erste Puppe aus schweinchenrosafarbigem Bakelite verlor sehr schnell ihre aufgemalten Gesichtszüge, wurde aber wenigstens von meiner Mutter zu bestimmten Anlässen mit neuen Strick- und Häkelkleidern versehen. Die Nachfahrin dieses Exemplares hatte dann schon echte Haare. Nach Aussagen meiner Mutter zuerst sehr lange, dann eine von mir hergestellte Bubikopffrisur, wobei ich sehr enttäuscht gewesen sein soll, dass die Haare danach nie mehr nachwuchsen. Wenn ich es irgendwie schaffen konnte, machte ich mich aber am liebsten über den »Stabilbaukasten« meines Bruders her und brachte an seinen in Arbeit befindlichen Kreationen Veränderungen (ich fand, es waren eigentlich Verbesserungen) an. Er war mehr der Techniker und konnte meinen Eingebungen, bei denen so etwas wie »Hundertwasser-Optik« herauskam, nichts abgewinnen. Natürlich gab es jedes Mal Zoff, wenn er mich dabei erwischte.

Sehr beliebt war es bei uns Kindern, sich draußen an Bächen und kleineren Gewässern des Dorfes aufzuhalten und dabei Kaulquappen und Frösche zu fangen. Eines Tages – ein Spielkamerad hatte aus dem Vorratskeller seiner Mutter ein leeres großes Gurkenglas organisiert – wollten wir kleine Frösche hineinsetzen und mit nach Hause nehmen. Jemand kam auf die Idee, aus einem alten Stofflappen, Draht und einer abgebrochenen Bohnenstange einen Kescher zu basteln. Den zogen wir entlang des Dorfteiches durchs Wasser und wunderten uns über die reiche Beute. Stolz trugen wir das gefüllte Glas zum Haus meines Spielkameraden. Kurz vor der Haustür stolperte jemand in unserer feierlichen Prozession, das Glas stieß gegen das Treppengeländer und zerbrach in dem Moment, in dem die Mutter meines kleinen Freundes in der Haustür erschien. Die Froschsammlung platschte ihr auf die Füße, und das hatte nicht nur Folgen für ihren Sohn. Alle Beteiligten – da waren sich die Mütter einig – wurden erst einmal zur Brust genommen und danach unter strenge Beobachtung gestellt. Wenn wir schon nicht mehr selber aktiv sein durften, machte es aber dennoch Spaß, die älteren Kinder zu beobachten, wie sie mittels karbidgefüllter Konservendosen Forellen

»fischten«. Mein Bruder war darin sehr talentiert und bereicherte dadurch ebenfalls unseren Speiseplan.

Seine zehn- bis zwölfjährigen Schulkameraden holten ihn manchmal nachmittags auch aus anderen Gründen ab und waren sauer, wenn er auf seine kleine Schwester aufpassen musste. Im Laufe eines solchen Nachmittages versteckten sich die Burschen wieder mal am Lennewehr hinter dem herabfallenden Wasservorhang, um sich Zigaretten selbst zu drehen und natürlich auch zu rauchen. Als sie mich, aus Versehen, oder warum auch immer, in ihren »Rauchgenuss« miteinbezogen, muss sie der Teufel geritten haben. Nach Erzählungen meines Bruders musste er mich anschließend nach Hause bringen, weil danach mein vorher frisch angezogener Schlüpfer, der ursprünglich noch rosa geglänzt hatte, eher dunkelbraun aussah und nicht nur nach Tabak roch.

Bei gutem Wetter stand ich gerne im Garten hinter der Theke meines Kaufmannsladens (von meinem Patenonkel, der Tischler war, in einer meinen damaligen Körpermaßen entsprechenden Höhe erbaut und rot lackiert). Auf den Laden, der ein gutes Sortiment aus diversen Miniartikeln, alten Schachteln und Lebensmittelresten aus dem Haushalt meiner Eltern aufwies, war ich unendlich stolz. Natürlich gab es auch eine Kasse mit Spielgeld. Der gleichaltrige Spielkamerad aus unserem Haus sollte den Kunden abgeben, verstand aber das System von Angebot und Nachfrage nicht ganz. Er fiel bei mir immer wieder in Ungnade, weil er regelmäßig »meinen Laden« betrat und im breiten sauerländischen Dialekt säuselte: »Wat möchen Sie denn?« Ich konnte ihm nicht klarmachen, dass dies ja mein Part gewesen wäre. In späteren Jahren verlor er bei einem Kinderspiel ein Auge.

Ach, könnte man doch noch einmal wie früher unbeschwert »Wat möchen Sie denn?« spielen!

Ab und zu gab es bei unterschiedlichen Gelegenheiten von netten Menschen Groschen für die Spardose (am ergiebigsten war es, meinen Vater am Sonntagmorgen beim Stammtisch zu besuchen. Seine Mitstreiter gaben willig eine Spende, damit sie mich schnell wieder loswurden). Das Geld landete aber nicht immer im Sparkästchen, wie empfohlen, man konnte es ja auch im Kolonialwarenladen des Dorfes in

Süßigkeiten umsetzen. In diesem Laden gab es viele verwinkelte Ecken und Überraschungen sowie Gerüche jeglicher Art. Zum damaligen Zeitpunkt fand ich es noch unheimlich und irritierend, den dunklen Laden mit der schrill läutenden Glocke zu betreten, in einer Wolke von Bohnerwachs-, Tabak-, Gurken- und anderen »Düften« zu stehen und sein Sprüchlein aufsagen zu müssen. Dort wurden Bonbons (besonders liebte ich die schillernd bunt gestreiften Exemplare, die wie kleine Kissen, und die dicken roten, die wie echte Himbeeren aussahen) noch einzeln abgezählt aus großen Gläsern geholt und in kleine Dreieckstüten gefüllt – ob die wohl in irgendeinem Knast der Umgebung geklebt worden waren? Leider hatte die alte Besitzerin, Fräulein Sch., die Angewohnheit, dabei die Finger anzulecken. Obwohl es mir schwergefallen sein muss, soll ich bei einer solchen Zuteilung doch einmal den Mut aufgebracht haben, die Annahme zu verweigern. Fräulein Sch. machte aus ihrem Unmut über meine undankbare Haltung keinen Hehl. Ein paar Tage später, als meine Mutter mich wieder mal zum Einkaufen schickte, hatte ich einen Zettel dabei, auf dem am Ende stand: »Bitte noch mal anschreiben.« Ich konnte noch nicht lesen, wusste aber aufgrund der missbilligenden Blicke der Ladeninhaberin, dass, wie öfter zu bestimmten Zeiten (wahrscheinlich kurz vor den Lohnauszahlungen meines Vaters), nicht immer alles zum Besten stand.

1953: Am 5. März stirbt Stalin. Den Kampf um die Nachfolge gewinnt Nikita Chruschtschow. In England wird Elizabeth II. zur Königin gekrönt. Das Ereignis überträgt die ARD.

Viele Deutsche dürften aber zu diesem Zeitpunkt von Fernsehübertragungen noch nicht viel mitbekommen haben. Der schon etwas modernere Nachfahre des Volksempfängers spielte in deutschen Wohnzimmern noch die erste Geige. Draußen dagegen tummelten sich Kinder bei ihren Spielen immer noch in Ruinen und verloren dabei nicht selten auch ihr Leben.

In Ostberlin kommt es am 17. Juni zum Arbeiterstreik, der kurzfristig von Panzern der Roten Armee beendet wird. Danach werden in der DDR bei den

Bürgern die Daumenschrauben angezogen. Oppositionellen wird das Leben rundum schwer gemacht.

Mein Vater interessierte sich sein Leben lang dafür, was in der Sowjetunion vor sich ging, 1953 war es aber für ihn und die Familie am wichtigsten, dass er eine vielversprechende neue Arbeitsstelle in der circa 30 Kilometer entfernten Kreisstadt gefunden hatte. Zuerst war er noch jeden Tag stundenlang morgens und abends bei Wind und Wetter mit dem Fahrrad über einem zwischen unserem Dorf und der Kreisstadt gelegenen Höhenrücken des Rothaargebirges (der Hohen Bracht) gefahren, später dann mit dem Bus, um dieser Arbeit in einer Metallwarenfabrik nachgehen zu können, bis ihm 1953 eine Werkswohnung zugewiesen wurde. (Ich stelle mir gerade vor, welcher Arbeitslose heute dafür zu erwärmen wäre, diese Strapazen auf sich zu nehmen.)

Politisch hatte er, wie er später selber einmal sagte, vor dem Krieg ein wenig mit dem Kommunismus kokettiert, war dann aber trotzdem schnell von den Nazis in die Hitlerjugend eingereiht worden und wurde später (er blieb es bis zu seinem Tod) aufgrund im Krieg gemachter Erfahrungen ein überzeugter »Sozi«. Bevor die Familie im Herbst 1953 in die besagte Kreisstadt zog, muss ihn der 17. Juni 1953, als sowjetische Panzer in der DDR gegen die aus guten Gründen streikenden Arbeiter aufzogen, stark gepackt haben. Aus der Zeit sagte man ihm übrigens später nach, dass er seine Verbundenheit mit der Arbeiterklasse mit dem Ausspruch bekräftigte: »Akademiker müssen erst einmal in den Steinbruch, bevor man sie gebrauchen kann.« Es gab wegen seiner drastischen Ausdrucksweise oft Krach zwischen meinen Eltern. Meine Mutter bezeichnete ihn dann als »Rebellen«, und er erwiderte, in ihrem Elternhaus wären alle Kinder zu Betschwestern erzogen und dumm gehalten worden. Spannungen dieser Art bekam ich schon in jungen Jahren sehr wohl mit. Mein Vater weigerte sich seit Kriegsende (außer vielleicht noch bei Beerdigungen) Gottesdienste zu besuchen. Nach seinen Erzählungen hatte das mit dem Verhalten von katholischen Geistlichen während seiner Kriegsgefangenschaft am Niederrhein zu tun, betraf also eher das »Bodenpersonal«. Auf jeden Fall waren die meisten in meiner »schwarz« geprägten Verwandtschaft mütterlicherseits oft von seinen Ansichten irritiert und schockiert, was wiederum meine Mutter für viele Jahre in einen Dauerzwiespalt brachte (mein Vater hatte zwar auch rote Haare, wurde aber nicht nur deshalb »der Rote« genannt).

Für unsere vierköpfige Familie hieß es auf einmal im Herbst des Jahres 1953: Wir ziehen um in die Kreisstadt. Alles, was mitsollte, wurde auf einen von der Firma gestellten offenen Lkw gepackt. Aus mir wurde schon wieder ein Paket: Ich hatte die Masern und wurde in Decken gewickelt und irgendwo zwischen dem Hausrat verstaut. In dem langen Reihenhausgebilde, in dem wir eine Wohnung bekommen hatten, lebte eine Etage über uns in zwei kleinen Zimmern eine Witwe mit einer Tochter, die ungefähr im Alter meines Bruders war, und einem Sohn, Erwin, der etwas älter war als ich. Von ihm wird noch die Rede sein. Die beiden Kinder hatten keinen Vater mehr, weil er – einige Tage vor Kriegsende – nicht so wollte, wie es sich die letzten Vertreter des »Volkssturms« vorstellten, und war deshalb, wie man so sagt, »kurz vor Toresschluss« einem Erschießungskommando zum Opfer gefallen.

Es kehren immer noch Kriegsgefangene aus der Sowjetunion zurück.

Wenn es Berichte in den Zeitungen gab, wie viele ehemalige Soldaten aus den Sowjetlagern jetzt noch zurückkamen – ihnen fehlte ja jede Vorstellung, was in der DDR oder bei uns inzwischen alles passiert war, weswegen sie im Lager Friedland erst einmal auf die »deutsche Wirklichkeit« vorbereitet werden mussten –, war mein Vater jedes Mal unendlich dankbar, dass ihm die russische Gefangenschaft erspart geblieben war. Ich mit meinen sechs Jahren konnte noch nicht ermessen, was es für ihn oder uns bedeutet hätte, wäre er aus Stalingrad nicht mehr herausgekommen. Jahrzehnte später sollte ich einen dieser Spätheimkehrer kennenlernen, der mir – todkrank infolge früher erlittener Entbehrungen – seine persönlichen Aufzeichnungen in die Hand drückte. Ihn hatte man in Stalingrad gefangen genommen und anschließend an die obere Wolga gebracht, wo er Bauarbeiten an Staudämmen zu leisten hatte. Er meinte, es wäre schon zu viel in Vergessenheit geraten und ich solle doch das, was ich lesen würde, weitererzählen. Ich versprach es ihm und berichte jüngeren Leuten noch immer davon.

Während die in der Bundesrepublik Deutschland inzwischen schon gut eta-blierten Hauptparteien SPD, CDU und FDP vor diversen Wahlen in der BRD ständig um eine Ausweitung in ihrer Anhängerschaft kämpfen müssen, besticht das Ergebnis der Volkswahl (über eine Einheitsliste) in der Deutschen Demokratischen Republik mit fast 100 %.

Eine KPD würde es in der Bundesrepublik noch bis 1956 geben. Nach dem Verbot konnten die Kommunisten ihre Arbeit zunächst noch illegal fortsetzen.

Die Amerikaner stellen zu der Zeit nur 6 % der Weltbevölkerung, besitzen aber 60 % aller Automobile und 58 % der Telefonanschlüsse.

In unserer Familie gab es zu der Zeit weder ein Auto noch ein Te-lefon. Ein Telefon gab es dann später, mein Vater sollte aber infolge seiner Sehschwäche ein Leben lang ohne Führerschein bleiben. Da die Anschaffung eines Autos darüber hinaus aus finanziellen Gründen für meine Eltern zu keiner Zeit infrage kam, lernte auch meine Mutter nie, ein Auto zu steuern – wahrscheinlich wollte sie es auch gar nicht.

Das Thema Kommunismus wurde in der Familie öfter diskutiert, und zwar schon aus dem Grund, weil ein alter Bekannter meiner Eltern aus der jungen Bundesrepublik Deutschland in die Deutsche Demokra-tische Republik überwechselte, als er im Westen polizeilich gesucht wurde. Ich erinnere mich, dass es eines Tages eine Nachricht im Radio und auch einen Bildbericht in der Tageszeitung gab. Beide lösten bei meinen Eltern Betroffenheit aus. Mein Vater hatte den Gesuchten vor dem Krieg über den Familienkreis meines späteren Patenonkels ken-nengelernt. Aus diesen alten Verbindungen heraus soll es laut Aussagen meiner Eltern ab und zu in den 50ern großzügige »Einladungen« für meinen Bruder und mich in ostdeutsche Ferienlager gegeben haben. Mein Vater erzählte aber immer wieder sehr glaubwürdig, dass ihn seine

Erkenntnisse über den Kommunismus, dessen traurige Auswirkungen auf die Bevölkerung er während seines Russlandaufenthaltes kennenlernen konnte, davon überzeugt hatten, seine Kinder möglichst nicht damit in Berührung kommen zu lassen.

Ernest Hemingway erhält den Nobelpreis für Literatur.

Den Namen Hemingway verinnerlichte ich schon früh, weil mein Vater ein großer Anhänger seiner Werke war und die Anzahl seiner Bücher in unserem Bücherregal weiter wuchs. Später sollte ich sie alle verschlingen (insbesondere über dem Roman »Wem die Stunde schlägt« vergoss ich bittere Tränen).

Zunächst einmal kam ich aber im April 1954 in die katholische Volksschule unserer Kreisstadt. Wie mein Bruder sechs Jahre vorher musste ich begreifen, dass alles unbeschwerte Spielen im Leben einmal ein Ende hat. Unsere Klassenlehrer waren meist ältliche Damen oder kriegsversehrte Herren. Weihnachten 1953 bekam ich von einem Onkel das Buch »Oskar der Familienvater« geschenkt. Meine Mutter und mein Bruder hatten mir schon das Alphabet beigebracht und so konnte ich in meinem Buch bereits einige Passagen selber lesen. Die immerzu geforderten Schreibübungen auf einer Schiefertafel fand ich deshalb sehr langweilig. Manchmal fiel ich unangenehm auf, weil ich während der Übungen lieber Blödsinn machte oder malte. Wer (wie auch ich) mehrfach auffiel, musste den »Canossagang« zum Rektor, der ein sehr frommer Mann war, antreten. Das war aber halb so schlimm. Es gab von ihm eher freundliche Ermahnungen und, als Anleitung zur Besserung, Heiligenbildchen mit entsprechenden Sprüchen. Ich sammelte einige davon während der Schulzeit an.

1954 wird Deutschland Fußballweltmeister in Bern.

Zu Hause saß mein Vater, wann immer es ihm am Feierabend und an den Wochenenden möglich war, vor seinem Grundig-Radioapparat und hörte Sportnachrichten. Er interessierte sich in erster Linie für Fußball und Leichtathletik. Aus alter Verbundenheit zum Ruhrpott (er hatte vor dem Krieg dort gearbeitet) waren ihm die Dortmunder Borussen oder die Kämpfer auf Schalke am liebsten, aber auch der HSV fand vor seinen Augen (damals noch eher Ohren) Gnade. Das alles war natürlich nichts gegen »das Wunder von Bern«. Unser Radioapparat stand auf einer Kommode, deren Griffknöpfe ich, die Aufregung meines Vaters teilend, während der Fußballweltmeisterschaft im Verlauf des Endspiels der deutschen Mannschaft gegen Ungarn, die empörten Ermahnungen meiner Mutter missachtend, mehrmals aus ihrem Gewinde drehte. Die Namen Helmut Rahn und Fritz Walter waren mir – trotz meines niedrigen Lebensalters – durchaus ein Begriff.

Ich spielte nachmittags nach Erledigung meiner Schulaufgaben mit den anderen Arbeiterkindern in der Nachbarschaft unbeschwert und angeblich häufig zu wild, obwohl ich immer wieder von Asthma heimgesucht wurde, das nach einer Lungenentzündung in meinem zweiten Lebensjahr aufgetreten war. Besonders beliebt waren Schlagball, Fußball und Völkerball. Meine Mutter hatte viel an meiner Kleidung zu flicken und kaufte mir deshalb eine robuste, rote Lederhose.

Des Öfteren musste sie auch größere oder kleinere Verletzungen pflegen, die ich mir beim Fußballspiel, beim Klettern auf Bäume oder bei der Überwindung von hohen Zäunen zugezogen hatte. Einer dieser Zäune schirmte eine Fabrik in der Nachbarschaft ab, die Stahlseile herstellte. Die Holztrommeln, auf denen die Seile später aufgewickelt wurden, stapelten sich auf dem Fabrikgelände und hatten auf uns Kinder eine hohe Anziehungskraft. Es passierten immer wieder kleinere Unfälle, wenn wir auf die Rollen kletterten und versuchten, sie mit den Füßen fortzubewegen. Bei ab und zu vorkommenden komplizierteren Blessuren musste ich ins Kreiskrankenhaus, meist zum Nähen meiner Wunden – man kannte mich und meine Daten dort aber schon so gut, dass meine Karteikarte ohne großes Suchen schnell gezogen werden konnte.

Bevor mein Bruder von der Schule in eine Dreherlehre wechselte, machte er mir beispielhaft klar, wie man auch schon in jungen Jahren (Taschengeld war eher ein Wunschgedanke als eine in einer Arbeiterfamilie durchzusetzende Tatsache) durch Eigeninitiative zu einem kleinen

Verdienst kommen konnte. Als mit einem Handkarren ausgestatteter Auslieferungsfahrer einer Wäscherei nahm er mich mit auf Tour – ob als Helferin oder eher als Maskottchen weiß ich nicht mehr so genau. Auf jeden Fall kamen wir manchmal zwar total abgekämpft, aber auch stolz mit etwas Bargeld nach Hause; was besonders an den Tagen wichtig war, an denen wieder mal Ebbe in der Haushaltskasse unserer Mutter herrschte und sie sich über etwas Unterstützung freute.

Mit einigen gleichaltrigen Spielkameraden versuchte ich in der Zeit außerdem, so etwas wie eine »Tauschbörse« ins Leben zu rufen. In der Nähe meiner elterlichen Wohnung gab es auch eine Schnapsfabrik, die das zurückgebrachte Leergut auf einem Gelände stapelte, das von einer hohen Hecke umgeben war (je nach Flaschengröße erhielt man im vorne gelegenen Geschäft des Gebäudes 10 oder 20 Pfennig Pfand zurück). Eines Tages entdeckten wir ein Loch in der Hecke und damit wieder Nachschub … na ja, eine Weile funktionierte das Ganze, dann gab es fürchterlichen Ärger.

Meine Mutter erzählte häufig Freunden und Verwandten, dass sie mit meinem Bruder nie so viele Probleme gehabt hätte wie mit mir. Sie war nicht wenig erleichtert, wenn es Schulferien gab, die ich bei meiner Patentante auf dem Land verbrachte. Dort genoss ich sehr viele Freiheiten. Zusammen mit anderen Kindern durfte ich zum Beispiel Kühe hüten. Wenn die einzige Kuh meiner Tante für jeden Dorfbewohner erkennbar aus der Herde hervorstach, weil sie wie ein Pferd von mir blank gestriegelt worden war, wussten alle: Brigitte ist wieder da!

Meine Patentante, die ältere Schwester meiner Mutter, hatte als Kriegerwitwe ihre beiden Söhne und eine Tochter alleine großziehen müssen. Zum Schicksal ihres im Krieg als vermisst gemeldeten Mannes gab es bis zu ihrem Tod vor einigen Jahren keinen wirklich aufklärenden Hinweis. Für meine Streiche im Dorf hat sie mich nie ernsthaft bestraft. Wahrscheinlich hatte sie noch in Erinnerung, dass sie in ihrer Jugend ein absoluter Wildfang gewesen war, der ihren Eltern nicht nur Freude bereitet hatte. Von meiner Mutter hörte ich einmal die Geschichte, dass meine Tante im Pfarrgarten ihres Heimatdorfes beim »Besorgen« von reifen Kirschen vom Pfarrer erwischt worden war. Er konnte sie angeblich deshalb auf frischer Tat ertappen, weil sie unglücklicherweise mit ihrer Unterhose an einem Ast hängen geblieben war.

Der ältere meiner beiden Vettern war ebenfalls sehr nachsichtig mit mir, die jüngere Cousine eher weniger. Wenn ich viel Glück hatte, kam während meines Ferienaufenthaltes auch der jüngere meiner beiden Vettern, der auswärts studierte, nach Hause. Dass ich ihn sehr verehrte, hat er nie so recht zur Kenntnis genommen. Erst vor Kurzem gestand ich ihm während einer Familienfeier, dass ich in den Jahren meiner »Pubertätsträume« ein Foto von ihm, das ich meiner Tante abgeschwatzt hatte, in der Tasche bei mir trug. Das Bild war während eines Studienaufenthaltes in England entstanden, und ich hatte mich gleich gefragt, ob es wohl von einem weiblichen Wesen gemacht worden war. Er saß auf den Klippen von Dover und schaute mit schicksalsschwerer Miene über die Nordsee nach Osten. Nur sehr gute Schulfreundinnen durften manchmal einen Blick auf dieses Foto werfen. Ab und zu besuchte uns mein Vetter in der Kreisstadt. Er fuhr einen schnittigen Motorroller und ich durfte ein paar Runden (natürlich an ihn geschmiegt) mit ihm drehen. Eines Tages erzählte mir meine Tante, dass er eine feste Freundin gefunden hätte und sie sich freuen würde, wenn daraus etwas Ernsteres entstünde. Für mich war das ein echter Verrat.

Von den Aufenthalten im Hochsauerland kam ich – unabhängig von wechselnden Gemütslagen – braun gebrannt, meist ziemlich verschrammt, aber gut genährt und doch irgendwie zufriedener als vorher wieder nach Hause. In meinem Gepäck befanden sich dann immer auch selbst gemachte Butter (ich hatte meiner Tante bei der Herstellung helfen dürfen) sowie Kostbarkeiten aus Hausschlachtungen bei ihr oder auf den Nachbarhöfen.

2. Kapitel 1956 – 1962

Erinnerungen an eine fortschreitende Kindheit im ebenfalls fortschreitenden Wirtschaftswunder

Die Deutschen verschrieben sich einer neuen Wohnkultur und ermahnten ihre Kinder, die neuen Tütenlampen, die schmucken Nierentische und die pastellfarbenen Ohrensessel beim Spielen nicht zu arg zu strapazieren.

1956 wird in der Bundesrepublik Deutschland die Wehrpflicht von zwölf Monaten eingeführt (wenige Jahre vorher hatte der CSU-Politiker Franz Josef Strauß lauthals verkündet, dass jedem Deutschen, der wieder ein Gewehr in die Hand nehmen würde, die Hand verdorren sollte).

Als die Diskussionen über die Einführung der Wehrpflicht in Deutschland begannen, demonstrierte mein Vater auf den Straßen unserer Kreisstadt mit Arbeitskollegen und anderen Gleichgesinnten, die wie er im Krieg gewesen waren, vehement dagegen. Er konnte es nicht fassen, dass es Bürger gab, die trotz der kurzen Zeitspanne zwischen dem Ende des Zweiten Weltkrieges und dem »neuen Deutschland« anderer Meinung waren und dies auch noch durch Verhöhnung der demonstrierenden »Altlandser« kundtaten.

In Ungarn findet ein Aufstand gegen das stalinistische Regime statt, wird aber kurze Zeit darauf durch den Einsatz von Sowjet-Panzern blutig niedergekämpft.

Die Berichte über den Ungarn-Aufstand waren – so viel bekam ich auch schon im Alter von acht Jahren mit – beunruhigend und erschütternd. Die Angst vor der Unberechenbarkeit der Sowjets und der Gefahr, dass sich aus so einem Anlass ein dritter Weltkrieg anbahnen könnte, wuchs – wie überall in Deutschland – auch in meiner Familie.

Die Amerikaner beginnen den Krieg gegen Nordvietnam.

Die Kämpfe der von den Sowjets und den Chinesen angestachelten Vietcong in Nordvietnam gegen die durch die Amerikaner unterstützten Südvietnamesen ließen dagegen sowohl in den USA als auch in Europa noch keine richtige Ahnung aufkommen, welches Chaos sich daraus entwickeln sollte.

In Monaco heiratet die unter anderem durch den Film »High Noon« (sie spielt darin unvergessen zusammen mit Gary Cooper) bekannt gewordene Schauspielerin Grace Kelly den Fürsten Rainier III., den Regenten der Monegassen, die in einem klitzekleinen Land leben, dafür aber ein großes Spielkasino haben.

Die Traumhochzeit zwischen Gracia Patricia – wie sich Grace Kelly nun nannte – und ihrem gut aussehenden Fürsten habe ich durch Abbildungen auf irgendeiner Illustrierten wahrgenommen, die sich meine Mutter ab und zu leistete. Aber sie interessierte mich nur wenig.

Ich hatte auf jeden Fall meinen eigenen Favoriten. Es war ein ungefähr gleichaltriger Junge aus der Nachbarschaft. Er hatte wild vom Kopf abstehende blonde Haare, aber sein wirkliches Markenzeichen waren seine großen, immer erstaunt blickenden, intensiv blauen Augen. Er hatte neun weitere Geschwister, darunter zwei große Schwestern, die er – wie er mir eines Tages erzählte – öfter mal spät abends heimlich dabei beobachten konnte, wie sie von wechselnden Verehrern nach Hause gebracht wurden. Eines Tages im Sommer 1956, er trug auf unserem Schulweg ab und zu wegen meiner Luftnot auch noch meine Schultasche mit, kamen wir an einem Kornfeld vorbei. Er stellte unsere Taschen ab, fragte mich, ob ich schon einmal einen richtigen Kuss bekommen hätte, und zog mich, als ich dies verneinte, mit in das Kornfeld. Es war ein außerordentlich feuchter erster Kuss. Ich vergesse nie, wie er mich danach fragte: »Hast du was Besonderes dabei gemerkt?« Die immer noch störende Feuchte auf meinem Gesicht ignorierend antwortete ich: »Nein, du?« Ziemlich erleichtert antwortete er: »Ich auch nicht, komm, lass uns nach Hause gehen.«

Wir haben dann, vollkommen unbelastet von diesem Experiment, noch oft zusammen gespielt. Sein Vater besaß direkt in der Nachbarschaft eine Werkstatt, in der »Butterkirnen« (verschieden große, wannenförmige Behältnisse mit einem Rührwerk, beides aus Holz) hergestellt wurden. Dies bedeutete damals in Haushalten, in denen bis dahin Sahne noch von Hand zu Butter gerührt werden musste, einen echten Fortschritt.

Nach Feierabend schlichen wir uns oft durch die Hintertür in die verlassenen Arbeitsräume, die für uns den besten Abenteuerspielplatz überhaupt abgaben. Es war uns verboten worden, dort zu spielen, weil schon einmal eines der Kinder einen Unfall erlitten hatte. Es hatte aus Versehen eine Maschine eingeschaltet und geriet mit den Haaren in eine Kurbelwelle, die es teilweise skalpierte. Wir mussten außerdem aufpassen, dem Donnerwetter der Mutter zu entgehen, wenn sie zum Essen rief und wir so beschäftigt waren, dass wir sie nicht hörten. Die Mutter meines Spielkameraden fütterte ihre Kinder – insgesamt waren im Haushalt 13 Personen zu versorgen – zu den Mahlzeiten jeweils in zwei Schichten ab. Manchmal wurde ich aus Versehen mit eingereiht, und zwar nicht nur beim Essen, sondern auch bei den regelmäßig stattfindenden Reihenabstrafungen. Auf jeden Fall war alles viel spannender als zu Hause. Als später noch zwei Kinder der ältesten Tochter hinzukamen, wurde es erst recht interessant. Einmal ermahnte der vierjährige Bruder meines Spielkameraden seinen zweijährigen Neffen: »Du hast zu tun, was ich dir sage – ich bin schließlich dein Onkel.«

Heute ist der junge Mann, von dem ich zum ersten Mal geküsst wurde, Inhaber einer mittelständischen Firma. Es hat mich jahrelang gereizt, ihn dort zu besuchen, in sein Büro zu spazieren und ihn zu fragen, ob er inzwischen »was gemerkt« hat. Leider habe ich es nie gemacht.

Mein Bruder war bei seiner Schulentlassung 13 Jahre alt und bekam aus diesem Anlass einen neuen Anzug mit passendem Schlips und – durch dieses ungewohnte Kleidungsstück – fast jeden Sonntag Ärger mit meiner Mutter. Trotz häufiger Ermahnungen, Vorsicht walten zu lassen, setzte er sich eines Sonntags wieder einmal mit zu viel Schwung an den schön gedeckten Mittagstisch und tauchte seinen Schlips in die Rindfleischsuppe. Er bekam von meiner Mutter – das konnte sie bei manchen Gelegenheiten sowie sehr schnell und ohne große Vorankündigung – umgehend eine Ohrfeige verpasst. Mein Bruder erhob sich sehr würdig von seinem Stuhl, blickte mit tragischer Miene in die Runde und verkündete: »Mir reicht es. Ich gehe in die Fremdenlegion!« Dann verschwand er durch die Haustür. Meine Mutter trug etwas hektisch der restlichen Familie das weitere Mittagessen auf, mein Vater blieb recht gelassen, und ich brach in Tränen aus. Es war nicht einfach, einen sechs Jahre älteren Bruder zu haben, der einen bei allen möglichen Gelegenheiten aufzog und hänselte. Aber in die Fremdenlegion? Ich hatte wohl schon schlimme Dinge darüber gehört und wünschte ihm ein so schweres Schicksal nun wirklich nicht.

Gegen Abend, ich weiß noch, dass es lecker belegte Brötchen gab, stahl sich mein Bruder durch die Hintertür wieder ins Haus. Der Hunger hatte ihn dazu gebracht, sein Vorhaben erst mal zu verschieben. Meine Eltern kommentierten den Zwischenfall nicht weiter. Ich glaube aber, mich erinnern zu können, dass ich – zumindest eine kleine Weile – außergewöhnlich nett zu ihm war.

1957 tritt in der Bundesrepublik Deutschland das Gesetz über die Gleichberechtigung von Mann und Frau in Kraft.

Das Thema Gleichberechtigung zwischen Mann und Frau wird mich damals noch nicht so sehr interessiert haben. In meinem Elternhaus waren die Rollen seit der Rückkehr meines Vaters aus dem Krieg wieder ganz klar so verteilt, wie »Mann« sich das nicht anders vorstellen konnte. Meine Mutter war für die »drei Ks«, Küche, Kirche, Kinder, zuständig, mein Vater für den Unterhalt der Familie. Ab und zu kam bei meiner Mutter etwas »Aufrührerisches« ans Tageslicht, was ihr einen gewissen Ausgleich zu ihrem täglichen Haushaltseinerlei verschafft haben muss, meinen Vater dagegen zu Zornausbrüchen trieb: Sie hatte eindeutig eine kreative Ader. Die schlug sich auch regelmäßig bei Veränderungen unserer Wohnungseinrichtung nieder. Sie setzte ihre Ideen, da ihr hierbei nicht viel Geld zur Verfügung stand, unter dem Einsatz von allen möglichen Hilfsmitteln und aus früheren Zeiten aufgehobenen Stoffen um. Manchmal kam der Rest der Familie nach Hause und stellte fest, dass sie binnen kurzer Zeit durch die Umstellung und Umwandlung von Möbeln Küche, Ess-, Schlaf- und Wohnzimmer in Wanderausstellungen verwandelt hatte. Als sie aber einmal ein Sofa durchgesägt und daraus zwei Sessel angefertigt hatte (sie sahen allerdings stark improvisiert aus), gab es nach einem Riesenkrach mit meinem Vater eine Ruhepause in ihren Aktivitäten (und irgendwann danach auf Pump ein neues Sofa).

In Rom werden die Verträge zur Europäischen Wirtschaftsgemeinschaft, EWG, unterzeichnet.

Mit neun Jahren war ich mir sicher noch nicht annähernd darüber im Klaren, was die Errichtung eines gemeinsamen Marktes zwischen Deutschland, Belgien, Frankreich, Italien, Luxemburg und den Niederlanden an Vorteilen (aber auch an teuren Verpflichtungen) für unser Land mit sich bringen würde. Die in den Verträgen ebenfalls garantierte Freizügigkeit der Arbeitnehmer innerhalb der EWG-Staaten sollte allerdings auch eine »Freizügigkeit« deutscher Weiblichkeit im Umgang mit den aufgrund dieser Regelung in die BRD kommenden Gastarbeitern bedeuten. Inwieweit mich das eines Tages ganz persönlich berühren würde, wusste ich zu diesem Zeitpunkt noch nicht.

Die Sowjets schießen den Sputnik ins All.

Im Zusammenhang mit dem Start des sowjetischen Satelliten »Sputnik 1« im Oktober 1957 spricht man heute vom Beginn der eigentlichen Raumfahrt. Damals interessierte mich das Thema noch nicht besonders. Doch dann wurde die Hündin Laika in den Weltraum geschossen. Die Bilder dieses »verkabelten« Hundes, der mir sehr leidtat, werde ich nie vergessen.

In 50 % der deutschen Haushalte gibt es laut einer Umfrage außer Schulbüchern keine weiteren Buchexemplare.

Was das Vorhandensein von Büchern in deutschen Familien anging, gehörte die meinige wohl zu den anderen 50 %, und das war sicher eher ungewöhnlich für einen Arbeiterhaushalt. Die Literatur in unserem Bücherschrank war für mich aber damals noch nicht so interessant wie die Karl-May-Bände, die ich aus der Schul- oder der Stadtbibliothek nach Hause schleppte und abends im Taschenlampenschein unter der Bettdecke las. Sich in den »Schluchten des Balkans« aufzuhalten, den Abenteuern aus dem Band »Der Schut« hinzugeben oder den »Schatz am Silbersee« mit zu heben war zeitweise das Nonplusultra meiner Freizeit, und ich reagierte beleidigt darauf, dass »Herr« Karl May in den Augen mancher Zeitgenossen eher als ein Hochstapler gesehen wurde. Ich war enttäuscht, dass er alles gar nicht selbst erlebt, sondern nur erfunden hatte (wenn auch enorm gut).

Das deutsche Segelschulschiff »Pamir« sinkt im Atlantik und 80 Seeleute finden den Tod.

Den Tod durch Ertrinken stellte ich mir schon als Kind als etwas ganz Furchtbares vor. Es graute mir vor solchen Nachrichten. Ungefähr zehn Jahre später sollte ich eine Freundin haben, die mir von dem Drama ausführlich berichtete, bei dem ihr Verlobter ertrunken war. Inzwischen ist sie selber tot, aber ich muss noch heute an diese Schilderungen denken, wenn ich ein Segelschulschiff sehe.

Auf mich kam aber erst einmal ein Ereignis zu, was mich in den Augen unseres Pastors befähigen sollte, einen ganz anderen Eindruck von »himmlischen Dingen« zu bekommen. Wie von ihm, meinen Eltern und meinen Lehrern gewünscht, wurde ich zum »Kommunionkind« erzogen. Damit einher ging natürlich, dass wir von unserem Pastor im Vorfeld über das Sakrament der Beichte informiert wurden und auch ein gewisses Beichttraining absolvieren mussten. Die Zeit der unbeschwerten Kindheit wurde dadurch schlagartig mit den Begriffen »Sünde« und »Schuld« überschrieben. Ich habe das Zeremoniell der Ohrenbeichte bis zu meinem späteren Austritt aus der katholischen Kirche sowohl gefürchtet als auch gehasst. Jeden Sonnabend wartete am Nachmittag eine ganze Schar neunjähriger Kinder blass oder mit roten Ohren vor einem Beichtstuhlungetüm aus dunklem Holz in den davorstehenden Kirchenbänken. Immer wenn einer der Mitbetroffenen die Prozedur hinter sich hatte und der nächste nicht schnell genug reagierte, tauchte aus dem Samtvorhang vor uns eine bleiche Hand auf, die den nächsten »Delinquenten« aufforderte, einzutreten. Selbst jetzt – beim Schreiben dieser Worte – bekomme ich bei der Erinnerungen daran noch ganz kalte Hände. Damals blieb mir aber meistens nach Eintritt in das enge dunkle Kabäuschen erst mal die Luft weg, weil ich auf Kommando meine Sünden bekennen sollte, die immerhin während einer ganzen Woche aufgelaufen waren. Manchmal, wenn mir nicht genug einfiel, habe ich aus Verzweiflung kleinere Verfehlungen erfunden, wie zum Beispiel am Freitag Fleisch gegessen zu haben (aber war das eigentlich meine Schuld, wenn meine Mutter keinen Fisch auftreiben konnte?). Am Ende kam die kritische Frage: »Bereust du deine Sünden?« Mit meinem nicht immer ehrlichen »Ja« hatte ich natürlich schon wieder den ersten Punkt auf meinem Spickzettel für die nächste Sitzung stehen. Es half natürlich alles nichts – wir Schulkinder mussten da noch viele Jahre durch.

Der Tag der Kommunion brachte dann wenigstens noch ein paar »materielle« Tröstungen mit sich, an die ich mich deshalb so genau erinnere, weil die Erfüllung von Wünschen zu dem damaligen Zeitpunkt noch ein heikles Thema war. Ich hatte nie solche Mengen von Spielzeug wie die Kinder unserer Nachfolgegenerationen, in deren gut ausgestatteten Kinderzimmern es sich später stapelte. Dazu fällt mir ein, dass ich statt einer »Barbie« mit großer Garderobe Anziehpuppen aus Pappe mit den dazu passenden Papierklamotten besaß, die man an diesen (damals wahnsinnig modernen) »Papiermodels« befestigen konnte.

Ich bekam zu meiner Erstkommunion von einigen der Gäste recht nette Geschenke, wenn auch der Nutzwert dieser Gaben damals immer im Vordergrund stand: neue Schultasche, Schottenrock oder erste Dinge für die Aussteuer – Letztere waren Jahre später, wenn es wirklich ans Eingemachte ging, längst unmodern geworden oder überholt. Die Anschaffung des notwendigen weißen »Outfits« und der obligatorischen schwarzen Lackschuhe sowie die nötige Neueinkleidung der übrigen Familienmitglieder konnten, ich erinnere mich noch heute genau, von meinen Eltern nur mit einigen Mühen finanziell bewältigt werden. Die folgenden Sonn- und Feiertage wurden dann auch immer mit Ermahnungen eingeläutet, die »guten Sachen« weder schmutzig noch kaputt zu machen.

Auch wenn mein Vater seit Kriegsende nur noch zu Beerdigungen und Hochzeiten in die Kirche ging, hätte er nie daran gedacht, seine Kinder aus der Kirchengemeinde auszuschließen. Er kündigte auch nie seine Kirchenmitgliedschaft. Auch ein Atheist, als den er sich damals selber bezeichnete, durfte eine Ächtung in dem sehr »schwarzen« Umfeld unseres Wohnortes nicht riskieren. Außerdem hätte man ihm in seiner für ihn wichtigen sonntäglichen Stammtischrunde die Hölle heiß gemacht, und seine Arbeitskollegen hätten dies auch nicht gebilligt, obwohl er als einer ihrer Gewerkschaftsvertreter mit der Betriebsleitung so manchen Strauß zu ihren Gunsten ausgefochten hatte. Für mich hatte die Einstellung meines Vaters während des Religionsunterrichtes oft unangenehme Folgen. Für unseren Pastor war ich das Kind eines Abtrünnigen und unterlag einer gewissen Sippenhaftung.

Am 28. Oktober 1958 stirbt in Rom Papst Pius XII.

In unserer Gemeinde wurden Andachten ausgerichtet, aus denen mir das Bild des asketisch aussehenden Mannes in Erinnerung blieb und über den in der Folge aufgrund seiner Haltung gegenüber der Judenverfolgung in der Nazizeit noch viel diskutiert werden sollte.

(Wenn auch 1963 Rolf Hochhuths Theaterstück »Der Stellvertreter« reichlich Kritik erfuhr, lohnt es sich meiner Meinung nach für Interessierte auf jeden Fall, sich über dieses Werk mit der Vatikanpolitik und dem Umgang Pius XII. mit den Schlüsselfiguren Deutschlands in seiner düstersten Zeit auseinanderzusetzen.)

Gespannt verfolgte ich die Berichte im Fernsehen über die Wahl des neuen Papstes. Schwarzer oder weißer Rauch? Der neue Heilige Vater, Angelo Giuseppe Roncalli, über den man bis dahin noch nicht viel wusste, gefiel mir schon allein wegen seiner gemütlichen Bewegungen und seiner freundlichen Gesichtszüge.

1959: Heinrich Lübke wird zum Bundespräsidenten gewählt.

Alle Westfalen waren natürlich stolz auf seine Herkunft. Das Dorf, in dem er geboren wurde, befand sich nicht weit von den Orten, wo viele meiner Verwandten wohnten. Später wurden wir »Hochsauerländer«, als man uns mit nicht mehr zu übersehenden Gebrechen des Bundespräsidenten aufzog, richtig sauer. Einige Leute waren – wie auch ich – der Meinung, dass es sich nicht gehört, Menschen wegen Krankheitsfolgen zu veralbern, andere sagten, seine Ehefrau, die ihn eindeutig zu dem Präsidentenamt genötigt hätte, müsste ihm nun, da er dieses Amt wegen der Folgen seiner Erkrankung (ich nehme an, er hatte Alzheimer) nicht mehr richtig ausfüllen konnte, auch einen Rückzug in Würde sichern.

Wer mitsprechen will, was im Fernsehen passiert, muss auch ein Anhänger der immer beliebter werdenden Serien sein – heute würde man von Soap-Operas sprechen.

Die Anzahl der Fernsehapparate in deutschen Haushalten stieg ständig weiter an, sodass man in vielen Familien, außer Nachrichten zu verfolgen, auch genau wusste, welche Probleme zum Beispiel die »Familie Schölermann« zu lösen hatte.

In meiner Familie wurde natürlich neben Sport, Sport und noch mal Sport auch anderes gesehen, wie zum Beispiel auch die erwähnte Serie »Familie Schölermann«. An das genaue Anschaffungsdatum unseres Fernsehers kann ich mich nicht mehr erinnern. Auf jeden Fall wurde mir Ende 1958 oder Anfang 1959 der Blinddarm entfernt. Als ich aus dem Krankenhaus entlassen wurde, stand der Fernseher im Wohnzimmer. Ich vermute aber eher, dass er im Zusammenhang mit der Fußballweltmeisterschaft 1958 gekauft wurde, von der ich aber nicht mehr viele Details im Kopf habe. Die Anschaffung hatte jedenfalls zur Folge, dass bei uns öfter »Tag der offenen Tür« war, weil ein Teil der Nachbarn, die noch kein solches Gerät hatten, auffällig oft zu Besuch kamen, besonders wenn Sportsendungen liefen. Samstagabende, an denen meine Eltern bei Salzstangen und kleinen Häppchen auf der Couch zusammenrückten und Hans-Joachim Kulenkampff verehrten, sind mir genauso in Erinnerung geblieben wie Musiksendungen mit Caterina Valente und Silvio Francesco, ihrem Bruder. Leider musste ich in den Jahren noch immer dann ins Bett, wenn es gerade interessant wurde. Meine Eltern bekamen nicht immer mit, wenn ich im Nachthemd und mit kalten Füßen an der Wohnzimmertür lauschte. Einmal wurde ich aber dabei erwischt, und meine Eltern glaubten lange Zeit, ich gehörte zu der bedauernswerten Spezies der »Schlafwandler«.

Günter Grass bringt das Buch »Die Blechtrommel« heraus.

Ich erinnere mich, dass mein Vater »Die Blechtrommel« von Freunden geschenkt bekam. Das Buch stand wahrscheinlich – wie alle Titel, die für Katholiken nicht empfohlen waren – in der zweiten Reihe des aus bestimmten Gründen etwas tiefer gebauten Bücherregals meiner Eltern. Vorne waren geschickt die eher harmloseren Titel sowie unverfängliche Bildbände aufgereiht, um einmal der richtigen Kindererziehung und zum anderen den Vorstellungen von Besuchern gerecht zu werden. Es dauerte eine Weile, bis ich hinter dieses System kam.

Es war aber auch einige Zeit später noch interessant, Oskar Matzerath, seine Schlüssellocherlebnisse und sein Brausepulverexperiment kennenzulernen. Letzteres sollte ich später einmal mit einer Jugendliebe nachvollziehen, sodass ich mich, als schließlich der Film mit dem unglaublich beeindruckenden Sohn von Heinz Bennent, David Bennent, herauskam, wieder daran erinnerte und nachträglich noch rote Ohren bekam.

Wir nehmen zur Kenntnis, dass Fidel Castro auf Kuba neuer Machthaber geworden ist.

Keiner ahnte zu dem Zeitpunkt, welche Rolle er bei der Zuspitzung des Kalten Krieges zwischen Amerika und Europa auf der einen und dem Ostblock auf der anderen Seite spielen würde.

Bei uns zu Hause spielten sich auch »mächtige« Dinge ab. In den Jahren nach meiner Erstkommunion war das Verhältnis zwischen meiner

Mutter und mir – jedenfalls in meiner Erinnerung – noch einigermaßen entspannt. Sie hatte mit vielen gesundheitlichen Beschwerden zu kämpfen, musste oft das Bett hüten und tat mir wirklich leid, wenn ich ihre mit offenen Wunden geplagten Füße und Beine sah. Ich wurde aber dadurch sehr früh im Haushalt in die Pflicht genommen, was mir nicht gut gefiel, weil meine Schulkameraden derweil draußen herumtobten. Meine Muttter schickte mich manchmal nachmittags los, Eis oder Kuchen aus einem nahe liegenden Café zu holen (ich nehme an, weil es ihr selber Spaß machte und sie nicht viel Abwechslung hatte, und zum anderen, um mich bei Laune zu halten), und erzählte mir dann, wenn ich an ihrem Bett saß, Geschichten aus ihrer Kinder- und Jugendzeit im Hochsauerland. Es kam auch ab und zu vor, dass ich – mit Abwasch und anderen Küchenarbeiten betraut – meiner Mutter bei offenen Türen quer durch die Räume patzige Antworten gab. Bei einer dieser Gelegenheiten drohte sie mir an, sie würde das Bett verlassen, um mich zu züchtigen. Ich habe daraufhin wohl etwas hämisch geantwortet: »Das kannst du ja gar nicht.« Sekunden später hatte sie mich am Wickel und gleichzeitig lief ihr das Blut aus ihren Beinverbänden. Dass ich mich sehr schämte, war eine Sache. Die andere: Ich musste abends auch noch die inquisitorische Befragung durch Vater und Bruder überstehen, wie es zu diesem Zwischenfall gekommen war.

Solange ich mich mit meiner Mutter nur über allgemeine Themen unterhielt, kamen wir recht gut miteinander aus. Befragte ich sie aber auch nach ihrer Vergangenheit in den Jahren vor dem Krieg und ihrer Meinung dazu in der Gegenwart, war sie manchmal ungehalten. Sie erkannte, dass ich – ein echtes Kind meines Vaters – schon damals unangenehm insistieren konnte, wenn ich etwas genauer wissen wollte. So habe ich sie auch einmal gefragt, was denn die Mitglieder des BDM (Bund Deutscher Mädchen) in der Nazizeit alles veranstaltet hätten, nachdem mir ein Foto von ihr aus diesem Zeitraum aufgefallen war. Eines Tages kamen wir dann auch zu dem Thema »Reichskristallnacht«, und ich wollte wissen, wie das in ihrem Dorf abgelaufen war. Ich muss dadurch neugierig geworden sein, weil, wenn wir ihre Verwandten im Hochsauerland bei irgendwelchen Familienfesten besuchten, auch ab und zu hinter vorgehaltener Hand alte Dorfgeschichten aus der Nazizeit erzählt wurden. So auch diese: Der einzige nennenswerte Arbeitgeber in dem kleinen Ort, in dem meine Großeltern lebten, war ein Mann jüdischen Glaubens gewesen, der dort eine mittelständische Metallwarenfabrik aufgebaut hatte. Er und seine Familie sollen oft Hilfe geleistet haben, wenn es jemandem im Dorf nicht gut ging. In der Nacht vom 9. auf den 10. November 1938 stürmten Mitbewohner des kleinen Dorfes (entweder waren sie selber schon überzeugte Nazis oder inzwischen deren kritiklose Mitläufer geworden) die Wohnung dieser bis dahin wohlgelittenen und akzeptierten Familie. Ich erinnere mich, dass jemand aus meinem eigenen Verwandtenumfeld der Meinung war, wenn man erst Menschen ihr Klavier aus dem Fenster werfen müsse, bis sie merken, dass sie nicht erwünscht seien, hätten sie wohl selber eine Mitschuld daran gehabt. Auf Nachfrage erfuhr ich, dass die Familie Deutschland noch rechtzeitig verlassen konnte, bevor ihr noch Schlimmeres zustieß. Meiner Mutter waren diese Fragen ebenso unangenehm wie meine reservierte Haltung ihr und Teilen ihrer Verwandtschaft gegenüber. Es hing sicher mit ihrer Erziehung zusammen, wenn sie sich bei heiklen Themen aus Geschichte, Politik und Wirtschaft ihr Leben lang sehr bedeckt hielt und zudem bei Diskussionen, die sie früher in ihrem Elternhaus so nie kennengelernt hatte, nicht gut mithalten konnte. Nach ihren eigenen Erzählungen hatte man ihr früh eingebläut, dass man Eltern, Lehrern, Ärzten, Apothekern, Polizisten, Pastoren und Großbauern (wahrscheinlich habe ich noch welche vergessen) kritiklos Respekt entgegenbringen sollte.

Von diesem Klima begünstigt, konnte ihr das passieren, was sie in den ersten Schuljahren in ihrer Dorfschule erlebt hatte. Sie erzählte mir, dass ihr damaliger Klassenlehrer regelmäßig sie und ihre Mitschülerinnen »betatschte«. Er konnte dies tun, ohne Gefahr zu laufen, dass auch nur eines seiner Opfer den Eltern etwas davon erzählen würde. Aber auch den männlichen Kindern dieser Generation, wenn sie in bestimmten abhängigen, ärmlichen Verhältnissen aufwachsen mussten, wurde von den Eltern klargemacht, dass sie jeglicher Obrigkeit gegenüber eine devote Haltung einzunehmen hätten. Bei meinem Vater und seinem ältesten Bruder hatte das letztendlich nicht viel gefruchtet. Mein Onkel, der älteste Bruder meines Vaters, wehrte sich von frühester Jugend an dagegen, dass einige Vorteile nur bestimmten Einwohnern des Dorfes zugutekommen sollten. Das hing mit einem folgenschweren Vorfall etliche Jahre vor dem Zweiten Weltkrieg zusammen, der einem anderen Bruder meines Vaters das Leben gekostet hatte. Er war im Alter von neun Jahren von einem Schulkameraden mit der Schrotflinte erschossen worden. Der Vater dieses Kindes, ein angesehener Großbauer und Jäger, hatte seinen Sohn beauftragt, die Flinte nach Hause zu bringen. Die Kinder spielten »Soll ich dich erschießen?« und – da die Waffe ungesichert und geladen war – leider mit Erfolg. Eine neutrale Untersuchung des Vorfalls soll es, ebenso wie eine Bestrafung des eigentlichen Unglückverursachers, nie gegeben haben, und meine Großeltern trauten sich nicht, sich dagegen zu wehren. Wie ich erst vor Kurzem herausbekommen habe, war mein Großvater Fuhrknecht bei eben diesem Bauern gewesen. Kein Wunder, dass er lieber den Mund gehalten hatte. Der älteste Bruder meines Vaters hat später versucht, sich durch seinen Eintritt in die NSDAP im Ort endlich mehr Gehör zu verschaffen, und seinen wesentlich jüngeren Bruder, meinen Vater, dadurch ganz sicher mit beeinflusst.

Zurück zum Jahr 1958. In meiner Schule wurde ab und zu noch die Prügelstrafe angewandt, wenn auch bei den Jungen mehr als bei den Mädchen. Die Vorstellung, wie man den Schülern Disziplin beizubringen hat, war wahrscheinlich noch ein Überbleibsel aus der Nazizeit. Über die geschichtlichen Hintergründe, warum die Deutschen so kritiklos hinter ihrem »Führer« und seiner ihn umgebenden, Morgenluft witternden anderen Schranzen hergerannt waren (und viele sich danach jahrelang weigerten, dies einzusehen), habe ich in meiner Volksschulzeit so gut wie nichts erfahren. Nur mein Vater hatte mir versucht zu erklären, wie die Menschen zwischen dem Ersten und dem Zweiten Weltkrieg im Umfeld einer chaotischen, zersplitterten Parteienlandlandschaft, der (nicht nur in Deutschland, sondern auch der übrigen Welt) wachsenden wirtschaftlichen Schwierigkeiten und den damit einhergehenden enormen Arbeitslosenzahlen in die »Nazi-Sackgasse«

eingebogen waren. Eine wirkliche Ahnung, wie schleichend sich so eine Entwicklung anbahnt, bekam ich erst viel später, als mir jemand das Buch »Das siebte Kreuz« von Anna Seghers schenkte.

Eines Tages – ich war damals ungefähr zehn Jahre alt – bekam mein Vater Besuch von zwei alten Kumpels und Mitlandsern aus der Zeit seiner Kriegseinsätze in Russland. Sie hatten sich unendlich viel zu erzählen, und ich entnahm den Schilderungen, dass die beiden schon im Ersten Weltkrieg gewesen waren und meinem Vater zu seinem Glück in Russland Unterricht in Überlebensfragen geben konnten. Er war für die alten Recken mit seinen zu der Zeit 25 Jahren der »Kleine« gewesen, den sie unbedingt mit durchziehen wollten und das auch schafften. Er verdankte ihnen nicht nur einmal sein Leben. In einer kalten Winternacht hatten sie ihn z. B. nach einem Zechgelage schlafend draußen vorgefunden, wiederbelebt und aufgewärmt. Er wäre, wenn sie ihn nicht vermisst und gesucht hätten, ganz sicher erfroren. Ich habe ihren Gesprächen gespannt gelauscht, kam doch darin zum Ausdruck, wie das Leben zu dieser Zeit für alle Kriegsbetroffenen immer mehr in ein Chaos einmündete. Erinnern kann ich mich aber auch, dass sie Schilderungen über ihre gemeinsamen Einsätze im Nachhinein häufig mit lockeren Kommentaren und humoristischen Einlagen würzten, als wäre alles doch nicht ganz so schlimm gewesen. So wurde das Überstandene für sie wahrscheinlich »leichter archivierbar« und letztendlich in der Erinnerung auch erträglicher. Über die wirklichen Details seiner Erlebnisse in Russland wollte mein Vater nie richtig reden. Sie müssen so schrecklich gewesen sein, dass sie nur durch den Einsatz gewisser Verdrängungsmechanismen für ihn zu bewältigen waren.

Man kann wohl davon ausgehen, dass die Verarbeitung der Kriegsereignisse für alle Überlebenden ähnlich schwierig war. Dazu kamen in nicht wenigen Fällen Familiendramen, wie in Wolfgang Borcherts »Draußen vor der Tür« geschildert und – nicht zu vergessen – die Folgen von Vergewaltigungen durch die »Sieger«. Den betroffenen Frauen stand dies nicht auf der Stirn geschrieben, sie hatten aber ihr restliches Leben lang sicher daran zu tragen, und es kam – wie bei den Männern – zu Verdrängungen, die nicht ohne Folgen für die Erziehung ihrer Kinder blieben.

50

Apropos Kinder: In dem 1959 gezeigten Film »Die Brücke« von Bernard Wicki wird eindringlich dargestellt, dass am Ende des Zweiten Weltkrieges noch sinnlos Jugendliche an der Heimatfront verheizt wurden.

Wicki verstand es, mit den unglaublichen Filmaufnahmen unmissverständlich seine Meinung kundzutun, dass Kriege Krebsgeschwüre der Menschheitsgeschichte sind und bleiben werden. Wenn heute Fritz Wepper über den Fernsehschirm geistert, erinnere ich mich daran, dass er mich in dem genannten Film durch sein unglaublich gutes Mienenspiel so betroffen gemacht hatte, ebenso Martin Lüthge und Volker Lechtenbrink. Ich freue mich, dass bis jetzt zumindest nicht alle der damals in ein so ernstes Thema eingebundenen Jungschauspieler gewissen Kitschrollen im Fernsehen zum Opfer gefallen sind.

Hinsichtlich der bis heute kontrovers diskutierten Nachkriegsschäden in den Seelen der Deutschen habe ich mir manchmal die (müßige?) Frage gestellt, wie Kindheit und Jugendzeit vieler Betroffener meiner Generation und das Verhältnis zu ihren Eltern anders hätten aussehen können, wenn diese Eltern nach Kriegsende nicht immer noch blind und taub gewesen wären – oder es sein wollten. Vielen von ihnen kann eine Traumatisierung wahrscheinlich nicht abgesprochen werden, andererseits sollte man aber auch nicht unter den Tisch kehren, dass sie selbst dafür verantwortlich waren. Aufschlussreich hierzu sind für mich die Ausführungen des Psychoanalytiker-Ehepaares Mitscherlich in ihrem Gemeinschaftswerk »Die Unfähigkeit zu trauern«. Hätte es die 68er in dem Sinne später eigentlich gegeben, wenn gleich nach dem Krieg im Volk eine ehrliche Auseinandersetzung mit dem »Tausendjährigen Reich« möglich gewesen wäre? Wenn ein Volk schon nicht postwendend in der Lage ist, aus offensichtlich falschen Weichenstellungen zu lernen, sollte man es ihm auf Dauer unterstellen, nicht dazu fähig zu sein?

In meiner Familie wurde überwiegend verdrängt statt aufbereitet. Mit meinen Eltern hätte ich zum Beispiel gerne einmal über das Thema Eheschließung im sogenannten dritten Reich gesprochen. Als ich eines Tages eine Eintragung in unserem Familienstammbuch suchte, fiel mir beim Durchblättern die Seite vor der Heiratsurkunde meiner Eltern ins Auge:

Zum Geleit – aus den Zehn Geboten für die Gattenwahl

Auszüge hieraus:

»Jedem Einzelnen wird zum Bewusstsein gebracht, dass er nur verbindendes Glied in der langen Kette von Geschlechtern ist. Das Deutsche Einheits-Familienstammbuch (mit Ahnenspiegel) soll jungen Eheleuten ein steter Mahner sein: Du sollst dir möglichst viele Kinder wünschen! Erst bei drei bis vier Kindern bleibt der Bestand des Volkes sichergestellt. Nur bei großer Kinderzahl werden die in der Sippe vorhandenen Anlagen in Erscheinung treten.«

Bei dem letztgenannten Satz der unglaublichen »Gebrauchsanweisung« in Sachen Gattenwahl hat sich mir sofort die Frage gestellt, wie die Anlagen eines Kindes bei dem, was die Konstrukteure des Dritten Reiches mit ihrem Volk vorhatten, überhaupt hätten zum Tragen kommen können. Dem Verfasser dieses Textes (gezeichnet Maßfeller, Oberlandesgericht – Ausgabe 1938) muss doch wohl klar gewesen sein, dass Kinder a) von Anfang an manipuliert (Baldur von Schirach ließ grüßen) und b) ohne Skrupel bis hin zum Kanonenfutter nur als Statisten für die Ausführung des »großen Planes« auf die Welt kommen würden.

Als meine Eltern 1941 mitten im Krieg heirateten, haben sie das Kleingedruckte wahrscheinlich sowieso nicht gelesen – ansonsten hätten sich bei ihnen spätestens 1942, als mein Bruder geboren wurde und sich das Ende der deutschen Katastrophe schon abzeichnete, schlecht werden müssen. Wie dem auch sei, das Vorwort im nationalsozialistischen »Familienpass«, in dem auf den Folgeseiten auch die rassische Einordnung der Ehegatten einzutragen war, schloss mit der Bemerkung:

»Das Familienstammbuch soll noch unseren Enkeln und Urenkeln davon künden, dass wir unserer Pflicht gegenüber unserem Geschlecht und unserem Volk bewusst gewesen sind.« Manchem in der Nazizeit geborenen Kind war allerdings nichts mehr zu künden, weil es den Krieg gar nicht überlebte.

Ergänzend kann ich mir nicht verkneifen, an dieser Stelle noch ein

nettes Zitat aus dem Anhang des Buches aufzuführen. Aus dem Rechts-
alphabet der Familie:

Zur Berufstätigkeit der Frau: »Verpflichtet sich die Frau ohne Zustimmung des Mannes zu persönlichen Dienstleistungen, kann der Mann
das Dienstverhältnis mit Ermächtigung des Vormundschaftsgerichtes
kündigen.«

Das waren noch Zeiten – kein Mann musste sich herablassen, mit seiner
Frau über Dinge dieser Art zu diskutieren. Er konnte sich ganz einfach
darauf beziehen, dass sie in seinem Sinne gesetzlich festgeschrieben waren.
Kaum zu glauben, aber in der BRD wurde eine Gesetzesänderung zu diesem Thema erst 1958 spruchreif.

Bleibt im Zusammenhang mit der Entwicklung der Nachkriegsgene-
ration für mich noch die Frage: Hätten der im Vornazideutschland schon
vorhanden gewesene »Kleinbürgermief« sowie der in Kaiserzeiten schon
übliche blinde Volksgehorsam alleine schon ausgereicht, um die Nach-
kriegsgeneration aufmüpfig zu machen? Jetzt habe ich den Bogen schon
etwas zu weit gespannt. Zu dem Thema »68er« komme ich noch.

Was meine Person anging, wuchs ich gegen Ende der 50er-Jahre un-
gebremst in die Höhe, blieb dabei aber ungewöhnlich dürr. So, wie ich
auf einigen Fotos aus dieser Zeit aussehe, hätte man genauso gut mich
statt später Twiggy groß rauskommen lassen können. Ehrlich gesagt
war ich aber zu der Zeit nicht nur über meine Sommersprossen, sondern
auch über meine figürliche Entwicklung sehr unglücklich. Dazu kam,
dass ein alter Nachbar meiner Eltern, dem ich eine Nachricht überbrin-
gen sollte, mich in seinem Wohnzimmer mit seinen knochigen Händen
festhielt und auf seinen Schoß zog. Er sagte mir, er müsse sich endlich
selber überzeugen, ob ich nun langsam einen Busenansatz bekäme. Ich
war darüber angeekelt und wütend, erzählte aber zu Hause nichts davon,
weil ich meinen Vater zu gut kannte. Er hätte wahrscheinlich umgehend
eine Strafexpedition gestartet und mit der Freundschaft zwischen meiner Mutter und der Nachbarsfrau wäre es wohl aus gewesen.

So kommt es eines Tages auch im Leben von Kindern zu einem Punkt,
an dem sie überlegen müssen, ob es gut ist, immer die Wahrheit zu sagen. Die Situation konnte man mit der vergleichen, die meine Mutter in

ihrer Schulzeit mit ihrem Lehrer erlebt hatte. Nur waren die Umstände diesmal andere. Meine Eltern hätten wohl kaum mich eines falschen Benehmens bezichtigt. Bei Bekanntwerden des Vorfalls wäre meiner Mutter aber bestimmt ein nachbarlicher Kontakt verloren gegangen, den sie gerade in der Phase ihrer langwierigen Krankheit dringend brauchte. Ist es für ein zwölfjähriges Mädchen das endgültige Ende seiner Kindheit, wenn es solche Überlegungen anstellen muss?

In den auslaufenden 50ern oder Anfang der 60er-Jahre wird es auch gewesen sein, als das Unglück mit Erwin passierte. Er war nicht ganz so alt wie mein Bruder (der steuerte schon auf das Ende seiner Lehrzeit als Dreher in dem Betrieb zu, in dem auch mein Vater aufgrund seiner Sehschwäche inzwischen als Maurer arbeitete). Ich hatte Erwin, weil wir einige Jahre zusammen im gleichen Haus wohnten, als Zielobjekt ausgewählt, an dem ich erste weibliche Taktiken und eventuell vorhandene Eroberungstalente ausprobieren wollte. Dazu kam es nicht mehr in letzter Konsequenz. Erwin kündigte seine Arbeit als Maschinenschlosser und wurde Schausteller. Beim Aufbau von Einrichtungen für einen Jahrmarkt in der Nähe meiner Heimatstadt schwenkte er, hoch auf einem fast fertigen Stahlgerüst stehend, ein Stahlrohr so unglücklich, dass er in eine Starkstromleitung geriet und sofort tot war.

Ich höre heute noch seine Mutter und seine Schwester auf der Beerdigung klagen. Am Tag vorher ging ich in den Leichenkeller unseres Krankenhauses, in dem er aufgebahrt lag. Ich hatte vorher erst einen einzigen toten Menschen gesehen, nämlich eine in sehr hohem Alter gestorbene Nachbarin. Sie war zu Hause in ihrem Schlafzimmer aufgebahrt worden. Ich kam mit meiner Mutter in dieses Zimmer, sah sie auf der Bahre liegen, und mein erster Schrecken wurde bald durch einen Lachreiz überlagert, weil ich immer wieder auf die blaue Zündholzschachtel starren musste, die man ihr unter das Kinn geklemmt hatte. Am Sarg von Erwin stehend, sah ich in dem Verunglückten zum ersten Mal mit Entsetzen einen Toten, den ich zu Lebzeiten gut gekannt hatte und mit dem ich nie wieder würde sprechen können. Obwohl er mit seiner dunkelblau verfärbten Haut nicht mehr dem Erwin meiner Erinnerung ähnelte, habe ich ihm leise erzählt, dass ich ihn schon immer gerne leiden mochte.

Das »Godesberger Programm« der SPD wird Ende 1959 verabschiedet.

Den ehemaligen SS-Obersturmbannführer Adolf Eichmann nahmen Agenten Israels in Argentinien fest. Er wurde nach Israel gebracht, wo man seinen Prozess vorbereitete.

Chruschtschow trommelt in einer UN-Sitzung mit seinem Schuh auf dem Rednerpult herum, während er die Aufnahme Chinas einfordert.

John F. Kennedy wird mit knapper Mehrheit zum Präsidenten der USA gewählt und schlägt damit den ebenfalls angetretenen Richard Nixon.

In Südafrika führt die Politik der Rassentrennung, die sogenannte Apartheid, zu immer neuen Unruhen.

Fast 200.000 Flüchtlinge verlassen die DDR, als ahnten sie, dass es bald nicht mehr so leicht sein würde, in den Westen zu kommen.

Mein Vater diskutierte mit gleich gesinnten Arbeitskollegen über das »Godesberger Programm« der SPD und versuchte gleichzeitig, die kirchentreuen CDU-Anhänger, mit denen er bei seiner schweren Tätigkeit zusammenarbeiten musste, von seiner Meinung zu überzeugen. Die Vor- und Nachteile von Mitbestimmung zur Kontrolle der Wirtschaft waren in aller Munde. Nicht alle zeigten sich aber grundsätzlich begeistert, dass eine Reihe alter SPD-Grundideen nun überholt sein sollten. Herbert Wehner, der wie Carlo Schmidt wesentlich am Programm mitgewirkt hatte, kaufte man diesen Schwenk noch nicht ganz ab, Carlo Schmidt schon eher. Mir gefielen diese politischen Diskussionen immer besser.

20-Uhr-Fernsehnachrichten zu sehen war bei uns zu Hause fester Brauch geworden. Ebenso üblich war es, dass zumindest die jeweils aktuellsten Schlagzeilen der »Westfalenpost« am Mittags- oder Abendbrottisch von meinem Vater kommentiert wurden und anschließend mit ihm besprochen werden konnten.

Ich erinnere mich besonders gut daran, dass mich der 1961 beginnende und häufig in den Nachrichten kommentierte Prozess gegen Adolf Eichmann (er saß, gegen eventuelle Übergriffe durch frühere Opfer oder deren Angehörige geschützt, in einem Kasten aus Panzerglas) stark berührte. Einmal wegen der drastisch erklärten Details im Zusammenhang mit den gegen ihn vorgebrachten Anschuldigungen, und zweitens wegen seiner unnatürlich steinernen Miene beim Verlesen der umfangreichen Anklageschrift. Ich wüsste heute noch gerne, was im Kopf solcher Menschen, wie er einer war, vorgegangen sein musste, wenn sie nicht nur vom Schreibtisch aus Befehle formulierten, sondern ihren Opfern irgendwann auch Auge in Auge gegenüberstanden. Im Alter von zwölf Jahren bekam ich während dieser Berichte schon eine Gänsehaut, und ich ahnte, was menschliche Schicksale unumkehrbar beeinflusst: nämlich der Ort, die Zeit, das politische Umfeld und auch die Familienverhältnisse, in die Menschen hineingeboren werden und wodurch sie – bei allen unterschiedlichen Lebensläufen – letztendlich doch leicht manipuliert werden können.

Der cholerische Auftritt Cruschtschows, den ich ebenfalls im Fernsehen verfolgte, hat mich damals wahrscheinlich zunächst einmal eher amüsiert als beunruhigt, obwohl Anzeichen von immer größer werdenden politischen Differenzen zwischen der Sowjetunion und den USA doch irgendwie auf den Magen drückten.

Die ersten Bilder von John F. Kennedy sind mir im Gedächtnis geblieben. Sie zeigten ihn als sympathischen Strahlemann, der auch schon kleine deutsche »Frauleins«, wie ich eines war, beeindrucken konnte. Nähere Gedanken über seine Person und für welche Politik er in den USA stand, habe ich mir mit zwölf Jahren wahrscheinlich noch nicht gemacht – das kam erst später.

Die Probleme Südafrikas waren noch weit weg und kamen auch erst bei mir an, als ich Nelson Mandela bewusst wahrnahm, dafür aber umso niederschmetternder. Auf erschütternde Eindrücke während späterer Afrikareisen möchte ich deshalb noch zurückkommen. Sie erinnerten mich daran, welche Vorstellung ich als Kind von den Ländern und Menschen des »Schwarzen Kontinents« gehabt hatte. Die Weißen, die den armen Negerkindern (und natürlich waren diese in meinen Augen stets so proper wie die dunkelbraunen Schildkröt-Puppen, von denen ich mir immer eine gewünscht hatte) alles brachten, was sie bis dahin so schmerzlich vermissen mussten, sahen in meiner Vorstellung immer so vertrauenerweckend aus wie Albert Schweitzer, den ich immerhin von Fotos kannte.

Apropos Fotos: Meine Eltern wunderten sich, dass ich die über Jahre gesammelten und an die Wände meines Zimmers gepinnten Schauspieler- und Musiker-Fotos von heute auf morgen abnahm und vernichtete. Unabhängig davon, dass ich bei »Sissi« regelmäßig (und bei den vielen Wiederholungen noch mal wieder) heiße Tränen vergossen hatte, fielen die mir vorher so teuer gewesenen Ablichtungen von Romy Schneider und Karl-Heinz Böhm auch der Säuberungsaktion zum Opfer. Selbst ein Foto von James Dean, der mich lange Zeit von der Wand her melancholisch angesehen hatte, fand keine Gnade mehr vor meinen Augen. Steinbecks Roman »Jenseits von Eden« habe ich unabhängig davon auch später noch in die Hand genommen.

Auch der pubertierende Mensch wird schließlich älter und vernünftiger. Jedenfalls glaubte ich das damals (aber später nie meiner Tochter). In meinem Fall spiegelte sich das für meine Begriffe auch darin wider, dass ich dem Aufstieg der langsam immer bekannter werdenden Beatles eher skeptisch gegenüberstand. Vielleicht nervten mich auch einfach die Schreiorgien und die hysterischen Ohnmachtsanfälle der weiblichen Fans bei ihren Auftritten, an denen selbst die Fernsehberichterstattung irgendwann nicht mehr vorbeikam. Die meisten ihrer überall in der Welt gespielten Titel nahm ich natürlich auch zur Kenntnis – wer nicht in meiner Generation? Richtig gepackt haben mich einige Songs erst viel später im Rückblick auf diese Zeit (»Love me do«, »Please please me«, »A hard day's night« und »Help« höre ich, ebenso wie natürlich »All you need is love«, heute noch gerne). Genauso erging es mir mit den Erfolgen von Elvis Presley (»Love me tender« erzeugt heute bei mir noch eine Gänsehaut).

Mit 13 Jahren hatte ich dagegen die Liebe zum Chanson entdeckt und fing an, Schallplatten von Hildegard Knef zu sammeln. »Für mich soll's rote Rosen regnen« kam meinen Fantasievorstellungen über meine (hoffentlich sehr nahe) Zukunft jedenfalls eher entgegen als englische Texte, die ich zu der Zeit sowieso nicht richtig verstehen konnte.

Ich steuerte so langsam auf das Ende meiner Volksschulzeit zu und profitierte in vielerlei Hinsicht davon, dass meinen Bruder der Ehrgeiz gepackt hatte, sich über den Besuch einer Berufsaufbauschule am Ort die Voraussetzungen für ein anschließendes Ingenieurstudium zu schaffen. Häufig war er mir gnädig gesinnt und klärte mich über Inhalte seiner Studien auf. Ich fand das Stöbern in seinen Lehrbüchern um Längen interessanter als alles, was man mir zu dieser Zeit nahebringen wollte. Meine Eltern waren auf die – wahrscheinlich gut gemeinte – Idee gekommen, mich zu einem Nähkurs bei den Franziskanerinnen des katholischen Mutterhauses in unserem Ort anzumelden. Ich erinnere mich noch mit Grauen daran, dass mich jedes Mal die Wut packte, wenn mich wieder einmal irgendeine Schwester »Rabiata« aufforderte, ein von mir kunstvoll gesticktes Knopfloch oder einen (ist es eigentlich lebensnotwendig, so etwas herstellen zu können?) schief geratenen Hohlsaum wieder aufzutrennen.

Neben den kaum zu vermeidenden Besuchen in den Gemäuern des sogenannten Mutterhauses nahm ich auch ein- oder zweimal in der Woche an Jungscharveranstaltungen der katholischen Jugend teil. Mit dieser Gruppe machte ich auch kleinere Reisen ins westfälische Umland, durfte mich in der Freizeit aber nie mit Büchern erwischen lassen, die ich von zu Hause mitgebracht hatte. Sie entsprachen selten den Vorstellungen unseres Pastors und seiner Helfer, womit man katholische »Jungfrauen« konfrontieren durfte, befriedigten aber gerade deshalb oft meine Neugier und meinen unbändigen Wissensdurst. Zugute kam mir als Leseratte, dass mein Vater schon immer ein Vielleser gewesen war. Vor dem Krieg hatte er schon Teile seines Minieinkommens dazu verwandt, sich über die Büchergilde Gutenberg mit Lesestoff einzudecken. Ich fand einige Bände aus der Zeit im Keller wieder. Später war es dann so, dass wir regelmäßig vom Bertelsmann-Buchklub Pakete bekamen, die von ihm und mir mit großer Spannung erwartet wurden. Er las gerne neben aktuellen Romanen über Themen aus Politik, Geografie und Weltgeschichte. Dies alles interessierte mich inzwischen viel mehr als die Jugendbücher, die ich zu diversen Anlässen geschenkt bekam. In jüngeren Jahren wurden mir gerne Geschichten wie die von Heidi, Peter, Klara und vom Alm-Öhi empfohlen, die ich auch da schon eher »ödi« fand, danach waren Bücher über pubertierende Mädchen mit ihren Pferden dran. Toll wäre natürlich gewesen, es hätte damals schon Berichte wie die über die Erkenntnisse eines »Pferdeflüsterers« gegeben, die mich später als Erwachsene noch sehr betroffen machen sollten.

Mein Augenmerk galt inzwischen mehr und mehr dem Lesestoff meiner Eltern. Einmal sollte ich ein Buch, das sich mein Vater zu Weihnachten gewünscht und meine Mutter bestellt hatte, in der Buchhandlung abholen. Dort jedoch weigerte man sich, mir das Exemplar auszuhändigen. Meine Mutter musste sich selbst dorthin bemühen, und das war für mich natürlich der Auslöser – koste es, was es wolle – den Verbleib dieser Schrift später zu Hause ausfindig zu machen. Selbstverständlich gelang mir dies auch, als sich meine Eltern einmal außer Haus befanden. Es handelte sich um den Titel »Lady Chatterly«, den ein braver Katholik eben nicht hätte anfassen sollen. Aber ganz ehrlich – mit circa 13 Jahren habe ich darin gelesen, ohne richtig zu begreifen, was sie mir eigentlich hatten ersparen wollen. Die Szene, in der Lady Chatterly ihrem Lover auf einer Waldlichtung Vergissmeinnicht ins Schamhaar drapiert, fand ich eher albern als erotisch und schon gar nicht verderblich. Wäre ich tatsächlich heimlicher Betrachter vor Ort gewesen, hätte mich wahrscheinlich der beschriebene Dauerregen mehr irritiert als die eigentliche Handlung zwischen den Hauptfiguren. Na gut, ich war noch nicht empfänglich für erotische Feinheiten, das Aufspüren des Buches hatte aber immerhin den Reiz des Verbotenen. Als ich viel später das Werk in einem anderen Bücherschrank stehen sah und erneut las, war die Spannung schon lange dahin. Interessant fand ich, dass der letzte Leser dieses Titels Bleistiftanmerkungen bei bestimmten Szenen angebracht hatte, die mich (ich gebe zu, das hatte etwas Voyeuristisches) mehr interessierten als der eigentliche Text.

Dass ich selber meine erste Bekanntschaft mit einem ausgewachsenen Exemplar des anderen Geschlechts glimpflich überstand, hatte ich wohl nur der vernünftigen Einstellung dieses Mannes zu verdanken. Nicht weit von meiner elterlichen Wohnung entfernt wurde ein »Behelfsheim« für italienische und griechische Gastarbeiter errichtet, die in der dahinterliegenden Metallwarenfabrik arbeiteten. An Sonn- und Feiertagen flanierten sie durch den Ort, um sich – fern von ihren Familien – die Langeweile zu vertreiben. Eine Schulkameradin hatte in einer der Eisdielen unseres Ortes Dimitri, einen griechischen Gastarbeiter, kennengelernt. Sie hatte sich wohl schon einige Male mit ihm getroffen, als sie mich eines Tages bat, sie auf einen Spaziergang zu begleiten – Dimitri würde auch einen netten Freund mitbringen. Ganz geheuer kam mir die Sache nicht vor, aber die Neugier war größer. Wir trafen uns an einem Samstagnachmittag am Ortsrand. Nach kurzer Begrüßung und Vorstellung des mir zugedachten Kavaliers verschwanden meine Schulkameradin und Dimitri im Gebüsch. Ich stand mutterseelenallein einem Mann gegenüber, der die 35 wahrscheinlich schon überschritten hatte. Er musterte mich nachdenklich mit seinen braunen, eigentlich sehr attraktiven Augen, um mir dann in gebrochenem Deutsch mitzuteilen: »Ich Tochter wie dich zu Hause, geh schnell weg!« Ich vergaß sein nachdenkliches Gesicht lange Zeit nicht und war mir darüber im Klaren, dass man solche Experimente als Frau lieber nie machen sollte. Die Affäre meiner Schulkameradin mit ihrem »Gastarbeiter« verlief übrigens nicht so glimpflich. Nach einer Anzeige durch ihren Vater kam es zu einer für die betroffene Familie sehr peinlichen Gerichtsverhandlung, da alle Details dieser verbotenen Beziehung vorgelesen wurden. Nach der Verhandlung kam – soviel ich weiß – für Dimitri die Ausweisung aus Deutschland.

1961 entsteht die Berliner Mauer. Ab jetzt werden viele Menschen ihren Versuch, sie zu überwinden, mit ihrem Leben bezahlen. Die Führung der DDR ist hochnervös, weil nicht nur in Berlin Menschen versuchen, aus dem Gebiet zu entkommen, das doch einen »Vorzeigestaat« darstellen soll.

1962 erlebt Deutschland die Spiegel-Affäre. In der Folge tritt Franz-Josef Strauß als Bundesverteidigungsminister zurück.

60

Während Deutschlands Jugend sich beim Twist verrenkt, tun das Politiker auf internationaler Bühne auf andere Art. Die Kubakrise löst in Washington Alarmstufe 1 aus. Der dritte Weltkrieg liegt in der Luft.

Die Fernsehbilder über den Moment, in dem Menschen in Ost und West fassungslos zuschauten, als die ersten Mauerteile aufgerichtet wurden, habe ich noch gut in Erinnerung. Im letzten Moment gelang sogar noch ein paar Arbeitern, die mit der Abschottung betraut worden waren, der Sprung in die Freiheit. Zum damaligen Zeitpunkt glaubte niemand daran, dass es für Deutschland einmal eine Wiedervereinigung geben würde und Menschen aus der DDR eines Tages über ebendiese Mauer klettern könnten – und das sogar singend, winkend und jubelnd.

Der angebliche Landesverrat der Spiegel-Herausgeber und das damit begründete Vorgehen gegen sie durch Franz-Josef Strauß (der so die heute noch oft zitierte Spiegel-Affäre in die Geschichte eingehen ließ) wurde bei uns zu Hause heiß diskutiert. Stellte doch der CSU-Mann Strauß für meinen Vater ein Feindbild schlechthin dar; zum einen war er als Verteidigungsminister der Verantwortliche für die von ihm als überflüssig bezeichnete Bundeswehr, und zum anderen sah er in ihm ein »Schlitzohr«, dem angeblich, auch wenn die CSU für christliche Politik stand, nichts heilig war. Ich wunderte mich über diese Argumentation, hielt doch mein Vater von heiligen Dingen auch nicht viel.

Bis zur Kubakrise im Oktober 1962, während der wohl fast alle Deutschen an einen drohenden Atomkrieg dachten, war es noch ein paar Monate hin, als mich meine Eltern dringlich darauf hinwiesen, das ich nun aufgrund des abzusehenden Endes meiner Schulzeit die Weichen für einen ganz anderen Lebensabschnitt zu stellen hätte. Mit meinem Vater haderte ich schon Jahre darüber, dass er es 1957 rigoros abgelehnt hatte, dass ich von der Volksschule auf das Gymnasium des Ortes überwechselte. Meine damalige Klassenlehrerin bestärkte ihn damals gerne in seinen Ansichten – es gab mehrere Indizien dafür, dass sie mich sowieso nicht ausstehen konnte – durch ihr Urteil, ich sei aufgrund eines sprunghaften Charakters nicht für den Wechsel zum Gymnasium geeignet. Darüber hinaus hatte sie sich auch noch zu der

Bemerkung hinreißen lassen, die meisten Mädchen meines Jahrganges würden wohl sowieso früh heiraten und sollten sich dann lieber nur der Kindererziehung widmen. Meinem Vater muss ich dabei zugutehalten, dass es durchaus noch andere Argumente gab. Meine Eltern wären zum damaligen Zeitpunkt wirtschaftlich gar nicht dazu in der Lage gewesen, mir eine höhere Schulbildung zu finanzieren, und Förderprogramme in dieser Richtung gab es meines Erachtens in NRW damals nicht. Mein zweiter sehnlicher Wunsch, eine Banklehre machen zu dürfen, erfüllte sich auch nicht. Bei den infrage kommenden Institutionen hatte man sich – das fiel später deutlich ins Auge – schon lange für die Einstellung sogenannter »Kukis« (Kundenkinder) entschieden. Damals ahnte ich noch nicht im Geringsten, dass ich eines Tages – ganz ohne Beziehungen – doch noch Banker werden sollte.

Aus der Wohnung meiner Eltern heraus hatte ich schon jahrelang die Aktivitäten eines gegenüberliegenden Betriebes, eines Großhandels für Maschinen, Werkzeuge und Autozubehör, beobachten können, der nun Lehrlinge über eine Zeitungsanzeige suchte. Ich stellte mich dort ganz spontan vor und bekam die Zusage für eine Lehrstelle als Bürokauffrau. Später erzählte man mir, dass ich aus einer Anzahl von Bewerbern den Zuschlag deshalb erhalten hatte, weil ich ohne »Elternbegleitschutz« erschienen war.

Zunächst kam aber die Feier meiner Schulentlassung auf mich zu.

Meine Petticoatröcke sollten endgültig in die Mottenkiste. Ich hatte auch langsam keine Lust mehr, nach jeder Wäsche wieder neuen Schaltdraht in die bretthart gestärkten Unterkleider einzuziehen, um den gewünschten »Wippeffekt« der Röcke zu gewährleisten. Nun sollte also ein solides Kostüm her. Was meine Mutter und ihre konservative Schneiderin darunter verstanden, hatte ich eigentlich schon vorher befürchtet. Bei der letzten Anprobe der guten Stücke (Kleid mit Jacke) machte ich unmissverständlich klar, in welcher Höhe für meine Begriffe der Rocksaum enden sollte.

Dies hätte ich mir allerdings auch schenken können; das Kleid war letztendlich 15 cm länger als von mir gewünscht. Ich habe heute noch ein sehr schlechtes Gewissen, wenn ich daran denke, wie ich zu einer für mich annehmbaren Lösung kam. Ich machte meiner Mutter klar, dass ich mein Schulentlassungskleid noch einmal aufbügeln müsse und ließ dabei das Bügeleisen so lange auf dem unteren Stoffende des Kleides stehen, bis es stank (es tat mir ja so leid). Man konnte das gute Stück natürlich nur noch durch erneutes Umsäumen retten. Um künftig, zumindest an den Wochenenden, ein wenig erwachsener und – dachte ich – mondäner zu wirken, kratzte ich meine letzten Spargroschen zusammen. Ich kaufte mir eine Dose mit getöntem Kompaktpuder und anklebbare Wimpern. Als ich Letztere endlich das erste Mal ausführen wollte, waren sie verschwunden. Mein großer Bruder ließ viel später einmal verlauten, er hätte im Bad so etwas Ähnliches wie alte »Fliegenbeine« vorgefunden und sie natürlich – aus Hygienegründen oder so – vernichten müssen (elende Lüge).

Der Einstieg in mein Berufsleben war gewöhnungsbedürftig. Am ersten Tag meiner Lehrzeit wagte ich mich mit einem Stullenpaket bewaffnet in die Höhle des Löwen. Nach einer kurzen Begrüßung durch eine Person der Geschäftsleitung wurde ich an den Lagerverwalter weitergereicht, der mich Kleinmaterialien sortieren lassen sollte. Er und seine Mitarbeiter konstatierten, dass ich weder von vorne noch von hinten als weibliches Wesen zu identifizieren sei, aber man mir großzügig den Spitznamen »Susi« geben wolle, weil Brigitte zu kompliziert wäre. Ich habe mehrfach trocken geschluckt und mir vorgenommen, es ihnen eines Tages heimzuzahlen. Im Laufe der Zeit stellte ich aber fest, dass sie auf ihre Art und Weise ganz »knuffige« Arbeitskollegen waren, von denen ich noch viel lernte.

Am 1. April 1962 hatten insgesamt vier »Stifte« in der Firma ihre Ausbildung begonnen, ein Abiturient, eine Mitstreiterin mit mittlerer Reife sowie Gottfried und ich als ehemalige Volksschüler. Als uns großzügig angeboten wurde, zusätzlich zu den zweimal in der Woche zu absolvierenden Stunden in der Berufsschule an einer hausinternen Weiterbildung teilzunehmen, ahnten wir noch nicht, was da auf uns zugerollt kam. Die hart arbeitende Inhaberin unserer Firma war während des Krieges aus Breslau geflüchtet, wo sie auch schon ein Unternehmen geleitet hatte. Nach diesem Muster wollte sie in unserer Stadt wieder eines aufbauen. Ihre inzwischen pensionierte Schwester, eine frühere Handelsschullehrerin, trimmte seitdem die Lehrlinge des Betriebes, der am Ort nicht ohne Grund »Lehrlingszuchtanstalt« genannt wurde. Die mit uns in die Lehre gegangenen und nach ihrer Meinung um Längen besser »Vorgebildeten« stellten mit Erstaunen fest, dass sie sich letztendlich nicht leichter taten als Gottfried und »Susi«. Sie legten Wert darauf, dass man ihre Kenntnisse in höherer Mathematik würdigte, mussten aber beim Rechnen von Brüchen, bei der Lösung spezieller kaufmännischer Aufgaben wie auch im Fach Buchführung feststellen, dass es doch besser war, auf die lang erprobten Tipps und Tricks der »alten Praxishasen« zurückzugreifen.

Uns allen, unabhängig von jeglicher Vorbildung, blieben auch noch weitere Herausforderungen nicht erspart. Der für uns zuständige Hauptklassenlehrer des Berufsschuljahrgangs 1962 bemerkte in der ersten Unterrichtsstunde: »Da, wo ich herkomme (in seinem Fall Estland), habe ich schon früher Schülern klargemacht, dass bei mir nicht gehudelt wird.« Ich konnte mir erst nicht richtig vorstellen, was er damit meinte – am Ende der drei Berufsschuljahre hatten wir es alle kapiert. Er machte gleich zu Anfang mit uns den Eingangstest, bei dem er uns in das System eines von ihm entwickelten Kopfrechnentrainings einführte: Alle mussten aufstehen und die, die zwei oder drei richtige Antworten gaben, durften sich wieder hinsetzen. Am Ende wurden die übrig Gebliebenen einer strengen Musterung unterzogen. Nach der ersten Blamage fingen die meisten schon an, im Geiste Ketten des kleinen und großen Einmaleins zu wiederholen.

Mein erstes Lehrjahr verlief darüber hinaus ohne große Höhen und Tiefen, jedenfalls in meinen Augen. Eines Tages wurde ich ins Büro unserer Chefin bestellt. Man hätte mich am Wochenende auf einem Waldweg, eingehakt bei einem älteren Herrn, gesehen. Ob ich etwas dazu sagen könne. Natürlich konnte ich: Ich empfahl ihr, meinen Vater zu befragen, wo der sich zu dem Zeitpunkt aufgehalten hatte. Die Spaziergänge mit ihm (während meine Mutter immer noch krank das Haus hütete) waren mir zunehmend wichtig. Er erzählte mir regelmäßig, mit welchen Problemen man in seiner Firma, die schließlich auch unsere

Familie ernährte, zu der Zeit kämpfte. Die Firmengründer hatten noch eine gesunde Einstellung dazu, sich zwar manchmal harsch, aber irgendwie doch auf Augenhöhe, mit ihren Arbeitern auseinanderzusetzen. Die nachfolgende Erbengeneration dagegen ließ nach Meinung meines Vaters, der die Sprösslinge der beiden Chefs gut kannte, schon während ihrer Studentenjahre erkennen, dass sie mit dem Allerwertesten umwerfen würden, was ihre Väter mühsam aufgebaut hatten.

3. Kapitel 1963 – 1967

Von den Schwierigkeiten des Erwachsenwerdens in den 60ern

1963: Konrad Adenauer tritt von der politischen Bühne ab. Ludwig Erhard, der »Mann mit der Zigarre«, wird neuer deutscher Bundeskanzler. Er sorgt für »Zoff« in Bundestagsdebatten und liefert, ebenso wie vorher Konrad Adenauer, Stoff für Kabarettisten. Besonders beliebt: »Das Kommödchen« mit Lore Lorentz und die »Berliner Stachelschweine« um Wolfgang Gruner.

Am 1. April 1963 startet das Zweite Deutsche Fernsehen, das ZDF, mit einem Kontrastprogramm zur ARD.

Der 35. Präsident der USA, John F. Kennedy, besucht im Juni Berlin und bleibt mit dem umjubelten Satz »Ich bin ein Berliner« in den Herzen der Deutschen und seit dem 22. November 1963, dem Tag seiner Ermordung in Dallas/Texas, auch in besonderer Erinnerung.

Auf dem deutschen Buchmarkt gibt es Bölls »Ansichten eines Clowns« und »Hundejahre« von Günter Grass.

Marika Kilius und Hans-Jürgen Bäumler werden Weltmeister im Eislauf der Paare in Cortina d'Ampezzo.

Den deutschen Frauen wird ein besonderes »Geschenk« offeriert: die Antibabypille auf Rezept. Der katholische Teil der weiblichen Bevölkerung hat damit aber das Problem, dass bei der Beichte ein Thema mehr auf dem Programm steht.

Über Konrad Adenauer und den »Kölschen Klüngel« hatte sich mein Vater natürlich seit Jahren schon immer besonders gern ausgelassen.

In unserer Wohnung fanden sich häufig Arbeitskollegen ein, die bei einem guten »Krombacher Pils« und seinem kleinen Begleiter, »Kempers

Klarer«, meistens schnell über die jeweiligen Politikereignisse in Fahrt gerieten.

Die Männer rechtfertigten sich auch mit ihrer eigenen Qualitätsbeschreibung des beliebten, am Ort hergestellten Schnapses, nämlich mit den »fünf Ks«: »Kempers Kunden kennen keinen Kater.« Meine Mutter war allerdings der Meinung, dass dieser Spruch sechs Ks beinhalten müsste und »Kempers Kunden kennen keinen klaren Kopf« heißen müsse.

Die streng katholischen Arbeitskollegen meines Vaters nahmen bekanntlich die sonntäglichen Appelle unseres Pastors sehr ernst, der in seine Predigten immer ganz nebenbei Ermahnungen einbaute, den CDU-Thesen ja nicht abtrünnig zu werden. Aber selbst Vaters Mitstreiter, die wie er eindeutig hinter der SPD-Politik standen, würdigten den »Alten« (er wurde meines Erachtens später zu Recht »ein Denkmal seiner Zeit« genannt), weil er immer Sicherheit, Frieden und Wohlstand für alle gewollt hatte. Man würde den Altkanzler, der es rhetorisch stets auf den Punkt gebracht und – vielleicht gerade deshalb – den Kabarettisten seiner Zeit oft Futter geliefert hatte, auch wegen seiner geradlinigen Haltung vermissen. Manchmal kam es einem aber auch so vor, als würde er sich bewusst nicht mehr an alles erinnern wollen, was er – meist sehr spitzfindig – in der Öffentlichkeit geäußert hatte, sodass diese Eigenart natürlich auch gerne in den Kabarettvorstellungen der Truppen »Die Stachelschweine« aus Berlin und des »Kommödchens« aus Düsseldorf aufgegriffen wurde. Sie gehörten zu den Lieblingssendungen meines Vaters, der früher übrigens schon ein großer Anhänger des rhetorisch unglaublich guten »Schnellschusskabarettisten« Werner Finck gewesen war.

Wenn ich mir etwas wünschen könnte, würde ich heute gerne noch einmal ein paar Aufzeichnungen alter Sendungen mit ihm sehen. Auf jeden Fall fand ich an den Wortspielereien dieser Art von Künstlern immer mehr Geschmack, und ich bin bis heute der Meinung, dass auch auf diesem Wege eine nicht zu unterschätzende (und nötige) »APO« möglich ist.

Besonders lustig fand ich damals, wenn man sich über bekannte Aussagen des Altkanzlers mokierte, wie zum Beispiel diese: »Wat scheren misch meine Worte von jestern?« oder »Et is sogar möglich, dat ich dat jesacht habe, aber wenn ich dat jesacht habe, dann hab ich dat nich so jemeint!«

Weniger zum Lachen waren die heftigen Diskussionen über die Deutschlandfrage an sich, das für alle Arbeitnehmer wichtige Thema der Lohnfortzahlung im Krankheitsfall oder der aufgekommene Verdacht, dass in der Bundesrepublik Deutschland illegale Telefonüberwachungen stattgefunden hätten. In der Deutschlandfrage befürworteten SPD und FDP eine größere Beweglichkeit. Der Regierende Bürgermeister von Berlin, Willy Brandt, wollte sich mit Chruschtschow in Berlin treffen, was aber auf großen Widerstand der CDU stieß.

Adenauer war es schon lange ein Dorn im Auge gewesen, dass in Sendungen der ARD kritisch über den von einigen als immer rechtslastiger ausfallenden Weg der CDU-Politik berichtet wurde. Eine Folge: Der Leiter der Sendung »Panorama«, Gert von Paczensky, wurde entlassen. Der Altkanzler wünschte sich angeblich, so habe ich es damaligen Diskussionen entnommen, einen zentralen Fernsehsender, der nicht wie die ARD Länderhoheiten unterliegen sollte. Er müsste damit dann der eigentliche Initiator dafür gewesen sein, dass ein Kontrastprogramm, nämlich das ZDF, ins Leben gerufen wurde, von dem man sich in der CDU mehr Gehorsam erhoffte. (Später sollte ein ZDF-Moderator für eine entsprechende Sicht der Dinge sorgen: Gerhard Löwenthal. Ich erinnere mich, dass seine Kommentare ein Gräuel für meinen Vater waren.)

Was ich damals noch nicht ahnen konnte: Mit dem überaus interessanten Lebenslauf des »alten Mannes vom Rhein« sollte ich mich viele Jahre später noch intensiver befassen, als ich – für längere Zeit in Königswinter wohnend – ab und zu an seinem alten Wohnsitz Rhöndorf vorbeikam. Ich begriff erst da, dass Konrad Adenauer in den 14 Jahren seiner Amtszeit, in denen er von den einen verehrt und von den anderen für vieles verurteilt wurde, ein wirklich großer Mann gewesen war. Für mich stehen heute seine Erfolge bei der Wiedererlangung einer deutschen Gleichberechtigung in einem freien Westeuropa im Vordergrund, auch wenn man ihn jetzt noch manchmal als Verhinderer einer deutschen Einheit hinstellt.

Der Neue in der deutschen Politik, die »Zigarre«, bis dahin Wirtschaftsminister und Vizekanzler, war nicht der Wunschkandidat Adenauers für seine Nachfolge gewesen, und er hatte ihm dies – Parteizugehörigkeit hin oder her – manchmal an Peinlichkeit grenzend auch bei öffentlichen Anlässen klargemacht. Der unerwünschte Nachfolger setzte sich trotzdem durch und damit das Prinzip der sozialen Marktwirtschaft. Seine Bemühungen, Wettbewerb nicht zu sehr durch Kartelle und Monopole einzuschränken, führten zu unübersehbarem Aufschwung in Deutschland, der ihm die Bezeichnung »Vater des Wirtschaftswunders« einbringen sollte. Aus den drei Jahren seiner Amtszeit ist vielen die obligatorische Zigarre besser im Gedächtnis geblieben als die Früchte seiner Arbeit.

Mein Vater und die ganze Familie profitierten auch von diesem Wirtschaftswunder. In den 60er-Jahren hatte er jedoch eine so schwere Arbeit zu verrichten, dass es ihm in gesundheitlicher Hinsicht manchmal erschreckend schlecht ging. In der Gießerei seiner Firma, einem Metall- und Phosphorbronzewerk, wurden die Schmelz-Hochöfen aus Wirtschaftlichkeitsgründen gerne ohne große Unterbrechungen betrieben. Gab es Schäden an ihrer Innenauskleidung, musste mein Vater diese nach einer möglichst kurz gehaltenen Auszeit ausbessern oder erneuern. Es kam daher häufig vor, dass er nach solchen Arbeitseinsätzen Schüttelfrost und Fieberschübe bekam. Derartige Anfälle waren als »Gießfieber« schon über Jahre in seinem Kollegenkreis bekannt und wurden wahrscheinlich von noch in den Ofenkammern vorhandenen oder nachträglich aus den Hochofenauskleidungen austretenden Dämpfen der giftigen Legierungsbestandteile (Blei, Phosphor, Arsen usw.) ausgelöst. Jahrzehnte später sprachen seine Ärzte davon, dass die ihn bis zu seinem Tod plagende Parkinsonkrankheit unter Umständen damit zusammenhängen könnte.

In seiner Freizeit freute es ihn umso mehr, wenn es neben seinen Diskussionen am sonntäglichen Stammtisch über die aktuelle Politik auch wieder neues literarisches Futter gab. Ich war mehr ein Anhänger der Literatur von Günter Grass, mein Vater liebte mehr Heinrich Bölls Werke. Wir lasen natürlich gerne Bücher, die umstritten waren. Die Vorliebe meines Vaters für Böll hing wahrscheinlich auch damit zusammen, dass der eine ähnliche Einstellung zum »rheinischen Katholizismus« hatte wie er selbst.

Wenn ich mich zusätzlich mit Lesestoff aus unserer Stadtbibliothek versorgte, mussten die Bücher meiner immer öfter auftretenden (wahrscheinlich altersbedingten) melancholischen Grundstimmung passen. Das war bei den Titeln von Françoise Sagan, »Lieben Sie Brahms?« und »Bonjour tristesse«, der Fall. In meinem 15-jährigen Leben gab es zu der Zeit nicht viel Abwechslung, die andere Gleichaltrige nach ihren Erzählungen schon eher hatten. Meine Eltern besaßen wie erwähnt kein Auto, die Gesundheit meiner Mutter ließ ohnehin keine größeren Unternehmungen zu, und an Urlaubsreisen – wie andere Kinder und Jugendliche sie mit ihren Eltern regelmäßig machten – war bei uns bis dahin nicht zu denken gewesen.

Aus den ersten Monaten des Jahres 1963 sind mir zwei persönliche Ereignisse besonders in Erinnerung geblieben:

An einem Sonntagabend begleitete ich meine Eltern in die Stammkneipe meines Vaters – er hatte meine Mutter und mich dorthin zum Essen eingeladen. An einem der Nachbartische saß ein etwas älterer Mann, der als »gut betuchter« Industrieller deshalb stadtbekannt war, weil es ihm immer mal wieder Freude machte, Menschen gegen Geld nach seiner Pfeife tanzen zu lassen. An diesem Abend hatte er es auf mich abgesehen. Als mein Vater gerade nicht in Reichweite war, machte er mir folgendes Angebot: »Wenn du durch das Oberlicht des Fensters in der hintersten Ecke der Kneipe kriechst, bekommst du von mir sofort einen 50er auf die Hand.« Mein Vater kam auf uns zu, als ich ihm antwortete: »Schieben Sie sich den 50er in Ihren perversen Hintern.« Der Stolz auf meine Antwort hielt meinen Vater davon ab, dem anderen noch groß seine Meinung zu sagen; er strafte ihn nur noch mit Verachtung.

An dem Abend erzählte uns der Wirt, dass eine Frau aus der Nachbarschaft einige Tage vorher einer solchen Aufforderung willig nachgekommen war. Der Verursacher des Vorfalls, der die ganze Gastmeute amüsierte, hatte noch mit der Spitze seines Schirmes an ihrem Hinterteil kräftig nachgeholfen, als sich das »Vorführobjekt« durch das Fenster quälte. Dann hatte sie das Geld genommen. Ich bekomme heute noch Gänsehaut bei der Geschichte. Wie gestört muss ein menschlicher Geist sein, der so etwas hervorbringt? Mein Vater kommentierte derartiges natürlich wieder mit: »Akademiker gehören eben in den Steinbruch …« Ich glaube heute eher, der Industrielle hätte schon lange eine Psychotherapie gebraucht.

Das zweite mir in Erinnerung gebliebene Ereignis fand in der Karnevalszeit des Jahres 1963 statt. Meine Lehrfirma hatte für ein Betriebsfest, ich weiß nicht mehr, ob mit oder ohne Pappnasen, die Räume einer Gastwirtschaft gemietet. Da ich mit 15 Jahren noch unter besonderer Beobachtung meiner Eltern stand (wie die Vorgeschichte zeigt, funktioniert so etwas immer nur bedingt), war mein Bruder beauftragt worden, mich zu einer bestimmten Uhrzeit nach Hause zu holen. Es wurde dann doch etwas später, er verliebte sich an diesem Abend in eine unserer Buchhaltungskräfte, meine künftige Schwägerin. In den Monaten danach sahen es meine Eltern gerne, wenn ich mich zu den beiden »Jungverliebten« gesellte. Zum einen wussten sie mich dann unter einer gewissen Aufsicht, und zum anderen verfolgte meine Mutter interessiert, ob sich da wohl etwas Ernsthaftes anbahnen würde. Zu näheren Observationen durch meine Person kam es aber letztendlich nicht – mein Bruder hatte ab und zu die gute Idee, mir Geld für eine Kinovorstellung zu spendieren, während die beiden wahrscheinlich »Besseres« vorhatten.

Im Sommer 1963 besucht John F. Kennedy Deutschland.

Seinen berühmten Satz »Ich bin ein Berliner« fand ich ja ganz nett – von mir konnte ich nur sagen: »Ich bin immer noch ein Lehrling.« Als der 35. Präsident der Vereinigten Staaten von Amerika dann am 22. November 1963 vor laufenden Kameras an der Seite seiner Frau im offenen Wagen erschossen wurde, gab es bei mir einen intensiven Nachhall dieses Ausspruches. Was ich von den folgenden Ereignissen, nämlich der Niederstreckung des mutmaßlichen Attentäters Lee Harvey Oswald durch seinen Lynchmörder Ruby sowie dessen anschließenden Tod halten sollte, wusste ich damals ebenso wenig wie heute.

Auf jeden Fall plagten mich zum ersten Mal starke und erschreckende Vorstellungen davon, dass in der ganzen Welt »Normalbürger« immer nur die »Eisbergspitzen« zu sehen bekommen, während Eingeweihte auch Informationen über die unter Wasser liegenden Teile haben und sie rigoros für ihre Zwecke nutzen. Ich fragte meinen Vater, wodurch wohl Menschen zu der Überzeugung kommen, dass sie einem besonderen Stand von »Auserwählten« angehören, die glauben, die Geschicke anderer auch ohne deren Wissen oder Zutun lenken zu müssen. Immerhin dachte ich das schon, ohne zu ahnen, was eines Tages ein George W. Bush über die Welt bringen würde. Eine plausible Antwort darauf konnte mir mein Vater natürlich nie geben, und ich selber fand sie bis heute ebenfalls nicht. Es plagen mich nach wie vor Überlegungen, was es für einen Sinn haben soll, dass Menschen einerseits so viel schaffen und aufbauen können und andererseits keine Skrupel haben, rücksichtslose Zerstörungen zu begehen.

Das Jahr ging dann für mich doch noch mit sanfteren Bildern zu Ende. Auch wenn die Welt dadurch nicht besser wurde, schlechter wurde sie davon jedenfalls auch nicht: Marika Kilius und Hans-Jürgen Bäumler holten sich im Eiskunstlauf die Goldmedaille im Paarlauf in Cortina d'Ampezzo. Nach außen ein Traumpaar – hinter den Kulissen soll sich das gemäß Berichten einschlägiger Boulevardblätter anders dargestellt haben; es war jedenfalls nicht mein Problem. Als Anregung für eigene Träume in meinem Alter waren die harmonischen Auftritte der beiden allemal ausreichend (wenn ich ehrlich bin, bezog sich das aber doch eher auf Hans-Jürgen Bäumler, dessen Eislauf- oder Tanzpartnerin ich liebend gerne gewesen wäre).

Ja, ja, das Tanzen … Es war ohnehin schon nicht einfach, die Bemerkungen meiner Mutter wegzustecken, dass ich doch bitte mehr an der Koordination meiner Körperbewegungen arbeiten solle. Die Tatsache, dass mein Körper mit den immer noch sehr dünnen, langen Armen und Beinen kein sonderlich elegantes Bild abgab, hatte ich allein schon aufgrund hämischer Bemerkungen Gleichaltriger schmerzlich verinnerlicht. Ich weiß noch, dass ich damals Schaufensterauslagen – auch wenn sie noch so interessant waren – nie richtig wahrnehmen konnte, weil ich vordergründig in den Scheiben nur meine sich widerspiegelnde dünne Figur sah.

Aber nicht nur deshalb hatte ich mich gegen eine Anmeldung in der ortsansässigen Tanzschule entschieden, obwohl einige meiner gleichaltrigen Freundinnen einem solchen Kurs schon entgegenfieberten. Die jungen Männer meiner Altersklasse interessierten mich herzlich wenig

– die Objekte meiner Träume, vor allem Freunde, die mein Bruder mit nach Hause brachte, hatten dagegen keinen nennenswerten Blick für mich. Da blieb nur geduldiges Warten und die Pflege gewisser Theorien. Die wichtigsten Tanzschritte brachte mir mein Vater bei; damit angefangen hatte er schon viele Jahre vorher, als ich – auf seinen Füßen stehend und die ersten Walzerklänge hörend – mit ihm Wohnzimmerrunden drehen durfte. Beim gerade in Mode gekommenen Twist streikte er allerdings.

1964: Rassenunruhen in mehreren Städten der USA sind immer wiederkehrende Bestandteile der Weltnachrichten.

Martin Luther King bekommt den Friedensnobelpreis.

Ingeborg Bachmann erhält den Georg-Büchner-Preis.

Ingmar Bergmanns 1962 gedrehter Film »Das Schweigen«, woanders schon vorher aufgeführt, kommt auch in die Kinos katholischer Kleinstädte. Dort kann man 1964 – wahrscheinlich tun dies am ehesten die deutschen Frauen – auch Anthony Quinn in »Alexis Sorbas« bewundern.

Die Männerwelt in Deutschland trauert zu der Zeit über den Rückzug eines Nationalidols: Sepp Herberger geht in den Ruhestand.

Der schwarzen Bevölkerung Amerikas, die unter Armut, Arbeitslosigkeit und Hoffnungslosigkeit litt, hatte der amerikanische Baptistenpfarrer und Bürgerrechtler bei einem seiner Freiheitsmärsche 1963 noch entgegengerufen: »I have a dream!« Ein für mich nachvollziehbarer Traum. Er wünschte sich, dass nicht nur seine Kinder, sondern auch andere aus dem »Negerproletariat« künftig in einer Nation leben dürften, deren Bürger eines nicht zu fernen Tages Charaktereigenschaften und Fähigkeiten von Menschen losgelöst von ihrer jeweiligen Hautfarbe wahrnehmen würden. Von Vertretern der »Black Panther«, die Terror unterstützten, wurde er, weil er angeblich zu naiv war, in den Hintergrund gedrängt, durch die Verleihung des Friedensnobelpreises jedoch dafür ausgezeichnet, dass er sich nie von seinen Vorstellungen hatte abbringen lassen. Da er dafür eintrat, Ziele ohne Propagierung von Gewalt zu verfolgen, konnte er auch nur ein entschiedener Gegner des Vietnamkrieges sein, was ihn mir besonders sympathisch machte.

Waren Ingeborg Bachmanns Zeilen:

Sieh dich nicht um.
Schnür deinen Schuh.
…
Es kommen härtere Tage.

vorausschauende Hinweise auf Dinge, die in naher Zukunft auf Gesellschaften in diversen Ländern der Welt zukommen, sie erschüttern und letztendlich auch verändern würden, oder doch eher auf ihre eigenen Probleme? Ganz gleich, ob ihre Gedichtzeilen auch Ausdruck von Irrungen und Wirrungen in ihrem Leben waren oder allgemeine Warnungen; seit den 60er-Jahren, in denen ich zum ersten Mal Texte von ihr in die Hand bekam, berührten sie mich unglaublich (und sie tun es noch heute). Ihre Heimat, Kärnten, lernte ich erst Jahre später kennen, aber die Alpen sollte ich im Jahr 1964 noch zu sehen bekommen.

Als Volksschulabsolventin war ich bis zu einem gewissen Grad auch mit einigen Standardwerken deutscher Dichter in Berührung gekommen. Noch heute kann ich große Passagen aus Schillers »Lied von der Glocke«, dem Gedicht »Der Graf von Habsburg« oder aus Goethes »Der Gott und die Bajadere« auswendig wiedergeben (Letzteres sicher nicht so gut wie Gert Froebe, der mir den Inhalt bei einem Vortrag im Fernsehen noch einmal anders nahebrachte). Doch leider ging es damals im Wesentlichen um reines Auswendiglernen. Für viele Schüler (für mich nicht unbedingt) war es eine Tortur, die bewirkte, dass sie später mit solchen Texten nichts mehr zu tun haben wollten. Ich sehe es heute als eine glückliche Fügung an, dass mir in meinem späteren Leben immer wieder Menschen begegneten, die Gedichte liebten und mir Gedichtbände für den Grundstock einer bis jetzt noch immer bescheidenen, aber für mich sehr interessanten Sammlung schenkten. Das Wichtigste war aber, so erscheint es mir heute, dass ich von ihnen zu einem gewissen kritischen »Denksport« angeregt wurde, bei poetischen Texten neben Berücksichtigung von Form, Rhythmus und Zeitgeist herauszufinden, wie viel Geist in der jeweiligen Form steckte. Ich selber habe keinerlei Talent, poetische Zeilen aufs Papier zu bringen – meine Tochter, so finde ich, dagegen schon.

Zurück ins Jahr 1964: Organisiert von einer katholischen Jugendvereinigung, fuhr ich mit anderen jungen Leuten im Bus von Bochum aus gegen geringe Kostenbeteiligung für zehn Tage nach Österreich. Die wichtigste Anschaffung zur Komplettierung meiner Ausstaffierung für diese Reise war mein erster BH, den ich allerdings mangels Masse noch mit Tempo-Taschentüchern auspolstern musste. Eine mitreisende Freundin ermahnte mich: »Du musst nicht ständig die Knöpfe deiner Bluse so weit aufmachen; inzwischen haben alle begriffen, dass du einen BH trägst.«

Wir durften uns rund um den Wilden Kaiser auf Wanderungen austoben und saßen abends häufig zusammen, um uns innerhalb der in der Pension untergekommenen Jugendgruppen näher kennenzulernen. Mir war dabei ein freundlicher junger Mann aufgefallen, mit dem ich mich über »Gott und die Welt« unterhalten konnte. Er versprach, zu unserem Abschiedsabend zu erscheinen, auf den ich mich entsprechend freute. Er hielt auch Wort, kam aber nicht in der sportlichen Kleidung, in der ich ihn kennengelernt hatte, sondern in einem ihn eindeutig als Schüler eines Priesterseminars kennzeichnenden Anzug. Über Gott wollte ich mich nicht mehr mit ihm unterhalten – und über die Welt? Ich weiß nicht, ob wir da noch auf einen Nenner gekommen wären. Aus lauter Frust über meine (Nicht)Erfahrungen machte ich mich über die Zigaretten her, die ich – zollfrei eingekauft – meinem Vater mitbringen wollte. Das war der Einstieg in eine langjährige, dumme, teure und ungesunde Gewohnheit, die mich noch jahrelang begleiten sollte.

Nach meiner Rückkehr ins Sauerland hörte ich, dass dort auch endlich mit einiger Verspätung im Lichtspieltheater unseres Ortes ein Film anlief, der angeblich alles bis dahin in Sachen Sex und Erotik Dagewesene in den Schatten stellen sollte: Ingmar Bergmanns »Das Schweigen«. Bei der Eintrittskontrolle fiel ich auf und durch – den Film durfte man erst ab 18 sehen. Eine Freundin erzählte mir am nächsten Tag, dass sie sich mehr davon versprochen hätte. Die Geräuschkulisse hätte zwar die Fantasie angeheizt, nur zu sehen wäre nicht viel gewesen. Dass es für Ingmar Bergmann vielleicht weniger wichtig war, Sexszenen zu drehen, sondern dass ihn in all den Jahren seines Schaffens immer wieder Fragen nach dem Sinn des Lebens, des Todes und der Liebe an sich plagten, wurde von uns damals noch nicht gesehen. Fast zehn Jahre später, als ich mir »Szenen einer Ehe« ansah, war mir das dann schon eher klar.

Mit dem Film »Alexis Sorbas« wird auch bei uns der »Sirtaki« bekannt.

Und in der Folge selbst im Sommer auf Deutschlands Straßen begeistert, wenn auch nicht immer talentiert, getanzt. Die Sekretärin meiner Lehrfirma feierte 1964 Hochzeit. Alle Kollegen waren zum Polterabend in einem kleinen Nachbarort eingeladen; auch die Lehrlinge durften dabei sein. Bevor es zum gemeinsamen Sirtaki-Straßentanz kam, ging es mir nach dem Genuss einiger Liköre, Jägermeister und Boonekamps schon nicht mehr ganz so gut. Besonders einige der älteren Angestellten hatten alle, die in ihren Augen »noch nicht ganz trocken hinter den Ohren« waren, zum reichlichen Trinken aufgefordert. Als mir dann ganz schlecht wurde, flößten mir Arbeitskollegen Kaffee ein. Dann ging nichts mehr. Man verfrachtete mich in ein Auto und lieferte mich bei meinen Eltern zu Hause ab. Mit selbstständigem Aussteigen und Erklimmen der Treppe, um in mein Zimmer zu kommen, war es nicht mehr weit her. Mein Bruder, der zu dieser Zeit aktiv beim Roten Kreuz tätig war, soll mich aus dem Auto herausgeholt, fachmännisch geschultert die Treppe zu meinem Zimmer heraufgetragen und ins Bett gebracht haben. Am nächsten Morgen erfuhr ich, dass er in der Nacht noch eine Nierenkolik bekommen und ärztliche Hilfe gebraucht hatte. Bevor ich das alles richtig verinnerlichen konnte, bekam ich von meinem Vater noch eine besondere Lektion fürs Leben: In aller Herrgottsfrühe schmiss er mich am Morgen nach der verunglückten Feier lautstark aus dem Bett mit der Bemerkung: »Wer saufen kann, der kann auch arbeiten.« Ich quälte mich in meine Lehrfirma und versuchte stunden-lang – zwischendurch plagten mich immer wiederkehrende Würge-attacken –, meinem armen Magen trockenes Weißbrot anzubieten. Zu Hause war die Kommunikation zwischen meinem Vater und mir – das hatte ich bis dahin noch nicht gekannt – danach lange gestört und für Wochen auf das Allernötigste beschränkt.

Fazit am Ende des Jahres 1964: Mein Vater trauerte darüber, dass der deutschen Fußballnationalmannschaft ihr zur Legende gewordener Trainer nicht mehr zur Verfügung stand – Sepp Herberger ging nach Hause. Mein Bruder freute sich über einen verlorenen Nierenstein. Und ich? Ich war ganz glücklich darüber, dass meine Familie nach einer ge-wissen Frist bereit war, meinen »Ausrutscher«, aus dem ich viel gelernt hatte, zu den Akten zu legen.

1965 beläuft sich der Stundenlohn eines Arbeiters in Deutschland im Schnitt auf 4,16 DM (in den USA auf 10,56 DM, in Japan auf 1,60 DM).

Im Laufe des Jahres stürzen sage und schreibe 26 Starfighter der Bundes-wehr, angeblich aus Gründen technischer Mängel und Überforderung der Flugzeugführer, ab.

Der französische Staatspräsident de Gaulle, für sieben Jahre wiedergewählt, macht deutlich, dass er im Alleingang seine Politik gegen eine Abhängigkeit von den USA und von Russland verfolgen will. Gleichzeitig kündigt er an, dass sich Frankreich bis spätestens 1969 aus der NATO verabschieden wird.

Der Vatikan verkündet das »Mischehendekret« und hebt die Exkommunika-tion von Gläubigen nach einer nichtkatholischen Eheschließung auf.

Die Stundenlohnangaben von 1965 faszinieren mich deshalb noch heute, weil die Vergütung für meine Lehrlingstätigkeit im dritten Jahr bei reichlich abzuleistenden Stunden – auch an Sonnabenden – 150 DM ausmachte. Ich gab mein monatliches Einkommen auch im dritten

Lehrjahr noch bis auf wenige DM brav bei meiner Muter ab und musste daher ständig mit ihr darüber diskutieren, warum ich mir manchmal etwas kaufen wollte.

Mein Vater hatte seine Meinung zum Thema Bundeswehr auch im Jahr 1965 noch nicht wesentlich geändert und war entsprechend sauer, als mein Bruder sich für vier Jahre als Zeitsoldat verpflichtete. Ich konnte mir noch nicht viel unter der Institution Bundeswehr vorstellen, bekam aber aus Presse und Fernsehen mit, dass wegen der angeblich unüberlegten Schnellausrüstung der Luftwaffe im Zusammenhang mit den Starfighterabstürzen auch über die unverantwortliche »Verheizung von Menschenleben« gesprochen wurde. Mein Bruder wollte zur Luftwaffe und – da ich keine klaren Vorstellungen von dem hatte, was auf ihn zukommen könnte – war mir das alles doch nicht ganz geheuer.

Die Starfighterabstürze waren unendlich tragisch für die Familien der betroffenen Piloten. Ich kann mich erinnern, während eines Friseurbesuches eine Illustrierte aufgeschlagen zu haben und darin – wenn auch nicht in direkter Nahaufnahme – das Hochglanzfoto der Leiche eines abgestürzten Piloten vorzufinden. Diese Aufnahme hat mich längere Zeit verfolgt und daneben der Gedanke, was Angehörige wohl empfinden müssten, wenn sie so eine Zeitung ahnungslos aufschlagen würden.

Die Ursachen für die Abstürze lagen nach Meinung diverser Experten darin, dass die »F 104-G« – ursprünglich als Schönwetterjäger konzipiert – nach Bestückung mit Raketen und Schleudersitzen zu einem problemanfälligen Jagdbomber mutierte. Mein Vater und seine Freunde diskutierten jedenfalls lang und breit darüber, dass neben der vernachlässigten Verantwortung für die überforderten Flugzeugführer die Starfighter-Einkäufe für die »Staatskasse« auf jeden Fall ein Flop gewesen wären. Für mich waren die angeblichen Gründe, die in technischen Details zu suchen gewesen sein sollen, nicht unbedingt nachvollziehbar. Im Gedächtnis blieb mir aber, dass im Zusammenhang mit dem Starfighter vom »Witwenmacher« gesprochen wurde. Daneben fiel mir auch wieder das Beispiel von den »Eisbergspitzen« ein. Bei nicht wenigen Nachrichten aus Wirtschaft und Politik geht es mir noch bis heute so.

Charles de Gaulles Ankündigung, aus der NATO ausscheiden zu wollen, sah ich damals noch nicht im Zusammenhang mit den Absichten der Franzosen, ungestört die Experimente ihrer »Force de frappe« durchführen zu können. Die Berichte über die Folgen für die Einheimischen nach französischen Atomwaffenversuchen in der Südsee ließen aber auch in Europa nicht alle kalt, auch mich nicht. Unabhängig davon, dass es mir noch nie einleuchtete, warum ein ständiges Wettrüsten Frieden sichern sollte, empfand ich es als unglaublich zynisch und grausam, Menschen und Tiere Experimenten auszusetzen, die man vor der eigenen Haustür nie machen würde. Die Zündung der US-Atombombe auf dem Bikini-Atoll war genauso erschreckend. Geografisch abgelegene, dünn besiedelte Gebiete dieser Welt, deren Menschen man das Recht absprach, ihre berechtigten Anliegen zu vertreten, wurden und werden damals wie heute für Machtinteressen missbraucht, wie die Länder, in denen für Besatzer (manchmal auch als Berater getarnt) etwas zu holen ist.

Wenn ich in den Diskussionen mit meinem Vater bei solchen Themen Tränen der Wut und Hilflosigkeit vergoss, kam regelmäßig eine Frage auf, die mich in einer noch von grenzenloser politischer Naivität und von Missionarsgedanken geprägten pubertären Phase beschäftigte: Wie, unter welchen Umständen und mit welchen Mitteln kann man Menschen zu »Gutmenschen« erziehen?

Ich rechne es meinem Vater viele Jahrzehnte später noch hoch an, dass er meinen damaligen jugendlichen »Weltschmerz« ernst nahm und für mich und meine Nöte immer ein offenes Ohr hatte. In dieser Form habe ich es Jahre später wohl nicht fertiggebracht, auf meine Tochter einzugehen, als sie von ähnlichen Problemen geplagt auf mich zukam. Leider lief es oft darauf hinaus, dass ich sehr schnell überflüssige ironische Kommentare parat hatte.

Im Sommer 1965 fuhr ich mit meinen Eltern das erste Mal in Urlaub. Mein Vater hatte ein oder zwei Jahre vorher mit zwei Arbeitskollegen von einem Bergbauernhof im Tiroler Sarntal aus Wanderungen in die umliegende Hochgebirgswelt gemacht. Die freundliche Gastgeberfamilie hatte es ihm angetan, und so kamen meine Mutter und ich dazu, die einzelnen Mitglieder dieser Familie selber kennenzulernen. Der

Hofbesitzer namens Sepp und seine infolge eines Schlangenbisses an den Rollstuhl gefesselte Ehefrau hatten eine ganze Schar von Kindern großgezogen. Auf dem Hof lebten davon noch fünf: der künftige Hoferbe, seine zwei jüngeren Brüder und zwei noch unverheiratete Schwestern, in deren Kammer ich mit einquartiert wurde. Mein Vater, der während seines früheren Aufenthaltes auf dem Berghof den Eindruck gewonnen hatte, dass die beiden Mädchen noch nicht mit modischem Firlefanz der Städter in Berührung gekommen waren, ermahnte mich schon während der Reise, mich nicht aufreizend anzuziehen, nicht zu schminken und auch nicht heimlich zu rauchen. Nachdem wir Mädchen uns in der gemeinsamen Schlafkammer vorsichtig ausgetauscht hatten, klärten mich die beiden Tirolerinnen darüber auf, dass sie wegen ihres strengen Vaters bestimmte Vorsichtsmaßregeln einhalten müssten, die ich niemandem verraten dürfe. Wenn sie ab und zu die Gelegenheit bekämen, nach Bozen zu fahren, würden sie ihre Tiroler Tracht gegen unterwegs deponierte moderne Kleidung auswechseln, sich schminken und natürlich auch Zigaretten rauchen. Mein Interesse war geweckt! In den Tagen danach sollte ich noch viel von den beiden erfahren.

Es stellte sich heraus, dass der älteste Sohn des Hofes daran interessiert war, sich ausführlicher mit mir zu beschäftigen. Er lud mich zunächst ein, mit ihm Schach zu spielen, und erzählte mir dabei, dass er leidenschaftlich gerne zur Jagd gehe. Ich mochte ihn sehr gerne, aber nicht nur aus Mitleid wegen seiner besonderen Erlebnisse aus den vorangegangenen Jahren, die ihn offensichtlich stark geprägt hatten. Er war wegen des Verdachtes, einer Tiroler Untergrundgruppe anzugehören (es sprach einiges dafür, dass es sich auch so verhalten hatte) von der italienischen Polizei verhaftet und während seines Aufenthaltes im Bozener Gefängnis auch gefoltert worden. Als er an einem der Tage erzählte, nachts wieder einmal auf den Berg gehen zu wollen, überredete ich ihn, mich mitzunehmen. Als alle zu Bett gegangen waren, schlichen wir uns aus dem Haus – die beiden Schwestern wussten natürlich Bescheid. Nach unseren (eher harmlos verlaufenden) deutsch-tirolerischen Fusionsbemühungen kam ich noch rechtzeitig wieder in meine Kammer zurück, um mich ordnungsgemäß von meinen Eltern wecken zu lassen.

Beim gemeinsamen Frühstück fielen mir immer wieder die Augen zu. Im Gegensatz dazu waren die Augen der Mutter meines »Nachtjägers« hellwach und auf mich gerichtet. Von einer seiner Schwestern erfuhr ich später, dass die Mutter zwar im Rollstuhl säße, aber alles im Haus nach ihrem Willen liefe, auch wenn der Sepp das anders sehen würde. Auf jeden Fall hatte sie wohl ihren ältesten Sohn vergattert, sich um die Tochter der Gäste zwar wohlwollend, aber doch nicht allzu intensiv zu kümmern.

Auch einige Zeit nach der Rückkehr aus diesem Urlaub bekam ich noch Post aus Tirol. Der in den Briefen aber nicht mehr so spannend wie beim gesprochenen Wort anklingende Dialekt hat dann aber wohl im Laufe der Zeit doch zu einer Entfremdung zwischen mir und dem Absender geführt – es gab also kein Happy End. Vonseiten meines Vaters war allerdings noch ein Versprechen einzulösen. Mein Tiroler Freund hatte ihm berichtet, dass er selbst in dem seiner Familien seit Generationen zugesprochenen Jagdgebiet von den italienischen Behörden nie wieder eine Erlaubnis bekommen würde, Wild zu schießen, dies aber gern tun würde, wenn er einen für seine Waffe passenden Schalldämpfer bekommen könnte. Nach einigem Fachsimpeln hatte mein Vater die Daten zusammen, die er benötigte, um nach seiner Rückkehr mithilfe einiger Kollegen einen passenden Schalldämpfer anzufertigen. Ein Teddybär aus der Sammlung meiner Kinderspielzeuge wurde aufgetrennt, der Schalldämpfer darin vernäht und auf den Weg gebracht und kam – laut Rückmeldung – auch ohne Komplikationen auf dem Berghof an.

Ich darf heute gar nicht mehr darüber nachdenken, was wohl im Falle einer Entdeckung des Paketinhaltes passiert wäre. Dass ich im Grunde meines Herzens mit der ganzen Aktion einverstanden war, lässt mich nachträglich noch sehr nachdenklich werden. Es handelte sich immerhin um einen klaren Gesetzesverstoß, und diesen mit emotionalen Begründungen zu verbrämen, machte die Sache auch nicht besser.

Apropos Happy End: Es genügte eigentlich auch, wenn das in diesem Jahr noch für meinen Bruder eintraf. Im September heiratete er die Frau, die er dadurch kennengelernt hatte, dass er auf mich aufpassen sollte, was ihm in früheren Jahren immer so lästig gewesen war.

»Friede-Freude-Eierkuchen« gab es in unserer Familie aber schon deshalb nicht, weil die Schwiegertochter nicht katholisch war und meine Mutter sich weigerte, der Trauung in der evangelischen Kirche unseres Ortes beizuwohnen. Einer Exkommunizierung aufgrund einer sogenannten Mischehe wäre mein Bruder durch das neue Vatikandekret nicht mehr ausgesetzt gewesen. Vor seiner Hochzeit war er aber schon kein Mitglied der katholischen Kirche mehr, sondern inzwischen evangelisch geworden. Mir imponierte seine konsequente Haltung.

1966: Der Minirock verbreitet sich von England aus nach Deutschland und führt manchmal in Familie und sonstigem Umfeld – besonders bei den Frauen der älteren Generation – zu deutlichen Unmutsbezeugungen.

Die Männer dagegen riskierten nur zu gerne einige Blicke. Bei den Trägerinnen führte die textilsparende Mode manchmal auch zu unterkühlten Kniegelenken und Blasenentzündungen, so auch ab und zu bei mir. Die Betrachtung von Fotos aus dieser Zeit reicht heute fast noch aus, um einen Schnupfen zu bekommen.

Es war also angebracht, sich warme Gedanken zu machen. Rudi Carrell, der im Oktober 1965 mit seiner »Rudi-Carrell-Show« die Herzen der Deutschen erfreute, fand ich ja ganz witzig, mein Herz allerdings erwärmte sich zu der Zeit mehr für Jean Paul Belmondo (»Der Dieb von Paris«) und Sidney Poitier (»In der Hitze der Nacht«). Weil sie unerreichbar waren, warf ich stattdessen ein Auge auf einen Arbeitskollegen, mit dem ich seit Silvester 1965 »poussierte«, wie wir das damals nannten. Kurz vor dem Ende meiner Lehrzeit waren wir uns irgendwann nähergekommen. Er war einige Jahre älter als ich, wodurch er mir wahrscheinlich schon interessant vorkam. Ich nahm seine Einladung gerne und gespannt an, Silvester an einer Party im Haus seiner Eltern teilnehmen zu dürfen, zu der er auch eine Clique von Freunden und Arbeitskollegen eingeladen hatte. Ich erinnere mich deshalb so genau daran, weil kurz nach zwölf seine Eltern auftauchten und seine Mutter anscheinend vor einem Herzinfarkt stand, als sie den »guten« und ursprünglich dunklen Anzug ihres Sohnes in Augenschein nahm. Aufgrund der Tatsache, dass ich in einem rosafarbigen Mohair-Kostüm »auf die Piste« gegangen war und wir uns vor dem Jahreswechsel in dem abgedunkelten Partyraum mehr auf das Fühlen als auf das Sehen verlassen mussten, hatte ich ihn wahrscheinlich mit einem lustigen rosa Fusselfilm überzogen. Die Blicke seiner Mutter signalisierten: »Du nicht!«

Ich weiß heute nicht mehr genau, was mir überhaupt an ihm so imponierte; sein Taunus 17 M wird es wohl nicht allein gewesen sein. Wenn ich daran denke, dass ich dieses blau-weiße Gefährt in Form einer Badewanne mit Lenkradschaltung bei Spritztouren an Wochenenden auch manchmal selber fahren durfte und anschließend abseits der Straßen Aufklärung darüber bekam, wie es sich mit der Gangschaltung meines Freundes verhielt, wird mir heute noch ganz anders. Dazu fällt mir ein damals oft zitierter Spruch ein: »Und sie sündigten in einem Ford«, natürlich in Anlehnung an den Bibeltext: »Sie sündigten in einem fort.«

Vor dem beliebtesten Sommerereignis unserer Kreisstadt, dem Schützenfest, bekam ich einen Brief aus Berlin. Mein Freund teilte mir mit, dass er untröstlich darüber sei, auf ein Treffen mit mir und eine gemeinsame Teilnahme an dem Fest in dem besagten Sommer wegen Unabkömmlichkeit in Berlin verzichten zu müssen. Abwechselnd zähneknirschend und in romantischen Gedanken versunken verbrachte ich das besagte, unendlich langweilige Wochenende bei strahlendem Sonnenschein mit meinen Eltern im Garten. Die Idee, alleine zum Schützenfest zu gehen, war mir wohl nicht gekommen. Am Tag darauf kam dafür etwas anderes: Eine Arbeitskollegin teilte mir süffisant lächelnd mit, dass mein Freund in weiblicher, ihm offensichtlich innigst zugetaner Begleitung das Schützenfest genossen hätte. Männliche oder nur allgemein menschliche Feigheit? Diese Frage stellte ich mir noch etwas länger. Meine Eltern waren über die im Sande verlaufene Beziehung zwischen mir und dem Sohn eines Fabrikanten nicht unzufrieden. Zum einen, weil ich angeblich noch viel zu jung wäre (ihre eigene Geschichte hatten sie wohl schon vergessen), und zum anderen hätte meinen Vater der Kontakt zu einer stadtbekannten »Kapitalistenfamilie«, die mit ihren Arbeitnehmern angeblich nicht freundlich umging, kaum glücklich gemacht. Im Nachhinein war es allerdings interessant, festzustellen, dass sie alles, was ich tat, unter die Lampe ihrer Vorstellungen und Erwartungen legten, was mich natürlich empörte. Jahrzehnte später machte ich trotzdem den gleichen Fehler, was die Beurteilung der »Geschichten« meiner Tochter anging. Dass ich dies eines Tages besser erkennen sollte, würde ich meinem Mann zu verdanken haben, der oft als vernünftiges Regulativ wirkte.

Zunächst nahm ich mir in meiner damaligen Enttäuschung vor, bis auf Weiteres nicht über die »Niederungen« der männlichen Psyche nachzudenken und mich auf meine bevorstehende Führerscheinprüfung vorzubereiten, die ich (zugegebenermaßen gehöre ich zu den weiblichen Wesen, die sich nicht wirklich zu irgendeiner Art von Technik hingezogen fühlen) entgegen den Befürchtungen meiner Eltern auf Anhieb bestand.

In den häuslichen Diskussionen mangelte es – wie meistens – nicht an Gesprächsstoff:

Die Koalition von CDU/CSU und FDP zerbricht aufgrund unterschiedlicher Vorstellungen in der Finanzpolitik.

Daraufhin gibt es im Herbst 1966 den erstaunlichen bzw. alternativlosen Versuch, eine ungewöhnliche (von Günter Grass sogar als mies bezeichnete) »Ehe« einzugehen: Zum ersten Mal in der Geschichte der Bundesrepublik kam es zwischen Schwarz und Rot zu einem Bündnis, nachdem Bundeskanzler Erhard seinen Rücktritt erklärt hatte. Der neue Kanzler Kiesinger meinte, dies könne nur eine Übergangslösung sein. Mein Vater kommentierte diese Prognose mit einem trockenen »Na hoffentlich!«. Was ihn dann einigermaßen versöhnte, war, dass Willy Brandt Außenminister wurde. Von einem Kanzler Kurt Georg Kiesinger spricht heutzutage kaum noch einer, obwohl die Zusammenarbeit der beiden großen Parteien in seiner Regierungszeit von 1966 bis zu seiner Wahlniederlage 1969 meines Erachtens nicht schlecht war.

Was das Jahr 1967 angeht, erinnere ich mich in Bezug auf die politische Szene deutlich daran, dass man schon einige Zeit vor dem Besuch des Schahs von Persien Sicherheitsvorkehrungen wegen erwarteter Demonstrationen diskutierte. Der Tod des Studenten Benno Ohnesorg wurde dadurch nicht verhindert. Sein Todestag sollte zum Ausgangspunkt studentischer Unruhen in Deutschland und anderen europäischen Ländern werden.

Die genannten Ereignisse habe ich in Presse und Fernsehen zwar verfolgt, im Verlauf des Jahres 1967 wurden sie aber auch zunehmend von eigenen Wünschen und Träumen überlagert. Als 19-jähriges weibliches Wesen (innen-, außen- oder gesellschaftspolitisch interessiert oder nicht), hätte ich gerne mehr über die eigene Zukunft gewusst als über die der Großen Koalition. Ich verbrachte immer weniger Zeit zu Hause. Der gewohnte abendliche Dialog mit meinem Vater fiel damit immer öfter aus, was ihn offensichtlich enttäuschte. Dazu kam, dass ich – Fotos aus dieser Zeit belegen es – kleidungs- und make-up-mäßig nicht den Vorstellungen meiner Eltern entsprach, dass ich rauchte sowie ab und zu auch mal beschwipst nach Hause kam.

Ich trug zwar im Sommer 1967 eine (extrem auftoupierte) »Farah-Diba-Frisur«; für den nur mit großem Sicherheitsaufwand handelbaren Schah-Besuches in Deutschland interessierte ich mich aber nicht nur aus Interesse an der jungen Nachfolgerin Sorayas. Dass der Student Benno Ohnesorg von einem Polizisten erschossen wurde, während sich der hohe Gast Mozarts Zauberflöte ansah, traf hart – auch wenn man nicht Studentenkreisen angehörte. Es konnte niemand die Augen vor den Bildern verschließen, auf denen Mitglieder der Leibwächtertruppe des Schahs auf demonstrierende Studenten einschlugen. Die Springer-Presse machte nichtsdestotrotz weiter Stimmung gegen ebendiese Studenten. Auch wenn ich eindeutig mitbekam, dass sich in Deutschland durch den immer radikaler werdenden Protest der Studenten gegen Vietnamkrieg, Apartheid-Regime in Südafrika, Kolonialismus an sich und Imperialismus im Besonderen etwas zusammenbraute, mit dem in den folgenden Jahren alle Gesellschaftsschichten zu tun bekommen sollten: Die sonstigen Belange und Befindlichkeiten der Studenten Deutschlands standen für mich – ganz ehrlich – im Sommer 1967 nicht weit oben auf meiner persönlichen Interessenliste.

Ich machte mit einer Freundin zwei Wochen Urlaub auf Amrum. Raus aus dem Alltag, rauf auf die Insel. Mit ein wenig selbstverdientem Geld in der Tasche und freudiger Erwartung, was auf uns zukommen würde, trafen wir schnell – eigentlich schon auf der Fähre – männliche Wesen, die sich um unsere Gunst bemühten. Dem Hinweis, dass es absolut »in« sei, abends einen Besuch in der Disco »Blaue Maus« zu machen, folgten meine Freundin und ich nur zu gerne. Mein Versprechen, ununterbrochen (wie blödsinnig) an den Bruder meiner Freundin zu denken und »brav« zu sein, muss ich wohl schnell vergessen haben. Ich hatte noch keine richtige Gelegenheit gehabt, ihn näher kennenzulernen, bei vorhergehenden flüchtigen Treffen allerdings so eine Ahnung bekommen, dass er nicht der Typ Mann war, der mich vom Hocker reißen würde. Aufgrund dieser arroganten Einschätzung steuerte ich geradewegs einen turbulenten und nicht ungefährlichen Lebensabschnitt an, in dem ich Dinge erleben sollte, die man keiner jungen Frau (und auch sonst keinem Menschen) wünschen kann.

An einem der ersten Urlaubsabende lernte ich, mutig geworden durch meine aufgestauten Erwartungen und angetörnt durch eine etwas verrucht wirkende und aufregende Baratmosphäre, in der »Blauen Maus« meinen späteren ersten Ehemann kennen. Er machte zusammen mit einem Freund Urlaub auf Amrum und suchte offensichtlich ein weibliches Wesen, mit dem er sich die Ferientage angenehmer gestalten konnte. Sehr gut aussehend, zwölf Jahre älter und damit deutlich erfahrener als ich, machte er mir in einer umwerfenden Charmeoffensive klar, dass er mit mir die Frau seiner Träume getroffen hätte. Ich glaubte ihm zu gerne, und zwar **alles!** Der Urlaub verging viel zu schnell, und am letzten Tag verabredeten wir uns zu einem Wiedersehen im Sauerland.

Zusammen mit meiner Freundin trat ich die Heimreise an. Während eines Zwischenstopps in einer Stadt an der Westküste Schleswig-Holsteins saßen wir in einem kleinen Café, als mir in der auf dem Tisch liegenden, aufgeschlagenen Tageszeitung des Ortes eine Anzeige auffiel. Gesucht wurde eine Sekretärin für die Geschäftsleitung der ortsansässigen Sparkasse. Meine Freundin meinte: »Traust du dich, da aus Jux ganz spontan hinzugehen und dich zu bewerben?« Um ihr zu imponieren, sagte ich: »Überhaupt kein Problem.« Ich stellte mich also – ohne irgendwelche Unterlagen dabei zu haben – dem Personalchef vor. Nach einer Weile wurde ich in einen Raum gebeten, in dem mich dieser Personalchef, der Buchhalter und der Chef der Revisionsabteilung mit der Aussage überraschten: »Wenn Ihre natürlich noch schriftlich nachzureichenden Unterlagen das bestätigen, was Sie uns erzählt haben, bekommen Sie die Stelle.« Der damit ausgelöste Adrenalinausstoß muss enorm gewesen sein und im Laufe der weiteren Heimfahrt hatte ich über einiges nachzugrübeln.

Nach Hause zurückgekehrt, blieb ich bei der Entscheidung, unsere idyllische Kreisstadt zu verlassen und nach Schleswig-Holstein zu gehen. Ich besprach mich mit meinen Eltern, da ich, noch nicht 21 Jahre alt, ihre Genehmigung für mein Vorhaben brauchte. Ich konnte sie nach langem Bitten davon überzeugen, mich ziehen zu lassen. So bereitete ich mich – auch mithilfe meiner neuen Flamme – auf einen Umzug nach Schleswig-Holstein vor, da ich am 1. Oktober 1967 meine neue Stelle antreten sollte. Mein Vater kündigte an, mich nach spätestens zwei Monaten besuchen zu wollen, um mein neues Umfeld in Augenschein zu nehmen. Er machte diesen Besuch auch wahr, erfuhr aber nie, was mir in der Zwischenzeit passiert war. Über einen ortsansässigen Makler an meinem neuen Wohnort hatte ich ein möbliertes Zimmer gemietet. Leider lag dieses Zimmer direkt neben der Behausung eines Trunkenboldes. Als ich eines Morgens nur mit Mühe meine Zimmertür zum gemeinsamen Hausflur öffnen konnte, weil mein Nachbar besoffen davor lag, muss ich wohl ziemlich schockiert zum Dienst erschienen sein. Mein damaliger Chef machte kurzen Prozess, rief einen guten Freund an, und einige Tage darauf konnte ich in eine nette Zweizimmer-Dachwohnung umsiedeln.

Was ich noch nicht wusste: Der Freund meines Chefs war ein penibler pensionierter Richter, der mit einiger Strenge drei inzwischen flügge gewordene Töchter großgezogen hatte und nun mich, seine neue Mieterin, aufgrund seiner recht engen Moralvorstellungen bei Tag und (dachte er zumindest) auch bei Nacht observierte.

Was er nicht wusste: Mein Freund kannte seine inzwischen verheirateten Töchter, und sie verrieten nur zu gerne, wie man sich in ihrem ehemaligen Elternhaus verhalten musste, um nicht aufzufallen, und wie man – ganz wichtig – knarrende Treppenstufen vermeiden konnte. Beim Besuch meines Vaters verstanden er und mein Vermieter (der ihm natürlich sofort erklärte, er fühle sich für mich verantwortlich) sich ganz prächtig und alles schien »in Butter« zu sein. In Teilen stimmte das auch. Abgesehen davon, dass mir die neue Arbeit gut gefiel, konnte ich mich aber nicht darüber hinwegtäuschen, dass ich mir trotz Verliebtheit über einige Dinge, die mir inzwischen an meinem Freund unangenehm auffielen, nicht nur freundliche Gedanken machte. Ja, ich war offen von seiner Familie aufgenommen worden. Mir fiel schnell auf, dass – genau wie er – alle pausenlos davon sprachen, eine baldige Verlobung wäre sicher das Vernünftigste für uns beide. Erst viel später erfuhr ich, dass eben diese Familie schon lange darauf hingearbeitet hatte, ihn endlich unter die Haube zu bringen. Das größte Problem hatte schon über Jahre darin gelegen, dass er häufig (und manchmal auch ziemlich heftig) dem Alkohol zusprach, was mir am Anfang unserer Beziehung, weil wir uns ja nur sporadisch trafen, so nicht aufgefallen war. Er spielte leidenschaftlich gerne Fußball und ebenso gerne Karten. Seine lang-jährigen Zechkumpane aus Fußball- und Kartenklub, denen ich bald vorgestellt wurde, sahen in mir einen Störenfried und schätzten mich deshalb nicht besonders. Ihm gaben sie immer wieder – und gerne in meiner Anwesenheit – den Rat, sich nicht »unterbuttern« zu lassen. Ich riet mir selber: »Keine Panik, das wird sich durch deinen Einfluss schon geben.« Die geplante Verlobung sah ich als einen Schritt in die richtige Richtung an und stimmte ihr deshalb bald zu.

Der Herbst 1967 verging wie im Flug. Ich tat mich zunächst schwer mit dem Nordseeklima; der Schock, dass ich in den ersten Tagen nach meinem Umzug eine schwere Sturmflut miterlebte, saß mir noch Mo-nate danach in den Knochen. Anfang Oktober gingen eines Tages an meiner Arbeitsstelle gegen 15 Uhr alle Lichter aus. In den darauffol-genden Stunden – wir saßen bei Kerzenschein in den Büros und an ein Verlassen der Häuser war über Stunden nicht zu denken – flogen drau-ßen Dachziegel und Baumteile durch die Gegend. Tage vorher hatte ich einen Besuch im Museum des Ortes gemacht und mir Modelle von den Häusern auf den der Nordseeküste vorgelagerten Halligen angesehen. Ich hätte mit niemandem der Bewohner tauschen mögen – auch wenn es inzwischen sogenannte Fluchttürme innerhalb der Gehöfte gab.

Das Jahr 1967 neigte sich dem Ende zu.

Deutschlands wirtschaftliche Entwicklung sieht nicht gut aus.
Es gibt inzwischen fast 600.000 Arbeitslose (kein Mensch kommt auf die Idee, dass eine solche Zahl später als sehr günstig angesehen würde).

In Israel kommt es zum Sechstagekrieg, den es mit erheblichen Gebietszuwächsen gewinnt.

Die israelisch-arabischen Konflikte wurden mir zunehmend bewusster. Ich war inzwischen nach der Lektüre des Buches »Exodus« ein eifriger Leser der Romane von Leon Uris geworden.

Auf mich kam mit leisen Ankündigungen ein ganz persönlicher Krieg zu. Am letzten Abend des Jahres 1967 steuerte ich an meinem neuen Wohnort mit meinem Verlobten, Freunden und Bekannten auf einer Silvesterparty das neue Jahr 1968 an. Kurz vor zwölf Uhr steckte ich mir eine Zigarette an, in die einer der Freunde meines Verlobten einen Knallkörper gesteckt hatte. War ich vorher noch auf mein tolles ausgeschnittenes Kleid stolz gewesen, trug dieser Ausschnitt nun dazu bei, dass ich mir zwar keine gefährlichen, aber doch sehr unangenehme Verbrennungen zuzog. Mein Protest gegen einen solchen Unsinn wurde von der köstlich amüsierten Männergesellschaft dahin gehend kommentiert, dass ich mich gefälligst nicht so anstellen solle. Mein Verlobter betrachtete mich bei so viel Rückendeckung durch seine Freunde mit besonders unheilvoller Miene. Kein gutes Omen für das heraufziehende Jahr 1968!

4. Kapitel 1968 – 1971

Erst ganz in Weiß – dann mit blauen Flecken
(Szenen einer kurzen, aber heftigen Ehe)

Über das Jahr 1968 könnte ich auch durchgehend unter dem Oberbegriff »Turbulenzen und Tragödien auf allen Ebenen« berichten:

Die Studentenunruhen in deutschen Städten nehmen, genau wie in anderen Städten im Ausland – Rom, Paris, Kopenhagen und Tokio –, zu. In Deutschland wird die Stimmung durch das Attentat auf den Studentenführer Rudi Dutschke gefährlich angeheizt, wobei die Springer-Presse, die dies herausfordert, ein besonderes Angriffsziel darstellt.

Die Bundesregierung verabschiedet Notstandsgesetze zum Schutz der Demokratie in Notzeiten.

Siegfried Lenz bringt den Roman »Deutschstunde« heraus und Alexander Solschenizyn sein Buch »Der erste Kreis der Hölle«.

Der Regisseur Roman Polanski erregt Aufsehen mit dem Film »Rosemarys Baby«.

Jaqueline Kennedy heiratet den griechischen Großunternehmer und Reeder Onassis.

Martin Luther King wird bei einem Attentat ermordet, Robert Kennedy kurze Zeit später.

Im sogenannten »Prager Frühling« passieren in der CSSR erstaunliche Dinge.

Sollte es ihn wirklich geben, den Sozialismus mit menschlichem Antlitz?

In der CSSR wurde angekündigt, aus politischen Gründen zu Unrecht verurteilte Bürger zu rehabilitieren und den Sozialismus alter Art liberaler gestalten zu wollen. Dass diese Bestrebungen den Mitgliedern des Warschauer Pakts nicht gefallen würden, war den Menschen in den westlichen Ländern von Anfang an klar. Der natürlich schnell einsetzende diplomatische und dabei auch angedrohte militärische Druck seitens der UdSSR konnte die begonnenen Reformen nicht stoppen. Es wunderte deshalb auch kaum jemanden, dass im August 1968 Truppen des Warschauer Paktes in die CSSR einmarschierten, um die ersten noch zaghaften Liberalisierungsbemühungen zunichte (und gleichzeitig dafür verantwortliche Personen, wie zum Beispiel Alexander Dubček) unschädlich zu machen.

14.500 US-Soldaten fallen in Vietnam. Die Proteste der 68er werden entsprechend weiter angeheizt.

Ich selber hatte keine Studentenkontakte, in der Familie keinerlei »Langhaarige«, links eingestellte Lehrer und kannte auch keine Sympathisanten der 68er-Szene – somit also war ich mit 20 Jahren in erster Linie staunender Zuschauer, wie viele andere in der insgesamt eher »trägen« deutschen Gesellschaft. Hätte ich mich noch in meinem Elternhaus befunden, wären die in wahnwitzig schneller Folge auftretenden und von Fernsehen sowie Presse heftig kommentierten Ereignisse des Jahres 1968 zwischen meinem Vater und mir sicher ausführlich diskutiert worden. Zu der nicht unerheblichen räumlichen Entfernung zwischen meinen Eltern, die in Nordrhein-Westfalen wohnten, und mir im nördlichen Schleswig-Holstein kam erschwerend hinzu, dass Vater und Mutter gesundheitlich angeschlagen waren. Bei mir machte sich indes immer mehr Unbehagen breit, weil sich die Menschen in meinem neuen Lebensumfeld fast gar nicht für Politik und Weltgeschehen interessierten. Noch nicht einmal die Tatsache, dass unter bestimmten Umständen die vom Bundestag verabschiedete Notstandsverfassung zu einschneidenden Einschränkungen bei den Grundrechten der Deutschen führen könnten, wurde von irgendjemand wirklich registriert.

Meine ausgeprägte Vorliebe für Bücher kommentierte man mit viel Spott. Ab und zu suchte ich eine Frauenrunde in einer Teestube unserer kleinen Stadt auf, um überhaupt wieder mal mit Leuten diskutieren zu können. In dieser Runde konnte man auch über neu auf den Markt gekommene Bücher sprechen. Solschenizyns berechtigte Anklagen über die grauenhaften und unmenschlichen Verhältnisse in russischen Arbeitslagern waren ein großes Thema. Siegfried Lenz' »Deutschstunde« interessierte zu dem Zeitpunkt nur einige der Frauen. Als Gegenpol zu den Meinungen in 68er-Kreisen kam hier allerdings auch bei einigen Personen, die zwischen 25 und 35 waren, zum Vorschein, dass sie sich nicht mit der Schuld der Vorgeneration befassen wollten. Die Aussage: »Wie lange sollen wir, die doch gar nicht dafür verantwortlich waren, uns eigentlich noch die alten Geschichten unserer Väter und Mütter vorwerfen lassen?« Diese Haltung und die Tatsache, dass sich dem Frauenkreis ganz offensichtlich auch Lesbierinnen angeschlossen hatten, um Gleichgesinnte zu finden (dies hätte mich im Grunde nicht gestört, wenn nicht den Frauen, die nichts gegen Männer hatten, etwas sehr aggressiv begegnet wurde), verleideten mir die Zusammenkünfte. Mehr interessierten mich die Personen in dem Buch des in Masuren geborenen Siegfried Lenz, weil ich das Verhalten einiger Deutscher in den Jahren des Nationalsozialismus immer noch nicht fassen konnte und mich seine Gedanken zur grundsätzlichen Möglichkeit, dass sich menschliche Individuen unter bestimmten Voraussetzungen immer wieder »unselig« verbiegen lassen, sehr nachdenklich machten.

Die bevorstehenden Olympischen Sommerspiele in Mexico City waren im Freundeskreis meines Ehemannes (neben Stadt- und Vereinsklatsch) schon eher ein Thema. Mir fehlte das Salz in der Suppe, und als ich dies eines Abends nach einer Sportveranstaltung in einer feucht-fröhlichen Runde mit Freunden meines Verlobten äußerte, bekam ich eine verbale Verwarnung, die ich aber wahrscheinlich nicht richtig ernst genommen hatte. Als ich nachhakte, griff mein Partner ohne Vorwarnung zu seinem Schnapsglas und schüttete mir den Inhalt ins Gesicht.

Eisiges Schweigen in der Runde – auch noch als ich meine Tasche nahm und verschwand. Die Entschuldigung am nächsten Tag nahm ich wie versteinert an; nur war danach nichts mehr wie vorher. Heute für mich nicht mehr nachvollziehbar, stimmte ich nach einigen »Sitzungen« innerhalb der Familie meines Verlobten und vielen Aufmunterungen durch seinen Freundeskreis der Festsetzung unseres Hochzeitstermines im Sommer 1968 zu. Meine Eltern hatten – wie auch mein Bruder – von all meinen inzwischen aufgekommenen Ängsten keine Ahnung. Ich war zu diesem Zeitpunkt einfach zu stolz, um zugeben zu können, dass ich mich von Wünschen und Träumen hatte leiten lassen und jetzt nur noch dachte: »Augen zu und durch«. Also kam es zu etwas ganz Alltäglichem: Eine kleine Angestellte heiratet einen kleinen Angestellten. Familienangehörige verhandelten vorher diskret darüber, wer wie viel von den Kosten übernehmen könnte, die auch bei einer Hochzeit in überschaubarem Rahmen anfallen.

Ich las ungefähr zur gleichen Zeit (wahrscheinlich wieder beim Frisör, weil ich ansonsten die einschlägigen Frauenzeitschriften nicht zur Hand nahm), darüber, wie ausgefeilt der Ehevertrag zwischen Aristoteles Onassis und Jackie Kennedy zu Papier gebracht worden war. Die finanzielle Seite der in der Klatschpresse breitgetretenen Vereinbarungen berührte mich (wahrscheinlich weil sie weit über die Vorstellungskraft einer Normalbürgerin hinausgingen) eher nicht. Beeindruckend fand ich allerdings, dass »Jackie« neben den »Geld- und Klunkerabsprachen« ganz klar festlegen ließ, welche Anteile dem Großreeder an ihrer Person zustanden und zu welchen Zeiten er diese nur einfordern konnte. Es sollte in meinem kommenden, leider nicht sehr glücklichen Eheleben nur wenig Zeit vergehen, bis ich mich an die Kommentierung der besagten Eheparagrafen des Vertrages Kennedy/Onassis in Zeitungen wie »Das grüne Blatt« erinnerte und manchmal gerne auch einen solchen Vertrag aus der Schublade geholt hätte.

So weit war es aber noch nicht. Die Hochzeitsfeier verlief ganz harmonisch. Ich – ganz in Weiß (mit einem geliehenen Brautkleid, was, wie ich später hörte, angeblich Unglück bringen sollte) – tanzte mit meinem frisch Angetrauten zu dem passenden Lied von Gerhard Höllerer, genannt Roy Black. Meine Eltern ahnten, ebenso wie die meisten der anwesenden Hochzeitsgäste, nichts von meinen Bedenken in den zurückliegenden Monaten. Die Feier ging vorbei, die Gäste reisten ab, ein neues (?) Leben begann.

Wir, das junge Paar, konnten dank der finanziellen Unterstützung der alleinstehenden und gut situierten Tante meines Ehemannes, die ihn schon länger gerne verheiratet sehen wollte, in eine komplett eingerichtete Zweizimmerwohnung einziehen. Diese Wohnung befand sich im ersten Stock eines Altbaus und hatte dank der schönen hohen Fenster freundliche, helle Räume. Wenn auch Ofenheizung und sanitäre Gegebenheiten Wünsche offen ließen, war es zunächst einmal von den Rahmenbedingungen her kein schlechter Start in eine gemeinsame Zukunft – so dachte ich naiverweise immer noch. Dann kam der Alltag. Wenn man auch durch die Haustür in eine kleine, romantische Altstadtgasse gelangte, wurde schnell klar, dass die Wirklichkeit unserer jungen, aber schon unter einem schlechten Stern stehenden Ehe mit Romantik nicht viel zu tun haben würde. Meine bis dahin vorhandene Restzuneigung schmolz wie Schnee an der Sonne, unter anderem auch deshalb, weil mein Ehemann der Meinung war, in unsere nun legitimierte Zweierbeziehung seine alten Freunde eng miteinbeziehen zu müssen. Sie fanden sich nach einer kurzen Anstandsfrist wieder bei uns ein, um nicht nur wie gehabt mit ihm Karten spielen zu können, sondern auch, um feucht-fröhliche alte Gewohnheiten aufleben zu lassen. Ich verließ bei solchen Gelegenheiten lieber die Wohnung, um mich abzulenken und mit Frauen der »Kumpels« zu treffen, die meine Beweggründe für solche Fluchtversuche aus eigener leidvoller Erfahrung durchaus nachvollziehen konnten.

Eines Abends (ich kam in eine vollkommen verqualmte Behausung mit überquellenden Aschenbechern und Bierflecken auf dem neuen Teppich zurück) äußerte ich unmissverständlich meinen Unmut über die vorgefundene Sauerei. Nachdem die Saufkumpane die Wohnung verlassen hatten (einer kippte vorher noch demonstrativ sein Bierglas um), gab ein Wort das andere und ich musste mir unbedingt ein Ventil für meine Wut verschaffen. Mein Blick fiel auf unser schön gerahmtes Hochzeitsbild. Ich nahm es, warf es durch ein offen stehendes Wohnzimmerfenster auf die darunter liegende Straße und fing mir im gleichen Moment eine Ohrfeige ein. Um weiteren Misshandlungen zu entgehen, lief ich nach unten, um die Reste unserer Hochzeitsaufnahme einzusammeln, auf der wir so einträchtig lächelnd in die Kamera blickten. Glück zu später Stunde: Meine damalige »bessere Hälfte« zog es vor, erst einmal seinen Rausch auszuschlafen.

So viel zu meinen eigenen, ganz persönlichen 68er-Erfahrungen und meiner auch nicht zu verachtenden Unangepasstheit!

Weitere Katastrophen und Versöhnungen wechselten sich danach regelmäßig ab. Heute verstehe ich nicht mehr, dass ich nicht sofort meinen Vorsatz, mich von einem Mann höchstens einmal schlagen zu lassen, in die Tat umsetzte und entsprechende Konsequenzen zog. Nachdem Freunde 1969 die Absicht äußerten, in einen Neubau am Stadtrand mit modern ausgestatteten Wohnungen zu ziehen, wo noch weitere Wohnflächen frei waren, ließ ich mich überzeugen, dass ein Umzug vieles ändern würde. Die Vorbereitungsarbeiten sowie neutrale Diskussionen über notwendige Planungen brachten denn auch – zumindest für eine kurze Zeit – einen angenehmen Waffenstillstand mit sich. Aus den Monaten nach dem Umzug ist mir aber deutlich in Erinnerung geblieben, dass mich das tägliche Einerlei von Arbeit in der Bank und unvermeidlichem abendlichen Puschenkino kribbelig machte und immer unzufriedener werden ließ. Tagsüber konnte ich mich noch mit einer fast zehn Jahre älteren Arbeitskollegin austauschen, die eine gute Freundin werden sollte (es war die schon erwähnte Freundin, die beim Untergang der Pamir ihren Verlobten verloren hatte). Nach Feierabend aber überfiel mich täglich eine trostloser werdende Stimmung, weil mir immer klarer wurde, dass ich mit meinem Ehemann weder bei den Dingen, die uns betrafen, noch bei allem, was vor unserer Haustür oder in der Welt passierte, sprechen konnte.

Willy Brandt wird im Oktober 1969 Bundeskanzler.

Dies freute mich ebenso wie die Nachricht, dass die Amerikaner ihre Truppen aus Vietnam zurückzogen. Ich dachte wehmütig an alte Zeiten zurück, als ich mit meinem Vater stundenlang über solche Ereignisse reden konnte, auch wenn wir nicht immer einer Meinung waren. Gern hätte ich 1970 auch mit ihm über den Polenbesuch Willy Brandts, den Warschauer Vertrag und den Kniefall unseres Kanzlers vor dem Denkmal der Opfer des Warschauer Gettos gesprochen. Willy Brandt schrieb: »Wer mich verstehen wollte, konnte mich verstehen.« Ich wusste zumindest, dass mein Vater und ich ihn verstanden, auch wenn wir uns nicht mehr regelmäßig über politische Ereignisse austauschten. Gefreut haben wir uns beide ganz sicher auch darüber, dass Willy Brandt Ende 1971 der Friedensnobelpreis verliehen wurde.

Dieser 1913 in Lübeck als Herbert Frahm geborene und 1933 aus Sicherheitsgründen zu einer Person namens Willy Brandt gewordene Politiker, der immerhin noch drei Jahre älter war als mein Vater, sollte mich (wie viele andere Menschen und besonders die, die weiblichen Geschlechts waren) faszinieren wie später kein anderer. Die nicht nur freundlich kommentierten Stationen seines Lebenslaufes, seine menschlichen und politischen Fähigkeiten (die leider im Laufe der Zeit immer mehr aufgrund öffentlich diskutierter »Charakterfehler« infrage gestellt wurden) und seine Niederlagen erregten Aufmerksamkeit, Mitgefühl – aber auch Häme.

Auf mich sollten in 1971 allerdings keinerlei Preisverleihungen zukommen, dafür aber noch ganz persönliche »Kniefälle«. Zu dem wohl gravierendsten Ereignis in unserer jungen Ehe kam es während eines Spanienurlaubs zusammen mit einer ganzen Clique von gleichaltrigen, jung verheirateten Freunden. Am letzten Abend vor dem Ende eines erholsamen und eigentlich recht abwechslungsreichen Aufenthaltes auf Mallorca mit interessanten Ausflügen trafen wir uns alle noch einmal zu einem Abschiedscocktail in der Bar unseres Hotels. Im Laufe des Abends bemerkte ich, dass mir gegenüber ein attraktiver junger Schwede saß, der gerne mit mir ins Gespräch kommen wollte. Allein diese Tatsache machte meinen Ehemann, der mich offensichtlich wie einen Gegenstand seines persönlichen Eigentums betrachtete, sehr wütend. Er machte mir – immer lauter und aggressiver werdend – deutlich, dass ich ihm sofort in unser Hotelzimmer zu folgen hätte. Immerhin war mir der Name des Nordländers im Gedächtnis geblieben, was für mich noch von Bedeutung sein sollte. Wir verabschiedeten uns holterdiepolter von den Mitreisenden und suchten unser Hotelzimmer auf. Ich ging ins Bad, kam (nur mit einem dünnen Nachthemd bekleidet) wieder heraus, sah meinen Ehemann auf dem Balkon und wollte ihn fragen, was denn eigentlich los gewesen wäre. Er legte blitzschnell die Hände um meinen Hals, würgte mich, bis ich kaum noch Luft bekam und in die Knie ging, und sagte: »Damit du kapierst, wer hier das Sagen hat, werde ich jetzt ins Zimmer gehen und die Balkontür schließen. Wenn du Vernunft angenommen hast und ganz brav Bitte, Bitte sagst, können wir darüber reden, ob und unter welchen Bedingungen ich dich wieder hereinlasse.«

Eine Weile habe ich wohl, auch infolge der Tatsache, dass mir in meinem dünnen Nachthemd unangenehm kalt wurde und ich an meinen misshandelten Hals dachte, über die Möglichkeit einer Kapitulation nachgegrübelt. Dann siegte ein gewisser Trotz, und ich fragte mich, ob es vielleicht eine Alternative gäbe. Ich ging zur Balkonbrüstung und schaute mir die Beschaffenheit der Hotelfassade und den Abstand zum Balkon der Nebenzimmer an. Es musste möglich sein! Ich knotete mein langes Nachthemd auf Taillenhöhe zusammen, stieg mit reichlich mulmigem Gefühl auf die Blumenkästen des Nachbarbalkons (siebter oder achter Stock) und fand zu meiner Erleichterung die Tür zum dazugehörigen Appartement nur angelehnt. Als ich mich durch die Räume Richtung Außentür schlich, sah ich im Vorbeigehen ein schlafendes Ehepaar und entschuldigte mich stumm für meine Unverschämtheit. Der Portier war nicht schlecht erstaunt, als ich mich, nur bekleidet mit einem durchsichtigen Nachthemd, nach dem Hotelzimmer des Schweden erkundigte. Der jedenfalls benahm sich in jeder Hinsicht wie ein vollendeter Kavalier, nachdem er sich kopfschüttelnd meine Geschichte angehört hatte, und schenkte mir neben dem Asyl für diese Nacht eines seiner T-Shirts sowie eine kurze Hose für den kommenden Morgen. Unsere Freunde konnten sich überhaupt keinen Reim darauf machen, warum ich in »Räuberzivil« mit meinem Nachthemd unter dem Arm und einem Pokerface am Frühstückstisch erschien. Mein

Ehepartner war offensichtlich über mein plötzliches Auftauchen und die Ankündigung, mit ihm nach unserer Rückkehr nach Deutschland über eine Trennung reden zu müssen, so erstaunt und geschockt, dass die Abreisemodalitäten ohne weitere Komplikationen abgewickelt werden konnten.

Zu Hause angekommen ließ ich mich durch viele freundliche Worte und Bitten auf eine Bedenkzeit ein und schob – für mich heute unerklärlich – den Gedanken an eine Trennung in dem Glauben, es könnte sich alles doch noch zum Besseren wenden, wieder einmal vor mir her. Gegen gemeinsame (und von der Familie meines Mannes eindeutig erwartete) Überlegungen, endlich in die Planungsphase einer Familienvergrößerung einzutreten, muss ich mich aber danach so vehement gewehrt haben, dass neues Unheil heraufzog. Mein Ehemann, immerhin zwölf Jahre älter als ich, sollte bald 35 werden. Ich – gerade mal 23 Jahre alt – freute mich darüber, dass es die Pille gab. Ich hatte schlicht und ergreifend Angst davor, dass mein künftiges Leben nach Wegfall des beruflichen Umfeldes und in Abhängigkeit von einem zu Gewalt neigenden Mann noch trister werden könnte, als es bis zu dem Zeitpunkt ohnehin schon verlaufen war.

Im Jahr 1971 führt die RAF schon einen regelrechten Krieg gegen die parlamentarischen Einrichtungen der Bundesrepublik Deutschland.

Andreas Baader, Gudrun Ensslin und Ulrike Meinhof stellen bereits seit 1970 den harten Kern einer terroristischen Vereinigung dar, die sich dann seit 1971 Rote-Armee-Fraktion, also RAF, nennt.

In meinem jungen Eheleben hatte ich immer häufiger das Gefühl, aus schon fast alltäglich gewordenen »Terrorattacken« in einen akuten Krieg hineinzugeraten. Obwohl mein Mann und ich nun öfter eigene Wege gingen, ließ es sich nicht vermeiden, dass sich die Stimmung im häuslichen Restzusammenleben immer mehr aufheizte. Er belauerte mich förmlich. Zu einer Zuspitzung der Probleme und einem Wendepunkt in meinem Leben kam es, nachdem ich im Dezember des Jahres 1971 auf der Weihnachtsfeier meines Arbeitgebers einem Mann wiederbegegnete, der mir schon über Monate in meinem beruflichen Umfeld aufgefallen war. Wenn er mit meinem damaligen Vorgesetzten während der Sommer- und Herbstmonate Termine wahrzunehmen hatte, sprachen wir meistens kurz miteinander, wenn er bei mir im Vorzimmer wartete. Ich konnte mich nie von dem Gedanken frei machen, dass seine Freundlichkeit und Höflichkeit nur teilweise große vorhandene Sorgen zu überdecken vermochten. Irgendjemand, der ihn näher kannte, klärte mich darüber auf, dass er den ganzen Sommer lang am Krankenbett seiner Frau zugebracht hatte. Mitte September 1971 – genauer erfuhr ich das erst später – starb sie an Krebs.

An dem besagten Dezemberabend, bei gutem Essen, entspannter Stimmung und anschließender Tanzveranstaltung sprachen wir viel miteinander.

Ich hatte mich lange nicht mehr so gut mit einem Menschen unterhalten. Dass mir der Abend gut gefallen hatte, war mir sicher sofort anzumerken gewesen, als ich nach Hause kam. Ich gab meinem Ehemann ehrlich, aber nicht sehr klug darüber Auskunft, dass es Menschen außerhalb seines Freundeskreises gebe, die sich für andere Dinge als Sport, Tratsch und Machothemen interessierten. Nach dem darauffolgenden vorprogrammierten Streit ließ ich mich zu der Bemerkung hinreißen, dass es auf dieser Welt noch höflichere Männer gebe, als ich einen zu Hause hätte. Dieses dumme und unüberlegte Verhalten sollte gravierende Folgen haben.

Als ich eines Abends die Wohnung verlassen wollte, bekam mein Ehemann einen seiner berühmt-berüchtigten Wutanfälle, weil ich mich nicht bereit erklärte, nur noch in seiner Begleitung wegzugehen. Auf mein Bekunden, dass ich auf dem Standesamt keine Erklärung unterschrieben hätte, Leibeigenschaft anzuerkennen, schlug und trat er auf mich ein. Ich flüchtete mich mit Mühe ins Badezimmer und schloss die Tür ab. Er wähnte mich wahrscheinlich noch in der Falle, als ich durch das Badezimmerfenster die Flucht antrat.

Ich kam zunächst bei einer Freundin unter, holte mir in Abwesenheit meines Noch-Ehemannes (ich reichte in diesen Tagen die Scheidung ein) das Notwendigste aus der Wohnung und mietete mir ein möbliertes Zimmer. Mein damaliger Chef, der auch schon Jahre vorher Verständnis für meine persönlichen Belange gezeigt hatte, schlug mir vor, für absehbare Zeit in einer Filiale der Sparkasse in einem einige Kilometer entfernten Dorf zu arbeiten, um erst einmal aus der »Schusslinie« zu kommen.

Als ich eines Tages in der Mittagspause diese Filiale verließ und an nichts Böses dachte, kam ein mir bekanntes Auto in unangenehmer Geschwindigkeit auf mich zu. Ich konnte nur mit Mühe ausweichen und erkannte an dem Gesichtsausdruck des Mannes hinter der Windschutzscheibe, dass es allerhöchste Zeit wurde, drastischere Maßnahmen zu ergreifen. Der bereits in meiner Ehesache tätig gewordene Anwalt erwirkte dann auch umgehend eine gerichtliche Verfügung, die meinem Noch-, für mich aber schon innerlich Exehemann verbot, sich mir wieder zu nähern.

Natürlich nahm ich im Laufe der folgenden Monate das Angebot des Mannes an, den ich wie erwähnt Ende des vorhergehenden Jahres kennen und schätzen gelernt hatte. Die Tatsache, dass wir uns nach meinem Auszug aus der ehelichen Wohnung getroffen hatten und dies auch dem Umfeld nicht verborgen geblieben war, hatte sicher auch zu der Kurzschlussattacke meines Noch-Ehepartners geführt. Trotzdem konnte es hierfür nach meiner und der Meinung meines Anwaltes keine Entschuldigung geben. Auch nach der Scheidung sollte es noch zu weiteren unangenehmen Zwischenfällen kommen, die vor allem gegen meinen neuen Lebenspartner gerichtet waren. In der heutigen Zeit würden man solche »Stalking-Attacken« drastisch bestrafen.

Teil II

Allein, bevor und nachdem man
Mutter ist, ist man Mensch;
die mütterliche Bestimmung aber
oder gar die eheliche, kann nicht
die menschliche überwiegen oder
ersetzen,
sondern sie muss das Mittel,
nicht der Zweck derselben sein.

Jean Paul – Levana

Ein Mann, ein Boot, ein Haus, ein Kind und eine Depression 1972 – 1978

1972: Immer wieder morden die Mitglieder der RAF. Innerhalb kurzer Zeit werden acht Menschen umgebracht. Die wichtigsten Führungspersonen der ersten Riege können verhaftet werden – das politische Klima in der Bundesrepublik ist jedoch infolge des Krieges einiger Fehlgeleiteter gegen die Demokratie unseres Landes vergiftet.

Antiterrorgesetze griffen zwar, wurden aber auch von Bürgern abgelehnt, die Angst vor einer zunehmenden Staatsmacht hatten.

Die DDR wird international anerkannt,

… was mir aber wahrscheinlich weniger wichtig erschien als die Nachricht, dass meine Scheidung rechtskräftig war.

Die CDU/CSU startet mit ihrem Kandidaten Rainer Barzel gegen Willy Brandt ein Misstrauensvotum und scheitert.

Es gab eine Pattsituation. Willy Brandt verlor – was allerdings gewollt war – im Herbst im Bundestag die Vertrauensfrage und wurde dann im November neu gewählt. Die SPD stellte die stärkste Fraktion im Bundestag.

Nach vier Jahren, in denen ich zwar beruflich gut vorangekommen war, andererseits aber im privaten Bereich viel Unangenehmes erlebt hatte, genoss ich es, wieder ohne Angst vor körperlichen Blessuren leben zu können. Ich hatte einen liebenswerten Menschen kennengelernt, der mich verwöhnte, mir Sicherheit gab und mein angeknackstes Selbstbewusstsein aufpäppelte. Im Sommer 1972 genoss ich ganz einfach mein Dasein und machte in der Freizeit durch meinen neuen Lebenspartner zunächst mit der »Seefahrt« Bekanntschaft. Zwar (wie richtige Seebären wahrscheinlich sagen würden) nur auf einem kleinen Binnengewässer und dann noch auf einem lütten Sportboot, aber auch die Bekanntschaft mit dem »Birnbaum« eines kleinen Segelbootes kann ganz schön schmerzhaft sein. Birnbaum deshalb, weil ich einige Zeit brauchte, bis ich begriffen hatte, dass man seine »Birne« bei Wendemanövern rechtzeitig vor dem Großbaum in Sicherheit bringen musste. Auch heute, viele Jahre später, kann ich aus meiner Sicht nur sagen: »Segeln macht dennoch Spaß.«

Im August beginnen wieder Olympische Sommerspiele, diesmal in München und Kiel.

Als wir in diesem Zusammenhang in sehr guter Stimmung nach Kiel fuhren, um die große Windjammerparade zu sehen, ahnte noch keiner, dass die so harmonisch begonnenen Spiele am 5. September von einem Überfall arabischer Terroristen auf die israelische Olympiamannschaft (neun israelische Geiseln wurden getötet) überschattet werden sollten.

Natürlich hatte ich meinen neuen Partner auch dazu befragt, wie es sich mit seiner politischen Einstellung verhielt, und schnell festgestellt, dass er der FDP nahestand, obwohl ihn parteiinterne Querelen an seinem Heimatort auch schon stark hatten zweifeln lassen. Wenn ich mir heutige Profile typischer FDP-Wähler ansehe, muss ich amüsiert feststellen, dass einige der genannten Merkmale auch damals auf ihn zutrafen: männlich, schwach konfessionell gebunden, einer gut angesehenen Beschäftigung nachgehend und stärker als an anderen Themen an Steuer- und Wirtschaftspolitik interessiert. Nun ja, für mich alles kein Grund zur Besorgnis. Für meinen Vater, der die Meinungen meines neuen Lebensgefährten relativ schnell mitbekam, aber schon ein Grund, mich aufzufordern, ich solle mich nicht »anstecken lassen« und keiner Partei Sympathien schenken, die seit ihrer Gründung im Jahre meiner Geburt in erster Linie um höher Gebildete buhlte, die Interessen Selbstständiger unterstützte und zudem noch Mitglieder hatte wie Erich Mende.

Im Laufe des Jahres 1972 lernte ich das Umfeld meines Partners kennen und konnte mich manchmal nicht des Eindruckes erwehren, dass unsere Beziehung wegen des 20-jährigen Altersunterschiedes vonseiten seiner männlicher Freunde mit einem gerade noch wohlwollenden Schmunzeln, von deren Partnerinnen aber eher als Zumutung oder Bedrohung betrachtet wurde. Vielleicht wollte ich auch wegen dieser Situation (neben der Tatsache, dass ich verliebt war und auch gerne endlich eine richtige eigene Familie gründen wollte) meinen Freund – den Begriff »Lebensabschnittsgefährte« kannten wir damals Gott sei Dank noch nicht – eine Heirat schmackhaft machen. Ich kann mich noch gut daran erinnern, dass er wegen unseres Altersunterschiedes reichlich Bedenken (und die waren ja gar nicht so weit hergeholt) hatte. Und dann?

Ja, dann gab er (wahrscheinlich entnervt und ohne Chancen, wie angeblich einst Adam im viel zitierten biblischen Paradies) nach, und wir heirateten am 19. Januar 1973.

Im Mai des gleichen Jahres wurde das neue Haus fertig, dessen Pläne mein Ehemann offensichtlich schon länger in der Schublade liegen gehabt hatte. Noch nicht 25 Jahre alt, konnte ich bei diesem Vorhaben weder besondere Kenntnisse und Fähigkeiten noch nennenswerte finanzielle oder andere Ressourcen beisteuern. In der Endphase des Hausbaus machte es allerdings sehr viel Spaß, die Früchte meines damaligen Hobbys, meiner Porzellanmalerei, zu ernten und handgemalte Kacheln für Küche und Bad herzustellen.

Auf einem Foto, das mir kürzlich wieder in die Hände fiel, stehe ich jedenfalls vorher noch – ungefähr Januar oder Februar 1973 – auf der frisch gegossenen Fundamentplatte des Hauses, trotz winterlicher Temperaturen bekleidet (wenn man das so nennen kann) mit einem Minirock, schwarzen Stiefeln und einer kanariengelben Jacke, und tue so, als hätte ich Ahnung von der ganzen Sache. Wahrscheinlich ist mir aber da vorrangig durch den Kopf gegangen, an welcher Stelle des Hauses wir wohl eines Tages eine Kinderwiege unterbringen könnten. Die Befürchtung, die biologische Uhr könnte zu schnell ticken, befiel uns damals sehr viel früher als die heutigen jungen Frauen, und das war vielleicht sogar besser so. Heute passiert es oft, dass Frauen in dieser Frage jahrelang pokern und dann trotz später Klimmzüge feststellen, dass sie im Wettrennen gegen die Zeit verloren haben.

Meinem neuen Chef – ich beendete 1973 meine Bankertätigkeit und wurde, aufmerksam geworden durch eine interessante Stellenanzeige, Sekretärin eines Managers, der eine Maschinenbaufirma leitete – erzählte ich noch nichts von derartigen Träumen. Zunächst ging das Jahr ins Land mit der Einrichtung des neuen Hauses, der Anlegung des Gartens und Besuchen bei Verwandten meines Mannes, die mich kennenlernen wollten.

Ich erinnere mich noch gut daran, dass Ende des Jahres in der Bundesrepublik drei autofreie Sonntage verordnet wurden, nachdem – infolge des Jom-Kippur-Krieges in Israel – die arabischen Staaten Öl als »Waffe« einsetzten. Wir fanden es entspannend (wie viele andere, die das anscheinend auch eher gelassen aufnahmen), ausgedehnte Spaziergänge auf sonst stark befahrenen Straßen zu machen. Hätte man diese Verordnung allerdings zeitlich noch ausgeweitet und des Deutschen liebstes Kind wäre nur noch zum Polieren gut gewesen, wäre wahrscheinlich schnell Schluss mit lustig gewesen. Infolge der Ölpreisentwicklung und der daraus resultierenden internationalen Konflikte kam es in diversen Ländern zu massiven wirtschaftlichen Schwierigkeiten. Diese Probleme machten natürlich auch vor der Bundesrepublik nicht halt. In Deutschland stieg die Arbeitslosigkeit stark an, was neben anderen Faktoren zu immer gravierenderen innerpolitischen Irritationen führte.

Ungeachtet der schlechten Stimmung im Lande und der Verbreitung düsterer Zukunftsszenarien hatte ich zu der Zeit bereits die Pille abgesetzt und wünschte mir, schwanger zu werden. Das Jahr 1974 stand für mich zunächst im Zeichen der Knaus-Ogino-Methode, die zwar zu einigem Frust, aber nicht zu kurzfristigem Erfolg führte (wo blieb denn da überhaupt ein Rest von Romantik?). Einer Freundin von mir, die in einer ähnlichen Situation war, wurde von ihrem Frauenarzt empfohlen: »Dann zünden Sie eben öfter mal dabei eine Kerze an.« Trotz des Abbrennens zahlreicher Kerzen – so erzählte sie sehr glaubhaft, aber auch irgendwie verschämt – tat sich in ihrem Fall nichts, und sie und ihr Mann bewarben sich erfolgreich darum, ein Kind adoptieren zu dürfen.

In Bezug auf die 68er erwähnte ich, dass ich keinerlei persönliche

Kontakte zu Studenten hatte und mir deshalb auch nicht vorstellen konnte, wie die eingeforderte und teilweise schon gelebte neue Freiheit aussah, wenn man sich – von bürgerlichem Plüsch und Mief befreit – endlich in gleich gesinnten Kreisen bewegen konnte und sich entschloss, Mitglied einer Kommune zu werden. Zu diesem Thema erhielt ich dann ganz unverhofft Anschauungsunterricht. Der Stiefsohn meines Mannes studierte Soziologie in Hamburg und lud uns ein, ihn in seiner Wohngemeinschaft zu besuchen. Ich lernte dabei, dass ich persönlich lieber alleine in ein möbliertes Zimmer ziehen würde, als mich in eine Kommune zu integrieren. Okay, er wohnte in einer geräumigen Altbauwohnung, die durchaus Charme hatte, mit mehreren Gleichgesinnten zusammen. Nachdem er uns dann aber die gemeinsam genutzten Räumlichkeiten gezeigt hatte, kam (wahrscheinlich als Reaktion auf meine irritierten Blicke) der zaghafte Kommentar: »Ich glaube, wir müssen mal wieder darüber diskutieren, wer hier und wann welchen Pflichten nachkommen sollte.« Er suchte etwas in dem gemeinsam genutzten Kühlschrank, und ich sah, über seine Schulter blickend, einige vergammelte Lebensmittel, die bereits das Zeitliche gesegnet hatten. Der Besuch von Toilette und Bad, den ich irgendwann nicht mehr vermeiden konnte, heilte mich vollends von solchen »Gemeinschaftswohnideen«. Bevor sich unser Besuch dem Ende näherte, wollte uns unser Gastgeber noch irgendein neues Musikstück von einer Platte abspielen, die er sich erst kurz vorher gekauft hatte. Er fand sie aber nicht und vermutete, dass einer der Mitbewohner sie sich wohl ausgeliehen und nicht zurückgebracht hätte. Ich fuhr sehr gerne wieder zurück in meinen Haushalt, in dem ich auch im Dunkeln mit einem Griff die Dinge finden konnte, die ich brauchte und an denen mir etwas lag.

Mir wurde im Laufe des Frühjahrs nicht nur deshalb schlecht, weil Willy Brandt wegen der Guillaume-Affäre zurücktreten musste, sondern wahrscheinlich auch aufgrund der Hormonpillen, die man mir verordnet hatte.

16. Mai 1974: Deutschland schaut auf Helmut Schmidt, den neuen Bundeskanzler.

Diejenigen, die seinen politischen Weg bis dahin nicht so genau verfolgt hatten, kannten ihn zumindest noch aus seinen Einsätzen als Krisenmanager bei der Hamburger Überschwemmungskatastrophe im Jahre 1962. Mir gefiel er nicht nur deshalb, weil er ein glänzender Redner war. In den Jahren 1969 bis 1972 brachte er meines Erachtens auch mehr Demokratie in die Bundeswehr. Führungskräfte auf der Hardthöhe in Bonn, die sein Bild vom »Staatsbürger in Uniform« nicht teilen wollten, verschwanden von der Bildfläche. In seiner Zeit als Bundesfinanzminister war er ein Gegner von Nixons Vietnam-Politik.

Im Juli 1974 beschlossen mein Mann und ich, unsere auf beiden Seiten vorhandenen unangenehmen Anspannungen im Beruf sowie Hausfragen, Bootpflege und die Absicht, »gemeinsam« schwanger zu werden, ganz in den Hintergrund zu stellen. Wir machten drei Wochen Urlaub auf Amrum. Am ersten Abend nach unserer Rückkehr wollte ich ganz genüsslich bei einem Glas Rotwein Erinnerungen an die schöne Zeit Revue passieren lassen, kam damit aber nicht sehr weit, weil der Rotwein nicht bei mir bleiben wollte. Klar hatte ich einen Verdacht! Ich suchte also am nächsten Tag etwas aufgeregt meinen Arzt auf, der relativ schnell zu dem Schluss kam, einen Mutterpass aus der Schublade holen zu müssen – es war also passiert, wir konnten uns auf das sich ankündigende Familienmitglied freuen. Auf weitere Einzelheiten möchte ich verzichten, denn ich gehe davon aus, dass Übelkeitsanfälle, veränderte Essgewohnheiten und Gymnastikübungen werdender Mütter Nichtbetroffene kaum interessieren dürften.

Bis sechs Wochen vor der Geburt meiner Tochter Nina im April 1975 ging ich weiter meiner beruflichen Tätigkeit nach. Die meisten meiner Arbeitskollegen begegneten mir trotz meiner Entscheidung, nicht mehr bis in den späten Abend Ansprechpartner und Mädchen für alles im Büro sein zu wollen, mit Wohlwollen. Mein damaliger Chef war viel unterwegs, um Aufträge für die Maschinenfabrik (eine Kesselbaufirma) hereinzuholen. Er erwartete, dass spätabends, wenn er noch mal ins Büro kam, zumindest ein schriftlicher Bericht über wichtige Ereignisse des Tages auf seinem Schreibtisch lag. Durch einen Zufall kam ich dahinter, dass mein Bericht, nachdem ich das Büro verlassen hatte, von einem »karrierewütigen« Kollegen umgeschrieben worden war – natürlich zu meinem Nachteil. Er bekam eine Abmahnung, musste dann aber nicht lange nach diesem Vorfall die Firma wegen nachgewiesener Unterschlagungen verlassen. Eine traurige Erfahrung, die mich – auch wenn ich zunächst eine Auszeit von beruflicher Tätigkeit nahm – später an anderen Arbeitsplätzen noch Jahre misstrauisch gegenüber Kollegen oder Kolleginnen machte, besonders wenn sie mir honigsüß begegneten.

In den letzten Wochen bis zur Geburt meiner Tochter hatte ich nicht zuletzt wegen meines stark einschränkenden, aber durch eigene Undiszipliniertheit verursachten Leibesumfanges endlich wieder mehr Zeit, Bücher zu lesen. Bei meinem Frauenarzt hatte ich mich gegen Ende meiner Schwangerschaft darüber ausgelassen, dass ich meine ständige, viel zu starke Gewichtszunahme nicht nachvollziehen könnte. Ich würde vor allem Obst und dabei am liebsten Bananen essen. Seine Antwort: »Es gibt auch dicke Affen«, kann ich bis heute nicht vergessen.

Leibesumfang hin oder her, auf einem Flohmarkt hatte ich die Romantrilogie »Wie eine Träne im Ozean« von Manes Sperber billig erstanden, die schon lange auf meinem Wunschzettel stand. Nicht unbedingt die passende Lektüre für eine Schwangere, die sich ja bekanntlich eher positive Gedanken machen sollte. Um hier einen Ausgleich zu schaffen, kam mein Mann meinem ihn aus heiterem Himmel treffenden Wunsch nach, für mich ein gebrauchtes Klavier zu kaufen. Nachdem ich einige Unterrichtsstunden bei einer privaten Lehrerin genommen und mich zu Hause auch schon an einfache Übungen herangetraut hatte, meinte die etwas pikiert wirkende Musiklehrerin kurz darauf, dass es für mich wohl besser wäre, das Geld für weitere Klavierstunden zu sparen. Recht hatte sie, und so trat Manes Sperbers Werk wieder in den Vordergrund.

Ich habe – glaube ich – später kaum wieder etwas gelesen, was mich vergleichbar erschütterte. Vieles, was mein Vater mir früher erzählt hatte, wurde mir plötzlich viel klarer, zum Beispiel warum er mit Freunden und Bekannten, die dem Kommunismus nahestanden, nicht mehr auf einen Nenner kam. Menschenleben, das hatte er erfahren, zählten in deren angeblich berechtigtem Kampf nicht viel, Beziehungen – ob zwischen Eheleuten, Verwandten oder zu Freunden – wurden geträumten Zielen untergeordnet. Die Kommunisten hatten für meine Begriffe nicht unrecht damit, Unterdrückung jeglicher Art zu bekämpfen, denn nicht Kaiser, Könige und Diktatoren sind die Substanz der Geschichte, sondern letztendlich die Namenlosen, wehrlos Geknechteten und Gedemütigten, die deren Launen ertragen und häufig mit dem Leben bezahlen müssen. Es kann trotzdem keine Lösung sein, zu den gleichen Waffen zu greifen, wie sie von denen eingesetzt wurden, die man bekämpfen will. Das Blut der Opfer hat immer die gleiche Farbe.

Mein Vater hatte mir auf seine Art klarmachen wollen, dass man um Menschen einen großen Bogen machen muss, die – wie ein Kommentator zu Sperbers Büchern treffend meinte – nur noch dafür leben, mit ihrer »mörderischen Güte« die Welt der jeweils anders Denkenden um jeden Preis nach ihrer Fasson zu ändern. Ob er diese Erkenntnis auch nahtlos auf die Nazizeit übertragen hat, wage ich zu bezweifeln. Ich bin heute der Meinung, man erteilt entweder allen Ideologien eine Absage oder man macht immer wieder den gleichen Fehler (wie auch den, den die RAF-Mitglieder machten beziehungsweise heutige Terroristen machen, weil sie glaubten oder glauben, im Recht zu sein.)

Den Jahreswechsel 1974 auf 1975 feiern besonders einige junge Leute besonders intensiv, nämlich die, die von der Gesetzesänderung betroffen sind, nach der die Bundesrepublik Deutschland neuerdings 18-Jährigen die Volljährigkeit zugesteht.

Meinem Kind würden also mit 18 Rechte zufallen, die ich damals erst mit 21 einfordern konnte. Mir fiel hierzu nachträglich wieder ein, wie schwierig die Verhandlungen mit meinen Eltern gewesen waren, als ich 19-jährig mein Elternhaus verlassen wollte.

Ansonsten fing das Jahr 1975 mit freundlichen Temperaturen an. Ab Januar grünte und blühte bereits einiges in der Natur und in unserem Garten. Mein Ehemann werkelte recht früh im Jahr an dem inzwischen erworbenen größeren Kajütboot, das auf den Namen »Slüngel« getauft worden war, fieberte wie ich der Geburt unseres Kindes entgegen und freute sich auf einen Segelsommer zu dritt. Unser Kind ließ sich Zeit. Ich, die immer noch »schwangere Auster«, holte Ende März einen Spaten aus der Gartenkammer und fing an, Beete umzugraben. Hinter dem Zaun standen die beiden Töchter der Nachbarin und gaben mir einen Rat: »Du in deinem Zustand kannst das doch nicht machen, überlass es doch deinem Vater.« Sie meinten natürlich meinen 20 Jahre älteren Ehemann.

19. April 1975: Eine neue Erdenbürgerin (so viel war schon vorher bekannt) kommt, freudig erwartet, circa 4000 Gramm schwer und 56 Zentimeter lang, zur Welt.

Die Mutter – also ich – hatte sich vorher von einigen allwissenden Personen aufklären und verleiten lassen, ein bestimmtes Krankenhaus aufzusuchen, das deshalb favorisiert wurde, weil der dortige Chefarzt und Gynäkologe in seiner Arbeit angeblich von niemandem übertroffen wurde. Am Tage der Geburt war »mein allwissender Professor« allerdings zu einer Urlaubsreise aufgebrochen. Der ihn vertretende Oberarzt, ein freundlicher, kompetenter, ursprünglich aus dem Iran stammender Mediziner wurde mir gegenüber von den diensthabenden Hebammen als die »bessere Wahl« bezeichnet. Er hatte dann auch alles fest im Griff und besuchte mich und meine Tochter am nächsten Tag in meinem Zimmer. Auf meinem Nachttisch lag das Buch: »Wie werde ich ein guter Segler?« – oder so ähnlich. Er betrachtete das Werk etwas wehmütig und meinte: »Ja, segeln … Wenn ich bloß Zeit dazu hätte! Im Moment bin ich nur ein gefragter Fruchtwasserkapitän.« Der Mann gefiel mir. Mit meiner Tochter, von der man im ersten Moment schon sagte, sie sei ein vitales Kind, konnte er natürlich nicht konkurrieren. Die Bedeutung dieser Aussage wurde mir allerdings erst in den darauffolgenden Monaten – nein Jahren – richtig klar.

Aus der ersten Zeit nach dem 19. April habe ich vorrangig in Erinnerung, dass ich unter ständiger Erschöpfung litt. Abends fiel ich schon früh todmüde ins Bett, und mein Interesse an Ereignissen, die sich außerhalb meines Haushaltes abspielten, hielt sich in engen Grenzen. Wahrscheinlich habe ich gerade noch die Tageszeitung gelesen und auf dem Weg Folgendes mitbekommen:

Der Vietnamkrieg wird Ende April für beendet erklärt.

Meine Tochter verschlief zwar den Frühling 1975 fast komplett, wurde dann aber erstaunlich schnell munter und betrachtete ihre Umwelt, tagsüber meist in ihrem jeansblauen Kinderwagen mit Panoramafenster liegend, mit wachsendem Interesse. In den Sommermonaten, die ich als sehr heiß in Erinnerung habe, war sie dann tatsächlich oft mit an Bord des Segelschiffes. In einer am Kajütdach frei schwebend aufgehängten Tragetasche bekam sie so gut wie gar nichts davon mit, in welcher Lage sich das Boot bei unterschiedlichen Windverhältnissen befand und protestierte nur unüberhörbar, wenn sie oben aufgefüllt und unten gereinigt werden wollte. Da das Auffüllen auf die natürlichste Art der Welt geregelt werden konnte, mussten wir uns auch bei den hohen Temperaturen keine Gedanken machen, dass ihr etwas nicht bekommen würde. So wuchs sie, manchmal recht lautstark, aber gesund, vor sich hin. Gleichzeitig wuchs aber auch auf der Mitte ihres Kopfes eine hochstehende einsame Locke, ohne dass sich ansonsten schon ein Haarwuchs andeutete. Da sie, ihre schwarzen Augen rollend, mit verschmitztem Grinsen alle neugierig betrachtete, die in ihrem Gesichtsfeld auftauchten, erinnerte sie sehr stark an den Max in Wilhelm Buschs »Max und Moritz«. Sie war ein hübsches, aber vor allen Dingen auch schon in dem Alter willensstarkes Kind.

Im Herbst, sie saß inzwischen in einer Babywippe und hielt alles eisern fest, was ihr in die Finger kam, wollte ihr ein Nachbarkind einmal etwas aus den kleinen Greifern nehmen. Meine Tochter bekam einen monströsen Wutanfall, das andere Kind einen Mordsschrecken, und mir schwante so einiges, was mir die nahe Zukunft wahrscheinlich an »Dompteurkünsten« abverlangen würde.

Das Ende des spanischen Faschismus und die Thronbesteigung des Königs Juan Carlos verfolgte ich ausführlich im Fernsehen.

Informationssendungen der Art waren für mich das Fenster nach draußen, da ich mich fast ausschließlich um Kind und Haushalt zu kümmern hatte.

114

Die Advents- und Weihnachtszeit 1975 verlief noch einigermaßen geruhsam. Den Weihnachtsbaum mit seinen Lichtern bestaunte meine Tochter mit aufgerissenen Augen und sabberndem Mund. Auf jeden Fall war es vorläufig das letzte Mal, dass er ungesichert in der Stube stehen konnte.

In den ersten Monaten 1976 vergrößerte sich der Aktionsradius meiner Tochter enorm durch eine eigenartige Technik, sich abwechselnd durch robbende und rollende Bewegungen dorthin zu begeben, wo sie eigentlich nicht hin sollte oder gerade nicht vermutet wurde. Ich hielt die Zeit für gekommen, regelmäßig eine Mutter-Kind-Gruppe zu besuchen; einerseits, um selber wieder ein paar aushäusige Kontakte zu bekommen, und andererseits, damit sich mein wirklich »vitales« Kind austoben konnte. Außer einigen Einladungen zu Kaffeekränzchen, die mir noch nie besonderen Spaß gemacht hatten, passierte in meinem Mutter- und Hausfrauendasein wenig, was mich von den ersten wehmütigen Gedanken an meine vorläufig auf Eis gelegte Berufstätigkeit ablenkte. Die Organisation meines Haushaltes bekam ich nach und nach besser in den Griff, und obwohl mich mein Kind stark in Anspruch nahm, machte ich mir fast ein Jahr nach der Geburt meiner Tochter doch ab und zu schon mal Gedanken darüber, für wie lange ich ein Leben in so eng abgesteckten Grenzen aushalten würde. Gesundheitlich ging es mir wieder sehr gut und auch die vorherige Dauermüdigkeit plagte mich inzwischen nicht mehr. Das hatte zur Folge, dass ich mit Haus, Kind und Garten zwar nicht wenig beschäftigt, aber aufgrund der bereits erwähnten dürftigen Anregungen von außen nicht wirklich zufrieden war. Meinem Ehemann wurde dies sicher auch immer klarer. Seinem Vorschlag, eine Reise zu unternehmen und meine Eltern als Babysitter mitzunehmen, stimmte ich begeistert zu.

Ende Juni findet die Hochzeit des schwedischen Königs Carl Gustav mit der (wenn mich meine Erinnerungen nicht trügen) deutschen Messehostess Silvia Sommerlath statt.

Sie soll ihn kennengelernt haben, weil er bei einem Messebesuch in Deutschland ihre Hilfe in Anspruch nahm, nachdem ihm ein Knopf von der Kleidung gefallen war. Die Fähigkeit, Knöpfe anzunähen, hatte ich zwar auch, hätte aber bis dahin nie gedacht, dass man damit so leicht Königin werden könnte. Die Geschichten des europäischen beziehungsweise internationalen Adels interessierten mich weniger, die Kommentare darüber in der Regenbogenpresse ärgerten mich allerdings wegen der nicht zu überbietenden Dämlichkeiten, die den Menschen dabei vorgesetzt wurden.

Immerhin traf es sich, dass auch wir ein »Königreich« besuchen wollten. Unser Reiseziel war ein kleiner Ort in Cornwall in Großbritannien.

Anfang Juni 1976 packten wir unsere Sachen und fuhren Richtung Sauerland, um Oma und Opa abzuholen. Im Kindersitz ein braves Kind. Es ging seiner Lieblingsreisebeschäftigung nach, nämlich einen weichen Apfel mit einem seiner Minizeigefinger auszuhöhlen und die dabei erbeutete Masse nicht nur in den Mund zu befördern. Unser Kind war dabei sehr zufrieden, der Fahrzeughalter aber nicht unbedingt mit den Folgen für sein Auto.

Kleinkind, Eltern und Großeltern genossen eine interessante Überfahrt mit einem Hovercraft ab Calais und erreichten bei Ramsgate das englische Festland. Nach einer anstrengenden Autofahrt mit Linksverkehr standen einige Stunden später fünf deutsche Touristen vor der Tür eines (wie sich später herausstellte) pensionierten englischen Offiziers. Er hatte mit Sicherheit den Zweiten Weltkrieg mitgemacht, begrüßte Kind und Eltern sehr freundlich, die mit ihm ungefähr gleichaltrigen Großeltern dieses Kindes aber reichlich reserviert. Der Grund hierfür lag sicher nicht nur daran, dass meine Eltern beide kein Englisch konnten. Das gut gelaunte Kleinkind strahlte den englischen Gastgeber derart an, dass er gleich erzählte, selber stolzer Opa zu sein. Er stieg auf den Dachboden und brachte uns den antik anmutenden Kinderwagen, in dem seinerzeit seine beiden inzwischen längst erwachsenen Söhne befördert worden waren. Neben der Tatsache, dass meine Tochter während dieses Urlaubs laufen lernte und wir Auslöser für eine deutsch-englische Familienzusammenführung wurden, blieb mir vor allem Folgendes in lebhafter Erinnerung:

An allen Orten, die wir auf unserer Reise besuchten, trafen uns mitleidige oder unwillige Blicke, wenn wir vier gut gekleideten Erwachsenen einen Kinderwagen durch die Gegend schoben, den andere wohl eher dem Sperrmüll übergeben hätten. Nein, diese Deutschen: Reisen um jeden Preis, aber das arme Kind bekommt nicht, was ihm zusteht.

An einem der Urlaubstage wurde meine Mutter mutig. »Ich gehe jetzt einkaufen«, meinte sie. Als sie zurückkam, war klar, dass sie in Bälde wieder von einem allergischen Ausschlag geplagt werden würde. In Erinnerung an unsere frühere Reise, bei der sie sich vor dem Umtrunk mit den fröhlichen Italienern geekelt hatte, hätten wir ihr wohl am besten ein inneres und hochprozentiges »Desinfektionsmittel« einflößen sollen. Wir hatten es wahrscheinlich nicht gleich zur Hand.

Was war passiert? In dem einzigen Supermarkt des kleinen Ortes hatte sie in der Backwarenabteilung einen leckeren Blaubeerkuchen gesehen und mit den Fingern zeigend angedeutet, wie viele Stücke sie davon gerne mitnehmen würde. Daraufhin wurde der Chef des Ladens gerufen, der in der Nachbarabteilung seiner Tätigkeit als Schlachter nachging. Kurzerhand kam er mit dem gerade benutzten und noch blutigen Steakmesser rüber und schnitt ihr damit die Kuchenstücke ab. Ich wusste nach ihrer Rückkehr erst nicht, ob ich über diese Story lachen oder mich ärgern sollte, essen wollte aber glaube ich keiner von dieser Delikatesse.

Einige Tage später glaubte ich, Geister hätten unser Flat heimgesucht. Als ich das Wohnzimmer betrat, lagen auf dem Fußboden verstreut diverse Gegenstände, die wir auf den Fensterbänken deponiert und vor unserer lebhaften Tochter in Sicherheit gebracht hatten. Das Rätsel löste sich schnell, sie lief von einem Moment zum anderen und räumte jetzt auch Bereiche ab, die sie vorher nicht erreichen konnte. Dabei stieß sie derart begeisterte Juchzer aus, dass ihr niemand mehr übel nehmen konnte, wenn infolge ihres neuen Bewusstseins, zu der Spezies der aufrecht gehenden Menschen zu gehören, erst einmal manches zu Bruch ging.

Instow mit den davor liegenden Mündungen von Taw und Torridge, Westward Ho und sein beeindruckender Pebble Beach, Clovelly mit den verschachtelten Donky-Versorgungswegen (es war zu steil, um dort

Straßen zu bauen), Bude und die dazugehörige beeindruckende Steil-
küste, Ilfracombe mit seinen Mittelmeerpalmen, der Dom zu Exeter usw.
usw. Ein Ort blieb in besonderer Erinnerung. Der Park von Arlington
Court stand auf unserem Programm. Nicht zuletzt deswegen, weil ein
Kleinmuseum Sir Francis Chichester gewidmet war und man das Modell
seines Segelbootes besichtigen konnte, mit dem er die Welt umsegelt
hatte. In ebendiesem Park kam es zu einer interessanten Begegnung.
Unsere Tochter machte von ihrem antiken Kinderwagen aus Annähe-
rungsversuche an einen etwa gleichaltrigen kleinen Engländer. Über die
Kinder kamen wir mit einem Ehepaar ins Gespräch, das offensichtlich
mit dem Enkelkind unterwegs und ungefähr im Alter meiner Eltern war.
Weil der Vater des Mannes aus Deutschland stammte, luden sie uns in
ihr Haus ein, um mehr davon zu erzählen. Der Vorfahr war Musiker
gewesen und emigrierte vor dem Zweiten Weltkrieg nach England. Bei
späteren Reisen der Familie in die Bundesrepublik hatte man, so wurde
uns berichtet, zaghafte Versuche unternommen, Träger gleichen Famili-
ennamens zu finden. Leider ohne Erfolg. Ich erzählte eher aus Spaß, dass
ich an meiner letzten Arbeitsstelle einen Kollegen gehabt hätte, der einen
ähnlichen Namen tragen würde. Er wäre der Meinung gewesen, dass
ein Verwandter seines Vaters vor dem Zweiten Weltkrieg nach England
ausgewandert war. Staunen und Gänsehaut in der Runde. Nach unserer
Rückkehr erzählte ich dies auch dem besagten ehemaligen Kollegen
und gab ihm die Adresse der Familie. Ich konnte es später kaum fassen;
sie kamen in Briefkontakt, und es stellte sich heraus, dass es die jeweils
anderen lang gesuchten Familienmitglieder waren.

Ich wollte schon seit Längerem etwas über Zufallsforschung lesen,
habe es aber bis heute nicht wahr gemacht. Seit dem geschilderten Vorfall konnte ich andererseits auch nicht den Gedanken verdrängen, dass
es nicht nur ein purer Zufall gewesen sein konnte. Wären wir einige
Minuten später über die Parkbrücke gegangen, auf der diese Begegnung
in Arlington Court stattfand, hätte es die Familienzusammenführung
wohl kaum gegeben.

Heil zurückgekehrt und daneben zufrieden mit dem Erlebten fanden wir uns im deutschen Alltag wieder. Andere, die ihren Urlaub in

Norditalien verbracht hatten, konnten das nicht unbedingt von sich sagen und kamen mit einem Schock nach Hause.

Nach einem Explosionsunglück in einem Chemiewerk in Seveso/Oberitalien tritt hochgiftiges Dioxin aus. Die Opfer, Erwachsene und Kinder, haben Hautverätzungen und Vergiftungen.

Was hätte ich getan, wenn uns so etwas zugestoßen wäre? Ich sah mein Kind an und war dankbar, in welch gutem Gesundheitszustand es sich befand. Dankbarkeit ist eine gute Sache, sie hält allerdings meistens (ich vermute, nicht nur bei mir) nicht allzu lange an. Wahrscheinlich war mir damals nicht an jedem Tag bewusst, wie gut wir lebten.

Mitte Dezember 1976 wird Helmut Schmidt als Kanzler wiedergewählt. Im Bundestag gibt es heftige Diskussionen über die Rentenfinanzierung.

Keiner ahnte damals, dass aus diesem Thema erst viel später eine regelrechte Katastrophe werden sollte. Mein Vater besuchte uns in der Vorweihnachtszeit. Er war kein uneingeschränkter Anhänger von Helmut Schmidt. Dieser hatte zwar, nur zwei Jahre jünger als er, auch den »Reichsarbeitsdienst noch kennengelernt«, war – seit 1937 Wehrpflichtiger – bei Kriegsbeginn gleich eingezogen worden und am Ende des Zweiten Weltkrieges auch in Gefangenschaft geraten, für den Geschmack meines Vaters war er aber eindeutig zu intellektuell. Daher kam wahrscheinlich seine Prognose: »Die Genossen in der SPD werden ihn eines Tages schon kirre kriegen – das war in der Partei schon immer dann so, wenn einer aufgrund seiner Bildung und seines selbstbewussten Auftretens nicht mehr die normalen SPDler an der Basis und in den Hochburgen der Parteianhänger anspricht.« Es sollte aber – nach meiner Erinnerung – noch eine ganze Weile ohne allzu großen Ärger klappen.
  Das Jahr 1976 ging für unsere kleine dreiköpfige Familie friedlich zu Ende. Meine Tochter plapperte alles nach, was sie hörte und ihre Aufmerksamkeit erregte: Fragmente aus dem Lied der Biene Maja ebenso wie interessante Einzelbegriffe. Die allerersten Sprachversuche

beinhalteten übrigens weder »Mama« noch »Papa«, sondern »Hase, Hase, Hase …« – na ja.

Nach einem Jahrmarktbesuch mit dem Großvater wurde sie gefragt, was da los war. Ihre aufgeregte Antwort war: »Kasuasell«. Wir holten ein Tonbandgerät und wollten diese Leistung noch einmal rauskitzeln und aufnehmen. Doch auf die Frage: »Womit bist du heute auf dem Jahrmarkt gefahren?«, antwortete sie sehr korrekt: »Karussell!«

Um dem Kleinkindgehirn Futter zu liefern, wurde viel vorgelesen, unter anderem die Geschichte des Katers Mikesch, wir erzählten Märchen oder spielten sie von einer Kassette ab. Auf Verlangen auch so oft, dass mir noch heute – drei Jahrzehnte später – in Träumen diese Geschichten wiederbegegnen.

1977: An was erinnere ich mich, wenn ich an dieses Jahr denke? Meine Tochter war inzwischen ein richtiger Wonneproppen geworden. Mit ihrem Grübchenlächeln unter einem blonden Pagenkopf konnte sie jeden Betrachter einwickeln. Es gab aber auch Momente, in denen ich sie gerne mal für ein paar Tage an irgendeiner Paketannahmestelle eingelagert hätte. An manchen Tagen bekam sie Wutanfälle, dass in ihrem Kinderzimmer die Fetzen flogen.

Wenn ich meiner Mutter mein Leid klagte, bekam ich allerdings schnell zur Antwort: »Du warst genauso!« Eines Tages – meine Nerven lagen blank – erklärte sie sich damit einverstanden, zusammen mit meinem Vater für zwei Wochen Kind und Haus zu hüten, damit wir Urlaub machen konnten. Aus Frankreich zurückgekehrt, fand ich eine genervte und abgespannte Großmutter vor, die mich mit den Worten begrüßte: »Ich glaube, ich weiß jetzt, was du mit deinen Erzählungen von einem vitalen Kind gemeint hast.«

Nachdem wir wieder den »Mini-Club« besuchten, kam ich nicht umhin, diese Vitalität auch von einer anderen Seite zu betrachten. Eine der anderen jungen Mütter hatte ein Kind mit Glasknochen. Es hätte so gerne mitgespielt – mit den gesunden Rabauken war das aber viel zu gefährlich. Mir tat das sehr leid, und ich wusste sehr wohl zu schätzen, was für ein Geschenk ein gesundes Kind voller Tatendrang ist, auch wenn das immer wieder zulasten meines Nervenkostüms ging.

Es gibt aus dem Jahr 1977 daneben Erinnerungen an Ereignisse, die mein Gedächtnis unter der Kategorie Grausames und Schreckliches gespeichert hat. Dazu gehören alle Nachrichten, die im Jahr 1977 im Zusammenhang mit der RAF über die Ticker gingen und in den Zeitungsschlagzeilen ebenso zu finden waren wie in Fernsehnachrichten, die sie häufig dominierten. Der »deutsche Herbst« machte manchen Bürger im Land panisch. Eben dies wurde damit aber auch beabsichtigt.

Die Ermordung des Generalbundesanwalts Siegfried Buback und seiner Begleiter, die Tötung des Vorstandssprechers der Dresdner Bank, Jürgen Ponto, sowie die Entführung mit anschließender Erschießung des Arbeitgeberpräsidenten Hanns Martin Schleyer, bei dessen Gefangennahme sein Fahrer und drei Polizisten umkommen, lösen bei jedem normal empfindenden Menschen Entsetzen aus.

Ich gab mir jedes Mal Mühe, auch nur die Spur eines Sinnes in den verquasten Texten der Bekenner zu finden – für mich war das alles ohne nennenswerte Erkenntnis, und ich weiß bis heute nicht, was die Akteure der Rote-Armee-Fraktion eigentlich wirklich wollten. Ob sie es wohl selber genau wussten?

Gemäß späteren Berichten waren sie sich nicht einmal intern darüber einig. Nach so vielen Jahren und 1000 Diskussionen, ob sie arme Gesellschaftsopfer waren oder Irre, empfinde ich heute noch – berechtigte oder unberechtigte Begnadigungen hin oder her – Zorn bei diesem Thema. Am meisten hatte mich 1977 erschüttert, dass die »Türöffnerin« Susanne Albrecht, die den Mord an Jürgen Ponto erst möglich gemacht hatte, die Tochter seines guten Freundes war, die keine Hemmungen hatte, ebendiese freundschaftlichen Beziehungen zwischen ihrer und der Familie der Pontos ausnutzen, um sich in der RAF profilieren zu können. Die Demokratie in der Bundesrepublik Deutschland wurde einer immensen Belastung ausgesetzt, aber nicht – wie geplant – wirklich beschädigt.

Nicht einmal die im Oktober 1977 durchgezogene Entführung der Lufthansa-Maschine »Landshut« nach Mogadischu, bei der – trotz des erfolgreichen

Einsatzes der GSG 9 – tragischerweise der Tod des Piloten nicht verhindert werden kann, bringt den Terroristen den gewünschten Rundumerfolg.

Hatte ich insgeheim davon geträumt, irgendwann mal wieder eine größere Flugreise machen zu können, schreckten die Bilder der nach Tagen befreiten, gequälten, erschöpften Erwachsenen und Kinder eher ab. Dazu kam, dass im Frühjahr 1977 zwei Jumbos im Nebel auf Teneriffa zusammengestoßen und dabei 575 Menschen ums Leben gekommen waren. Da blieb man doch besser am Boden. Später verlor ich diese Angst wieder.

Aus dem Ausland kamen in diesem Jahr noch ein paar interessante Nachrichten:

In Spanien finden im Sommer 1977 nach 41 Jahren wieder freie Wahlen statt, in Frankreich wird die Guillotine abgeschafft, und Amerikaner schließen Wetten ab, dass ein im Juli durch Blitzschläge verursachter großflächiger Stromausfall in New York einen erheblichen Zuwachs bei der Geburtenrate des folgenden Jahres bedeuten würde. So kam es dann auch.

Dem Jahr 1978 sahen wir mit Spannung entgegen. Es sollten in der Familie drei Geburtstage etwas ausgiebiger gefeiert werden: der 50. meines Ehemannes, mein 30. und der 3. meiner Tochter. Anlässlich eines geplanten Empfanges zum 50. Geburtstag meines Mannes an seiner Arbeitsstelle wurden meine Tochter und ihre kleine Freundin mit farblich aufeinander abgestimmten Kleidchen ausgestattet, in denen sie sehr niedlich aussahen. Als dann am 30. Januar die Feier in vollem Gange war, kam eine der beiden auf die Idee, sich aller Kleidungsstücke zu entledigen. Kurz darauf wuselten zwei kleine »Flitzer« durch die Reihen der gut gewandeten Gäste. Es kamen nicht nur amüsierte Kommentare. Jemand meinte: »Wenn dieses kleine Spanferkelchen (meine Tochter) in die Pubertät kommt, wird der Vater sich noch die Haare raufen. Er wird dann immerhin schon lange Pensionär sein.« Man konnte damals noch nicht ahnen, dass derartige Konstellationen zwei bis drei Jahrzehnte später kaum noch jemanden zu Kommentaren reizen und in manchen Kreisen sogar eher »in« sein würden.

Meinen 30. Geburtstag habe ich nicht mehr gut in Erinnerung. Da meine Tochter einen Tag später eine Kinderparty bekommen sollte, war mein Augenmerk sicher schon auf dieses Fest gerichtet. In meinem Hinterkopf existieren allerdings noch vage Hinweise, dass ich nicht mit dem Fotoapparat meines Mannes klarkam und auch sonst keine der anwesenden Frauen eine Ahnung hatte, sodass ich eine Telefonberatung in Anspruch nehmen musste. I-Tüpfelchen war dann, dass eine der Mütter bei anbrechender Dunkelheit in das neue Auto ihres Mannes stieg und keine Peilung hatte, wie sich das Licht einschalten ließ. So hatten wir doch wenigstens einige Klischees bedient. Damals ahnte ich noch nicht, dass mir zwei Jahre später, am 19. April 1980, die gleichen weiblichen Personen ein traumatisches Erlebnis bescheren würden. Der Grundstein dafür wurde im Laufe des Jahres 1978 allerdings von mir selber gelegt.

Einige Menschen werden 1978 sicher auch noch als Fußballweltmeisterschaftsjahr erinnern (Argentinien wurde vor den Niederlanden und Brasilien Weltmeister im eigenen Land). Für mich, mein Kind und meinen Mann bahnten sich durch mich verursachte einschneidende Veränderungen im Hinblick auf den Zusammenhalt unserer kleinen Familie an.

Nach dem dritten Geburtstag bekam unsere Tochter einen Kindergartenplatz, nachdem auch schon andere ihrer Mitstreiter aus dem alten »Mini-Club« dorthin sollten oder wollten. Einige der Mütter hatten die Absicht, wieder halbtags zu arbeiten, und auch mir waren solche Gedanken nicht fremd. Bei anderen Kindern war schon klar, dass sie als »Einzelkämpfer« aufwachsen würden, und sie sollten deshalb möglichst schnell in die Umgebung anderer Kinder kommen. Aufgrund des Altersunterschiedes zwischen meinem Mann und mir nahm ich für uns ebenfalls an, dass unsere Tochter ein Einzelkind bleiben würde. Den Nachbarkindern hatte meine Tochter jedenfalls um ihren dritten Geburtstag herum bereits voller Stolz angekündigt, dass sie bald in eine »Kleinkindschule« gehen wolle. Die Leiterin des Kindergartens schlug einen Testbesuch vor, um herauszufinden, ob das Kind die nötige Reife mitbringen würde. Als ich unsere Dreijährige am ersten Tag in diese Einrichtung brachte, »fremdelte« sie in keiner Weise. Sie schaute sich die

Räumlichkeiten an und fragte sofort: »Wo sind denn hier die Legos?«
Ich wurde verabschiedet und war in den nächsten Stunden doch immer
in Gedanken, was wohl die Betreuerinnen an Schrecklichem über den
Verlauf des Vormittags berichten würden und wie viele Weinkrämpfe
mein Kind gehabt haben konnte. Es kam anders: Als ich vier Stunden
später am Tor des Kindergartens auf meine Tochter wartete, kam sie in
den Flur und rief hinter einem etwa Fünfjährigen her: »Wenn du das
morgen noch mal machst, werfe ich dich in die Mülltonne!« Sie blieb
noch einige Zeit ein selbstbewusstes Kind, bis sie sich durch Umstände
veränderte, die in erster Linie ich zu verantworten hatte.

Im Sommer 1978 spielte ich in der neu gewonnenen Freizeit Tennis
oder nahm Einladungen zum Sektfrühstück bei gelangweilten Damen
in unserer Nachbarschaft an. Es stand in unserem Haus nicht zur De-
batte, mich nach einer Teilzeitarbeit umzusehen. Mein Ehemann war
klar der Meinung, dass es ihm bei seiner beruflichen Position unangenehm wäre und daneben nur Klatsch und Tratsch geben würde, wenn
seine Frau arbeiten ginge.

Eine meiner Freundinnen meinte während eines Kaffeekränzchens
im Gespräch über erneute Berufstätigkeit: »Ich habe jahrelang darauf
hingearbeitet, zu Hause bleiben zu können, um mich öfter und besser zu
pflegen.« Ich zeigte zu ihrem Erstaunen dafür wenig Verständnis, zumal
sie ein Studium hinter sich gebracht und nicht lange im Anschluss daran
gearbeitet hatte. Kann ja möglich sein, dass sie während des Studiums
auch schon mehr auf ihre »Pflege« aus gewesen war – viel später hörte
ich, dass sie von ihrem eigenen Kind später als sehr konservativ, altbac-
ken und unflexibel bezeichnet wurde.

Bei unserem Tennisklub (wahrscheinlich war ich der Auslöser gewesen, eine Mitgliedschaft anzustreben – genau weiß ich es aber nicht
mehr) handelte es sich zwar um eine schöne, im Grünen und an einem
Waldrand gelegene Anlage, der Aufenthalt dort konnte einem aber aus
bestimmten Gründen schnell auf den Wecker gehen. Besonders bei den
Damen kam es sehr darauf an, die richtigen Partnerkonstellationen zu
demonstrieren – das war man sich und seiner gesellschaftlichen Stellung
(die sich bei genauerer Hinterfragung meist nur von der der jeweiligen

Ehemänner ableiten ließ) schuldig. Da ich mir bei Zusammenkünften zu den stundenlang diskutierten Spielergebnissen manche ironische Bemerkung nicht verkneifen konnte, hatte ich wahrscheinlich relativ schnell den »schwarzen Reiter« auf der Mitgliedskarte.

Kleine Kostprobe der gängigen Einwände: »Der Platz war elendig schlecht vorbereitet, der Wind stand ungünstig, meine Partnerin hat mir durch ihre unmöglichen Schläge die Motivation versaut … aber ich, ich war gut.«

Mein Tennisspiel war nie preisverdächtig, da ich nicht den nötigen Ehrgeiz aufbringen konnte und auch keine Lust hatte, die genannten Schwachsinnigkeiten immer wieder anhören zu müssen. Es war und blieb für mich ein Spiel. Heute nehme ich an, dass ich in erster Linie irgendeine Alternative zu den sonst regelmäßig angesagten Aufenthalten auf unserem Segelboot suchte, obwohl dies im Grunde schon Spaß machte. In meinem späteren Leben war ich dann auch so konsequent, jedes Hobby abzulehnen, welches mich ausschließlich zu beschäftigen drohte, dabei aber nie wirklich umfassend interessieren würde.

Was meine immer kritischer werdende Meinung über den Tennisklub anging, täuschte ich mich mit der Zeit nicht darüber hinweg, dass ich weder die »Schönen und Reichen« im Klub beneidete oder die, die sich dafür hielten, auch nicht die Dauergelangweilten, sondern die Frauen, die abends nach ihrer Arbeit auf den Tennisplatz kamen, um sich zu entspannen.

Ich wusste es noch nicht, aber zu diesem Zeitpunkt war ich dichter daran, in irgendeinem kaufmännischen Job oder wieder als Bankerin weiterarbeiten zu können, als ich es mir bis dahin hätte vorstellen können. Ab dem 23. August 1978 änderte sich in meinem (und dem Leben derer, die damit zu tun bekommen sollten) so viel, dass mir heute noch schwindelig wird, wenn ich darüber nachdenke.

An jenem Tag spielte ich an einem sonnigen Augustmorgen mit einer Partnerin, die sich entgegen einiger anderer Personen eine sympathische und natürliche Art erhalten hatte, eine unverkrampfte Partie, bis ich immer wieder meine Konzentration verlor. Hinter uns war, abgetrennt durch eine grüne Netzwand, auf einem der weiteren Plätze ein Spiel im

Gang, das mich irritierte. Nein, nicht das Spiel, es war eine Stimme. Ich suchte auffällig oft und lange nach verloren gegangenen Bällen in der Nähe der Abtrennung und lugte auch ab und zu durch die Netzwand. Dabei rätselte ich, wem die markante Männerstimme gehören könnte, die mich irgendwie unruhig gemacht hatte. Im Klub kannte ich auf jeden Fall niemanden, auf den sie hätte passen können.

Meine Partnerin und ich beendeten unsere Partie und gingen ins Klubhaus. Irgendwann öffnete sich die Tür und die beiden Männer von unserem Nachbarspielfeld kamen ebenfalls herein. Ich blickte dem einen der beiden (es war der, dem »die Stimme« gehörte) in die blau-grün-grauen Augen und bekam eine Gänsehaut. Vielleicht wäre es besser gewesen, diese Augen nie gesehen zu haben. Meine Bekannte und ich wurden zu einem Glas Sekt eingeladen. Ich setzte mich – mit einem Gefühl schon alleine durch den Anblick meines Gegenübers leicht gedopt zu sein – an den Tisch und stellte fest, dass es ihm ähnlich zu ergehen schien. Er erzählte, dass er Claus Cleve hieß und mit seiner Familie von einem Auslandsaufenthalt zurückgekommen sei, weshalb wir uns noch nicht kennengelernt hätten. Nachdem wir uns längere Zeit intensiv angesehen hatten, trafen sich unsere Füße – ich weiß nicht mehr, von wem der erste Impuls ausging – unter dem Tisch. Ich hatte plötzlich ein mulmiges Gefühl im Bauch und mir war klar: Nichts würde in meinem Leben wieder so sein können wie bisher!

Wir trennten uns an diesem Morgen (beide reichlich irritiert) mit einem stummen Blick und – wie sich später herausstellte – jeder mit der Absicht, erst einmal Zeit zu gewinnen, um über diese Begegnung nachdenken zu können. Für meine Person bedeutete das, über Wochen in einer Art Trance zu leben. Meine Familie konnte mich aus diesem Zustand nicht mehr wirklich herausholen.

Zwei in kurzem Abstand aufeinanderfolgende Päpste in Rom.

Erdbeben im Iran mit circa 15.000 Toten.

Übernahme der Macht durch Kommunisten in Afghanistan und weitere Aktivitäten von Terroristen in mehreren Teilen der Welt.

Ich nahm vieles nur noch am Rande wahr – ich konnte kaum schlafen und nur wenig essen.

Natürlich telefonierten wir miteinander und wussten vor unserem nächsten Zusammentreffen im Klub bereits viel über den jeweils anderen und dessen Familienverhältnisse. Ich lernte seine Frau und seine Kinder, einen Sohn von damals zwölf Jahren und eine Tochter von zehn Jahren, kennen, er meinen Mann und unsere Dreijährige. Das hätte vielleicht dazu führen können, dem Verstand den Vorrang zu geben und die Gefühle in den Senkel zu stellen – es gelang keinem von uns beiden. Offenbar war ein Film angelaufen, bei dem die beiden Hauptpersonen genau wussten, dass es einige Verlierer geben würde, wenn sie nicht doch noch das Drehbuch umschreiben lassen würden.

In der darauffolgenden Zeit fanden Zusammenkünfte nur im Beisein von anderen Personen statt, weil wir dies auch für vernünftig hielten – im Grunde waren damit aber nur weitere Qualen verbunden, die wir offensichtlich beide gleichermaßen als solche empfanden.

Durch einen Zufall standen wir uns eines Abends, wir gehörten beide zu einem auserwählten Aufräumteam nach einer Klubhausfete, alleine gegenüber. Unsere jeweiligen Ehegesponse waren bereits gelangweilt Richtung Wohnstatt aufgebrochen, und ich bot nach getaner Arbeit an, ihn nach Hause zu fahren. Wir saßen lange auf einer Bank, die an der Straße in der Nähe seiner Wohnung stand. Ich erfuhr, dass es ihm aufgrund familiärer und beruflicher Spannungen durch psychosomatische Störungen nicht sonderlich gut ging und ihm deshalb eine Kur verordnet worden war. Wir verabschiedeten uns mit der Absicht, nach seiner Kur vielleicht irgendwann einmal miteinander zu telefonieren.

Unsere Geschichte nahm durch einen weiteren Zufall wieder Fahrt auf.

Mein Ehemann kündigte an, im Dezember zu einer dienstlichen Veranstaltung nach Bayern fahren zu wollen, und bat mich, ihn zu begleiten. Der Mann, der nun schon über Monate meine Gedanken beherrschte, verbrachte ausgerechnet in der Nähe des Ortes, in dem wir uns für einige Tage aufhalten sollten, seinen Kuraufenthalt. Ich kannte den Namen der Kurklinik und konnte es, trotz eines warnenden mulmigen Gefühls, nicht lassen, ihn dort anzurufen. Einige Tage später, ich hatte meinem Mann im Hotel angekündigt, mir ein wenig die Umgebung ansehen zu wollen, machte ich mich mit einem unglaublich schlechten Gewissen, aber wie im Zwang (als würde ich wie eine Kompassnadel einem nicht unterdrück- oder veränderbaren Anziehungsimpuls folgen) morgens bei starkem Schneefall auf den Weg nach Kochel. Wir wollten uns beim »Schmied von Kochel« treffen, einem Lokal, das der »andere« in meinem damaligen Leben, in den ich schrecklich und bis dato ohne Hoffnung auf eine Lösung verliebt war, vorgeschlagen hatte.

Ich tue mich auch nachträglich schwer, ihn bei dieser Schilderung als meinen Bekannten, meinen Freund oder wie auch immer zu bezeichnen, weil er einerseits zwar noch nicht mein Liebhaber war, andererseits aber Untreue bekanntlich im Kopf beginnt.

Viele Jahre später fuhr ich mit ihm, der heute, knapp 30 Jahre später, immer noch mein Ehemann ist, wieder zu diesem Lokal, in dem wir 1978 vor einem reich gedeckten Tisch saßen und keiner von uns beiden auch nur einen Bissen herunterbrachte. Die Wirtin räumte damals mit teils bedauerndem, teils wissendem Blick alles wieder ab. Beim zweiten Mal in diesem Lokal konnten wir wenigstens etwas essen. Immerhin hatte der Ausflug etwas von einer Wallfahrt; und wir statteten auch dem »Muttergotteshäusl« einen Besuch ab, von dem gleich noch die Rede sein wird.

1978 hatten wir uns kurz vor Weihnachten nach dem verpatzten Essen neben einer hohen Schneewehe am Straßenrand im Auto verzweifelt umarmt und gerätselt, wie es weitergehen könnte. Ich habe nie vergessen, dass mich durch das Fenster eine Muttergottesfigur ansah, die in einem fast eingeschneiten »Holzhäusl« überwinterte. Sie schien mir sagen zu wollen: »Du warst doch einmal ein braves katholisches Kind, und was ist nun aus dir geworden?« Dagegen konnte ich anführen, dass ich die vielen, vielen »Gegrüßest seist du, Maria«, die mir in meiner Kinderzeit zwangsauferlegt worden waren, nie freiwillig gebetet hatte.

Ich fuhr mit meinem Ehemann wieder gen Norden. Ich konnte und wollte mich nicht mehr verstellen und beichtete ihm die ganze Geschichte. Die Vorweihnachtszeit und der Jahreswechsel waren von Gesprächen belastet, die keiner im Leben wirklich führen möchte. Mein

Ehemann kam wieder darauf zurück, was er angeblich schon vor unserer Eheschließung befürchtete: Dass wir beide geheiratet hatten, wäre keine wirklich gute Idee gewesen. Es tat mir alles unendlich leid, mein Liebeskummer konnte aber durch nichts und niemand abgeschwächt werden. Ich nahm mir vor, Ruhe zu bewahren und mich mehr mit meiner Tochter zu befassen, die bestimmt schon in der Lage war, zu fühlen, dass sich ihre Eltern nicht wie sonst benahmen.

Zu der familiären kam zum Jahreswechsel 1978 auf 1979 noch eine andere Katastrophe. Nordfriesland meldete nach nicht aufhörenden Schneefällen Land unter – diesmal nicht wegen einer Sturmflut. Es hatte schon am 28. Dezember 1978 angefangen zu schneien; in den Tagen danach hörte es aber wegen eines aufziehenden Schneeorkans nicht mehr auf, sodass am Jahresende innerhalb weniger Stunden alle Verkehrswege dicht waren. Im Bahnhof unseres Ortes mussten Reisende längere Zeit vom DRK versorgt werden, weil an eine Weiterfahrt nicht mehr zu denken war. Auf den Autobahnen schneiten Fahrzeuge ein und Insassen machten sich querfeldein auf den Weg zu irgendwelchen Häusern und Gehöften, um ihr Leben zu retten.

Mein Mann und ich hatten – trotz der bekannten Irritationen – zu einer Silvesterparty eingeladen. Die Gäste waren dann aber am letzten Abend des Jahres aufgrund des extremen Schneefalls nicht mehr in der Lage gewesen, von Haus zu Haus zu kommen. Das vorbereitete Silvesterbuffet blieb unberührt. Die Leckereien bildeten in den Tagen danach eine gute Ernährungsgrundlage, wenn es auch zunächst einmal ein technisches Problem gab. Ich nehme an, dass aufgrund der Schneelasten, mit denen die Überlandleitungen nicht mehr klarkamen, die Stromversorgung zusammenbrach. Kühltruhen und Kühlschränke wurden zu reinen Attrappen, was aber bedeutete, dass man sich ganz schnell Gedanken machen musste, wie man die darin befindlichen Lebensmittel retten konnte.

Die Räume unseres Walmdachhauses konnten nur noch mit Kerzen beleuchtet werden. Der Schnee hatte sich bis zur Dachrinne aufgeschichtet und alles verdunkelt. Beim Blick auf die Terrassentür kam mir eine Idee. Ich holte eine Kehrschaufel, öffnete die Tür und schnitzte

Fächer in die Schneewand. In diese Fächer konnte man wunderbar Lebensmittel einlagern. Der Vorrat half wirklich erst einmal gut weiter, es stellte sich nämlich schnell heraus, dass in den Regalen der Geschäfte und Supermärkte bald gähnende Leere herrschen sollte. Die Menschen arbeiteten sich mit Schlitten über Schneewehen und hamsterten, wie es zuletzt wohl im Krieg und in der Zeit danach üblich gewesen war.

Unsere Gasheizung ließ sich auch per Handzündung am Laufen halten. Wie man den Zeitungen später entnehmen konnte, hatten andere nicht so viel Glück. Auf den Bauernhöfen im Umfeld unserer Stadt sollen sich ganze Familien, die Kinder in die Mitte genommen, in dicker Winterbekleidung in die Betten gelegt haben, um sich aufzuwärmen. Wer Milchvieh hatte, musste besonders erfindungsreich sein. Einige Bauern sollen Gruben in den Schnee gegraben, sie mit Plastikfolie versehen und dort die Milch eingelagert haben. Betriebe, die mit Aggregaten zur Stromerzeugung handelten, erlebten in der Zeit danach wahrscheinlich einen Boom.

Die manchmal trotz Schneedecke düstere Winterlandschaft, das Grübeln über die Zukunft, das schlechte Gewissen, das sofort aufkam, wenn ich Mann und Kind vor mir sah, die vielen schlaflosen Nächte und eine ständig vorhandene Appetitlosigkeit ließen mich langsam, aber sicher in einen Zustand abgleiten, der einer Depression glich. Ich suchte meinen Arzt auf, der mir Beruhigungsmittel verschrieb, die aber bei mir eher unerklärliche Panikattacken auslösten, die alles nur noch schlimmer machten.

Im Laufe des Monats Januar war bei den Menschen in Schleswig-Holstein die erste Katastrophenstimmung gewichen. Und auch wenn immer noch alles wie eine weiße Mondlandschaft aussah, konnte man die Häuser wieder ohne allzu große Hindernisse verlassen. Ich traf mich wieder mit dem Mann, von dem ich nicht lassen konnte. Er hatte offensichtlich eine nervenaufreibende Zeit hinter sich und dabei ein sehr schmales Gesicht bekommen. Auf der einen Seite familiärer Stress zu Hause (nach der Rückkehr aus seiner Kur musste er feststellen, dass in der Zwischenzeit seine Frau über die Alternative eines Zusammenlebens mit einem anderen Mann nachgedacht hatte), auf der anderen Seite sein Dienst bei der Bundeswehr, der während der Schneekatastrophe fast einen Rund-um-die-Uhr-Einsatz erforderte. Er teilte mir mit, dass er aufgrund von familiären Querelen Konsequenzen ziehen und in ein Zimmer in seiner Bundeswehrkaserne übersiedeln wolle. Er machte sein Vorhaben bald wahr, und ich schrieb ihm fast täglich kleine Nachrichten, gespickt mit Versen des Dichters Pablo Neruda, weil ich wusste, dass er sich dafür interessierte. Dieser wohl bedeutendste zeitgenössische Dichter Lateinamerikas, 1971 mit dem Nobelpreis ausgezeichnet, 1973 gestorben, nachdem er den Sturz Allendes nur um Tage überlebt hatte, war mir mit seiner kommunistischen Überzeugung zwar nicht ganz geheuer, andererseits aber auch ein so gewaltiger Liebeslyriker, dass ich mich der Wirkung seiner Worte nicht entziehen konnte. Was ihn mir sympathisch machte, war, dass er fast über alle Dinge, die er beschrieb – manchmal wirklich die banalsten – die Menschen und die Liebe zwischen Mann und Frau stellte. Rosario de la Cerda, eine seiner Geliebten, sagte über ihn: »Er kannte keine kleinen Gefühle. Er klopfte nicht an, als er in mein Leben kam – er trat die Tür ein.« Ich konnte diese Aussage gut nachvollziehen, kam es mir doch so vor, als wäre mir genau das ebenfalls passiert.

Alle Liebenden haben wahrscheinlich ihren eigenen »Erkennungscode«, um sich vor der Umwelt gegenüber, die sie eine Zeit lang wohl nicht ganz realistisch sehen, abzuschotten. In unserer Geschichte waren es Gedichtzeilen aus den Werken Nerudas, die wir uns gegenseitig auf Zetteln zusteckten, wie z. B.:

»Vielleicht vereinten sich spät, nicht zu spät unsere Träume …«

In der Musik war es »unser« Duett von Susi Quattro und Chris Norman: »Our love is alive«. Wir hören es bei bestimmten Anlässen heute noch und erinnern uns dabei noch sehr genau an unsere damaligen, nicht wirklich zu beschreibenden gefühlsmäßigen Achterbahnfahrten.

Wir trafen uns erneut, konnten Trennungen kaum noch ertragen, und bald kam von ihm der Vorschlag, eine Wohnung zu mieten, in der wir gemeinsam mit meiner Tochter leben könnten. Nachdem diese Wohnung bald gefunden war, teilte ich meinem Ehemann mit, dass ich ausziehen und meine Tochter in kurzer Zeit nachholen würde. Als ich einige wenige Sachen packte (eigentlich nur meine Kleidungsstücke, Bücher, die mir am Herzen lagen und einige Gegenstände, auf die wir uns geeinigt hatten), hielt er meine weinende Tochter auf dem Arm, die ich ein paar Tage später holen wollte. Nie in meinem Leben hatte ich noch einmal so mit einem Gefühl von innerer Zerrissenheit zu kämpfen wie in diesem Moment. Ich konnte nicht bleiben, weil ich befürchtete, mit einer solchen Entscheidung erst recht in einer unerträglichen Sackgasse zu landen und verrückt zu werden. Die Szene, wie ich, ohne einen Blick zurückzuwerfen, die Tür hinter mir zumachte, verfolgte mich lange in meinen Träumen, und ich kann sie heute noch in jedem Detail aus meinem Gedächtnis abrufen. Ich vermutete damals schon ganz richtig, dass meinen neuen Partner aufgrund eigener Erinnerungen ähnliche Szenen quälen würden. Wir saßen manchmal lange schweigend beieinander in Ahnungen verstrickt, dass noch eine Menge Schwierigkeiten auf uns zukommen sollten. So war es dann natürlich auch, aber wir hatten sie eindeutig selber zu verantworten.

Teil III

I am I
and you are you.
I do my thing
and you do your thing.
I am not in this world
to live up to your expectations,
and you are not in this world
to live up to mine.
You are you
and I am I,
and if by chance
we find each other,
it's beautiful.

Frederick S. Perls

1. Kapitel 1979 – 1982

Zu zweit und doch allein?
»I am I and you are you … and if by chance we find
each other, it's beautiful.« Nur ein Spruch?

Bei den persönlichen Dingen, die mein neuer Lebensgefährte im Februar 1979 mit in die von ihm gemietete Wohnung brachte, war unter anderem der gerahmte Spruch von Frederick S. Perls, der in unserer gemeinsamen Zukunft noch für viele Diskussionen sorgen sollte. Schön gerahmt und mit einem Aquarell versehen, war er mir vorher schon in seinem Zwischendomizil, im endlos langen Flur der 1,5-Zimmer-Wohnung in einer Bundeswehrkaserne aufgefallen. Claus hatte ihn von der noch jungen Tochter eines befreundeten amerikanischen Ehepaares erhalten, weil sie ihm – wahrscheinlich mit ersten Liebesgefühlen konfrontiert – ein dauerhaftes Andenken schenken wollte. Meine anfängliche Eifersucht auf diese Liebesgabe wich einer ehrlichen Scham, als ich erfuhr, dass seine junge Verehrerin, noch bevor sie ihre ersten Schritte ins Erwachsenendasein genießen konnte, einem Mörder zum Opfer gefallen war. Nachdem was mir erzählt wurde, hatte sie das getan, was ich immer vermeiden konnte und was ich auch später meiner Tochter einbläute: Als weibliches Wesen per Anhalterin fahren ist absolut tabu!

Vor fast 30 Jahren las ich also zum ersten Mal die Worte des Psychoanaytikers Frederick S. Perls. Eigentlich hieß er Fritz Perls – er ging aus Deutschland weg nach Amerika und schrieb dort in den Jahren des Zweiten Weltkrieges bis zu seinem Tod, ich glaube Ende der 60er-Jahre des letzten Jahrhunderts, über seine Theorien zur Gestalttherapie. Ich war mir lange Zeit nicht sicher, ob mir diese Worte gefielen oder nicht. Das, was Perls aber (wie ich es heute empfinde) so schön und richtig beschrieben hatte, wurde leider von meinem neuen Partner und mir im Verlaufe der noch kommenden Beziehungsmachtkämpfe und

Alltagsstreitigkeiten häufig diskutiert. Wenn er wieder einmal sagte: »I am not in this world to live up to your expectations«, ärgerte ich mich maßlos. Wahrscheinlich deshalb, weil er trotz der von ihm ausgegangenen Anfangsinitiative sehr lange brauchte, um wirklich zu unserer Beziehung zu stehen. Ich legte deshalb diesen Spruch bei bestimmten Gelegenheiten als ein ihm sehr willkommenes »Hintertürchen« aus.

Während – weit entfernt von Deutschland – die vietnamesische Armee Phnom Penh, die Hauptstadt Kambodschas, einnimmt, was das Ende der Roten Khmer bedeutet, im Iran nach 15-jährigem Exil der Schiitenführer Ayatollah Khomeini zurückkehrt und die Bevölkerung kurzzeitig noch Hoffnungen auf ein künftig freieres Leben hegt, bereiten sich in der Bundesrepublik Deutschland Die Grünen auf ihre bevorstehende Parteigründung vor.

Meine Ziele waren nicht so weltbewegend, wollte ich doch nur endlich zur Ruhe kommen und die durcheinandergeratenen Puzzleteile meines Lebens möglichst ohne große Verluste wieder zusammensetzen.

Wir gingen mit anfänglicher Zuversicht daran, uns einen Alltag untertan zu machen, von dem wir beide noch keine richtige Ahnung hatten, wie er letztendlich aussehen würde. Wir wussten, dass jeder von uns beiden einen nicht wegzudiskutierenden Rucksack auf dem Rücken trug, in dem Wackersteine aus Emotionen, Erinnerungen und Ereignissen verpackt waren, und wir mussten ständig aufpassen, dass die Ladung nicht verrutschte.

Die ersten Probleme ließen nicht auf sich warten. Meine inzwischen mit in der Wohnung lebende Tochter war maßlos eifersüchtig auf den Mann, der ihr in ihren Augen die Mutter weggenommen hatte. Saß ich zusammen mit ihm auf dem Sofa, forderte sie ihn kreischend auf: »Geh da weg, ich will nicht, dass du neben meiner Mama sitzt.« Holte ich sie aus dem Kindergarten ab, fragte sie unten im Hausflur: »Ist der Mann oben? Dann gehe ich da nicht rauf!« Wir versuchten, ihre Einwände zu ignorieren, und handelten uns damit ein bettnässendes Kind ein.

Mein Partner traf sich natürlich auch mit seinen Kindern und war nach circa zwei Monaten, nachdem die »Einschläge« von allen Seiten kamen, nervlich noch schneller am Ende als ich. Erst später hörte ich, dass man ihn in seinem beruflichen Umfeld mit Genuss »an die Wand genagelt« hatte. Es gab ohnehin genug Konkurrenten, die gerne seinen Stuhl einnehmen wollten. Mit der Anprangerung seiner privaten Probleme (bei nicht wenigen dieser Personen stellte sich später heraus, dass ihre lediglich noch nicht aufgefallen waren) ließ sich das natürlich sehr leicht bewerkstelligen. Er teilte mir resigniert mit, dass er den Versuch machen wolle, wieder an sein altes Eheleben anzuknüpfen. Ich fiel in ein unglaublich tiefes dunkles Loch, packte wie hypnotisiert meine Sachen, brachte meine Tochter zu meinem Noch-Ehemann und bekam von ihm freundlicherweise das Angebot, vorläufig wieder bei ihm einzuziehen. Ich kann mich nicht erinnern, jemals vorher oder später in meinem Leben im Laufe schlafloser Nächte so intensiv gehofft und gewartet zu haben, dass es am Horizont wieder hell würde. Ich begab mich in psychotherapeutische Behandlung. Als mich eines Tages eine Nachbarin ansprach, dass sich meine Tochter nach einem Besuch bei ihnen geweigert habe, nach Hause zu gehen, weil ihre Mama ständig weinen würde, wachte ich aus meiner Lethargie und meinem Selbstmitleid auf. Das verschriebene Medikament »Limbatril« warf ich in den Abfalleimer und meldete mich am nächsten Tag beim Arbeitsamt als Arbeitssuchende. Das Ergebnis war durchschlagend und gefiel meinem Ehemann nicht sonderlich. Mir wurde eine gut bezahlte Stelle von einer Bank am Ort angeboten – leider eine Konkurrenzadresse zu dem Institut, bei dem er arbeitete. Nach alldem, was passiert war, gab es keine Möglichkeit mehr, in dem Haus zu bleiben, das er nach unserer Eheschließung gebaut hatte. Nach kurzem Suchen fand ich eine passende kleine Wohnung. Meine Tochter sollte von einer Nachbarin meines Mannes, die selber zwei Töchter hatte, tagsüber betreut werden.

Ich arbeitete wieder! Am Ort suchte die Filiale der Großbank, für die ich danach noch Jahrzehnte arbeiten sollte, neue Mitarbeiter. Ich bekam auf Anhieb eine der offenen Stellen, wobei mir die Erfahrungen, die ich in der Baufinanzierungsabteilung während meiner früheren Sparkassenzeit gemacht hatte, dabei sehr zugute kamen. An den Wochenenden konnte ich meine Tochter sehen, hatte aber an den Werktagen dazwischen große Mühe, meine Rastlosigkeit in den Griff zu bekommen, weil ich nicht damit fertig wurde, dass »er« mir ständig in meinen nächtlichen, aber oft auch in Tagträumen begegnete.

Selbst bei meiner Lieblingsbeschäftigung, dem Lesen, fand ich keine richtige innere Ruhe. Walter Kempowskis so wunderbar geschriebene Autobiografie »Tadellöser & Wolff« sowie sein Buch »Uns geht´s ja noch gold« lenkten mich zeitweise gut von meiner Misere ab, richtig genießen konnte ich diese Werke aber erst viel später, als ich sie, nachdem ich in einer besseren Verfassung war, wieder zur Hand nahm.

Meinen Kummer bekamen natürlich auch meine Eltern mit, denen ich diese Art von Aufregungen gern erspart hätte. Als ich sie angerufen hatte, um ihnen meinen Entschluss mitzuteilen, dass ich endgültig eigene Wege gehen und eine kleine eigene Wohnung beziehen würde, meinte mein Vater ganz spontan: »Du glaubst wohl, du lebst in Hollywood.« Er gab den Hörer an meine Mutter weiter, die aus dem Stand anfing zu jammern: »Wie konntest du dein Haus verlassen, in dem du es so gut hattest? Dein Vater hat gerade erst geholfen, die Terrasse zu fliesen …« Und, und, und. Der Gipfel war die Frage: »Was soll ich denn jetzt den Nachbarn erzählen? Einen Mann mit einer so guten gesellschaftlichen Stellung wirst du so schnell nicht wieder bekommen.« Am Schluss wollte sie aber noch wissen: »Was hast du denn bei deinem Auszug mitgenommen? Wir haben euch doch schließlich dies und jenes geschenkt. Das kann man bei dir eigentlich gar nicht machen.«

Ich konnte ihr nur noch entgegenhalten, dass sie nicht ein einziges Mal gefragt hätte, wie es mir ging, bevor ich das Gespräch beendete. Meinen Vater hatte das Telefonat wohl sehr nachdenklich gemacht. Er meldete sich einige Tage später und wollte wissen, ob ich mir vorstellen könnte, dass er mich für ein paar Tage besucht. Natürlich konnte ich das. Einzelgespräche mit ihm hatte ich schon zu lange schmerzlich vermisst. Wir nahmen seinen Aufenthalt zum Anlass, viele gemeinsame Spaziergänge an der Nordseeküste zu machen, die wir beide genossen. Bei diesem Besuch hatte ich das erste Mal den Eindruck, dass er mir ohne Ausweichmanöver einen Blick hinter die Kulissen seines Lebens gönnte. Er war offensichtlich auch in der Ehe mit meiner Mutter nicht unbedingt immer glücklich gewesen, wobei er sich an dieser Tatsache einen guten Teil der »Schuld« zuschrieb. Seine mir im Vertrauen gegebenen Begründungen zu diesem Punkt blieben damals ein Thema (und sie werden es auch in der Zukunft – inzwischen ist er schon zwei Jahre tot – für mich bleiben), das nur ihn und meine Mutter etwas anging. Für seine Offenheit, mit mir über diese Dinge zu sprechen, weil er sich dabei wahrscheinlich einen Lerneffekt für mich erhoffte, war ich ihm damals und (und bin es heute noch) sehr dankbar.

Natürlich kam auch das Thema Politik nicht zu kurz. Mein Vater hatte – genau wie ich – die Befürchtung, dass sich bei den 1980 anstehenden Bundestagswahlen CDU/CSU durchsetzen würden und damit sein besonderer »Freund« Franz Josef Strauß, nachdem der mit Erfolg den CDU-Politiker Ernst Albrecht im Rennen um den nächsten Kanzlerkandidaten ausstechen konnte.

Mein Vater reiste ab, und ich musste es letztendlich doch ganz alleine schaffen, meinen selbst gewählten Weg weiterzugehen. Zunächst wurde mir bei zufälligen Treffen mit Bekannten und Arbeitskollegen meines Ehemannes vor Augen geführt, dass man mich als Einzelindividuum bereits abgeschrieben hatte. Wirkliches Interesse, aus dem heraus sich auch mal Gespräche über Small Talk (oder bei den männlichen Wesen über Flirtversuche) hinaus ergeben hätten, war mir auch vorher in diesem Personenkreis selten entgegengebracht worden. Vielleicht hing das auch mit dem großen Altersunterschied zusammen, der mich neben meinem Mann als nicht wirklich ernst zu nehmende Person erscheinen ließ. Leider fehlten mir zu dem Zeitpunkt noch die Erfahrungen, die mich erst Jahre später an den Punkt brachten, mich selbst nicht immer so wichtig zu nehmen. Ein Paar hatte es allerdings gegeben, bei dem ich mich immer gut aufgehoben und wohlgefühlt hatte. Ich denke in diesem Zusammenhang heute noch gerne an die Schwester der verstorbenen Frau meines Ehemannes und ihren Ehepartner. Leider hatten wir sie nur ab und zu besucht, da sie im Weserbergland wohnten.

Die Frauen aus dem Umfeld meines ehemaligen Ehe- und Hausfrauendaseins gingen inzwischen auf die andere Straßenseite, wenn sie mir in unserer Kleinstadt begegneten. Ich war für viele inzwischen die Rabenmutter schlechthin. Nur merkwürdig, dass Rabenmütter auf Männer – so empfand ich es damals – nicht unbedingt eine abschreckende Wirkung hatten, sondern eher deren Fantasie beflügelten. Es hatte sich im Ort schnell herumgesprochen, dass ich »solo« war. An manchen Abenden klingelte in meiner neuen Behausung noch sehr spät das Telefon, und der ein oder andere Mann aus unserem früheren Bekannten- oder Nachbarschaftskreis brachte mir plötzlich eine Art von Interesse entgegen, auf das ich gerne hätte verzichten können. Einer wollte ganz gezielt wissen, ob er mal vorbeischauen könne, um mich aufzuheitern, da ich doch wahrscheinlich mit bestimmten Defiziten zu kämpfen hätte. Als ich dies ablehnte, erfuhr ich von dem Anrufer auf drastische Art und Weise, dass ich ein doch wohl eher »dämliches« Weibchen wäre, weil ich nicht begriffen hätte, dass man ein warmes und sicheres Nest zwar schon mal (möglichst unauffällig) zu »Vergnügungsausflügen« verlassen könnte, aber doch nicht generell. Nach der Bemerkung, ich hätte doch schon mal früher Laut geben können, wenn ich nicht zufrieden gewesen wäre, platzte mir endgültig der Kragen. Ich wünschte ihm viel Spaß bei der nächsten seiner regelmäßigen Thailand-Reisen und legte auf.

An meiner Arbeitsstelle ging es gut voran. Nette Kollegen erleichterten mir den Wiedereinstieg in den Beruf genauso wie mein Vorgesetzter, der – kurz vorher geschieden – mit seinen Feierabenden noch nicht allzu viel anfangen konnte. Wir haben abends manches Glas Wein in einer kleinen Kneipe in der Nähe unserer Bankfiliale miteinander getrunken und dabei den glücklichen Zeiten unserer jeweiligen jüngeren Vergangenheit nachgetrauert. Eines Abends, inzwischen war es Herbst geworden, saßen wir wieder einmal in Erinnerungen versunken bei einem Glas Rotwein, als plötzlich meine immer noch »große Liebe« vor unserem Tisch stand. Er hatte mich zuerst in meiner Wohnung gesucht und dann beschlossen, die öffentlichen Stätten aufzusuchen, an denen wir uns früher auch schon zusammen aufgehalten hatten. Er signalisierte mir, dass er unbedingt mit mir reden müsse. Mein Vorgesetzter sah von einem zum anderen, stand auf und sagte: »Ich glaube, ich sollte hier wohl mal das Feld räumen.« Aus dem nachfolgenden Gespräch habe ich im Wesentlichen nur noch einen Satz in Erinnerung: »Ich glaubte, es versuchen zu müssen, meine Familie zu retten – ich schaffe es aber nicht, ohne dich zu leben.«

Wir starteten den zweiten Neuanfang. Dazu gehörte, dass wir an einem der nächsten Wochenenden alle drei betroffenen Kinder zusammen mit an unseren Tisch setzten, um ihnen so gut wie möglich zu erklären, was wir uns vorgenommen hatten. Als die drei aufeinandertrafen, sah sich der Sohn meines Partners in meiner, jetzt unserer, Wohnung um, und ich glaubte aus seiner Miene ableiten zu können: »Ihr Erwachsenen seid alle ganz schön bescheuert.« Die Tochter musterte mich, und ihr Blick sagte mir: »Ich muss mir noch sehr stark überlegen, ob du bei mir eine Chance hast.« Nur die »Kleine« war entspannter, als sie es früher in der ersten Wohnung mit uns beiden Erwachsenen gewesen war. Sie sah die beiden anderen eher mit der Hoffnung an, mit ihnen – wenn auch nur zeitweise – neue Geschwister zu bekommen.

Zum Ende des Jahres 1979 zeichnete sich bereits ab, dass mein Partner mit der Versetzung auf eine wahrscheinlich in Westdeutschland liegende Dienststelle rechnen musste, was mich unweigerlich in den nächsten Konflikt stürzen sollte.

Mein Ehemann hatte mir gesagt, dass ihn die ganze Situation sehr belasten würde, es aber für ihn ganz und gar undenkbar wäre, auf seine Tochter zu verzichten, falls ich den bis dahin immerhin noch gemeinsamen Wohnort eines Tages verlassen sollte. Mein neuer Lebenspartner wurde aber – wie erwartet – versetzt, und zwar nach Köln. Wir sahen uns nur noch an den Wochenenden. Diese Tatsache und die nicht zu übersehenden Anfeindungen an meinem Wohnort, an dem man Menschen, die anders dachten oder handelten wie man selber, ohne Gnade in Grund und Boden verdammte, ließen mich bereits über einen Ortswechsel nachdenken. Einigen dieser Menschen konnte ich aber schlecht von heute auf morgen aus dem Wege gehen. Ein besonderes Ereignis, das bei mir das Fass endgültig zum Überlaufen brachte, war der Auslöser, meine Sachen dann ganz kurzfristig zu packen.

19. April 1980: Meine Tochter wurde fünf Jahre alt. Ich hatte mir in der Bank einen freien Tag genommen, um mit ihr, ihren kleinen Freunden und Freundinnen sowie deren Müttern diesen Geburtstag zu feiern. Ich

packte meine Geschenke, Süßigkeiten und selbst gebastelte Utensilien ein, von denen ich dachte, dass sie auch den anderen Kindern Spaß machen könnten. Als ich zum Haus der Nachbarin kam, in dem meine Tochter während der Woche lebte, sah ich schon einige mir bekannte Fahrzeuge vor dem Haus stehen. Mütter und Kinder, zu deren Kreis ich vorher ebenfalls gehört hatte, waren schon da. Ich klingelte, die Nachbarin und Tagesmutter meiner Tochter kam heraus und sagte: »Kleinen Moment mal, ich glaube, ich muss erst noch etwas klären.« Ich stand wie vor den Kopf geschlagen vor der Tür, hinter der verglasten Eingangszone des Hauses meine sich noch freuende Tochter, als die Nachbarin zurückkam und mir mitteilte: »Wir Mütter haben beschlossen, dass es besser wäre, dich nicht hereinzulassen. Deine Mitbringsel kannst du ja hierlassen.«

Ich war nicht in der Lage, darauf zu antworten. Ich sah, wie mein mittlerweile schreiendes Kind hinter der Glasscheibe weggezerrt wurde und stieg tränenblind in mein Auto, um das Weite zu suchen. An diesem Tag wurde mir klar, dass ich ganz neue Lösungen finden musste. Ich wollte meinen Beruf nicht wieder an den Nagel hängen, meine Beziehung nicht beenden und mein Ehemann wollte unsere Tochter nicht aufgeben. Da mir im Leben aber nie »Würste mit drei Enden« begegnet waren, musste ich erst mal auf eine mit zweien zurückgreifen. Meine Bank signalisierte mir, dass es im Westen zwar nichts Neues, immerhin aber interessante Jobs für Frauen geben würde, die langfristig wieder im Beruf Fuß fassen wollten. So kam ich zu einer neuen Arbeitsstelle in Köln, und zwar mit der Aussicht, zur stellvertretenden Filialleiterin ausgebildet zu werden. Ich zog damit an einen Ort, in dessen Nähe meine ganze weitere Verwandtschaft lebte, und konnte gleichzeitig mit meinem Lebenspartner zusammen sein.

Der Abschied von meiner Tochter, die ich von da an nur noch zu bestimmten Gelegenheiten sehen würde, war mit Gefühlen behaftet, die ich unmöglich in kurzen Worten beschreiben kann. Ich lebte allerdings immer in der Hoffnung, sie irgendwann wieder zu mir holen zu können. Zunächst aber hatte sich das Jugendamt eingeschaltet und meine Tochter nach ihren Wünschen befragt. Sie wollte bei ihrem Vater und in der Nähe ihrer Freundinnen bleiben. Ich stimmte zu, dass mein noch nicht von mir geschiedener Ehemann das alleinige Sorgerecht erhielt, weil ich zu keiner Zeit Bedenken hatte, dass wir uns in Fragen des Wohles unserer Tochter einmal nicht einigen könnten. Das war die rechtliche, aber keineswegs die gefühlsmäßige Seite der Medaille, die für mich künftig alles andere als gut zu ertragen sein würde. In der Folgezeit kam es immer wieder vor, dass ich an meiner Arbeitsstelle plötzlich Mütter sah, die Kinder im Alter meiner Tochter bei sich hatten und ihr (oder es waren Ausgeburten meiner Fantasie?) manchmal auch noch ähnelten. Meine Kollegen wussten dann schon, warum ich zeitweise ganz plötzlich die Flucht in den Aufenthaltsraum oder in den Keller antrat, nämlich um mich auszuheulen und den kaum noch zu ertragenden Seelendruck loszuwerden.

Meine Tochter konnte meine Briefe an sie noch nicht beantworten, dafür schickte sie mir mithilfe ihres Vaters viele interessante Zeichnungen, die ich bis heute aufbewahre. Bevor sie schulpflichtig wurde, brachte sie ihr Vater auch ab und zu meinen Eltern, zu denen es von Köln aus für mich nicht allzu weit war. Die schönsten Tage waren die, wenn wir, mein Partner und ich (als gleichermaßen durch Kindesentzug belastete und ausgehungerte Elternteile) endlich Urlaub nehmen, im Norden Deutschlands alle drei Kinder – die gut miteinander auskamen – abholen und mit ihnen zusammen eine Ferienhütte in Dänemark beziehen konnten.

In meinem Alltagsleben stand Weiterbildung an oberster Stelle. Mein Lebenspartner war häufig auf Dienstreisen unterwegs, ich hatte Zeit, und das berufliche Weiterentwicklungsangebot meiner Bank (mit dem Hinweis: »Wir glauben Ihnen, dass Sie nicht wieder schwanger werden wollen.«), war für mich zunächst einmal sehr verlockend. Meine Eltern konnte ich nun wieder öfter besuchen und hatte dementsprechend wieder die lang vermissten Gelegenheiten, mit meinem Vater alte (und neue) politische Streitthemen aufzunehmen.

Die Ereignisse in und außerhalb Deutschlands, die uns zeitweise heftig berührten, boten uns enorm viel Gesprächsstoff.

Das Jahr 1980 beginnt schon allein damit unheilvoll, dass die Sowjets eine Großoffensive in Afghanistan starten.

Die Sommerzeit, mit den gleichen Gegenargumenten bedacht, nach denen sie heute, nach fast drei Jahrzehnten, angeblich wieder abgeschafft werden soll, wird trotzdem eingeführt. Das steckten wir wahrscheinlich gerade noch so locker weg; ebenso wie die Nachricht, dass Beatrix von Oranien-Nassau endlich den holländischen Thron besteigen durfte.

Bei den Nachrichten über Geschehnisse auf der Danziger Leninwerft, von der aus sich Streiks auf ganz Polen ausweiten, den Beginn des Iran-Irak-Krieges, ein Bombenattentat auf dem Münchner Oktoberfest mit 13 Toten und über 200 Verletzten sowie ein Erdbeben in Algerien mit 20.000 Toten ist das schon anders.

Was meinen Vater und mich natürlich besonders interessierte, war:

Helmut Schmidt bleibt Kanzler.

Bei der Bundestagswahl am 5. Oktober 1980 wussten wir noch nicht, dass sich die SPD-FDP-Koalition nur noch zwei Jahre halten sollte, aber immerhin.

Franz Josef Strauß war doch nicht das große Zugpferd gewesen. Dass ich mich über eine wachsende deutsch-französische Kooperation freute, konnte ich meinem »Altvorderen« nicht so richtig klarmachen. Die sich entwickelnde und mich berührende Freundschaft zwischen Helmut Schmidt und Valerie Giscard d`Estaing, die beide ein Bündnis mit Amerika nicht vernachlässigten, sich aber auch nicht »abhängig« machen wollten, war ihm nicht so wichtig wie die Sorge darum, dass sich die in Deutschland abzeichnende schlechte volkswirtschaftliche Entwicklung garantiert wieder in erster Linie auf dem Rücken des »kleinen Mannes« bemerkbar machen würde. Es gab bei diesen Gesprächen erste Anzeichen dafür, dass der Mensch, mit dem ich viele Jahre am liebsten über persönliche, wirtschaftliche und politische Probleme sprach, sich langsam aber sicher Verbitterungen hingab. Seine fortschreitenden parkinsonschen Beeinträchtigungen und besonders die sich damit einstellende erhöhte Reizbarkeit, weil er nicht mehr über so viel Kraft verfügte, machten ihn ungerecht und leider auch immer weniger immun gegen Stammtischparolen. Politiker, auch der eigenen Couleur, wurden schnell zu Gegnern, wenn es um Diätenerhöhungen oder deren spätere Altersversorgung ging. Meine zaghaften Einwände, dass sich maßgebliche Wirtschaftsführer, die ja auch für die Entwicklung unserer Bundesrepublik verantwortlich zeichneten, totlachen würden, wenn sie ihr Einkommen an dem eines Abgeordneten, Ministers oder selbst des Bundeskanzlers oder Bundespräsidenten messen müssten, zogen bei ihm nicht. Diese Größenordnungen lagen jenseits des Vorstellungsvermögens eines Menschen, der in seiner Kinderzeit noch nicht einmal das Allernotwendigste zum Leben gehabt hatte.

Damals hatte auch ich noch nicht die geringste Ahnung davon, dass einmal eine Selbstbedienungsmentalität ohne Beispiel bei den von mir früher noch verteidigten Wirtschaftsbossen eintreten würde, die auch mir buchstäblich die Sprache verschlagen sollte.

Meine Mutter mischte sich nicht in derartige Diskussionen ein. Ich erwartete es auch nicht (mehr), war allerdings enttäuscht, dass es sie nicht annähernd zu berühren schien, was mich beruflich weiterbrachte oder belastete. Meine (heute für mich nicht mehr nachvollziehbare, unendlich kleinkarierte) Rache bestand oft darin, dass ich spitzfindig ihre Ausdrucksweise korrigierte, wenn sie mir ihrerseits etwas erzählen wollte, was mich nicht interessierte. Ich weiß bis heute nicht, wann der Grundstein für diese Verhaltensweise gelegt wurde. Vielleicht in einer unterschwellig schon lange vorhandenen Rivalität um die Gunst meines Vaters? Eines einte uns allerdings, nämlich die wachsende Sorge um seinen Gesundheitszustand. Eines Tages hatte er wieder einmal die Mahnungen seines Hausarztes, wegen seiner immer häufiger auftretenden Schwindelanfälle das Haus nicht alleine zu verlassen, ignoriert. Er war zu einem Waldspaziergang aufgebrochen und hatte auf einem nicht gerade stark frequentierten Spazierweg einen Schwächeanfall erlitten. Glücklicherweise fanden ihn andere Spaziergänger und holten Hilfe, sodass er im Krankenhaus versorgt werden konnte. Der Hausarzt machte meiner Mutter nicht viel Hoffnung, was die weitere Lebenserwartung meines Vaters anging. Kurze Zeit später starb dieser von uns allen geschätzte

Arzt leider an einem Herzinfarkt. Meinem Vater ging es dagegen besser, und er konnte in den Folgejahren noch viele Geburtstage erleben (sogar seinen 90., der 25 Jahre später gefeiert werden sollte).

Das Jahr 1981 brachte neue Unruhe in der Beziehung zwischen meinem neuen Lebenspartner und mir. Wir waren noch nicht lange in unserer neuen Wohnung, als sich abzeichnete, dass er für längere Zeit nach Bayern abkommandiert werden sollte. Mitten in einer Weiterbildungsphase ergab es für mich keinen Sinn, ebenfalls meine Sachen zu packen. Dafür hatte ich schon zu intensiv um den bis dahin erreichten Status in meiner Bank gekämpft.

Ich wusste aber auch, dass Wochenendbeziehungen sehr belastet sein können. Für mich bedeutete diese Entwicklung aber noch zusätzlich, dass ich während meiner kostbaren Urlaubstage die Wahl hatte, nach Norden zu fahren, um meine Tochter zu besuchen, oder nach Süden, wenn mich allzu starke Sehnsucht befiel und mein Partner keine Freizeit zugestanden bekam. Dies war leider aufgrund seiner damaligen stressbehafteten Aufgabe öfter der Fall.

In Deutschland und der ganzen Welt kamen 1981 – wie natürlich in jedem anderen Jahr – interessante, romantische und auch unangenehme Nachrichten über die Ticker.

Papst Johannes Paul II. wird auf dem Petersplatz durch den Schuss eines Attentäters schwer verletzt. Die Anhänger aller möglichen Verschwörungstheorien haben wieder mal Hochkonjunktur.

Eine umfassende Aufklärung über die genauen Hintergründe gab es nicht. (Oder sie wurde nicht veröffentlicht.)

Aus den USA kommen erstmals Kommentare zu einer nicht erklärbaren neuen Krankheit, Aids genannt.

Ab da würde das Thema Aids nicht mehr aus den Weltnachrichten verschwinden.

Lady Diana Spencer und Prinz Charles heiraten in London.

In Großbritannien jubelten die Menschen in der Hoffnung, dass dem Königshaus künftig auch einmal freundlichere Pressekommentare zugutekämen, als dies in der Vergangenheit üblich gewesen war. Das sollte sich allerdings als Trugschluss erweisen.

Ronald Reagan, als 40. Präsident der USA vereidigt, ahnt noch nicht, dass man auch auf ihn zwei Monate später ein Attentat verüben wird.

In Ägypten wird Anwar as-Sadat ermordet.

Gab es denn in dem Jahr keine wirklich erfreulichen Nachrichten? Doch – wahrscheinlich eine ganze Menge. Die wichtigste für mich war aber auf jeden Fall: Meine Tochter kam zur Schule und freute sich darauf. Ich fuhr am Tag ihrer Einschulung nach Schleswig-Holstein und war sehr stolz auf sie, als sie sich – ihre Schultüte im Arm – zielstrebig ihren künftigen Platz im Klassenzimmer aussuchte, und sah hoffnungsfroh der Zeit entgegen, in der sie bald würde lesen und schreiben können. Der Abschiedsschmerz war trotzdem durch nichts zu lindern, sondern einfach nur niederschmetternd.

In meiner fortschreitenden Ausbildung zur stellvertretenden Leiterin einer Bankfiliale wurde mir einiges abverlangt. Um nicht vollends im Gedankengestrüpp über die Kunst der Personalführung, die Tücken des Kreditgeschäftes oder die Unwägbarkeiten von Börsengeschäften unterzugehen, besorgte ich mir deshalb hin und wieder auf den ergiebigen Floh- oder Secondhand-Buchmärkten in Köln oder Bonn neues Lesefutter.

Bei einer solchen Gelegenheit fiel mir ein Buch in die Hände, das mich unglaublich beeindrucken sollte: »Memoiren eines Diplomaten«. Sein Autor, der US-Diplomat George F. Kennan, gab mir darin Antworten auf Fragen, die ich mir im Hinblick auf europäische Politikhintergründe in der Zeit zwischen 1925 und dem Ende des Zweiten Weltkrieges schon lange gestellt hatte. Im Vorfeld dieses Krieges verbrachte er einige Zeit in Deutschland, um an der Universität Berlin Russlandstudien zu betreiben, ging dann nach Riga, später nach Moskau und von dort aus zu dem Zeitpunkt nach Prag, als deutsches Militär schon vor den Toren stand. Von seinen Vorgesetzten nach Berlin beordert (die Vereinigten Staaten hatten während des Krieges auch noch die Interessen Frankreichs und Großbritanniens mit zu vertreten) saß er auf einem ausgezeichneten Beobachtungsposten, um treffende Berichte in seine Heimat zu schicken, die ihm aber nicht immer Beliebtheit bescherten. Bei aller Scharfsicht, mit der er deutsche und sowjetische Fehlentscheidungen kommentierte, scheute er sich auch nicht, die des damaligen US-State-Departments ebenfalls anzuprangern. Ein mutiger Mann und empfehlenswerter Autor.

Im Verlauf des Jahres 1982 kam es in der Beziehung mit meinem Lebenspartner immer öfter zu Spannungen. Ich hatte inzwischen meine Scheidung in die Wege geleitet. Wenn ich ihn darauf ansprach, wie er sich seine/unsere Zukunft vorstelle, wich er aus. Das waren die typischen Momente, über die ich in Bezug auf die Auslegung der Zeilen von Perls bereits berichtete. In meinem Hinterkopf hatte sich inzwischen ein weiterer »Stachel« eingenistet. Als ich wieder einmal einen Besuch bei meinen Eltern gemacht hatte und meine Mutter wissen wollte, wie es mit unserer Beziehung weitergehen würde, fielen von ihrer Seite Bemerkungen, die mich sehr wütend, aber auch nachdenklich machten. Sie meinte, dass es früher für Frauen in bestimmten »Verhältnissen« einige unfreundliche Bezeichnungen gegeben hätte, die ich hier nicht wiederholen möchte. Danke schön – so was verbesserte ganz sicher nicht unser sowieso schon angeknackstes Verhältnis.

Die schulischen Leistungen der beiden Kinder meines Freundes, inzwischen 16 und 14 Jahre alt, ließen nach Berichten ihrer Mutter ziemlich zu wünschen übrig. Über meine siebenjährige Tochter bekam ich ebenfalls regelmäßig ausführliche Auskünfte, war mir aber sehr wohl darüber im Klaren, dass ich ihre schrittweise Weiterentwicklung nie würde so nachvollziehen können, wie es der Vater konnte, der alleinerziehend die größere Verantwortungslast tragen musste. Als an meiner Tochter immer stärkere Anzeichen von Angstzuständen zu beobachten waren, wurde von ihrer damaligen Hausärztin angeregt, sie einem Kinderpsychotherapeuten vorzustellen. Er hielt es für notwendig, zumindest eine Sitzung zusammen mit Mutter und Tochter durchzuführen. Ich nahm Urlaub, um diesem Vorschlag nachkommen zu können, und suchte zusammen mit meiner Tochter seine Praxis auf. Nach Eintritt in ein nicht sehr einladendes Besprechungszimmer nahm ich einen Mann in der entferntesten Ecke des Zimmers wahr, der mich, seine Hände auf dem Rücken verschränkt, von Kopf bis Fuß musterte. Ich ging auf ihn zu, um ihn zu begrüßen, und wurde auf halber Strecke mit der Bemerkung ausgebremst: »Ich gebe grundsätzlich niemandem die Hand.« Das konnte ja heiter werden. Nachdem ich kurze Zeit vorher in meiner Bank an einem Seminar »Körpersprache« mit dem unvergesslichen Samy Molcho teilgenommen hatte, kam mir kurzzeitig unter den Röntgenblicken des Therapeuten die Idee, ihm ein paar Denksportaufgaben zu geben. Da ich aber einzig und alleine dorthin gekommen war, um zum Wohle meiner Tochter beizutragen, beherrschte ich mich. Er durfte mich weiter »scannen«. Was dabei in Bezug auf mich herauskam, habe ich natürlich nie erfahren, sicher war es auch besser so.

Bei den Gesprächen zwischen meinem Partner und mir kam oft das Thema auf – ich denke heute noch, dass dies letztendlich vollkommen unsinnig, weil nicht beweisbar war –, ob sich unsere Kinder ohne eine Trennung der Elternpaare besser oder anders entwickelt hätten. Ganz sicher waren wir ständig bemüht, bei jedem Zusammentreffen mit unseren Kindern »Traumvoraussetzungen« zu inszenieren. Im normalen Familienalltag wären manche Dinge so nicht zelebriert worden. Haben wir damit dazu beigetragen, dass unsere Kinder später sehr hohe Erwartungshaltungen hatten?

Anlässlich der Sommerferien 1982 war wieder ein gemeinsames Unternehmen mit unseren Kindern geplant. Die Ausführung hatte dann aber nichts mehr mit der Ursprungsidee zu tun. Obwohl ein nettes Urlaubsdomizil für fünf Personen in Südfrankreich ausgesucht und gebucht worden war, gab es im letzten Moment entscheidende Änderungen. Mein Partner, in einem kurzen Intermezzo noch einmal (wie er begründete nur wegen der Kinder) versuchend, an alte Ehezeiten anzuknüpfen, beabsichtigte plötzlich – für mich kam das aus heiterem Himmel – statt meiner Person seine Ehefrau mit gen Süden zu nehmen.

Nachdem er sich tatsächlich mit ihr und den Kindern auf die Reise gemacht hatte, müssen sich auf den ersten Kilometern bereits wieder alte Gräben aufgetan haben. Er fuhr, nachdem seine Frau unterwegs ausgestiegen war, mit seinen Kindern alleine weiter. Ich war zu der Zeit mit meiner Tochter und meiner Mutter unterwegs nach Österreich. In einem Anfall von Trotz und Wut hatte ich im nächstbesten Reisebüro spontan eine Busfahrt für drei Personen nach Zell am See gebucht. Meine Mutter kümmerte sich dort viel um ihre Enkelin, sodass ich in Ruhe darüber nachdenken konnte, wie es weitergehen sollte. Für mich stand eines fest: Traumpartner und auch große Liebe hin oder her; wenn er nach inzwischen fünf gemeinsamen Jahren nicht gewillt sein sollte, eine Entscheidung zu unseren Gunsten zu treffen, wäre für mich das Ende unserer Beziehung gekommen. Während des Urlaubs bekam ich irgendwann tagsüber einen Anruf von meinem zwar sehr zerknirscht wirkenden Partner, der aber trotzdem darüber klagte, dass er mich trotz zahlreicher Versuche abends in meiner Pension nicht hätte erreichen können. Ich machte ihm unmissverständlich klar, dass mir jemand, der mit mir so umspringt, wie er es getan hatte, auch nicht vorzuschreiben hätte, was ich tun oder nicht tun dürfe. Die Telefonnummer hatte er meinem Vater entlockt, der mir bei unserer Abreise hoch und heilig versichern musste, keine Auskünfte über unseren Aufenthaltsort zu geben, und dann aber doch wohl schwach geworden war.

Als wir uns nach zwei Wochen in Deutschland wieder gegenüberstanden drückte mir mein Freund eine Schachtel in die Hand, in der sich unsere Verlobungs- und späteren Eheringe befanden. Er hatte inzwischen auch seine Scheidung in die Wege geleitet und machte mir einen Heiratsantrag. Ihm war inzwischen klar geworden, dass in Bezug auf unsere langsam, aber sicher klapperiger werdende Beziehungskiste die Zeiger der Uhr bei fünf vor zwölf standen.

Die Scheidung von meinem zweiten Ehemann war inzwischen erfolgt. Lediglich über einen Versorgungsausgleich dachten die Richter noch nach. In diesem Zusammenhang erinnere ich, dass kurz vorher noch eine meiner ehemaligen Nachbarinnen, die (wahrscheinlich aus Neugier und um in ihren Kaffeerunden Neuigkeiten mitteilen zu können) telefonisch nachfragte, wieweit denn unsere Scheidungsangelegenheit gediehen wäre. Sie riet mir – in einem für mich ganz und gar merkwürdigen Auswuchs von falscher Frauensolidaritätsbekundung – meinen alten Ehepartner auf jeden Fall ordentlich zur Kasse zu bitten. Derartiges kam für mich nicht infrage, auch wenn Scheidungen zu dem Zeitpunkt unabhängig von Schuldfragen geregelt wurden. Ich war schließlich diejenige gewesen, die gehen wollte. Die Trennung vom Vater meiner Tochter erfolgte in gütlicher Einigung. Ich verdankte das der Vernunft und Unaufgeregtheit meines Exmannes, dem ich immerhin unendlich viel zugemutet hatte. Mir tat die ganze Entwicklung und die »Zwangsbeeinträchtigung« seines Lebensweges sehr leid, ich wusste aber auch, dass ich nicht in der Lage gewesen war, mich anders zu entscheiden.

Eine Trennung auf ganz anderem Gebiet gibt es im Herbst zwischen den maßgeblichen Parteien in der deutschen Politik. Durch ein konstruktives Misstrauensvotum gegen den bisherigen Bundeskanzler Helmut Schmidt wird Helmut Kohl mit den Stimmen von CDU/CSU und FDP zum neuen Regierungschef gewählt.

Die FDP hatte ganz einfach die Seiten gewechselt. Innerparteilich machte der inzwischen stark gewordene wirtschaftsliberale Flügel um Otto Graf Lambsdorff der SPD Kummer. Wie würden dies wohl die Wähler in der für das kommende Jahr anstehenden Bundestagswahl honorieren?

2. Kapitel 1983 – 1987

Unterschriften in der »Rentnerkammer« mit hoffentlich lebenslangen Folgen

Wie wär's denn damit: ein Jawort vor dem Schmied in Schottlands Grenzörtchen Gretna Green? Hätte so etwas nicht ganz gut zu unserer chaotischen Geschichte gepasst? Es kam anders.

Wir hatten uns alles schon recht interessant ausgemalt, als Vater Staat auf die Idee kam, meinen »Zukünftigen« kurzfristig nach Belgien zur NATO zu versetzen. Entweder bedeutete dies für uns eine erneute Trennung oder ich würde Glück haben und meinen Arbeitgeber davon überzeugen, dass einige Jahre Tätigkeit in unserer Brüsseler Filiale meinen Horizont zu seinen und meinen Gunsten ganz sicher erweitern würden. Ich bewarb mich auf die Schnelle über unsere Frankfurter Auslandspersonalstelle, hatte einige Tage später ein Vorstellungsgespräch in Belgiens Hauptstadt und – nicht zu fassen – kurz danach bereits die Versetzungszusage. Ein Grund für uns, eine besondere Flasche aufzumachen. Bald stellte sich heraus, dass wir uns zu früh gefreut hatten. Ich glaube, es dauerte gerade mal zwei Wochen, als vonseiten der Dienststelle meines Partners der Bescheid kam: Kommando zurück, keine Versetzung nach Belgien. Es hätte sich herausgestellt, dass ein angedachter Dominoeffekt zugunsten anderer Personen, die als Folge einer Versetzung meines Partners ebenfalls auf neue Dienstposten kommen sollten, nicht nahtlos klappen würde.

In meinen Augen war diese Begründung ein echtes Armutszeugnis für den Vorgesetzten, der nicht nur durch fehlerhafte Planungen, sondern allein schon durch eine derartige Äußerung seine eigene Unfähigkeit unter Beweis stellte. Ich stand kurz vor einem Amoklauf. In meiner Kölner Filiale gab es, nachdem ich meinen Umzug ins Ausland angekündigt hatte, immerhin schon Überlegungen, wer meinen Stellvertreterposten übernehmen sollte. Ich weigerte mich, die Panne sofort zuzugeben, weil mir die ganze Geschichte einfach nur noch peinlich war.

Aber nun die Wende: Mein Verlobter beschwerte sich über diese »Hickhack-Behandlung« und beantragte, dass sich seine Personalstelle bei meiner entschuldigen solle. Wahrscheinlich haben sie ihn damals für verrückt erklärt. Er wurde dahin gehend belehrt, dass man Bundesstellen nicht erpressen könne. Das Wort Erpressung wunderte mich, hatte er für meine Begriffe doch nur die berechtigte Bitte geäußert, meinem Arbeitgeber die Umstände zu erklären, um mich nicht der Lächerlichkeit preiszugeben. Zudem konnte meines Erachtens der Eid, dem deutschen Vaterland treu zu dienen, nicht bedeuten, dass man jeglicher Willkür ausgesetzt werden darf, nur weil eine Dienststelle ihre Hausaufgaben nicht ordentlich macht. Ob es nun seine Intervention gewesen war oder nicht; mein Mann bekam eine neue Versetzungsnachricht: Brüssel zum Zweiten. Meine Vorsicht, bei meinem Arbeitgeber nicht sofort Alarm gegeben zu haben, zahlte sich aus – ich hatte nach wie vor meine Arbeitsstelle in Brüssel.

Nachdem unser Umzugsdatum nach Belgien feststand, ging es ans Heiraten. Die Zeit drängte. Als wir den Standesbeamten in Köln baten, auf die übliche Frist zu verzichten, die für einen ordentlichen Aushang veranschlagt wurde, musterte er verstohlen meine Figur. Ich klärte ihn darüber auf, dass wir zwar heiraten »müssten«, aber mehr aus zeitlichen als aus biologischen Gründen.

Für den Tag der Hochzeit wollte ich mir in meiner Bankfiliale absichtlich nicht freinehmen, sondern die Kollegen damit überraschen, dass ich nachmittags Dokumente anders unterzeichnete als am Morgen. Mein Chef bekam aber Wind davon und räumte mir an diesem Tag Sonderurlaub ein. Unser Standesamttermin am 16. August 1983 war für mittags festgelegt worden. In der Verwandtschaft hatten wir niemandem etwas davon verraten. Wir hatten vor, ganz spontan in Köln zwei Leute auf der Straße anzusprechen, ob sie unsere Trauzeugen sein wollten. Im Laufe des Vormittags stand dann plötzlich ein alter Freund meiner künftigen »besseren Hälfte« mit seiner Freundin vor der Tür, und die beiden bekundeten, uns Beistand leisten zu wollen. Sie hatten irgendwie von unserem Vorhaben erfahren. Dazu kam, dass sie sich das bevorstehende Zeremoniell auch noch aus dem Grund ansehen wollten, weil sie ebenfalls an einer ähnlichen Wegeskreuzung angekommen waren.

Auf dem Weg zu unserem Termin in der historischen Rentkammer des Kölner Rathauses (später von meinem Mann nur noch »Rentnerkammer« genannt) beabsichtigte mein Zukünftiger, unterwegs noch einen Blumenstrauß zu kaufen, kam aber nicht dazu, weil alle infrage kommenden Geschäfte auf unserer Fahrtstrecke zum Standesamt mittags geschlossen hatten. Gut, dass es in der Nähe der Rentkammer noch das Blumengeschäft des Hauptbahnhofes gab. Als die Verkäuferin fragte, wie sie den Blumenstrauß einpacken solle, antwortete mein Mann: »Gar nicht, den brauche ich sofort, weil wir in einer halben Stunde heiraten.«

Wir eilten mit unseren Trauzeugen im Schlepptau über den mit den üblichen »Typen« bevölkerten Bahnhofsvorplatz, mit Bemerkungen verfolgt wie: »Sieh dir doch mal diese Idioten an.« Ich hoffte inständig, dass sie nicht recht behalten sollten. Im Standesamt, der besagten Rentkammer, wurden wir an einem antik aussehenden Tisch platziert, in dessen Holz sich viele alte Riefen befanden. Der Freund meines Mannes meinte leise: »Da müssen sich schon einige Leute in wirklicher Verzweiflung reingekrallt haben.« Dann wurde es ernst – wir unterschrieben mit der Absicht, alte Fehler in der Zukunft nicht zu wiederholen.

Gegenüber vom Kölner Dom gab es damals ein Lokal mit leicht französisch anmutendem Flair. Wir dachten, dort auf unsere Hochzeit anzustoßen, würde uns schon ein wenig auf Brüssel einstimmen. Wir bestellten einen Drink, der uns mit vier langen Strohhalmen als Beigabe in einer Riesenschale serviert wurde, erklärten ihn zur »Hochzeitsbowle« und überlegten – wahrscheinlich schon etwas beschwipst –, wie wir den Tag weiter feiern könnten. In dem Kölner Vorort, in dem wir bis dahin gelebt hatten, gab es nicht weit von unserer Wohnung ein chinesisches Lokal. Warum sollten wir nicht ganz spontan dort ein Hochzeitsessen bestellen? Die Bedienung wurde ganz hektisch, als bekannt wurde, dass wir tatsächlich an dem Tag geheiratet hatten. Wir wurden auf ganz besondere Art und Weise verwöhnt. Die Krönung des Tages war, dass wir mit einer guten Flasche Champagner bewaffnet eine Parkbank an der Rheinpromenade aufsuchten und deshalb so zufrieden waren, weil wir jedwedem Zwang erfolgreich einen Riegel vorgeschoben hatten.

In die Wohnung zurückgekehrt, teilten wir meinen Eltern telefonisch mit, dass wir geheiratet hatten. Die beiden nahmen die Tatsache gelassen auf.

Danach riefen wir meine Schwiegermutter an, die nach mehreren Schweigeminuten fragte: »Warum war ich nicht dabei, und wer war überhaupt eingeladen?« Sie hat auch später nie geglaubt, dass es unser besonderer Wunsch war, an diesem Tag einfach zu improvisieren. Zugegeben, wir haben unsere Kinder nicht in diese Überlegungen miteinbezogen. Aus heutiger Sicht glaube ich aber sagen zu können, dass es für sie keinen Unterschied bedeutet hätte, ob wir unsere Beziehung mit einer Unterschrift legalisierten oder nicht.

Eine Hochzeitsreise konnten wir uns weder finanziell noch zeitlich leisten. Aufgeschoben sollte aber nicht aufgehoben sein. Es gab noch sehr viel zu regeln, bevor wir unsere Kisten packen konnten, um nach Brüssel umzuziehen.

Am 1. Oktober 1983 war es so weit. Wir zogen in eine sehr komfortable Wohnung, die in einem architektonisch ausgefallenen Appartementhausblock lag, deren Einheiten wie locker angeordnete Bienenwaben aussahen. Rings um uns herum Nachbarn aus allen möglichen Staaten, die entweder bei irgendwelchen EG-Behörden, Botschaften, der NATO oder internationalen Konzernzentralen arbeiteten. Aus dieser Gemeinschaft heraus sollten sich in der Folgezeit interessante Kontakte und auch Freundschaften ergeben.

Das Einrichten unserer Wohnung zog sich hin. Mein Mann und ich mussten uns beide sofort ins Arbeitsleben stürzen. Für ihn gestaltete sich dieser Einstieg einfacher als für mich. In seinem NATO-Umfeld wurde Englisch gesprochen, was für ihn immerhin aufgrund seiner Ausbildung und der Amerikaaufenthalte wie eine zweite Muttersprache war. In meiner Bankfiliale dagegen Französisch und Flämisch – am Anfang für mich ein Albtraum, konnte ich doch mit meinem früher einmal in der Volkshochschule gelernten »Touristenfranzösisch« kaum das Nötigste regeln. In den ersten Monaten unseres Aufenthaltes waren meine Sprachlehrbücher meine engsten Begleiter. Irgendjemand hatte mir einen (wie sich später herausstellte genialen) Tipp gegeben, in Französisch abgefasste Pixi-Bücher zu studieren. So kam es, dass ich morgens in der U-Bahn mit großem Eifer diese kleinen Kindergeschichten las und von dem ein oder anderen Fahrgast etwas merkwürdig gemustert wurde. Lernerfolge stellten sich natürlich trotz der Tatsache, dass mein Arbeitgeber für mich eine Französin als Privatlehrerin engagiert hatte, erst nach und nach ein. Meine Nerven wurden an manchen Tagen (immerhin musste ich mich neben dem Erlernen der französischen Sprache auch auf eine vollkommen andere Arbeitsmentalität einstellen) so stark strapaziert, dass ich nach Feierabend nicht richtig abschalten konnte. Eines Nachts hörte ich einen Klingelton an mein Ohr dringen, setzte mich im Bett auf und sagte prompt in Französisch ein Begrüßungssprüchlein auf. Mein Mann erklärte mir, dass das Geräusch nicht von einem Telefon, sondern von einem in der Nähe liegenden Bahnübergang ausgegangen sei und ich mich getrost wieder hinlegen könne.

Ich war froh, dass wir in der Vorweihnachtszeit und über die Feiertage ein paar Urlaubstage zugestanden bekamen, um nach Deutschland zu fahren und unsere Kinder sehen zu können. Vorher nahm ich aber noch an einer Weihnachtsfeier unserer Bank teil, während der ich eine erste Lektion in Sachen unterschiedlichem Nationalbewusstsein meiner entweder flämisch oder wallonisch geprägten Mitstreiter bekommen sollte. Erkenntnisse darüber, dass man sehr viel Fingerspitzengefühl entwickeln musste, um in unserem achtstöckigen Bankgebäude niemandem verbal auf die Füße zu treten, hatte ich schon vom ersten Arbeitstag an gesammelt. Begrüßte ich jemanden in französischer Sprache, wurde mir – meist in leicht vorwurfsvollem Ton – flämisch geantwortet und umgekehrt. Daneben war mir aufgefallen, dass in den Büros Kollegen aus den verschiedenen Regionen Belgiens zusammensaßen, aber den ganzen Tag nicht miteinander sprachen. Bei der besagten Weihnachtsfeier ging es zunächst noch ganz friedlich zu. Im Laufe des Abends kippte dann irgendwann die Stimmung. Das ging so weit, dass sich Kollegen über politische Themen aufregten und sich am Ende übel beschimpften. Ich machte den Fehler zu bemerken, dass dies nicht der

Sinn einer Weihnachtsfeier sein könne. Ergebnis war, dass sich die streitenden Parteien sofort einigten, gegen mich Front zu machen, und mir nahelegten, mich als Deutsche schon gar nicht einzumischen; das hätten vor mir schon andere meiner Landsleute ungefragt getan.

Das belgische Gesundheitswesen sah vor, dass sich ausländische Arbeitnehmer einer ärztlichen Untersuchung unterziehen mussten. So bekam denn auch ich meine Vorladung und saß eines Tages brav auf einem ungemütlichen Flur vor einer Praxis. Die Zeit verging, ich wartete und wartete. Ich glaube, dass ich mir erst nach Stunden ein Herz fasste, meine dürftigen Französischkenntnisse sortierte und nachfragte, wie lange es denn noch dauern könnte. Als ich meine Papiere vorzeigte, klärte man mich auf, dass ich schon etliche Male ohne Erfolg ausgerufen worden wäre, allerdings unter meinem Mädchennamen. Da dieser »Kuhlmann« war und französisch ausgesprochen eine Bedeutung bekam, die ich hier nicht näher erläutern möchte, hatte ich mich nicht angesprochen gefühlt. An diesem Tag lernte ich aber für den Rest meines Aufenthaltes, dass ich im Umgang mit Behörden – so wie auch all die anderen verheirateten Frauen in Belgien – immer unter meinem Geburtsnamen registriert sein würde. Im Ausweis stand lediglich ein Hinweis auf den Namen des Ehemannes, der allerdings (so wollte es der »Code Napoleon«) noch andere Rechte zu haben schien als eine Ehefrau. Als ich nach unserer Ankunft bei der Bank ein Konto eröffnet hatte, bekam mein Mann darüber eine Nachricht – ich im umgekehrten Fall nicht. Es gab noch andere Merkwürdigkeiten in dem kleinen Land mitten im Herzen Europas, von denen ich noch berichten werde.

1983 neigte sich schnell dem Ende zu. Wir waren gespannt, was in den kommenden drei Jahren, für die mein Mann und ich aller Voraussicht nach in Belgien und seiner sehr interessanten Hauptstadt bleiben sollten, noch alles auf uns zukommen würde.

Die Kinder meines Mannes, die schon alleine reisen konnten, wollten auf jeden Fall jede Gelegenheit nutzen, um Brüssel unsicher zu machen. Meine Tochter holte ich in Ferienzeiten bei meinen Eltern in Nordrhein-Westfalen ab, wo sie ihr Vater oft freundlicherweise hinbrachte. Sie fand auch schnell Geschmack an der bunten, quirligen und viele Ausflugsmöglichkeiten bietenden Großstadt, in der ihre Mutter nun lebte. Während ihres ersten Besuches bei uns nahm ich sie mit in die Stadt, um ihr auch meinen Arbeitsplatz in der Bank zu zeigen. Davon muss bei der damals Achtjährigen einiges im Gedächtnis haften geblieben sein, denn sie schickte mir später ein mit bemerkenswerter Fantasie als »Bank-Kurz-Comic« gemaltes und kommentiertes Drama mit ungefähr folgendem Inhalt:

Es war einmal eine kleine deutsche Bank, die lebte so vor sich hin und eines Tages …

Erstes Bild: Ein Räuber stürmt mit gezogener Waffe an den Schalter und schreit »Moneten her!«

Zweites Bild: Ich, ihre Mutter, nehme einen Gegenstand und haue ihm eins auf den Schädel.

Drittes Bild: Ein Krankenwagen transportiert ihn ab.

Viertes Bild: Mein Vorgesetzter schüttelt mir die Hand und sagt: »Frau Cleve, Sie waren uns eine große Hilfe, Sie werden befördert.«

Ich war gerührt, besonders aber stolz auf ihre kreative Ader. Am liebsten hätte ich natürlich meinen Vorgesetzten aufgefordert, nicht erst auf einen Überfall zu warten, bevor er mich befördert. Das sollte sich jedoch noch hinziehen, nicht zuletzt deshalb, weil ich mit ebendiesem Herrn auf Kriegsfuß stand und noch einiges erleben sollte.

Natürlich verfolgen wir im Laufe des Jahres 1983, bevor wir Deutschland verlassen, auch die politischen Ereignisse in unserer Heimat.

Mein Vater als überzeugter Sozialdemokrat, mein Ehemann, der sich über diese Tatsache hinaus auch noch »bremischer Tradition« verpflichtet fühlte, und ich hatten so unsere Wünsche für die politische Zukunft

Deutschlands. Eine Veränderung könnte es nur noch mit den Grünen geben. Bei ihrem Einzug in den Bundestag hatte ich allerdings erst vermutet, ich wäre im falschen Film gelandet. Latzhosen- und Turnschuhträger sowie mit Strickzeug bewaffnete Mandatsträgerinnen im Bundestag – und das alles noch unter dem Erkennungszeichen »Sonnenblume«? Was sollte das denn werden?

Bei all den wichtigen Absichten, ökologische, soziale, basisdemokratische und gewaltfreie Themen auf den Tisch zu bringen, konnte ich doch kein echtes Programm erkennen. Sich von Anfang an abzeichnende Gräben zwischen »Fundis« und »Realos«, die jeweils die Wahrheit für sich gepachtet zu haben schienen, überzeugten mich ebenso wenig (wie heute).

1984: Mein Mann hatte sich in den Gremien der NATO mit den verschiedensten Mentalitäten und Denkrichtungen von 15 Nationen auseinanderzusetzen, ähnlich wie ich in meiner Bank. Natürlich hatten wir, neben der Tatsache, dass unsere eigenen Angelegenheiten uns weiter in Atem hielten, immer wieder neues, interessantes »Gesprächsfutter«, weil es ständig auch private Zusammenkünfte mit Menschen aus diesen Nationen gab, sodass sich die jeweiligen Ehepartner ebenfalls den aktuellen Themen nicht entziehen konnten.

Unsere private Wohnidylle wurde zunehmend gestört, weil wir uns in unserem Appartement durch Dauer(musik)lärm aus der Nachbarwohnung genervt fühlten. Die Gegenattacken meines Mannes, der die nachbarlichen Konzerte mit unseren Lautsprechern zu übertönen versuchte, um die Bewohner nachdenklich zu stimmen, waren keine gute Idee. Man fühlte sich eher bemüßigt, uns zu beweisen, dass wir die schlechtere technische Ausrüstung hatten. Es kam aber noch schlimmer. Unser Schlafzimmer grenzte anscheinend an das Bad unserer Nachbarn. Bis spät in die Nacht waren von nebenan Aktivitäten zu hören, die stets von Geräuschen fließenden Wassers untermalt wurden. Irgendwann war damit Schluss, und unser Hausmeister klärte uns auf, warum das Appartement nicht mehr bewohnt, aber dafür gründlichst renoviert werden müsste. Unser Nachbar, der Sohn des damaligen zairischen Außenministers, hatte die Miete zwar pünktlich bezahlt, aber nicht die in schwindelnde Höhe aufgelaufene Wasserrechnung. Seine Familienmitglieder, Freunde und Bekannten waren wohl (so wurde uns berichtet) der in Zaire üblichen Sitte gefolgt, nach dem Betreten der Wohnung und vor Beginn einer Party ein gemeinsames Bad zu nehmen. Dann wurde im Wohnzimmer ein Feuer angezündet, aber nicht wie in den anderen Appartements üblich im Kamin, nein, auch davor. Bei den verschachtelt angeordneten Wohnungen hatten wir wahrscheinlich auch noch Glück gehabt, dass es nicht zu mehr als einer reinen Lärmbelästigung gekommen war.

Kurze Zeit später zogen nebenan neue Mieter ein. Von unserer Terrasse aus konnte man die oberen Fenster des Nachbarappartements sehen. Aus einem dieser Fenster schaute ein freundlich aussehender Junge, dessen Herkunft ich im japanischen Raum vermutete. Ich grüßte freundlich mit ein paar englischen Worten und bekam die Antwort: »Hallo, ich bin der Karl-Heinz Schmitz.« Wir wurden bald darüber aufgeklärt, dass unsere neuen Nachbarn, die Eheleute Schmitz, in der Zeit ihrer Tätigkeit an der deutschen Botschaft in Tokio Karl-Heinz adoptiert hatten. Wir verstanden uns bis zu unserem Wegzug aus Brüssel prächtig und auch unsere Kinder hatten ein gutes Verhältnis zu dem Sohn unserer Nachbarn.

Brüssel hatte was; das sagten sich auch viele Freunde und Bekannte, die uns vorher nie so oft besucht hatten wie zu dieser Zeit. Durch meine mittlerweile guten Beziehungen zu meinen belgischen Arbeitskollegen profitierten mein Mann und ich auch von vielen »Insidertipps«, und damit auch unser Freundeskreis, was man in Brüssel kennenlernen sollte oder was man sich schenken konnte. Deutsche, bei EG-Kommission oder NATO-Dienststellen beschäftigt, fielen oft in alte Gewohnheiten zurück, nach denen sie eher in bestimmten Vierteln angesiedelte »Sauerkrautlokale« aufsuchten oder die nicht immer zu empfehlenden Restaurants in den »Fressgassen« der Altstadt, als sich in weniger attraktiven Vororten auf unbekanntere Adressen einzulassen. Gerade dort aber haben wir während unseres ganzen Belgienaufenthalts die größten »Wunder« erlebt.

1984: In Deutschland kann man Privatfernsehen empfangen. RTL plus und SAT. 1 nehmen ihre Sendebetriebe auf.

Im gleichen Jahr finden auch wieder Olympische Spiele statt.

Nämlich die XXIII. Sommerspiele in Los Angeles und die XIV. Winterspiele in Sarajevo. Kein Mensch ahnte, dass die letztgenannte, damals noch friedliche Balkanstadt, in der sich zu der Zeit noch fröhliche junge Sportler aus aller Welt trafen, circa ein Jahrzehnt später die Hölle sein würde.

Im August 1984 spricht die Welt über einen makabren Scherz des amerikanischen Präsidenten Ronald Reagan, den einige seiner Landsleute nicht sofort als solchen identifizieren können und daher verängstigt reagieren. Bei der Mikrofonprobe vor einem Redeauftritt des Präsidenten gibt er – nicht ahnend, dass er auf Sendung ist – die Bombardierung sowjetischer Ziele durch die USA bekannt.

Keine gelungene Einlage zu einer Zeit, in der Freunde und Feinde der USA gleichermaßen mit gemischten Gefühlen die dort verstärkt zu beobachtende Aufrüstung im Auge hatten und Reagan von seiner »SDI«-Idee (Initiative zur strategischen Verteidigung) noch unendlich beseelt war.

Privat planten wir um die Zeit einen gemeinsamen Urlaub mit unserer »Patchworkfamilie« auf Zeit. Skandinavien stand auf dem Programm. In den Herbstferien holten wir alle drei Kinder (inzwischen 18, 16 und 9 Jahre alt) in Schleswig-Holstein ab, um von Dänemark aus per Fähre nach Norwegen zu gelangen. Es wurde eine teure Überfahrt. Um unseren Sprösslingen, aber auch uns selber, die überaus traurigen Bilder von torkelnden, sich nach reichlichem Alkoholgenuss übergebenden Menschen auf Treppen und Fluren des Schiffes zu ersparen, verbrachten wir Stunden in dem zwar sehr angenehmen, aber sehr hochpreisigen Restaurant der Fähre. All das war nach unserer Ankunft in Norwegen schnell vergessen. Unsere Ferienhütte, die in einer idyllischen Fjordbucht lag, begeisterte alle. Wir hatten unseren Kindern freigestellt, wer welchen der drei vorhandenen Schlafräume mit wem teilen sollte. Wir waren noch keine zwei Minuten in unserem Ferienhäuschen, als meine

Stieftochter in dem größten und komfortabelsten der Schlafzimmer verschwand und ankündigte: »Dies ist auf jeden Fall meines.« Sich mit der damals 16-Jährigen, die zu dem Zeitpunkt nicht immer gnädig mit Menschen in ihrem Umfeld umging, anzulegen, hätte uns allen wahrscheinlich keine gute Urlaubsstimmung beschert. So zogen dann mein Mann mit Sohn sowie meine Tochter und ich in jeweils eine der anderen Kammern ein, die mit Etagenbetten ausgestattet waren. Nachdem wir das landschaftlich unglaublich schöne Umfeld ausgekundschaftet hatten und im Anschluss daran noch frohen Mutes mit fünf Personen ein Restaurant besuchten, kam eine gewisse Ernüchterung bei Bezahlung der Rechnung. Belgien war schon teuer, Norwegen dagegen der Wahnsinn. Wir hielten Familienrat und beschlossen, eher wechselnde Arbeitsteams zu bilden und überwiegend unsere praktische Einbauküche zur Zubereitung von Hausmannskost zu nutzen, als unsere Ferienkasse innerhalb weniger Tage zu leeren. Plötzlich hatte jeder eine gute Idee. Waren uns nicht gestern im nahe liegenden Laubwald an den bereits unbelaubten Blaubeersträuchern die reinsten Monsterbeeren aufgefallen? Also gab es abends einen Riesenberg leckerer Blaubeerpfannkuchen. Darüber hinaus befand sich ja auch noch der Fjord direkt vor unserer Nase. Mein Mann hatte zwar sein Angelzeug eingepackt, wollte aber vor den ersten Fangversuchen noch spezielle Köder kaufen. Bis auf die 16-jährige Tochter fuhren wir anderen nach Larvik und kamen nach unserer Rückkehr aus dem Staunen nicht heraus. Meine Stieftochter hatte sich mit einer improvisierten Angel in Form eines Holzscheites und daran befestigter Leine, an der ein Haken hing, ans Wasser begeben und innerhalb kurzer Zeit unser Abendbrot gesichert. Der Schlemmergipfel wurde allerdings erreicht, nachdem unsere tapferen Männer, von einem Bootsausflug durch die Bucht zurückkommend, einen besonderen Fang vorweisen konnten. Wir drei Frauen hatten uns im Erker des Hauses, von dem aus man den ganzen Fjord übersehen konnte, mit heißem Kakaogetränk (zweimal mit, einmal ohne Rum) zur Beobachtung niedergelassen und dabei bemerkt, wie unsere Ernährer plötzlich hektisch etwas ins Boot zogen. In der Bucht tanzten etliche kleine Bojen auf den Wellen. Mein Stiefsohn hatte wohl neugierig an der Leine einer dieser Bojen gezogen und entdeckt, dass ein Holzkasten daran befestigt war. In dem von ihm heraufgeholten Kasten saß ein kapitaler Hummer, den er kurz entschlossen in den mitgeführten, trotz langer Bemühungen, Fische für unser Abendbrot zu angeln, immer noch leeren Eimer beförderte. Meine Bedenken, dass dies wohl kaum noch mit Mundraub zu bezeichnen wäre, beantwortete er mit zwei Gegenargumenten: Erstens wäre an dem Fangkasten kein Hinweis auf einen Besitzer zu erkennen gewesen, und zweitens hätte sich seit Tagen in der Bucht kein Boot aufgehalten, sodass bis zur nächsten Inspektion mit großer Wahrscheinlichkeit ein neuer Bewohner im Kasten sitzen würde.

Der Hummer schmeckte (trotz meines schlechten Gewissens) ausgezeichnet. Meine neunjährige Tochter, die vorher wahrscheinlich noch nicht in den Genuss einer solchen Delikatesse gekommen war, meinte: »Das ist lecker, warum machen wir das nicht öfter?«

Wenn wir heute mit unseren Kindern über diesen Urlaub sprechen, haben sie ihn angeblich alle in guter Erinnerung behalten, auch wenn während unseres Norwegenaufenthaltes nicht zu jedem Zeitpunkt nur »Friede, Freude, Eierkuchen« herrschte. Aber in welcher Familie funktioniert das überhaupt immer?

Unabhängig von den kulinarischen Überraschungen standen die nach langer Abstinenz langsam wieder in Gang gekommenen Gespräche zwischen uns und unseren Kindern natürlich im Mittelpunkt unserer Ferien. »Urlaubseltern« sind sich grundsätzlich schon darüber im Klaren, dass sie die Probleme ihrer Kinder nur streiflichtartig mitbekommen (und diese dann auch in den wenigen Tagen der kostbaren Zusammenkünfte nicht selten unter den Teppich kehren). Der Sohn und die Tochter meines Mannes kamen damals ganz sicher schon mit dem Thema Drogenkonsum in Berührung und sie hatten wohl bereits ihre eigenen Erfahrungen damit gemacht. Hätten wir unsere Bedenken zur Sprache gebracht, wären wir sicher ganz schnell abgeblockt worden. Meine neunjährige Tochter kämpfte gegen andere Windmühlenflügel. Einen alleinerziehenden, berufstätigen Vater zu haben und eine entfernt lebende Mutter, bedeutete wahrscheinlich, im schulischen Umfeld die besten Chancen für ein Außenseiterdasein mitzubringen. Dass sie darunter zu leiden hatte, konnte ich auch ihren regelmäßigen liebevollen Briefen an mich entnehmen.

In unserem Freundeskreis gab es sie ja noch, die angeblich intakten Ehen. Wir waren allerdings leider auch nicht selten Zeugen, wie sich der Kampf um krampfhaft aufrechterhaltene Fassaden auf dem Rücken der betroffenen Kinder abspielte.

Spontan fällt mir in diesem Moment eine Aussage des Künstlers Tomi Ungerer ein, die mir kürzlich in einer deutschen Zeitung auffiel: »Man muss Kindern gezielt anhand von drastischen Bildern und Beispielen aus der Welt der Erwachsenen frühzeitig klarmachen, dass unsere Welt nicht freundlich ist, damit sie rechtzeitig gegen das, was unweigerlich auch auf sie zukommen wird, gewappnet sind.« Klingt für mich zynisch, oder habe ich da was falsch verstanden? Wir waren wohl kaum glücklich darüber, unseren Kindern aufgrund eigener Unzulänglichkeiten nicht das verlässliche Familienbollwerk geboten zu haben, hinter dem sie sich zweifelsohne besser gefühlt hätten. Wir waren in der Tat keine Mustereltern, und unsere Kinder wurden gezwungen, schon früh auf ihrem Weg zum Erwachsenwerden einiges einzustecken. Ich gebe zu, dass mir manchmal in den Sinn gekommen ist, bei meinen Fehlern Punktabzüge in Erwägung zu ziehen, weil ich die in der eigenen Kindheit erlittenen Nöte dagegenrechnete. Heute denke ich anders darüber. Wenn man etwas nicht gut gemacht hat, hat es keinen Sinn, Ausreden dafür zu finden.

Unsere Kinder kehrten zu den jeweils anderen Exehepartnern zurück, mein Mann und ich wieder an unsere Arbeitsfronten Bank und NATO. An meiner Arbeitsstelle war der Druck noch nicht so groß wie ein bis zwei Jahre später, aber das ist eine andere Geschichte. Ich lernte Bankgeschäfte kennen, die ich in Deutschland nie zu sehen bekommen hätte, die Kundschaft war interessant bis stark gewöhnungsbedürftig – die Kollegen allerdings auch. Es gab zu der Zeit typische – wie ich sie nannte – »Auslandsfilialgründungszigeuner«. Sie bauten mit den einheimischen Kräften etwas auf und packten dann wieder ihre Koffer. Man konnte sie mit den Kollegen, die im Inland Panik bekamen, wenn sie in einen Nachbarort versetzt werden sollten, nicht vergleichen, hatten aber oft auch deftige andere Macken.

Der Dienst in der Bank begann meist gegen neun Uhr, also viel später als in Deutschland, und die Mittagsstunde verdiente ihren Namen so nicht, weil fast immer zwei daraus wurden. Man ging in eines der vielen netten kleinen Lokale in der Brüsseler Innenstadt und aß da meistens kleine nette Sachen, bevor es nach Feierabend noch wieder andere Leckereien in der Stadt gab. Abends wurde länger gearbeitet als in Deutschland. Die Einstellung, möglichst früh morgens am Schreibtisch zu sitzen, damit man am Nachmittag seinen Rasen mähen oder seinen Schrebergarten bestellen konnte, hatte hier niemand, was meinen Vorstellungen entgegenkam. Ob mittags oder abends, man traf sich häufig in irgendwelchen Stammlokalen und diskutierte dort dienstliche Dinge weiter, meistens bei einem Rotwein. War man den Kellnern bekannt, bekam man eine Flasche mit eigener Namenskennzeichnung. Man zeigte sie am Ende der Mahlzeit an der Kasse vor; es wurde nach der Methode »Daumensprung« abgerechnet und die Flasche wurde bis zum nächsten Tag zu etlichen anderen – ebenfalls gekennzeichneten – in ein Regal gestellt. Das hatte was, und man gewöhnte sich schnell an bestimmte Rituale (nur später nicht so schnell wieder an deutsche Spielregeln).

Mein Mann war Adjutant eines Generals, an den ich mich genau wie an seine Ehefrau immer gern erinnern werde und rückwirkend nur so beschreiben kann: Er hatte menschliche Größe. Die Arbeit machte meiner »besseren Hälfte« zu der Zeit verständlicherweise viel Spaß, weil sie – genau wie er selber – wertgeschätzt wurde. Das sollte sich nach der Versetzung dieses allseits beliebten Mannes bald ändern.

Ende Oktober 1984 wird Indira Gandhi, indische Premierministerin und Tochter Nehrus, von zwei Sikh-Leibwächtern im Zusammenhang mit den Unruhen nach der Erstürmung des Goldenen Tempels von Amritsar ermordet. Daraufhin gibt es eine schreckliche Racheaktion mit circa 1000 Toten in der Sikh-Bevölkerung.

Ich habe diese Ereignisse deshalb noch so genau in Erinnerung, weil ich zu der Zeit noch davon träumte, mit meinem Mann eine Bahnreise durch Nordindien zu machen. Je mehr ich mich aber mit den Problemen dieses »Wahnsinnslandes« auseinandersetzte, desto klarer wurde mir, dass ich es kaum ertragen würde, in einem Luxuszug von einem Touristenhighlight zum anderen zu fahren (zu denen auch der Tempel von Amritsar gehört hätte) und dabei Unangenehmes einfach auszublenden. Wie könnte man so etwas genießen, ohne sich unendlich zu schämen? Bei einer Kurzlektüre über den Hinduismus war es mir so vorgekommen, dass diese Lebenshaltung – eine Glaubensrichtung konnte es wohl nicht sein, wenn man sich an einer umfangreichen Sammlung alter Weisheiten ausrichtete – vieles beinhaltete, für meine Begriffe aber kaum echtes Mitleid mit anderen Kreaturen. Ich stellte mir vor, wie wir uns in einem Luxuszugabteil hegen und pflegen lassen, aus dem Abteilfenster schauen (dabei besondere Landesdelikatessen verzehren) und die unweigerlich vorbeiziehenden Problembilder verdrängen würden, die keine Filmszenen darstellten, sondern die krasse Wirklichkeit. Ich entschied mich dafür, mir entsprechende Literatur über Indien zu besorgen und noch einmal gründlich über solche Reisewünsche nachzudenken.

Indien, das zum bevölkerungsreichsten Land der Erde gehörte, auf der einen Seite bereits hoch industrialisiert war, auf der anderen aber aus zweifelsohne sehr komplizierten Gründen nicht in der Lage, einer Vielzahl seiner Bewohner (und schon gar nicht der Mehrzahl der Frauen) ein menschenwürdiges Leben zu bieten, faszinierte mich, und ich wollte unbedingt eines Tages mehr darüber erfahren. Ich hatte noch keine Ahnung davon, dass ich nach meiner Rückkehr aus Brüssel in meiner späteren Tätigkeit als Filialleiterin im Regierungsviertel Bonns auch Bankbetreuerin der indischen Botschaft sein und dadurch Personen aus den verschiedensten Landesteilen und Gesellschaftsschichten Indiens kennenlernen würde.

In Bhopal, der Hauptstadt von Madhya Pradesh, kommt es Ende 1984 zu einer tragischen Giftgaskatastrophe, bei der es mehr als 5000 Tote und 200.000 Verletzte gibt. Aus einem defekten Tank des amerikanischen Chemiekonzerns Union Carbide entweichen große Mengen von Methylisocyanat, ohne dass die betroffenen Menschen eine Chance haben, zu entkommen.

Wie bei dem vorher schon geschilderten Unglücksfall von Seveso entsetzten mich vor allem die im Fernsehen gezeigten Bilder. Mir ging es wahrscheinlich so wie vielen anderen Menschen; die angegebenen Opferzahlen bleiben eben nur Zahlen, solange damit keine Einzelschicksale verbunden sind. Erst viel später, als das unsägliche Geschacher zwischen Vertretern der Opfer und Union Carbide losging, bei dem für die Geschädigten nur Almosen herausgekommen sein sollen, erfuhr man auch Einzelheiten über die Not von Hinterbliebenen sowie von Familien, die Überlebende pflegen mussten.

Nachrichten sahen wir uns in den Jahren unseres Brüsselaufenthaltes je nach Lust und Laune auf deutschen, englischen oder französischen Sendern an. Eine deutsche Tageszeitung nahm ich meistens abends aus der Bank mit nach Hause. Am Tag vor dem 43. Geburtstag meines Mannes lasen wir darin, dass in unserem Heimatland ein Chaos Computer Club in das Rechensystem der Deutschen Bundespost eindringen und sich 135.000 DM überweisen konnte (angeblich zur Abschreckung und mit dem Hinweis, dass man im »Orwell-Jahr« 1984 endlich auch mal über verstärkten Datenschutz nachdenken müsse). Ein solches Geschenk konnte ich meinem Mann natürlich nicht machen. Mit großer Wahrscheinlichkeit stand aber ein besonderer Restaurantbesuch auf dem Programm – ich glaube, mich erinnern zu können, dass ich Eintrittskarten für eine Travestieshow mit Essen in einem kleinen schnuckeligen Altstadtlokal besorgt hatte. Außergewöhnliche Menschen übten schon lange Jahre eine größere Faszination auf mich aus als die angeblich »Normalen«, die sich anmaßten, andere entweder verdammen oder verändern zu wollen. Das hatte weniger etwas mit Neugier oder Sensationslust zu tun als mit dem Eindruck, dass diese Menschen oft über außergewöhnliche Talente verfügen. Davon konnten wir uns jedenfalls auch an dem besagten Abend in Brüssel überzeugen.

Weihnachten und den Jahreswechsel 1984/1985 verbrachten wir wieder in Deutschland und besuchten unsere Kinder in Schleswig-Holstein, meine Schwiegermutter in Bremen und meine Eltern in Nordrhein-Westfalen.

Mit unseren Kindern verabredeten wir, sie während der Osterferien zu einer Nordfrankreich-Rundreise einzuladen, die dann auch sehr harmonisch verlief. Die Küstenorte der Normandie und der Bretagne boten viel Abwechslung. Die Kinder verstanden sich untereinander gut, und wir beschlossen auf der Rückfahrt, von Rouen aus noch einen Schlenker über Paris zu machen. Auf Wunsch meiner Tochter, damals zehn Jahre alt, fuhren wir zum Schloss von Versailles. Sie hatte die Bilder in unserem Fremdenführer aufmerksam studiert und war fasziniert von einer Abbildung des Bettes Ludwigs XIV. Ich vergesse nicht, wie meine beiden »halbstarken« Stiefkinder gelangweilt im Auto saßen und es rigoros ablehnten, sich ein Schloss anzusehen, in dem irgendwelche blöden Adeligen ihre Spielchen getrieben und ihre oft genug in der Literatur geschilderten deftigen Körpergerüche mit Parfum bekämpft hatten. Meine Tochter versuchte verzweifelt, durch die Glastüren der Terrassenfront Details im Inneren der Anlage zu erkennen, bevor wir weiterfuhren. Ich versprach ihr, dass ich eines Tages ganz alleine mit ihr eine Reise nach Paris und Versailles machen würde, und löste dieses Versprechen später auch ein.

Februar 1985: Helmut Kohl kommt nach Brüssel.

Ich erfuhr von dieser Neuigkeit auf folgende Art und Weise: Ich stand vor dem Schreibtisch eines meiner Chefs, als mir ein auf der polierten Holzplatte so auffällig platziertes Papier ins Auge stach, dass es nicht zu übersehen war (und auch von anderen nicht übersehen werden konnte, was offensichtlich Absicht war). Die deutsche Botschaft lud anlässlich des Besuches von Bundeskanzler Helmut Kohl einen »erlesenen« Kreis von Gästen zu einem Abendempfang ein. Als ich nach Hause kam und meinem Mann von dieser mir sehr lächerlich erschienenen Vorführung erzählte, lachte er nur und antwortete cool: »Wir gehen auch hin.« Sein Vorgesetzter hatte seine Einladung einfach an seinen Adjutanten weitergegeben.

An meiner Arbeitsstelle erwähnte ich nichts davon – warum auch?

Am Tage des besagten Empfangs machten die beiden Chefs unserer Bank mehrmals deutlich, dass sie gern frühzeitig ihre Unterschriftsmappen auf den Schreibtischen hätten, da sie sich noch auf den Besuch des Bundeskanzlers vorbereiten müssten. Nun hatte es auch der letzte Mitarbeiter kapiert, wie stolz sie auf die Einladung waren. Als mein Mann und ich abends bei der Botschaft ankamen, sahen wir von Weitem schon deutlich, wie im hell erleuchteten Foyer einige der wartenden Gäste versuchten, doch noch einen der vorderen Plätze zu ergattern. Wir waren uns schnell darin einig, dass wir uns das schenken würden und gingen durch den Hintereingang in die Botschaft. Nach einer Weile, das Publikum wurde schon merklich unruhiger, öffnete sich die Tür des erwähnten hinteren Eingangs, und herein kam Helmut Kohl. Wir waren die ersten Personen, die von ihm begrüßt wurden und mit denen er sich auch kurz unterhielt. Ich sah in den nun hinteren Reihen der dicht gedrängt stehenden Gäste das fassungslose Gesicht eines meiner beiden Chefs, der – weil sehr hochgewachsen – zumindest kein Problem hatte, alles mit Argusaugen zu verfolgen. Am nächsten Morgen fragte er mich in der Bank: »Was haben Sie denn da gestern gemacht?« Ich glaube geantwortet zu haben: »Das Gleiche wie Sie.«

Was Helmut Kohl anging, wirkte er auf mich, als wir ihm Auge in Auge gegenüberstanden, noch imposanter als auf Bildern oder im Fernsehen. Er redete meinen Mann nach sekundenschneller Musterung mit richtigem Dienstgrad an – nicht wichtig, aber doch erstaunlich.

Im Mai 1985 heirateten unsere Freunde in Kiel, die bei uns Trauzeugen gewesen waren. An den guten Wünschen der in großer Zahl anwesenden Gäste kann es nicht gelegen haben, dass diese Ehe sehr schnell in die Brüche ging. Der Bräutigam war ein langjähriger Freund meines Ehemannes. Er hatte die Bundeswehr verlassen, mit Erfolg Zahnmedizin studiert und machte sich zu dem Zeitpunkt noch über die Großmannssucht seines Arbeitgebers lustig, bei dem er seine Assistenzzeit ableisten musste. Nach der Eröffnung seiner eigenen Zahnarztpraxis war er zu unserem Bedauern nicht mehr wiederzuerkennen. Es sah für uns so aus, dass in seinen Augen materielle Errungenschaften an oberster Stelle seiner Prioritätenliste standen und alte Beziehungen nur Ballast bedeuteten. Nichtsdestotrotz wurde mein Mann gebeten, Pate für seine bald darauf geborene Tochter zu werden, zu der wir heute noch

Kontakt haben. Nach der Scheidung der uns einmal sehr nahe gestandenen Freunde hörte die Tochter – so wurde uns erzählt – nichts mehr von ihrem Vater. Sie tut mir immer noch sehr leid. Wenn sich Wege von Menschen trennen, die ganz bewusst Eltern werden wollten und eines Tages das Zusammensein mit dem Partner nicht mehr ertragen, ist das eine Sache, keinen Kontakt mehr zu seinen Kindern zu pflegen eine gänzlich andere.

An meiner Arbeitsstelle gab es gravierende Veränderungen. Eine mir sehr sympathische Kollegin, Leiterin der Privatkundenabteilung meiner Bank, kündigte, weil ihr belgischer Ehemann, Angestellter von Bayer Belgium, aufgefordert wurde, die Bayer-Niederlassung in Kinshasa/Zaire zu übernehmen. Meine Arbeitskollegin war zu dem Zeitpunkt, genau wie ihr Mann Jacques (der uns bereits bei manchem Glas Wein versucht hatte klarzumachen, die Menschen müssten sich nun endlich auf einen weltweiten Sozialismus einigen) der Meinung, sie würden gemeinsam frischen Wind in die Bayer-Niederlassung am Kongofluss bringen.

Zunächst einmal bedeutete diese Entwicklung für mich, dass ich Nachfolgerin dieser Kollegin wurde. Ich war von heute auf morgen Vorgesetzte von zwei belgischen Mitarbeitern und daneben Hüterin und Verwalterin mehrerer Kreditaktenschränke, die mich in der darauffolgenden Zeit fast an den Rand des Wahnsinns bringen sollten.

Mein Mann kämpfte zu der Zeit ebenfalls mit Veränderungen. Der »alte« General ging, ein neuer kam. Ganz neu war der allerdings für ihn auch nicht, hatte er sich doch zwei Jahre vorher mit ihm angelegt, weil er für die nicht funktionierende Versetzungs- bzw. Beförderungskette verantwortlich gewesen war, die uns vor dem endgültigen Wechsel nach Brüssel so viel »Freude« bereitete. Mich machte allerdings nachdenklich, dass in NATO-Kreisen kein Blatt vor den Mund genommen wurde, wie man diesen Herrn einschätzte. Für uns war gerade erst Halbzeit in Brüssel. Ich wollte auf keinen Fall, dass meinem Mann das passierte, was Vorgänger in seiner Position schon nachweislich hinter sich hatten, nämlich eines Tages einem willkürlichen täglichen Psychoterror ausgesetzt zu sein. Glücklich war ich darüber, dass ihm in seinem Büro ein offensichtlich »guter Geist« gegenübersaß. »Madame« hatte schon etliche Koryphäen in der NATO kommen und gehen sehen und würde nach meiner Einschätzung wahrscheinlich auch in dieser neuen Konstellation die Ruhe bewahren. Sie war in meinen Augen eine unglaubliche Lebenskünstlerin. Ursprünglich mit flämischer Sprache sowie Sitten und Gebräuchen dieser Volksgruppe aufgewachsen, »konvertierte« sie nach ihrer Heirat mit einem Wallonen so gründlich, dass man sie fortan auch nur noch französisch sprechen hörte. Mein Mann profitierte schnell von der Tatsache, dass sie ihn den ganzen Tag mit ihren frankophonen Kommentaren überschüttete. Ich war nur noch neidisch! Er gab deshalb auch seinen Französischkurs in der NATO schnell wieder auf, in dem er (neben Amerikanern sitzend) ständig der Gefahr ausgesetzt gewesen war, die von »Madame« bereits übernommene geschliffene Ausdrucksweise wieder »in den Sand« zu setzen. Einmal berichtete er mir, dass etliche Leute im Sprachkurs sich vor Lachen gekugelt hätten, weil einer der (ansonsten sympathischen und wirklich bemühten) Amerikaner die Frage »Wohin gehen Sie heute Abend?« wie folgt beantwortete: »Je vay o cinema o uuu thiater.«

Meine Sprachlehrerin, die schon etliche Kandidaten in unserer Filiale unter die Fittiche genommen hatte, war Französin (genauer gesagt Pariserin, wie sie immer wieder betonte). Sie glaubte, dass Deutsche die französische Sprache sowieso niemals wirklich erlernen könnten und schon gar nicht in Brüssel, wo sie hoffnungslos beeinflusst wären von den in ihren Augen schrecklichen Sprachgewohnheiten der Belgier.

Bekam sie, beauftragt von der Personalabteilung der Bank, einen neuen deutschen Kandidaten präsentiert, war eine (natürlich bereits bekannte) Aufforderung in ihrem Eingangstest: »Sprechen Sie mir doch mal das Wort Renseignement nach. Aha … na ja!«

Ich bemühte mich immer redlich, sie zufriedenzustellen, hatte ich doch kein Interesse daran, meine Kreditantragsgespräche auf Dauer in Anwesenheit eines Dolmetschers zu bewältigen. Sie kam auf die gute Idee, die Unterrichtsstunden nicht nur in der Bank, sondern bei gemeinsamen Mahlzeiten oder Ausflügen in Brüssel stattfinden zu lassen, weil mein »Bankfranzösisch« sich schneller entwickelt hatte als die im

Umgang mit den Kunden nicht zu unterschätzende und deshalb auch nicht zu vernachlässigende Small-Talk-Umgangssprache. Manchmal saßen wir – gemeinsam unseren Espresso genießend – in einem Straßenlokal, wenn sie mich spontan aufforderte, etwas zu beschreiben, was mir gerade ins Auge fiel. Na gut. Ich wollte ihr erklären, dass mir ein in der Nähe sitzender Hund wegen seiner sanften Augen imponierte. Leider hatte ich zu dem Zeitpunkt noch das Problem, die französischen Begriffe für Augen und Eier (*les yeux* im Gegensatz zu *les oeuf*) immer wieder durcheinanderzubringen, daneben aber auch fatalerweise noch die Bezeichnung für sanft, die eine dumme Ähnlichkeit mit dem Zahlwort zwölf aufwies. Am Ende kam es auf jeden Fall zu der peinlichen Beschreibung, nach dem der besagte Hund zwölf Eier hatte und nicht sanfte Augen.

Ich habe es meiner Lehrerin hoch angerechnet, dass sie mich weiter unterrichtete. Zwei Jahre später hatte ich so viel von ihr gelernt, dass wir uns öfter mal in recht feinsinnigem Französisch streiten konnten.

Bevor Boris Becker im Juli im Alter von 17 Jahren als erster Deutscher das Tennisturnier in Wimbledon gewinnt, gibt es am 29. Mai 1985 bei einer Sportveranstaltung in Brüssel eine schreckliche Katastrophe. Mein Mann und ich sitzen vor dem Fernseher, als eine Sondermeldung kommt und wir schlagartig begreifen, was die andauernden Sirenengeräusche in Brüssel zu bedeuten haben. Im Heysel-Stadion kommt es beim Europapokalfinale Juventus Turin gegen Liverpool nach Tumulten zwischen den jeweiligen Anhängerschaften zum Zusammenbruch einer Tribünenmauer. 39 Menschen sterben. Nicht nur in Brüssel herrscht große Trauer.

Im Sommer 1985 fiel mir auf, dass mein Mann immer dünnhäutiger wurde, was seine Tätigkeit für den bereits erwähnten »Herrn General« anging. Seine Erzählungen zum Thema Mobbing im Büro gefielen mir gar nicht. Nach seinen Angaben stand er manchmal stundenlang vor dem Schreibtisch seines Chefs, um sich Geschichten anzuhören, die für niemanden von Bedeutung waren, dafür aber häufig mit unendlichen Boshaftigkeiten gegen ihn gespickt. Über meine spontane Bemerkung:

»Ich schenke dir zum Geburtstag wohl am besten eine Stützstrumpf-hose«, konnte er gar nicht lachen. Ich bemerkte, dass er immer öfter kalte Hände hatte, plötzlich leichenblass wurde und Schweißausbrüche bekam. Ich hielt es für angebracht, einen längeren Urlaub zu planen, aus dem dann aber um ein Haar nichts geworden wäre. Eines Morgens bekam ich in meiner Bank einen Anruf von dem beschriebenen Herrn: »Ihr Mann hat im Büro einen Kreislaufkollaps bekommen. Ich werde veranlassen, dass er im Bundeswehrkrankenhaus in Koblenz behandelt wird. Den Urlaub können Sie erst mal vergessen!« Meine Antwort: »Ihre Meinung interessiert mich überhaupt nicht, ich werde alles daran setzen, mit meinem Mann in Urlaub zu fahren, da ich eine sehr genaue Vorstellung davon habe, was er braucht. Das tatsächliche Problem sind nämlich Sie!«

Madame H., die Sekretärin im Büro, erzählte mir danach, ihr Chef hätte im Anschluss an das Telefonat wütend geäußert, dass es kein Wunder wäre, wenn ein Mann zusammenbräche, der zu Hause einen Drachen sitzen hätte. Ich war ziemlich stolz auf diesen »Titel« und setzte durch, dass wir unsere Koffer packten.

Joschka Fischer tritt im Oktober 1985 zur Vereidigung zum deutschen Um-weltminister in Turnschuhen auf.

Zu der Zeit, als Joschka Fischer seine ersten Gehversuche als Minister auf weichen, aber, wie es nun mal seiner Art entsprach, nicht unbedingt immer leisen Sohlen machte, versuchten wir, einige Zeit ganz ohne Schuhe auszukommen, weil es sich an unserem Urlaubsort auch ganz gut barfuß aushalten ließ. (Viele Jahre danach, als ebendieser Politiker Wert darauf legte, nur noch Maßanzüge zu tragen, kam mir diese alberne Szene ab und zu wieder in den Sinn. Vielleicht war ich manchmal sogar etwas schadenfroh, als er Konkurrenz von einem zweifelsfrei auch intelligenten, aber ansonsten eher geckenhaften Politiker bekam der, angeblich gefärbte Haare hin oder her, ihm doch zeitweise die Show stahl).

Wir waren entschlossen, unsere verspätete Hochzeitsreise zu genie-ßen. Bekannte hatten gerade auf den Malediven Urlaub gemacht und uns erzählt, dass man sich dort, fern von allen Segnungen unserer Zivilisation, wirklich auf sich besinnen könnte. Dem war auch so, wenn auch die Anreise von Brüssel über Amsterdam und Abu Dhabi auf die Hauptinsel der Malediven und von dort aus 1 ½ Stunden mit einem kleinen Boot zu unserem eigentlichen Urlaubsziel ziemlich schlauchte. Ich hatte in einem der Koffer reichlich Bücher mitgenommen und weigerte mich, im Urlaub etwas anderes zu tun, als unter einer Palme im Schatten zu liegen und zu lesen. Zu dem Zeitpunkt war ich auch schon ein absoluter Fan des Bestsellerautors Leon Uris, dessen Buch »Trinity« mich zu der Zeit besonders beeindruckte, gab es doch einen ergreifenden Einblick in die Geschichte des irischen Volkes in der zweiten Hälfte des 19. Jahrhunderts bis zum Ersten Weltkrieg.

Während ich also regelmäßig faul im Schatten lag, machte mein Mann in der kleinen Bucht vor unserem Bungalow seinen Surfschein. Ab und zu legte ich meine Lektüre zur Seite, bewunderte seine Fortschritte und freute mich, dass er sich offensichtlich körperlich zunehmend besser fühlte. Da er wegen einer Vitiligo-Erkrankung Probleme mit seiner Haut an Händen und Füßen hatte, stand er mit weißen Socken und Handschuhen auf dem Surfbrett. Eines Tages platzierte sich eine illustre Zuschauergesellschaft nur einige Meter von mir weg in den Sand. Im Mittelpunkt ein schwarz-braun gebrannter Berliner, der sich bemühte, die um ihn herum drapierten Bikinischönheiten bei Laune zu halten. Plötzlich sein Ausruf: »Habt ihr da auf dem Wasser schon den Idioten mit Socken und Handschuhen gesehen?« Während alle schallend lachten, drehte er sich Beifall heischend auch zu mir um, sah aber schnell, dass ich mich nicht auf die Seite seiner Claqueure schlug. Ich war wütend und entgegnete mit einer wahrscheinlich nur gespielten Gelassenheit: »Der angebliche Idiot, der übrigens mein Mann ist, würde sicher gerne mit Ihnen tauschen, wenn er sich dafür auch mal unbesorgt kurze Zeit im Sonnenlicht aufhalten könnte.« Der Bilderbuchmann wurde blass unter seiner Bräune und murmelte sich etwas in den Bart. Abends sahen wir uns im Open-Air-Restaurant wieder, und er hatte immerhin die Größe, an unseren Tisch zu kommen und sich bei meinem Mann zu entschuldigen.

Es wäre der absolut ideale Urlaub gewesen, hätte nicht in den letzten Tagen ein Ereignis den berühmten Wermutstropfen in den Wein fallen lassen, der die daran Beteiligten kleinlaut und nachdenklich machte. Die beiden Leiter der Surfschule, ein Schweizer und ein Deutscher, hatten zu einer Abschiedsparty am Strand eingeladen. Natürlich wurde es spät und alle immer ausgelassener. Eine Person, nämlich ich, war leider auch übermütig (wahrscheinlich hatte die mit Osborne angereicherte Bowle ihren Beitrag dazu geleistet). Ich muss wohl Bedauern darüber geäußert haben, dass ich nicht mit in dem Surfkurs gewesen war. Der deutsche Surflehrer, der dem Alkohol von allen am meisten zugesprochen hatte, machte mir spontan das Angebot, mich (immerhin in tiefdunkler Nacht) auf seinem Surfbrett mitzunehmen, um mit ihm eine Spritztour Richtung Riff zu wagen. Bevor irgendjemand protestieren konnte, hatte ich mich dem ganz und gar neben sich stehenden Mann anvertraut, und wir entschwanden vor den Augen der anderen und denen meines staunenden Mannes.

Je weiter wir vom Land weg kamen, desto unheimlicher wurde mir die Sache. Plötzlich riss mein »Supersurfer« das Segel herum, meinte, er müsse nun zurück zum Strand und bemerkte nicht, dass ich bei seinem abrupten Wendemanöver ins Wasser gefallen war. Eines weiß ich noch sehr genau. Mir wurde schlagartig klar, dass der Spaß zu Ende war. Darüber hinaus fühlte ich mich aber auch von einem Moment zum anderen total nüchtern. Von meinem Mann hatte ich gelernt, dass in Ausnahmesituationen Ruhe die erste Pflicht ist. Ich wusste nicht genau, wo ich mich befand, sah aber in etlicher Entfernung kleine Lichter. Das konnte nur bedeuten, dass dort unsere Ferienhütten lagen. Über das, was eventuell unter der Wasseroberfläche lag beziehungsweise schwamm, wollte ich mir absolut keine Gedanken machen. Ich vertraute meinen soliden Schwimmkünsten und beschwor mich etliche Male mit dem Spruch: Beweg dich jetzt ganz einfach langsam, stetig, leise und ohne Panik auf die hellen Punkte zu. Ich weiß nicht mehr, wie lange es dauerte, bis ich am Strand aus dem Wasser stieg und die in Entsetzen hin und her laufenden Personen sah, darunter natürlich mein Mann.

Er brüllte: »Ich bringe ihn um!« Der, dem das galt, war aber – in dem

Moment das Beste für ihn – unauffindbar. Als Nächstes dachte ich: Jetzt haut mir mein Mann (und das zu Recht) eine runter. Er ließ sich aber von meiner Bemerkung beruhigen: »Eines nach dem anderen – wichtig ist doch, dass ich wieder da bin.« Dann kam schlagartig mein schlechtes Gewissen zum Zuge, war mir doch klar, dass ich mich selber in diese Lage gebracht hatte. Dass der »Surfbrettheld« keinerlei Verantwortungsgefühl gezeigt hatte, war eine andere Sache. Ich schlug vor, erst einmal eine Nacht darüber zu schlafen. Bei hellem Sonnenschein waren zwar die Wut meines Mannes und auch mein nachträgliches Entsetzen über die ganze Sache (wie auch meine Blödheit) noch nicht vergessen, aber zumindest abgemildert. Uns war klar, dass dem Surflehrer Lizenzentzug gedroht hätte, wäre die Sache offiziell bekannt geworden. Meinen Eltern habe ich von diesem Zwischenfall nie, meiner Tochter erst viele Jahre später berichtet. Ich nehme an, dass ich Angst davor hatte, dass sie mir eines Tages bei passender Gelegenheit sagen würde: »Sei du mal ganz ruhig …«

Auf unserem Rückweg nach Brüssel hatten wir vor unserem Abflug noch einige Stunden Zeit. In der Hauptstadt der Malediven, Male, gab es nur wenig zu sehen, außer man fand die goldene Kuppel der Moschee toll (uns wurde erklärt, das Geld für die Vergoldung sei von den Saudis gespendet worden), die, von der Sonne angestrahlt, die schlammige, mit Schlaglöchern übersäte Hauptstraße überragte. Uns fiel allerdings auf, dass auf dieser kurzen Schlammpiste einige Male ein schwarzes Luxusauto auf und ab fuhr, in dessen Fond ein Herr und mehrere bunt gewandete Damen saßen. Man klärte uns auf, dass es sich dabei um den indischen Botschafter und seine Familie handele, die ihre tägliche Repräsentationsfahrt absolvierten.

Ich habe wirklich nur kurz über diese Szene gelacht, bis ich mir wieder meiner Dummheit bewusst wurde. Mir kam immer wieder vor Augen, wie unmöglich Tage vorher mein eigenes Verhalten gewesen war. Durch meinen Leichtsinn hätte meine Tochter beinahe anstatt der entfernt von ihr lebenden Mutter plötzlich gar keine mehr gehabt. Ich hatte nun nicht das Recht, mich über das anscheinend unsinnige Verhalten anderer Menschen zu erheben.

Auf dem Flug nach Brüssel machte ich meinem Mann den Vorschlag, unsere Jobs in Belgiens Hauptstadt einfach aufzugeben, falls er sich weiter in seinem Arbeitsleben so unerträglich gestresst und gemobbt fühlen würde. Diese Sicherheit war wahrscheinlich in der Folge so hilfreich, dass er seinem Chef vom ersten Tag seiner Rückkehr an mit einem Panzer gewappnet gegenübertreten konnte. Das Jahr 1985 ging dann auch recht entspannt seinem Ende zu. Weihnachten verbrachten wir wieder in Deutschland. Ich freute mich, meine Tochter endlich wiedersehen zu können. Immer wieder geriet ich in das gleiche Gedankenkarussell. Auf der einen Seite hatte ich erreicht, was ich immer wollte: ein abwechslungsreiches Leben und eine berufliche Position, die mir auch durch ein überdurchschnittliches Einkommen die erträumte Unabhängigkeit bescherte. Dagegen stand die Gewissheit, dass ich vieles im Leben meiner Tochter nur durch ihre Erzählungen am Telefon und die Berichte ihres Vaters erfuhr, der mich nach wie vor regelmäßig über das Wichtigste informierte.

Ende 1985 bekam ich von meiner Tochter zwei neue Comics, »Die Adventsehekrise« und »Die grausame Ehe«.

In der »Adventsehekrise« wird »Herr Schilling« von seiner Frau unterdrückt. Er muss abwaschen, putzen und das Dach reparieren. Er bettelt darum, dass ihn seine Frau nicht mit der Rute schlägt, die er selber von ihr als Geschenk bekommen hat. Seine Frau kündigt an, dass sie erst mal alleine in den Süden fliegt und bei seiner Rückkehr eine Villa vorfinden möchte. Da beschließt Herr Schilling, das Ruder herumzureißen und seinerseits die Rute zu benutzen. Schlussbemerkung: »Und wenn sie nicht gestorben sind, dann quälen sie sich noch heute!« (tolle Erkenntnis für eine Zehnjährige). Als Ehefrau nach althergebrachtem Muster und »Normalmutter« hätte ich wahrscheinlich diese Geschichten stolz herumgezeigt und mit ironischem Lächeln auf den Lippen gefragt: »Ja woher hat das Kind das bloß?« In meiner speziellen Situation wollte ich das nicht immer so ganz genau wissen.

In der Geschichte »Die grausame Ehe« ging es wieder um einen total unterdrückten Mann. Nach einem Krankenhausaufenthalt, bei dem ihm ein Arzt empfiehlt, sich gegen seine Frau zu wehren, steckt er diese nach seiner Rückkehr zu Hause in einen Kühlschrank, bis sie … na ja, das kann man nur der Folgezeichnung entnehmen: Asche zu Asche, Staub zu Staub …

Stolz war ich natürlich trotz allem. Meine Tochter stellte ihre nicht immer auf freundliche Art und Weise gesammelten Erkenntnisse mit treffsicherem Humor dar und benutzte solche Geschichten offensichtlich auch als »Blitzableiter«. Das, was sich hinter den Geschichten verbarg, sagte allerdings unendlich viel aus. Während gemeinsamer Unternehmungen in kurzen oder längeren Urlauben hatten alle unsere Kinder immer mal wieder lautstarke Diskussionen mitbekommen, in denen mein Mann und ich unsere Standpunkte klärten. Wir bekamen dann auch ab und zu die Ermahnung, das doch bei anderer Gelegenheit unter uns auszumachen. (Wenn wir, viele Jahre später, bei Besuchen in den jeweiligen Haushalten unserer inzwischen mit ähnlichen Partnerdiskussionen befassten Kinder mitunter peinlich berührt waren, wurde mir klar, das sich alles immer wiederholte.)

Die liebe Weihnachtszeit brachte inzwischen – wie bestimmt in vielen anderen Familien auch – durch die immer starrer werdenden Verhaltensweisen unserer Altvorderen nicht nur Freude mit sich. Meine allein lebende Schwiegermutter mahnte an jedem Jahresende wieder an, dass wir uns (am liebsten ausschließlich) um sie zu kümmern hätten. Wurde von uns vorgeschlagen, sie aus ihrem und durch sie mit Argusaugen bewachten Einfamilienreihenhaus zu entführen, reagierte sie mit vorgeschobener Krankheit. Meine Eltern hatten natürlich ihrerseits Vorstellungen, wie Feiertage ablaufen sollten. Manche der daraus resultierenden Pflicht- beziehungsweise Folterveranstaltungen habe ich als ziemlich negative Erlebnisse in Erinnerung, sodass ich heute Pflichtveranstaltungen dieser Art mit unseren Kindern möglichst vermeide. Wer unsere Türschwelle überschreiten möchte, ist alltags und an Feiertagen herzlich willkommen, und wer seine eigenen Wege gehen will, trifft ganz sicher auch auf Verständnis.

Sohn und Tochter meines Mannes nahmen wir nach Weihnachten auf ihren Wunsch mit nach Brüssel. Sie wollten gerne einmal Silvester in einer Weltstadt erleben. Es wurde ein wunderschöner Abend, an dem in einem unserer Lieblingslokale Menschen unterschiedlicher Nationen mit uns ins neue Jahr feierten. Wir wünschten einander natürlich – wie immer in der Silvesternacht – ein Jahr ohne unangenehme Ereignisse.

Bereits im Januar 1986 erweist sich, dass die in dieser Nacht ausgesprochenen Wünsche in vielen Bereichen auch nur Wünsche bleiben. Die US-Raumfähre Challenger explodiert kurz nach dem Start ins All. Sieben Astronauten lassen dabei ihr Leben.

Februar 1986: Schwedens Ministerpräsident Olof Palme wird in Stockholm auf offener Straße erschossen.

Als Vorsitzender der sozialdemokratischen Partei Schwedens hatte er viel bewegt, sich für die Belange der Länder in der sogenannten Dritten Welt eingesetzt und war von 1980 bis 1982 Leiter der »Unabhängigen Kommission für Abrüstung und Sicherheitsfragen« gewesen. Soviel ich weiß, ist der Mord nie aufgeklärt worden. Er war in meinen Augen nur ein weiterer Beweis dafür, dass Menschen, die sich mutig für Gerechtigkeit einsetzen, zwangsläufig irgendwelchen Leuten auf die Füße treten, die vom Gegenteil überzeugt sind.

Es sollte noch schlimmer kommen. Wir hatten im Februar auch noch keine Ahnung davon, dass Bewohner diverser Länder in Europa und darüber hinaus nur wenige Monate später wegen des Super-GAUs von Tschernobyl von Angstattacken geplagt sein würden.

Unser Augenmerk im privaten Bereich war zunächst einmal auf zwei bevorstehende runde Geburtstage gerichtet. Am 16. März 1986 wurde mein Vater 70 Jahre alt, am 30. März meine Schwiegermutter 80. Meinem Vater ermöglichte mein Bruder in seinem Haus in der Nähe von Koblenz eine schöne Feier im Kreise der Familie. So konnte er sich zumindest über die Anwesenheit eines Enkels, nämlich meines damals neunjährigen Patenkindes freuen. Die Folgen seiner fortschreitenden Parkinsonkrankheit und die zunehmende psychische Belastung waren nicht zu übersehen. Er hatte vor allen Dingen ein Problem damit, in der Öffentlichkeit zu essen. Sobald ihm jemand dabei auf die Hände schaute, konnte er kein Besteck mehr halten. Er tat mir sehr leid. Meine

Meinung, dass man sich nicht um die anderen Menschen und ihre Neugier kümmern sollte, half ihm nicht weiter. Mein Mann und ich hatten in der Beziehung durchaus einschlägige Erfahrungen. Wenn wir bei heißem Wetter ausgingen und die sich ausbreitende Vitiligo meines Mannes nicht zu übersehen war, weil er nicht immer dick verpackt herumlaufen konnte, fielen uns die Reaktionen der neugierig, manchmal sogar angewidert blickenden Mitmenschen auf. Einmal hörte ich hinter mir die Bemerkung: »Hast du den da gesehen?« Ich drehte mich um und konnte mir nicht verkneifen zu sagen: »Na und, mein Mann hat Flecken auf der Haut, Sie offensichtlich im Gehirn.«

Auf die Probleme meines Vaters nahmen wir natürlich Rücksicht. Wenn wir mit ihm in ein Lokal gehen wollten, ließ es sich fast immer arrangieren, dass er einen Platz bekam, auf dem er keinen lästigen Blicken ausgesetzt war. Sein Arzt hatte empfohlen, dass er sich nach Möglichkeit nicht unnötig aufregen sollte. Neben seinem Parkinson plagten ihn zunehmende Kreislaufbeschwerden sowie ein plötzlich aufgetretener Tinnitus, der ihm Dauerpfeifgeräusche in beiden Ohren bescherte. Dadurch unterblieben immer öfter unsere so geliebten politischen Streitgespräche. Ich verfolgte zu der Zeit die internationalen Themenbereiche, die in NATO-Kreisen diskutiert wurden mehr als alles, was sich zwischen den deutschen Parteien täglich abspielte. Was hätten wir meinem Vater aber außer Erbsenzählereien, die nach den Berichten meines Mannes zwischen den Länderdelegationen in Brüssel regelmäßig stattfanden, bevor es irgendwann überraschend doch noch zu sinnvollen Beschlüssen kam, berichten können? Details, die meine Arbeit angingen, wollte ich ihm schon gar nicht zumuten. Als damalige Leiterin der Privatkundenabteilung einer Großbank in der EG-Stadt Brüssel hatte ich für den reibungslosen Ablauf der Geldgeschäfte einer sehr verwöhnten Klientel zu sorgen. Häufig bekam ich es dabei mit Ehepaaren zu tun, bei denen sich beide Partner in hoch bezahlten (aber minimal besteuerten) Arbeitsverhältnissen unter dem Dach der EG-Kommission, der NATO oder von diversen Botschaften tummelten, sich aber oft trotz allem finanziell überhoben.

Ende März holten wir meine Schwiegermutter nach Brüssel. Wir wollten ihren 80. Geburtstag in gebührendem Rahmen feiern. Abgesehen davon, dass wir an dem Geburtstag durch irgendwelche Irritationen die Umstellung auf Sommerzeit nicht rechtzeitig mitbekommen hatten und deshalb abends zu spät in das Lokal kamen, in dem wir zusammen essen wollten, wurde es doch noch eine erinnerungswürdige Feier. Wir hatten ein bekanntes Restaurant ausgewählt, in dem ausgezeichnete indonesische Küche angeboten wurde, und entschieden uns für eine Variante, bei der 16 verschiedene Spezialitäten nach und nach in nicht zu großen Portionen serviert werden sollten. Nachdem wir uns an den ersten acht Schüsselchen bedient hatten, fragte meine Schwiegermutter leise: »Können wir uns den Rest auch einpacken lassen?« Bevor wir antworten konnten, kamen die nächsten acht Schüsseln, und sie fiel fast in Ohnmacht. Wir hatten es offensichtlich zu gut gemeint. Mir wurde in dem Moment aber schlagartig klar, dass wir einem schon sehr alten Menschen etwas vorzelebrierten, was er nicht mehr so einfach »packen« konnte. Wer 1906 geboren wurde, den Ersten und den Zweiten Weltkrieg mit all den damit zusammenhängenden Entbehrungen und Schrecknissen überlebte, legt alte Verhaltensmuster nicht mehr so einfach ab. Eine weitere Erkenntnis machte mir noch mehr Sorgen. In den Tagen, die meine Schwiegermutter in unserem Haushalt verbrachte, waren eindeutig Anzeichen zu erkennen, dass sie unter beginnenden »Denkstörungen« litt. Gut, dass noch keiner von uns wusste, dass sie den größten Teil der ihr noch bevorstehenden Lebenszeit von rund 18 Jahren in einem Zustand zunehmender Demenz verbringen sollte.

Im April 1986 kommt es im ukrainischen Atomkraftwerk Tschernobyl zur Kernschmelze. Ein oft vorher rein theoretisch durchgespielter Super-GAU, den sich bis dahin trotzdem noch niemand so recht ausmalen konnte, ist Wirklichkeit geworden.

Mir griff Kälte ans Herz beim Betrachten der Fernsehbilder, auf denen klar zu erkennen war, dass Menschen als Rettungskräfte an diesen Katastrophenort befohlen wurden, die keine Chance haben würden, den Folgen ihrer Pflichterfüllung zu entgehen. Wie viele Menschen sofort ihr Leben lassen mussten, weiß ich heute nicht mehr. Wahrscheinlich kann das bis dato in der westlichen Welt keiner genau beantworten. Dem Inhalt der nachweislich sowieso verzögerten Übermittlung von Nachrichten aus dem betroffenen Raum traute damals doch kaum jemand. Der nächste Gedanke war natürlich: Werden wir jemals erfahren, welches Ausmaß eine solche Katastrophe in Bezug auf spätere Folgen, nicht nur für die Menschen im Katastrophengebiet, sondern auch auf weiter entfernte Gebiete, haben wird? Mit großem Staunen verfolgten wir, wie abweichend in den westlich der Ukraine liegenden Ländern, die aller Voraussicht nach mit radioaktiven Niederschlägen rechnen mussten, mit dieser Prognose umgegangen wurde. Selbst innerhalb Deutschland gab es die unterschiedlichsten Verhaltensanweisungen in Bezug auf Einkäufe von Nahrungsmitteln. In Belgien reagierte man relativ gelassen.

Wir bekamen zu der Zeit Besuch von Hamburger Freunden. Als sie sich weigerten, Salat zu essen, der von einem Brüsseler Markt stammte, machte ich mich mit der Bemerkung unbeliebt, dass ihr Zigarettenkonsum von je 1 ½ bis 2 Schachteln pro Tag auch nicht »das Gelbe vom Ei« sein konnte. Wieso führten gerade bei Leuten, die ihre eingefahrenen, nicht unbedingt der Gesundheit dienenden Gewohnheiten selten hinterfragten, solche Ereignisse plötzlich zu Panikattacken? Zum Teufel mit all diesen hysterischen Reaktionen. Leute, die sich Tag für Tag in ihren angeblich so tollen Scheinwelten wohlfühlten, reagierten von einem Moment zum anderen völlig irrational, wenn sie durch die Medien aufgeschreckt glaubten, die Welt ginge nun wirklich unter. Vorher musste man aber schnell noch eine rauchen!

Bis zu den Sommermonaten hatten sich die schlimmsten Ängste schon wieder gegeben; für die direkt Betroffenen in der Ukraine wird das nicht annähernd so gewesen sein. Nur schaute die Welt schnell wieder auf neue Nachrichten – wie immer nach Katastrophen, von denen es wahrscheinlich nicht mehr gab als in früheren Zeiten; es wurde inzwischen nur über so ziemlich alles auf diesem Erdball sofort und ausführlich berichtet. Neben Nachrichten über diverse Flugzeugunglücke, Schiffskollisionen und Erdbeben lasen wir in den auch in Brüssel erhältlichen deutschen Zeitungen, was sich unter anderem in der Heimat tat. Da war dann auch eines Tages Folgendes zu lesen: »Deutschland steht im Rampenlicht wegen Ereignissen im sogenannten Hamburger Kessel.

Beim Hamburger Kessel handelt es sich um einen rechtswidrigen Polizeieinsatz am 8. Juni 1986 gegenüber Demonstrationsteilnehmern, die gegen das Kernkraftwerk Brokdorf sind. Über den Einsatz wird viel und lange in der Öffentlichkeit diskutiert.

Auf dem Heiligengeistfeld in Hamburg wurden über 800 Personen bis zu 13 Stunden lang innerhalb eines abgesperrten Raumes festgehalten – auch Toilettengänge wurden verwehrt. Ein Beispiel dafür, dass es auch in einer Demokratie schnell zu Polizeiübergriffen gegen unbequeme, aber (wie später gerichtlich belegt) eher gemäßigte Bürger kommen kann, wenn man sie kurzerhand zu Gewalttätern erklärt.

Im Sommer 1986 gibt es auch ein Datum, dem viele schon entgegenfiebern: nämlich der 29. Juni 1986. Bei der Fußballweltmeisterschaft in Mexiko gewinnt Argentinien gegen Deutschland mit 3 : 2.

Für uns war bereits das Halbfinalspiel besonders spannend. Wer würde ins Finale einziehen, Frankreich, Deutschland, Argentinien oder Belgien? Brüssels Kneipen quollen während der Spiele-Übertragungen über – auch natürlich dann noch, als Frankreich und Belgien um den dritten Platz kämpften und Belgien unterlag.

Wir freuten uns allerdings am meisten darauf, im Juli mit unseren Töchtern (damals 11 und 18 Jahre alt) Urlaub auf Samos machen zu können. Die Besitzer unseres Ferienappartements begrüßten uns bei unserer Ankunft, ebenso wie deren circa 14-jähriger Sohn Stelljo, sehr freundlich. Hinter dem Appartementhaus gab es einen Zugang zu einem sehr ruhig gelegenen Sandstrand. Im Nachbarhaus entdeckten wir ein kleines Restaurant, deren Inhaber uns im Laufe des Urlaubes erzählten, dass sie 17 Jahre lang in Deutschland gewohnt und sich sehr wohlgefühlt hatten. Unverständlich wäre für sie nur gewesen, dass ihr Einbürgerungsantrag, obwohl sich beide Eheleute all die Jahre unauffällig, arbeitsam und sogar engagiert in einer süddeutschen Gemeinde einge-bracht hätten, abschlägig beschieden worden sei. Sie zogen sich deshalb wieder in die alte Heimat zurück. Wir hatten in den 14 Tagen unseres Aufenthaltes viel Gelegenheit, unsere und ihre Betrachtungsweisen in Bezug auf Alltagsdinge in Deutschland und Griechenland sowie auf Politik und Kultur in unseren Ländern abzugleichen. Es war unglaub-lich lehrreich, darüber hinaus Einzelheiten über Familiengeschichten und frühere Ereignisse im Ägäisgebiet zu hören, wo in den 20er-Jahren des letzten Jahrhunderts viele Menschen umgebracht oder entwurzelt worden waren. Agamemnon, so hieß der Wirt des Restaurants, zeigte uns alte Narben an seinem Körper, die aus Schussverletzungen in sei-ner Kinderzeit stammten. Seine Eltern hatten zu den Griechen gehört, die friedlich in der Westtürkei gelebt hatten, als sie zu der Zeit, in der Kemal Atatürk nach dem Zusammenbruch des Osmanischen Reiches Kleinasien säubern wollte und 1922 alle Griechen zur Räumung der von ihnen »besetzten« Gebiete zwang, fast ihr Leben verloren hätten. Die beiden unserer Familie sehr wohlgesinnten Griechen hatten die gleiche Vorstellung wie wir, dass immer dann, wenn irgendwo auf der Welt jemand durchgreifende Reformen ankündigt, man möglichst die Beine in die Hand nehmen und sich in Sicherheit bringen sollte.

Ironie des Schicksals, auch diese Familie hatte einen Sohn, der Stelljo hieß, aber ein paar Jahre älter als der 14-jährige Nachbarjunge war, für den sich unsere jüngere Tochter interessierte . Stelljo II und unsere ältere Tochter verstanden sich prächtig. Stelljo I hatte aber auch ein Auge auf sie geworfen und stand eines Tages vor der Tür unseres Appartements, um sie (in völliger Überschätzung seiner Möglichkeiten) dazu zu be-wegen, mit ihm auszugehen. Er blitzte natürlich ab. Darauf kam aus dem Hintergrund die empörte Klage der Jüngeren: »Wieso seid ihr so unfreundlich zu ihm, das ist doch meiner!?«

Von Samos aus machten wir einen Ausflug per Schiff nach Ephesos. In der Türkei angekommen, kam uns ein Einheimischer, der meine hellblonde Tochter nicht aus den Augen ließ, so nah, dass es mir schon unheimlich wurde. Er fragte dann sehr höflich meinen Mann, ob es möglich wäre, eine Strähne ihres langen goldfarbenen Haares anfassen zu dürfen, weil ihm das viel Glück bringen würde. Nach entsprechender Erklärung war meine Tochter bereit, dies zu genehmigen, und der Mann zog verzückt von dannen. Für meine Tochter ging dieser Tag allerdings nicht besonders glücklich zu Ende. Die beiden Mädchen hatten unterwegs von meinem Mann den Wunsch erfüllt bekommen, sich bei einem der zahlreichen Schmuckhändler vor Ort je einen Ring auszusuchen. Meine Tochter war sehr stolz auf ihr Exemplar. Als wir bei Agamemnon Abendbrot aßen, ging sie zur Toilette und legte den Ring beim Händewaschen auf den Waschbeckenrand. Es fiel ihr unmittelbar danach auch wieder ein. Nur war der Ring da schon weg. Ich hatte beobachtet, dass lediglich zwei Personen, nämlich zwei am Nachbartisch sitzende Mädchen, kurz nach ihr in die Toilettenräume gegangen waren. Sie betrachteten ungerührt die Szene, wie wir versuchten, unser weinendes Kind zu trösten, und verließen schnell das Lokal. Es hatte auch keinen Sinn, Agamemnon einzuschalten; niemand hätte etwas beweisen können, und so verbuchten wir diesen traurigen Vorfall unter der Überschrift Lebenserfahrung. Einerseits tat mir meine Tochter sehr leid, andererseits konnte ich aber auch die Entscheidung meines Mannes verstehen, der nicht bereit war, umgehend für einen Ersatz zu sorgen. Wir ermöglichten unseren Töchtern in diesem Urlaub, viel zu sehen und einiges zu genießen. Auch wurde die »Kleine« relativ schnell durch andere Erlebnisse abgelenkt, hatte aber gelernt, dass man auf seine Sachen besser aufpassen sollte.

Was wir über das Verhältnis zwischen Griechen und Türken hörten, war für uns nicht ganz neu. Musste mein Mann doch fast täglich bei NATO-Sitzungen erleben, dass sich die beiden Nationen bekämpften, wo sie nur konnten. (Ein Jahr später würden wir die Türkei bereisen und uns vorher mit deren Geschichte sowie den Dingen, die der Reformer Atatürk den Menschen beschert hatte, ausführlicher befassen.)

Wieder mussten wir uns erst einmal von unseren Kindern trennen.

Nach mehreren gemeinsamen Wochen immer wieder ein schmerzhafter Akt. Meine Stieftochter fuhr zu der Zeit sowieso nicht begeistert in Richtung Norddeutschland. Schon in den Ferien durfte man ihr nicht mit dem Stichwort Schule kommen. Sie würde noch eine Ehrenrunde drehen müssen, um in den Endspurt zum Abitur gehen zu können. Neben dem Erwerb von Bildung hatte sie eben noch andere wichtige Schwerpunkte vor Augen, über die wir heute nachträglich herzhaft zusammen lachen können. Außer der Tatsache, dass ihre damaligen Schminkkünste nicht nur unserer Familie etwas gewöhnungsbedürftig (weil ziemlich »gruftihaft«) vorkamen, zeigte sie ihren Mitmenschen ihr ungetrübtes Selbstbewusstsein auch dadurch, dass sie ihre ohnehin schon auffälligen Kleidungsstücke fantasiereich durch die Bearbeitung mit einer Schere aufpeppte. Ging sie dann so (eher spärlich) gewandet Arm in Arm mit ihrem Vater durch Brüssel, hielt ich manchmal genervt etwas Abstand zu meinen »Lieben«. Man sah in mir deshalb auch nicht die Mutter oder Stiefmutter, meinen Mann hielt man dagegen manchmal für einen Sittenstrolch (was seine Tochter wiederum, glaube ich, oft unheimlich lustig fand).

Ich hatte Vorahnungen, dass sich Ähnliches logischerweise in nicht allzu ferner Zukunft mit meiner Tochter wiederholen könnte. Es gab allerdings schon, auch wenn sie erst elf Jahre alt war, gewisse Anzeichen dafür, dass sie ihre Interessen auf eine ganz andere Art durchsetzen würde. Bei einem gemeinsamen Einkauf wollten wir sowohl für sie als auch für mich neue Hosen erstehen. Ich kann mich erinnern, dass es zu der Zeit in Mode war, sogenannte Norwegerhosen (mit Knopfbündchen in Knöchelhöhe) zu tragen. Ich hatte mir ein solches Exemplar gekauft und machte meine Tochter darauf aufmerksam, dass es so etwas Tolles auch in ihrer Größe geben müsste. Sie warf mir einen empörten Blick zu und meinte: »Vergiss es! Und übrigens, deine Hose steht dir überhaupt nicht!« Ab dem Zeitpunkt habe ich es zumindest versucht, mich in Sachen Einkleidung zurückzuhalten. (Sie würde jetzt wahrscheinlich sagen: »Was heißt hier versucht?«)

Nein, echte Probleme waren das in dem Sinne noch nicht. Sorgen machten mir da eher Nachrichten, die mir mein Exmann in der Zeit danach zukommen ließ. Meine Tochter litt nach seinen Angaben zunehmend unter allen möglichen Ängsten, die ich aber aufgrund der meist nur kurzen Gespräche nicht richtig einordnen konnte. Er sagte mir zu, für sie ärztliche Hilfe in Anspruch zu nehmen. Ich bekam weiterhin eigentlich nichts anderes von ihr mit als in der Zeit vorher – ihre kleinen anrührenden Briefe, in denen sie meistens über Ärger mit Lehrern und Mitschülern berichtete, aber auch über ihre Hobbys, besonders ihr Interesse an Pferden. Ich hatte nicht den Eindruck, dass sie wirklich nur düstere Stimmungen plagten. Wenn ich mich darin täuschte, lag es vielleicht daran, dass unangenehme Belastungen bereits über meiner eigenen Person schwebten und im Herbst 1986 mit Wucht auf mich herunterfallen sollten.

Bevor sich meine berufliche Situation in eine Richtung entwickelte, die der glich, aus der mein Mann gerade herausgefunden hatte, bekamen wir im Herbst 1986 Besuch von meinem Stiefsohn und seinem besten Freund. Die beiden wollten auf der Durchreise nach Frankreich Brüssel unsicher machen. Da wir nicht genau wussten, wann genau sie ankommen würden, hatten wir unsere Schlüssel beim Hausmeister hinterlegt, damit sie sich schon »einnisten« konnten. Als wir nach Hause kamen und Gepäckstücke im Flur sahen, war (zunächst) die Freude groß. Den Freund des Sohnes kannten wir bis dahin nur vom Erzählen. Als mein Mann unser Wohnzimmer betrat, lag dieser Freund mit seinen reichlich mittels Gel gestylten Haaren der Länge nach auf unserer Wildledercouch, hob lässig eine Hand und meinte: »Hi, ich bin der D.« An der Miene meines Mannes konnte ich ablesen, dass wir eine »nette« Zeit zusammen haben würden.

Aus den darauffolgenden Tagen gibt es nicht viel Erfreuliches zu berichten, außer, dass Freund D. beschlossen hatte, unser Heim schneller als geplant zu verlassen. Begründung meinem Stiefsohn gegenüber: »Deinen Vater hatte ich mir nach deinen Erzählungen aber viel lockerer vorgestellt.«

Zum Jahresende 1986 noch zwei Nachrichten, die viele Menschen beschäftigten:

Anfang November gibt es beim Chemiekonzern Sandoz in der Schweiz einen Großbrand. Durch verseuchtes Löschwasser kommt es zu einem enormen Fischsterben. Menschliches Versagen wird wohl an jedem Ort und zu jeder Zeit auf dieser Erde weiter einzukalkulieren sein.

In der westlichen Welt wurden Bürger schon häufig damit getröstet, dass man sie angeblich uneingeschränkt über Ursachen aufklärte. Wer's denn glaubte!

Aus einem Land, dem man Aufklärungstendenzen von vornherein abspricht, kommt im Dezember die Nachricht, dass der sowjetische Systemkritiker Andrej Sacharow rehabilitiert ist. Er darf den Ort seiner Verbannung verlassen.

Im Januar 1987 findet in der »alten Heimat« wieder eine Bundestagswahl statt. CDU/CSU und FDP werden in ihrem Amt bestätigt.

Das Frühjahr bringt nicht nur an der Nordsee, sondern auch für die SPD Stürme mit sich. Der »Kapitän« der Partei, Willi Brandt, geht von Bord.

Ich fragte mich, ob ein so verdienter Politiker, wie er es nun einmal war, nur wegen eines (für mich eher vorgeschobenen) Anlasses das Ruder abgeben wollte, oder weil er schon länger von »seiner« SPD (ich nehme an, das beruhte da auch schon auf Gegenseitigkeit) die Nase voll hatte. War sein von der Partei abgelehnter Vorschlag, Margarita Mathiopoulos, eine Parteilose, zur Parteisprecherin zu küren, nur der Aufhänger gewesen, damit über Dinge, die bis dahin noch unter der Decke gehalten worden waren, nicht mehr gesprochen wurde? Selbst für Menschen aus dem ganz normalen Fußvolk sah das zeitweise ganz danach aus. Es war außerdem nicht zu übersehen, dass einige Genossen, die sich stolz seine Söhne nannten oder genannt hatten, schon eifrig mit den Füßen scharrten und sich gegenseitig misstrauisch beäugten. Das konnte ja noch heiter werden.

Apropos Fehlersuche: In meiner Bank war inzwischen von Revisoren des deutschen Mutterhauses eine groß angelegte Kreditprüfung durchgeführt worden. Nachdem in der Anfangszeit der Bankfiliale mit großer Begeisterung Geld an alle möglichen Leute ausgeliehen worden war, weil sie traumhafte Gehaltsabrechnungen nach Brüsseler Art vorlegen konnten, bekamen die späteren »Erben« in der Chefetage bald kalte Füße. Es gab inzwischen zwei wesentliche Probleme.

Das erste: Auch gut verdienende EGler hatten kein Abonnement auf Wunder. Wenn sie in ihre Heimat rückversetzt wurden und der gewohnte Geldsegen plötzlich ausblieb, mussten Kredite ja trotzdem noch weiter zurückgezahlt werden.

Das zweite: Die eigentlichen Verursacher dieser Misere saßen (siehe meine Bemerkung zu den »Filialgründungszigeunern«) längst auf den nächsten gut dotierten Posten. Es war also an der Zeit, einen Sündenbock zu finden.

Für mich zeichnete sich ziemlich schnell ab, dass sich keiner meiner damaligen Vorgesetzten mit einem derartigen »Makel« lange befassen würde. Es musste – das hatte ich schon früher in den oberen Banketagen beobachtet – nun jemand damit betraut werden, aufzuräumen, und zwar in einer unmöglich einzuhaltenden Frist. Das derjenige diese Aufgabe kaum schaffen könnte, war klar. Also durfte es niemand sein, mit dem man noch Besonderes im deutschen Mutterland oder im Ausland vorhaben könnte und dessen Personalakte man deshalb »schonen« musste. Da bot sich doch die Ehefrau des deutschen NATO-Offiziers, der sowieso irgendwann wieder versetzt und seine Familie schon irgendwie ernähren würde, förmlich an. Dass die Auslöser für die ganze Misere in erster Linie Altlasten waren, die Jahre vorher »Weggelobte« zu vertreten hatten, spielte da keine Rolle mehr. Ich lernte damals wichtige neue Spielregeln dazu.

Bevor ich den Mut fand, die ganze Angelegenheit der nächsthöheren Stelle zu schildern, hatte ich durch unendlich viele mir von der Geschäftsleitung auferlegte Überstunden, in denen ich Berge von Akten aufarbeiten sollte, meine Nerven so weit strapaziert, dass ich eines Tages einfach hinter meinem Schreibtisch vom Stuhl fiel. Meinen Posten erhielt eine »pflegeleichtere« Kollegin, die erst später in die Bank eingetreten war und sich niemals mit einem der Chefs derart anlegte, wie ich es (aus Not) getan hatte. Als dieser besagte Vorgesetzte an einem Tag Aktennotizen vor meinen Augen zerriss, die ich gezwungenermaßen anfertigen musste, sagte ich ihm, dass ich bei aller Belastung nicht zu blöde gewesen wäre, entsprechende Kopien sicher zu hinterlegen. Er konnte seine Wut nicht verbergen und meinte: »Sie sind einfach unmöglich in den Griff zu kriegen. Ich sehe nur noch die Möglichkeit, mit Ihrem Mann über Sie zu sprechen, was wir da machen können.« Ich wusste in dem Moment nicht, ob ich lachen oder weinen sollte, bescheinigte ihm dann aber, dass dieser Ausspruch wohl das größte Armutszeugnis gewesen wäre, was er sich zu meiner Zeit je selber ausgestellt hätte. (Mein Mann meinte später: »Schade, das wäre sicher ein nettes Gespräch geworden.«) Kommentar überflüssig.

Glücklicherweise gab es im deutschen »Mutterhaus« genügend Leute, die mich besser kannten. Ich bekam bald nach meinen Beschwerden die Information, dass ich – zunächst noch mit anderen – in die engere Wahl gekommen wäre, eine Filiale in Bonn zu leiten, in der internationale Kunden betreut würden. Interessant war, dass mir ein Frankfurter Banker, der meinen »Lieblingschef« schon länger kannte, ohne Hemmungen erzählte, dass dieser in Bezug auf Personalführung schon auf anderen Posten »verhaltensauffällig« geworden wäre. Ich fragte mich, warum die dafür Verantwortlichen solche »Talente« Schneisen in Personal- und Kundenlandschaften gleichermaßen schlagen ließen, die jahrelang nicht wiedergutzumachen waren.

Für eine »Anordnung« war ich dem zuvor beschriebenen Chef allerdings dankbar, sollte sie doch zu einem menschlich sehr interessanten Zusammentreffen von davon betroffenen Personen führen. Meine Bank wünschte sich, die Beziehungen zu einem der in Brüssel vertretenen deutschen Konzerne zu verbessern. Ich bekam den Auftrag, dem damaligen Chef dieser Firma ein für ihn auch als Privatkunden interessantes Bankangebot zu machen und ihn zu dem Zweck doch einmal zu einem »netten« Essen zu zweit einzuladen. Was mein Chef nicht wusste: Das »Zielobjekt« kannte ich bereits von einer anderen Brüsseler Veranstaltung, bei der wir uns locker angefreundet hatten. Ich rief also in seinem Büro an und sagte: »Hallo, Karl, wir sind verdonnert worden, zusammen essen zu gehen, natürlich nur unter der Bedingung, dass sich die Beziehung unserer Bank zu deinem Laden verbessert.« Er antwortete: »Wie viel darf das kosten?« Ich: »Egal.« Er: »Dann habe ich eine tolle Idee!« Er kannte die besonders guten Lokale in der Stadt natürlich so gut wie seine Westentasche. Wir hatten aufgrund des Freifahrtscheins bei diversen lukullischen Genüssen und auch bei dem nebenbei entspannt geführten Gespräch viel Spaß miteinander.

Kurze Zeit später rief meine Bank (natürlich aus steuerlichen Gründen) ein Tochterunternehmen ins Leben. Aus diesem Anlass war abends eine Veranstaltung im noblen Chateau St. Anne angesagt. Nachdem die üblichen Reden hinter uns lagen, traf man sich wieder im kleinen Kreis (zu dem – welch Zufall – auch Karl und ich gehörten). In ebendiesem Kreis wurde beschlossen, zu späterer Stunde noch ein bekanntes Lokal in Tervuren zu besuchen. Der Alkoholpegel aller Beteiligten war inzwischen nicht ganz unerheblich gestiegen. Ich hatte mit meinem Mann verabredet, dass er mich abholte, und gab ihm dann fast um Mitternacht per Telefon zu verstehen, dass er mich bitte einsammeln möge. Karl meinte, als ich mich verabschieden wollte, er brauche mal kurz frische Luft und komme mit vor die Tür. Wir unterhielten uns, am Straßenrand stehend und uns gegenseitig liebevoll stützend, während ich nach einem roten Mazda Ausschau hielt. Plötzlich kam mir ein Gedanke: Mein Ehemann wollte an dem (inzwischen bereits lange vergangenen Nachmittag) mein neues Auto abholen, ein kleines, schnuckeliges, weißes Cabrio. In genau diesem Cabrio hatte er aber schon die ganze Zeit kaum einen Meter von uns entfernt gestanden, ohne dass wir ihn bemerkten. Er stieg aus, stellte sich meinem Begleiter vor und konnte sich das Lachen nicht verkneifen, als der ihm – total perplex – in englischer Sprache antwortete. Ich bewunderte die Haltung meines Mannes, konnte aber nicht ahnen, was sich aus dieser kurzen Begebenheit entwickeln würde. Einige Tage nach dem geschilderten Zusammentreffen bekam mein Mann eine Einladung von Karl. Sie wollten einmal zünftig – nur unter Männern – miteinander essen gehen. Anscheinend haben sie sich dabei prächtig verstanden, ich war daraufhin auf jeden Fall erst einmal abgemeldet. Es folgten aber interessante Treffen zu viert. Karls Frau war eine außergewöhnliche Persönlichkeit, leider aber sehr krank. Sie litt unheilbar an Krebs. Die kurze Zeit vor ihrem Tod, in der ich sie bei verschiedenen Gelegenheiten noch näher kennenlernen durfte, werde ich in meinem ganzen Leben nicht vergessen.

Die sich anbahnende Lösung, dass ich Brüssel verlassen würde, betrachtete ich mit einem lachenden und einem weinenden Auge. Ich hatte es mit den Jahren immer mehr genossen, in dieser so vielseitigen europäischen Hauptstadt leben zu dürfen. Ein Trost war, dass man sie in nur wenigen Autostunden von Nordrhein-Westfalen aus erreichen konnte. Ich machte später bei jeder Gelegenheit davon Gebrauch, Brüssel wieder zu besuchen.

In Anbetracht dessen, dass mich bald wieder mehr deutsche Nachrichten überfluten würden, achtete ich verstärkt auf politische Kommentare zu den Geschehnissen im Bonner Regierungsviertel.

Im Februar 1987 bekommen infolge der Flick-Affäre die ehemaligen Wirtschaftsminister Otto Graf Lambsdorff und Hans Friderichs ebenso Ärger wie der Flick-Manager Eberhard von Brauchitsch.

Nachdem die Steuerfahndung in Bonn die Gepflogenheit der Parteien, Spenden aus der Wirtschaft über Umwege in die eigenen Kassen zu leiten, auf den Prüfstand stellte, schaltete sich auch die Staatsanwaltschaft ein und machte den genannten Herren den Prozess. Obwohl die Bürger der BRD geschockt waren und wieder einmal die Frage gestellt wurde, inwieweit den Spitzen der Parteien vertraut werden konnte, blieb es auch in der Zukunft nicht aus, dass neue Parteispendenaffären auf den Tisch kamen.

Ich sollte aufgrund meiner späteren Tätigkeit noch öfter Gelegenheit bekommen, mit eigenen Ohren Diskussionen unter Pressevertretern mitzuhören, die wieder etwas ausgegraben hatten. Bei Treffen in diversen Clubs in der Nähe des Bundeshauses, in denen einige Politiker abends ihr Bierchen tranken, wurden oft vorab von einigen (für diese Taktik bekannten) Journalisten ausgelotet, über was man schreiben beziehungsweise wovon man (noch) die Finger lassen sollte. Wieder eine neue Lektion.

Für die in der Bank ausgeschriebene Stelle suchte man jemanden, der Lust hatte, sich mit internationalem Publikum auseinanderzusetzen, und sich nicht scheute, Verhandlungen in englischer (am liebsten aber auch noch zusätzlich in französischer) Sprache zu führen. Von der Seite her passte alles. Andererseits bedeutete diese Veränderung für meinen

Mann und mich, dass ich früher als er nach Deutschland zurückkehren musste. Als mir die Stelle fest angeboten wurde, entschieden wir uns für diese Lösung.

Bevor ich Brüssel verließ, hatten mein Mann und ich durch seine ständigen Diskussionen mit Interessenvertretern anderer Länder einen guten persönlichen Kontakt zu einem türkischen NATO-Offizier (und danach wir beide zu dessen ganzen Familie) gefunden. Sie machten uns ihr Heimatland (mit Vorschlägen über Reiseziele fern ab von damals bereits neu entstehenden Bettenburgen an der türkischen Südküste) schmackhaft. So planten wir mit ihrer Hilfe eine dreiwöchige Rundreise, die in Istanbul beginnen und uns dann weit in den Osten Anatoliens führen sollte. Für jeden Reiseabschnitt bekamen wir einen Begleitbrief (als Notanker) an Freunde oder Bekannte mit, die uns im Ernstfall weiterhelfen würden. Wir wollten unbedingt mit Linienbussen auf eigene Faust das Land erkunden. Unsere türkischen Freunde waren sich letztendlich doch nicht so sicher gewesen, dass unsere Zuversicht bezüglich der Verlässlichkeit ihrer Landsleute in allen Regionen, die auf unserem Reiseplan standen, für ein gutes und sicheres Durchkommen ausreichte. Wie wir später feststellten, waren 1987 Bedenken dieser Art noch nicht wirklich angebracht. Bei all den Reisen in unserem weiteren gemeinsamen Zusammenleben sollten wir nie wieder so vielen freundlichen und unkomplizierten Menschen und so viel Gastfreundschaft begegnen wie im Sommer 1987 in der Türkei. Wir waren nicht selten ehrlich beschämt, weil wir uns auch nicht unbedingt vorstellen konnten, dass dies in Deutschland für eine durchreisende türkische Familie ebenso abgelaufen wäre.

Vor unserer Abreise hatten wir uns drei Monate lang mit der türkischen Sprache auseinandergesetzt, um zumindest einige Grundbegriffe mitzubekommen. Ein kleiner »Durchbruch« gelang mir aber erst nach ungefähr zwei Monaten, als mir ein türkischer Kellner in Bonn ans Herz legte, keine Ähnlichkeiten mit anderen mir bekannten Sprachen zu suchen. (Ich war ursprünglich dadurch irregeleitet worden, dass ich mich an die französisch klingenden Worte geklammert hatte, die mit der von Kemal Atatürk verordneten Sprachreform zusammenhingen).

Von da an versuchte ich, einfach auswendig zu lernen, was mir vor Augen kam, und es klappte ab dem Zeitpunkt viel besser. Im Nachhinein wurde mir klar, dass dies in Anbetracht der Unterschiede zwischen einer »Turksprache« und einer romanischen Sprache die bessere Methode« darstellte. Es gab zu der Zeit keinen türkischen Sprachkurs in meinem Umfeld, der mir entsprechende Erkenntnisse hätte bringen können.

Ein wichtiges Thema war für mich die türkische Geschichte – genauer gesagt, die Zeit der »modernen, laizistischen und demokratischen« Entwicklung des Landes. Weiter zurückzugehen hätte den Rahmen meiner damaligen Absichten gesprengt, mir zunächst Gedanken über die aktuelle Situation des Landes zu machen, in das ich fahren wollte. Einer meiner Brüsseler Bankkunden hatte von dem Plan erfahren, dass ich die Türkei bereisen wollte, und schenkte mir den von ihm verfassten Kommentar zur türkischen Verfassung von 1982. Das Vorwort dazu hatte ein ehemaliger Verteidigungsminister der Bundesrepublik Deutschland, Kai Uwe von Hassel, verfasst. Er schrieb damals unter anderem etwas, was für meine Begriffe auch heute noch Gültigkeit hat (und nicht nur in Bezug auf die Türkei):

»Wir Europäer täten gut daran, uns vertrauter zu machen mit türkischer Mentalität. Wir sollten uns vor Augen führen, dass die Türkei eines der wenigen islamischen Länder ist, in denen es überhaupt ein demokratisches System und eine Zuwendung zum Westen gibt. Man sollte wissen, dass die Türken ein stolzes Volk und empfindlich sind, wenn andere sie ständig belehren.«

Was den jeweiligen Stolz von Völkern angeht, habe ich allerdings meine Zweifel. Neben Machtstreben und Habgier ist er für meine Begriffe ein weiterer Auslöser für Konflikte mit Nachbarn und, da es sich doch meistens um »Männerstolz« handelt, ein Grundübel, dessen Folgen wiederum zuerst Frauen und Kinder auszubaden haben.

Unerwünschte Belehrungen anderer Völker sind heute in der Politik zwar gang und gäbe, vom diplomatischen Standpunkt aus gesehen aber auch ebenso unklug wie in früheren Zeiten.

Es war so weit. Wir flogen von Brüssel aus nach Istanbul und suchten unser Hotel im Stadtteil Beyoglu auf, von dem aus wir mehrere Tage die

Hauptstadt erkunden wollten. Wir waren zwar einigermaßen darüber aufgeklärt, dass sich das Land gerade im Fastenmonat Ramadan befand; direkte Auswirkungen fielen uns aber tagsüber im hektisch wirkenden Menschengewühl auf Istanbuls Straßen und Brücken nicht sofort auf, (dafür aber während der Nacht). Ich wurde von einem unheimlich klingenden Trommelgeräusch geweckt und wusste noch nicht, dass damit die gläubigen Moslems vor Sonnenaufgang vorgewarnt werden sollten, um sich noch einmal satt zu essen. Fällt der bewegliche Fastenmonat in den Sommer, werden den Menschen bis zum Sonnenuntergang die Stunden sehr lang. Wir beobachteten auf unserer Weiterreise nach Osten mehrfach, wie Fastende Schwächeanfälle erlitten oder in Ohnmacht fielen, dafür aber in der Nacht so viel zu sich nahmen, dass mir schon davon schlecht geworden wäre. Unseren Vorsatz, uns nicht wie typische Touristen zu benehmen, indem wir in Reisebussen aßen, tranken oder rauchten, während die anderen Mitreisenden darben mussten, hielten wir bis zum Ende unserer Reise durch. Dafür wurde uns viel Sympathie entgegengebracht, und wir durften in den folgenden drei Wochen viele außergewöhnliche und unvergessliche Erfahrungen machen (neben dem, was wir aus Kultur, Geschichte und den Küchen der Türkei lernten, Erkenntnisse, die bis heute nicht in Vergessenheit gerieten).

Ich möchte an dieser Stelle keinen Türkeireisebericht abgeben, der bei dem, was wir alles sahen, sehr umfangreich ausfallen würde. Einige Erlebnisse in diesem rundum beeindruckenden Urlaub führten aber dazu, dass ich heute – 20 Jahre später – bei Verfolgung der Debatten über den Sinn eines Beitritts der Türkei in die EU sehr nachdenklich werde. In unserer Brüsseler Zeit hatten wir es mit zwei befreundeten »modernen« türkischen Familien zu tun (die eine besuchten wir im letzten Teil unseres Urlaubes in Diyarbakir). Mir wurde in diesem Teil des Landes erschreckend klar, dass der Gegensatz zwischen den Lebensbedingungen der Menschen in den westlichen Städten zu denen im äußersten Osten unvorstellbar groß ist; mit jedem Kilometer, den wir weiter in den Osten kamen, holten uns mittelalterlich wirkende Szenen im Straßenbild ein.

Unsere Gastgeberin, eine hochgebildete, mit französischem Chic gekleidete Türkin, war mit einem in Westeuropa ausgebildeten Piloten verheiratet, der sogar im Haushalt seinen Mann stehen konnte (besonders gerne, wenn er von Besucherinnen dafür gelobt wurde) und Frauen gegenüber grundsätzlich Gelassenheit und Nachsicht demonstrierte. Sie führte uns zu einigen historischen Stätten des Ortes und versäumte nicht, auf die Situation der dort lebenden weiblichen Bewohner aufmerksam zu machen, die wir unterwegs wegen ihrer auffälligen äußeren Erscheinungen nicht übersehen konnten. Auf der einen Seite die von Kopf bis Fuß verschleierten Türkinnen, die viele Meter hinter ihren Männern und deren Eselskarren hertrotteten, auf der anderen in der Sonne schwitzende, bunt gewandete und mit viel Schmuck behangene Kurdinnen, die aussahen, als würden sie am eigenen Leib einen Secondhandshop mit sich führen.

Ich fragte erstaunt, warum sie denn bei den dort herrschenden Temperaturen derart viel Kleidung in übereinanderliegenden Schichten tragen müssten. Unsere Freundin erklärte das damit: Die Frauen führten täglich alle ihren persönlichen Besitz deshalb am Körper, weil sie angeblich auch nur das behalten und mit sich nehmen konnten, falls ihr Mann sie von einem Moment zum anderen verstoßen sollte.

Im Hinblick auf unauffällige, den Körper bedeckende (und im Übrigen bei der Wärme auch angenehme) Baumwoll-Urlaubsbekleidung war ich schon in Brüssel vorsorglich beraten worden und hatte mich daran gehalten. Trotzdem gab es einen »Zwischenfall«, den ich selber ausgelöst hatte. Bei dem Besuch eines Marktes in Erzurum, auf dem sich außer meiner (Kopftuch tragenden) Person keine weiteren Frauen aufhielten, hatte ich trotz des empfohlenen Abstandes, in dem ich ungewohnter Weise meinem Mann folgte, eine wichtige Verhaltensregel nicht beachtet. Mit waren einige sehr wild gekleidete, aber auch irgendwie attraktive Männer, die über den Markt schlenderten, aufgefallen. Ich hatte ihnen für Sekunden ins Gesicht gesehen, anstatt zu Boden zu schauen – und damit ihren Unmut auf mich gelenkt. Nachdem ich einer genaueren Musterung unterzogen worden war, blieben ihre Blicke an meinen, unter dem wirklich langen Rock herausschauenden und mit Sandalen bekleideten Füßen hängen. Mit wurde etwas anders ums Herz. Hatte mir eine unserer Freundinnen nicht erklärt, dass nur schlecht beleumundete Frauen ihre rot lackierten Zehennägel zur Schau stellten? Ich war – im Gegensatz zu sonstigen Gelegenheiten – froh darüber, dass mein Mann mich mit überzeugender Autorität am Arm nahm und mich beschützend vom Markt führte.

Eine weitere, nicht so glimpflich verlaufene Begebenheit habe ich unangenehmer in Erinnerung. Nachdem wir von einem der mitgeführten »Empfehlungsschreiben« Gebrauch gemacht hatten, gab uns der darin angesprochene Onkel unseres Brüsseler Freundes einen Begleiter an die Seite, der uns seine Teeplantagen (die fast an der Grenze des heutigen Georgiens lagen) zeigen sollte.

Nach einer sehr informativen Führung wollte er uns im »çaj evi« (Teehaus) des kleinen Ortes einen Tee ausgeben. Er kündigte allerdings an, dass dies nur möglich wäre, wenn ich mich total im Hintergrund halten würde, da Frauen normalerweise dort keinen Zutritt hätten. Ich sah darin kein Problem und versprach, mich fast unsichtbar zu machen. Wir erreichten in einem eher unansehnlichen Gebäude über eine Treppe die Teestube, die dunkel und verqualmt war. Ich setzte mich hinter »meine Männer« und beobachtete die ganze Szene. An einem Tisch wurde offensichtlich gewürfelt. Wir waren noch nicht lange anwesend, als es eine lautstarke Auseinandersetzung an eben diesem Tisch gab, weil angeblich einer falsch gespielt hatte. Der Inhaber kam, nahm ein Ohr des angeblichen Betrügers, schob ihn zur Treppe und warf ihn unsanft hinunter. Ich hatte meinen Schreck noch nicht überwunden, als sich nach der plötzlich eingetretenen Stille etliche Männeraugen auf mich richteten: Eine Frau hatte – welches Unglück – zugeschaut, als einer der Dorfbewohner gezüchtigt wurde. Der Betroffene konnte nur noch, wie auch der uns zugeteilte Begleiter äußerte, aufgrund der ihn getroffenen Schmach sofort seine Koffer packen. Wäre ich nicht anwesend gewesen, hätte er sicher wieder eine Chance bekommen, in die Männergesellschaft zurückkehren zu können. Betrüger hin oder her, er tat mir leid. Als wir die Einladung in die Teestube annahmen, konnte ich unmöglich voraussehen, was meine Anwesenheit für Folgen haben sollte.

Ich möchte mir heute lieber nicht vorstellen, welche neuen Spielregeln Frauen in unserer europäischen Gesellschaft noch lernen müssten, falls sich in ihr ostanatolische Vorstellungen durchsetzten. Mir geistert gerade durch den Kopf, was wohl dabei herauskäme, könnte sich der ehemalige Verteidigungsminister Kai-Uwe von Hassel hier und heute noch einmal dazu äußern, wie er die jetzige Situation der Türkei in Europa sähe. Reichte es in seinen Augen etwa aus, für einen Beitritt der Türkei in die EU zu votieren, wenn die angeblich so wichtige Zuwendung zum Westen vonseiten der türkischen Antragsteller mit immer neuen Fragezeichen versehen wird? Ich weiß nur, welche Bilder ich schlecht aus meinem Gedächtnis tilgen konnte. Dazu kam, dass ich mich bei derartigen Diskussionen regelmäßig an Szenen aus dem (in der Türkei damals verbotenen) Film »Yol« erinnerte. Auch wenn es schon einige Zeit her war, erinnere ich mich gut, dass ich weinen musste, als ich über das Schicksal der Frauen nachdachte, die von ihren »stolzen« Familienvätern oder Männern wie Tiere behandelt wurden.

Ein Erlebnis aus den allerletzten Tagen unseres Urlaubes möchte ich noch schildern, weil es meine sowieso nicht schmeichelhafte Meinung vom Benehmen einiger Deutscher im Ausland bestätigte: Nachdem wir tagelang in den typischen Kleinbussen, Dolmus genannt, mit Einheimischen, die Hühner und Ziegen dabeihatten, unterwegs gewesen waren, kamen wir etwas staubverkleistert und verschwitzt in einer größeren Stadt im Südosten der Türkei an. Wir übernachteten entgegen sonstiger Gewohnheit in einem ausgesprochen komfortablen Hotel, um uns ausgiebig zu pflegen oder pflegen zu lassen. Wir hatten uns sehr darauf gefreut, nach einem entspannenden Bad ins Hotelrestaurant gehen und neben einem guten Essen in Ruhe auch unseren türkischen Lieblingsrotwein »Villa Doluca Antik« genießen zu können.

Während wir friedlich dasaßen und uns die Erlebnisse der spannenden Rundreise noch einmal durch den Kopf gehen ließen, kamen zwei Deutsche herein und setzten sich – bereits sehr laut diskutierend – an die Bar. Im weiteren Verlauf ihrer »Vorstellung« konnte keiner mehr überhören, wie froh die Türken sein konnten, sie – zwei unglaublich versierte Ingenieure – ins Land geholt zu haben, weil nämlich niemand außer ihnen auf der Welt wirklich gute Schweißnähte fertigen könnte. Es dauerte nicht mehr lange und mir platzte der Kragen. Mein Mann ahnte schon, was kommen würde. Wenn bei mir in früheren Jahren ein gewisser »Ärgerpegelstand« erreicht war, musste ich mich vorsorglich entlasten, bevor es ein wirkliches Unglück gab. Ich ging zur Bar und klärte die beiden darüber auf, dass ich unter einem gemütlichen Abend nicht verstehen würde, eine Belästigung der Art ertragen zu müssen, indem ich ihrer lautstarken Unterhaltung zwangsweise zu folgen hätte. Im Übrigen wären mir aber auch ihre Schweißnähte »...egal«. Zumindest der eine von den beiden wirkte daraufhin etwas betroffen.

Mein Mann und ich mussten nach einer wunderbar zusammen verbrachten Zeit natürlich – wie auch andere Reisende – wieder zurück in unseren Alltag, schwelgten aber ziemlich lange noch in Erinnerungen. Interessant war für mich, dass wir beim Abgleich bestimmter, immerhin ja gemeinsam erlebter Situationen feststellten, dass es dabei nicht unerhebliche Abweichungen gab. Ich wusste genau, wer etwas gesagt, getan oder welches Kleidungsstück am Körper getragen hatte (inklusive der Farben). Er konnte besser zurückverfolgen, wann etwas passiert war beziehungsweise was man uns, zum Beispiel bei Besichtigungen von Sehenswürdigkeiten (technische Details vergesse ich heute wie damals sofort wieder), genau erzählt hatte. Wenn ich heute lese, wie man Versuchspersonen Fragen stellt und dabei ihre Gehirnaktivitäten misst, würde ich gerne einmal mit ihm zusammen getestet werden (aber vorher hoffentlich noch die Möglichkeit bekommen, Prognosen abgeben zu dürfen).

Mit jedem gemeinsamen Ausschwärmen in andere Teile der Welt wurden wir auf jeden Fall ein immer besseres Reiseteam. Von Freunden hatte ich schon mehrfach gehört, dass sie nach langen Ehejahren lieber nur noch getrennt in Urlaub fahren würden, da es unmöglich wäre, sich während längerer Freizeiten aufeinander einzustellen. Wenn sie dann doch wieder neue Unternehmungen planten und erklärten, wie viele Wunder sie sich doch wieder davon versprachen, war mir schon einigermaßen klar, was sich – wie gehabt – nur wiederholen konnte. Meinem Ehemann und mir gelang es fast immer, zwar mit entsprechenden Informationen über Land und Leute ausgestattet, ansonsten aber vorrangig mit großer Neugier, loszufahren oder zu fliegen und alles ohne Stress auf uns zukommen zu lassen.

Ob das auch der Deutsche Mathias Rust denkt, als er zum Entsetzen einiger
Sowjets am 28. Mai 1987 (dem Tag der Grenzstreitkräfte) alle Sicherheits-
kontrollen überlistet und mit einem Kleinflugzeug, mit dem er in Helsinki
startet, unbehelligt auf dem Roten Platz in Moskau landet?

Um solche Unternehmungen durchzuführen, muss man meines Erachtens außer Neugier auch noch gewisse »Störungen« haben. Einigen
für die Luftüberwachung zuständigen Sowjets werden diese Störungen
danach wahrscheinlich zum Verhängnis geworden sein.

Für mich wurde es langsam Zeit, meinen kleinen Teilumzug nach
Bonn vorzubereiten, da das Datum meines Arbeitsantritts als Leiterin
einer Bankfiliale am Rande des Regierungsviertels näher kam. Ich hatte
mir im Laufe des Sommers eine kleine Zweitwohnung auf der rechten
(für Einheimische aber nicht »richtigen« und deswegen »scheel Sick« genannten) Rheinseite gemietet. Mir wurde erzählt, dass die Bezeichnung
für das Beueler Ufer, an dem angeblich die Grundstücke viel billiger
sein sollten, daher käme, dass in früheren Zeiten Lastkahnzieher helfen
mussten, Kähne gegen die Strömung flussaufwärts zu bewegen. Von
der Ostseite her schien ihnen die Sonne in die Augen, und sie sollen
deshalb »scheel« dabei geguckt haben. Mir gefiel es jedenfalls, auch an
diesem Ufer von Vater Rhein zu sitzen, mir vorzustellen, was in den
Bäuchen der Schiffe wohl gerade transportiert würde und ob es wohl
eine Statistik gäbe, wie oft die Bordhunde, die fast auf jedem Kahn übers
Deck wuselten, auch schon mal ins Wasser fielen. In Zeiten, da man als
blasser »Schreibtischtäter« kaum frische Luft und Sonne tanken konnte,
war es auf jeden Fall die richtige Seite.

Mein Mann und ich vereinbarten zu der Zeit, im Wechsel jeweils
ein Wochenende in Brüssel oder Bonn zu verbringen. Meine Brüsseler
Arbeitsstelle zu verlassen war mir aus bekannten Gründen nicht unbedingt schwergefallen. Dass ich nun nach vier Jahren viele interessante
Menschen, die in Belgiens Hauptstadt als Botschafts- oder NATO-An-
gehörige oder Vertreter internationaler Firmen arbeiteten, nicht mehr
treffen würde, machte mich schon etwas traurig. Dadurch, dass wir erst
1988 den großen Umzug vor uns hatten, kam ich aber noch oft in den

Genuss, sowohl an interessanten Veranstaltungen in Brüssel teilnehmen als auch Bekanntschaften – in einigen Fällen sogar bis heute gehaltene Freundschaften – weiter pflegen zu können. Tröstlich war auch der Gedanke, dass mich in Bonn nach einer zu erwartenden kurzen Vorlaufzeit, in der ich wieder auf deutsche Geschäftsideen zu trimmen war, ein Schreibtisch in einem Gebäude nicht weit von den Landesvertretungen und dem Bundeshaus sowie auch einiger Botschaften erwartete. Es war anzunehmen, dass sich auch daraus neue interessante Kontakte ergeben würden. Meine in Rente gehende Vorgängerin auf dem Leitungsposten der Filiale gab mir einige interessante Tipps – unter anderem empfahl sie mir, meine Mahlzeiten künftig im Restaurant des Bundespresseclubs einzunehmen, da man von dort ebenso gut informiert wie amüsiert über alles Mögliche (damit meinte sie wahrscheinlich auch den manchmal üblen Bonner Klatsch und Tratsch) zurück an den Arbeitsplatz käme. Natürlich reizte es mich, mit den dort anzutreffenden Journalisten jeglicher Couleur während der Mittagsstunde einfach nur mal entspannt rumflachsen zu können. Der ein oder andere ließ dann schon mal Einzelheiten heraus, wie es ihm bei Recherchen zu einem gerade für ihn anstehenden Thema ergangen war. Wenn ich später einen Bericht las, zu dem ich im Vorfeld mitunter ziemlich ruppige mündliche Kommentare gehört hatte, fragte ich mich manchmal, wie schwierig es wohl für einen Journalisten sein mochte, in der bereinigten Endfassung einer Story nicht doch noch seine mitunter bissige Grundeinstellung durchschimmern zu lassen.

Eigentlich müsste man den bereits zitierten Ausspruch Jean Pauls hier in etwas abgewandelter Form ebenfalls gebrauchen können: Zuerst Mensch, dann Journalist … Bei manchen »Urgesteinen« der Pressewelt, die ich in den folgenden Jahren kennenlernen durfte, war neben fast immer vorhandenem sehr ausgeprägtem Selbstbewusstsein oft auch Zynismus und Boshaftigkeit im Spiel. Diese Eigenschaften passten ja nicht selten auch zu denen einiger Personen aus der Politik, über die gerade berichtet werden sollte und die sich öffentlich auch nicht immer untadelig benahmen. Ich konnte mir nach Auswertung von privat geäußerten Kommentaren des einen oder anderen Journalisten gut vorstellen, dass es nicht immer einfach war, über Jahre entstandene persönliche Ressentiments in den Hintergrund treten zu lassen.

In Brüsseler Zeiten hatte es mich allerdings auch oft erbost, wenn Menschen, die aufgrund ihres Berufes zwar freiwillig in die Öffentlichkeit gegangen waren, ansonsten aber wie jede andere Person ein Recht auf ein Privatleben hatten, von den Medien hemmungslos ins Scheinwerferlicht gezerrt wurden. Als ich dies einmal einem von mir sehr verehrten Vertreter der Zunft gegenüber äußerte, sagte er milde lächelnd: »Ich werde Ihnen dazu einmal etwas zum Nachlesen mitbringen. Das ist nämlich ein ganz weites Feld.« Er schenkte mir kurz darauf einen Band aus der Schriftenreihe des Instituts für publizistische Bildungsarbeit in Düsseldorf über »Ethik des Journalismus« von Hermann Boventer. Bei dem mich aufklärenden Herren handelte es sich um den Korrespondenten der FAZ für diplomatische Angelegenheiten in Brüssel, und ich freute mich sehr, dass ein Profi wie er mir sein Ohr lieh. Erstaunlich, dass er auf meine (mitunter absichtlich) etwas aggressiv gehaltenen Äußerungen so freundlich reagierte und mir dann auch noch zu einer Weiterbildungslektion in Sachen Medienkultur verhalf. Bei Boventer las ich (ich gebe zu, in Ermangelung eines Philosophiestudiums musste ich mich mitunter schwer durchkämpfen) gern auch zur Erholung mal Sätze wie: »Journalist wird man nicht, man kann es nur sein.« Bei dem, was ich im Laufe der Jahre von der Arbeit Jan Reifenbergs mitbekam, erlaube ich mir zu sagen: »Er musste es nie werden, war dabei aber zuallererst ein bewundernswerter Mensch.« Ich vermute, dass wir in nicht allzu ferner Zeit in den Medien Persönlichkeiten wie ihn schmerzlich vermissen werden.

Das deutsche Bankgeschäft hatte sich in den vergangenen vier Jahren grundlegend verändert. Wenn ich (und damit auch meine nicht gerade erfreuten Mitarbeiter) an meinem neuen Arbeitsplatz wegen angeordneter Sonderaktionen der Geschäftsleitung Überstunden machen musste, wurde mir schnell klar, wo der Hase hinlief. Die meistbenutzten Begriffe in den Anweisungen der Vorgesetzten waren wohl Umsatz und Ertrag. So brauchte ich entsprechende Abwechslung, wenn ich meinen Schreibtisch verließ. Manchmal besuchte ich meine Eltern im Sauerland und kam meinem bis dahin etwas vernachlässigten Lieblingshobby »Lesen« wieder mehr nach, da ich ja viele Abendstunden als Zwangssingle verbringen musste.

In der Bonner Tageszeitung stieß ich auf einen Bericht über den polnischen Schriftsteller Andrzej Szczypiorski. Ich hatte bis dahin noch nichts von ihm gehört, war aber über die Beschreibung dessen, was er in seinem Leben (KZ-Aufenthalt in Sachsenhausen und dann noch weiter, nachdem in Polen 1981 der Kriegszustand verhängt wurde) alles erleben musste, neugierig geworden. Ich kaufte sein Buch »Die schöne Frau Seidenmann«, sog den Inhalt förmlich auf und wurde süchtig nach weiteren Titeln von ihm. Ob es sich um »Eine Messe für die Stadt Arras« handelte oder »Der Teufel im Graben«, seine Schreibweise und Ansichten faszinierten mich. Ich wusste zu dem Zeitpunkt nicht, dass es nicht mehr lange dauern würde, bis ich ihn persönlich in Bonn kennenlernen durfte.

Mein Mann bekam als »Butenbremer« regelmäßig Einladungen zu Veranstaltungen in der Bremer Landesvertretung. Eines Tages kam die (für mich zunächst elektrisierende) Ankündigung, dass bei den Butenbremern eine Diskussion stattfinden sollte, bei der sich Szczypiorski im Dialog mit dem damaligen Intendanten des ZDF, Professor Stolte, zum deutsch-polnischen Verhältnis äußern wollte. Der Abend blieb mir aus diversen Gründen tief im Gedächtnis. Der wesentlichste war, dass der Schriftsteller Szczypiorski sowohl als Einzelperson als auch als Angehöriger eines über einen langen Zeitraum geknechteten Volkes viel Leid ertragen musste und dennoch die geistige Fähigkeit besaß, nicht nur zu verurteilen. Die Frankfurter Rundschau bescheinigte ihm einmal, dass er der Welt mit Demut begegnen konnte und sich selbst mit Distanz. Welch eine Aussage – sie traf aber uneingeschränkt zu und entsprach dem, was ich an jenem Abend in Bonn aus seinem Munde hörte. Im Veranstaltungsraum saßen auch junge Leute, die ihm nach seinen nüchternen Schilderungen aus der Zeit des Warschauer Ghettos gespannt an den Lippen hingen und auch viele interessante Fragen stellten, die er alle brillant beantwortete. Absolut erstaunlich war für mich, dass er in deutscher Sprache, die er ja nicht mit der Muttermilch aufgesogen hatte, für mein Empfinden mehr Ausdruckstiefe rüberbrachte als der in

Deutschland geborene Intendant des ZDF in seinen Ausführungen. Die Krönung des Abends war für mich, dass mein Mann und ich aufgefordert wurden, uns einem kleinen internen Kreis anzuschließen, in dem noch eine »Nachlese« stattfinden sollte. Wir konnten uns somit auch persönlich mit dem besonderen Gast unterhalten. Es ging bei einigen Gläsern Wein nicht mehr nur um tiefschürfende Themen. Andrzej Szczypiorski erzählte am Ende typisch polnische Witze, die – aufgrund seines letztendlich doch sensiblen Humors – für mich in keinem Widerspruch zu den Überschriften des Abends standen. Als ich Jahre später die Nachricht von seinem Tod hörte, sah ich ihn noch einmal, wie ich ihn in Bonn vor Augen gehabt hatte.

So viel zu dem, was mich in meiner Freizeit in den Sommermonaten 1987 besonders interessierte. Andere Mitmenschen richteten ihr Augenmerk logischerweise auch auf andere Themen, die ihnen sicher genau so spannend erschienen wie mir meine.

1987 gibt es für Boxfans die Gelegenheit, mehrere Kämpfe des Schwergewichts Mike Tyson zu verfolgen. Im Januar wird er Weltmeister seiner Klasse in New Jersey, USA, im März verteidigt er seinen Titel in Tokio und im Juni noch einmal in Atlantic City, USA.

Mein Vater, der es genoss, bei meinen Besuchen wieder mit mir »streiten« zu können, obwohl es ihm nicht besonders gut ging, konnte nicht verstehen, wieso ich Boxkämpfe schrecklich fand. Ich dagegen versuchte, ihn davon zu überzeugen, dass es eine unglaublich dumme Sache sei, gegen Geld seine eigenen Hirnzellen hinrichten zu lassen. Er vertrat daraufhin die Meinung, dass es den Menschen auf der Welt schon immer mehr Spaß gemacht hätte, Unsinniges zu tun. Ich entgegnete bei solchen Aussagen in etwa: »Meinetwegen soll jeder seine Unvernunft pflegen, solange er damit nicht andere behelligt oder schädigt. Bei einem Boxer wird es aber nach meiner Meinung unweigerlich dazu kommen, dass er sich schädigt und später andere behelligt, weil er nicht mehr alleine klarkommt. Eines Tages wird er nämlich gepflegt werden müssen, nachdem er gedacht hatte, sein Gehirn hätte die Qualitäten eines Trampolins.«

Na ja, so in etwa konnten zwischen uns auch Gespräche ablaufen, während meine Mutter (vielleicht hatte sie ja auch recht) uns dann beide für verrückt erklärte. 1987 war sie 67 Jahre alt, mein Vater 71. Ich machte mir langsam Gedanken darüber, wie die beiden ihren Alltag in den Griff bekommen sollten, wenn sich der Gesundheitszustand weiter verschlechtern würde. Im Augenblick hatten sie noch einige hilfreiche Geister im Freundeskreis. Leider konnte ich in immer kürzer werdenden Abständen verfolgen, dass der sich durch Sterbefälle rapide verkleinerte. Meine Sorgen wurden nicht geringer, als mein Vater mir eines Tages berichtete, er hätte eine schreckliche Sendung über das Leben von alten Menschen in Altenheimen im Fernsehen gesehen, und dass er beizeiten Schlaftabletten sammeln wolle, um einem solchen Schicksal zu entgehen. Wir sagten ihm (und meiner Mutter) zu, mit ihnen in Ruhe darüber zu sprechen, wenn es nötig sein würde, vernünftige Lösungen zu suchen, die dann bestimmt auch zu finden wären. Sie waren erst einmal beruhigt. Wir wussten noch nicht, dass uns diese Zusage (aus heutiger Sicht kann ich nur sagen: Wir haben vieles später auch so hinbekommen) in nicht allzu ferner Zukunft noch eine Menge Kopfschmerzen bereiten sollte. Gedanken darüber, was Eltern in ihrem täglichen Leben noch ohne allzu große Probleme bewältigen können oder schon nicht mehr, habe ich – wenn ich ehrlich sein soll – zu dem Zeitpunkt schnell wieder verdrängt. Verdrängen konnte ich dagegen nicht, dass ich mich nach einem Zusammensein mit meiner Tochter sehnte. Wir verabredeten uns, in ihren Herbstferien in das lustig aussehende »Nurdach-Haus« meines Bruders in Burhave zu fahren. Es wollte zwar noch eine Freundin aus Brüssel mitkommen, die aber ihrerseits aus bestimmten Gründen viel Ruhe brauchte und wusste, dass ich mit meiner Tochter viel unternehmen würde. Sie versprach, uns kaum zu behelligen, was sie auch einhielt. Neben einigen wenigen Ausflügen zu dritt verbrachte ich so viel gemeinsame Zeit mit meinem zwölfjährigen Kind wie schon lange nicht mehr. Außerdem hatten wir uns ein gemütliches gemeinsames »Schlafnest« direkt unter dem Dach des eigenwillig konstruierten Hauses eingerichtet, in dem es zu nächtelangen, immer intensiver werdenden Gesprächen kam. Wahrscheinlich musste meine

Tochter ihren ganzen Mut zusammennehmen, als sie mir die Frage stellte, die ihr offensichtlich am meisten auf dem Herzen lag: »Warum leben wir heute nicht mehr zusammen in einem Haus?«

Ich kann mich erinnern, dass ich ihr in groben Zügen erzählte, wie sich ihr Vater und ich kennengelernt hatten und was passiert war, bevor ich aus unserem früheren gemeinsamen Zuhause wieder ausgezogen war. Ich versicherte ihr, dass all das auf keinen Fall etwas mit ihrer Person zu tun hatte und sie auf jeden Fall unser »Wunschkind« gewesen war. Sie schien sich mit diesen Auskünften zunächst zufriedengegeben zu haben. Wir freuen uns gemeinsam darauf, spätestens Weihnachten und Silvester wieder zusammenzukommen. Die friedliche Urlaubsstimmung erhielt am 11. Oktober 1987 durch eine plötzliche Abendnachricht aus dem Fernseher Kratzer, weil sie bei meiner Freundin und mir zu immer neuen frustrierenden Überlegungen führte, die letztendlich auch meine Tochter mitbekommen musste und die darauf geängstigt reagierte.

Uwe Barschel wird tot in einem Hotelzimmer in Genf aufgefunden.

Die Frage, ob es Selbstmord oder Mord war, stellte sich für uns weniger als eine andere: Müssen Bilder wie das des toten Uwe Barschel in der Badewanne wirklich in der Öffentlichkeit gezeigt werden? Meiner Meinung nach nicht.

Über die (angeblichen oder wahren?) Hintergründe dieses Ereignisses gab es in der Folge eine solche Flut von Nachrichten, dass sie auch den an Politik interessierten Menschen beinahe zu den Ohren wieder herauskamen. Die Bevölkerung hatte sicher ein Recht auf Aufklärung. Wenn aber mehrmals täglich nur noch über Lug und Trug in der Politik berichtet wird, bleibt im entsetzten Wahlvolk irgendwann kaum noch ein Rest von Vertrauen übrig. Und dieses Volk soll dann in absehbarer Zeit wieder einigermaßen motiviert zu den Wahlurnen gehen? Was denken sich Politiker eigentlich dabei, selbst in den eigenen Reihen immer wieder unsägliche »Schlammschlachten« anzuzetteln?

Im Sommer 1987 nach Deutschland zurückgekehrt, hatte ich mitbekommen, dass das »Vorgeplänkel« im schleswig-holsteinischen Landtagswahlkampf immer unangenehmer wurde und die Wahl im September zwischen der SPD und der CDU mit einem Patt ausging. Nachdem Barschels Medienreferent Reiner Pfeiffer immer mehr unter Beschuss geriet, weil er den »Spiegel« über schmutzige Tricks der CDU informierte, Rainer Barschel aber sein Ehrenwort gab, dass alle Vorwürfe total haltlos wären, musste Barschel letztendlich – alle Parteifreunde hatten sich inzwischen von ihm distanziert – doch als Ministerpräsident von Schleswig-Holstein zurücktreten. Hätte ihn das veranlassen können, seinem Leben ein Ende zu setzen? Die Familie hat das nie geglaubt, und seine Freunde hielten ihn für zu ehrgeizig, um sich durch Rückschläge von seinen Plänen und Zielen abbringen zu lassen. Dann bliebe nur noch Mord. Wahrscheinlich würde die Wahrheit nie an den Tag kommen. Und was wollten wir nun daran ändern?

Im Dezember des Jahres 1987 kam zumindest noch eine – wie ich fand – erfreuliche Nachricht über den Äther:

Amerikas Präsident Ronald Reagen und der sowjetische Parteichef Michael Gorbatschow vereinbaren die Vernichtung aller atomaren Mittelstreckenraketen.

3. Kapitel 1988 – 1992

Rückkehr in die Bundesrepublik Deutschland nach vierjährigem belgischen Intermezzo

Unsere Brüsseler Zeit neigte sich endgültig dem Ende zu. Durch einen Zufall fiel uns in St. Augustin bei Bonn ein fast fertiggestelltes Wohnprojekt in einer gepflegten Grünanlage auf, in dem noch zwei Reiheneinfamilienhäuser im Rohbauzustand zum Verkauf standen (die Baugesellschaft war inzwischen pleitegegangen). Der Preis erschien uns fair; besonders reizte uns aber, dass wir im Gegensatz zu den anderen schon dort wohnenden Besitzern, die die Häuser meist als fertige Objekte erworben hatten, noch bei den Materialien und Farben mitsprechen konnten, bevor das Haus endgültig ausgebaut wurde. Im Frühjahr 1988 zog ich von Bonn aus erst einmal mit einer Minimalmöblierung alleine dort ein. Das Haus hatte einen ganz ausgeprägten eigenen Charakter. Wir wohnten auf drei Ebenen, hatten lichtdurchflutete Räume und schauten auf schön gestaltete Grünflächen (die Architekten waren für ihre Ideen nicht ohne Grund mehrfach ausgezeichnet worden). Wir sollten in diesem Haus vier Jahre unseres Lebens verbringen, mit Kindern, Eltern, Freunden und Nachbarn viele schöne Erlebnisse haben, unvergessene Feste feiern, beruflich in der Zeit ganz gut über die Runden kommen und das umliegende Rheinland bei vielen Ausflügen näher kennenlernen. Mein Mann ist heute noch der Meinung, dass wir dort noch länger hätten bleiben sollen, aber das ist eine andere Geschichte. Zunächst war der Umzug von Brüssel nach St. Augustin zu bewältigen, dann die Gestaltung des später nicht sehr arbeitsintensiven, bis dahin aber noch erbarmungswürdig aussehenden Grundstücks.

Alle drei Kinder wollten uns natürlich schnell im neuen Haus besuchen. Meine Tochter schrieb, dass sie ihren Wohnort in Schleswig-Holstein inzwischen reichlich langweilig finden würde und sich vorstellen könnte, bei uns zu leben. Von meinem Exmann hörte ich, dass sich die

Erziehung der 13-jährigen jungen Dame nicht immer ganz einfach gestaltete. Ich nahm an, dass sie auch deshalb schon mal über Alternativen nachgedacht hatte, weil ihr Vater (bei uns wäre das vermutlich nicht anders gewesen) schon mal die »Daumenschrauben« anziehen musste, und weniger aus dem Grund, dass ich ihr immer wieder diese Möglichkeit signalisiert hatte. Als Alleinerziehender hatte mein Exmann sicher häufiger den geballten Frust einer in die Pubertät kommenden Tochter auszubaden, während sich die Besuchssituationen bei mir bis dahin noch als recht friedlich darstellten. Das sollte sich – wie zu erwarten war – auch bald ändern.

Am 16. März 1988 feierte mein Vater seinen 72. Geburtstag. Nicht gerade erfreut über seinen Gesundheitszustand genoss er doch, dass er mit Familie und Freunden zusammensitzen konnte.

In einem anderen Teil der Welt hatten Menschen nicht so viel Glück.

In Folge des ersten Golfkrieges zwischen Irak und Iran kommt es zu einer Bekämpfung der kurdischen Bevölkerung durch die irakische Armee, weil man ihr die Unterstützung iranischer Interessen vorwirft. Am Tag, an dem wir friedlich einen Geburtstag feiern, kommen in der Stadt Halabja über 5000 Menschen durch einen von Saddam Hussein angeordneten Giftgasangriff um.

Ich erinnere mich an Bilder toter Erwachsener und vieler Kinder im Fernsehen. Die Pressenotizen in den darauffolgenden Tagen waren – für mich unverständlich – eher spärlich. Soviel ich weiß, hat man dem kurdischen Volk, über dessen Stolz und Eigenwilligkeit in der Geschichtsschreibung schon seit vielen Jahrhunderten berichtet wurde, 1920 grundsätzlich eine Eigenstaatlichkeit zugestanden. Aufgrund immer wieder neu entflammter Aufstände (die jeweiligen Stammesfürsten machten bis dahin nicht den Eindruck, dass sie sich untereinander jemals einigen könnten) gegen die Begehrlichkeiten umliegender Nachbarvölker kam es jedoch nie zu einer einheitlichen Lösung für die in mehreren Ländern der Region lebenden Kurden – ein bis heute ungelöstes, böse schwelendes Problem.

Afghanistan erlebt im Mai 1988, dass die Russen anfangen, sich aus dem Land zurückzuziehen.

Seit ich Mitcheners Roman »Karawanen der Nacht« gelesen hatte, war ich immer wie elektrisiert, wenn es Nachrichten aus diesem wilden Land gab. Das seit vielen Jahrhunderten durch kriegerische Auseinandersetzungen auf seinem Gebiet gebeutelte Afghanistan würde dadurch, dass es aufgrund seiner Lage an den Schnittstellen diverser Großmachtinteressen lag, wohl auch in der Zukunft nicht so schnell zur Ruhe kommen. Leider sollte sich dies, schneller als ich damals dachte, bewahrheiten.

Bis zu den Sommerferien hatten wir uns in dem neuen Haus schon gut eingelebt. Mein Mann und ich freuten uns, dass beide Töchter einen großen Teil dieser Ferien bei uns verbringen wollten. Meine 13-jährige Tochter kam etwas früher als ihre »große Schwester«, meine immerhin inzwischen fast 20-jährige Stieftochter, sodass wir etwas tun konnten, was uns schon früher Spaß machte: Wir besuchten mal wieder den Kölner Zoo. Als wir dann alle zusammen waren, machten wir eine Planung, was der eine oder andere gerne – wir wollten in der Umgebung bleiben – unternehmen wollte. Zunächst ging es mit Picknickproviant an die Sieg. Wir besetzten an einigen Sonnentagen eine kleine Insel im Fluss und machten es uns dort gemütlich. In Anbetracht der Tatsache, dass sich die ältere Tochter gerne oben ohne sonnte, kam es hin und wieder zu spontanen Anlandungen von eroberungsfreudigen Kanufahrern. Mein über alle wachender Ehemann bot sogar einmal zwei besonders hartnäckigen jungen Männern ein in den Fluten der Sieg gekühltes Bier an, allerdings unter der Auflage, gefälligst wieder zu verschwinden. Meine »kleine« Tochter registrierte den Ablauf diverser Flirtansätze mit großem Interesse.

An einem anderen Tag ging es zum Museumsdorf nach Kommern in der Eifel. Nachdem wir uns einig geworden waren, auch noch eine längere Tour zu unternehmen, begannen wir diese kurz darauf mit der Besichtigung der Marksburg, der einzigen unzerstörten Rheinburg oberhalb des Städtchens Braubach. Während der Besichtigung, bei der meine Stieftochter und mich der (Gift-)Kräutergarten besonders interessierte, erschauerte unsere »Kleine« bei den Erzählungen über das angeblich dort hausende Gespenst. Irgendein Besucher hatte als Beweis für die Existenz der sogenannten »weißen Frau« ein Foto aus einer Direktbildkamera ausgestellt, auf dem ein diffuser weißer Nebel zu erkennen war. Gespenster waren eben auch schon vor der Harry-Potter-Zeit bei Kindern ein sie faszinierendes Thema. Wenn ich meine Tochter mit etwas aufziehen wollte, erinnerte ich sie während ihrer mehrfachen Aufenthalte in der Rheingegend gerne an einen Jahre zurückliegenden Ausflug, bei dem sie oft darum bat, ihr noch einmal zu erklären, was die Ritter in den – wie sie sie nannte – »Urinen« früher getrieben hatten.

Wir überquerten den Rhein in Höhe des Städtchens Kaub. An derselben Stelle war lange vor uns, nämlich in der Silvesternacht 1813/1814, gemäß einer Inschrift unter dem Standbild Blüchers auch die schlesische Armee gewesen. In den Augen meiner Tochter war unser Vorhaben – wie vielleicht früher für den ein oder anderen Soldaten – ein sehr unheimliches Unternehmen. Bevor wir auf die Fähre fahren konnten, quälte sie ein menschliches Bedürfnis, und ich suchte mit ihr ein am Straßenrand stehendes Toilettenhäuschen auf. In der Zwischenzeit hatten mein Mann und seine Tochter von dem Fährmann das Angebot bekommen, ihn schon mal zum Zeitvertreib auf die andere Rheinseite zu begleiten. Wir kamen kurz danach an die Anlegestelle und sahen, wie die Fähre gerade am anderen Ufer anlegte. Meine Tochter erkannte sofort unser Auto und weinte los: »Mama, Mama, sie sind weg. Was machen wir bloß?« Ich sagte: »Sie haben das Auto, aber die Frage ist doch, was können die beiden wohl ohne Geld anfangen – das haben nämlich wir!« Ich hielt die Geldbörse meines Mannes (inklusive all seiner Scheckkarten) in der Hand und diese Tatsache zauberte schnell ein verschmitztes Grinsen auf ihr Gesicht. Ein kleiner Rückblick auf eine Situation neun Jahre vorher: Ich sagte zu meiner Tochter während eines Stadtbesuchs, bei dem sie wegen ständig neuer Wünsche nicht aufhörte zu quengeln, dass wir nichts mehr kaufen könnten, weil ich kein Geld mehr hätte. Daraufhin meinte sie, ich solle einen der kleinen blauen Zettel (also einen Eurocheque) nehmen, die ich sonst doch auch benutzen würde. Als ich im gleichen Alter gewesen war, musste ich noch in Läden für meine Eltern anschreiben lassen, wusste aber schon genau, dass sie sich nur wenig leisten konnten. Dies nur als Beispiel dafür, wie sich die Verhältnisse in unserem »Ländle« verändert hatten. Ich gehöre allerdings nicht zu den Leuten, die der nachwachsenden Generation wenig gönnen, weil sie bei jeder Gelegenheit an eigene frühere Entbehrungen denken.

Auf der anderen Rheinseite wandelten wir auf den Spuren des Schinderhannes, der – Ende des 18. Jahrhunderts – in Hunsrück und Taunus eine Straßenräuberbande führte, bis er gefasst und auf nicht sehr freundliche Art und Weise hingerichtet wurde. Während wir auf unserer Fahrt über ihn sprachen, hatte ich plötzlich Curd Jürgens vor Augen, der die Rolle dieses »deutschen Robin Hood« 1958 in einem Film zusammen mit der nicht ohne Grund »Seelchen« genannten Schauspielerin Maria Schell darstellte, die deutsche Zuschauerinnen locker mit einigen wenigen »feuchten Augenblicken« zum Weinen bringen konnte.

Bevor wir uns wieder auf den Weg nach St. Augustin machten, besuchten wir noch die schönste Burg, die ich in Deutschland kennengelernt habe, die malerisch auf einem steilen Felsen thronende und mit zahlreichen Erkern und Türmen ausgestattete Burg Eltz. Wir übernachteten in Zell an der Mosel. Im Restaurant unseres Hotels feierten wir mit anderen Durchreisenden, die, aus mehreren Bussen quellend, das Restaurant unseres Hotels besetzten und bereits nach kurzer Zeit in recht guter Stimmung waren. Unsere amüsierten Töchter kreierten bei der Betrachtung dieser Reisegesellschaft einen Vers, den wir heute noch manchmal zum Besten geben: »Die Zeller schwarze Katz, die haut dir einen an den Latz – und zwar ratzfatz!« Als wir unsere Hotelzimmer aufsuchten, traf dies am Ende auch auf drei unserer vier Personen zählenden Kleingruppe zu. Die Fotos, die wir damals machten, sollten besser unter Verschluss bleiben, sorgen aber im internen Familienkreis heute noch für einige Belustigung.

Wir hatten schöne Ferienerlebnisse, aber auch die gingen irgendwann zu Ende. Die Töchter fuhren wieder gen Norden, mein Stiefsohn indessen von Schleswig-Holstein nach Süden. Er hatte in Düsseldorf einen interessanten Ausbildungsplatz als Kfz-Mechaniker bei einer bekannten

Daimler-Benz-Werkstatt bekommen und brauchte Schützenhilfe beim Umzug in die nordrhein-westfälische Landeshauptstadt. Wir halfen ihm beim Einrichten einer kleinen, gemütlichen Dachwohnung und freuten uns, dass er in unsere Nähe gezogen war. So ging der Sommer für unsere Familie mit recht freundlichen Erinnerungen ins Land.

Ende August 1988 befällt meinen Mann und mich Entsetzen über die Nachricht, dass bei einem Flugzeugunglück auf der amerikanischen Airbase Ramstein 70 Menschen zu Tode kommen und 345 schwer verletzt werden. Während der Flugschau stoßen zwei Maschinen der italienischen Staffel »Frecce Tricolori« zusammen und stürzen brennend in die Zuschauermenge.

Genau ein Jahr vorher hatten wir uns mit Freunden ebenfalls auf einem Militärgelände bei der gleichen Flugschau aufgehalten und während der Vorführungen ausgelassen gefeiert. Ich fragte mich bei der 87er-Schau anlässlich der riskant aussehenden Manöver durchaus ein paar Mal, was es wohl bedeuten würde, wenn bei dicht an dicht ausgeführten Figuren mal etwas nicht klappen sollte. Wir hatten damals Glück gehabt.

Im Herbst 1988 bekamen wir die Einladung, mit Karl und seiner Frau, der es immer schlechter ging, in Erinnerung an unsere gemeinsamen Brüsseler Unternehmungen noch einmal etwas auf die Beine zu stellen. Wir trafen uns in ihrem Ferienhaus an der Schelde; in der Nähe ankerte Karls Segelboot. Ich hatte mir lange Gedanken darüber gemacht, was man einem todkranken Menschen als Gastgeschenk mitbringen könnte, und mich dann dafür entschieden, ihr einen herzförmigen, handtellergroßen Stein zu schenken, den ich im Sommer im Flussbett der Sieg gefunden hatte. Als wir ankamen, saß Christa in einem Sessel, auf dem Schoß einen Kunstbildband, und bemerkte, dass sie sich noch so lange wie möglich schöne Dinge anschauen wolle. Mit ihren im schmal gewordenen Gesicht sehr groß wirkenden Augen, den nach einer erneuten Chemotherapie erst wieder seit Kurzem nachgewachsenen Haaren sowie ihrer großen Ruhe und Gelassenheit machte sie auf mich einen bis heute unvergesslichen Eindruck. Ich legte ihr den Stein in die Hände, und sie freute sich darüber sehr. Sie stand auf, ging zu ihrem Kleiderschrank und holte einen schönen Schal hervor. Den schenkte sie mir mit den Worten: »Diesen mochte ich immer am liebsten, aber nun brauche ich ihn nicht mehr.« Die Situation war für mich kaum zu ertragen und ließ mich sie nur stumm anschauen.

Ich war froh, als wir uns auf Karls Boot begeben konnten. Christa musste nach kurzer Zeit wieder an Land gebracht werden, weil ihre (ich nehme an, durch Metastasen im Rückenwirbelbereich) verursachten Schmerzen es nicht zuließen, lange auf dem schaukelnden Schiff zu sitzen. Wir machten mit ihrem Mann zwar eine schöne Segeltour, eine unbeschwerte Stimmung konnte aber an diesem Wochenende nicht aufkommen. Beim Abschied hingen viele Ahnungen in der Luft.

Am 8. November 1988 wird George H. W. Bush (der Vater des heutigen amerikanischen Präsidenten George W. Bush) 41. Präsident der USA.

Während seiner Amtszeit fürchteten die Amerikaner einmal mehr, dass die Welt untergehen könnte, wenn sie ihr nicht einen neuen Stempel aufdrückten. Ich vermutete, dass der zweite Golfkrieg wahrscheinlich nicht mehr lange auf sich warten lassen würde.

Mein Mann und ich genossen es im Laufe eines kalten Winters, dass sich rechts und links von unserem Kaminofen (er stand in der Mitte zwischen zwei Glasfronten) Schneeflocken tummelten und verwirbelten. An einem Abend, ich saß im Wohnzimmer und strickte, neben mir schnurrte unser Kater Grimaldi, klingelte das Telefon. Christa! Sie war wieder im Krankenhaus. Sie fragte mich, was ich gerade tun würde und bat mich, ihr einfach – ohne viel zu fragen – alles, was ich um mich herum sah, zu beschreiben. Das machte ich schweren Herzens. Mir war klar, dass ich ihre Stimme wohl zum letzten Mal hörte. Sie bedankte sich und meinte, sie würde das bei meiner Beschreibung entstandene Bild gerne im Kopf behalten. Einige Tage später war sie tot.

Wir fuhren zu ihrer Beerdigung und baten Karl, uns bald zu besuchen, was er auch versprach. Er wollte sich zunächst um seinen Sohn kümmern, der seine Mutter sehr geliebt hatte. Einmal trafen wir uns danach tatsächlich noch wieder. Wie wir persönlich von ihm hörten, war sehr schnell eine neue Frau in sein Leben getreten, die anscheinend alte Kontakte nicht gerne mit übernehmen wollte. So sahen wir uns ab dem Zeitpunkt leider nicht mehr.

Das Jahr 1989 begannen wir gemeinsam mit meinen Eltern, meiner Schwiegermutter und unseren beiden Töchtern. Keiner ahnte, dass es besonders in politischer Hinsicht ein sehr turbulentes, aber daneben auch ein Jahr werden sollte, das auf besondere Art in die Geschichtsbücher eingehen würde.

Im April wollten meine Tochter und ich unsere beiden Geburtstage, sie ihren 14., ich meinen 41., zusammen feiern. In ihren Briefen schrieb sie, dass sie sich von ihrem ersten Liebeskummer erholen müsse. Auch diese Entwicklungen bekam ich nicht täglich und vor Ort mit. Über ihre kleinen Berichte freute ich mich deshalb umso mehr. Die Belastungen in meinem Berufsalltag nahmen reichlich zu, daraus resultierende unangenehme Folgen zeichneten sich aber erst nach und nach ab.

Meine Kontakte zu Kunden aus allen möglichen Nationen machten nach wie vor sehr viel Spaß. Besonders zu den Menschen in der meinem Büro gegenüberliegenden indischen Botschaft hatte ich ein gutes Verhältnis. Der Leibarzt des indischen Botschafters kam immer häufiger in meine Filiale. Wir verstanden uns gut und gingen manchmal zusammen essen. Er war mit einer deutschen Ärztin verheiratet und betrieb mit ihr zusammen eine Praxis in Köln. Mir gegenüber bedauerte er häufig, dass sich die »westliche« Medizin zu sehr mit Details befasst und seiner Ansicht nach auch zu »technikgläubig« sei. Bevor er in Deutschland Medizin studierte, hatte er bereits in Indien eine traditionelle und damit ganzheitliche Ausbildung erhalten, die es ihm ermöglichte, seine wachen Augen und andere Sinne zur Erfassung der ganzen Komplexität einer vor ihm stehenden Person einzusetzen. Obwohl ich mich zu dem Zeitpunkt einer noch relativ guten Gesundheit erfreute, konnte auch ich hin und wieder von seinen Kenntnissen profitieren. Er sagte meistens sehr direkt, was er dachte, und äußerte deshalb auch bald bei einem erneuten Treffen, dass sich seiner Beobachtung nach mein Nervenkostüm in keiner guten Verfassung befände.

Wie wahr! Erst später erkannte ich, dass dies in erster Linie an dem nervenaufreibenden Kreditgeschäft lag. Auf der einen Seite wurde – wie bereits erwähnt – Umsatz, Umsatz gefordert. Auf der anderen konnte jeder kleine Fehler zu einer Katastrophe führen. Ende der 80er-, Anfang der 90er-Jahre widmete man sich wieder den Geschäften kleinerer Mittelstandsbetriebe, früher verschmähten Handwerkern und (einem schwierigen Gebiet) neuen Existenzgründern.

Mir kam es manchmal so vor, als sollte ich Regenschirme verleihen, und sie dann zurückfordern, wenn es anfing zu regnen. Immer wieder quälten mich nächtliche Albträume.

Dr. M., der Leibarzt des indischen Botschafters, kannte natürlich meine persönliche Situation und sprach mich auch auf (in seinen und den Augen vieler seiner Landsleute) überflüssige Labyrinthläufe in westlichen Beziehungen an. Als ich über das Thema sich verlieben sprach und davon, dass man doch nicht so einfach sein Leben vorplanen könne, lachte er mich nur aus. Er wollte mich davon überzeugen, dass die in seinem Heimatland üblichen Arrangements in Sachen Eheschließung für alle Beteiligten nur gut seien. Wenn sich die Eheleute (Verliebtheit sei dabei meist nur hinderlich, weil sowieso von nur kurzer Dauer) nicht auf eine Linie einigen könnten, würden das die dahinterstehenden Familien regeln. Bei westlichen Partnern, die sich bedauerlicherweise manchmal schon auf der Straße paaren würden, könne das auf keinen Fall gut gehen.

Manches konnte ich nachempfinden, anderes wiederum nicht. Dass eine gute Beziehung so oder so Arbeit bedeutete, wurde mir immer klarer. Dabei hatte ich es auch schon mehr als einmal als Belastung empfunden, wenn sich Familienangehörige, die man manchmal als Stabilitätsfaktor gebraucht hätte, deshalb zurückzogen, weil man sich freiwillig althergebrachter Traditionen entledigt hatte. Die Vorstellung aber, in einer Beziehung ausharren zu müssen, in der man den anderen (da würden mir selbst Räucherstäbchen nicht mehr weiterhelfen) buchstäblich »nicht riechen« könnte, ging über meine Vorstellungskraft. Dazu kommt, dass die Folgen von Sitten und Gebräuchen mehr oder weniger erträglich ausfallen, je nachdem, in welchen Gesellschaftsschichten man sie erlebt oder ertragen muss. Als junge Ehefrau im

Haus eines besser gestellten Inders hatte man wahrscheinlich auch erheblich bessere Ausweichmöglichkeiten als in einem weniger begüterten Haushalt, wo die »Neue« aufpassen muss, wohin die Schwiegermutter ihr Kerosin schüttet, weil sie eine erneute Mitgift auch vielleicht ganz gut fände. Das äußerte ich Dr. M. gegenüber aber lieber nicht.

Mein Mann und ich erlebten einmal einen besonders denkwürdigen Abend im Haus eines für bestimmte Zeit nach Bonn delegierten Kanzlers der indischen Botschaft. Bei einem exzellenten Abendessen, klassischer Musik und guten Gesprächen verließ ich kurzzeitig das Gästezimmer, um ein bestimmtes Örtchen aufzusuchen. Dabei kam ich an der Küche vorbei und sah zufällig, wie der – uns gegenüber vorher ausgesucht höfliche – Hausherr in übelster Weise sein indisches Küchenpersonal misshandelte. Mir schmeckte danach nicht mehr viel und auf seinen Handkuss am Ende der Veranstaltung hätte ich auch verzichten können.

Vieles lernte ich in den vier Jahren, in denen ich mit diversen Amerikanern, Afrikanern und Asiaten zu tun hatte, über deren unterschiedliche Lebensweisen. Ich versuchte Verständnis für ihre Vorstellungen und Gebräuche aufzubringen, wünschte mir andererseits aber auch, dass sie sich als Gäste in unserem Land unseren deutschen Sitten gegenüber aufgeschlossener zeigen und den europäischen Kulturkreis nicht allzu sehr kritisieren würden. Das war leider nicht immer der Fall.

Am 24. Februar 1989 stirbt Kaiser Hirohito in Tokio.

Seine Rolle bei den japanischen Bestrebungen, immer mehr Macht außerhalb des Inselreiches an sich zu ziehen, ist meines Wissens bis heute noch nicht ganz geklärt.

Am 15. August 1945 musste er die Kapitulation Japans im Zweiten Weltkrieg verkünden – ein Makel blieb an ihm haften. 1947 wurden vielleicht auch deshalb seine Aufgaben auf rein repräsentative Tätigkeiten reduziert, wobei bis 1951 sowieso die amerikanische Militärregierung bestimmte, wo es langging.

Die Berichte über den Tod des »Gottkaisers«, in Japan Tenno genannt, veranlassten mich, in Aufzeichnungen über die Geschichte Japans zu stöbern. Mich faszinierte nicht nur die Zeit der »echten« Shogune (dass der Filmshogun so nett sein Kopfkissen mit einer Japanerin teilte, war aber auch ganz unterhaltsam), sondern überhaupt, dass sich das Inselreich so lange Zeit ausländischen »Langnasen« widersetzen konnte, die versuchten, zu Einfluss im Land zu kommen. Erst in der zweiten Hälfte des 19. Jahrhunderts wurden Häfen zum Handel mit Ausländern freigegeben. Nach Kriegen gegen China (1894/95) und Russland (1918 bis 1922) sowie anderen Konflikten trat Japan 1933 aus dem Völkerbund aus und schloss 1936 einen Pakt mit Deutschland. 1938 wurde China erneut der Krieg erklärt, und mit dem Überraschungsangriff auf amerikanische Schiffe in Pearl Harbor am 7. Dezember 1941 waren nun auch die USA Kriegsgegner. Zeitweilig konnte Japan große Gebiete in Südostasien besetzen. (Nach dem Zweiten Weltkrieg erschienen zahlreiche Romane, die das Thema »japanische Grausamkeit« behandelten, darunter auch »Die Nackten und die Toten« von Norman Mailer.) Nachdem die Amerikaner 1945 auf Iwo Jima und Okinawa gelandet waren und am 6. beziehungsweise 9. August Atombomben auf Hiroshima und Nagasaki geworfen hatten, war die Kapitulation Japans fällig. Dass die erste der Bomben von dem amerikanischen Piloten »Little Boy« genannt wurde und ihn die Folgen für die Opfer in der Zivilbevölkerung laut Aussagen in Interviews nie interessiert hatten, erschütterten mich allerdings sehr. Sicher wollte man endlich den für alle Beteiligten grausamen Zweiten Weltkrieg schnell beenden. Inwieweit ging es aber den Amerikanern bei dem im Sommer 1945 wahrscheinlich schon abzusehenden Ende des Krieges darum, ein Experiment durchzuführen, das man in der folgenden Zeit sonst kaum hätte begründen können?

Mit dem Einsatz von Atomwaffen konnte ich mich generell nicht und nach den beiden Beispielen in Japan schon überhaupt nicht mehr einverstanden erklären. Wie auch mein Mann war ich der Meinung, dass die auf der Welt bis dahin schon vorhandenen Waffen unendliches Leid über die Menschen brachten und die Entwicklung der Atombombe nur noch die perverse Krönung dieser Tatsache bedeutete. Die damalige amerikanische Entscheidung, noch eine zweite Bombe einzusetzen, nachdem die in Kauf genommenen Auswirkungen der ersten in den Tagen danach furchtbar und offensichtlich bestätigt wurden, würde ich gerne heute noch plausibel erklärt bekommen.

An diesem Punkt möchte ich noch einmal Jean Paul zitieren. Er schrieb Anfang des 19. Jahrhunderts Folgendes:

»Der Mechanikus Henri in Paris erfand – approbierte – Flinten, welche nach einer Ladung 14 Schüsse hintereinander geben; welche Zeit wird hier dem Morden erspart und dem Leben genommen! Und wer bürgt unter den unermesslichen Entwicklungen der Chemie und Physik dagegen, dass nicht endlich eine Mordmaschine erfunden werde, welche mit einem Schuss eine Schlacht liefert und schließt, sodass der Feind nur den zweiten tut, und so gegen Abend der Feldzug abgetan ist?«

Der Arme ahnte schon einiges, aber doch nicht, was die im 20. Jahrhundert möglich gewordene Herstellung von Atomwaffen den Menschen antun würde.

Was meine ganz persönlichen und familiären Erinnerungen anging, kamen in meinem Gedächtnis Bilder hoch, die mit dem Karneval 1989 zu tun hatten. In unserem Haus fand eine Party unter dem Motto »Was beliebt, ist auch erlaubt« frei nach Wilhelm Busch statt.

Es wurden keine Preise vergeben, aber einer unserer Freunde, als Witwe Bolte verkleidet, machte auf den noch vorhandenen Fotos nicht nur wegen der im Mieder untergebrachten Orangen eine gute Figur. Beim Betrachten der gelungenen Schnappschüsse wird mir heute schmerzlich vor Augen geführt, dass nicht wenige der damals so ausgelassen feiernden Paare heute nicht mehr zusammen sind.

Ein anderer, auf den Fotos zu erkennender »Mitwirkender« sollte nicht mehr lange zu leben haben: unser Kater Grimaldi. An einem Morgen, ich wollte gerade das Haus verlassen, um zur Bank zu fahren, erreichte uns ein Anruf unserer Tierärztin. Sie sagte, es ginge um Grimaldi. Meine erste Frage war: »Ist er tot?« Sie meinte darauf nur, ich solle doch lieber persönlich vorbeikommen, womit sich meine Ahnung eigentlich bestätigte. Er war in der Nacht in der Nähe unserer Wohnung angefahren worden. Die Fahrerin des Wagens hatte ihn in die Tierarztpraxis gebracht, ihn versorgen lassen und auch die Rechnung bezahlt, nachdem er dort trotz aller Bemühungen gestorben war. Ich fragte, was mit dem toten Tier passieren würde, und protestierte heftig, als ich hörte, dass alle Tierleichen von einem »Abdecker« abgeholt und in der Masse vernichtet würden. Sie durfte es nicht, gab mir aber unseren toten Kater in eine Karstadt-Tüte gepackt mit nach Hause, nachdem ich versprochen hatte, dass wir ihn »fachgerecht« beisetzen würden. Ich kam also mit der Tüte nach Hause, legte sie in einem Sessel ab und beschloss, meinen Mann anzurufen, der bereits vor mir ins Büro gefahren war. Am Abend vorher hatten wir darüber gesprochen, dass es meinem Vater nicht sehr gut ging. Bei meinem Anruf kam es deshalb zu einem großen Missverständnis, weil ich ins Telefon schluchzte: »Er ist tot, er ist tot«, und mein Mann glaubte, es handelte sich um seinen Schwiegervater. Er fragte mich, was ich als nächstes tun wollte und bekam zur Antwort: »Er liegt in einer Plastiktüte in einem unserer Sessel, und es wäre gut, du würdest herkommen und ihn mit einem Spaten einbuddeln …« Erst mal Stille, dann – trotz des Trauerfalls – ein befreites Lachen. Mein Mann kam also nach Hause, begrub unseren Kater und lud mich dann zum Leichenschmaus in ein Café im Nachbarort ein. Unsere Tierärztin hatte mir die Adresse der Frau gegeben, die nachts um ein Uhr Grimaldi nicht einfach am Straßenrand liegen gelassen, sondern viel Zeit und Geld geopfert hatte, um ihm zu helfen. Ich bestellte zum Dank einen Blumenstrauß, der aber merkwürdigerweise zurückkam, weil weder Name noch Adresse richtig angegeben worden waren. Ich nahm an, dass sie triftige Gründe gehabt haben musste, um ihre Anwesenheit in dieser Nacht und an diesem Ort nicht nachvollziehbar zu machen (vielleicht war sie auch gerade von einem Kater gekommen), und gab mich damit zufrieden.

Im Februar 1989 fuhren wir mit allen Kindern zu einem Skiurlaub in die französischen Alpen. Die erste Woche verbrachten wir in einem Appartement in Argentiere, das guten Freunden gehörte, die zweite in einer kleinen Wohnung in Chamonix. Meine Tochter stand das erste Mal auf Skiern und profitierte von den Erfahrungen der beiden älteren Stiefgeschwister sowie meines Ehemannes, da sie Ratschläge von meiner Seite nicht annehmen wollte. Eigentlich hätte ich dafür viel Verständnis haben müssen, blockte ich meinerseits doch auch so ziemlich alles ab, was an Hinweisen vonseiten meines Ehemannes kam, um meine Technik beim Skilaufen und Liften zu verbessern. So lange wir schon zusammen Skiurlaube gemacht hatten, so lange war auch schon klar, dass besser jeder sein eigenes Ding machte. In Chamonix kam es deshalb, als ich wieder einmal ohne seine Begleitung in einen Sessellift stieg, zu einer netten Begebenheit. Neben mir saß ein Skifahrer, der nach zwei Minuten erklärte, er wäre solo und suche eigentlich eine nette Begleitung. Er könne sich gut vorstellen, dass ich durchaus zu seiner Wunschvorstellung passte. Ich empfand dieses Ansinnen als ziemlich unverschämt. Wir überquerten mit dem Sessel gerade eine Skipiste und ich sah unter uns meine beiden Stiefkinder. Ich rief lauthals ihre Namen und sie winkten uns fröhlich zu. Ich erklärte meinem Nebenmann, dass er soeben meine beiden älteren Kinder gesehen, ich davon aber auch noch mehr hätte. Das führte angenehmerweise dazu, dass er den Rest der Strecke ziemlich schweigsam neben mir saß und bei der Ankunft an der Skistation einen kommentarlosen Abschwung startete. Mit unseren Kindern wurde es einer von vielen unvergesslichen (auch weil gemeinsam zu fünft verbrachten) Urlaube.

Am 5. April 1989 wird die Solidarność-Partei in Polen wieder zugelassen, gewinnt später bei den Parlamentswahlen und kann den Ministerpräsidenten stellen. Aufgrund der Doppelfunktion als Gewerkschaft und als politische Bewegung kommt es zu Spannungen.

Die daraus resultierenden Auseinandersetzungen mit anderen Gruppen und Parteien brachte Polen ein gutes Stück weiter auf dem noch weiten Weg »nach Europa«.

9. Mai 1989: Slobodan Milošević wird Präsident Jugoslawiens. Den Bestrebungen Kroatiens und Sloweniens nach Selbstständigkeit setzt er wachsenden militärischen Druck entgegen.

Dass es nicht nur bei einem gewissen Druck, sondern nach der tatsächlichen Loslösung der genannten Länder aus dem jugoslawischen Staatenbund zu grausamsten Menschenrechtsverletzungen kommen sollte, ahnte zu diesem Zeitpunkt noch keiner.

4. Juni 1989: Massaker auf dem Platz des Himmlischen Friedens. In Peking schlägt das Militär eine Studentendemonstration brutal nieder. Die Zahl der Opfer kann nur geschätzt werden; es sollen aber Tausende gewesen sein. Nach der Verfolgung aller, die für mehr Freiheit und Demokratie waren, leben alte maoistische Erziehungskampagnen wieder auf, obwohl eigentlich schon 1978 die Kommunistische Partei Chinas Maos Klassenkampfanleitungen auf den Müll geworfen hat. Parteichef Zhao Ziyang, der gegen das Einschreiten der Militärs gewesen ist, verliert sein Amt an Jiang Zemin.

In unserem Bücherschrank steht auch heute noch eine kleine rote Mao-Bibel. Ich las damals einige Passagen nach, so zum Beispiel: »Im Klassenkampf siegen gewisse Klassen, während andere vernichtet werden. Das ist der Lauf der Geschichte, das ist die Geschichte der Zivilisation seit Tausenden von Jahren!« Ich frage mich, wieso Menschen, die an derartige Sprüche Maos glaubten, nicht gleichzeitig erkannten, dass sie allein gemäß der darin liegenden Aussage bereits auf dem Weg in die eigene Vernichtung waren. Wie lange so etwas dauert, ist nicht vorhersehbar, dass aber auch eine an die Macht gekommene Arbeiterklasse diesen Weg gehen musste, hatte Mao doch selber richtig gesehen. Lohnte es sich, Menschen in Massen umzubringen für wie auch immer geartete Lehren, die in ihrer Reinform meistens kaum einige Jahrzehnte überdauerten? Antwort nicht nötig!

An die Geschichte Chinas hatte ich mich, trotz großer Neugier, bisher noch nicht richtig rangetraut, weil mich schon allein die Namen und Abfolgen der alten Dynastien schier einschüchterten und ich nicht so recht wusste, an welchem Punkt ich einsteigen sollte. Meine Stieftochter muss das gewusst haben. Sie nahm mir eine Entscheidung dadurch ab, dass sie mir einige Zeit später das Buch »Wilde Schwäne« der chinesischen Autorin Jung Chang schenkte. Vom Mandschu-Reich (ab 1644) bis zum Ereignis auf dem Platz des Himmlischen Friedens, das im Westen nicht annähernd erwartet worden war, ist in dem

spannenden Roman chinesische Zeitgeschichte unterhaltsam dargestellt.

12. Juni 1989: Michael Gorbatschow besucht Bonn.

Es war ein warmer Sommertag, als die Straße vor meiner Bankfiliale
wegen der erwarteten Fahrzeugkolonne für den allgemeinen Verkehr
gesperrt wurde. Ich stand an der Bordsteinkante, als das eskortierte
Fahrzeug mit Michael Gorbatschow im Fond relativ langsam vor-
beifuhr. Ich winkte, er schaute mich an und winkte zurück. Ich war
misstrauisch Berichten der allgemeinen Presse gegenüber, die ihn in
den Himmel hoben, sah in ihm aber auch die Person, die zur Beendigung des Kalten Krieges beigetragen hatte und auch für den Abzug der
sowjetischen Truppen aus Afghanistan verantwortlich zeichnete. Dass
sein Land unter seiner Federführung auch der Wiederherstellung der
deutschen Einheit zustimmen würde, wusste ich an diesem sonnigen
Tag noch nicht.

In den Sommerferien fuhr ich zunächst mit meiner Tochter ins Hochsauerland auf den Ferienhof meines Vetters. Seine Tochter nahm meine
mit zum Reiten. Wie bei vielen Mädchen ihres Alters lag in ihren Augen
noch viel Glück auf dem Rücken von Pferden. Ich war froh, dass sie
ein Hobby hatte, das sie mit ihren Freundinnen teilen konnte und mit
dem einiges von familiärem sowie schon aufblitzendem allgemeinem
Weltschmerz zeitweise in den Hintergrund trat. Auch nach diesen
Sommerferien schrieb sie mir lange und ausführliche Berichte, was sie
mit ihren vierbeinigen Freunden alles erlebt hatte.

Wir fuhren auf der Hochsauerlandtour auch bei der Familie meines
in der Nähe lebenden Cousins, einem Neffen meines Vaters, vorbei.
Die Familie trug schwer daran, dass meine Tante, die seit Jahren an
Alzheimer litt, offensichtlich in die Endphase ihres Lebens eintrat. Sie
erkannte schon lange niemanden mehr, auch nicht die sie über Jahre
liebevoll pflegende Schwiegertochter, die sichtlich gezeichnet war, weil
die Pflege seit Langem eine Rund-um-die-Uhr-Aufgabe für sie bedeutete. Wenn mir damals jemand erzählt hätte, dass ich 14 Jahre später

anfangen würde, mich während der Ausbildung in einem neuen Beruf für die Belange demenziell erkrankter Menschen zu interessieren, hätte ich ihn glatt für verrückt erklärt.

Nach der Rückkehr von unserem Sauerlandausflug traf aus dem hohen Norden meine Stieftochter ein. Ein Kunde meiner Bank hatte in Bonn für seine Ferienwohnung in Portugal geworben, die in der Nähe einiger Strände um den Ort Costa da Caparica (etwas südlich von Lissabon) lag. Als ich davon erzählte, waren unsere beiden Töchter Feuer und Flamme, sodass mein Mann und ich uns erweichen ließen, die Fahrt dorthin zu planen. Eine Anreise mit dem Auto wollten wir meinem Mann als Familienchauffeur ebenso wenig wie uns anderen zumuten, also wurde in einem Bonner Reisebüro die Bahnfahrt über Aachen, Lüttich, Paris, San Sebastian sowie von Madrid nach Lissabon gebucht.

Voller Tatendrang bestiegen wir in Bonn den Zug. Unsere Geduld wurde das erste Mal auf die Probe gestellt, als wir irgendwo in Südbelgien wegen eines Lokschadens stehen blieben und uns niemand erklärte, wie es weitergehen sollte. Irgendwann ging es natürlich weiter und wir freuten uns auf eine Übernachtung in Paris. Am nächsten Tag Chaos auf dem Bahnsteig des Gare de Lyon. Wir hatten natürlich ein Zeitpolster eingeplant, waren aber über die endlos lange Schlange von Menschen auf unserem Abreisebahnsteig entsetzt. Der Zug nach Madrid durfte nur von Reisenden bestiegen werden, die auch Platzkarten vorweisen konnten. Wir hatten alle nötigen Unterlagen dabei, kamen aber nicht an das Abteil unseres Zuges heran, in das wir einsteigen sollten. Vor uns in der Schlange standen unzählige Interrailfans, die sich in allen möglichen Sprachen berieten, es aber nicht schafften, durch die Kontrollen zu kommen. Mein Mann schob uns kurzerhand am Ende des Zuges in irgendein Abteil. Keine Minute zu früh, kurz darauf fuhr der Zug ab. Der nächste ging erst wieder einen Tag später auf die Reise. Es war mühselig, unsere gebuchten Plätze zu erreichen. Unsere beiden Töchter äußerten zum ersten (aber nicht zum letzten Mal) Dankbarkeit darüber, dass sie nicht alleine unterwegs waren. Diese Möglichkeit hatten sie vor dem Urlaub durchaus auch in Erwägung gezogen, waren aber auf entschiedenen Widerstand unsererseits gestoßen.

An der Grenze Spaniens mussten wir mit all unserem Gepäck in einen spanischen Zug umsteigen. Ich hatte bis dahin nicht gewusst, dass es Unterschiede in den Spurbreiten der Eisenbahnschienen zwischen Spanien und Frankreich gab, wohl aber, dass dies (wahrscheinlich aus taktischen Gründen) im polnisch-russischen Bereich der Fall war. Am Nachmittag kamen wir in San Sebastian an, die Reise sollte am nächsten Morgen nach Madrid weitergehen. Bevor wir die Hotelzimmerfrage klären konnten, entschied mein Mann, dass er vorsichtshalber an den Auskunftsschalter gehen würde, um sich die Weiterreise bestätigen zu lassen, während wir uns bei einer neben den Bahnschaltern liegenden Tourismusagentur um Zimmer für die Übernachtung kümmern sollten. Wir reihten uns ebenfalls in eine lange Schlange ein, bekamen aber mit, dass etwas nicht stimmen konnte, als mein Mann endlich nach langem Warten den Auskunftsschalter erreicht hatte. Unsere durch das Bonner Reisebüro bestätigte Buchung für den Zug nach Madrid hatte nicht geklappt. Nach einer lautstark geführten Diskussion in englischer, französischer und teilweise spanischer Sprache mit dem sichtlich genervten Spanier hinter dem Schalter schaffte es mein Mann, unsere Platzreservierungen für den nächsten Tag auf die Reihe zu bekommen. In der wartenden Menschenschlange hinter ihm wurde applaudiert, als er endlich das Feld räumte, was ihn aber nicht wirklich irritierte. Wir bewunderten ihn für seine Gelassenheit, und so bekam er ein weiteres Lob von »seinen Frauen«, die es inzwischen geschafft hatten, gerade noch ein Vierbettzimmer in San Sebastian zu ergattern. Im Bahnhofsvorraum ließ sich inzwischen eine Gruppe skandinavischer Studentinnen auf ihrem Gepäck zum Schlafen nieder, die weniger Glück bei der Quartiersuche gehabt hatten. Ihre langen blonden Haare stellten einen merkwürdigen Kontrast zum schmutzigen Fußboden des Bahnhofes dar. Unser Vierbettzimmer befand sich in einem alten, etwas baufällig aussehenden Bürgerhaus. An Schlafen war nicht zu denken, weil das Haus einen uralten klapperigen Fahrstuhl hatte, bei dessen Ingangsetzung das ganze Gemäuer so erzitterte, dass man den Zusammenbruch befürchten musste. Wir vertrieben uns die Zeit, dankbar, überhaupt in einem Bett liegen zu können, mit manchmal in Frivolität ausartenden

Wortspielchen, die aber unseren Töchtern anscheinend diebische Freude machten.

Durch eindrucksvolle spanische (manchmal sehr karge, aber überaus interessante) Landschaften, erreichten wir am nächsten Spätnachmittag Madrid. Unser Hotel hatte auf der Dachterrasse einen Swimmingpool, auf den wir es nach der langen und schweißtreibenden Reise sofort abgesehen hatten. Ich war als Erste im Wasser. Meine Tochter sprang begeistert von der Seite in den Pool, landete aber leider mit einem Fuß (für mich sehr schmerzhaft) direkt auf einem meiner Oberschenkel. Die Folge davon war, dass ich von unserem anschließenden abendlichen Ausflug in die Altstadt von Madrid hauptsächlich in Erinnerung habe, dass ich stöhnend den anderen hinterherhumpelte. Bis heute hege ich den Wunsch, dort eines Tages noch einmal schmerzfrei auf Entdeckungsreise gehen zu können.

Die Weiterreise nach Lissabon in dem unglaublich komfortablen Zugtyp »Talgo« (in unserem Fall mit dem schönen Namen »Virgin del Carmen«) entschädigte für vieles – ich erinnere mich daran, beim Anblick der Bildschirme über den bequemen Sesseln geglaubt zu haben, in einem Flugzeug zu sitzen. Beim Betrachten der vorbeiziehenden, immer kärglicher aussehenden, sehr steinigen Landschaft kam mir ab und zu der Gedanke, hinter der nächsten Ecke würde Cervantes' Don Quichote, gefolgt von Sancho Pansa, auf uns zureiten.

Der Urlaub am Zielort Costa da Caparica war dann sehr erholsam, obwohl wir des Öfteren bei ziemlicher Hitze Ausflüge in die Umgebung unternahmen und natürlich auch Lissabon durchstreiften. Aufgrund einer früheren Brüsseler Bekanntschaft mit einem damals dorthin delegierten portugiesischen Diplomaten wurden wir zum Besuch seiner alteingesessenen portugiesischen Familie eingeladen. Das Familienanwesen lag auf der Nordseite des Tejo in der südlichen Estremadura. Der Besuch bei dieser Familie ist deshalb für mich besonders erwähnenswert, weil ich an dem Tag dachte, dass in den meisten deutschen Familien Panik ausbräche, wenn ein stetiger Strom von Besuchern – mehr oder weniger unangemeldet – in ihrem Haus ein- und ausgehen würde. Die Gastgeber waren derart gelassen, dass es Spaß machte, auch mal hinter die Kulissen der so gut funktionierenden Gastfreundschaft zu schauen. In der Küche befanden sich auf dem Herd mehrere große Pfannen, in denen immer wieder neue Riesenomeletts aus Eierteig, Tomaten, Zwiebeln sowie anderen frischen Gemüsezutaten hergestellt wurden. Vorher gab es für jeden eine Tonschale mit im Ofen gebackenen Minikartoffeln in einer Salzkruste, die als Vorspeise, mit Kräuterbutter garniert, verzehrt wurden. Kein Riesenaufwand, aber die Wirkung war überzeugend. Wir verbrachten dort einen wunderschönen Tag, an dem Gespräche wichtiger waren als im Detail geplante Speisenabfolgen, die in unserem Land so hoch bewertet und damit manchmal spontane Besuche eher zur Belastung werden lassen. Gibt es auch deshalb in Deutschland keine wirklich überzeugende Übersetzung des Begriffes Improvisation, weil unvorhergesehene Ereignisse im Zusammenleben bei uns meistens nicht mal eben »aus dem Handgelenk« bewältigt werden können, sondern eher verunsichern?

Die dritte Belobigung unseres »Familienoberhauptes« wurde während unserer auch nicht ganz entspannt ablaufenden Rückreise fällig. Wir hatten von Lissabon aus ein Abteil mit vier Schlafplätzen gebucht. Meinen Mann regte direkt bei Reiseantritt die unheimlich schmuddelige Ausstattung unserer »Reisezelle« auf. Er bekundete, man müsse der spanischen Eisenbahn dazu mal ein paar Zeilen schreiben. Nachdem er sich auf dem Gang aufgehalten hatte und einen Blick in das Nachbarabteil werfen konnte, änderte er diese Meinung, weil er eine deutsche Gruppe von Jugendlichen dabei beobachten konnte, wie sie diverse Tomatenbrote auf ihren roten Plüschsitzen »anrichteten«. Es wurde Abend und unsere Töchter bereiteten sich darauf vor, in die »Kojen« zu steigen. Während sie sich auszogen, standen mein Mann und ich auf dem Gang und sahen, wie ein sehr dreister junger Franzose die Tür zum Abteil öffnete und die beiden belästigte. Meinem Mann schwoll der Kamm. Er schnappte sich den Kavalier an den Trägern seiner Latzhose und verwarnte ihn sehr drastisch in französischer Sprache, sodass es ihm die seine verschlug.

Während der Nacht hörten wir mehrfach aus dem Nachbarabteil quiekende Mädchenstimmen und den deutlichen Ausruf: »Nimm die

Finger da weg.« Unsere beiden jungen Damen fühlten sich dagegen gut aufgehoben. So fuhren wir in Erinnerungen schwelgend wieder nach Hause, das heißt zunächst in unser Haus im Rheinland, von wo aus die beiden Töchter wieder weiter nach Schleswig-Holstein mussten. Ein – wie immer – schwerer Abschied machte uns alle traurig.

Am 29. August starb meine Tante Hedwig in ihrem kleinen Heimat-dorf im Sauerland, in dem ich die ersten Jahre meines Lebens verbracht hatte, an Alzheimer. Bei der Beerdigung war spürbar, dass ihr Tod für die Familie ihres Sohnes, meines Vetters, zwar einen schweren Abschied darstellte, daneben aber auch eine Erleichterung für die sie bis zuletzt Pflegenden bedeutete.

Im Fernsehen und in der Presse verfolgen wir ungefähr ab der Zeit mit zunehmender Spannung die Stimmung der Menschen in der DDR. Nachdem im Frühjahr 1989 bei Kommunalwahlen Wahlfälschungen aufgedeckt wurden, waren offenbar immer mehr Menschen an die Grenzen ihrer Leidensfähigkeit gestoßen und die Verantwortlichen nervöser geworden. Ich selber hatte keine Verwandten in Ostdeutsch-land, aber mein Mann. Aufgrund seiner Tätigkeit in der Bundeswehr war es ihm aber nie erlaubt worden, sie zu besuchen. Frühere Briefkon-takte waren eingeschlafen, vergessen hatte er aber seine Tante und ihre beiden Töchter deshalb nicht. Es sollte nicht mehr lange dauern, bis wir uns bei einer Familienfeier begegneten. Dennoch war die Stimmung gedämpft, weil ein Teil der Verwandtschaft offensichtlich nicht vom Mauerfall begeistert war.

11. September 1989: Ungarn öffnet seine Grenzen zu Österreich und Deutsch-land, nachdem bereits seit Frühjahr mit dem Abbau von Grenzsperren begonnen wurde. Im Land befindliche DDR-Bürger dürfen in den Westen ausreisen.

Bis Ende September sollen etwa 30.000 Menschen in die Bundesre-publik gelangt sein. Angeblich bestand ein Zusammenhang mit dem deutsch-ungarischen Treffen auf Schloss Gymnich zwischen dem Mi-nisterpräsidenten Miklos Nemeth, seinem Außenminister Gyula Horn und dem deutschen Botschafter Horvath auf der einen Seite und Bundeskanzler Kohl und Außenminister Hans-Dietrich Genscher auf der anderen, die Kredite im Falle einer Grenzöffnung zusagten.

Oktober 1989: Die Montagsdemonstrationen in Leipzig weiten sich aus, zuerst waren es circa 20.000, später bis zu 300.000 Teilnehmer. Am 9. Oktober Durchbruch der »Wende«. Am 18. Oktober tritt Erich Honecker zurück, sein Nachfolger wird Egon Krenz.

Den 9. November dieses denkwürdigen Jahres werden wir – wahrscheinlich wie die meisten Deutschen – nicht vergessen. Wir saßen vor dem Fernseher und sahen die Spätnachrichten, als bekannt wurde, dass die DDR-Führung (danach hieß es, aus Versehen) die Grenzen öffnen ließ. Ich dachte zunächst, das wäre ein Scherz. Da aber in der Nacht Tausende DDR-Bürger in Westberlin ihre neue Freiheit feierten, glaubte auch ich langsam, dass es kein Irrtum war. Aus den Nachrichten in den Tagen danach ist mir eine Szene besonders in Erinnerung geblieben: Auf dem Kurfürstendamm ließ ein Trabbi-Besitzer Westberliner mit seinem an ein Seil gebundenes Vehikel im Kreis fahren. Alle Beteiligten freuten sich diebisch. Es war noch nichts von der später aufkommenden (gegenseitigen) Bissigkeit zwischen Ost- und Westlern zu merken, die ja bedauerlicherweise bis heute noch nicht verschwunden ist (davon später leider mehr – Neid, Häme und Vorwürfe vergifteten auch wiederaufgenommene Beziehungen im Verwandtenkreis meines Mannes).

Beruflich kann ich mich nicht an außergewöhnliche Dinge in den letzten Monaten des Wendejahres erinnern. Mein Mann und ich genossen unsere Feierabende vor dem Kamin. Gesellschaft leisteten uns dabei unsere beiden neuen Katzen, Salome und ihr Sohn Peluche – den Namen hatten wir ihm gemäß der französischen Bezeichnung für Plüsch gegeben (von meinem Mann wurde er aber manchmal auch »der Verbrecher« genannt). Ich habe nicht vor, ausführlich von unseren jeweiligen Katzen zu berichten, Peluche, Produkt eines Seitensprungs seiner reinrassigen Karthäusermutter, war aber schon ein ganz besonderes Exemplar.

Mein Mann hatte ihn mir nach Grimaldis Unfall gekauft, um mich über den Verlust hinwegzutrösten. Als wir ihn von einer Züchterin abholten, äußerte diese sich verärgert darüber, dass er »nur ein Mischling« sei und für die Zucht ebenso wenig zu gebrauchen wie übrigens seit ihrem Fehltritt auch seine Mutter. Sie wurde uns zusammen mit ihrem pechschwarzen Sohn im Doppelpack angeboten. Da wir sehr schnell begriffen, was ihr ansonsten bevorstehen würde, nahmen wir auch beide Tiere mit nach Hause. Peluche wurde nur 1 ¼ Jahr alt, Salome blieb uns dafür noch lange erhalten. In der kurzen Zeit unseres Zusammenlebens mit dem Dauerstreuner verblüffte der Kater uns aber immer wieder durch seine außergewöhnlichen Fähigkeiten. Peluche konnte zum Beispiel Schach spielen, und das ging so:

Eines Nachts hörten wir merkwürdige Geräusche in unserem Haus. Ich – schreckensstarr – dachte sofort an Einbrecher. Nachdem mein Mann auch aufgewacht war, schlichen wir uns leise und vorsichtig aus dem Schlafzimmer zum oberen Absatz unserer über zwei Etagen gehenden offenen Holztreppe. Es fiel etwas Mondlicht ins Haus, und wir sahen, woher die Geräusche kamen. In der ersten Etage unseres Hauses stand auf dem Fußboden ein aus Holz geschnitztes Schachspiel, bei dem die Füße der Figuren in Löchern auf dem Schachbrett steckten. Bis zum Treppenabsatz der ersten Etage waren es ungefähr zwei Meter. Peluche hob nun mit seinen Vorderpfoten jeweils eine Schachfigur vom Brett, brachte sie an den Rand der Treppe und warf sie über die Kante des Podestes auf die Stufen des darunterliegenden Treppenabsatzes. Von dort aus kullerten sie natürlich mit einigem Lärm weiter bis ganz nach unten in den Eingangsbereich unseres Hauses, was ihm einen Mordsspaß zu machen schien. Er lief zur Krönung des Ganzen am Ende der sich wiederholenden Vorgänge nach unten, um die Figuren im Maul wieder nach oben zu tragen. Wenn ich es nicht mit eigenen Augen gesehen hätte, ich würde es nicht glauben. Freunde und Bekannte kamen später auch noch in den Genuss dieser Vorführung. Wenn wir es nachts wieder mal poltern hörten, drehten wir uns mit der Bemerkung im Bett um: »Herrje, jetzt spielt er wieder.« Wir waren sehr traurig, als er an den Folgen eines Schädelhirntraumas starb. Nach längerer Abwesenheit kam er eines Tages vollkommen verändert nach Hause und hatte von da an häufig beängstigende Krampfanfälle. Es war nicht nachzuvollziehen, ob er einen Unfall gehabt hatte oder ob ihm irgendjemand einen Schlag auf den Kopf versetzt hatte, was die Tierärztin für möglich hielt. In unserer Nachbarschaft soll ein Treffpunkt von Jugendlichen gewesen sein, die angeblich ihre Spielchen mit schwarzen Katzen machten. Eine grausame Vorstellung.

Mit Grausamkeiten aller Art wurde ich durch ein Buch konfrontiert, das ich zu Weihnachten geschenkt bekommen hatte.

Es geht um Gary Jennings Bericht »Marco Polo – der Besessene«. Besonders die Arbeit des chinesischen »Liebkosers«, wie der Foltermeister des damaligen Kublai Khan in Khanbalik (dem heutigen Peking) hieß, lässt mir das Blut in den Adern stocken.

Ein zweites Mal würde ich die Geschichte kaum in die Hand nehmen. Immerhin wusste ich seitdem, woher der Begriff »tausend Tode sterben« stammte. Der Folterspezialist hatte in einem Korb 1000 Zettel mit der Beschreibung unterschiedlicher Torturen (nur drei davon waren sofort tödlich). Der Betroffene hatte meistens wohl nicht das Glück, dass sein Peiniger schnell einen der drei gnädigeren Vorgänge aus dem Korb zog.

Der Bericht über die zwei Jahrzehnte währende Reise Marco Polos, während der er Sammler fremder Sitten, Sprachen, aber auch interessanter Frauen wurde, war für meinen Geschmack trotz allem sehr empfehlenswert. Eine solche Reise von der Levante bis nach Peking selber machen zu können, blieb für mich bis jetzt ein unerfüllter Traum. Teilabschnitte müssten heute wegen politischer Unruhen und Kriegen sicher ausgespart werden. Die alten Stationen der Seidenstraße zu besuchen wäre für mich trotz Einschränkungen aber nach wie vor interessant.

Das Jahr 1990 begann für meine Eltern nicht sehr erfreulich. Meinem Vater ging es sehr schlecht. Er litt unter Schwindelanfällen und Übelkeit mit Dauererbrechen. Sein Arzt experimentierte mit neuen Medikamenten wegen seiner Parkinsonbeschwerden. Wir hofften, dass die Anfälle nicht noch mit ganz anderen Auslösern zusammenhingen.

Mein Mann und ich fuhren im Januar zu seinen Verwandten nach Kevelaer. Eine seiner Tanten wurde 80 und zu diesem Anlass kamen auch die erwähnten Familienmitglieder aus der DDR. Der Sohn der einen Cousine meines Mannes war zusammen mit seiner Freundin angereist, die nach Erzählungen der Verwandten vor der Feier schon tagsüber einen Supermarkt in der Stadt besucht hatte und danach beruhigt werden musste, weil sie in Anbetracht der dort angebotenen Waren einen Weinkrampf bekam. Bis dahin soll sie geglaubt haben, was die Partei im Osten häufig verbreitet hatte, dass es sich nämlich bei den in Westdeutschland angeblich vorhandenen und im Werbefernsehen gezeigten Schlaraffenlandmärkten nur um Filmattrappen handeln würde. Mit einem Teil der Besucher aus Sachsen wurde am Ende der Feier vereinbart, sie so schnell wie möglich zu besuchen. Zwei Monate später war es dann auch so weit.

Am 22. Januar 1990 wollte meine Mutter trotz des schlechten Gesundheitszustandes meines Vaters gerne ihren 70. Geburtstag feiern, und mein Bruder und ich hatten ihr, wie schon bei anderen Festen, unsere Unterstützung zugesagt. Es kam eine ganze Reihe von Verwandten, Freunden und Bekannten, was natürlich für meine Eltern viel Unruhe mit sich brachte. Nachmittags fiel mir auf, dass mein Vater immer missmutiger wurde, und ich fragte ihn, was er denn habe. Daraufhin sagte er kleinlaut: »Einen Mordshunger«. Es war niemandem aufgefallen, dass er aufgrund starken Zitterns mittags nichts gegessen hatte, da er kein Besteck halten konnte. Ich bot ihm mit schlechtem Gewissen an, ihm beim Essen behilflich zu sein, was er mit der Bemerkung: »Dann muss ich mich wohl füttern lassen«, annahm. Ähnliche Situationen kamen auch in den Jahren danach vor, wobei sich mit der Zeit herausstellte, dass der einzige Mensch, der ihm helfen durfte, ohne dass er sich zu sehr schämte, mein Mann war.

Am 11. Februar 1990 wird in Südafrika Nelson Mandela freigelassen.

Ich war beeindruckt von diesem Mann, der sich (so erschien es mir jedenfalls) von Jahrzehnten der Internierung – erschwert dadurch, ständig auf sein heimatliches, für ihn aber unerreichbares Festland sehen zu müssen – nicht hat brechen lassen.

Im gleichen Monat fuhren meine Eltern nach Schleswig-Holstein zu meinem Exmann, um von dort aus meine Tochter in einer Klinik an der Ostsee besuchen zu können. Sie war in Damp 2000 am Knie operiert worden, nachdem im Gelenk bei einer unglücklichen Bewegung etwas abgesplittert war. Ich telefonierte mit ihr, schrieb Briefe, besuchte sie aber nicht. Nachts quälten mich böse Träume, weil ich mich nicht entschließen konnte, nach Norden zu fahren. Die Vorstellung, an ihrem Krankenbett frühere Bekannte aus der Zeit zu treffen, als ich noch mit meinem Exmann und meiner Tochter unter einem Dach lebte (oder auch die Nachbarin, die mich später von ihrer Türschwelle gewiesen hatte), ließ mich vorschützen, dass ich unmöglich Urlaub bekommen könnte. Meine Tochter konfrontierte mich später noch manchmal mit der Aussage, ich sei nicht so herzlich, wie sie es gerne erleben würde. Mir fehlten bis heute Mut und Worte, ihr klarzumachen, dass ich Angst hatte, wieder weggeschickt zu werden, wie es mir schon einmal passiert war (oder von ihr abgelehnt zu werden, weil ich doch nach kurzer Zeit wieder hätte fahren müssen).

Am 18. März 1990 finden in der DDR erste freie Parlamentswahlen statt.

Mein Mann und ich verabredeten mit einem Cousin aus München und seiner Frau sowie deren Freunden einen Besuch bei der »Ostcousine« in (damals noch) Karl-Marx-Stadt, um sie und ihren Mann an diesem denkwürdigen Tag zum Wahllokal zu begleiten.

Auf der Fahrt nach Sachsen verhielten wir uns schweigsam. Mein Mann war, seit wir an den noch vorhandenen Grenzbefestigungen mit den Wachtürmen vorbeikamen, zu stark beeindruckt von der Tatsache, dass er sich als Bundeswehrangehöriger tatsächlich auf ostdeutschem Boden bewegte. Wir mussten Karl-Marx-Stadt durchqueren, um zu der Adresse der Verwandten zu kommen. Mir verschlug es die Sprache, weil ich mit einem derart trostlosen Bild von baufälligen grauen Häuserfronten nicht gerechnet hatte. Als wir ankamen und das Mietshaus betraten, in dem die Cousine mit Mann und Sohn wohnte (ich meine, es wäre ein Sechsfamilienhaus gewesen), ging in einer der unteren Wohnungen die Tür auf und ein missmutig aussehender Mann – er hatte uns offensichtlich bereits von seinem Ausguck hinter der Gardine beobachtet – fragte: » Was machen Sie in diesem Haus? Haben Sie überhaupt eine Einladung?«

Ich werde nie vergessen, dass mein Mann antwortete: »Könnte es sein, dass Sie etwas Wesentliches nicht mitbekommen haben?« Die Tür ging wieder zu. Nach dem Wahlgang wurde in der Wohnung der Cousine eine Flasche Sekt aufgemacht. Mein Mann und sein Cousin aus München unterhielten sich auf dem Balkon lautstark darüber, wie es wohl in Ostdeutschland weitergehen würde, als die Wohnungsinhaberin von drinnen rief: »Seid bitte leise, man kann ja alles verstehen, was ihr sagt.« Die Männer meinten amüsiert: »Und wo ist das Problem?«

Uns Besuchern war klar: Freiheit konnte man nicht von heute auf morgen verordnen, sie musste erst einmal in den Köpfen ankommen. Wir verlangten in unserer unnachahmlichen Westart zu viel auf einmal. Da die Familie nicht die Möglichkeiten hatte, uns Besucher alle zu beherbergen, wurden wir in einer Pension (mit Kneipe) in der Nähe der Augustusburg untergebracht. Bei dem Wirt sollten wir bei späteren Besuchen noch mehrfach unterkommen und von ihm bei diesen Gelegenheiten auch viele interessante Dinge aus DDR-Zeiten erfahren.

Meine Tochter kam in den Osterferien zu uns und wir feierten wieder einmal unsere Geburtstage zusammen. Sie wurde 15 und erzählte, welche Jungen ihr in ihrem Umfeld gefallen würden und welche doof wären. Sie ging noch an Krücken und sollte ihr Bein nicht voll belasten, was sie leider aber nicht ganz so ernst nahm. Einen Monat später rächte sich das, sie musste noch einmal operiert werden.

Über einen Kunden meiner Bank, den ich bereits in Brüssel kennengelernt und in Bonn wiedergetroffen hatte, erfuhr ich, dass er in Potsdam (über die Städtepartnerschaft Bonn – Potsdam) interessante Gespräche mit einem Pastorenehepaar geführt hatte, das gerne auch Partnerschaften zwischen Menschen in Ost- und Westdeutschland vermitteln würde. Ich bat ihn, mir über dieses Pastorenpaar eine Adresse eines vielleicht mit meinem Mann und mir gleichaltrigen Ehepaares in deren evangelisch-lutherischer Kirchengemeinde zu verschaffen, mit dem wir Kontakt aufnehmen könnten, weil wir beide über die Rolle der Kirchenaktiven in der Vorwendezeit erstaunt, aber auch irgendwie begeistert waren. Heute glaube ich, dass der Potsdamer Gemeinde-pfarrer (leider ist er inzwischen schon tot) sich etwas Besonderes dabei gedacht hatte, als er ein Potsdamer Ehepaar und uns dazu aufforderte, sich gegenseitig zu schreiben und dabei Lebensläufe auszutauschen. Wir machten uns gerne an die Arbeit – wir waren neugierig. Es stellte sich danach heraus, dass die Frau und ich – sie Lehrerin, ich Bankerin – uns sehr ähnlich waren. Wir waren beide selbstbewusst und hingen an un-seren Berufen. Unseren Männer hingegen mussten aber zunächst einmal grundverschiedene Ansichten unterstellt werden, mein Ehemann Bun-deswehroffizier, der Mann meiner Freundin (die sie bis heute geblieben ist) langjährig überzeugter Pazifist (ein Grund dafür, dass das Ehepaar sich auf später entdeckten Listen von im Ernstfall zu eliminierenden DDRlern wiederfinden mussten). Diskussionen über die unterschied-lichen Lebensläufe parallel zur politischen Entwicklung in West- und Ostdeutschland schien von unserem freundlichen Kirchenmann gewollt gewesen zu sein, und sie dauern teilweise bis heute immer noch an. Sie wurden zweifellos zu einer Quelle gegenseitiger Bereicherung. Wir trafen uns nach den ersten Briefwechseln im Sommer 1990 auf einem Bahnsteig in Bonn. Unsere beiden Potsdamer stiegen genervt aus einem völlig überfüllten Zug, konnten uns nur anhand von Fotos identifizieren (was hervorragend klappte) und fielen uns ganz einfach lachend in die Arme. Es sollten noch viele, viele interessante Treffen – auch mit den Familienangehörigen – folgen.

Im Mai fuhren mein Mann und ich noch einmal in den Osten Deutschlands, um seine Verwandten zu besuchen. Karl-Marx-Stadt hieß seit dem 23. April wieder Chemnitz, nachdem sich 76 % der Bürger bei einer Volksbefragung für die Umbenennung ausgesprochen hatten. Äußerlich hatte sich natürlich noch nicht viel verändert, und auch das Verhalten der Menschen schien – nach Aussagen der Cousine – »wie gehabt«. Wir gingen mit der ganzen Familie in die Stadt und machten den Fehler, in einem Restaurant etwas essen und trinken zu wollen. Der Gastraum schien in (für uns unsichtbare) Sektionen aufgeteilt zu sein. Obwohl er nahezu leer war, dauerte es eine ganze Weile, bis aus der Schar der arbeitslos aussehenden, aber heftig diskutierenden Bedienungen jemand auf uns zukam, um uns einen Platz zuzuweisen. Das Angebot war dürftig, der Service schlecht und die Kellnerinnen unfreundlich. Wenn wir etwas nachbestellen wollten, schaute man geflissentlich in eine andere Richtung. Wir wurden darüber aufgeklärt, dass dieses Verhalten immer so ausgefallen und für den Osten normal gewesen wäre. Als Westler waren wir, da wir bei diversen Auslandsaufenthalten meistens Besseres kennengelernt hatten, auch nicht immer zufrieden mit dem, was man uns in unseren alten Bundesländern von Dienstleistern schon oft zugemutet hatte, hier aber kam das Gefühl auf, dass wir etwas ganz und gar Unverschämtes von den »armen« Leuten verlangten.

Wir beschlossen also, es uns lieber in der Wohnung der Verwandten gemütlich zu machen. Auf dem Weg dorthin fragte ich, warum auf einem Abschnitt einer der Hauptstraßen in der Innenstadt von Chemnitz die Fassaden von Häusern im unteren Teil wesentlich besser aussehen würden als im oberen. Die Verwandten lachten und meinten, das rühre noch von einem Besuch Erich Honneckers in der Stadt her. Die betreffenden Häuser wären (bis zur Höhe seines vermuteten Blickwinkels aus seiner Limousine heraus) angemalt und auch mit Gardinen versehen worden, obwohl etliche Wohnungen leer gestanden hätten. Ich fand die Anwendung uralter »potemkinscher Gebräuche« lustig, konnte aber nicht wirklich glauben, dass »er«, der Erich, das den Leuten abgekauft hatte. Vielleicht hat er es ja auch nicht sehen wollen, weil in seiner Regierungsmannschaft das Errichten »potemkinscher Dörfer« ebenfalls an der Tagesordnung gewesen war.

Bei unserer Abreise boten wir den Verwandten an, ihnen jederzeit mit Rat und Tat zur Verfügung zu stehen, falls sie es denn für sinnvoll halten würden. Wir wollten wirklich niemanden »zwangsbeglücken«. Es sollte nicht lange dauern, bis unser Angebot angenommen wurde.

Der 17. Juni 1990 ist zum letzten Mal ein Feiertag und wird ab dann nur noch ein nationaler Gedenktag sein.

Umfragen bei jüngeren Leuten hatten schon länger ergeben, dass die Bedeutung dieses Tages häufig nicht mehr erklärt werden konnte.

Am 16. Juli 1990 wird die Treuhandgesellschaft gegründet; damit laufen über 8000 volkseigene Betriebe in der DDR in die Privatisierung.

Im August fuhren mein Mann und ich gemeinsam mit meinen Eltern zu einem dänischen Ferienhaus auf der Insel Fanö. Meine anfänglichen Bedenken, dass wir eine eher schwierige Zeit zusammen verbringen würden, waren verfrüht und überzogen gewesen. Mein Vater hatte sich schon lange gewünscht, einmal nach Dänemark fahren zu können. Obwohl meine Eltern aus Angst, nicht die gewohnte ärztliche Versorgung zur Verfügung zu haben, keine weiteren Reisen mehr machen wollten, vertrauten sie sich dann aber doch ganz Tochter und Schwiegersohn an.

Natürlich hatten wir – neben anderen Themen – in den gemeinsamen 14 Tagen auch wieder »unsere« SPD am Wickel. Wir waren gespannt darauf, was von dem durch Oskar Lafontaine in den vorangegangenen Jahren vorgeschlagenen Konzept »Fortschritt 90« übrig bleiben würde, das er als Nachfolger Willi Brandts in der Programmkommission vorgelegt hatte. Aufgrund des zwischenzeitlichen Falls der Berliner Mauer und der sich täglich erneuernden Ereignisse in der »Noch-DDR« waren nämlich alle alten Diskussionen über früher von ihm vertretene Punkte überflüssig geworden. Oskar Lafontaine hatte nun eine neue Idee: Er brachte vehement seine Bedenken zur Wiedervereinigung auf den Tisch, die aber – wahrscheinlich zu seiner Enttäuschung – im Jubel der Auftritte Helmut Kohls untergingen.

Unabhängig von politischen Diskussionen freuten wir uns über Sonne, Wind, Meer, gutes Essen sowie eine andere Tatsache:

Deutschland wird 1990 wieder Fußballweltmeister mit einem 1 : 0-Sieg gegen Argentinien.

Zum Glück blieb uns so eine schöne Erinnerung an unbeschwerte gemeinsame Tage, bevor wir – nur einige Jahre danach – auch schlechte Zeiten würden zusammen durchstehen müssen.

Kurz bevor wir auf die Reise gegangen waren, wurde die Welt wieder einmal mit plötzlichen, sehr unangenehmen Nachrichten überflutet:

Am 2. August besetzen Truppen des Irak Kuwait. Der Versuch Iraks, sich das strategisch interessante Fleckchen Erde, das mit reichlich Ölquellen ausgestattet ist, als 19. Provinz einzuverleiben, führt zum Beginn des zweiten Golfkrieges, dem – wie auch anderswo – viele Menschen zum Opfer fallen, die nicht die geringste Chance haben, sich gegen die »Spielchen« der Mächtigen zu wehren.

Auch wenn das stark zerstörte Land bis zum Februar des darauffolgenden Jahres von alliierten Streitkräften unter Führung der USA befreit wurde, sollte der Wiederaufbau noch sehr lange dauern. Die brennenden Ölfelder konnten erst Ende 1991 endgültig gelöscht werden. Zur Ruhe sollte das kleine Land indes noch nicht kommen. Bis ins nächste Jahrtausend benutzten danach amerikanisch-britische Truppen das Grenzgebiet für Manöver. Dass von dort aus der Aufmarsch zum dritten Golfkrieg stattfinden würde, ahnte allerdings noch kaum einer (vielleicht George W. Bush, der vermutlich den von seinem Vater vor der Eroberung Bagdads abgebrochenen Krieg eines Tages zu Ende führen wollte).

Ebenfalls in diesem Sommer bekamen wir – mehr oder weniger aus heiterem Himmel – einen Anruf von der Cousine meines Mannes aus Chemnitz. Ihre Stimme klang panisch. Sie schilderte uns aufgeregt, dass sie auf Veranlassung ihres Arbeitgebers die Aufforderung zum Vorsprechen in einer Klinik erhalten hatte und dahinter einigen Unrat witterte. Man unterstellte ihr, psychisch stark angeknackst zu sein, und wollte ihr – wie sie vermutete – eine »spezielle Behandlung« zugutekommen lassen. Wie so etwas aussah, hatte sie zur Genüge in der Vergangenheit bei Freunden, Bekannten, Nachbarn oder Arbeitskollegen erlebt. Ich konnte mir nicht vorstellen, dass Ähnliches nach der Wende immer noch möglich sein sollte. Hellhörig wurde ich erst, als sie meinte, es gäbe für Leute in ihrem Arbeitsumfeld (sie dachte wohl auch an frühere Vorgesetzte) Gründe, sie auf ein sicheres Abstellgleis zu befördern, weil sie über viele Jahre zu viel gesehen und gehört hätte. Da wir ihr ihre große Angst nicht nehmen konnten, machte mein Mann den Vorschlag, sie solle sofort ihre Koffer packen und den nächsten Zug nach Westen nehmen, um erst einmal aus der Schusslinie zu kommen. Wir holten sie einen Tag später in Hannover am Bahnhof ab und boten ihr an, zunächst einmal bei uns in Westdeutschland zu wohnen. Sie war körperlich und seelisch in einem schlechten Zustand. Ich bemerkte, dass sie von Hautausschlägen geplagt wurde und hörte mir an, dass sie ihr körperliches »Ausblühen« mit den über längere Zeit verabreichten Spritzen in Verbindung brachte, über deren Inhaltsstoffe man ihr keine vernünftige Auskunft gegeben hätte. Ein ihr freundlich gesinnter Assistenzarzt soll einmal die vertrauliche Bemerkung gemacht haben, dass es für sie besser wäre, sich einer weiteren Behandlung zu entziehen. Ich dachte wieder mal, ich wäre in einem falschen Film gelandet, aber es sollte noch dicker kommen.

Für Arzttermine in Westdeutschland, eine Anmeldung beim Einwohnermeldeamt sowie eine Meldung beim – damals hieß es noch so – Arbeitsamt als Arbeitssuchende benötigte sie logischerweise ihre »Ostpapiere«. Die für DDR-Bürger lebenslang zu führenden kleinen, blauen Nachweisbücher mit allen wichtigen Sozialeintragungen hatte sie in Chemnitz wegen angeblich zu tätigender Nachträge abliefern müssen, um dann gesagt zu bekommen, dass sie leider verloren gegangen wären. Eine Katastrophe, die die Panikstimmung der Cousine natürlich noch angeheizt hatte.

Nach einigen Diskussionen im Familienkreis wurde meine Idee, mit der ganzen Geschichte an die Presse zu gehen, aus Angst vor Repressalien zulasten des noch in Chemnitz ausharrenden Ehemannes und des dort studierenden Sohnes verständlicherweise verworfen. Hilfe kam dann von ganz anderer Seite. Im Rahmen meiner Banktätigkeit hatte ich einen Ministerialbeamten kennengelernt, dem ich die ganze Geschichte schildern durfte. Er hatte eine Idee. Sein Ministerium war dabei, Kontakte zu seinem Pendant in Ostberlin aufzubauen, und er bot an, auf diesem Wege eine Anfrage zu starten. Volltreffer! Es dauerte gar nicht so lange, bis der noch in Chemnitz wohnende Ehemann der Verwandten die Aufforderung bekam, die auf einmal wiedergefundenen Papiere seiner Ehefrau abzuholen.

Es stellte sich heraus, dass die Cousine meines Mannes nach all diesen Erlebnissen weder in der Lage noch Willens war, in den Osten Deutschlands zurückzukehren. Wir suchten deshalb gemeinsam nach Lösungen, um ihrem Ehemann im Rheinland eine Beschäftigung zu verschaffen, was dann auch gelang. Er wurde schließlich als Ingenieur in einem mittelständischen Betrieb eingestellt. Die Wohnungssuche war dann das kleinere Problem. Die Cousine machte Fortbildungskurse, bewarb sich bei verschiedenen Adressen und bekam eine interessante Arbeit bei einer in Deutschland bekannten Stiftung mit politischem Hintergrund. Ihr Gesundheitszustand besserte sich in dem Maße, wie auch ihr Nervenkostüm stabiler wurde. Bis heute gab sie uns immer wieder zu verstehen, dass die Entscheidung ihrer Familie, damals in Chemnitz das Weite zu suchen, richtig gewesen wäre.

Nur der Teil der Familie, der in DDR-Zeiten offensichtlich mit einigen Privilegien gesegnet gewesen und sehr kritisch mit anderen nicht so linientreuen Verwandten umgegangen war, mosert bis heute darüber, dass es sich (immerhin im Jahr 1990) um eine Art »Republikflucht« gehandelt hätte, bei der mein Mann und ich die unverschämten Helfer gewesen seien.

Am 3. Oktober 1990 endet nach 41 Jahren (unabhängig von der Meinung der in meinen Augen ganz und gar Unverbesserlichen) der Zustand der Trennung zweier deutscher Staaten. Es wird darüber noch viel zu berichten geben.

Vor diesen Ereignissen hatte mir meine Tochter, 15-jährig, gerade geschrieben: »Ich bin wieder mit … zusammen; vier Tage waren wir getrennt und dann konnten wir es nicht mehr ohneinander aushalten. Ich habe eine 3+ im Fach Englisch. Nächste Woche fahre ich zum New-Model-Army-Konzert. Ich hab dich doll lieb. Deine ›Kleine‹«

Der Brief machte mir mal wieder klar, wie wenig ich von meiner Tochter in dieser wichtigen Phase mitbekam. Es dauerte Tage, bis ich meine Gedanken darüber einigermaßen geordnet hatte. Es nützte alles nichts, ich konnte mich nur wieder auf unser Treffen in den Herbstferien freuen. Dazu nahmen wir gerne die Einladung von Verwandten meines Mannes an, ein paar Tage zu ihnen in den Osten zu kommen. In Karlsbad sollte zudem ein Treffen mit Verwandten der angeheirateten Tante meines Mannes und Mutter seiner beiden Cousinen stattfinden. Die Tante kam aus dem Sudetenland und hatte in den 30er-Jahren mit ihrem Mann, der aus Kevelaer stammte und als Beamter ins besetzte Karlsbad geschickt worden war, bis in die Kriegszeit in dem Kurort gelebt.

Bevor wir in Westdeutschland losgefahren waren, hatte ich vorsichtshalber meine Tochter befragt, ob sie ihren Personalausweis dabeihätte, was sie bejahte. Bei dem gemeinsamen Ausflug mit den Verwandten kamen wir also morgens noch ganz entspannt an der Grenze zur damaligen Tschechoslowakei an, um dort festzustellen, dass wir alle unsere Papiere parat hatten, meine Tochter aber nicht. Der Grenzbeamte wollte sich nicht auf mein Angebot einlassen, meinen Reisepass bis zum Abend als Pfand zu hinterlegen, obwohl wir ohnehin dort wieder die Grenze passieren mussten. Während er in einer gut einsehbaren Telefonzelle offenbar seinen Vorgesetzten anrief, beförderte meine Tochter aus ihrem Rucksack ihren Fahrausweis der Deutschen Bundesbahn, auf dem ein Passfoto prangte, ans Tageslicht. Der Beamte sah das, beendete schnell sein Gespräch, kam freudestrahlend auf uns zu und meinte: »Na also, da ist er ja.« Wir haben ihn gerne in dem Glauben gelassen, und so lernten wir doch noch den schönen Ort Karlsbad kennen.

Ein besonderes Erlebnis während unseres Aufenthaltes in der Stadt, in der man den Nachgeschmack des Kurbrunnenwassers Gott sei Dank mit einem Becherovka veredeln konnte, lässt mich heute noch staunend den Kopf schütteln. Nachdem wir nachmittags im Kreise der Familie, deren einer Teil aus Wien angereist war, in der Bar eines hoch über Karlsbad gelegenen Hotels ausgiebig und ausgelassen gefeiert hatten, ging es irgendwann natürlich auch ans Bezahlen. In meiner Geldbörse hatte ich nagelneue tschechische Geldscheine, die den deutschen verteufelt ähnlich sahen. Aus Versehen zahlte ich deshalb unsere Zeche in DM und damit viel zu viel. Am Ende des Tages wollten wir im bekannten Hotel »Pupp« zu Abend essen, und erst da fiel mir mein Irrtum auf. Wir fuhren gespannt, aber nicht sehr hoffnungsvoll, zu der Stätte unseres Wirkens am Nachmittag zurück. Von Weitem sahen wir, dass dort kaum noch etwas beleuchtet war. Vor der Tür kam uns dann plötzlich im Dunklen der Kellner entgegen, der uns nachmittags bedient hatte. Er hielt DM-Scheine in der Hand und meinte, er hätte stundenlang Ausschau gehalten, ob und wann wir wohl zurückkommen würden. Ich war so erleichtert, dass ich ihm all meine Tschechenkronen schenkte, die ich noch bei mir hatte. Er freute sich, obwohl mein Irrtum wahrscheinlich ein kleines Vermögen für ihn bedeutet hätte. Das war mal eine schöne (und eigentlich nicht so erwartete) Erfahrung.

Auf der Rückfahrt über Thüringen machten meine Tochter und ich in Weimar halt. Wir übernachteten in einer kleinen Privatpension, machten aber vorher nachmittags einen Bummel durch die geschichtsträchtige Stadt, in der Goethe, Schiller, Herder und andere deutsche Größen gelebt hatten. Die klassizistischen Bauten, der Landschaftspark mit Goethes Gartenhaus (von dessen Atmosphäre meine Tochter sehr begeistert war), die Kirche mit dem Altartriptychon von Lukas Cranach d. Ä., die Goethe- und Schillergruft mit den Sarkophagen der berühmten Dichter – all das hatte uns sehr beeindruckt. Etwas erschöpft suchten wir eine kleine Weinstube auf, in der es auch etwas zu essen geben sollte. Wir wollten in aller Ruhe noch einmal über das Gesehene sprechen, als alle dort anwesenden Gäste hochschreckten. Auf dem Hof hatte unübersehbar ein westdeutsches Prestigefahrzeug mit Essener Nummernschild geparkt. Dem Wagen entstieg ein gediegen gekleidetes Ehepaar, das, nachdem es eben mal an einem Tisch der Weinstube Platz genommen hatte, lautstark auf die Bedienung einredete. Die Frau sagte: »Stellen Sie sich das bloß mal vor, wir haben heute den ehemaligen Besitz unserer Familie inspiziert und was sahen wir? Inmitten der früher gepflegten Fassade des Hauses hat man eine beschissene Hühnerleiter angebracht!« Ich war der Meinung, dass die beschriebene Leiter durchaus zu dem be… Verhalten dieser Leute passte. Zunächst herrschte eisiges Schweigen unter den sonst anwesenden Gästen. Als die Leute merkten, dass sie dort keine Zustimmung finden würden, verließen sie – zur offensichtlichen Erleichterung aller – schnell wieder das Lokal.

Vor dem Schlafengehen machten meine Tochter und ich noch einen Spaziergang. In der Nähe der Musikhochschule kamen wir an einem Haus vorbei, aus dem in diesem Moment wunderbare Musik zu uns drang. Wir konnten unmöglich weitergehen, setzten uns an diesem schönen und lauen Abend einfach nebeneinander auf den Gehsteig und hörten zu, wie (wahrscheinlich von einem in Weimar studierenden Musikbegabten) Klavierstücke von Chopin gespielt wurden, und zwar so, dass uns fast die Tränen kamen. Die Erinnerung, wie ich mit meiner Tochter so friedlich vereint auf einer Bordsteinkante saß und mit ihr zusammen die Musik genoss, prägte sich tief in mein Gedächtnis ein.

Am nächsten Tag besuchten wir auf dem Weg zu anderen Verwandten in Thüringen das ehemalige KZ Buchenwald. Bei der Besichtigung der einzelnen Todesstätten wurde uns immer mulmiger. Wir folgten dabei einer Gruppe junger Amerikaner. Kurz vor dem Verlassen des Geländes fragte einer der jungen Leute, ob man wohl vor dem Tor (mit der Aufschrift »Arbeit macht frei«) gegrillte Hähnchen kaufen könne. Uns war an dem Tag nach den neuen Erkenntnissen, aber auch nach dieser unglaublichen Frage, der Appetit gründlich vergangen.

Als wir wieder in unserem Haus in St. Augustin ankamen, saß mein Mann etwas zerknirscht hinter seinem Schreibtisch. Auf meine Frage, ob etwas in unserer Abwesenheit gewesen sei, antwortete er: »Nichts wirklich Schlimmes, aber ich habe keinen Führerschein mehr!« Das musste ich erst einmal sacken lassen. Was war passiert?

Seit unserer Rückkehr aus Brüssel hatte mein Mann den Versuch gemacht, belgische Spezialbiere, die wir über die Jahre so schätzen gelernt hatten, in Deutschland an Konsumenten zu bringen. Wann immer er in dieser Mission abends unterwegs gewesen war und mit seinen Kunden auch mal Probierrunden einlegen musste, hatte er die Vernunft besessen, sich und sein Auto von einem Taxiunternehmen nach Hause bringen zu lassen. Während meiner Abwesenheit war er an einem Abend in der Altstadt von Köln in der Szenekneipe »Schröders« gewesen, wo er mit dem Inhaber, dem damaligen (unglaublich sympathischen und gut aussehenden) Schwager Elke Heidenreichs, Justus Schröder, einige promillestarke belgische Biere »getestet« hatte. Später rief er dann (ursprünglich noch in guter Absicht) ein Taxiunternehmen an, um sich und das Auto nach St. Augustin bringen zu lassen. Er erzählte mir, dass man ihm für diese Unternehmung einen derart unverschämten Preis genannt hätte, weshalb er wie ein »HB-Männchen« hochgegangen wäre, um dann doch ins eigene Auto zu steigen.

Auf der nächstliegenden Rheinbrücke war der Spaß dann vorbei gewesen. Selbst wenn ihn das verschmähte Taxiunternehmen angeschwärzt haben sollte – es war einzig und allein seine Entscheidung gewesen, für die nächsten neun Monate aber nicht nur sein Problem. Die ganze Angelegenheit wurde nachträglich betrachtet so teuer, dass er an diesem Abend auch ebenso gut eine Präsidentensuite in einem der besten Hotels von Köln hätte mieten können (was ich ihm überflüssigerweise auch noch vorrechnete). Immerhin hatte mein Mann sehr nette Kollegen, die ihn in der Folgezeit in ihrem Auto neun Monate lang mit zum Dienst nahmen und abends wieder zu Hause ablieferten. Die Monate seiner »Scheinschwangerschaft« hatten nur ein Gutes: Bei allen möglichen Veranstaltungen war nun ich sein Chauffeur – und lebte damit eigentlich gesünder als sonst.

Am 2. Dezember 1990 wird Helmut Kohl bei den ersten gesamtdeutschen Wahlen in seinem Amt bestätigt. Besonders im Osten Deutschlands werden seine Versprechungen, für »blühende Landschaften« zu sorgen, dankbar aufgenommen (und geglaubt).

Ich hatte es getan! Und dann auch noch meinem Vater erzählt, der meine Argumentation, warum ich CDU-Wähler geworden war, nicht verstand oder nicht verstehen wollte. All die Querelen innerhalb der Führungsmannschaft der SPD und dann noch Lafontaines distanzierte, mir sehr arrogant erscheinende Haltung zur Wiedervereinigung – es hatte mir ganz einfach gereicht.

Weihnachten kam meine Tochter zu Besuch und wir fuhren gemeinsam zu meinen Eltern ins Sauerland. Alle waren wir gespannt darauf, was uns das neue Jahr innerhalb der Familie, aber daneben auch, was es für die Menschen im wiedervereinten Deutschland insgesamt bringen würde.

Die Nachrichten im Januar lassen vermuten, dass die Amerikaner bereits in den Startlöchern stehen, um Soldaten und Material in den Nahen Osten zu transportieren. Am 16. Januar 1991 beginnen sie mit ihren Luftangriffen auf den Irak.

Im zweiten Golfkrieg gab es gut einen Monat später einen Waffenstillstand mit dem Land, das Kuwait besetzt hatte, dem Irak. Der Vater des heutigen US-Präsidenten ließ nicht nach Bagdad durchmarschieren, was viele später für einen Fehler halten würden.

Am 1. April 1991 wird Detlef Karsten Rohwedder, Vorsitzender der Treuhandanstalt, in seiner Wohnung erschossen.

Nach dem Mord an Deutsche-Bank-Chef Alfred Herrhausen im November 1989 – ich kannte ihn aus meiner Brüsseler Zeit persönlich – der letzte Mordanschlag der RAF.

12. Juni 1991: In Russland wird zum ersten Mal ein Präsident direkt vom Volk gewählt – Boris Jelzin. Es wird erwartet, dass er sich dem Westen gegenüber nicht so gemäßigt verhält wie vor ihm Michael Gorbatschow.

Mein Mann hatte im Juni aufgrund seiner damaligen Aufgabe in Israel zu tun. Er rief mich aus Tel Aviv an und meinte, dass er schon genaue Vorstellungen davon hätte, wie wir den 25. November 1991, seinen 50. Geburtstag, verbringen könnten. Das Hotel, in dem er untergebracht war, gefiel ihm so gut, dass er dort für ihn und mich schon mal ein Zimmer reservierte und auf eine große Feier verzichtete.

Ebenfalls im Juni beschließt der Deutsche Bundestag den Umzug von Bonn nach Berlin.

Viele Bonner waren empört, und einige Ministeriale, die sich im Umfeld der bisherigen Bundeshauptstadt ein Häuschen gebaut hatten, bekamen schon Albträume, was an eventuell bevorstehenden Wertverlusten auf sie zukommen würde.

Am 25. Juni 1991 erklären Kroatien und Slowenien ihre Unabhängigkeit.

Mit dem Einsatz der jugoslawischen Bundesarmee gegen die Republiken, die ihren eigenen Weg gehen wollten, begann der Krieg in Jugoslawien, in dessen Verlauf in einigen Staaten Europas die Diskussion losgetreten wurde, was Völkermord ist und was nicht.

Im September des gleichen Jahres wird auf einem Gletscher im Ötztal (Österreich) eine Leiche gefunden, die aufgrund ihres mumifizierten Zustandes gut erhalten ist und auf circa 5000 Jahre geschätzt wird.

Was war wohl damals passiert? »Ötzi«, wie die Mumie bald genannt wurde, erfuhr teilweise mehr Aufmerksamkeit als die Menschen in den Krisengebieten auf dem Balkan. Menschen setzen manchmal merkwürdige Prioritäten (mir scheint, insbesondere die, die in bestimmten Sparten des Journalismus tätig sind).

Zu Kroatien würden mein Mann und ich in den Folgejahren ein ganz besonderes und spannendes, manchmal aber auch angespanntes Verhältnis haben.

Daneben wieder Schlagzeilen in der Presse, die in ein bereits bekanntes Muster passten:

Am 20. September 1991 greifen Rechtsextremisten in Hoyerswerda ein Asylbewerberheim an. 30 Menschen kommen zu Schaden. Damit nicht genug, folgen in kurzen Abständen weitere Angriffe auf Asylbewerber.

Was war los in Deutschland, insbesondere im Osten? Wo kamen denn plötzlich die ganzen Rechtsradikalen her? Sie mussten doch eigentlich von Eltern »erzogen« worden sein, denen man jahrelang bescheinigt hatte, dass sie zum besseren und auf keinen Fall rechts angehauchten Teil der deutschen Bevölkerung gehörten.

Meine Tochter schrieb mir, dass sie sich darauf freute, uns bald wieder besuchen zu können. Sie schilderte, was sie alles in ihrer Freizeit machen würde. Bei der Gelegenheit erfuhr ich auch, dass sie sauer auf ihren Erdkundelehrer war, dem sie wegen einer schlechten Note am liebsten in ein bestimmtes Körperteil treten würde, und ihren Tutor veranlassen, dem Herrn die Meinung zu sagen (die Originalaussage war um einiges drastischer). Na, das konnte ja noch heiter werden.

Im Fernsehen und in der Presse verfolgen wir mit einigem Entsetzen, dass sich in Kroatien seit Juli schwere Kämpfe entwickeln.

Den kroatischen Nationalisten standen serbische Freischärler (Četnics) gegenüber, die noch von der serbisch dominierten Bundesarmee unterstützt wurden. Viele Menschen kamen ums Leben und Hunderttausende flohen. Die Loslösung Sloweniens war dagegen glimpflich abgelaufen. Nach zehn Tagen Kampf hatte die Regierung in Belgrad erkannt, dass die Unabhängigkeit des kleinen Nachbarn Österreichs nicht mehr zu ändern war. Was aber in meinen Kopf überhaupt nicht reinging: Warum trachteten ganz plötzlich Menschen, die jahrelang gute Nachbarschaft gepflegt, ihren Rotwein miteinander getrunken und vieles geteilt hatten, einander auf einmal nach dem Leben? Selbst Eheleute, der eine Partner Serbe, der andere Kroate, gingen in einigen Familien aufeinander los.

Im August 1991 feierten meine Eltern ihre goldene Hochzeit. Zu der Zeit befand sich meine Mutter (in Begleitung meines Vaters) zur Kur auf Borkum. Mein Mann und ich besuchten die beiden und freuten uns mit ihnen über die Idylle auf dieser schönen Nordseeinsel. Mein Vater hatte (so kannte ich das über viele Jahre) die Angewohnheit, sich nicht für ein Gericht entscheiden zu können, wenn er in einem Restaurant die Speisekarte studierte. Er meinte dann meistens: »Ist doch egal«, und überließ es seiner Frau oder anderen, für ihn zu bestellen. Bei unserem Kurzaufenthalt auf Borkum sahen wir in einer Töpferei ein tönernes Gefäß mit der Aufschrift »EGAL« und schenkten ihm dies zur goldenen Hochzeit. Nach seinem Tod im Jahr 2006 fiel es mir beim Durchsehen seines Nachlasses wieder in die Hände, und ich erinnerte mich gerne an den Sommer 1991, in dem meine Eltern ihr 50-jähriges Ehejubiläum so nett mit uns gefeiert hatten.

Bevor ich mit meinem Mann nach Tel Aviv flog, gab es in den Herbstferien noch einen Aufenthalt in einem schönen dänischen Ferienhaus an der Jammerbucht. Unsere Töchter (die ältere mit ihrem Freund, den sie ein Jahr später heiraten würde) war ebenso mit von der Partie wie die zu der Zeit noch bei uns wohnende Cousine meines Mannes und ihr Ehepartner, die wahrscheinlich ihren ersten gemeinsamen Auslandsaufenthalt in einem westlichen Land Europas verbrachten. Ich erinnere mich an dieses Haus deshalb so genau, weil alle dort anwesenden weiblichen Wesen nachts mit dem gleichen Problem zu kämpfen hatten: Man hörte nach dem Schlafengehen im ganzen (sehr hellhörigen) Holzhaus die fürchterlichsten Schnarchgeräusche. Eines Nachts versammelten sich die betroffenen Frauen (selbst meine 16-jährige Tochter war wach geworden) im Wohnraum und beschlossen, eine »Nachthemdparty« zu feiern. Von dieser tollen Veranstaltung, bei der viel gelacht wurde und wir ab und zu die aus drei Schlafräumen dringenden Geräusche beim Leeren einiger Groggläser imitierten, mussten wir unseren Männern am nächsten Morgen erst erzählen; sie hatten nichts mitbekommen.

Ich würde auf jeden Fall nie wieder ohne Ohropax auf Reisen gehen und riet das den anderen mit Nachtgewändern bekleideten Damen für die Zukunft auch.

Der Aufenthalt in Israel wurde zu einem Erlebnis, das ich in meinem Leben nicht mehr vergessen habe. Die eingeplanten Besuche historischer Stätten war nur eine (wenn auch spannende) Sache, eine ganz andere war es, mit den unterschiedlichsten Menschen dieses Landes privat zusammenkommen zu dürfen und persönliche Eindrücke vom Leben im »gelobten Land« zu bekommen. Mein Mann hatte bei seinem Besuch im Sommer einige Militärs kennengelernt, die uns nun zu einem netten Abend in die Altstadt von Tel Aviv einluden. Vor dem gemeinsamen Essen wurden wir zu einem Erdloch im irakischen Viertel geführt. Dort war vor nicht langer Zeit ein Gruß Saddam Husseins angekommen.

Einer unserer Gastgeber meinte sarkastisch, dass die Scud-Rakete wohl Sehnsucht nach ihren Landsleuten gehabt hätte.

Am nächsten Tag mieteten wir uns ein Fahrzeug, um eine Rundtour durch Israel zu machen. Unser Begleiter, ein schon älterer Israeli, der uns noch vom Israel der Gründerjahre aus eigener Erfahrung erzählen konnte, hatte uns ein Auto mit einem »neutralen« Nummernschild besorgt, weil wir auch in Gebiete mit palästinensischer Bevölkerungsmehrheit fahren wollten. Er gab uns viele wertvolle Hinweise und machte mit uns halt an Orten, die man als Tourist auf eigene Faust nicht unbedingt sofort entdeckt hätte. Natürlich durchstreiften wir mit ihm auch Jerusalem, wobei wir den Stadtteil Mea Shearim mit seiner ultraorthodoxen Bevölkerung nur aus dem Wagenfenster heraus betrachteten. Unser Reiseführer war mit uns dorthin gefahren, weil er insbesondere mir zeigen wollte, wie die Frauen dort lebten. Er sagte: »Achten Sie mal genau auf die ‚Doppeltisolierten'.« Ich wusste erst nicht, was er meinte. Er erzählte, dass er die Frauen nicht verstehen könnte, die sich bei der Hochzeit ihre Haarpracht nehmen lassen würden und danach bei jeder Witterung mit Wollstrumpfhosen bis zur Brust und einem darüber getragenen Gewand bis auf den Fußboden (eben doppelt isoliert) herumlaufen müssten und darüber hinaus jedes Jahr schwanger würden. Wie sich ein Mädchen aus solcher traditionsbedingter Gefängnishaltung so einfach hätte befreien können, hat er mir nicht verraten. Er war aber offensichtlich über seine in diesem Stadtteil lebenden Mitbürger besonders deshalb verärgert, weil sie nach seiner Meinung ständig Forderungen aussprachen, aber nichts für ihren Lebensunterhalt tun würden und auch nicht – wie er – Steuern zahlten.

Am nächsten Tag kam es (wir befanden uns in der Nähe der Klagemauer in Jerusalem) zu einem Vorfall, bei dem unser Begleiter richtig Dampf abließ. Mein Mann und er kehrten gerade von dem Teil der Mauer zurück, der nur Männern vorbehalten war, während ich von der Seite der Frauen auf die beiden zuging. Da sah ich, wie zwei junge Männer, bekleidet mit der Tracht gesetzestreuer Juden und versehen mit Seitenlocken (Peies), unseren Reiseführer ansprachen, um von ihm ein Almosen zu erbitten. Es schien sich um Besucher aus Amerika zu handeln. Benni, unser Begleiter, bezeichnete die beiden kurzerhand als Parasiten und sagte: »Ihr solltet euch was schämen, einen Mann um Geld zu bitten, der schon dabei war, die Sümpfe in Israel trockenzulegen, als es euch noch gar nicht gab.« Als daraufhin einer der beiden meinen Mann ansprach und mitbekam, dass es sich um einen Deutschen handelte, fuchtelte er böse schimpfend mit seinen Armen herum, wurde dann aber von dem anderen, der keine weitere Eskalation wünschte, abgedrängt.

Bevor wir nach Deutschland zurückkehrten, besuchten wir in Tel Aviv einen Freund, den wir (später auch seine Familie) während seiner sporadischen Besuche in Bonn kennengelernt hatten und der uns nun zu einem Treffen mit Leuten aus seinem Freundeskreis vor Ort mitnahm. Zuerst machten wir Station in einem Appartement, das sich erst beim zweiten Blick als eine Kombination aus Wohnung und Zahnarztpraxis entpuppte. Der Behandlungsstuhl stand mitten im Wohnzimmer. In einem kleinen benachbarten Raum saßen Freunde und Patienten nebeneinander, aßen Suppe und tranken Wodka. Der Wohnungsinhaber war – wie sein ebenfalls anwesender Bruder – Zahnarzt und vor Jahren von Lemberg nach Tel Aviv gekommen. Sie stellten sich uns sehr humorvoll als das »Team Vogel I und Vogel II« vor. Die beiden bestanden darauf, dass mein Mann und ich bei dieser günstigen Gelegenheit unsere Gebisse begutachten lassen sollten. Vom Kiefer meines Mannes wurde dann noch – unsere »Zufallsdoktores« waren mit irgendetwas nicht zufrieden – eine Röntgenaufnahme gemacht, die zu Hause an den Zahnarzt weitergeben werden sollte. Der war später auf jeden Fall nicht schlecht erstaunt, als er auf dieser Aufnahme entdeckte, was meinen Mann schon länger gequält hatte. Ich kam ungeschoren davon und erhielt eine Belobigung für den Zustand meiner Beißerchen.

Die nach einigen lustigen Stunden in der Praxis noch Anwesenden diskutierten plötzlich in ihrer Muttersprache etwas, was uns dann so übersetzt wurde: »Wir haben uns überlegt, was wir euch noch zeigen können und beschlossen, mit euch in einen Kibbuz in der Nähe der Ansiedlung Beer Sheva zu fahren.« Also stiegen wir in verschiedene Autos und fuhren nach Süden.

Ich versuchte, mir in Erinnerung zu rufen, was ich über das Leben der Kibbuzim wusste, und mir fiel ein, dass mich Geschichten des israelischen Autors Meir Shalev sehr beeindruckt hatten, insbesondere sein Buch »Ein russischer Roman«. Darin schildert er sehr humorvoll, wie sich russische Einwanderer in den ersten Jahren des 20. Jahrhunderts bemühen, ihre eigentlich unrealistischen Vorstellungen in einem kleinen Dorf zu leben, und was dabei alles schiefgeht. Wer Kishons Bücher kennt und seine satirischen Betrachtungen mag, wird von Meir Shalev noch auf einer ganz anderen Ebene mit den Problemen der Gründerjahre Israels konfrontiert. Was die eher politischen Hintergründe der Entwicklung des Staates Israel anging, kam man natürlich auch durch die Lektüre der Bücher von Leon Uris weiter, wobei mir die Titel »Exodus« und »Haddsch« am besten gefielen. Der erstgenannte wegen der Schilderung von Gründen, in denen die wirklichen Interessen der damaligen Mächte zu finden waren, weshalb sie ein unabhängiges Israel verhindern wollten, und der zweite wegen der in meinen Augen so interessant geschilderten Mentalitätsunterschiede zwischen Juden und Arabern.

Nach einer Tour durch Beer Sheva, das eine fast 6000 Jahre alte Geschichte hat und in dieser häufig von strategischer Bedeutung war, kamen wir – es wurde schon dunkel – in eine Siedlung, wo wir von den Menschen (bis auf eine Ausnahme) freundlich begrüßt und anschließend reichlich bewirtet wurden. Eine der anwesenden Frauen hatte uns nicht die Hand geben wollen, und wir erfuhren von unseren Begleitern, dass sie als junges Mädchen im Warschauer Getto und danach in einem KZ gewesen war. Sie beobachtete uns den ganzen Abend, während wir uns viel mit ihrem Mann unterhielten, der uns die Herstellung von geräuchertem Straußenschinken erklärte und uns auch leckere Kostproben davon servierte. Zu später Stunde mussten wir zurück. Wir saßen schon in unserem Auto, als die zuvor beschriebene Frau ihren (tätowierten) Arm ins Auto schob und uns zum Abschied die Hand gab. Diese freundliche Geste, die ihr wahrscheinlich sehr schwergefallen sein muss, hat mich fast noch mehr erschüttert als alle Eindrücke, die mich bei unserem Besuch der Gedenkstätte Yad Vashem bereits so traurig gemacht hatten.

Wieder zurück in der Heimat. In unserer Wohngegend gab es einige unangenehme Veränderungen, wie Diebstähle von Zierrat aus Vorgärten, die Entsorgung von gestohlenen Einkaufswagen aus den Supermärkten der Umgebung, in dem sie auf Privatgrundstücke geworfen wurden, aber auch noch andere vandalistische Handlungen. Zusammen mit der Tatsache, dass mir im Rheintal die oft drückende und verschmutzte Luft Bronchialbeschwerden verursachte, führten diese Umstände dazu, dass mein Mann und ich (ich war hier ganz sicher die treibende Kraft) nach einem anderen Haus in einem ruhigeren und gesunderen Umfeld Ausschau hielten.

Ende 1991 wurden wir fündig. Ein im Siebengebirge oberhalb des Rheintals gelegenes Einfamilienhaus sollte verkauft werden. Wir wurden uns mit den Besitzern einig, wohl wissend, dass wir uns damit eine Menge Arbeit einbrocken würden. Das Haus war solide gebaut und hatte eine gute Lage, entsprach aber ansonsten nicht unserem Geschmack. Also ging es darum, konkrete Pläne zu machen, und das beschäftigte uns bis zum Jahresende heftig, bevor es dann an die Umbaumaßnahmen ging. Mein Mann hatte seinen Dienst bei der Bundeswehr quittiert und stürzte sich voll ins »Vergnügen«. Ich kann mich erinnern, dass ich die Ergebnisse seiner täglichen Arbeit aufgrund der sich in meiner Bank immer mehr häufenden Stress-Situationen kaum angemessen würdigte, sondern eher vieles kritisierte, wenn ich genervt nach Hause kam. Irgendwie stand unser Leben damals (eigentlich schon seit der Entscheidung, dem neuen Haus so viel Energie zu widmen und ihm vor allem so viel Wichtigkeit zuzubilligen) nicht unter einem guten Stern. Ende 1991 verbrachten wir die letzten Tage des Jahres, in denen uns auch meine Tochter besuchte, bei meiner inzwischen 85-jährigen Schwiegermutter in Bremen. Sie hatte sich nach einer Hüftgelenksoperation mit anschließendem Reha-Aufenthalt, der zum Glück in unserer Nähe im Rheinland durchgeführt werden konnte, körperlich wieder einigermaßen erholt. Ansonsten zeigten sich bei ihr zunehmend Hirnleistungsstörungen. Sie litt immer mehr unter Aussetzern im Kurzzeitgedächtnis und ärgerte sich, wenn sie Dinge nicht wiederfand, die sie eigentlich wie immer an gewohnten Stellen deponierte. Wir hatten die – glaube ich – berechtigte Vermutung, dass sie sich nicht mehr angemessen selber versorgen und ernähren konnte, und boten ihr an, zu uns zu ziehen, was sie vehement ablehnte. Sorge machte uns auch, dass sie stundenlang hinter ihrem Küchenfenster saß und manchmal vor ihrer Haustüre vorbeigehenden fremden Personen anbot, hineinzukommen. Sicher auch ein Zeichen von Einsamkeit, die sie sich aber über Jahre selber auferlegt hatte, weil sie nicht gut mit anderen Menschen klarkam. Zuletzt war auch eine gute Freundin nicht mehr zu Besuch gekommen, weil sie die bissigen Kommentare meiner Schwiegermutter nicht mehr hören konnte.

Am 3. Januar 1992 kommt es zu einem Waffenstillstand zwischen Serbien und Kroatien.

Wir wussten noch nicht, dass wir im Sommer des Jahres selber dorthin reisen würden, obwohl an einigen Stellen, besonders auf einigen kleinen Inseln vor der Küste, noch gekämpft wurde.

In der Bank war Anfang 1992 eine neue Stelle ausgeschrieben worden. Ich bewarb mich und wurde damit beauftragt, die Leitung einer größeren Filiale zu übernehmen, als ich sie bisher gehabt hatte. Damals las ich noch Bücher mit Titeln wie »Was du willst, das kannst du auch« und glaubte, mich um jeden Preis verwirklichen zu müssen. Das Problem dabei war nicht – wie ich heute denke –, diesen Wunsch zu haben, sondern was ich mir an Verbiegungen auferlegte, um meinen ausnahmslos männlichen Vorgesetzten zu imponieren. Ich hatte dabei zunächst Erfolg, wobei sich später immer mehr herauskristallisierte, dass weniger gut laufende Dinge mir angelastet, die sehr gut vorzeigbaren Ergebnisse aber von der mir übergeordneten Männerriege vereinnahmt wurden. Kam mir irgendwie bekannt vor, es war ja während meiner Auslandstätigkeit auch nicht anders gewesen. Bei zunehmendem Frust bezahlte ich meine Verrenkungen immer mehr mit Rücken- und Kopfschmerzen, Magenverstimmungen und Schlaflosigkeit.

Im März zogen wir in unser Haus im Siebengebirge ein und waren mit dem Umzug sowie Arbeiten rund um unser neues Domizil beschäftigt, sodass persönliche Meinungsverschiedenheiten zeitweise in den Hintergrund rückten.

Mein Mann, der nun nicht mehr täglich zum Dienst musste, suchte neue Beschäftigungsfelder. Sein im Vorjahr begonnener Handel mit speziellen belgischen Biersorten schien zunächst keine schlechte Idee gewesen zu sein. Das Interesse potenzieller Abnehmer in West- und Ostdeutschland (dort hatte sich auch der Sohn seiner Cousine bemüht, neue Kunden zu gewinnen) hielt sich aber in Grenzen, sodass kaum zu erwarten war, einen durchschlagenden Erfolg damit zu erzielen. Bei seinen Überlegungen, eine Tätigkeit zu finden, die ihn mehr interessieren und beschäftigen würde, kam ihm ein Zufall zuhilfe. Nach einem Einkaufsbummel an einem sonnigen Samstag im Mai 1992 setzten mein Mann und ich uns in ein Café in einer Kleinstadt in der Nähe von Bonn. An unseren Tisch kam später wegen Platzmangels im Lokal ein stattlicher Mittvierziger, der sich als in Deutschland lebender Kroate vorstellte und von den Sorgen erzählte, die er sich über seine alte Heimat machte. Er stellte Hilfslieferungen zusammen und brachte diverse Dinge nach Kroatien, um seinen Landsleuten zu helfen. Darüber hinaus wollte er auch Verwandten und Bekannten in dem nun unabhängigen Land helfen, in wirtschaftlicher Hinsicht auf die Beine zu kommen. In erster Linie dachte er an ihm bekannte Winzer auf der Halbinsel Pelješac, die den schon am Hof der Habsburger in Wien geschätzten Rotwein »Dingač« herstellten und nun Abnehmer in Deutschland suchten. Über das Thema Wein, mit dem sich mein Mann über Jahre intensiv beschäftigt hatte, kamen die beiden Männer immer intensiver ins Gespräch, sodass sie am Ende die Verabredung trafen, sich bei uns zu Hause intensiver über alles zu unterhalten.

Danach kam es zu weiteren Treffen, und bald darauf hatten die beiden einen Plan. Mein Mann sollte sich den Weinbauern auf Pelješac als Vertreter ihrer Interessen auf dem deutschen Markt anbieten. Dazu war es aber notwendig, vor Ort über die Möglichkeiten der Winzer zu sprechen, und so kam ein Besuchstermin in einer Zeit zustande, in der längst noch nicht alle Kämpfe zwischen den Četnics auf der einen und den kroatischen Ustascha auf der anderen Seite beendet waren. Insbesondere mussten Reisende auf Fähren von Rijeka im Norden Kroatiens bis nach Dubrovnik im Süden noch mit Zwischenfällen rechnen, da die Schiffsroute zwischen Vis und Korčula hindurchführte und auf der kleinen Insel Vis zu dem Zeitpunkt noch angriffslustige Serben sitzen sollten. Der Landweg war allerdings im Sommer 1992 noch viel weniger zu empfehlen, da man die Gegend um Karlovac ganz bestimmt meiden sollte.

Nachdem die Winzer meinem Mann signalisiert hatten, dass derjenige, der sie in Notzeiten besuchen würde, bessere Karten hätte (und auch ihre größeren Sympathien) als alle, die vielleicht später vorsprechen würden, stand es für ihn fest, sie persönlich kennenlernen zu wollen. Ich war zunächst ziemlich schockiert und wollte ihn in Anbetracht der Umstände nicht ziehen lassen, kam aber dann zu dem Schluss, dass, wenn überhaupt, nur wir beide zusammen fahren würden. Nach einem Anruf beim Auswärtigen Amt war mir noch weniger wohl, denn sie rieten entschieden von Reisen in die von uns anvisierte Region ab.

In diesen Tagen hatte ich häufiger Kontakt zu dem Chefreporter des ZDF, Alexander Niemetz. Er brachte nach intensiven Recherchen in Bolivien und Kolumbien – selbst bis in den inneren Kreis der Rauschgiftsyndikate – das Buch »Die Kokain-Mafia« auf den Markt (und schenkte mir freundlicherweise davon auch ein Exemplar). Wir diskutierten über Risiken von Journalisten und Autoren, die sich in Krisengebieten aufhalten mussten, wenn sie Erfolgsstorys herausbringen wollten. Ich erzählte ihm von der Absicht, aus geschäftlichen Gründen, aber entgegen der Warnungen des Auswärtigen Amtes, in den noch nicht in allen Bereichen befriedeten jungen Staat Kroatien zu reisen. Er gab mir (wahrscheinlich eher amüsiert als beunruhigt) seine private Handynummer, über die ich mich an ihn wenden sollte, falls es brenzlig würde. Es wurde auf dieser Reise dann nicht wirklich brenzlig, aber es gab einige Situationen, auf die ich gut hätte verzichten können.

Ich reichte bei der Bank meinen Urlaubsantrag ein, erzählte aber niemandem (auch nicht meiner Familie) Genaueres über unsere Reisepläne. Es ging also per Auto los Richtung Balkan. In Rijeka ließen wir unser Fahrzeug stehen und gingen auf die Fähre, deren Endziel Dubrovnik war. Irgendwann passierten wir dann auch die noch von Serben besetzte

Insel Vis. Ganz wohl war mir dabei nicht, aber wir kamen wohlbehalten im Hafen von Orebič, einem der wichtigsten Orte auf Pelješac, an. Die nach Dubrovnik weiterfahrende Fähre wurde einen Tag später – wir erfuhren es aus den Nachrichten – beschossen und beschädigt.

Der mehrtägige Aufenthalt, während dem wir diverse kleine Orte auf der Insel kennenlernten und von unseren Gastgebern überaus freundlich betreut wurden, war für mich tagsüber kein sehr großes Problem. Eines Abends erzählte mir die Frau des Weinbauern, bei dem wir privat unter- gebracht waren, dass sie nachts nicht schlafen könne und immer auf das Gebell ihrer Hunde hören würde, weil sie befürchtete, dass die Serben kommen würden, die von der Herzegowina aus auf die Küste zustrebten. In den Orten der Halbinsel gab es nach Einbruch der Dunkelheit eine Ausgangssperre. Unseren Gastgeber interessierte das nicht sonderlich. Eines Abends lud er uns ein, Verwandte und Freunde in einem Nachbar- dorf zu besuchen. Es wurden lustige und feucht-fröhliche Stunden, bis wir wieder aufbrechen mussten. Ich saß – bereits leicht dösend – auf dem Rücksitz des Kleinwagens, als der plötzlich eine Vollbremsung hinlegte, ich ziemlich unsanft hochschreckte und wir ziemlich abrupt vor einem auf der Straße errichteten Hindernis zum Stehen kamen. Auf unser Auto kamen vermummte bewaffnete Gestalten zu und leuchteten ins Wagenin- nere. »Gott sei Dank«, entfuhr es unserem Gastgeber und Chauffeur, »es sind Leute aus der Gegend, die mich kennen.« Er bekam eine Verwar- nung, und wir fielen, zu Hause bei ihm angekommen, erschöpft in unsere Betten. Wirklich geschlafen habe ich in der Nacht nicht mehr.

Mein Mann war mit dem Ausgang seiner Gespräche sowie der Be- sichtigung der Weinberge sehr zufrieden. Einige Tage später waren wir wieder auf der Fähre und traten die Rückreise an. Wir hatten, da die Reise diesmal über Nacht gehen würde, eine Kabine gebucht, die vier Betten hatte. Die Fähre legte zunächst fahrplanmäßig in Split an. Dort sagte man uns, dass es wohl eine Verzögerung bei der Weiterfahrt geben würde. Es dauerte nicht lange, bis wir den Grund dafür mitbekamen. An Bord des Schiffes kamen etwa 100 verstört wirkende Kinder ver- schiedener Altersstufen in Begleitung einiger Erwachsener. Es waren Kriegswaisen, die aus dem bosnischen Hinterland zur Küste gekommen und auf dem Weg in ein oder mehrere Heime in und um Rijeka waren. Sie hatten vor allem Hunger. Die Bordküche war gut damit beschäftigt, riesige Nudelportionen zu kochen, um alle satt zu bekommen. Als es Abend wurde, verzichteten die männlichen Passagiere – so auch mein Mann – auf ihre Schlafplätze, um sie den Kindern zuzuteilen. In der Nacht stand ich einmal auf, um nachzusehen, wo mein Mann geblieben war. Im Speisesaal unter den Tischen hatten sich die Männer zum Schlafen hingelegt. Meinen eigenen konnte ich bald an seinen unter einem Esstisch herausragenden Schuhen identifizieren. Am anderen Morgen waren wir froh, in Rijeka von Bord gehen zu können. Das Bild der in einer langen Schlange das Schiff verlassenden Kinder blieb mir lange vor Augen. Verschlafen sahen sie noch aus, achteten aber darauf, ihre wenige Habe (einige Plastiktüten und vereinzelt auch Spielzeug und Stofftiere) mit sich zu nehmen. Es war schon ein gravierender Unterschied, über die Folgen der Geschehnisse in dem Krisengebiet in der Presse zu lesen oder kurze Bildfolgen im Fernsehen zu betrachten, als mitten unter diesen kleinen Menschen zu stehen, die für den Rest ihres Lebens ohne ihre Familien leben mussten.

Wir waren noch nicht lange wieder zu Hause, als wir mit einem Naturereignis konfrontiert wurden, mit dem im Rheinland niemand gerechnet hatte. In einer Juninacht wurde ich durch ungewöhnliche Geräusche aus dem Schlaf gerissen. Während ich noch überlegte, woher das merkwürdige tiefe Grollen kam, fing auch schon unser Ehebett an zu »tanzen«. Mein Mann, der erst davon aufwachte, rief: »Ein Erdbeben – wir müssen raus.« Wir sahen zu, dass wir in Richtung Haustür kamen. Hinter uns einiges Getöse. Gläser und Dekoration gingen zu Bruch, ein Bild fiel mit einem lauten Knall von der Wand auf Steinfliesen und in der Küche schlugen an einer Stange hängende Küchengeräte kräftig gegeneinander. Der Spuk dauerte (das war unser Glück) nicht allzu lange. Bei einem Erdbeben der Stärke 6,4 auf der Richterskala wären die Schäden bei längerem Anhalten wohl noch ganz anders ausgefallen.

Mitten in der Nacht schaltete mein Mann das Radio ein. Vom Norddeutschen Rundfunk, der für das Nachtprogramm zuständig war, kam ein kurzer Kommentar: »Im Rheinland soll es ein Erdbeben gegeben haben, ha, ha.« Wir saßen im Nachtzeug auf der Couch (die Haustür für alle Fälle im Visier), tranken erst einmal einen Kognak auf den Schrecken und hörten kurz darauf einen aktuellen Bericht vom Westdeutschen Rundfunk, der immerhin schon erste Schadensmeldungen durchgab. Unser sehr solide gebautes Haus hatte zum Glück nicht viel abbekommen. Da es aber in Nordrhein-Westfalen bis dahin noch keine Pflichtversicherung gegen Erdbebenschäden gab, wie zum Teil in anderen Bundesländern, konnte mein Mann nicht unbedingt über meine Bemerkung lachen, dass bei solchen Ereignissen eventuell das einzig Dauerhafte zerstörter Häuser die darauf lastenden Hypotheken wären. Den eigentlichen Schrecken über das Ereignis hatten wir relativ schnell vergessen, das Gefühl von Ohnmacht, Mächten ausgeliefert zu sein, die man nicht beeinflussen kann, dagegen nicht. Insbesondere ist mir bis heute das Geräusch der grollenden Erde gut im Gedächtnis geblieben. In einem Gebiet, in dem Erdbeben immer wieder an der Tagesordnung sind, wollte und könnte ich nicht leben.

An meiner Arbeitsstelle kam gegen Ende des Jahres 1992 bei mir verstärkt das Gefühl auf, ebenfalls rohen Mächten ausgeliefert zu sein. Mit immer weniger Mitarbeitern immer bessere Ergebnisse erzielen zu müssen war schlichtweg ein Ding der Unmöglichkeit. Mein über meinen Gesundheitszustand besorgter Hausarzt empfahl mir, eine Kur zu beantragen. Ich folgte seinem Rat.

Mit meiner inzwischen 17-jährigen Tochter gab es weiterhin einen intensiven Briefwechsel. Ein Exemplar vom November 1992, das ich erst vor ein paar Tagen wieder in Händen hielt, habe ich deshalb als sehr bemerkenswert empfunden, weil sich ihr Stil im Vergleich zu den Ausführungen in den noch kurz vorher geschriebenen Briefen total geändert hatte. Selbst die Handschrift war ausgeprägter. Woher kam so plötzlich die Fähigkeit, recht ausgefeilte Kommentare zu verfassen, über Schwierigkeiten in menschlichen Beziehungen, über fehlende Toleranz, egoistische Nabelschau oder fehlende Bereitschaft, einander zuzuhören? Am Ende schrieb sie: »Ich finde es zum Beispiel in der Politik erstaunlich und erschreckend, dass Menschen einfach andere Meinungen nicht akzeptieren ...« Hallo, da tat sich einiges. Ich freute mich schon auf unser nächstes Treffen. Politische

Themen waren bis dahin in den Augen meiner Tochter nicht von Interesse gewesen.

Wie sah ich zu dem Zeitpunkt die politische Lage in Deutschland? Als erster Bundeskanzler im wiedervereinten Deutschland bemühte sich Helmut Kohl um die Anerkennung des neuen Staates in Europa und den USA, kam aber bei nötigen innenpolitischen Reformen nicht »in die Gänge«. Würde der Schub, den die Wähler aus der ehemaligen DDR der CDU verpasst hatten, ausreichen, auch 1994 gewählt zu werden? Ich war zumindest 1993 schon skeptisch, weil die betroffenen Menschen auf eine wesentliche Verbesserung ihrer Lebensqualität hofften und nicht in erster Linie daran interessiert waren, wie gut man Helmut Kohl eines Tages in den Geschichtsbüchern beschreiben würde.

4. Kapitel 1993 – 1998

»Lass dich von klebriger Spinnenhand …«
Über den Teufel und seine Filialen auf Erden

Am 20. Januar 1993 tritt in Amerika ein neuer Präsident sein Amt an: Bill Clinton. In Folgejahren wird man noch öfter das Gefühl haben, er werde persönlich ab und zu von irgendwelchen Teufeln geritten.

Zumindest in dem Punkt hatten wir – er, ich und einige andere in meinem Wohnumfeld in einem kleinen Dorf im Siebengebirge –, ohne voneinander zu wissen, etwas gemeinsam. Ich glaube heute, dass Menschen, wenn sie an die Grenzen ihrer Belastbarkeit kommen, eher als sonst dazu neigen, ihre nicht unbedingt guten und vorzeigbaren Seiten auszuleben. Belastungen sollten in diesem Jahr noch reichlich auf uns zukommen.

Wenn es mir besonders schlecht ging, griff ich gerne einen Band aus meiner Lyriksammlung heraus, um mich abzulenken. Es war wahrscheinlich kein Zufall, dass mir wieder einmal die Gedichtesammlung Ingeborg Bachmanns in die Hände fiel, die ich anlässlich eines Skiurlaubes in den vorangegangenen Jahren bei einem Bummel in Klagenfurt gekauft hatte. Wie sie ihre eigenen Erfahrungen mit Leid in so unglaublich sensible Worte gekleidet hatte, beeindruckte mich vom ersten Moment an, in dem ich einen Text von ihr in den Händen hielt.

Mein absolutes Lieblingsgedicht war »Das Spiel ist aus«. Ich konnte mich in und zwischen den Zeilen mit meinen Träumen und Ängsten absolut wiederfinden. Zu der Zeit fragte mich mein Arzt: »Wie fühlen Sie sich wirklich? Beschreiben Sie mir das doch mal.« Ich sagte: »Als ob ich wie angenagelt auf einem Bahngleis stehen würde und von beiden Seiten käme ein Zug.«

Das Spiel ist aus

(Nachstehend die Zeilen, die mir am besten gefielen
und die ich immer wieder lesen musste):

Wach im Zigeunerlager und wach im Wüstenzelt,
es rinnt uns der Sand aus den Haaren,
dein und mein Alter und das Alter der Welt
misst man nicht mit den Jahren.

Lass dich von listigen Raben, von klebriger Spinnenhand
und der Feder im Strauch nicht betrügen,
iss und trink nicht im Schlaraffenland,
es schäumt Schein in den Pfannen und Krügen.

Nur wer an der goldenen Brücke für die Karfunkelfee
das Wort noch weiß, hat gewonnen.
Ich muss dir sagen, es ist mit dem letzten Schnee
im Garten zerronnen.

Ingeborg Bachmann

Ich kann meinen Lesern nur empfehlen, das ganze Gedicht zu lesen.

Ein Floß bauen, damit wegfahren, in einem Wüstenzelt leben, selbst mit einem Fuß noch freudig hüpfen können und, wenn man fällt, Flügel bekommen. Lauter schöne Vorstellungen. Die Wirklichkeit sah anders aus: Listige Raben und klebrige Spinnenhände waren es, die mir zu schaffen machten, und fast überall in unserem Umfeld schäumte Schein aus Pfannen und Krügen.

Seit unserem Umzug in das kleine Dorf hatten wir eine Menge – wie ich damals dachte – interessanter Leute kennengelernt, die beruflich in der damaligen Bundeshauptstadt ihrem Broterwerb nachgingen, aber in den sogenannten Schlafsiedlungen rund um Bonn wohnten. Nach und nach fiel mir immer mehr auf, dass in den teilweise wirklich luxuriös ausgestatteten und architektonisch interessanten Häusern in unserer Nachbarschaft zum einen eine ganze Reihe frustrierte, inoffiziell verlassene (auf dem Papier also noch verheiratete), aber ansonsten vereinsamte Ehefrauen ihr Dasein fristeten, auf der anderen Seite aber auch die dazugehörenden Männer (meistens tauchten sie bei Festivitäten, von denen es sehr viele gab, wieder auf) häufig auf der Suche nach immer neuen Abenteuern waren. Ganz sicher war ich damals so blöd, Komplimente, die mir bei derartigen Anlässen gemacht wurden, ernst zu nehmen oder mir auch noch etwas darauf einzubilden.

Anfang 1993 zeichnete sich ab, dass für meine Eltern eine Lösung gefunden werden musste, wie sie »betreuter« leben konnten. Es ging nicht mehr anders. In ihrer bis dahin bewohnten Etage eines Mehrfamilienhauses lief offensichtlich schon einiges daneben. Wir boten ihnen an, das auf unserem Grundstück befindliche Nebengebäude so herzurichten, dass sie dort einziehen konnten.

Meine berufliche Tätigkeit bereitete mir nur noch Albträume und die Situation meiner Schwiegermutter war noch komplizierter als die meiner Eltern. Auch hier würde es eine Lösung geben müssen.

Inzwischen kam der Bescheid, dass ich vom 9. Februar bis zum 9. März 1993 eine Kur auf der Nordseeinsel Norderney antreten sollte. In der Zeit war auch der Hochzeitstermin meiner Stieftochter geplant. Es ließ sich nicht ändern; mein Mann würde alleine hinfahren müssen.

Vom ersten Tag der Kur an war für mich klar, dass ich mich ganz auf mich konzentrieren würde, den Ratschlägen der Ärzte folgen, keinen Besuch haben und auch keine Bekanntschaften machen wollte. Vonseiten der Leute, mit denen ich im Speiseraum in Kontakt kam, gab es sehr schnell boshafte Bemerkungen wie: »Die ist was Besseres und will nicht mit jedem was zu tun haben.« Das war auch grundsätzlich richtig. Einige der Leute, die so dachten, gehörten zu einer Gruppe von Patienten, die nachmittags und abends regelmäßig in bestimmten Lokalen Norderneys anzutreffen waren und – nachdem das Haus um 22 Uhr abgeschlossen wurde – nur durch die Fenster wieder hereinkommen konnten. Für einige von ihnen hatte das zur Folge, dass sie vorzeitig nach Hause geschickt wurden.

Es ging mir im Laufe der Wochen zunehmend besser. Diät und Sport bekamen mir gut, und ausgedehnte Spaziergänge an der Nordseekante klarten meinen Kopf auf. Nach hilfreichen Gesprächen mit einem Psychologen der Kuranstalt kam ich zu dem Schluss, dass ich nach meiner Rückkehr ganz bestimmt als Erstes die Auslöser für meinen beruflichen Stress beseitigen würde.

Während meiner Kur gibt es am 26. Februar 1993 einen Bombenanschlag in der Tiefgarage unter dem World Trade Center in New York. Sechs Menschen werden getötet, über 1000 verletzt.

Niemand ahnte damals, dass sich acht Jahre später an gleicher Stelle eine unfassbare, noch viel größere Katastrophe ereignen würde.

Nach meiner Rückkehr aus der Kur bat ich meinen obersten Vorgesetzten um eine Unterredung. Ich sagte ihm, dass ich mich entschlossen hätte, die Leitung meiner Filiale abzugeben, und mich auf einen Posten als ganz normale Angestellte in der Abteilung für Vermögensanlage bewerben würde. Er war zutiefst erstaunt, kam aber meiner Bitte nach, mich bei dem Wechsel zu unterstützen. Kollegen erklärten mich eher für verrückt, stand ich doch kurz vor der Beförderung zur Prokuristin, die nun sicher nicht mehr stattfinden würde. Ich war nur noch erleichtert und wollte mir keinerlei Gedanken mehr über »was wäre gewesen, wenn« machen.

Im März 1993 fand der Umzug meiner Eltern in das zweite Gebäude auf unserem Grundstück, einen kleinen Bungalow, statt. Mein Vater hatte wenig Probleme, im Dorf Menschen zu finden, mit denen er sich unterhalten konnte. Meine Mutter vermisste die Möglichkeit, spontan einkaufen gehen zu können, und gewöhnte sich erst langsam ein. Mein Mann und ich gaben uns große Mühe, ihnen Wünsche zu erfüllen, und machten viele Ausflüge mit den beiden in die umliegenden Orte am Rhein oder in dessen unmittelbare Nähe.

Am 19. April wurde meine Tochter 18 Jahre alt. Ich weiß nicht mehr, ob wir in dem Jahr – wie sonst üblich – unsere Geburtstage zusammen feierten oder ob sie lieber mit Gleichaltrigen etwas unternommen hatte. Aus dieser Zeit existiert jedenfalls ein Schriftwechsel zwischen uns über Liebe und Eifersucht, der davon ausgelöst worden war, dass ich ihr zwei Artikel über diese Themen – ich glaube, sie stammten aus der Zeitschrift »Brigitte« – zugeschickt hatte. Von einer Psychologin war wahrscheinlich wieder mal über die Vorteile reiferer Gefühle (und wachsender Möglichkeiten, sie auszuleben) von Frauen um die 40 geschrieben worden. Eigentlich hatte ich meiner Tochter damit sagen wollen, dass sich die Beschäftigung mit bestimmten Themen durchs ganze Leben zieht, man im Laufe der Zeit aber gelassener darüber denkt, um sie darüber hinwegzutrösten, dass sie häufig unter Liebeskummer litt. Ihre Antwort: »Ich mache mir nichts daraus, dass auch Menschen im mittleren Alter noch Highlights erleben, freue mich aber auf die Zeit, in der das für mich gilt. Trotzdem sehe ich die Dinge nicht so wie die Psychologin von ›Brigitte‹ beziehungsweise wie du sie mir schilderst. Ich denke, dass die Gefühle, die ein Mensch mit 18 erlebt, die gleiche Gültigkeit und den gleichen Wert besitzen wie die eines 40-jährigen.« Peng! Recht hatte sie ja, und ich lernte erstens daraus, dass Ratschläge für Frauen meines Alters nicht dafür geeignet waren, sie an 18-jährige weiterzugeben, und zweitens, möglichst überhaupt keine derartigen Versuche mehr zu starten. Bei Problemschilderungen durch die Kinder einfach nur zuzuhören, ohne zu werten, wäre sicher das Allerbeste (aber eine der schwierigsten Übungen überhaupt).

Ich bot meiner Tochter an, in den Sommerferien einen Urlaub mit ihr alleine zu verbringen, und nahm mir vor, einfach nur für sie da zu sein und mir dabei irgendwelche Wertungen über ihre Meinungen zu verkneifen.

Am 5. Mai 1993 gibt sich Kirgisistan eine neue Verfassung.

Wahrscheinlich hätte ich die Zeitungsnotiz darüber nicht sonderlich zur Kenntnis genommen, wäre ich nicht ungefähr zu dem Zeitpunkt auf Empfehlung eines Bonner Ehepaares, das zu meinem Kundenkreis gehörte, auf den kirgisischen Schriftsteller Tschingis Aitmatow aufmerksam geworden. Ganz gleich, ob es um die Träume der Menschen in der Geschichte »Der weiße Dampfer«, die Fähigkeiten des Passgängerpferdes »Gülsary« oder um die angeblich schönste Liebesgeschichte der Welt, »Dshamilja«, ging, mich rührten diese Texte bis zum Weinen. Die sensiblen Schilderungen über das Leben der Nomaden Kirgisiens (heute Kirgisistan) machen auf eine eindrucksvolle Art und Weise deutlich, welchen Veränderungen Naturvölker ausgesetzt waren und noch sind, in deren Gebiet der Fortschritt unaufhaltsam Einzug hält. Eines Tages werden wohl auch die letzten Jurten verschwunden sein. Menschen wie der Schriftsteller Aitmatow, der sein Volk auch lange Jahre als Botschafter in Brüssel vertrat, trugen zu einer Völkerverständigung ganz sicher auf überzeugende Art und Weise bei.

Meine Tochter und ich flogen im Sommer nach Split, wo wir von einem Bekannten abgeholt wurden, der in Tučepi in der Nähe des etwas größeren kroatischen Küstenbadeortes Makarska eine Pension betrieb. Fast direkt davor verlief ein schöner Sandstrand, der im Jahr 1993 nahezu menschenleer war. Meine Tochter kam als geborene Wasserratte voll auf ihre Kosten. Touristen – besonders deutsche – wurden zu der Zeit überfreundlich von den Einheimischen behandelt.

Wir faulenzten viel am Strand herum, auch wenn wir ab und zu aufschreckten, wenn junge Kroaten im Ort Schießübungen auf die Wasserfläche der Bucht hinaus machten, um sich für einen bevorstehenden Einsatz in Bosnien-Herzegowina schon mal vorzubereiten. Abends wurde dann immer in Lokalen an der Strandpromenade ausgiebig gefeiert. Die jungen Männer wussten nicht wirklich, was noch alles auf sie zukommen würde, und wollten sich natürlich auch gegenseitig Mut machen.

Meine Tochter, die mit ihren langen blonden Haaren überall sofort auffiel, wo sie auftauchte, hatte inzwischen einen »Beschützer« gefunden. Bei unserem Gastgeber hielt sich der Sohn seines in Belgrad lebenden Bruders zu Besuch auf. Er war im gleichen Alter wie meine Tochter, ebenfalls blond und genauso groß gewachsen wie sie, sodass man im ersten Moment denken konnte, bei den beiden würde es sich um ein junges Paar aus Skandinavien handeln. Sie unternahmen viel zusammen, und trotzdem hatten Mutter und Tochter kaum jemals in den Jahren davor so viel Gelegenheit gehabt, miteinander zu reden.

Ich glaube, wir erinnern uns beide heute noch gerne an diese schönen, harmonischen Tage. Wenn wir nachmittags vom Strand zurückkamen, setzten wir uns meistens noch in ein kleines Café an der Promenade. Dabei kamen wir jedes Mal an einer Bank vorbei, auf der drei schon betagte Kroaten in der Sonne dösten und – wenn sie meine Tochter ins Blickfeld bekamen – Haltung annahmen. Am ersten Tag hatte ich, als wir das Trio bemerkten, meiner Tochter erzählt, dass die drei mich an einen alten Witz erinnerten, und der ging wie folgt: Es sitzen also drei alte Herren auf einer Bank und lassen, als eine junge, auffallend hübsche Frau vorbeikommt, ihren wehmütigen Erinnerungen freien Lauf. Der erste sagt: »So eine wie die da möchte ich gerne noch einmal umarmen.« Der zweite: »Ja, aber am liebsten auch küssen.« Danach meint der dritte: »Moment mal, da war doch noch was …« Natürlich kam meine Tochter an den Folgetagen aus dem Lachen nicht mehr heraus, wenn die drei alten Herren in unserem Blickfeld auftauchten.

Im September bekam mein Mann von Nachbarn seiner Mutter die Nachricht, dass sie gestürzt war und auf der Intensivstation eines Bremer Krankenhauses liegen würde. Er fuhr sofort nach Norden, wohnte einige Tage wieder in seinem Elternhaus und war entsetzt darüber, was er dort alles an Indizien vorfand, nach denen seine Mutter nichts mehr wirklich für sich regeln konnte. Die Ärzte hatten sie zwar wieder ins Leben zurückgeholt, es stellte sich aber sehr schnell heraus, dass sie kaum noch klar denken konnte. Wir holten sie im Anschluss an ihren Krankenhausaufenthalt zu uns ins Rheinland und quartierten sie zunächst in unserem Gästezimmer ein.

Anfang Oktober 1993 gründete mein Mann mit einer alteingesessenen Zagreber Firma zusammen eine Gesellschaft zum Vertrieb von kroatischen Weinen und Spirituosen in Deutschland und richtete sich als Geschäftsführer dieser Firma in Bonn ein Büro ein. Demzufolge waren sowohl er als auch ich tagsüber nicht zu Hause. Meine Eltern hatten sich bereit erklärt, sich in den Stunden unserer Abwesenheit um meine Schwiegermutter zu kümmern; immerhin kannten die drei sich ja seit Jahren gut. Im Laufe der darauffolgenden Wochen stellte sich heraus, dass meine Schwiegermutter sich von meinem Vater helfen ließ, meine Mutter aber immer mehr angiftete, sodass diese meinte, sie könne das nicht aushalten. Wir wollten für ein paar Tage verreisen und hatten zu dem Zweck in einem Seniorenheim in unserer Nachbarschaft angefragt, ob sie die Mutter meines Mannes kurzzeitig betreuen würden. Nach unserer Rückkehr sprachen wir mit der alten Dame, die sich freiwillig bereit erklärte, dort zu bleiben, und auch noch selber den Heimvertrag unterzeichnete. Gegen Ende des Jahres stand fest, dass aus Kostengründen ihr Haus in Bremen verkauft werden musste. Mein Mann fragte beim Sozialamt der Stadt Bremen an, ob man die noch tadellosen Einrichtungsgegenstände meiner Schwiegermutter abholen könne, um sie Bedürftigen anzubieten. Er bekam die Antwort, dass dieser Personenkreis einen Anspruch auf neue Gegenstände habe und er deshalb besser gleich an eine Entsorgung denken sollte. Nachdem unsere Kinder sich Erinnerungsstücke ausgesucht hatten, wurde mit dem Rest zwangsläufig auch so verfahren.

Silvester feierten wir mit unseren Potsdamer Freunden und einigen ihrer Verwandten ins neue Jahr 1994. Bei einer gemeinsamen Begehung der Stadt waren wir sehr erstaunt, was sich bereits alles gegenüber unseren früheren Besuchen verändert hatte. Wir kamen auch an den Gebäuden vorbei, in denen Archive der Stasi untergebracht gewesen waren. Unser Freund erzählte, dass er nach dem Mauerfall dabei gewesen wäre, als eine größere Menge Potsdamer die Gebäude quasi gestürmt hätte. Bei dieser Gelegenheit fielen ihm einige »Kladden« in Schulheftgröße in die Hände, deren Inhalte er uns zu Hause zum Lesen empfahl. Ein Stasispitzel hatte minutiös geschildert, was ihm an seinem Nachbarn, ein anderer, was ihm an seinem Chef aufgefallen war. Es ging um Alkoholmissbrauch, Ehebruch und systemfeindliche Äußerungen. Eine wunderbare Grundlage, um den Kreis der Zuträger durch Erpressungen zu erweitern. Wo war da eigentlich der Unterschied zu den Machenschaften der Nazis? Unsere Freunde waren fest entschlossen, herauszubekommen, was über sie alles zusammengetragen worden war (wahrscheinlich sogar unter Beteiligung von »freundlichen« Familienmitgliedern). Es sollte noch einige Zeit dauern, bis die beiden zu einigen Verwandten wieder Vertrauen fassen konnten und andere nachträglich durchschauten. Von denen, die zur Überwachung der beiden mit der Staatssicherheit zusammengearbeitet hatten, ist meines Wissens bis heute nie ein Wort des Bedauerns an unsere Freunde gerichtet worden (die nach einer Entschuldigung auch bereit gewesen wären, ihnen zu vergeben). Wer weiß denn auch schon, zu was er fähig wäre, wenn er unter massivem Dauerdruck stünde und nicht nur zum eigenen Vorteil, sondern einfach aus großer Angst einen Verrat begehen würde? Warum fiel es denen, die angeblich keine Überzeugungstäter gewesen waren, auch im intimsten Familienkreis so schwer, etwas zuzugeben, nachdem sich die Umstände doch so gravierend geändert hatten? Unsere Freunde als praktizierende Christen hätten dies sicher nicht öffentlich gemacht, wären aber den betreffenden Menschen für gezeigte Reue sehr dankbar gewesen.

Am 1. Januar 1994 wird die Deutsche Bahn AG gegründet.

Ich stelle mir heute vor, bei den dazu ausgerichteten Feierlichkeiten hätte man einen Blick ins Jahr 2007 werfen dürfen. Wahrscheinlich wäre den Beteiligten Essen und Trinken wieder hochgekommen.

Am 1. März tritt Südafrika die Exklave Walfishbay an Namibia ab.

Einige Monate später würden wir uns genau dort aufhalten, hatten aber im Frühjahr davon noch keine Ahnung. Im Laufe des Sommers lernte ich einen Unternehmer kennen, der in Namibia investierte und später mir und meinem Mann anbot, zur Einweihung des von ihm errichteten Feriendorfes in der Nähe von Windhuk dorthin zu reisen.

Ebenfalls im März wird Steven Spielbergs Film »Schindlers Liste« mit einigen Oscars ausgezeichnet.

Dass die sensible Verfilmung dieses Teilbereiches des (allein schon diese Anmerkung löst weitere schreckliche Vorstellungen in mir aus) gesamten Holocaust-Dramas solchen Erfolg hatte, freute mich. Auch ohne die überzeugenden darstellerischen Leistungen der Schauspieler Liam Neeson und Ben Kingsley hätte man die Verfilmung der zugrunde liegenden wahren Geschichte schon wegen der einprägsamen Bilder – ich denke immer noch an das Kind, dessen roter Mantel einen so lähmenden Gegensatz zu den Schwarz-Weiß-Aufnahmen der unglaublichen Ereignisse bildete – nicht mehr aus dem Gedächtnis bekommen. Verstärkt wurde mein Entsetzen dadurch, dass mir im Rahmen meiner Bankertätigkeit ein schon etwas betagterer Kunde klarmachen wollte, dass der ganze Holocaust nur auf einer Verleumdungskampagne von Leuten beruhen würde, die Deutsche schon immer verunglimpfen wollten. (Ich glaubte damals, solche Behauptungen könnten nur in kranken Gehirnen gereift sein und würden sich mit der Zeit von alleine erledigen. Irrtum!) Ungefähr zu der Zeit hörte ich in einer aktuellen, vom Deutschlandfunk ausgestrahlten Sendung, dass es in Teilen Deutschlands noch Bundesbürger gab, die auf ganz offiziellen politischen Veranstaltungen solche Dinge ohne besondere Konsequenzen verbreiten durften.

Am 6. April 1994 werden bei einem Flugzeugabsturz sowohl Burundis Präsident Ntaryamira als auch der Präsident Ruandas, Habyarimana, getötet.

Nachdem bereits 1993 infolge eines gescheiterten Militärputsches in Burundi ein Bürgerkrieg zwischen »Hutus« und »Tutsis« ausgelöst worden war und Hunderttausende in die Nachbarländer Ruanda, Tansania und Zaire flüchteten, kam es nach diesem Unglück erst recht zu Ausbrüchen von Gewalt zwischen den Volksgruppen. Mag sein, dass infolge nicht aufhörender Berichte von Massakern an wehrlosen Menschen in Presse und Fernsehen all das in kürzester Zeit wieder in Vergessenheit geriet, weil die Menschen Dauerberichterstattungen dieser Art, selbst wenn sie zunächst Gänsehaut auslösen, schnell überdrüssig wurden.

Ab und zu kamen mein Mann und ich mit einem guten Freund sowie dessen Frau zusammen, die über fundierte Kenntnisse afrikanischer Verhältnisse und deren Hintergründe verfügten. Aufgrund seiner Tätigkeit im Bundesministerium für wirtschaftliche Zusammenarbeit lebte unser Freund über Jahre mit seiner Familie in diversen Regionen Afrikas. So hatten die beiden auch zu einigen Menschen in der genannten, von so viel

Grausamkeit heimgesuchten Region ein ganz persönliches Verhältnis. Sie müssen noch heute weinen, wenn wir über diese Zeiten sprechen.

Im Sommer 1994 stand für meinen Mann wiederum eine Reise nach Kroatien an. Ich hatte inzwischen von seiner Sekretärin Unterricht in der kroatischen Sprache erhalten, der mir sehr viel Spaß machte. Ich wollte ihn unbedingt begleiten, und so flogen wir wieder einmal Richtung Balkan. In erster Linie hatte mein Mann in Zagreb (dem alten Agram) zu tun, aber wir wollten von dort aus auch noch nach Split fliegen, wo uns Freunde in Empfang nehmen und mit uns auf die Inseln Hvar und Korčula fahren würden.

Bei den Touristen (davon in großer Zahl Bundesrepublikaner, die vor den Unabhängigkeitsbestrebungen Kroatiens das Land als Teil Gesamtjugoslawiens kannten und gerne besuchten) war in erster Linie die Adria-Küste beliebt. Die geschichtlichen Hintergründe dieser Region, die bis in die 90er-Jahre von vielen nur als Badeparadies wahrgenommen wurde, hatten mich immer schon sehr interessiert. Wenn ich heute allerdings – aus gutem Grund verschiedene Quellen zugrunde legend – Geschichtskommentare aus kroatischer Zeit »nach der Wende« dagegensetze, ist mir klar, warum mein Mann und ich Mitte der 90er-Jahre schon ab und zu dünnhäutig reagierten, wenn wieder einmal die angeblich hohen Qualitäten der Kroaten (im Gegensatz zu denen anderer umliegender Völker) gerühmt wurden. Sie selber sahen das auf jeden Fall so und kritisierten, dass der restliche Teil Europas dies angeblich nicht honorieren wollte.

Römer waren schon vor den südslawischen Stämmen der Kroaten da gewesen, und später hatten Ungarn, Türken und Österreicher das Land bereits mitgeprägt, als 1918 der Agramer Nationalrat die Vereinigung mit Serbien, Montenegro und Slowenien beschloss. Aufgrund zunehmender Probleme mit dem großserbischen Zentralismusgedanken ergriff der Führer der kroatischen Ustascha, A. Pavelic, 1941 die Gelegenheit beim Schopfe, einen unabhängigen Staat Kroatien zu gründen. In der Zeit gab es Terror gegen die im Land lebenden Serben, bevor ab 1946 im wiedererrichteten Jugoslawien dagegen Kroaten und deren Interessen unterdrückt wurden. Bei dem Hin und Her für meine

Begriffe kein Wunder, dass zwischen den Volksgruppen Spannungen nie wirklich ausgeräumt wurden, auch wenn man nach außen einen politischen Pluralismus propagierte.

Mich faszinierte bei all meinen Reisen nach Kroatien (bis 1996 war ich sechsmal im Land unterwegs) die Architektur von Kirchen und Gebäuden, in der sich romanische, gotische, italienische Renaissance sowie auch die Einflüsse der Türken (Brücken, Moscheen) widerspiegelten.

An Kunstschätzen war und ist Kroatien reich. Nach Aussagen kroatischer Bekannter sollen die Serben bei Beginn des Krieges zugesichert haben, Kunstdenkmäler zu schonen, richteten dann aber trotzdem (wie in Dubrovnik, Split und Vukovar) viel Zerstörung an.

Während mein Mann in Zagreb geschäftlich zu tun hatte, nahm ich die Gelegenheit wahr, mir in der schönen alten Stadt einiges anzusehen. Gradec, die Oberstadt mit ihrem Zentrum um die Markuskirche, im unteren Bereich den Kapitelplatz, den Hauptmarktplatz Dolac, diverse andere Plätze, die Kathedrale, Denkmäler, Parks und, und, und.

Auch in Split, der zweitgrößten Stadt Kroatiens, begeisterten uns die Sehenswürdigkeiten, in erster Linie der Diokletianspalast aus dem 3. Jahrhundert n. Chr. Natürlich muss man auch einmal in einem der Cafés auf dem Platz der Republik gesessen haben, von dem aus man bei einem Bijelo Vino, einem Crno Vino oder einem Kava (eventuell in Begleitung eines Sljivovica oder Maraschino) den Blick aufs Meer genießen konnte.

Der letzte Teil der Reise ging, um diverse Winzer zu besuchen, auf die Inseln Hvar und Korčula. Hvar, das sogenannte Madeira der Adria. Es war ebenso einen (am besten mehrere) Besuch wert wie die wunderschöne Insel Korčula, deren Zentrum mit seiner mächtigen Stadtbefestigung auf einer kleinen Halbinsel liegt.

Ich konnte, während es für meinen Mann ja eigentlich ein Arbeitsaufenthalt war, Sonne, Meer, Sehenswürdigkeiten und nicht zuletzt heimische Speisen und Getränke genießen, begleitete ihn aber auch in einige Kellereien, um etwas über Weinherstellung zu lernen. Hier lag allerdings, wie man mir erklärte, einiges im Argen. Die kroatischen Weine entsprachen zum einen nicht (oder noch nicht) der sonst in Europa geforderten Qualität (zum Beispiel in Sachen Haltbarkeit) und zum anderen waren die Preisvorstellungen der Hersteller jenseits von Gut und Böse. Was meinen Mann am meisten ärgerte, war, dass seine kroatischen Partner wenig kritikfähig waren und die feste (aber irrige) Meinung vertraten, der Markt hätte nur auf ihr Erscheinen gewartet. Tatsächlich musste aber auch der schon in früheren Zeiten bekannte rote Dingač im Handel gegen exzellente Konkurrenzweine aus anderen europäischen Ländern wie auch gegen Südamerikaner, Chilenen, Südafrikaner und Australier antreten, die dazu auch noch erheblich preisgünstiger waren.

Diese Probleme, gepaart mit den manchmal schwer zu ertragenden menschlichen Eigenschaften (Stichwort überentwickelter Stolz) von Verhandlungspartnern machten meinem Mann, und nicht nur ihm (wie er aus Schilderungen anderer Firmeninhaber, die Handel mit Kroatien treiben wollten, wusste), oft zu schaffen.

Meine Tochter hatte zu diesem Zeitpunkt ein Problem weniger, weil sie gut durch ihre Abiprüfungen gekommen war. Ich freute mich riesig für sie. Sie berichtete mir, wie die Abschlussfeier und der Abiball verlaufen waren, den sie zusammen mit ihrem Vater besucht hatte. Erst viel später erfuhr ich, dass sie über mein Nichterscheinen enttäuscht war (mir war es ebenso ergangen, weil ich darüber nachgegrübelt hatte, warum sie mich nicht dabeihaben wollte). Ich nahm an, dass sie aus triftigen Gründen ihre von ihrem Vater geschiedene Mutter im Kreise ihrer ehemaligen Mitschüler nicht gerne vorzeigen wollte. Wieder eine vertane Chance, zu zeigen, was sie mir wirklich bedeutete – schade, besonders deshalb, weil es ein Missverständnis war.

Am 28. September 1994 geht in der Ostsee die Passagierfähre Estonia auf dem Weg von Tallinn nach Stockholm unter. Dabei kommen 852 Menschen ums Leben. Bei dem Unglück handelt es sich um die größte zivile Schiffskatastrophe nach dem Zweiten Weltkrieg.

Über viele Jahre diskutierten danach noch Experten und Sensationshungrige darüber, ob es sich um ein von irgendeiner Mafia verursachtes Unglück, einen Sprengstoffanschlag oder um menschliches Versagen gehandelt hatte. Ganz gleich, wo die Wahrheit anzusiedeln war, für die betroffenen Angehörigen der Opfer wäre die Trauer über den plötzlichen Tod ihrer Lieben wahrscheinlich auch nicht einfacher zu ertragen gewesen. Ich habe mich manchmal gefragt, welche Albträume Menschen davon bekommen, wenn sie immer wieder an jemanden denken müssen, dessen Überreste für immer in der Tiefe des Meeres in einem Schiffskörper eingeschlossen sind.

Im Oktober 1994 traten wir unsere bereits erwähnte Reise nach Namibia an. Da mir mein Bankkunde einen besonderen Bonus bei den Kosten für diesen Aufenthalt eingeräumt hatte, ließ ich mir von meinen Vorgesetzten vorsichtshalber bestätigen, dass dagegen keine Bedenken bestehen würden. Wir flogen also erwartungsfroh in das Land, das unter Eingeweihten »Afrikas Diamant« genannt wurde. Wohl weniger wegen der dort tatsächlich geförderten Edelsteine, sondern eher wegen der Einzigartigkeit der Landschaften, der Tier- und der Pflanzenwelt sowie der unterschiedlichsten, aber sehr faszinierenden Volksgruppen, die dort anzutreffen waren. Am Flughafen in Windhuk wurden wir von einem Bediensteten unserer Lodge abgeholt. Durchs Khomas-Hochland ging es nach Okahandja. Wir dachten noch über unsere ersten Eindrücke nach, die wir schon kurz von dem sehr europäisch anmutenden Windhuk bekommen hatten, als uns klar wurde, in welch unberührter Natur wir uns in unserem Urlaub aufhalten durften. In der Nähe von Okahandja lag das neu erbaute und ohne Zäune in die Landschaft integrierte Feriendorf und daneben eine Farm, von der aus es versorgt wurde. Wir sollten von dort aus in den nächsten 14 Tagen unsere Ausflüge unternehmen. Einiges hatten wir bereits über das Land zwischen Atlantischem Ozean im Westen, Angola im Norden, Südafrika im Süden sowie dem Hereroland und der Kalahari-Wüste im Osten gelesen – die Wirklichkeit war um Längen imponierender und spannender.

Unsere Ausflüge nach Swakopmund und Walfish Bay sowie in die Etosha-Pfanne blieben für uns bis heute unvergesslich. Neben den Eindrücken, die wir aus dem Etosha-Nationalpark, dem Eldorado von Afrikas Tierwelt, mitnahmen, führten die Kontakte zu verschiedenen Bevölkerungsgruppen auch dazu, sich mit der Geschichte Namibias und der Rolle der Deutschen darin näher zu befassen. Die begann nämlich mit Adolf Lüderitz, einem Tabakgroßhändler aus Bremen, der erkannt hatte, dass die Möglichkeiten, in Übersee zu etwas zu kommen, zu seiner Zeit (1883) schon erheblich eingeschränkt waren. Der von ihm veranlasste Kauf der »Lüderitzbucht« war der Beginn des deutschen Kolonialismus in Afrika. 1884 entschloss sich Bismarck, die Schutz-herrschaft des Reiches über die Lüderitzbucht sowie die dahinter lie-genden Wüstengebiete zu übernehmen. Von großem wirtschaftlichen Erfolg in diesen Bereichen war zunächst nicht ausgegangen worden. Lüderitz, der nach dem Untergang eines Seglers vor der Küste Afrikas verschollen blieb, sollte nicht mehr erleben, dass die Menschen, die über den von ihm erworbenen Boden liefen, über Diamanten wandelten. Mit den Einheimischen gab es Stammeskämpfe, die nicht eingedämmt werden konnten, und Deutschland schickte 1890 Soldaten, die die Feste in Windhuk errichteten. Nachfolgende Siedler hatten Land von den Hereros erworben, die aber 1904 einen Aufstand begannen und viele von ihnen töteten. Im Deutschen Reich wollte man das so nicht hin-nehmen. Man entsandte den nicht als sehr freundlich beschriebenen Generalleutnant von Trotha mit einer »Schutztruppe«. Damit war das Schicksal der Hereros besiegelt. Man spricht heute davon, dass ungefähr 50.000 Menschen dieser Volksgruppe bei Kämpfen und später durch die rigorosen Vertreibungen (Männer, Frauen und Kinder schickte man ohne Gnade in die Wüste) umkamen.

1918 wurde Südwestafrika (später Namibia genannt) den Deutschen aberkannt und unter das Mandat Südafrikas als Mitglied des britischen Commenwealth gestellt. Da sich auch die Vertreter dieser Mandats-macht ebenso wie vorher die Deutschen in Stammesangelegenheiten der Urbevölkerung einmischten, gab es weiterhin Unruhen. Die süd-afrikanische Apartheidspolitik traf später natürlich auch die Menschen in Namibia. Deren Interessenvertreter gründeten die SWAPO, eine Unabhängigkeitsbewegung, die den Südafrikanern noch viel zu schaf-fen machen sollte. Erst 1990, mehr als 100 Jahre nach Kolonial- und Mandatsherrschaft, erlangte Namibia seine Unabhängigkeit.

Sam Nujoma, der erste Präsident Namibias, war mit meinem Bankkunden gut befreundet, der in den 90er-Jahren des letzten Jahrhunderts viel in Namibia investierte. Andere deutsche Geschäftsleute taten es ihm gleich, weil die namibische Regierung viel versprach, um die nach zahlreichen Auseinandersetzungen gebeutelte Wirtschaft durch ausländische Investitionen anzukurbeln. Das Land konnte nicht allein vom – allerdings zunehmenden – Tourismus leben. Soweit mir bekannt, ist man heute von der damaligen Euphoriestimmung wieder ein gutes Ende entfernt, unter anderem wohl auch deshalb, weil befürchtet wird, dass die Hetze gegen weiße Einwohner in den Nachbarländern Botsuana und Simbabwe auch auf Namibia übergreift. Aber was weiß ich schon wirklich über wahre Gründe für Entwicklungen im heutigen Afrika? Während unseres ersten Besuches in einem afrikanischen Land machte ich mich gerne noch über die – so erschien sie mir – »kindliche Naivität« mancher Afrikaner lustig. So auch aufgrund von Erlebnissen mit den Bediensteten in unserem Feriendorf oder wegen Beobachtungen bei unserer Zwischenlandung in Tansania auf dem Rückflug nach Deutschland. Meine Überheblichkeit hatte z. B. oft zu ironischen Kommentaren geführt, wenn mir Einheimische auf für meinen Geschmack zu zeitraubende Art etwas erzählten. Dabei waren sie alle einfach nur freundlich auf mich, die typisch ungeduldige Europäerin, zugegangen.

Im Zusammenhang mit unserer zweiten Reise im Jahre 2005 las ich von Bartholomäus Grill das Buch »Ach, Afrika«. Mein Bild von diesem so gebeutelten Kontinent und seiner Länder, die ich selber kennengelernt hatte, sollte sich dadurch erheblich verändern.

Ende 1994 melden die Nachrichtenagenturen den Genozid in Ruanda. Angehörige der Hutus ermorden fast eine Million Tutsis.

Bilder von diesen Vorfällen habe ich bis heute vor Augen. Ich kann und möchte die dokumentierten Grausamkeiten nicht weiter kommentieren; mir hat es schon damals förmlich die Sprache verschlagen.

Das Jahresende ist mir deshalb so genau in Erinnerung geblieben, weil mir mein Mann, kurz bevor wir zu Freunden nach Bonn aufbrachen, mit denen wir ins neue Jahr feiern wollten, eine Ankündigung machte, die ich rührend fand. Er würde ab sofort aufhören zu rauchen und zerbröselte die letzten Zigaretten vor meinen Augen. Unsere Freunde waren Raucher, und ich gab seinem Vorhaben keine Erfolgschancen. Irrtum, er überstand nicht nur die Silvesterfeier, ohne zu rauchen – bis heute, 2008, hat er keine Zigarette mehr angerührt. Ich hatte seine Willenskraft dahin gehend total unterschätzt.

In den ersten Monaten 1995 verfolgte ich mit Interesse, dass meine Tochter überlegte, nach ihrem Berufsfindungsjahr, das sie nach dem bestandenen Abitur in Schleswig-Holstein begonnen hatte, zu uns ins Dorf zu ziehen, um sich im Rheinland eine Beschäftigung zu suchen. Ein für mich wirklich erfreulicher Gedanke. Zu dem Zeitpunkt waren nämlich nicht alle Dinge in unserem Privatleben erfreulich. Mein Mann und ich hatten immer häufiger Streit. Ich bestand darauf, dass ich mich weiter »selbstverwirklichen« wollte und war, wenn ich abends von meiner Arbeit zurückkam, wahrscheinlich weder ihm noch meinen Eltern gegenüber sehr freundlich. Ich fühlte mich über die Maßen eingeengt, kam manchmal absichtlich erst spät nach Hause und versprach mir von der eventuellen Anwesenheit meiner Tochter vielleicht weibliche Rückendeckung bei Dingen, die mich zu der Zeit stark nervten.

Meine Eltern saßen den lieben langen Tag hinter ihrem Wohnzimmerfenster, von dem aus sie unsere Haustür und unsere Garagenauffahrt im Auge hatten. Näherte ich mich dem Grundstück, ging sofort die Tür ihres Bungalows auf, an der ich vorbeimusste. Meine Mutter meinte regelmäßig: »Wir haben schon lange auf dich gewartet, komm erst mal rein, wir müssen einiges miteinander besprechen. Und übrigens … gestern Abend haben wir nicht gesehen, wann du nach Hause gekommen bist, es ist wohl sehr spät geworden. Wo warst du eigentlich?« Bei solchen Abfragen war ich kurz vor dem Platzen. Kam ich dann ins Haus, wird mein Mann einen großen Teil meiner schlechten Laune zu spüren bekommen haben. Jahrzehntelang hatte ich meine Eltern nur in bestimmten Abständen besucht. Jetzt plötzlich täglich beobachtet zu werden und kommentieren zu müssen, warum ich was wann tat, war eine große Belastung. An den Wochenenden holten wir dann noch häufig meine Schwiegermutter zu uns nach Hause. Mein Mann kämpfte immer noch mit seinem Gewissen, konnte aber bei all den vielen Diskussionen, die wir zu dem Thema Unterbringung seiner Mutter schon hinter uns gebracht hatten, keine bessere als die momentane Lösung herbeizaubern. Man durfte meine Schwiegermutter inzwischen nicht mehr aus den Augen lassen, weil sie zeitlich, örtlich und situativ nicht mehr orientiert war. Außerhalb des Heimes hätte sich rund um die Uhr jemand um sie kümmern müssen, was für uns einfach nicht zu leisten war. Eine zusätzliche Belastung ergab sich für meinen Mann daraus, dass aus dem Kreis seiner Verwandten viel Kritik kam und uns von eher fremden Personen erzählt wurde, wir hätten die Mutter meines Mannes »abgeschoben« und uns an dem Verkauf ihres Hauses in erster Linie bereichern wollen. Ich war entsetzt über solche Unterstellungen und auch verärgert darüber, dass man mit uns nie offen darüber gesprochen hatte, das Thema aber offenbar bei Kaffeekränzchen am Heimatort der Verwandten »in« gewesen sein soll.

Menschen neigen bekanntlich dazu, ihre Sicht der Dinge (und das oft ungeprüft oder wenig hinterfragt) als das Nonplusultra anzusehen. Sicher konnten auch wir uns nicht davon frei machen. Diese Eigenart machte es nur oft so schwierig, zwischen Ehepartnern, im Familienkreis oder auch mit Freunden und Bekannten ohne Ärger klarzukommen. Wenn man sich dieser Erkenntnis dann einmal ehrlich selber stellte (manchmal auch erst mit zunehmendem Alter), kam man auch bald wieder auf den Teppich beziehungsweise zu milderen Urteilen. Den Personen gegenüber, die für die anschließend geschilderten Ereignisse verantwortlich waren, konnte ich allerdings keine Milde entgegenbringen:

Am 20. März 1995 verüben »Auserwählte« (Anhänger der japanischen Aum-Sekte) einen Terroranschlag mithilfe von Giftgas auf Menschen in einer U-Bahn-Station in Tokio, die sich gerade zufällig an dem Tag, an dem Ort und zu dieser Zeit dort aufhalten und nur deshalb getötet oder schwer verletzt werden.

Fast einen Monat später, am 19. April 1995, zeichnen andere Fanatiker für einen Bombenanschlag auf ein öffentliches Gebäude in Oklahoma-City in den USA verantwortlich und bringen dabei 160 Menschen um.

Am 11. Juli des gleichen Jahres findet in Srebrenica, einer Stadt in Ostbosnien bei ihrer Eroberung durch Serben ein Massaker statt, das Tausenden von Menschen das Leben kostet.

Später sprach man hierbei von dem blutigsten Massaker nach dem Zweiten Weltkrieg.

Über Terroranschläge, Chaostage (Hannover), Attentate und Gewalt jeglicher Art könnte ich, was das Jahr 1995 anging, noch lange weiterberichten. Es passierten glücklicherweise aber auch Dinge, über die es sich auf jeden Fall lohnt, positiv zu schreiben, und die für meine Familie und mich wichtig waren.

Am 19. April 1995 wurde meine Tochter 20 Jahre alt. Meine Güte, ich sah sie, die inzwischen als schöne, junge Frau daherkam, oft noch als kleines Mädchen vor mir und machte damit natürlich genau das, was ich meiner Mutter nie zugestand. Es schien tatsächlich so zu sein, dass sich in jeder Generation Dinge wiederholten. Ich freute mich sehr, dass meine Tochter auch in der Zeit, in der sie ihr Berufsfindungsjahr absolvierte, für ein paar Tage zu uns ins Siebengebirge kam. Wir machten einen Ausflug ins Hochsauerland zu meinen Verwandten väterlicherseits. Bei der Gelegenheit gab es für mich (ein Teil der Verwandtschaft war schon informiert worden) eine große Überraschung. Ich hatte, wie durch ein Wunder, von einem Moment zum anderen eine Cousine bekommen, und zwar eine, die nur ein klein wenig älter war als ich.

Wie konnte das sein?

Bei meinem Cousin hatte eines Tages eine Frau angerufen und darum gebeten, ihn und seine Familie besuchen zu dürfen, weil es sich – es solle sich bitte keiner erschrecken – auch um ihre handeln würde. Man kam ihrer Bitte nach, und es stellte sich heraus, dass sie wohl eine uneheliche Tochter meines Onkels sein musste, der inzwischen schon verstorben war. Nach dem Tod ihrer Mutter konnte sie aus Papieren des Nachlasses entnehmen, wer ihr tatsächlicher Vater war. In der Kriegszeit oder kurz danach hatte mein Onkel die Mutter meiner nun »neuen« Cousine kennengelernt und geschwängert. Ihre Familie wusste damals auch, dass er verheiratet war und sich nicht scheiden lassen wollte. Meinem

Onkel soll daraufhin – so erfuhr ich später – vom Vater seiner Freundin untersagt worden sein, weiter Kontakt zu ihr und dem Kind zu halten. Die Mutter meiner Cousine heiratete bald einen anderen Mann. Von der Existenz des Kindes hatte aber niemand in der Familie meines Onkels (und meines Vaters) eine Ahnung gehabt. Meine Eltern erzählten mir danach, dass sie sich in der Zeit nach meiner Geburt 1948 gewundert hätten, wie oft mein Onkel (dem andererseits viele nachsagten, er wäre nicht allzu zart besaitet gewesen) zu Besuch gekommen wäre, um mich auf den Arm zu nehmen und mit kleinen Geschenken zu verwöhnen. Heute kann ich daraus nur den Schluss ziehen, dass er nicht nur mich gemeint hat, als er mir so viel Zuwendung zukommen ließ. Tatsächlich war es aber auch so, dass er mir in all den Jahren bis zu seinem Tod aufgrund seiner Krebserkrankung viel mehr Geduld und Freundlichkeit entgegenbrachte als seinem Sohn und meiner später leider an Alzheimer erkrankten Tante. Mein Cousin, der eher seiner ruhigen und sanften Mutter glich, konnte ihm vieles nicht recht machen und litt auch in reiferen Jahren noch unter den Erinnerungen an seinen Vater. Er erzählte, dass der ihm oft Angst eingejagt hatte.

Zurück zu meiner »neu geschenkten« Cousine. Ich hatte in meiner Familie bis dahin nur eine andere, mir bekannte, gehabt, die aber leider früh verstorben war. Umso mehr freute es mich, eine fast gleichaltrige Verwandte gefunden zu haben, mit der zusammen ich mich daranmachen konnte, Geschichten aus alten Familienzeiten aufzuarbeiten. Ich glaube, wir waren uns auf Anhieb sympathisch, und als wir einen Termin für ein weiteres Treffen vereinbaren wollten, meinte meine Cousine:

»Ein bisschen verschieben müssen wir das allerdings noch, wir fliegen in Kürze in Urlaub nach Lanzarote auf den Kanaren.«

Ich: »Wir auch!«

Sie: »Wir fliegen nächste Woche und haben ein Ferienappartement in Playa Blanca gebucht.«

Ich: »Wir auch!«

So viel Übereinstimmung konnte für meine Begriffe nicht nur auf einem Zufall beruhen. Wir glichen noch einmal alle Daten ab und stellten fest, dass, bis auf den Flug, fast alles gleich war. Als wir alle gut angekommen waren (sie war mit ihrem Ehemann, ihrer Tochter und deren »besserer Hälfte« angereist), trafen wir uns oft, weil wir viel miteinander reden wollten. Ich erinnere mich gut an stundenlange Gespräche während gemeinsamer Strandaufenthalte. Wir schwammen einmal nebeneinander ein Stück in eine Bucht hinaus, als sie mich fragte: »Was hast du von meinem Vater in Erinnerung? Ich muss das unbedingt wissen!«

Ja, an was erinnerte ich mich? Angst hatte ich nicht vor ihm gehabt, aber mordsmäßigen Respekt. Er war so ganz anders gewesen als mein Vater. Groß, sehr schlank, blond, mit extrem hellen grau-blauen Augen und auf alle sehr dominant wirkend. Aber wann immer ich zu ihm reisen durfte, war ich total begeistert, wenn ich einen seiner Jagdhunde anleinen und, das war das Allerschönste, mich mit dem alljährlichen Nachwuchs seiner Hundezucht vergnügen durfte. Er erzählte mir, wenn ich ihn beim Durchstreifen des Jagdreviers begleitete, dass er für einen (oder mehrere, das weiß ich nicht mehr) gut betuchten Industriellen aus dem Ruhrgebiet als Jagdaufseher tätig war, was mir damals sehr imponierte.

Ich hatte viel Verständnis für das Anliegen meiner Cousine, aber wirklich weiterhelfen konnte ich ihr wahrscheinlich auch nicht – es war alles schon so lange her. Ich habe bis heute gut in Erinnerung, wie sie an meinen Lippen hing, als ich hervorkramte, was mir aus der Zeit einfiel, zu der ihr Vater noch gelebt hatte. Unabhängig davon wussten wir, dass wir unseren Kontakt weiter pflegen würden (und das ist auch bis heute so).

Ende des Jahres 1995 war es dann wirklich so weit, dass meine Tochter ihre Ankündigung wahr machte. Sie kam zu uns ins Rheinland – für eine Norddeutsche wahrscheinlich schon gewöhnungsbedürftig, und dann noch in ein kleines Dorf. In der Nachbarschaft war eine Wohnung zu einem erträglichen Mietaufwand frei geworden und sie zog dort ein – ich nehme an, doch irgendwie erwartungsfroh, was ein kleiner, aber eigener Haushalt ihr bringen würde.

Zumindest war damit die Möglichkeit gegeben, dass wir uns nach den in fast 17 Jahren immer nur zeitlich begrenzten Zusammenkünften häufiger sehen konnten. Für das bevorstehende Jahr 1996 hatte sie den Wunsch, eine Lehrstelle zu bekommen. Nachdem sie zunächst Gelegenheitsjobs in der Gastronomie angenommen hatte (und sich des Öfteren über das unmögliche Benehmen meist älterer, gut situierter »Herren« ärgerte, die glaubten, für ein Trinkgeld auch auf Tuchfühlung gehen zu können), ging ihr Wunsch bald in Erfüllung. Sie bekam einen Ausbildungsplatz bei einem Architekten und Innenarchitekten in Bad Honnef, der daneben ein Geschäft mit Werkstatt betrieb, in der sie von einem Meister in Sachen Raumausstattung unter die Fittiche genommen wurde.

Ende 1995 konnte ich zusammen mit Mann, Tochter und Eltern sowohl Weihnachten als auch Silvester feiern. Irgendwie ging es mir in diesen Tagen unter die Haut, dass an einem Tisch Frauen aus drei Generationen saßen, die über einen längeren Zeitraum keinen ständigen persönlichen Kontakt miteinander gehabt hatten, aber genau wussten, dass sie alle drei sehr verschieden erzogen waren und keine von ihnen als besonders »pflegeleicht« bekannt war. Irgendwie hatte ich manchmal das Gefühl, als belauerten wir uns gegenseitig.

Ich bin meinem Mann heute noch dankbar, dass er an einem Tag – wahrscheinlich anlässlich einer kleinen Familienfeier – die Kamera zur Hand nahm und vor der Bücherwand unseres damaligen Wohnzimmers ein Gruppenbild mit drei Damen machte: Großmutter, Mutter, Tochter (genau genommen aber zwei Mütter und zwei Töchter). Wann immer ich danach noch einmal das (auf den ersten Blick anscheinend Harmonie widerspiegelnde) Foto betrachtete, kam ich ins Grübeln. Wir drei Frauen standen darauf zwar nebeneinander, aber nicht in erkennbarer Zuwendung. Für erfahrene Außenstehende wahrscheinlich ein Hinweis darauf, dass im Hintergrund Mutter-Tochter-Konflikte im Doppelpack schwelten.

Wenn ich heute noch einmal die Zeit zurückdrehen und Fragen an meine Mutter richten könnte, wäre es unter anderem diese: »Was hast du eigentlich aus deiner Sicht über die Beziehungen zwischen uns dreien gedacht?«

In der Zeit, in der sie und mein Vater Tür an Tür mit uns wohnten, hatte ich wirklich immer wieder einmal versucht, mit ihr klärende Gespräche über all die Themen zu führen, bei denen wir in der Vergangenheit so unterschiedlicher Meinung gewesen waren. Es gelang einfach nicht. Aus heutiger Sicht lag es für mich zum einen daran, dass sie es aufgrund ihrer Erziehung nicht gewohnt war (und deshalb auch nicht für richtig befunden hätte), ihre innersten Gefühle vor anderen auszubreiten – auch nicht vor der eigenen Tochter, zum anderen aber nicht unwesentlich an mir. Aus Ärger darüber, dass sie sich in den vergangenen Jahren – wie ich fand – nicht genug für meine Belange und Probleme interessiert hatte, strafte ich sie öfter dadurch, dass ich sie kurzerhand abblockte, wenn sie mal einen zaghaften Ansatz machte, auf mich zuzugehen. Wenn ich richtig boshaft drauf war, sagte ich ihr, dass ich mit ihrer Ausdrucksweise nicht einverstanden war. Heute denke ich, dass man damit jeden Menschen zum Erstummen bringen kann; eine nachträglich gesehen schlimme Erkenntnis, die mich sehr traurig macht. Ach, liebe Mutter …

Fast zur gleichen Zeit sagte mir meine Tochter, dass ich wohl kaum für ihre Probleme das richtige Verständnis hätte. Verhielt ich mich dominant (und das war in ihren Augen sehr oft so), war das eine Zumutung. Hielt ich mich zurück, war das angeblich Desinteresse. Ich hätte mehr Forderungen stellen müssen, um sie weiterzubringen. Ach, liebe Tochter …

Wenn mich heute jemand nach meinen wesentlichen Erinnerungen fragt, die mit 1996 zusammenhängen, fallen mir sofort die Geburtstage meiner Schwiegermutter und meines Vaters ein. Sie wurde 90, konnte das selber aber nicht mehr wirklich nachvollziehen. Wir richteten ihr eine Feier aus, die einigen Gästen Spaß brachte, meine Schwiegermutter aber eher irritierte. Bei dem vorangegangenen Kaffeetrinken, zu dem wir die mit ihr auf dem gleichen Flur des Heimes lebenden Bewohner eingeladen hatten, war auch meine Tochter mitgekommen. Nachdem wir zwei Stunden versucht hatten, möglichst auf alle Geburtstagsgäste einzugehen, die untereinander aber zunehmend aggressiv reagierten (meine Schwiegermutter beteiligte sich daran auch recht eifrig), merkte ich meiner Tochter an, dass ihre Nerven reichlich angespannt waren. Für jemanden, der Senioren- bzw. Pflegeheime wahrscheinlich noch nie von innen gesehen hatte, muss das so gewesen sein, als würden mehrere Filme mit den erstaunlichsten Szenen gleichzeitig ablaufen.

Am 21. Februar 1996 stellt die vom Konkurs bedrohte Bremer Vulkan Verbund AG einen Vergleichsantrag beim Amtsgericht Bremen.

22.500 Arbeitsplätze hingen an diesem Unternehmen. Man sprach von Subventionsbetrug. Im Mai stellte sich heraus, dass nichts mehr zu retten war und das Unternehmen Konkurs anmelden musste. Es traf wieder mal die, die sich nicht wehren konnten, nämlich die Arbeitnehmer, die jahrelang treu und brav den Buckel krumm gemacht hatten.

Bei meinem Vater, der 80 Jahre alt wurde, war der Ablauf seines Geburtstages dagegen noch eine recht entspannte Sache. Wir wunderten uns darüber, wie viele alte Freunde und Bekannte doch noch den Weg zu ihm fanden, nachdem er sie in ihren Augen in der alten Heimat Sauerland angeblich im Stich gelassen hatte. Das hinderte die alten Recken nicht daran, über ihre Erfolge im Kampf gegen frühere Firmenchefs sowie in ihrer gemeinsamen Gewerkschaftsarbeit zu sprechen. Es wurden natürlich auch Geschichten erzählt, bei denen sich die anwesenden Ehefrauen, obwohl alles ja schon länger zurücklag, immer noch aufregen konnten. Eine davon hat mir zugegebenermaßen viel Spaß gemacht: Bei irgendeinem der üblicherweise einmal jährlich stattgefundenen Betriebsausflüge war man zu einem Ort am Rhein gefahren, um dort einen »Vergnügungsdampfer« zu besteigen, den die Geschäftsleitung der früheren Firma meines Vaters gechartert hatte. Die Fahrt ging Richtung Niederrhein, wobei man zunächst in Düsseldorf eine längere Pause an Land einlegen wollte. Mein Vater und einige seiner (ebenso wie er ganz schön »schlitzohrigen«) Arbeitskollegen hatten sich unterwegs überlegt, dass sie die Gesellschaft doch etwas aufmischen müssten. Sie regten an, dass die mit an Bord befindlichen Damen beim Landgang doch unter sich bleiben könnten. Dann ließen sie heimlich unter den Männern eine Liste herumgehen, in die sich all die eintragen sollten, die Interesse hätten, in Düsseldorf ein Etablissement zu besuchen, für das es auch landläufig eine Bezeichnung mit vier Buchstaben gab. Es müssen wohl schon einige Namen auf dem Papier gestanden haben, als sich das Ganze als Schwindel erwies und die, die sich mutig angemeldet hatten, nun erklärten, es sei ein Missverständnis gewesen. Herrlich – und so richtig nach dem Geschmack der Männer, die sich in ihrem Arbeitsalltag schon immer über die lustig gemacht hatten, die zu Hause an der kurzen Leine gehalten wurden und – wie man im Sauerland sagte – ihre Interessen deshalb »stickum« verfolgten.

Ansonsten hieß es in politischer Hinsicht: »Genossen, nur noch zwei Jahre, wir müssen was tun.« Bei diesem Thema schaute mein Vater mich lieber gar nicht erst an. Ich hatte ja die Ziele »seiner« SPD verraten. Wenn ich ihm vor Augen führte, dass nach meiner Ansicht die klassischen alten Gewerkschaftsaufgaben nicht mehr als so vorrangig von einem Staat zu berücksichtigen wären, der bei zunehmender Globalisierung an vielen Fronten kämpfen musste, hätte er mich am liebsten für verrückt erklärt.

Wenn mir damals jemand gesagt hätte, dass gut zehn Jahre später für einen Arbeiter der Lohn seines ehrlichen Einsatzes nicht mehr zur Bestreitung eines angemessenen Lebens ausreichen würde, hätte ich diese Tatsache allerdings auch als verrückt bezeichnet.

Ich gebe zu, dass ich mir zu dem Zeitpunkt noch andere Gedanken machte. Eine Kundin meiner Bank hatte mich gefragt, ob ich eventuell Interessenten kennen würde, die ihrer Freundin in New Brunswick, Ostkanada, ihr Haus abkaufen könnten. Der Mann dieser Freundin hatte Selbstmord begangen und seine Frau wollte nun für einen wirklichen Spottpreis ihr Haus auf einem riesengroßen Grundstück am oberen St. John River, der in die Bay of Fundy mündet, verkaufen. Zu der Zeit wanderten einige Deutsche, Schweizer und Österreicher nach Nova Scotia und die nördlich davon liegenden Orte New Brunswicks aus, weil der kanadische Staat viel Anreiz durch Steuervorteile bot, sich dort niederzulassen, wenn man eine Firma gründen und Einheimischen Arbeitsplätze anbieten wollte.

Mein Mann und ich brauchten sowieso einen Tapetenwechsel und kamen auf die spontane Idee, uns die Provinz New Brunswick (also Neubraunschweig) einmal näher anzusehen. Unser Flug nach Toronto verlief sehr angenehm, dafür der kurze Inlandsflug von dort nach Saint John mit einer Minimaschine umso turbulenter. Als wir ankamen, lag der Ort im dichten Nebel. Wir konnten knapp das Hotel ausmachen, in dem wir uns für eine Woche eingemietet hatten. Absolut erstaunt waren wir am nächsten Tag, als wir bei nun klarer Sicht im Hafen von Saint John das Touristen zur Besichtigung empfohlene Naturschauspiel der »Reversing Falls« beobachten konnten. Bei Ebbe tost der Fluss St. John ins Meer, bei Flut sind die salzigen Wassermassen der Bay stärker und der Fluss kehrt förmlich um. Wir machten einen Plan, wie wir die Provinz Neubraunschweig, eine der vier schönen Meeresprovinzen Ostkanadas, in den uns zur Verfügung stehenden Tagen am effektivsten »erobern« könnten.

Natürlich besuchten wir auch in der Nähe von Fredericton die zuvor erwähnte Witwe. Wir sprachen sogar mit einer von ihr beauftragten Maklerin (indischer Herkunft), die eigentlich uns das Anwesen schmackhaft machen wollte. Uns wurde wieder einmal bewusst, dass wir unseren starken Tatendrang, etwas ganz anderes als bisher zu machen, noch nicht bezwungen hatten. Nur die Tatsache, dass wir uns um unsere Familie kümmern mussten, hielt uns davon ab, uns näher mit dem wirklich interessanten Angebot zu beschäftigen. Meinem Mann hätte man keine Steine in den Weg gelegt, seine Pension in Kanada auszugeben. Was mich anging, hatte mir die Maklerin ein nettes Bonbon präsentiert. Wenn man in Kanada eine selbstständige Tätigkeit leisten konnte, von der Einheimische profitieren, bekam man auch als Ausländer(in) eine Genehmigung, dieser nachzugehen. Die Maklerin suchte zu dem Zeitpunkt eine Partnerin (oder einen Partner), die oder der die Verhandlungen mit den deutschsprachigen Immobilieninteressenten in ihrer Region würde übernehmen können. Wäre ich also mit meinem Mann, der sowieso eine Aufenthaltsgenehmigung bekommen hätte, nach Kanada gegangen, hätte alles andere auch gepasst. Es ging aber leider aus familiären Gründen gar nicht. So beschränkten wir uns darauf, in unserem kurzen Urlaub möglichst viel vom östlichen Landesteil kennenzulernen. Dabei tauchte für uns zunächst die Frage auf, warum wir in Geschäften, Restaurants und bei Gesprächen mit Personen vor Ort neben dem Englischen immer wieder auf Sprachlaute stießen, die zwar irgendwie noch französisch klangen, aber ansonsten für uns nicht immer verständlich waren. Wir lasen nach, dass im 17. Jahrhundert Familien aus Frankreich genau in dem von uns bereisten Gebiet das alte Arcadia gegründet hatten. Das Mutterland Frankreich interessierte sich schon bald nicht mehr für die zunächst als Vorhut losgeschickten Bürger. 1713 wurden die von den Bewohnern Arcadias bewirtschafteten Gebiete (in erster Linie im sogenannten Nova Scotia beziehungsweise Neuschottland) denn auch England zugeschlagen.

Im Laufe der Zeit übten die britischen Siedler immer mehr Druck auf die Bewohner aus, die noch lange ihre Unabhängigkeit verteidigten.

1755 kam es dann dazu, dass Tausende gezwungen wurden, die von ihnen errichteten Dörfer zu verlassen – teilweise wurden sie als Gefangene in die Staaten der amerikanischen Ostküste (Maine, Massachusetts) verfrachtet. Ein Teil der Menschen ging zurück nach Frankreich, andere zogen sich in die Sümpfe von Louisiana zurück oder suchten eine neue Heimat in der Karibik. Für diejenigen, die sich bei den Indianerstämmen an den Küsten Neubraunschweigs versteckten, normalisierte sich das Leben irgendwann wieder. Ihre Nachfahren sprechen heute noch ihr »Altfranzösisch«.

Wann immer wir uns in diesem geschichtsträchtigen Gebiet, zum Beispiel bei Ausflügen an der Baie des Chaleurs, in einem der kleinen gemütlichen Orte in einem Restaurant typische Gerichte aus der französischen Küche bestellten, musste ich an die ersten Siedler und deren Mut denken. (Oder waren es eher Entscheidungen aus Verzweiflung gewesen, nämlich aus dem Wunsch heraus, dem europäischen Kontinent zu entkommen, auf dem sie sich und ihre Familien auch nicht mehr hatten ernähren können?) Für mich eher wahrscheinlich, aber trotzdem war es für meine Begriffe extrem mutig gewesen.

Am ehesten sind mir aber die wildromantischen Eindrücke aus dem Fundy-Nationalpark in Erinnerung geblieben. Es würde zu weit führen, hier ins Detail zu gehen. Für uns stand fest: Im nächstmöglichen Urlaub hätte Kanada die besten Chancen, wieder ganz oben auf unserer Wunschliste zu stehen.

Mein Mann und ich stellten am Ende der geschilderten Kurzreise erneut fest, dass wir uns wunderbar ergänzten und vertrugen, wenn wir – wie Nomaden – unterwegs waren. Vielleicht steckt bei uns beiden in den Genen doch noch so etwas wie eine große Sehnsucht, immer wieder auf Reisen zu gehen, um das Neue und Unbekannte zu entdecken. Ich respektiere Menschen, die das Umfeld, in das sie hineingeboren wurden, nicht verlassen möchten, könnte mir für mich ein Leben nach diesem Muster allerdings nur schwer vorstellen.

Leider mussten wir unsere Nomadenträume schnell wieder verbannen, da uns die Realität mit rasender Geschwindigkeit wieder einholte. Pflichten hier, Pflichten da und ein Leben nach der Uhr.

Mir ist erst später, nachdem wir unseren damaligen Wohnort 1998 wieder verlassen hatten, klar geworden, dass es sowohl für mich als auch für meinen Mann insbesondere zwei Aktivitäten gab, mit denen wir unseren Alltagsfrust zeitweise (aber trotzdem auch nur teilweise) überdecken konnten. Neben unserer Reisefreudigkeit, die uns immer wieder einen gewissen Abstand zu unangenehmen Entwicklungen im ehelichen und sonstigen familiären Bereich bescherte, nahmen wir die Einladungen zu den zahlreichen Partys unserer Nachbarn gern an, damals noch, ohne dies groß zu hinterfragen.

Noch einige Zeit nach 1978, dem Jahr, in dem ich meinen Mann kennen und lieben gelernt hatte, litt ich immer wieder unter Eifersuchtsattacken. Für meine Begriffe hing das auch damit zusammen, dass er sich so lange schwergetan hatte, sich klar für unsere Beziehung zu entscheiden und ich mich in meinen düstersten Momenten – ich hatte es ihm oft genug gesagt – nur als übriggebliebene »zweite Wahl« sah.

Bei den Festivitäten in unserem Dorf trafen wir immer wieder mit gefühlsgeschädigten, von ihren Partnern enttäuschten und verlassenen Menschen (dabei mehr weiblichen als männlichen) zusammen, die glaubten, sie müssten, und zwar am besten sofort, noch ganz viele »eckige Runden drehen«, um es mit den Worten des Barden Wolf Biermann zu sagen. Neu in die Runde gekommene wurden – besonders, wenn sie über einen gewissen Charme verfügten, und die Eigenschaft gestand ich meinem Mann schon immer zu – sofort in die Spielchen miteinbezogen. Offensichtlich war das Interesse einiger auf der Jagd befindlicher Damen an meinem Mann nicht gering, und auch ich staunte über die manchmal recht hemmungslosen Avancen einiger Herren, die sich in einem merkwürdigen »Frustreigen« bewegten. Kurz gesagt, meine Ahnungen, unser Zusammenleben würde sich an unserem neuen Wohnort nicht unbedingt friedlicher gestalten, wuchsen sich immer mehr zur konkreten Bedrohung unserer Beziehung aus.

Keine »eckigen Runden« mehr drehen zu können, begreift inzwischen auch der unter Betrugsverdacht stehende ehemalige Immobilienhändler Jürgen Schneider. Die USA liefern ihn zusammen mit seiner Ehefrau nach Deutschland aus.

Der Mann war für mich ein Paradebeispiel dafür, dass jemand nur das entsprechende Rad drehen und siegesgewiss auftreten musste, um selbst in Hypotheken- und Großbanken angebliche Experten locker überlisten zu können, indem ihnen der Begriff »Superrendite« wie eine Wurst vor die Nase gehängt wurde. Dafür musste er eine ganz besondere Nase gehabt haben. Damals hätte ich allerdings nicht gedacht, dass in nicht allzu ferner Zukunft jemand wie er (seine Schulden würden im Gegensatz zu den Beträgen, die später verbrannt wurden, eher als Peanuts zu sehen sein) den Menschen nur als ganz kleines Licht oder sogar nur als »kleine Funzel« in Erinnerung bleiben würde.

Apropos Nase: Nach unserer Rückkehr aus Kanada musste sich mein Mann einer Nasenoperation unterziehen. Bei den Voruntersuchungen wurde festgestellt, dass seine Blutzuckerwerte nicht normal waren. Da gab es sofortigen Handlungsbedarf, weil uns sehr wohl klar war, dass ein nicht behandelter Diabetes böse Folgeschäden verursachen würde.

Mich wunderte, dass bei vorhergehenden Rundum-Untersuchungen, denen sich mein Mann bei der Bundeswehr bis dahin regelmäßig unterzogen hatte, keine wirklichen Vorzeichen für diese Entwicklung aufgefallen waren. Blutzuckerwerte, wie sie nun bei ihm auftraten, trafen doch wohl Menschen kaum aus heiterem Himmel. Im Bonner Stadtteil Bad Godesberg gab es eine Klinik, in der ein überregional bekannter Diabetologe arbeitete und regelmäßig Patienten für jeweils eine Woche stationär aufnahm, um sie optimal behandeln und beraten zu können, wie sie sich später im Alltag am besten auf die Krankheit einzustellen hatten. Ich war froh, dass mein Mann diese Möglichkeit nutzte, und ließ mich auch darüber aufklären, wie ich ihn – zum Beispiel in Sachen Ernährung und bei eventuell auftretenden Komplikationen – unterstützen konnte. Ich lernte dabei auch, dass sich eine Unterzuckerung für einen Diabetiker gefährlicher auswirkt als ein zeitweise zu hoher Blutzuckerwert und wie man die jeweiligen Symptome erkennen kann.

In diesen Wochen lernte ich aber noch etwas. Während der Zeiten, zu denen sich mein Mann im Krankenhaus aufhielt, bekam ich merkwürdige Anfragen von der ein oder anderen Mitbewohnerin unseres Dorfes. Mir wurde auf den Zahn gefühlt, wann ich meine »bessere

Hälfte« wohl besuchen würde. Ich könnte dann ja Grüße bestellen. Erst später begriff ich, dass damit nur ausgetestet werden sollte, wann ich nicht anwesend war, um meinen Mann ungestört im Krankenhaus anrufen oder ihn besuchen zu können. Bei dem Wort »Frauensolidarität« zucke ich immer noch zusammen, weil es in mir unangenehme Erinnerungen an bestimmte Jahre unseres Ehelebens hervorruft und ich heute noch glaube, dass es sie nicht wirklich gibt oder sie zumindest in bestimmten Situationen zwangsläufig außer Kraft gesetzt wird. Wenn ich zu Anfang dieses Kapitels von den Filialen des Teufels auf dieser Erde sprach, so liegt das daran, dass ich einige Jahre in einem Dorf wohnte, in dem die Menschen offensichtlich extrem viele Partnerprobleme hatten. Ich erlebte, dass von ihren Männern verprügelte, verlassene oder ganz einfach verachtete (und damit logischerweise auch sehr frustrierte) Frauen bei dem Versuch, auf ihre Kosten zu kommen, wenig Hemmungen an den Tag legten. Geschlechtsgenossinnen zu übervorteilen konnte doch nicht so schwierig sein. Begegneten auf der Jagd befindliche Frauen bei Festivitäten, und die gab es wie schon erwähnt in unserem Umfeld reichlich, Männern, die sie ganz gerne in ihre eigene Planung einpassen wollten, wurden deren Partnerinnen fleißig gelobt und angelächelt. Gleichzeitig lief schon das Auswertungsprogramm, wie man die Informationen, die die auszuschaltende Rivalin oft auch noch freiwillig, weil zunächst ahnungslos, lieferte, für eigene Zwecke nutzen konnte.

In der Anfangszeit unserer Bemühungen, von den Menschen im Dorf besonders die näher kennenlernen zu wollen, die anscheinend »große Räder« drehten, hatte ich bei den anfangs noch interessanten Partys schnell begriffen, dass Männer wie Frauen sehr zielstrebig vorgingen, um sich kurzzeitig auch mal mit einem anderen Partner als ihrem eigenen zu amüsieren. Bei den Frauen schien dabei – anders als bei den Männern – raffinierte Langzeitstrategie angesagt zu sein. Zuerst konnte ich über all das noch lachen, dann ärgerte es mich, und es sollte nicht mehr sehr lange dauern, bis mir die gesellschaftlichen Aktivitäten nur noch zum Hals heraushingen. Leider waren mein Mann und ich uns zu dem Zeitpunkt noch nicht darüber einig, dass wir viel mehr zusammenhalten und konsequent gemeinsame Wege gehen sollten. Ich hatte aber auf jeden Fall schon mal meine Antennen ausgefahren, um offenbar vorhandene »Störsender« ausfindig zu machen, weil mich eine Sache immer mehr beunruhigte, die öfter mal zu Streit bei uns zu Hause führte. Wann immer alleinstehende oder auch nur zeitweise alleinstehende Frauen in unserem Umfeld klagten, dass sie ohne jegliche Begabung (zum Beispiel bei technischen, finanziellen, steuerlichen und weiß der Teufel bei welchen Dingen noch) seien und es ja sooo viele Probleme gäbe, vor denen sie kapitulieren müssten, bot sich mein Mann gern spontan als Retter an und meinte: »Vielleicht kann ich ja was für dich tun.« Zum einen gab es in meinen Augen bei uns auch genug, was noch zu erledigen gewesen wäre, zum anderen wollte er meine instinktive Einschätzung, dass es sich hier wohl eher um das (fast immer gut funktionierende) Hilflosigkeitsverhalten von Frauen handelte, die genau wussten, dass Appelle an Beschützerinstinkte am ehesten zum Erfolg führten und dabei alles auch noch wunderbar harmlos erschien, nicht bestätigen. Meine berufliche Tätigkeit und die damit verbundene ein oder andere Abwesenheit zu Weiterbildungszwecken erschwerten eindeutig, bei dieser unangenehmen Entwicklung auf dem Laufenden zu bleiben.

Im Sommer machten wir unsere zweite Kanadareise. Diesmal fast drei Wochen. Im Bekanntenkreis hatten wir von unserer Absicht erzählt und wurden von einem Ehepaar gefragt, ob sie nicht mit uns fahren könnten. Wir stimmten zu, nahmen uns aber nach unserer Rückkehr vor, künftig doch lieber wieder alleine zu verreisen beziehungsweise nur mit ganz engen Freunden, deren Gewohnheiten wir besser kannten (oder mit unseren Kindern, mit denen wir in dieser Hinsicht gute Erfahrungen gemacht hatten). Während einer Individualreise, bei der man sich drei Wochen lang durch ein fremdes Land bewegt, auf der einen Seite Erholung sucht, auf der anderen aber auch einiges sehen möchte, ist es nicht unbedingt der guten Stimmung zuträglich, wenn über alle möglichen Kleinigkeiten zwischen mehreren Personen verhandelt werden muss. Wann stehen wir auf, fahren wir weiter oder bleiben wir noch etwas, wann essen wir und was, wann sitzen wir einfach an einer zum Träumen schönen Stelle in der Sonne und trinken ein Bier oder einen

Wein? Unabhängig von dieser manchmal sehr anstrengenden Erfahrung blieben am Ende wieder einmal viele schöne Erinnerungen übrig.

Nach Toronto fliegen und von dort nach Ottawa fahren, danach im Algonquin Park über unglaublich wilde Natur staunen, Biber beobachten, Montreal besuchen, die Eigenarten von Québec entdecken, den St. Lawrence River entlang bis Tadoussac reisen, zwischendurch einen Ausflug nach Chicoutimi am Saguenay River einflechten, mit einer Fähre auf die Halbinsel Gaspé übersetzen, reichlich Vögel und Wale beobachten, Bären und Elchen begegnen und im weiten Bogen wieder zurück nach Toronto fahren – welch ein Erlebnis. Ich war zutiefst dankbar für die Möglichkeit, dies alles sehen zu dürfen. Wie oft war mein Vater mit dem Finger auf der Landkarte gereist, weil er (außer den in der Kriegszeit verordneten Zwangsausflügen) nicht zu viel mehr gekommen war. Am Anfang unserer Reise hatten wir Freunde aus unserer Brüsseler Zeit in Toronto wiedergetroffen. Wir unterhielten uns viel über unsere Kinder. Sie hatten zwei Töchter, die sehr gerne nach Europa reisten, und wir boten an, dass sie uns besuchen könnten. Dabei hatte ich natürlich auch die Idee im Hinterkopf, meiner Tochter eine Reise nach Toronto zu unseren Freunden zu ermöglichen. (Sie flog sehr viel schneller nach Kanada, als ich zu dem Zeitpunkt in Erwägung gezogen hatte, und das aus einem sehr triftigen Grund.)

Ein kleines, aber sehr ulkiges Erlebnis fällt mir noch zum Thema Toronto ein. Bei der Anreise hatte ich nach unserer Ankunft im Hotel nur einen Wunsch: schlafen. Wir hatten mal eben die Augen zugemacht, als es einen Feueralarm gab und alle aufgefordert wurden, sich (so wie sie waren) schnellstens durch das Treppenhaus nach unten zu bewegen und auf der Straße weitere Anweisungen abzuwarten. Mein Mann erzählte mir später, dass ich – im Nachtzeug auf einer Bordsteinkante sitzend – gleich wieder eingeschlafen wäre. Neben mir soll es einem älteren Herrn ähnlich ergangen sein. Offensichtlich hatte er an einem Veteranentreffen in der Hauptstadt teilgenommen und saß nun mit einem langen weißen Nachhemd bekleidet, aus dem seine nackten »Stachelbeerbeine« herausschauten, neben mir. Über dem Nachthemd trug er eine reich dekorierte Uniformjacke. Mein Mann meinte, es wäre ein Bild für die Götter gewesen, wie wir da nebeneinander gehockt hätten. Leider (ich denke eher Gott sei Dank) hatte mein Mann seinen Fotoapparat im Hotelzimmer gelassen. Es stellte sich übrigens danach heraus, dass ein einzelner Raucher der Auslöser für die Evakuierung der Hotelgäste gewesen war.

Während wir uns in Kanada aufhielten, war meine Tochter nach Norddeutschland gefahren, um ihren Vater und auch alte Freunde und Bekannte zu besuchen. Von einer Freundin, die sie vor Jahren in Nordfriesland kennengelernt hatte und die nun ebenfalls im Rheinland wohnte, hatte sie aus Mitleid eine Katze übernommen, die während ihrer Abwesenheit versorgt werden musste. 1996 ging es meinen Eltern zeitweise wieder besser. Sie hatten angeboten, sich während unserer Reise um Haus und Hof, unsere Katze (die Mutter des inzwischen toten Schachgenies Peluche) wie auch die Katze ihrer Enkelin zu kümmern.

Nach unserer Rückkehr aus Nordamerika und der ungefähr zeitgleichen Rückreise meiner Tochter aus Schleswig-Holstein hatten wir uns natürlich alle viel zu erzählen. Ich weiß noch, wie wir in dem kleinen Wohnzimmer meiner Tochter, die uns eingeladen hatte, über dies und jenes redeten, während sie auf ihrer Couch (deren Überzug bis auf den Boden ging) merkwürdig unruhig hin- und herrutschte. Ich fragte sie, was los sei, und sie sagte, sie müsse mit mir noch über ihre Katze reden. Ich meinte, dass es der doch recht gut gehen würde, als meine Tochter tief Luft holte und sagte: »Ich meine nicht die, sondern die andere.« Ich: »Welche andere?« Mir schwante Unheil. Meine Tochter hob den Überzug der Couch etwas an und hervor kam ein etwas mehr als handtellergroßes Wesen gekrabbelt, grau mit weißen Pfoten und schielenden Augen. Ihre Freundin in Nordfriesland hatte sie überredet, von ihr ein »Geschenk« anzunehmen. Im ersten Moment setzte sich bei mir angesichts dieses kleinen (erst acht Wochen alten) Fellbündels ein Gefühl der Zuneigung durch, das dann aber schnell von anderen Überlegungen verdrängt wurde. »Wir« hatten nun drei Katzen. Ich schreibe deshalb »wir«, weil meine Tochter bei uns für die Kosten, die ja nicht nur für Futterbeschaffung, sondern auch für Tierarztbesuche anfallen würden, garantiert Anleihen machen müsste. Ich wollte keinen Krach anfangen und erst einmal Abstand zu dem Thema »Zwangsbeglückung von Elternteilen« gewinnen. Es dauerte danach aber nicht mehr lange, bis sich herausstellte, dass sich Katze alt und Katze jung nicht sonderlich grün waren. Daraufhin siedelte Katze alt zu uns über.

Als kleines Dankeschön für die Bemühungen meiner Eltern, sich in unserer Abwesenheit um alles gekümmert zu haben, boten wir ihnen an, sie für einen eigenen Urlaub ins Hochsauerland zu fahren, um diejenigen wiederzutreffen, die sie aus ihrer Sturm-und-Drang-Zeit noch kannten (wenn sie denn noch lebten). Leider mussten sie vorzeitig zurückkommen. Mein Vater wurde ins Krankenhaus eingeliefert, weil bei ihm ein (diesmal tagelang nicht zu beruhigender) Schluckauf aufgetreten war, der ihn sehr schwächte. Wir hatten schon in der Vergangenheit beobachten können, dass ihn immer wieder solche Attacken belästigten. Diesmal aber war es schon sehr besorgniserregend. Ich hatte die Vermutung, dass es mit Reizungen seiner Speiseröhre durch Medikamenteneinflüsse zusammenhing. Mein Mann konnte ebenfalls von heftigen Schluckaufanfällen in seinem Leben berichten, die zum Beispiel dann auftraten, wenn er trockenes Brot aß. Manchmal dauerten solche Anfälle bei ihm auch Stunden, sogar bis in die Nacht, und er hatte dann nur noch einen Wunsch, nämlich endlich einschlafen zu können. Das erinnerte mich daran, dass früher darüber berichtet wurde, Papst Pius XII. hätte operiert werden müssen, weil ihn sein Schluckauf-Leiden einmal durch Erschöpfung fast an den Rand des Todes gebracht hatte.

Im Juli 1996 ergab sich ganz spontan, dass die Sekretärin meines Mannes ihre Eltern und Schwiegereltern in der Nähe von Crikvenica in Kroatien besuchen wollte. Sie fragte mich, ob ich und meine Tochter den Mut hätten, zusammen mit ihr per Auto Richtung Balkan zu fahren. Als wir darüber sprachen, war auch noch eine Freundin von mir aus Köln anwesend, die spontan meinte: »Ich komme natürlich mit.«

Mit ihr zusammen hatte ich ein Jahr vorher eine erholsame Zeit auf der Insel Brac verbracht, und sie bekam wohl – wie ich – wieder Sehnsucht nach Kroatiens Stränden und den anrührenden Volksweisen, denen wir auch bei guter Mittelmeerkost und ebenso guten Weinen an lauen Sommerabenden gelauscht hatten.

Mein Mann machte bei der nun anstehenden Reise zur Bedingung, dass wir vier Frauen auf jeden Fall nur mit einem zuverlässigen und verkehrstüchtigen Fahrzeug losfuhren. Ideal dafür war in meinen Augen sein neu georderter Citroen, den er allerdings erst einen Tag vor unserer Spontanreise erhalten würde. Oh Wunder! Er hatte keine Probleme damit (ich glaube, viele Männer hätten sich damit echt schwergetan) und so viel Vertrauen (das fühlte sich echt gut an), uns das nagelneue Gefährt zu überlassen. Meine Tochter, die eine sehr gute Autofahrerin ist, und ich wechselten uns ab, um die Mammutstrecke zu bewältigen, bis wir heil in Crikvenica ankamen. Später ging es dann weiter auf die Insel Krk. Wir hatten viel Spaß miteinander und verstanden uns – trotz der gestaffelten Geburtsjahrgänge – sehr gut. Die Sekretärin meines Mannes hatte auf der Insel Krk im Haus von Freunden ihrer Familie eine Ferienwohnung gemietet, und wir verbrachten dort wirklich schöne Tage miteinander. Sehr interessant waren immer wieder nach langen, faulen Strandaufenthalten unsere abendlichen Promenadenspaziergänge, meistens in dem Ort Malinska, in dem es zwei Strände gab und viel Publikumsverkehr (unter anderem befand sich dort in einem der Hotels auch ein bekanntes Spielkasino).

Ich hoffe, meine Tochter kann mir heute verzeihen, wenn ich bekenne, dass wir drei »älteren Damen« uns einen Spaß daraus gemacht hatten, sie mit ihrem sehr auffälligen Aussehen (blond, langhaarig, braun gebrannt und im Minirock) zu unserem »Lockvogel« zu bestimmen. Es gab ein sehr schönes Restaurant am Übergang von einem zum anderen Strand in Malinska, an dessen Tischen abends reihenweise erwartungsfrohe Männer defilierten, um das Frauenangebot zu verinnerlichen. Die Sekretärin meines Mannes, die ihre Landsleute sehr genau kannte, schlug vor, dass wir uns einen kleinen Spaß erlauben sollten. Wir baten meine Tochter, sich an einem der vordersten Tische der Promenade zu platzieren, an dem mit Sicherheit die Augen interessierter Betrachter nicht über sie hinwegsehen konnten. Wir drei im Hintergrund hatten verabredet, dass wir – je nachdem, wer sich da vor dem jüngsten Mitglied unserer Reisegruppe aufblasen würde – uns durch eindeutige Zeichensprache verständigen wollten. Meistens zeigten, wie bei den römischen Kaisern, die einem Kandidaten keine Chance mehr einräumten, unsere Daumen nach unten. Es gab allerdings auch Ausnahmen, wenn sich Bewerber ausnehmend charmant und höflich verhielten. Irgendwann fragte meine Tochter: »Was macht ihr da eigentlich die ganze Zeit?« Sie musste dann aber doch lachen, als wir es ihr erklärten.

An unserem Abschiedsabend wollten wir noch einmal besonders gut essen, uns unterhalten und uns einfach ein paar Stunden des Lebens freuen. Nach Beendigung unserer Mahlzeit kam eine in Landestracht gewandte Musikgruppe an unseren Tisch. Einer der Männer, circa 40 Jahre alt und mit einem kessen Schnurrbart geschmückt, kniete sich vor meine Tochter hin, um – angeblich – nur für sie zu spielen (und nebenbei nach ihrer Urlaubsadresse zu fragen).

Darauf trocken unsere Kroatin: »Ach, du lieber Himmel, das ist ein alter Bekannter von mir und meinem Mann. Der war bereits von Jugend an hinter den Frauen her. Inzwischen ist er schon lange verheiratet, hat einen Stall voller Kinder und kann es wohl immer noch nicht lassen, Touristinnen anzumachen!« Ich glaube, er hat nicht wirklich gewusst, warum wir uns so über seinen aufwendigen Einsatz amüsierten. Von diesem Abend existiert ein Foto, auf dem meine Tochter, sie trug damals ein wunderschönes weißes Sommerkleid, den vor ihr knienden Galan recht kühl und gelassen betrachtet. Ich war stolz auf sie.

Beim Betrachten von Bildern aus diesem spontanen Kurzurlaub kommen mir heute nachträglich noch ganz andere Erkenntnisse in den Sinn.

Die Sekretärin meines Mannes, die damals einen ziemlich abgespannten Eindruck machte, wurde zu der Zeit sowohl von ihrer, aber mehr noch von der Familie ihres Mannes, in regelmäßigen Abstanden gefragt, warum sie denn nicht endlich schwanger würde. Ich erinnere mich bei dem Thema aber auch daran, dass ich, wenn uns damals kroatische Väter die Geburt eines Kindes anzeigten, die Unterscheidung, Vater oder »richtiger« Vater geworden zu sein, erst nicht verstanden hatte. »Richtiger« Vater war ein Kroate erst nach der Geburt eines Sohnes – tickten die noch ganz sauber? Ich bedauerte die kroatischen Frauen, die sich in einem solchen Umfeld behaupten mussten. Unsere Freundin versuchte das tapfer, aber es kostete sie offensichtlich unendlich viel Kraft.

Meine Kölner Freundin, Mutter einer behinderten, damals 25-jährigen Tochter, die also kaum älter war als meine eigene, brauchte in regelmäßigen Abständen sicher noch eher Erholung als ich, die sich zumindest einige Probleme selber zuzuschreiben hatte. Sie war über die Jahre im Kampf für die Rechte ihres seit Geburt durch eine spastische Lähmung und deshalb im Rollstuhl sitzenden Kindes ebenso zermürbt worden wie durch die seelischen und körperlichen Belastungen, die in der Folge durch eine unermüdliche Betreuungsarbeit auf sie und ihre Familie zugekommen waren. Ich versuchte, mich in eine Familiensituation hineinzuversetzen, in der es noch eine ältere Tochter gab, die zwangsläufig über die Jahre nicht immer glücklich über den Aufwand gewesen war, der ohne Unterlass für die behinderte Schwester betrieben werden musste (und der sie sicher manchmal zu kurz kommen ließ). Andererseits traten durch diese Konstellation auch immer wieder heftige Meinungsverschiedenheiten mit dem Ehemann auf. Eine solche Problematik konnte letztendlich für Außenstehende aber nur Theorie bleiben.

Meine Tochter, das »Küken« in unserer Reisegruppe, hatte ihr Abitur in der Tasche, stand am Anfang einer Ausbildung, die sie vor einem eventuellen späteren Studium – ich freute mich über diesen pragmatischen Ansatz – absolvieren wollte. Sie würde damit Einblicke in praktische Abläufe eines Berufslebens bekommen, die sie nur weiterbringen konnten. Ihr offensichtliches Ausschauhalten nach jungen Männern war nicht zu übersehen, und wir Älteren zogen sie natürlich damit auf. Sie hatte in meinen Augen noch so viele Möglichkeiten, Erfahrungen mit dem anderen Geschlecht zu sammeln, sodass ich ihren manchmal geäußerten Wunsch, endlich einen verlässlichen und »festen« Freund zu finden, nicht ganz so ernst nahm, wie sie es sich vielleicht gewünscht hätte. Sorry.

Die vierte im Bunde, und ebenfalls – wie die anderen – nicht wirklich zufriedene, war ich. Ich wälzte im Kopf einen mir irgendwann vor Augen gekommenen Spruch: Morgen ist der erste Tag vom Rest deines Lebens! Nur war mir nicht ganz klar, welchen Lebens. Midlife-Crisis? Das kam mir etwas zu simpel vor, aber irgendetwas stimmte ganz und gar nicht in meinem Leben. Ich musste unbedingt dahinterkommen. Während der zuvor geschilderten Reise bekam ich aus heiterem Himmel (zum Schrecken meiner mitreisenden Frauen) heftige Asthmaattacken. Einmal saß ich nach einem schönen gemeinsamen Strandpicknick am staubigen Rand einer Straße, konnte nicht mehr vor und zurück, und meine Tochter beeilte sich, aus unserer Ferienwohnung ein entkrampfendes Medikament zu holen. Ich schob den Anfall entschuldigend auf diverse Einflüsse, die allergische Reaktionen bei mir hervorgerufen haben könnten, war mir aber sehr wohl darüber im Klaren, wodurch die häufig auftretende Atemnot in Wirklichkeit ausgelöst wurde.

In der Zeit nach dem Urlaub fühlte ich mich beruflich und privat immer öfter in die Enge getrieben, und mein Atemapparat hatte nicht zuletzt deshalb das gleiche Problem. Mein temporeiches Leben kam mir aber trotz allem wie eine Aneinanderreihung von Oberflächlichkeiten vor. Nur wenn ich mich meinem Lieblingshobby, dem Lesen, widmen konnte, fand ich noch wirkliche Entspannung. Dazu kam ich aber meistens erst spät abends und war dann natürlich am nächsten Tag nicht ausgeschlafen – ein Teufelskreis. Tatsache war, dass meine Freizeit immer mehr dadurch zusammenschrumpfte, weil der Anspruch meiner Eltern, ihnen ihre Langeweile zu vertreiben, noch weiter zunahm.

Mitte August geht eine fürchterliche Meldung über die Ticker: Ein gewisser Marc Dutroux führt die Polizei in den Keller seines Hauses, in dem zwei Mädchenleichen entdeckt und zwei noch lebende Mädchen Gott sei Dank befreit werden.

Ich dachte im selben Moment mit Gänsehaut an die beiden süßen Töchter eines Freundes, der im Süden von Brüssel wohnte. Wie berichtet wurde, hatte Dutroux mit Helfern gerade Kinder in ihrem Alter einfach von der Straße gefischt, um sie für seine perversen Zwecke zu missbrauchen. Bereits während unseres Aufenthaltes in Belgien war viel über einen Korruptionssumpf in Politik, Polizei und Justizapparat berichtet worden, der so etwas erst möglich machte. Es sollten Männern aus all diesen Bereichen Kinder auf Bestellung »zugeführt« worden sein. Gab es da eine Parallele zu Aufsehern in den ehemaligen Konzentrationslagern, die das Elend von Kindern jeden Tag ohne Regung mitansehen konnten um dann seelenruhig zu den ihrigen nach Hause zu gehen, um sie zu päppeln? Waren in ihren Augen nur ihre Kinder wirkliche Kinder? Das würde ich mir gerne mal von einem Psychologen erklären lassen.

Eine Sache gab es noch, der ich in meiner spärlichen Freizeit gerne nachkam. Um mich körperlich etwas fit zu halten, ging ich einmal die Woche zum Judotraining. Nach Beendigung eines Kurses »Selbstverteidigung für Frauen« hatten die Teilnehmerinnen den Wunsch geäußert, zusammenzubleiben und mit dem alten Trainer weiterzumachen. Bei ihm handelte es sich um einen Angehörigen der Bonner Bundesgrenzschutz-Truppe (BGS). Er fand die Idee gut und machte dann auch mit uns weiter. Eines Tages kam jemand auf die Idee, wir könnten ja auch unsere Männer mitbringen, um besser für einen eventuellen Ernstfall trainieren zu können. Da war natürlich schon etwas dran. Sich zu wehren, wenn man von einem Mann in Schach gehalten wurde, war wesentlich schwieriger, als wenn zwei Frauen miteinander »kämpften«. Es dauerte allerdings nicht lange, bis der Männeranteil größer war als der der Frauen und sich der Charakter der ganzen Veranstaltung grundlegend geändert hatte. Unabhängig davon, dass es mehr blaue Flecken gab, trat mit der Zeit immer mehr Leistungsdruck auf, und den hatte ich schon auf anderen Gebieten auszuhalten.

Am 1. September 1996 begann meine Tochter in Bad Honnef ihre Ausbildung zur Raumausstatterin. Alle meine guten Wünsche begleiteten dieses Vorhaben. Sie stürzte sich mit Eifer in ihre neue Aufgabe, hatte aber nach Feierabend auch oft Zeit für ihre Großeltern. Als ich im Oktober noch ein paar Tage Urlaub nahm, um mit meinem Mann in den nordöstlichen Teil der ehemaligen DDR zu fahren, erklärte sie sich bereit, sich um meine Eltern zu kümmern. Wir besuchten zuerst unsere Freunde in Potsdam, um dann in Richtung Neubrandenburg aufzubrechen. Obwohl die historische Altstadt 1945 in den letzten Kriegstagen fast vollständig zerstört worden war, gefiel es uns, die Reste – den alten Mauerring mit den Wiekhäusern sowie den vier noch vorhandenen Stadttoren – zu besichtigen.

Später im Hotel wurde es eher schwierig. Mein Mann war mir gegenüber auffällig schweigsam und auf Abstand bedacht. Fragte ich ihn, warum, wurde er ärgerlich, und ich bekam zu hören, ich würde mir das alles nur einbilden. Ich kann mich erinnern, dass ich mich (absichtlich boshaft) dahin gehend äußerte, er hätte bei den Festen der vergangenen Zeit wohl zu viel Charme versprüht, sodass für mich nichts mehr übrig wäre und es sich darüber hinaus nach seiner Meinung vielleicht auch nicht mehr lohnen würde.

Ich wusste, dass die Arbeit in seiner Firma, die Probleme mit seiner Mutter und Sorgen, die er sich um seinen damals bereits sehr kranken 30-jährigen Sohn machte, nicht dazu angetan waren, seine Stimmung zu heben. Zu Hause kümmerte er sich sehr um meine Eltern und war immer erster Ansprechpartner, wenn meine Tochter mit irgendetwas Probleme hatte. Wahrscheinlich fand er bei keinem in der Familie das Lob, das er verdient hatte. Ich wusste natürlich, wie wichtig das für jeden Menschen ist, ärgerte mich aber regelmäßig darüber, dass er außer Haus so locker den Kasper machen konnte, aber so gut wie nie mehr, wenn wir alleine waren.

Auf dem Rest unserer Reise war es auch nicht viel anders. Wir besuchten noch (ohne Lust) den Ort Ludwigslust und fuhren, uns gegenseitig anschweigend, wieder nach Hause. Ich gebe zu, dass ich in der Zeit immer öfter nächtliche Traumvorstellungen sowie auch manchmal Wachträume hatte, in denen Männer vorkamen, die mir mehr Aufmerksamkeit entgegenbrachten, als mein Ehepartner sie mir zugestehen wollte. Ich konnte natürlich nicht ausschließen, dass es ihm in Bezug auf andere Frauen ebenso erging. Heute kann ich nicht mehr verstehen (meine inneren Teufelchen ließen grüßen), dass mir das zeitweise tatsächlich egal gewesen wäre.

Egal sind inzwischen solche Dinge auf jeden Fall Prince Charles und Lady Di. Ende August wurden sie in London geschieden.

In der letzten Oktoberwoche hatte mein Mann einen Geschäftstermin bei einer Weinhandlung in einer kleinen Stadt in Niedersachsen, in deren Nähe das Dorf lag, in dem er als Kind aufgewachsen war.

Als der Termin im letzten Moment platzte, nutzte er die Gelegenheit, einen Abstecher zu seinen Verwandten zu machen. Im Dorf seiner

Kindheit, zwischen den Orten Zeven und Tarmstedt gelegen, kam er an einem Grundstück vorbei, auf dem nur noch Reste eines verfallenen Strohdachhauses standen. Er sah sich das Ganze aus der Nähe an, erinnerte sich, dass er als Kind auf dem Hof mit anderen Kindern gespielt hatte, und war – so erzählte er, als er nach Hause kam – von dem, was er gesehen hatte, merkwürdig angerührt worden. In den Tagen danach kam er immer wieder auf die alte Fachwerkruine zurück und schlug mir vor (wir wollten am 1. November Freunde in Hannover besuchen), mit ihm zusammen auf der Rückreise noch einmal in das besagte Dorf zu fahren.

Ich war zu dem Zeitpunkt für alles dankbar, was uns positiv ablenkte, und so stand ich einige Tage später (es war ungemütlich kalt und neblig) selber vor dem mir beschriebenen Grundstück. Mir gefiel trotz des trüben Wetters das, was ich sah, denn die Gesamtwirkung – das verfallene Haus unter alten Eichen, daneben der Dorfbach – löste bei mir positive Visionen aus. Mein Mann hatte seinen Verwandten erzählt, dass es ihn reizen würde, mit der Besitzerin des Hauses, die er noch von früher kannte, ein Gespräch zu führen, ob sie eventuell zu einem Verkauf bereit wäre. Zum einen hatte man ihn wegen des Zustandes der Bauruine sofort für verrückt erklärt, zum anderen aber auch erzählt, dass schon andere vergeblich versucht hätten, an das Grundstück zu kommen. Mein Mann und ich besuchten beide die Witwe, die früher mit ihrer Familie auf dem Hof gewohnt hatte und später in einen dahinter gelegenen Neubau gezogen war. Das sehr alte (unter Denkmalschutz stehende) Gebäude war schon fast 15 Jahre nicht mehr bewohnt worden und deshalb total verfallen. Sie äußerte sich bei der Unterhaltung nicht weiter, wie sie über unser Ansinnen dachte, und wir fuhren – beide sehr nachdenklich geworden – nach Hause.

Einige Zeit später klingelte bei uns an einem Sonntag das Telefon. Die Besitzerin unserer »Traumruine« sagte spontan zu meinem Mann: »Ick verköp di dat, du büs ja ut'n Dörp.«

Nun wurde es ernst. Wir wohnten in einem gerade neu renovierten Haus, nebenan waren meine Eltern eingezogen, denen wir unsere Unterstützung zugesagt hatten, meine Tochter war endlich in unsere Nähe gezogen, mein

Mann hatte eine Firma in Bonn gegründet und ich einen gut bezahlten Arbeitsplatz. Nur das Bauchgefühl sagte bei uns beiden: Kaufen.

Wir waren uns darüber im Klaren, dass es zunächst mal nur eine Lösung geben konnte, nämlich das alte Haus nach und nach wieder bewohnbar zu machen, um es irgendwann einmal als Zweitwohnsitz zu nutzen oder es nach Wiederaufbau zu vermieten, bis wir eines Tages selber nach Niedersachsen gehen könnten.

Um ein umstrittenes Bauprojekt geht es auch um diese Zeit in Auschwitz: Die polnische Regierung lässt einen Plan fallen, nachdem auf dem ehemaligen Lagergrundstück ein Supermarkt errichtet werden sollte.

Wäre auch ein nur annähernd ähnliches Thema in Deutschland auf den Tisch gekommen, hätte man uns im geringsten Fall (und wohl zu Recht) in der Luft zerrissen. Sensibilität im Umgang mit grausamen Ereignissen in der Geschichte sollten sich meines Erachtens alle Menschen auf die Fahnen schreiben, ganz gleich, in welchem Land sie leben.

Für den Rest des Jahres 1996 hatten wir eine neue, neutrale und gemeinsame Sache zu klären: Was tun wir, wenn es – so war es geplant – im Januar zur Unterzeichnung des Notarvertrages kommen würde?

Silvester feierten wir mit meinen Eltern, meiner Tochter, die im Dorf einen jungen Mann kennengelernt hatte und später von ihm abgeholt wurde, einer Nachbarin und dem Ehepaar, mit dem wir in Kanada gewesen waren. Unser Vorhaben wurde natürlich Thema des Abends. Es hieß: »Seid ihr vom Wahnsinn befallen? Vielleicht habt ihr euch bei eurer früheren Fleischfutterei in Belgien die Creutzfeld-Jakob-Krankheit geholt; und in England seid ihr ja auch gewesen.«

Das Thema BSE ist 1996 wieder einmal in aller Munde, aber erst jetzt stellen Wissenschaftler eine Verbindung zwischen dem Rinderwahn und der genannten menschlichen Erkrankung her.

Eklig war für mich in diesem Zusammenhang, dass die Hauptursache für den Ausbruch von BSE (der bovinen, spongiformen Enzephalopathie, das heißt schwammartige Veränderung beziehungsweise Entartung von Hirnzellstrukturen) das Verfüttern von kontaminiertem Tiermehl sein sollte. Welch perverse Vorstellung, dass Tiere, die von Natur aus alles andere als Aasfresser waren, gemahlene Reste ihrer Artgenossen in den Futtertrog bekamen und somit unfreiwillig zu Kannibalen wurden.

Wenn wir nun im Dorf wegen unserer Ideen für verrückt erklärt wurden, vergaßen dabei einige Leute, dass sie – es gab dafür eine Reihe von Anzeichen - selber unter den vielfältigsten Arten von „Wahnsinn" litten. Im Januar 1997 fuhren wir zunächst an die Westküste Nordfrieslands, um meine Stieftochter und ihren Mann in ihrer neuen Wohnung zu besuchen, ihren Bruder kurz zu treffen, der damals mit einigen gravierenden Problemen zu kämpfen hatte, und auf dem Rückweg nach Nordrhein-Westfalen unseren Notartermin in Niedersachsen wahrzunehmen.

Nach einer nochmaligen Besichtigung der Hausfragmente und des gesamten Grundstückes war klar, dass wir uns als Erstes im neuen Jahr um eine Sicherung der noch vorhandenen Substanz und die Abdeckung des durchlöcherten Strohdaches kümmern mussten. Wir kannten jemanden, der einen kannte, und dessen Bekannter uns schnell weiterhalf, indem er als erste Maßnahme eine große Plane über das gesamte, schon genügend angegriffene Hausdach spannte.

Viele Menschen werden sich an zwei Nachrichten aus dem Jahr 1997, die sie zwar nicht unmittelbar selber betrafen, aber in aller Munde waren, noch gut erinnern. Zum einen an den großen ersten Erfolg der Schriftstellerin Joanne K. Rowling.

»Harry Potter und der Stein der Weisen« erscheint auf dem Markt. In regelmäßigen Abständen werden andere Titel folgen. Wo man geht und steht, sieht man (nicht nur Kinder und Jugendliche) im Harry-Potter-Fieber.

Die reale Welt war für viele Leute vielleicht inzwischen so grausam, dass sie sich lieber in die Welt der Magie entführen ließen. Mir ging das ganze Theater um diese Geschichten schon derart auf den Geist, dass ich keine anderen Geister mehr brauchte. Ich habe bis heute keine einzige dieser Geschichten gelesen.

Das andere Ereignis ist der Tod Lady Dis. Am Trauerzug für die auf so tragische, unter undurchsichtigen Umständen verunglückte Prinzessin, die in ihrem Leben aber reichlich glücklos schien, nehmen Tausende Engländer teil.

Als ich im Fernsehen bei der Übertragung der Trauerfeier Prince Charles betrachtete, während ich dem Abschiedslied Elton Johns für Lady Di lauschte, kam mir ein merkwürdiger Gedanke. Der nun verwitwete Charles zeigte für meinen Geschmack weniger offensichtliche Trauer als bei den Abschiedsfeierlichkeiten anlässlich der Rückgabe der bisherigen britischen Kronkolonie Hongkong am 1. Juli 1997 an die Volksrepublik China. Dieser Vergleich war wohl nicht ganz fair, ich weigerte mich aber immerhin, die nach Lady Dis tödlichem Unfall erschienenen ausufernden Berichte, die von Vermutungen und Unterstellungen wimmelten, zu lesen. Mir war klar, dass Presse, Funk und Fernsehen sich noch über Jahre auf dieses Thema stürzen würden. Arme Söhne.

Unser Dauerthema für den Rest des Jahres 1997 war vorrangig »unser verrücktes Projekt«. Wir hatten von Leuten, die sich mit der Renovierung alter Niedersachsenhäuser auskannten, den Tipp bekommen, uns über die Fachzeitschrift »Interessengemeinschaft Bauernhaus e. V.« Adressen von Fachleuten zu beschaffen. Die würden uns am ehesten sagen können, wie man weiter vorgehen sollte. Von dem Haus – geschätztes Baujahr war um 1776 – gab es keine Pläne mehr, die man als sinnvolle Arbeitsunterlagen hätte einsetzen können. Also mussten wir erst einmal provisorische anfertigen lassen, um uns überhaupt ein Bild davon machen zu können, welcher Sanierungsaufwand überhaupt auf uns zukommen würde. Allein vom optischen Eindruck her war uns aber schon klar, dass der nicht eben gering ausfallen konnte.

Im Frühjahr 1997 fuhr ich mit meiner Mutter in den nicht weit entfernten Ort Siegburg, um mit ihr einkaufen zu gehen. Danach lud sie mich zu einer Tasse Kaffee ein und signalisierte mir, dass sie unbedingt mit mir etwas zu besprechen hätte. Bei mir zogen schon alle möglichen Relais an, weil ich mich darauf gefasst machte, dass nun etwas ganz Schwieriges auf mich zukommen würde. Dann die große Überraschung: »Dein Vater und ich haben uns etwas überlegt: Ihr denkt sicher darüber nach, wie ihr das mit dem Haus alles machen wollt. Wir finden die Idee toll, ein altes Bauernhaus wieder aufzumöbeln. Könnt ihr das Ganze nicht etwas schneller angehen, damit wir auch noch was davon hätten? Lange werden wir ja wahrscheinlich auch nicht mehr zu leben haben.«

Ich war platt. Dass es so reibungslos laufen würde, den Ort zu verlassen, der mich mittlerweile aus guten Gründen nervte, hatte ich mir nicht träumen lassen. Ich versprach meiner Mutter, dass wir uns ganz schnell ernsthaft Gedanken machen würden, was wir aus der sich nun ganz anders darstellenden Situation machen könnten. Meine Tochter sah das alles ganz gelassen und signalisierte, dass sie keine Probleme damit haben würde (dafür hatte sie inzwischen andere), wenn wir unseren Traum auch in die Tat umsetzen wollten. Ganz so schnell würde das ja ohnehin nicht vonstattengehen können.

Im Juli 1997 – wir hatten inzwischen schon so oft die Autobahn Richtung Bremen befahren – beschafften wir uns im schönen Worpswede vorübergehend eine Unterkunft, von der aus wir schnell zu unserer Baustelle gelangen konnten. Meine Eltern baten uns, sie für ein paar Tage dorthin mitzunehmen. Meinen Vater, der früher Maurer gewesen war, hatte der Ehrgeiz gepackt, bei dem Projekt mitreden zu können. Er wollte sich endlich auch ein Bild davon machen, wie es denn vor Ort mit dem »Haus« aussehen würde. Als er dann tatsächlich auf dem Grundstück vor den Fragmenten einer ehemaligen Wohnstatt stand, verschlug es ihm die Sprache. Als sie wiederkam, sagte er: »Das könnt ihr doch nicht wirklich wollen.« Insofern stimmte seine Meinung mit der eines Onkels meines Mannes überein, der bezüglich unseres Bauprojektes nur lapidar kommentiert hatte: »Dat Ding dä ick mit de Knieptang nich anfaten.«

Zugegeben, wir konnten es keinem verdenken, wenn er nicht die Fantasie aufbrachte wie wir, die sich durchaus vorstellen konnten, was am Ende unserer Bemühungen dabei herauskommen sollte. Der Glaube, die aus heiterem Himmel (aber vielleicht ganz instinktiv von uns gewünschte) aufgetauchte Mammutaufgabe gemeinsam bewältigen zu können, löste noch nicht all unsere Beziehungsprobleme auf einen Schlag. Eindeutig ging aber infolge der zwangsläufig wieder intensiver

werdenden Gespräche einer auf den anderen zu, anstatt dass wir uns
noch weiter voneinander entfernten.

In unserem Dorf im Siebengebirge wurde diese Entwicklung von einigen Personen, insbesondere von einigen weiblichen, die ihre Felle davon-
schwimmen sahen, aufmerksam verfolgt. Im Hochsommer – ich glaube
an irgendeinem Augustwochenende – waren wir auch mal wieder dran,
eine Party auszurichten. Unter anderem luden wir ein Ehepaar ein, auf
deren berühmt-berüchtigten Festen wir uns auch des Öfteren getummelt
hatten. Im Nachbarschaftskreis wusste jeder, dass es im Laufe eines
Abends leicht deshalb Ärger mit den beiden geben konnte, weil sie im
Hinblick auf den Konsum alkoholischer Getränke als »absturzgefährdet«
galten. Zu Beginn unseres Festes gab es zur Begrüßung einen Aperitif.
Als die beiden besagten Nachbarn kamen, bemerkte ich, dass zumindest
sie bereits einen bestimmten »Vorlauf« gehabt haben musste. Es dauerte
auch nicht lange, bis sie – nachdem sie sich, wie sie dachte, dekorativ auf
einer Sofalehne niedergelassen hatte – von einem Moment zum anderen
zu Boden stürzte. Sie konnte dann so weit wieder aktiviert werden, dass
ihr Mann es schaffte, sie nach Hause zu bringen. Am anderen Tag war
dann aber der Teufel los. Er beklagte sich bei uns, seine Frau sei systematisch abgefüllt worden, und er hätte noch mitten in der Nacht den
Notarzt rufen müssen. Ich hatte wirklich die Nase voll von dieser Gesellschaft. Im Laufe des Partyabends hatte ich noch mitbekommen, dass eine
andere Nachbarin süffisant lächelnd in die Runde warf: »Na ja, damit hat
Brigitte zumindest für heute zwei ernsthafte Konkurrentinnen weniger,
nämlich die, die umgefallen ist, und die andere, die heute nicht kommen
konnte.« Ich hätte am liebsten alle zusammen rausgeworfen. Gerade zu
der Frau, die sich nun auf meine Kosten amüsierte, hatte ich ein gewisses
Vertrauen gewonnen und sie oft bedauert, weil sie in meinen Augen mit
einem richtigen Kotzbrocken verheiratet war. Ich wusste nun aber genau,
dass ich von mir aus keine Feiern mehr planen würde, bei denen es Menschen tatsächlich brachten, mich in meinem eigenen Haus lächerlich zu
machen. Als der Mann dieser Frau (der Kotzbrocken) mir dann ins Ohr
flüsterte, dass ich mich doch nicht ärgern solle, bisher wäre ich doch zu
blöde gewesen, seine speziellen Angebote anzunehmen, hätte ich gerne

Gift zur Verfügung gehabt. Eigentlich wollte ich aber nur noch weit weg aus diesem Sumpf. Das aber sollte zum einen noch eine Weile dauern und zum anderen mit weiteren Ärgernissen verbunden sein.

Nicht nur ich fühlte mich unglücklich. Der »Freund« meiner Tochter, der ebenfalls in unserem »Traumdorf« wohnte, machte ihr das Leben schwer. Ich biss lange Zeit die Zähne zusammen, weil ich mich nicht einmischen wollte, fragte sie dann aber, als sie immer öfter weinend bei uns zu Hause saß, wie ihr zu helfen wäre. Unseren Vorschlag, eine Auszeit zu nehmen und unsere Freunde in Toronto zu besuchen, nahm sie an. Nach einem schönen Aufenthalt – sie war dort richtig verwöhnt worden und hatte viel gezeigt bekommen – machte sie auf mich einen gestärkten und auch selbstbewussteren Eindruck. Sie war nun in der Lage, dem erstaunten Macho, der damit nicht gerechnet hatte, den Laufpass zu geben. Bravo.

Nachdem wir jeden freien Tag und die meisten Wochenenden genutzt hatten, um unsere Bauruine zunächst einmal auszuräumen (alte Möbel, verrostete landwirtschaftliche Geräte, Müll und Reste von noch aus alten Zeiten vorhandenen Futtermitteln mussten entsorgt werden), warteten wir darauf, dass unser Architekt anfangen würde, die von ihm gepriesenen Pläne auch umzusetzen. Es gab immer neue Entschuldigungen, warum mit den Arbeiten vor Ort nicht begonnen werden konnte. Uns dämmerte bald, dass wir diesen »Experten« besser nie kennengelernt hätten. Aufgrund des von uns vertrauensvoll unterzeichneten Architektenvertrages regnete es allerdings bereits Rechnungen. Mein Mann und ich nahmen uns damals beide vor, nie wieder in unserem Leben ein solches Vertragswerk zu unterschreiben. Auf unserer Baustelle besuchten uns Leute, die berichteten, eigene schmerzvolle Erfahrungen mit der Adresse, an die wir nun auch geraten waren, gemacht zu haben, und rieten, uns schleunigst einen Anwalt zu nehmen. Nach vielen Querelen, über die man ein eigenes Buch schreiben könnte, fanden wir einen soliden Betrieb, der sich mit der Restaurierung alter Fachwerksubstanz auskannte und umgehend das Heft in die Hand nahm. Es ging voran. Uns wurde signalisiert, dass wir im Laufe des Jahres 1998 mit der Fertigstellung rechnen könnten. Es sollte noch ein langer, beschwerlicher Weg werden.

Unsere mit den baulichen Aktivitäten zusammenhängenden Abwesenheiten hatten keinen guten Einfluss auf das Leben meiner Eltern. Meine Mutter litt immer mehr darunter, dass sie unbeweglicher wurde und kaum noch aus dem Haus konnte. Sie klagte über Appetitlosigkeit. Ich kochte ihr manchmal eines ihrer früheren Lieblingsgerichte, musste aber zu meinem Entsetzen feststellen, dass sie das Essen entweder heimlich in die Mülltonne oder (als ich dahintergekommen war) ins Gebüsch am Zaun zu unseren Nachbarn kippte.

Sie hatte eine panische Angst vor dem Älterwerden. Man konnte sie nur mit Dauerkomplimenten über ihr Aussehen aus den immer häufiger auftretenden depressiven Verstimmungen herausholen. Wenn sie bei Seniorenveranstaltungen, an denen mein Vater ganz gerne teilnahm, die Frisuren gleichaltriger und grauhaariger Damen in ihrem Alter (da war sie 78) betrachtete, meinte sie: »Die sehen alle einfach ganz furchtbar aus.« Deshalb verbrachte sie Stunden bei ihrem Friseur, um sich die Haare färben zu lassen, und kam dann total erschöpft, einem Kreislaufkollaps nah, nach Hause. Ich machte mir viele Gedanken darüber, wie sich die Stimmung bei meinen Eltern an ihrem künftigen Wohnort entwickeln würde, einem Dorf, in dem nur etwa 300 Seelen lebten und das sehr entfernt von ausgiebigen Einkaufsmöglichkeiten angesiedelt war. Über eine Bemerkung meines Vaters freute ich mich dagegen: »Da ist doch plattes Land. Ich werde weniger Probleme mit meinen kleinen Wanderungen haben.«

Er machte jeden Vormittag und nachmittags noch einmal einen Spaziergang durch unser Dorf im Siebengebirge. Bei seinem fortschreitenden Parkinson war es aber nur noch eine Frage der Zeit, bis er Steigungen nicht mehr würde bewältigen können.

Am 2. Januar 1998 bricht in Hongkong die Vogelgrippe aus.

Obwohl nicht bewiesen war, dass sich Menschen untereinander anstecken konnten, sondern nur durch Kontakt mit kranken Tieren (wahrscheinlich nach Einatmung kontaminierter Staubpartikel) infiziert wurden, brach – von Südostasien nach Europa überschwappend – eine regelrechte und über Jahre anhaltende Massenhysterie auch über Europa herein.

Meine Eltern hatten zu der Zeit ein eigenes »Vogelproblem«. Mein Vater liebte heiß und innig seinen Wellensittich (und zwar, wie meine Mutter nicht aufhörte zu betonen, auf alle Fälle mehr als sie). Wenn sich »Hansi« aufplusterte, litt meine Mutter unter einem sehr unangenehmen Hustenreiz. Später bekam sie eine Dauerbronchitis, und ich vermutete, dass der Vogel nicht unwesentlich dazu beigetragen hatte. Wenn mein Vater gerade nicht da war, stand sie – das konnten wir im Nebengebäude hören – lauthals schimpfend vor dem Käfig und kündigte dem armen Tier an, wie sie es bald um die Ecke bringen wollte. Für mich stand fest, dass es nach Hansi, wenn er denn eines guten Tages, wie schon einige seiner Vorgänger, plötzlich von der Stange fallen sollte, keinen Nachfolger mehr geben durfte. Armer Vater, aber Gesundheit ging meines Erachtens im Haushalt von Allergikern vor Tierhaltung. Meine Mutter musste sich wegen der Uneinsichtigkeit meines Vaters noch eine Weile gedulden, bis es bei Hansi zu dem erhofften Todesfall kam.

Von unseren Potsdamer Freunden bekamen wir am 7. Januar 1998 einen erschütternden Brief. Sie hatten uns kurz vorher besucht, bedankten sich noch einmal für die schönen Tage und wollten unbedingt ergänzend zu den bei uns geführten Gesprächen noch ein paar Anmerkungen machen. Als Anlage zu ihrem Brief erhielten wir Kopien über zwei Dossiers, die über die Aktivitäten der Freunde in ihrer Kirchengemeinde und in ihrem Friedenskreis aufgefunden worden waren. Sie hatten unglaubliches Glück gehabt, nicht noch kurz vor der Maueröffnung im Zuchthaus gelandet zu sein. Die Hauptakte war von der Gauck-Behörde noch nicht gefunden worden, später sollten wir noch unglaubliche Einzelheiten über Denunziationen – auch durch die eigene Familie – zu sehen bekommen. Unser Freund schrieb etwas, was mich stark berührte.

In den letzten Jahren des DDR-Regimes hätte sie ein Spruch ständig begleitet:

Fürchte dich nicht vor deinen Feinden,
im schlimmsten Fall können sie dich töten.

Fürchte dich nicht vor deinen Freunden,
im schlimmsten Fall können sie dich nur verraten.

Fürchte dich vor den Gleichgültigen, weder töten noch verraten sie, aber nur durch ihre stillschweigende Zustimmung gibt es auf der Welt Mord und Verrat.

In den Papieren fanden sich unter anderem genaue Angaben über die Teilnahme unserer Freunde an regionalen und überregionalen Friedensseminaren, Hinweise auf ein Treffen mit Vertretern der amerikanischen Botschaft in Cottbus und Kommentare dazu, wie Gläubige im Kirchenkreis Potsdam die Kirche angeblich als Plattform zur »Darstellung ihrer politisch-indifferenten bis feindlichen Haltung« dem Staat gegenüber nutzen. Wir konnten verstehen, dass sich Menschen, die jahrelang bespitzelt worden waren, auch dadurch Luft verschaffen mussten, indem sie auch Westdeutschen, die sich das nur schwer vorstellen konnten, derartige Unterlagen nachträglich in die Hand gaben.

Furchtbar viele Tote gibt es am 4. Februar 1998 in Afghanistan, nämlich etwa 4500. Das bereits durch Kriege, Terrorakte und wirtschaftliche Schwierigkeiten gebeutelte Land kommt nicht zur Ruhe. Keiner ahnt zu dem Zeitpunkt, was alles im Land am Hindukusch noch passieren würde.

Im Frühjahr 1998 nahm ich Kontakt zu der Personalstelle meiner Bank in einer 30 Kilometer von unserem künftigen Wohnort gelegenen Stadt in Norddeutschland auf. Man signalisierte mir, dass sie jemanden wie mich (damals war ich Anlageberaterin für Firmen und Institutionen) schon seit einigen Monaten suchten. Ich bewarb mich schleunigst und bekam die Stelle glücklicherweise auch umgehend. Das würde bedeuten, dass ich von unserem künftigen Wohnort jeden Tag morgens und abends zwar je 30 Kilometer fahren musste, das Angebot dafür aber sehr lukrativ war.

Seit Anfang 1998 hatten wir in »unserem« Dorf im Haus von Verwandten (allerdings erst nach in unseren Augen überflüssigen Diskussionen, weil sie dachten, wir wollten dort zwar wohnen, aber nichts dafür bezahlen) offiziell eine Wohnung gemietet, damit wir in der Nähe unserer wachsenden Baustelle sein konnten. Der Onkel meines Mannes hatte sich nach unserer Anfrage dahin gehend geäußert, dass er nichts zu verschenken hätte. Erst nachdem ich ihn fragte, warum wir schlechter anzusehen seien, als zum Beispiel Mieter, die schon über Monate von ihnen per Zeitungsanzeige gesucht wurden, bekamen wir einen Mietvertrag und die Schlüssel. Ich war noch mehr als mein Mann traurig darüber, dass bis dahin angenommen wurde, wir hätten »schnorren« wollen.

Meine Bemerkung, dass wir Derartiges noch nie nötig gehabt hätten und auch künftig nicht vorhätten, führte wohl dazu, dass der Onkel, den mein Mann immer ganz besonders geschätzt hatte, sich am nächsten Tag entschuldigte. Ich rechnete ihm das hoch an, vergatterte allerdings meinen Mann, möglichst mehr Abstand zu »seiner« Familie zu halten, auf die er – so war er nun mal – immer wieder, aber für meine Begriffe etwas sehr blauäugig zuging.

Nach Kurzbesuchen in früheren Jahren war mir – wie auch jetzt wieder – bei diesem Zweig seiner Familie aufgefallen, dass man Arbeit offentsichlich für den höchsten aller Lebenszwecke hielt und man sich in den von dieser Haltung geprägten täglichen Abläufen nur ungern stören ließ. Das war natürlich ihre ureigene Sache. Ich konnte mich mit einer solchen Einstellung nicht mehr anfreunden, hatte ich doch am eigenen Leib erfahren, was passiert, wenn man arbeitet und arbeitet und dabei die Pflege zwischenmenschlicher Beziehungen vernachlässigt.

Ich für meinen Teil hatte mich in meinem Leben schon lange darauf eingestellt, mich möglichst wenig auf andere Leute zu verlassen. Hätte mein Mann nicht einen Teil seiner Kindheit in dem Dorf zugebracht, in das wir »Städter« jetzt ziehen wollten, wäre von meiner Seite kaum eine Zustimmung für diesen Versuch gekommen. Was mir andererseits den Rücken stärkte, war, dass wir in der Vergangenheit aufgrund der Überzeugung, jegliche Vorhaben könnten uns gelingen, wenn wir erstens an ein Gelingen glaubten und zweitens kompromisslos Hindernisse aus dem Weg räumen würden (wie wir das bis dahin immer erfolgreich getan hatten, wenn wir eine gemeinsame Idee unbedingt umsetzen wollten), immer Erfolg gehabt hatten.

Die Familie, die uns das Grundstück mit dem zwar verfallenen, aber immer noch Charme ausstrahlenden Hausresten verkauft hatte, war von Anfang an sehr hilfsbereit. Es dauerte nicht lange, bis andere Dorfmitbewohner (ganz uneigennützig und freiwillig) anboten mitzuma-chen, wenn auf der Baustelle etwas nicht zügig weiterging. Ich war darüber sehr erstaunt, aber trotzdem dankbar. Hilfsbereit zeigte sich in der Folgezeit (auch ohne dass er gefragt wurde) der Sohn des erwähnten »Lieblingsonkels« meines Mannes, der über unser Vorhaben am Anfang auch eher den Kopf geschüttelt hatte. Mit dieser Skepsis war er immer-hin bei der übrigen Dorfbevölkerung in guter Gesellschaft gewesen.

Je länger wir uns am Ort befanden, desto mehr traten nach und nach bei fast allen Leuten das Unverständnis über unser Vorhaben und an-fängliche Anwandlungen von persönlicher Ablehnung in den Hinter-grund.

Am 18. April 1998 wurde ich 50 Jahre alt. Mein Mann wollte, dass ich zumindest aus diesem Anlass etwas anderes zu sehen bekäme als immer nur Berge noch abzuklopfender Ziegelsteine. Er schenkte mir eine achttägige Reise an die Westküste der USA. Von San Francisco aus sollte es auf mehreren Etappen bis runter nach San Diego gehen. Während des Hinfluges, wir befanden uns eindeutig über Neufundland, hörte ich, wie sich zwei hinter uns sitzende und zu unserer Reisegruppe gehörende junge Damen unterhielten. Sie kamen aus Hessen und wa-ren total aufgeregt. Da schaute die eine aus dem Fenster und sagte zur anderen: »Isch glaab, des do unne is Alaska.« Das konnte ja nur noch heiterer werden. Wir bekamen auch auf unseren späteren Busausflügen noch einige Beispiele ähnlicher Art geboten.

In unserem Reiseführer las ich:

Oft, wenn die Wolken sich im Norden auftürmen
und das Meer von weißen Kronen aufgewühlt ist,
sage ich zu mir: »Dies ist das Kalifornien, von dem
die Menschheit schon vor Jahren träumte ...
dies ist das Angesicht der Erde, wie es der
Schöpfer wollte.

Henry Miller

Ich wurde nicht enttäuscht. Besonders San Francisco mit seiner traumhaften Lage auf einer Landzunge zwischen dem Pazifik und der weiten blauen San Francisco Bay hatte es mir angetan (mehr als das später auf dem Programm stehende Hollywood). Von oberhalb der Stadt liegenden Hügeln herunterblicken und an die Zeit der Flower-Power-Szene zurückdenken, von der Golden Gate Bridge auf die Gefängnisinsel Alcatraz schauen, China Town besuchen, die Cable Cars bestaunen und von Fisherman's Wharf aus Muscheln essend auf die Bucht schauen – das hatte was. Es graute mir nur bei dem Gedanken, diese schöne Stadt könnte – wie schon einmal am Karfreitag 1906 geschehen – wieder einmal durch ein Erdbeben in Schutt und Asche gelegt werden. In der Nähe des mir unheimlichen St.-Andreas-Grabens, an dessen Rand sich ständig die Pazifische Platte mit dem nordamerikanischen Festlandsockel reibt, würde ich mir für alles Geld der Welt kein Haus bauen.

Wir fuhren weiter über Monterrey und Carmel, dann über Santa Barbara nach Los Angeles. Bei Monterrey und seiner Cannery Row erinnerte mich an John Steinbecks Roman »Straße der Ölsardinen«. Ich wusste, dass über die Altstadt verstreut restaurierte Adobe-Häuser aus der spanischen Zeit lagen. Leider reichte die Zeit während der Zwischenstopps nicht aus, hier mit Muße zu stöbern. Das war und blieb der Nachteil unserer vororganisierten Busreise. Eigentlich aber ein guter Grund, noch einmal dorthin zu fahren.

Los Angeles kam mir sehr widersprüchlich vor. Auf der einen Seite Luxus ohne Ende, auf der anderen die Schwarzen- und Latino-Gettos. Und dann der mörderische Verkehr. Ich war zudem einfach nicht der typische Tourist, der angesichts der Drehorte bekannter Filme, am Broadway oder vor dem Mann's Chinese Theatre stehend (es regnete an dem Tag übrigens in Strömen) in Ehrfurcht versinkt. Während der Stadtrundfahrt wurde als besonderes Highlight das Haus gezeigt, in dem Marilyn Monroe mit dem amerikanischen Präsidenten John F. Kennedy (später angeblich auch noch mit seinem Bruder Robert) … na Sie wissen schon. Es haute mich nicht um. Die Reiseleiterin reagierte etwas konsterniert über meine Bemerkungen. So what. San Diego entsprach schon eher meinem Geschmack. Wahrscheinlich lag das daran, dass es – obwohl Metropole – noch über einen gewissen »Kleinstadt-charme« verfügte. Mir kam es aufgrund gewisser Beobachtungen so vor, dass die Mentalität der Südkalifornier eine andere als die der im Norden war – vielleicht aufgrund der Nähe zur mexikanischen Grenze? Fast anzunehmen.

Gesehen hatte ich viel auf dieser Reise. Gefühlsmäßig ging es mir nicht gut. Etwas Wesentliches stimmte immer noch nicht wieder in unserer Beziehung. Ich nahm mir vor, mich nach unserer Rückreise kopfüber in die neue Arbeit zu stürzen. So war ich bald wieder von morgens bis abends unterwegs und saß dann alleine in unserer Zweitwohnung in der Hoffnung, dass mein Mann am Wochenende gerne gen Norden fahren würde. Dem war aber offensichtlich nicht immer so. Auch wenn ich den umgekehrten Weg machte, war zu spüren, dass irgendetwas Unangenehmes über uns schwebte. Unser Eheklima stimmte ganz einfach nicht. Ich fuhr dann deprimiert und von schlechten Ahnungen geplagt wieder nach Niedersachsen.

Ebenfalls ums Klima geht es am 29. April 1998 in Kyoto. Das Protokoll, erstellt zur Ausgestaltung der Klimarahmenkonvention mit dem Ziel eines globalen Klimaschutzes, wird unterzeichnet. Es enthält verbindliche Zielwerte für die Industriestaaten, um den Ausstoß von »Treibhausgasen« zu beschränken, die für die sich immer stärker bemerkbar machende globale Erwärmung verantwortlich sein sollen.

Deutschland kündigte an (Umweltministerin Angela Merkel machte sich dafür stark), den größten Beitrag zur Treibhausgasreduzierung unter allen Industriestaaten leisten zu wollen. Zum Beispiel waren für die Volksrepublik China, Indien und diverse Entwicklungsländer noch keine besonderen Beschränkungen vorgesehen.

Das würde wohl das Mammutthema der Zukunft sein. Ich war ziemlich misstrauisch, weil man daran fühlen konnte, dass man mit Absichtserklärungen erst einmal Zeit gewinnen wollte. Ein wesentliches Element in dem Konzept sollte ein Emissionsrechtehandel sein. Wie man das genau machen wollte, kapierte ich nicht wirklich. Ich wusste nur, dass uns die ganz großen Diskussionen über sinnvollen Umwelt-schutz erst noch bevorstehen würden. Lief die Menschheit nicht jetzt schon einem nur noch aus der Ferne zu erkennenden Zug hinterher?

An meiner neuen Arbeitsstelle wurde ich zunächst freundlich aufge-nommen, und die mir zugedachte Arbeit war höchst interessant. Dass sich auch hier die Lage im Laufe der Zeit unangenehm entwickeln würde, lag nicht an den Kollegen, sondern an den schleichenden Veränderungen, mit denen wir (von der Vorstandsetage meiner Bank ausgehend) in der Zu-kunft konfrontiert werden sollten. Die wirklich unangenehmsten Erleb-nisse meines ganzen Berufslebens würden erst ungefähr vier Jahre später auf mich zukommen. Gut, dass ich davon noch keine Ahnung hatte.

So saß ich dann an vielen Abenden der Woche allein in unserer nie-dersächsischen Zweitwohnung und kam immer mehr ins Grübeln. Ganze Abschnitte meines Lebens liefen vor meinen Augen noch ein-mal ab. Beim Nachdenken über die Ereignisse der letzten fünf bis sechs Jahre wurde mir nur noch schlecht. Es stimmte schon, auch ich war in »klebrige Spinnenhände« gefallen. Die Zeile aus Ingeborg Bachmanns Gedicht konnte ich nicht alleine auf meinen Mann anwenden. Dabei fiel mir wieder ein Spruch ein, den die Mutter meines Vaters früher manchmal gebracht hatte: »Dat grötste Leid is, wat de Minsch sick selbst andeiht.« Recht hatte sie; niemand wird schließlich zu etwas ge-zwungen. Ich hatte das starke Bedürfnis, ganz für mich alleine eine ehrliche Bilanz zu ziehen. Wo stand ich und wo wollte ich nun wirklich in der Zukunft hin?

Eine Freundin aus Bonn hatte mir zum Abschied an meiner alten Arbeitsstelle das Buch »Die Wolfsfrau« von Clarissa Pinkola Estes ge-schenkt. Die Autorin war Anhängerin der Lehre C. G. Jungs und seit 20 Jahren als Psychoanalytikerin tätig. In der Presse wurde ihr Werk als das damals stärkste Buch über Frauen beschrieben. Es ging um die Kraft weiblicher Urinstinkte. Die Leserinnen wurden aufgefordert, bei sich selber »Archäologiearbeit« zu leisten. Nur wenn die moderne Frau die ihr anerzogene Rolle des Lieb-, Nett- und Angepasstseins, des Gehorchens, Fügsamseins, Sichunterordnens und Stillseins aufgeben würde, könne sie aufwachen und wieder sehend werden.

Wo war denn ich nach der Beschreibung eigentlich anzusiedeln? Lieb, nett, fügsam oder vielleicht still? Keineswegs. Angepasst hatte ich mich schon, nämlich darin, dass ich von den mich in meinem Beruf umgebenden Männern gelernt hatte, meine Ellbogen zu benutzen. Es gab sicher eine Menge Frauen, auf die das zuvor Geschilderte zutraf. Ich war inzwischen der Meinung, dass ich in die entgegengesetzte Richtung denken müsste. Weiter selbstbewusst und zielstrebig meinen Weg verfolgen, dabei aber versuchen, auch ohne ständigen Einsatz von verbalen Boshaftigkeiten oder bösen Retourkutschen durchs Leben zu kommen.

Von vielen Menschen im Dorf (nun auch gewissermaßen schon meinem Dorf) wurde gesagt, dass sie konservative Lutheraner seien. Mit dem Reformator Martin Luther hatte ich mich in meinem früheren katholischen Leben und dann während der Zeit, als ich mich mit allem Möglichen, nur nicht mit Religion beschäftigt hatte, niemals auseinandergesetzt. Ich wusste nur, dass er es als früherer Augustinermönch für dringend notwendig erachtet hatte, mit den Vertretern der damaligen katholischen Kirche ins Gericht zu gehen, weil ihr Verhalten eher auf Erfolg im weltlichen Bereich abzielte und sie, um an Geld zu kommen, dem ungebildeten Volk mit bösen Drohungen den Ablasshandel schmackhaft machten. Ich fing an, mich in die Geschichte und die Hintergründe der Reformation einzulesen. Eines Tages, ich fühlte mich ganz spontan dazu aufgefordert, nahm ich den Telefonhörer und rief den Pastor der zuständigen Kirchengemeinde an. Er war mir als ein strenger Mann geschildert worden. Meine Bitte, mich mit ihm unterhalten zu wollen, überraschte ihn wahrscheinlich total, aber wir verabredeten uns zu einem persönlichen Treffen (dem noch etliche weitere folgen sollten). Von Frühjahr bis zum Herbst 1998 standen wir in regelmäßigem Kontakt, und die Gespräche, die ich in der Zeit mit dem sehr ernst wirkenden Geistlichen führte, brachten immer mehr Klarheit in meine Gedanken. Ich hatte ihm signalisiert, dass ich in dem Ortswechsel eine gute Gelegenheit sehen würde, notwendige Veränderungen in meinem künftigen Leben durch einen Eintritt in die evangelisch-lutherische Kirche zu untermauern. Mit einer einfachen Absichtserklärung war das in seinen Augen nicht getan. Ich bekam von ihm zunächst noch meine »Hausaufgaben«. Die bestanden darin, sich mit der Glaubenslehre des schwedischen Bischofs Bo Giertz zu beschäftigen, der sich bemüht hatte, die evangelisch-lutherischen Auffassungen einfach und verständlich darzustellen. Das war eine interessante Herausforderung, die mich über die Monate zudem von Grübeleien abhielt. Meinem Mann hatte ich nur häppchenweise von meinen Aktivitäten erzählt. Verstehen konnte er sie – wie er später sagte – zunächst nicht. Er war zu dem Zeitpunkt zwar Mitglied in der evangelisch-lutherischen Kirche, aber kein Kirchgänger an sich.

Der Reiseverkehr zwischen unseren beiden Wohnorten ging rege weiter. Oft kam auch meine Tochter in ihrer Freizeit mit nach Norden, machte sich nützlich und munterte mich in meiner oft trüben Stimmung auf. In ihren Berufsschulsommerferien blieb sie dann etwas länger. Wir machten zusammen einige Tage Urlaub in Cuxhaven, verbrachten viel Zeit an den Stränden von Duhnen und Döse, gingen gemütlich zusammen essen und – das Wichtigste –hatten lange Gespräche über Dinge, die sowohl ihr als auch mir am Herzen lagen. Ich erinnere mich, dass ich sie dabei wohl mehr als einmal ermahnte, ihre Zufriedenheit grundsätzlich nicht vom Wohlwollen männlicher Wesen ihr gegenüber abhängig zu machen. Sie wollte das nicht wirklich hören, weil sie (23-jährig) offensichtlich gerne einen verlässlichen Freund gefunden hätte, aber auch deshalb nicht, weil ich ihr schon wieder Ratschläge erteilte. Ich wusste nur manchmal wirklich nicht mehr, was ich auf ihre Äußerungen, sie fände sich nicht attraktiv genug, sagen sollte. Da saß eine gut aussehende, gesunde und intelligente junge Frau vor mir und machte sich solche Gedanken. Trotz allem, ich genoss es sehr, mit ihr zusammen zu sein. Meine gedrückte Stimmung wird sie wahrscheinlich nicht so erheitert haben.

An den Tagen, die ich zwischendurch im Siebengebirge verbrachte, fiel mir eine neue Verhaltensweise meiner Mutter auf. Sie erzählte, dass sie sehr gerne in unserem Garten auf einer der Bänke am Teich sitzen würde. Jedes Mal wenn mein Vater aus dem Haus kam und sich neben sie setzen wollte, sprang sie dann aber auf und verschwand in die Wohnung. Auf meine Frage, warum das so wäre, antwortete sie ernsthaft:

»Was sollen denn die Dorfbewohner denken? Wir sehen zusammen auf der Bank doch aus wie ein Uraltehepaar.« Sie schien damit ein wirklich großes Problem zu haben. Sie sah meinen verständnislosen Blick und meinte: »Wie kommt es, dass du heute so schlecht aussiehst? Und was du da anhast, unterstreicht das auch noch!« Keine wirklich gute Basis zu einem freundlichen Umgang miteinander.

Mein Vater wirkte genervt, wahrscheinlich musste er sich Ähnliches öfter anhören. Er flüchtete in seine Spaziergänge und genoss es in unserer Abwesenheit, sich in unserem Haus aufzuhalten, mit den Katzen zu sprechen oder im Fernsehen Sport zu sehen. 1998 war ja auch wieder das Jahr einer Fußballweltmeisterschaft. Ich bekam diesmal nicht viel davon mit. An was ich mich allerdings noch gut erinnere, war, dass ich von den mehrfachen Bombenanschlägen gegen US-Einrichtungen im Sommer 1998 aus meinen eigenen Problemen aufgeschreckt wurde.

Am 7. August 1998 werden Attentate auf zwei US-Botschaften gleichzeitig verübt. Es trifft sowohl die Vertretung in Nairobi/Kenia wie auch die in Daressalam/Tansania. Ergebnis: Tausende Verletzte. Die Amerikaner machen sich durch ihr Vorhaben, Ländern überall in der Welt ihre Vorstellungen von Demokratie zu verordnen, zunehmend zur Zielscheibe von mörderischen Anschlägen.

Es war erst der Beginn einer weiteren Kette von Terrorakten, bei denen US-Bürger würden ihr Leben lassen müssen.

Wir fassten Ende des Herbstes einen Familienbeschluss. Damit meine Eltern nicht in der Endphase unserer, wenn auch kurzen Umsiedlung nach Niedersachsen alleine auf sich gestellt sein müssten, wollten wir ihren Umzug vorziehen. Erst einmal hatten wir aber erneute Bedenken der Verwandten meines Mannes auszuräumen. Wir hatten angefragt, ob meine Eltern in die bis dahin von uns genutzte Wohnung ziehen könnten, weil sie hell, geräumig, behinderten- und altengerecht ausgestattet war und – ganz wichtig – in unmittelbarer Nähe unseres Hauses lag. Nach unserem Auszug wäre sie ohnehin frei geworden. Die Tante meines Mannes lehnte dies aber zunächst ab und meinte, ihre Kinder (vorrangig die Töchter) hätten davon abgeraten, zwei alte Leute, wie meine Eltern es nun mal waren, als Mieter ins Haus zu holen, um die man sich dann womöglich auch noch kümmern müsste. Die Pflege ihres Schwagers wäre schon schwierig genug. Was hatte das mit uns zu tun? Das Misstrauen gegen uns musste tief sitzen. Obwohl wir schon fast 6 Jahre täglich mit der Betreuung meiner Eltern befasst gewesen waren, unterstellte man uns anscheinend, Verantwortung abwälzen zu wollen, wie wir es ja angeblich auch schon bei meiner Schwiegermutter getan hatten. Erst nachdem ich Alternativangebote aus dem Dorf für die Unterbringung meiner Eltern nannte, bekamen wir doch noch einen Anschlussmietvertrag (weil man betagten Menschen ja nicht so einfach kündigen könne), wieder ausgestellt auf unsere Namen. Ich machte mir danach viele Gedanken darüber, wie es meinem Mann und mir im Alter einmal ergehen würde, wenn wir in eine ähnliche Situation geraten und keines unserer Kinder Lust verspüren würde, Angelegenheiten in unserem Sinne zu regeln. Das Verhältnis zwischen meinen Eltern und dem Onkel sowie der Tante meines Mannes wurde übrigens recht schnell sehr freundschaftlich. Die vier, von denen heute leider keiner mehr lebt, verbrachten viele schöne Stunden miteinander.

Für meine Schwiegermutter fanden wir Gott sei Dank kurzfristig einen Pflegeplatz in unserer Nähe. So siedelte die alte Dame ebenfalls nach Niedersachsen um, wusste aber da genauso wenig, wo sie sich befand, wie vorher im Rheinland. Alle diejenigen, die angeblich ganz schnell bei Kaffeekränzchen eine »theoretische« Patentlösung aus dem Ärmel zaubern konnten, wie man demenziell Erkrankte im fortgeschrittenen Stadium zu Hause optimal betreute, hätte ich zu gerne einmal zu uns nach Hause eingeladen, um mit ihnen darüber Auge in Auge zu sprechen. Praktisch rund um die Uhr einen verwirrten Menschen betreuen und sich zusätzlich um zwei weitere alte, auch bereits hilfsbedürftige Menschen kümmern zu müssen, die allerdings noch ein kräftiges Anspruchsdenken an den Tag legten, wäre einer Selbstaufgabe gleichgekommen.

Unsere Fachwerkhausbaustelle näherte sich dem Zustand einer fertigen Wohnstätte. Mein Mann war inzwischen unglaublich fit bei der

Ausführung handwerklicher Arbeiten geworden. Mit einem Freund aus Köln zusammen, der dahin gehend auch viele Talente hatte, war zumindest einiges in Eigenleistung fertig geworden und entlastete so unser Budget. Die beiden hatten während ihrer Zusammenarbeit offensichtlich viel Spaß zusammen. Waren mein Mann und ich alleine, war Schluss mit lustig. Ich tröstete mich damit, dass die Zeit der stressigen Autofahrten nun bald ein Ende haben würde und wir, wenn wir erst eingezogen wären, wieder ein friedliches Zusammenleben hätten.

Endgültig in den Umzugsendspurt ging es für uns erst kurz vor Weihnachten. Am Heiligen Abend standen wir noch kurz bevor es dunkel wurde inmitten von unausgepackten Kisten. Meine Tochter, die uns beim Umzug geholfen hatte, rechnete offenbar auch nicht mehr damit, dass wir am 24. Dezember noch vor einem geschmückten Weihnachtsbaum sitzen würden, aber – oh Wunder – die langjährigen Erfahrungen meines Mannes (er war bis dahin 18 Mal umgezogen) halfen wieder einmal, schnell etwas Ordnung ins Chaos zu bringen. Irgendwann saßen wir, zwar erschöpft, aber auch irgendwie glücklich, doch noch gemütlich zusammen und betrachteten zufrieden die brennenden Kerzen. Wir hatten eine Menge in dem zu Ende gehenden Jahr erreicht.

Meine Eltern freuten sich, dass ihre neue Wohnung geräumiger war als die alte, meine Tochter, dass ihre Ausbildung dem Ende zuging, mein Mann wahrscheinlich über die Aussicht, bald weniger körperlich hart arbeiten zu müssen, und ich, ich wollte nur noch Frieden für die ganze Familie. Das wünschte ich mir und allen Anwesenden auch, als wir bei uns ins Jahr 1999 hineinfeierten. Wir hatten Besuch von unseren Freunden aus Köln. Ich bekam zu hören, dass wir auch schon mal einen besseren »Paareindruck« gemacht hätten. Es konnte alles nur besser werden. Ich las zu der Zeit einiges über die Gründe, warum homöopathische Behandlungen oft zum Erfolg führten und dass es zunächst eine Verschlechterung in der Befindlichkeit der Patienten geben würde, bevor eine Besserung eintrat. Ähnliches sollte auch im Hinblick auf unsere Paarbeziehung auf uns zukommen – der Anfang des neuen Jahres brachte Turbulenzen mit sich, auf die ich gut hätte verzichten können.

Teil IV

Durch ihn wurde alles geschaffen.
Nichts ist ohne ihn geworden.
Von ihm kommt alles Leben, und sein Leben
ist das Licht für alle Menschen.

Johannes 1,2

Neue Wege mit dem Neuen Testament 1999

Anfang 1999 stolperte ich durch reinen Zufall über eine Information, die mir eine Erklärung dafür gab, wo die schon seit geraumer Zeit zwischen meinem Mann und mir schwelenden Probleme ihre Ursache gehabt hatten. Diese Erkenntnis muss ich heute nicht mehr kommentieren, weil wir im stillen Kämmerchen unsere Schlüsse daraus zogen und danach einen neuen, anderen und besseren Ansatz für unsere Beziehung fanden. Nachträglich betrachtet war es für uns beide nötig gewesen, herauszufinden, was wir – jeder auf seine Art – falsch gemacht hatten, und diese Einsicht führte dazu, dass wir beide heute über die darauffolgenden Jahre unseres Ehelebens sagen können, dass sie bis jetzt die besten überhaupt waren.

Ich fühlte mich inzwischen sehr wohl dabei, wieder Kirchenmitglied zu sein, aber bewusst nicht in der Kirche meiner Kinder- und Jugendjahre. 1998, als ich mich zu diesem Schritt entschlossen hatte, konnte ich mir beim besten Willen nicht mehr vorstellen, ohne Widerspruch den Vorgaben katholischer Priester, Bischöfe, Kardinäle beziehungsweise ihres höchsten Oberhauptes in Rom zu folgen.

Heute zu behaupten, ich wäre ohne jeden Zweifel gläubig geworden, würde nicht der Wahrheit entsprechen. Ich will versuchen zu erklären, welche Überlegungen dazu geführt hatten, wieder einer christlichen Gemeinde angehören zu wollen.

Die ersten Kontakte in meiner Kinderzeit mit Ritualen der römisch-katholischen Kirche, der meine Eltern angehörten und somit auch ich, war eindeutig mit Angst besetzt gewesen. Böse Kinder würden in die Hölle (zumindest aber ins Fegefeuer – was auch immer das sein sollte) kommen. Welch traumhafte Ausgangsposition, jemals an einen guten Gott glauben zu können.

Während meines Kommunionunterrichtes war ich entweder eingeschüchtert oder durch altersbedingte Albereien von Wesentlichem abgelenkt worden. Wer kann denn auch schon einem neunjährigen Kind vermitteln, um was es da geht, ohne zu befehlen: Du sollst, du sollst nicht, du musst …? Und dann noch die Schrecknisse der Ohrenbeichte. In meiner späteren Schul- und Jugendzeit bekam ich noch viele Jahre mit angeblich kompetenten und berufenen Dienern Gottes zu tun, die zwar täglich Nächstenliebe predigten, ansonsten aber eine sehr lockere Hand hatten. Das »Bodenpersonal« glaubte – so dachte ich damals – demnach selber nicht, was es uns erzählte.

Bevor ich aus der katholischen Kirche austrat, immerhin schon als Erwachsene, brauchte ich eine Taufbescheinigung, um Patin werden zu können. Ich wurde erst einmal inquisitorisch befragt, wie oft ich denn in der letzten Zeit Gottesdienste besucht hätte, und, da meine Antwort nicht unbedingt genehm ausgefallen war, danach ziemlich abgekanzelt. Ich dachte damals – ich gebe zu, ziemlich boshaft –, dass der mir gegenübersitzende Vertreter der Kirche nicht viel davon hielt, seinen Nächsten zu achten oder zu lieben, ihm darüber hinaus aber auch mal ein Rhetorikseminar gutgetan hätte.

Bis zu dem Zeitpunkt, an dem ich wieder Kirchenmitglied wurde, war ich lange Zeit sehr empfänglich dafür gewesen, Erkenntnisse der Naturwissenschaftler über die biblische Schöpfungsgeschichte zu stellen. Evolutionsbiologie war doch schließlich durch nichts zu widerlegen, oder?

Meine immer wiederkehrende Neigung, mich selbst zu erforschen, ob ich nicht doch etwas falsch machte, wenn ich an gar nichts Göttliches glaubte, ließ mir aber auf Dauer keine Ruhe. Und ich wollte wissen, wissen, wissen. Zum Beispiel woher die Juden ihre Überzeugung nahmen, Gottes auserwähltes Volk zu sein. Warum ließen über eine Milliarde Gläubige auf dieser Welt nichts auf den Islam und die Verheißungen ihres Propheten kommen? Gab es auch eine Religion ohne Gott? Der Buddhismus jedenfalls kannte keinen allmächtigen Schöpfer. Selbst Hinduismus, Taoismus oder Konfuzianismus beschäftigten mich. Literatur über all diese Themen hatte ich jedenfalls im Laufe der Zeit reichlich angesammelt.

So weit die Vorgeschichte. Als ich mich im Jahr 1998 der Frage stellte, womit ich denn zukünftig leben wollte, hatte mir mein damaliger Gemeindepastor den wirklich guten Rat gegeben, erst einmal reinen Tisch zu machen. Er kannte meine Lebensgeschichte und wusste, dass ich immer noch mit vielen Dingen aus der Vergangenheit haderte. Seinen Vorschlag, mich in aller Ruhe hinzusetzen und alles aufzuschreiben, was mich belastete, fand ich gut. Es dauerte eine ganze Zeit, bis ich ehrlich zu Papier gebracht hatte, wem ich warum vergeben wollte und von wem ich Vergebung erbat. Meinen Pastor interessierte der Inhalt nicht. Als ich mit meinen Aufzeichnungen zu ihm kam, sagte er: »Und jetzt gehen wir hinter die Kirche und verbrennen das Ganze.« Ich fühlte mich danach sehr befreit.

Zu dem Zeitpunkt war ich aber hinderlicherweise immer noch der Meinung, die Themen Gott und Religion doch irgendwie rational in den Begriff bekommen zu müssen. Ich konnte es nicht lassen, für mich einmal noch einen Pro-und-Kontra-Katalog zu erstellen, um mich daran »abarbeiten« zu können. Beginnend mit den Kontrapunkten sah das so aus:

Den alttestamentarischen Gott, der mir sowohl als Kind als auch im Erwachsenenalter immer suspekt gewesen war, konnte man durchaus auch als böse, ungerecht, rachsüchtig und rassistisch bezeichnen.

Philosophen und Psychologen sagten, dass Gott allein ein Produkt menschlichen Denkens sei. Die Befolgung seiner Gebote erzeuge Neurosen und Schlimmeres und würde Kinderseelen schädigen.

Ohne Religion hätte es zu allen Zeiten weniger Leid auf dieser Welt gegeben, keine Kreuzzüge, keine Inquisition und Hexenverfolgungen und später auch keine Terroranschläge durch »Extremgläubige«.

Wir könnten in dieser Welt gut darauf verzichten, dass sich Kirchenrepräsentanten immer wieder in alles einmischen und ihren jeweiligen Standpunkt als den allein selig machenden darstellen.

Namhafte und sicher ernst zu nehmende Wissenschaftler behaupteten, die Schöpfung sei allein das Ergebnis von Selektion und Mutation.

Aus Frauensicht war Religion schon immer mit Vorsicht zu genießen. Im katholischen Glauben gab es zwar keine Witwenverbrennungen, die Unterdrückung der Frau fand aber über Jahrhunderte den Beifall katholischer Geistlicher. Darüber hinaus hatten Frauen fast in allen monotheistischen Vorstellungen dem Mann (wie praktisch!) untertan zu sein.

Ich könnte noch endlos lange mit derartigen Aufzählungen weitermachen. Bevor ich zu dem komme, was mich in meinem Glauben inzwischen viel mehr als jedes Sachargument bestärkte, möchte ich doch noch ein paar meiner damaligen Pro-Überlegungen auflisten:

Das Christentum war meines Erachtens auch deshalb die erfolgreichste Religion der Welt, weil es Liebe lehrte. Es wurde grundsätzlich erst einmal nicht nach Arm und Reich, Hautfarbe, Intellekt oder Herkunft unterschieden (auch wenn es wahrscheinlich zu allen Zeiten einzelnen Christen schwerfiel, dies durchzuhalten). Ein Nichtvorhandensein Gottes an Schwachstellen in der Bibel festzumachen war wohl zu kurz gesprungen. Natürlich hatten Menschen die Texte geschrieben. Könnten aber auch Menschen ohne göttliche Inspiration etwas geschaffen haben wie die Offenbarung des Johannes? Mir kam das eher unwahrscheinlich vor.

Schon immer kamen Menschen zunächst einmal ohne Kenntnisse von irgendwelchen Dingen zur Welt und fingen dann an, sie (je nach ihren Verstandesgaben) zu hinterfragen. Den Wunsch, alles verstehen zu wollen, auch wenn es eigentlich außerhalb des eigenen Verstandes lag, konnte ich ohne Probleme nachvollziehen. Da das Göttliche aber für mich naturgemäß größer sein muss als alle den Menschen zur Verfügung stehenden Möglichkeiten, wunderte es mich noch nie, dass sie Unverständliches gerne damit erklärten, es handele sich um Zufälle. Die Millionen Wunder, die im ganzen Kosmos zu finden sind, darauf zurückzuführen, war mir allerdings schon früher zu simpel.

Der niederländische Philosoph Baruch de Spinoza (er wurde wegen seiner kritischen Gedanken aus seiner jüdischen Gemeinde ausgeschlossen) soll einmal gefragt worden sein, warum Gott – der angeblich Allmächtige – nicht alle Menschen so geschaffen hat, dass sie sich von der Vernunft leiten lassen. Seine Antwort: »Er hatte so viel Stoff, dass er alles schaffen konnte, vom Höchsten bis zum Niedrigsten.« Das gefiel mir. Warum sollte der Schöpfer des Universums mit dem Menschen rechten, der doch nur ein klitzekleines Teil des Ganzen darstellte? Auffällig war, dass derartige Fragen von Menschen kamen, die ihrerseits glaubten, alles zu verstehen, sodass ihre Fragen eigentlich nur gewollte Provokationen sein konnten.

Wir sollten auch aufhören, Gott nach unseren beschränkten Maßstäben anzuklagen. Wissen wir wirklich, was gut und böse ist? Hat nicht jeder schon im Leben einmal (oder mehrfach) geglaubt, ihm sei Böses widerfahren, und später erkannt, dass es ihm zum Guten gereichte? Wer Vorwürfe an Gott richtet, warum er Krankheiten, Kriege, Stürme, Erdbeben, Überschwemmungen und andere schlimme Dinge schickt oder zulässt, sollte erst einmal genau hinsehen, wie viel davon vom Menschen selber verursacht wird. Er bedankt sich nie, dass ihm ein freier Wille gegeben wurde, beklagt sich aber über die Folgen, die er durch den Missbrauch dieser Freiheit heraufbeschwört.

An weiteren Auslegungen dieser Art mangelte es mir nicht. Ich ahnte inzwischen aber auch, dass Wissen erlangen (und dadurch manch gute Argumente ins Feld führen zu können) nichts mit glauben zu tun hatte.

An einem ganz bestimmten Tag meines Lebens, an dem ich mich so fühlte, als gäbe es für mich keine Hoffnung mehr, aus meinen nur noch schlechten Empfindungen herauszukommen, hatte ich ein Erlebnis, das mir entscheidend weiterhalf. Ich war in meinem Auto auf dem Weg nach Hause, als ich unterwegs infolge meiner ständigen Grübeleien einen schlimmen Weinkrampf bekam und mein Fahrzeug an den Straßenrand lenken musste, weil ich nichts mehr sah. In meiner Not sagte ich laut: »Lieber Gott, wenn es dich gibt, dann hilf mir doch endlich!« Ich verspürte den merkwürdigen Zwang, das Autoradio einzuschalten und glaubte erst kaum, was ich da hörte. Genau in diesem Moment wurde mein absolutes Lieblingslied »Our love is alive« gespielt. Es kam mir in den Sinn, dass ich den Begriff Liebe bis dahin nur unter körperlichen, partnerschaftlichen oder Beziehungskistenaspekten betrachtet hatte. Die den Menschen gegebene Fähigkeit, zu lieben, beinhaltete aber doch viel mehr. Ich beruhigte mich, fuhr weiter und erkannte, dass ich bis dahin Liebe für alles Mögliche gehalten hatte, aber nie auf die Idee gekommen wäre, sie wirklich zu einem echten Lebensmotto zu machen, weil über allem die göttliche Liebe stand. Ich betete von da an jeden Morgen dafür, dass es mir möglich sein sollte, im Laufe des vor mir liegenden Tages Menschen mit Verständnis, Geduld, Nächstenliebe und der Bereitschaft zum Verzeihen zu begegnen. Es gab danach ab und zu wieder mal ein Aufblitzen alter Bosheiten, aber mit der Zeit klappte es immer besser, mich zurückzuhalten.

Probleme habe ich bis heute noch, wenn mir Menschen begegnen, deren Äußerungen nach boshafter Absicht klingen.

Das ich bei der geschilderten Autofahrt zu ganz neuen Erkenntnissen gekommen war, könnte man durchaus auch als Zufall oder als eine der Varianten von Reaktionen des menschlichen Gehirnes ansehen, das laut Aussagen von Psychologen in bestimmten Stresssituationen nach Entlastung strebt und deshalb zu passenden Auslegungen tendiert.

Sollen Vertreter dieser Zunft kundtun, was sie wollen (wissen können sie es auch nicht wirklich); ich glaubte inzwischen etwas anderes: Der Zeitpunkt in meinem Leben war einfach gekommen, zu erkennen, dass ich dabei war, mich in meiner Gottlosigkeit seelisch und körperlich zugrunde zu richten. Ich hatte das große Bedürfnis, mich mit den Texten des Neuen Testamentes auseinanderzusetzen, und wusste instinktiv, dass ich nichts mehr wirklich falsch machen könnte, wenn ich die Lehren Jesu Christi befolgte.

Bei Menschen in meinem Umfeld traten, seitdem ich mich (wie mir aus Verwandtschaft und Freundeskreis heraus bescheinigt wurde) offensichtlich anders verhielt, ebenfalls (fast nur positive) Veränderungen ein. Krasse Reaktionen gab es dagegen in meinem Büro, weil man mit mir angeblich nicht mehr »Pferde stehlen konnte«. Ich erinnere mich an den ersten Buß- und Bettag nach meinem Wiedereintritt in die Kirche, der auch schon deshalb aufgefallen war, weil ich meiner Personalabteilung einen Hinweis wegen der Kirchensteuer gegeben hatte. An dem besagten Tag fand nachmittags eine Sitzung statt, an der (außer mir und einer Kollegin) nur Männer teilnahmen. Am Ende rief einer derjenigen, die sich immer lautstark aus dem Fenster lehnten: »Was kann man denn an so einem besch… Tag nach Feierabend noch anstellen? In welche Kneipe gehen wir, was meinst du?« Ich antwortete: »Ich gehe heute in keine Kneipe mehr, sondern in den Gottesdienst in meiner Gemeinde, heute ist nämlich Buß- und Bettag.« Er: »Betschwester, ausgerechnet du?« Und Beifall heischend zu den anderen: »Jetzt ist sie verrückt geworden.« In der Zeit danach gingen manche Informationen, die auch für mich wichtig gewesen wären, einfach an mir vorbei. Ich gehörte nicht mehr richtig dazu. Mit all diesen Reaktionen konnte ich gut leben, stellte ich doch fest, dass ich ein anderer Mensch wurde. Ich schlief wieder besser, ich konnte meine Bluthochdruckmedikamente fast auf null zurückfahren, und die Menschen waren im Allgemeinen freundlicher zu mir, weil ich auch freundlicher zu ihnen war. In meine Ehe kehrte ebenfalls wieder Frieden und Freude ein. Das schönste Erfolgserlebnis in meinem »neuen Leben« war dann, dass mein Mann mich fragte: »Willst du mich noch einmal heiraten?« Ich verstand erst mal gar nichts, dann ging mir ein Licht auf. Er wollte, dass wir unsere seinerzeitige standesamtliche Hochzeit mit der nachgeholten kirchlichen neu besiegelten. Natürlich wollte ich, und wie!

Es wurde eine erst nachdenkliche, später dann noch sehr lustige Feier mit meinen nächsten Verwandten, alten Freunden und einigen Nachbarn. Meine erwachsene Tochter meinte: »Dann kann ich ja Blumen streuen.« Mit den Blumen gab es dann aber noch ein kleines Problem. Bei unserer standesamtlichen Hochzeit (16 Jahre vorher) waren nicht vorhandene Blumen auch schon ein Thema gewesen. Am Tag vor der kirchlichen Trauung fragte ich meinen Mann: »Und wie sieht es diesmal mit meinem Brautstrauß aus?« »Alles in Butter«, meinte er. Als es dann losgehen sollte zur Kirche, musste er bekennen: »Oh nein, jetzt habe ich vergessen, den Maiglöckchenstrauß abzuholen.« Er drückte mir schnell ein paar Plastikblumen in die Hand, die uns irgendwann einmal von jemand verehrt worden waren, und schickte meine Tochter los, den vorbestellten Brautstrauß zu holen. Kurz nach dem Beginn der Trauung tauschte sie dann unter dem Schmunzeln der Hochzeitsgäste die Maiglöckchen gegen die in doppelter Hinsicht falschen Blumen aus.

Im ersten Jahr nach meinem Wiedereintritt in die Kirche besuchte ich zunächst gerne, später dann mit einiger Skepsis, einen Hausbibelkreis. Ich hatte grundsätzlich viel Positives im Zusammenhang mit meiner Glaubensfindung erlebt, was mir aber ab und zu im Umgang mit einigen Mitgliedern meiner Gemeinde Bauchschmerzen bereitete, war zum einen, dass ich immer noch – wie früher in katholischen Zeiten – zusammenzuckte, wenn manche Menschen Aussagen wie diese trafen: »Er (also unser Gott) sagt, macht, will … Ich jedenfalls habe keine Zweifel und verstehe ihn ja so gut.«

Die andere Sache hing damit zusammen, dass ich – nicht nur in meinem Gemeindeumfeld – auf »Altgläubige« stieß, die »Neuzugänge« mit Argusaugen betrachteten. Wie mir auch von Gläubigen aus Nachbargemeinden berichtet wurde, gab es überall auch die, die in kirchlichen Gemeinschaften die Hosen anhaben wollen, weil sie ja schon ganz lange glauben. (Eigentlich müsste es sie ärgern, dass Jesus am Kreuz seinem Mitverurteilten neben ihm vergeben hatte, obwohl er sein Leben lang doch ein »Böser« gewesen war und nun auch noch besser gestellt als all die, die schon über so viele lange Jahre »gut« waren).

Als ich diese Gedanken meinem Gemeindepfarrer gegenüber äußerte, meinte er, ihm fielen dazu ganz spontan Teile aus dem Text eines Liedes ein, das ich seiner Meinung nach gerne in meinem Buch zitieren könnte und der von Pastor Theo Lehmann und dem Musiker Jörg Svoboda geschrieben wurde:

> *Manche bilden sich zwar ein,*
> *würden etwas Bessres sein.*
> *Auch der größte Glaubensheld*
> *manchmal in die Tiefe fällt,*
> *und wer denkt, er ist perfekt,*
> *hat sich selbst noch nicht entdeckt.*

Wenn ich mich heute dann noch daran erinnere, dass mir während einer Fortbildungsveranstaltung unserer Gemeinde von jemand angeraten wurde, eine bessere Form des Betens anzuwenden, als ich sie offensichtlich beherrschte, setzte ich schnell, bevor ich ärgerlich wurde, einen Satz dagegen, der mich bei einer Zeltmissionsveranstaltung einmal so betroffen gemacht hatte: »Lieber Gott, mach uns neu, fang aber bitte erst bei mir an.« Wo immer Menschen in Kirchengemeinden zusammenkommen, würde es hin und wieder unchristliche Merkwürdigkeiten im Miteinander geben. Ich wusste andererseits aber auch, dass ich mit meinem Verhalten und meinen Äußerungen für manche ebenfalls keine Offenbarung war. Mich tröstete dann, dass Martin Luther einmal gesagt hatte: »Die Kirche ist ein Spital für Sünder.«

Ich bin gerne bekennende Christin. Ich glaube an die Liebe Gottes zu den Menschen und dass er uns deshalb Jesus Christus sandte, damit er uns vorlebte, wie wir unseren Nächsten trotz aller Fehler lieben können.

Am letzten Sonntag durfte ich einer erstaunlichen und eindringlichen Predigt unseres ehemaligen (nun pensionierten) Superintendenten zu-hören, der sich zu den Fehlern, die Menschen in Kirchengemeinden ma-chen, dahin gehend äußerte, dass auf Erden Schätze eben nur in irdenen Gefäßen zu haben wären. Wenn ich mich demnächst mal wieder gerne ärgern möchte, obwohl ich dazu ja eigentlich nicht verpflichtet bin, will ich versuchen, mir diese Worte ins Gedächtnis zu rufen.

Teil V

Selbst Jahrtausende sind irgendwann
Vergangenheit, weil sich ihre kleineren
Verwandten, die Jahrhunderte,
eilig fortbewegen.

Menschen jedoch, ganz gleich, wann sie
geboren werden und sterben,
hängen immer nur an ihrer eigenen Eiligkeit.

Brigitte Cleve

Erste Schritte ins neue Jahrtausend nach dem Motto Ferdinand Freiligraths: »Jede Zeit hat ihre Wehen.« 2000 – 2002

… mal sehen, womit wir im neuen Jahrtausend niederkommen

Das vorhergehende Kapitel wurde von mir absichtlich nicht mit ablenkenden Kommentaren über allgemeine Ereignisse in Deutschland und der Welt versehen. Es sollte alleine für sich stehen, da es in meinen Augen einen Teil meiner persönlichen Weiterentwicklung dokumentiert, die zur Grundlage meiner veränderten Reaktionen und Verhaltensweisen gegenüber Familienmitgliedern, Arbeitgeber(n), Freunden, Bekannten und anderen Menschen wurde.

Ich hatte mir vorgenommen, mich anderen gegenüber weniger aggressiv zu verhalten als früher. Es fiel mir mitunter schwer, weil ich mich nicht mehr so einfach mit meiner über Jahre geschulten »spitzen Zunge« wehren wollte. Am allerschwersten fiel mir, nicht bissig zu werden, wenn ich es, wie immer wieder im Büro, mit »Obermachos« zu tun hatte. Ich erinnere mich daran, dass ich einmal so spontan rückfällig wurde, dass es nicht mehr zu ändern gewesen war. Ein Vorgesetzter sagte zu mir: »Was machen Sie für einen Blödsinn heute, Sie haben wohl Ihre Tage!« Ich antwortete auf der Stelle: »Ach, wie geht's denn heute Ihrer Prostata?« Anschließend tat es mir leid, weil ich ihm nicht höflich, aber unmissverständlich klargemacht hatte, dass sein Verhalten nicht rechtens gewesen war. Zudem wusste ich, dass ich mit einer ebenso dreisten Bemerkung keinen Mann dieser Welt ändern würde, der es normal fand, sich auf diesem Niveau zu bewegen.

Der 1. Januar 1999 ist der Tag der Euro-Einführung.

Zunächst hatten in erster Linie Banken mit der neuen Währung zu tun, da es sie nur als »Devise« gab. Erst ab 2002 würde es Scheine und Münzen geben.

Am 2. Januar 1999 bekennt sich Osama bin Laden zu den Bombenanschlägen von Nairobi und Daressalam. Er ist einer der vielen Söhne des saudi-arabischen Bauunternehmers Mohammed Awad bin Laden, der seinen Reichtum dem Wohlwollen des saudischen Königshauses verdankt.

Ich hatte bis dahin noch nicht viel von bin Laden und seiner islamistischen Geheimorganisation al-Qaida gehört und ahnte noch nicht, dass er dabei war, sie verhängnisvoll in über 30 Staaten auszubauen. Dieser 1,90 m große Mann mit den eindringlich blickenden Augen sollte bald regelmäßig mit Botschaften an die Öffentlichkeit gehen und – obwohl damals schon als Terrorist gesucht – viel Rückendeckung bei Muslimen in Pakistan finden, die sich vom Westen nicht respektiert fühlten. Viele von ihnen waren der Meinung, die eigentlichen Terroristen in der Welt wären die Amerikaner. Ich dachte damals, al-Qaida könne nur eine vorübergehende Erscheinung sein, die nach einer Normalisierung der Verhältnisse in Afghanistan verschwände. Welcher Irrtum.

Ebenfalls im Januar 1999 beginnt ein Amtsenthebungsverfahren gegen den amerikanischen Präsidenten Bill Clinton. Ihm wird vorgeworfen, beim Versuch, seine Beziehung zu einer 26-jährigen Praktikantin im Weißen Haus, Monika Lewinsky, zu vertuschen, einen Meineid geleistet zu haben.

Klug hatte er sich sicher nicht verhalten, als er zusammen mit dieser Praktikantin im später hämisch Oral Office genannten Büroteil des Weißen Hauses Anlass dafür gab, dass seine Frau und seine Tochter unter den genüsslich von Presse und Fernsehen ausgebreiteten Peinlichkeiten zu leiden hatten. Aber was ist klug, wenn es um Sex geht? Ich war sicher, dass viele andere Politiker, die sich über Bill Clinton so eifrig das Maul zerrissen, nur bis dahin das Glück gehabt hatten, nicht erwischt worden zu sein.

Am 7. Februar stirbt König Hussein von Jordanien.

Ich mochte diesen Herrscher aus dem Haus der Haschimiten. Er war in meinen Augen schon seit 1967, als die Araber im Sechstagekrieg gegen Israel verloren, ein vernünftiger Vermittler im immer weiter gehenden Nahostkonflikt gewesen. Ich war gespannt, wie sich sein Sohn verhalten würde. Er schien auf jeden Fall genau wie sein Vater kein Mann zu sein, der meinte, Frauen an die Leine legen zu müssen.

An die Leine legen lassen wollte sich aber auch bei uns in Deutschland ein bestimmter Politiker nicht mehr, der sich als Herrscher über die saarländische Landesregierung aufspielte und der mir bereits von seinen Auftritten in der Nähe meiner damaligen Arbeitsstätte in Bonn nicht unbedingt in guter Erinnerung geblieben war. Ich hatte schon häufig Probleme mit Menschen, die so taten, als wären sie die Krone der Schöpfung, bei ihm war mir das aber besonders unangenehm aufgefallen.

Oskar Lafontaine tritt am 11. März 1999 von all seinen politischen Ämtern zurück. Ein Schock für viele in der SPD. (Vielleicht aber doch auch eine Freude für den ein oder anderen Parteifreund?)

Des einen Freud, des anderen Leid. Viele SPD-Mitglieder und -Anhänger fühlten sich wie eisgekühlt. In der Parteispitze scharrten aber auch schon einige mit den Hufen. Manche Genossen sprachen spätestens da aus, was sie schon lange gedacht hatten: Er war nie ein echter »Sozi«, sondern ihm war es schon immer wichtiger gewesen, herauszufinden, »wo der Barthel den Moscht holte«. Meinen Vater brauchte ich dazu gar nicht erst zu befragen. »Diplom-Physiker, pfft ... was weiß denn der schon von einem deutschen Arbeiter?«, hatte er schon mal deutlich geäußert. Wahrscheinlich tat es ihm weh, mit anzusehen, wie jemand »seine« Partei benutzte, indem er sie als Bühne für seine Selbstdarstellung missbrauchte. Ansatzweise hatten das schon andere getan, aber Oskar war in seinen Augen der Gipfel.

Seiner und meiner Meinung nach war die SPD in ihrer Nachkriegsgeschichte so lange gut dran gewesen, wie man mit ihr Figuren wie Kurt

Schumacher, Erich Ollenhauer, Willy Brandt und Helmut Schmidt verbinden konnte, Jochen Vogel nicht zu vergessen. In der Nach-Schmidt-Ära hatte selbst mein parteitreuer Vater Probleme, zu verstehen, was da in der SPD abging. (Als sich Leute wie Lafontaine später aber auch noch der PDS annäherten, bekam er aufgrund zwanghaften Kopfschüttelns beinahe ein HWS-Syndrom.)

Mitte März werden Polen, Ungarn und Tschechien im Zuge der Osterweiterung der NATO in das Bündnis aufgenommen.

Diese Entwicklung konnte die Russen nicht erfreuen und es würde wohl noch viel Anlass zu Diskussionen geben. Die NATO direkt vor der Haustür, das konnte noch ganz andere Folgen haben, da ebenfalls im März Dinge passierten, die in Russland nicht gut ankamen:

Kampfflugzeuge der NATO, darunter 14 Tornados der Bundeswehr, greifen im Kosovo und in Serbien Ziele an. In der Folge flüchten zuerst Tausende, dann bis zu einer Million Kosovo-Albaner nach Mazedonien und Albanien.

Außenminister Joschka Fischer hatte den Bundeswehreinsätzen zugestimmt (und lehnte später auf einem Sonderparteitag der Grünen die geforderte Einstellung von Luftangriffen auf Serben ab, was ihm ein gerissenes Trommelfell einbrachte, als er von einem Farbbeutel am Kopf getroffen wurde).

Am 23. Mai 1999, am 50. Geburtstag der Bundesrepublik Deutschland, wird Johannes Rau zum Bundespräsidenten gewählt, nachdem er sich im zweiten Wahlgang gegen zwei weibliche Kandidatinnen durchgesetzt hat.

Ich persönlich gönnte »Bruder Johannes« dieses Amt. Aus der Zeit, als er in Nordrhein-Westfalen unser Landesvater gewesen war, hatte ich ihn in guter Erinnerung. Schon kamen Stimmen auf, seine Persönlichkeit wäre zu »blass« für diese Aufgabe. Ich war nicht dieser Meinung und freute mich, als er später doch noch die meisten seiner Kritiker für sich einnehmen konnte.

Mehrere Ereignisse bahnten sich im Frühjahr 1999 in meinem persönlichen Umfeld an. Mein Mann und ich planten unsere kirchliche Trauung für den 8. Mai 1999. Meine Tochter ging in die Endphase ihrer Ausbildung. Sie wohnte zwar noch im Rheinland, überlegte aber schon, ob und wo sie danach ihr Wunschstudium der Innenarchitektur in Angriff nehmen sollte.

Wir hatten zugesagt, ihr nach bestandener Prüfung einen Urlaub zu spendieren. Mein Mann und ich wollten im Sommer nach Südfrankreich in die Camargue fahren. Ich hatte meine Tochter gefragt, ob sie nicht mit Freunden etwas unternehmen wolle, wir könnten sie auch dabei entsprechend unterstützen. Es war dann doch ihr Wunsch, mit uns zu verreisen, und ich freute mich sehr darüber. Mit ihrem Kleinwagen pendelte sie etliche Male zwischen dem Rheinland und unserem niedersächsischen Dorf hin und her. Immer wenn sie ein paar Tage da sein konnte, machten wir Pläne, was wir in Südfrankreich alles anstellen könnten. Es war nicht einfach, eine bezahlbare und trotzdem passable Unterkunft in der Hauptferienzeit zu bekommen. Südfrankreichs Charme in Ehren, aber das, was da teilweise über Fremdenverkehrsbüros angeboten wurde, war im Verhältnis zu den Preisen eine Frechheit. Irgendwann fanden wir eine Kompromisslösung und buchten für drei Wochen ein bezahlbares, dafür aber auch eher spartanisch ausgestattetes Appartement auf einem Bauernhof in der Nähe eines kleinen Dorfes zwischen Arles und der Mittelmeerküste.

Wir wollten gerne direkt im Anschluss an ihre Prüfungen gemeinsam fahren. Diesmal, das war für mich klar, würde ich dabei sein, wenn sie ihre Abschlussurkunde (in dem Fall die Lossprechung durch die Handwerkskammer Bonn) bekäme. Ich hatte neugierig verfolgt, wie viel Überzeugung und Akribie sie in die Anfertigung ihres »Gesellenstücks« investiert hatte, und war sehr stolz auf ihre kreativen Fähigkeiten.

Leider verschob sich dann zu einem bereits sehr späten Zeitpunkt der Termin der Lossprechung. Mein Mann und ich hatten die Wahl, die Buchung unseres Frankreichaufenthaltes unter Hinnahme erheblicher finanzieller Einbußen und der Zersplitterung meines Sommerurlaubes (den ich gegen viel Widerstand in meiner Bank durchgeboxt hatte) hinfällig werden zu lassen oder eine andere Lösung zu finden. Mein Exmann wollte bei der Abschlussfeier auf jeden Fall anwesend sein, und so bat ich meine Tochter schweren Herzens um Verständnis für den Vorschlag, sie per Flugzeug nachkommen zu lassen, um sie eine Woche später in Marseille abzuholen. So machten wir es dann auch, und ich hatte den tiefen Wunsch, dass sie mir aufgrund der Umstände diesen Klimmzug würde verzeihen können. Meine echte, große Freude über ihr gutes Prüfungsergebnis hat hoffentlich etwas dazu beigetragen. Für die darauffolgenden zwei Wochen dachten wir uns jedenfalls einiges aus, um ihr nach den überstandenen Anstrengungen einen schönen Urlaub zu bieten.

Wir machten Ausflüge nach Avignon und besuchten den Papst-Palast und andere geschichtsträchtige Stätten – leider auch, ohne immer erkannt zu haben, wo wir uns genau aufhielten. Als wir im »Café de la Nuit« die Rechnung bekamen, unterstellte mein Mann, dass Vincent van Gogh für sein gleichnamiges Bild seinerzeit wahrscheinlich weniger eingenommen hätte, als wir für einen kleinen Imbiss bezahlen sollten. Als wir dann noch feststellten, dass man uns absichtlich falsche Preise angerechnet hatte, war die Urlaubslaune kurzzeitig getrübt. Am Nebentisch saß eine Gruppe Dänen. Sie meinten lachend, in ihrem Land könne man auch ganz gut Urlaub machen. Es würde zumindest ein bisschen weniger kosten. Na ja, so viel weniger nun auch nicht. Sie waren alle sehr sympathisch, und wir erklärten, dass Dänemark schon seit vielen Jahren eines unserer bevorzugten Reiseländer sei, aber leider keinen Pont du Gard hätte. Zu diesem (am besten erhaltenen) römischen Bauwerk in Südfrankreich aus dem Jahr 15 v. Chr. wollten wir uns am nächsten Tag begeben.

Danach besuchten wir natürlich auch noch Nîmes, die wunderschöne, seinerzeit aus einer Galliersiedlung entstandene Stadt mit ihrem imponierenden Amphitheater, und fuhren auch nach Saintes-Maries-de-la-Mer. Als wir uns am Marktplatz niederließen, sagte mein Mann freundlich zu einem Herrn am Nachbartisch: »Guten Tag, Herr …« Ich fragte mich, ob er sich vielleicht gerade in einem Tagtraum befand, als er mir erklärte: »Oh, das ist übrigens der nette Mann vom Zoll in

Köln, der in meiner Bonner Bürozeit immer die Importpapiere für die Waren aus Kroatien bearbeitete.« Ich war platt und dachte an den alten Spruch von der doch so kleinen Welt.

Meine Tochter war bei einem unserer Ausflüge von einem anderen Ort so bezaubert, dass sie meinte: »Dahin mache ich eines Tages meine Hochzeitsreise.« Dazu ist es bei ihr bis heute noch nicht gekommen; sollte ich sie spaßeshalber noch einmal daran erinnern oder lieber doch nicht? Wahrscheinlich wusste sie auch schon, dass man einmal erlebte Stimmungen nie wieder so zurückholen konnte, wie man es sich manchmal wünschte.

Auf jeden Fall gefiel der Ort auch meinem Mann und mir ausgesprochen gut. Es handelte sich um Les Beaux de Provence, einem kleinen Ort, der überwiegend aus mittelalterlichen Ruinen besteht und auf einem hohen, schroffen Felsen liegt. Der Rundblick, den man von der höchsten Spitze dieses Felsens über die Ausläufer der Seealpen hatte, war atemberaubend. Das hatten wahrscheinlich auch schon die Bewohner und Besucher der Anlage im 13. Jahrhundert so empfunden. Auf dem besagten Felsen soll ein sogenannter Liebeshof gestanden haben, an dem Troubadoure ihren Favoritinnen heiße Minnegesänge vortrugen.

Vom Geruch der Provence sowieso schon verwöhnt, animierte uns dann noch der Duft der leckeren Speisen, der aus einigen der kleinen, gediegenen Restaurants inmitten der alten Ruinen zu uns drang und der uns lockte, ein passendes Plätzchen zum Rasten zu suchen. Wir fanden ein wunderbares Lokal, von dessen Terrasse aus wir die außergewöhnlich schöne Landschaft während unserer Schlemmermahlzeit bestaunen konnten. Ich berichtete meiner Tochter und meinem Mann während des Essens, was ich über das Leben der Minnesänger im Mittelalter – und hier speziell über die Bemühungen Walthers von der Vogelweide – gelesen hatte. Er und seine armen Kollegen hofierten zwar die Damen, mussten sich für meine Begriffe dafür aber gegenüber den zahlenden Burgherren verbal oft genug »prostituieren«, um über die Runden zu kommen. Denjenigen Lesern, die sich für dabei herausgekommene Wortspielchen (mit deftigen und oft auch politischen Inhalten) interessieren, kann ich Horst Sterns Buch über den Stauferspross Friedrich II. empfehlen. Der in Reime gefasste verbale Schlagabtausch zwischen dem den Beinamen »stupor mundi« (das Staunen der Welt) tragenden Kaisers und Walter von der Vogelweide ist ein Genuss.

Ungern kehrten wir wieder dem warmen, sonnigen und alle Sinne verwöhnenden Südfrankreich den Rücken zu. Mein Mann konnte nicht immer nur unbeschwert Weine konsumieren; er musste auch mal wieder zu Hause welchen verkaufen. Ein Vorteil war, er brauchte keine Bedenken mehr zu haben, dass wir ihn wieder ganz spontan mit Ideen überfielen, wie im Urlaub des Öfteren geschehen. Er hatte allerdings auch dann noch gute Miene gezeigt, als er bei einem gemeinsamen Ausritt durch die Niederungen der Camargue ein besonders »liebes« Tierchen zugeteilt bekam, das es meist vorzog, am Wegesrand Gräser zu rupfen, als der Gruppe zu folgen. Auf dem Rückritt hatte er die Idee, dem eigenwilligen Pferdchen immer einen Büschel leckeres Grün vor die Nase zu halten. Eine Lachnummer, aber es funktionierte.

Auf mich warteten wieder Ausblicke auf Bildschirme mit Börsendaten. Ein schlechter Tausch, nachdem sich meine Augen an die schöne Landschaft der Provence gewöhnt hatten.

Meine Tochter hatte sich beim Baden im Mittelmeer, durch langes Schlafen, Entspannung bei gemeinsamen Gesellschaftsspielen, viele Gespräche zu zweit und zu dritt, gutes Essen, interessante Ausflüge und bei Dorffesten mit netten Franzosen so weit vom Prüfungsstress erholt, dass sie den nächsten Abschnitt ihrer Ausbildung gelassen anpacken konnte. Sie hatte die Absicht, nach Hildesheim umzuziehen, um dort an der Fachhochschule Innenarchitektur zu studieren. Ich beneidete sie einerseits ein wenig um die Möglichkeit, studieren zu können, war aber andererseits auch stolz auf ihre Talente. Sie würde ihren Weg schon gehen.

Am 17. Juli 1999 stürzt John F. Kennedy jr., der Sohn des ehemaligen US-Präsidenten, vor der amerikanischen Ostküste mit seinem Privatflugzeug in den Atlantik. Mit ihm Ehefrau und Schwägerin.

Als ich die Nachricht hörte, sah ich den sehr attraktiven Sohn Kennedys noch einmal auf Fotos mit seinen Eltern und seiner Schwester (er in kurzen

Hosen und mit einem niedlichen Mäntelchen bekleidet) vor mir. Gut, dass er, ebenso wenig wie die anderen, wusste, was im Leben noch auf ihn zukommen sollte. Keiner der Personen auf den Fotos hätte damals so entspannt lachen können. Inzwischen waren schon drei von ihnen tot.

Nach Hause zurückgekehrt, fanden wir meine Eltern bei guter Laune vor. Sie hatten während unserer Abwesenheit von Freunden aus dem Sauerland Besuch bekommen, die trotz ihres Alters noch mit einem Pkw angereist waren. Ich freute mich über diese noch funktionierenden Kontakte, da sich abzeichnete, dass sich Treffen dieser Art aus gesundheitlichen Gründen (sowohl bei meinen Eltern als auch bei den Freunden) nicht mehr lange würden durchführen lassen.

Im September halfen wir unserer Tochter bei ihrem Umzug in eine kleine, nette Wohnung in Hildesheim in der Nähe ihrer Fachhochschule. Sie war voller Erwartung und Tatendrang. Hildesheim gefiel uns gut, und wir sagten zu, öfter mal zu ihr zu fahren, und zwar nicht nur, um gemeinsam etwas zu unternehmen, sondern auch, um Anteil an ihren Studien haben zu können. Es machte jedes Mal Spaß, in ihren kreativen Entwürfen stöbern zu dürfen.

Zumindest für uns und unsere Familie sollte das Jahr friedlich zu Ende gehen. Wir konnten froh sein, in einer Gegend der Welt zu wohnen, in der Menschen nicht ständig Angst vor Terrorakten, kriegerischen Auseinandersetzungen oder Naturkatastrophen haben mussten.

Am 15. Dezember kommt es in Venezuela aufgrund wochenlanger Regenfälle zu katastrophalen Erdrutschen. Im Bundesstaat Vargas werden mehrere Ortschaften von Schlamm- und Geröllmassen begraben. Man spricht von circa 50.000 Toten und 200.000 Obdachlosen.

Unvorstellbare Zahlen. Man konnte glatt zu Eis erstarren, wenn man in den Filmberichten während der Nachrichten mit ansah, wie Menschen mit bloßen Händen versuchten, Angehörige aus den Schlamm- und Geröllmassen auszugraben. Hier wurde von manch einem auch wieder von einer Strafe Gottes gesprochen. Es tat mir sehr leid für die Angehörigen. Aber auch hier durfte man in meinen Augen die Fehler von Menschen nicht übersehen. Abholzung von Wäldern ohne Rücksicht auf die Folgen, Misswirtschaft, Korruption – wer zwang die Menschen eigentlich dazu, immer wieder an ihrer Selbstvernichtung mitzuwirken?

Am 10. Dezember 1999 bekommt Günter Grass den Nobelpreis für Literatur.

Zuletzt erschien von ihm der Erzählband »Mein Jahrhundert«. Ich hätte gerne gewusst, ob er sich über den Nobelpreis wirklich freuen konnte. Ich hatte aufgrund einiger seiner Äußerungen und diverser Berichte in der Presse über die Jahre den Eindruck gehabt, dass er eher beleidigt war, bis dahin noch nicht berücksichtigt worden zu sein. Immerhin war er wieder mal in den Schlagzeilen, und das noch mit überwiegend freundlichen Kommentaren, als man sie in naher Zukunft würde lesen können.

Zum Jahresende macht der mit Haftbefehl gesuchte ehemalige CDU-Schatz-meister Walther Leisler-Kiep der Justiz ein Geschenk: Er stellt sich freiwillig.

Nachdem er ausgesagt hatte, von dem »Geldboten« Karlheinz Schreiber eine Million DM als Parteispende für die CDU entgegengenommen zu haben, wird wahrscheinlich manch einem in der Partei nicht nur wegen der Jahreszeit warm ums Herz geworden sein. Altkanzler Kohl beteuerte denn auch postwendend, nichts von alldem gewusst zu haben, musste später aber zugeben, dass für die Partei »verdeckte Konten« vorhanden gewesen wären. Ich dachte damals so, wie ich in der Sache Clinton gedacht hatte. Es gab bei vielen Politikern wahrscheinlich einiges nicht Vorzeigbares; es war nur noch nicht bekannt geworden.

Normalbürger mussten sich in dem Zusammenhang doch gleich mehrere Fragen stellen. Was machte dieser mysteriöse Lobbyist Schreiber eigentlich genau? Was wurde als Gegenleistung für die ominöse Spende von der CDU-Spitze erwartet? Wie oft waren solche Spielchen schon gelaufen? Machten andere Lobbyisten und Parteien das auch? Aufgrund meiner langjährigen Arbeit in Bonn hatte ich für mich schon einige Antworten gefunden.

Am 17. Dezember 1999 wird eine Bundesstiftung ins Leben gerufen, die dafür Sorge tragen soll, ehemaligen Zwangsarbeitern in der Nazizeit Entschädigungszahlungen zukommen zu lassen.

Nach langem Ringen war eine Einigung zustande gekommen. In den Stiftungstopf sollten je fünf Milliarden von der Bundesrepublik Deutschland und deutschen Wirtschaftsunternehmen eingezahlt werden. War es Taktik, eine Lösung so lange hinauszuschieben, bis die meisten der Betroffenen gar nicht mehr am Leben sein würden? Ich sah das so. Sollte es die Wahrheit sein, wäre das mehr als schäbig. Wie schnell wurden dagegen schon jahrelang Milliardenbeträge für Firmenübernahmen lockergemacht und mit keiner Wimper gezuckt, wenn dieses Geld aufgrund von Managementfehlern als »verbrannt« gelten durfte?

In Russland gibt es kurz vor Jahresende 1999 noch eine Veränderung, von der sich die Menschen dort etwas versprechen. Der russische Präsident Jelzin tritt zurück und präsentiert seinen Wunschnachfolger: Wladimir Putin.

Würde im neuen Jahrtausend für uns, für die Russen, für die meisten Menschen der Welt alles besser werden? Eher nicht anzunehmen. Woher kam dann die Euphorie bei denen, die bereits Wochen vor Jahresende Millennium-Partys planten. Einige hatten sogar schon Flugpläne ausgearbeitet, nach denen sie, wenn sie in mehreren Etappen die Welt nach Westen umrundeten, mehrmals den Jahreswechsel feiern konnten.

Wir machten uns nicht so viele Gedanken, feierten auch fröhlich ins angeblich neue Jahrtausend hinein und wünschten uns in erster Linie Gesundheit.

Den Gästen auf unserer Party wollte ich die Illusion nicht rauben, dass es etwas Besonderes war, ins Jahr 2000 hineinzufeiern, weil dies den Beginn des dritten Jahrtausends bedeutete. Wenn man davon ausging, dass die Zeitrechnung mit dem Jahr 1 nach Christus begann, würde der Jahrtausendwechsel aber erst am 1. Januar 2001 zu feiern sein.

Auf jeden Fall sollte das neue Jahr, dessen Zahl so schön auf Papier aussah, das Internationale Jahr der Physik werden.

Es trafen sich schon früh im Jahr Menschen auf Kongressen und Veranstaltungen, um über Dinge in einem Bereich zu sprechen, der ihnen sicher verständlich war, sich mir aber niemals erschließen würde und für den meine Gehirnwindungen offensichtlich nicht ausgelegt waren.

2000 ist auch das »Heilige Jahr der katholischen Kirche«, das alle 25 Jahre gefeiert wird.

Eingeleitet wurde es allerdings schon in der Nacht vom 24. auf den 25. Dezember 1999, in dem der Papst die Hl. Pforte der Peterskirche öffnete und sie dann wieder zumauern ließ. Das Jahr an sich soll der inneren Erneuerung der Gläubigen dienen. Ich wünschte ihnen, dass sie auch beten konnten: »Lieber Gott, mach alles neu und fang bei mir an.«

Am 5. Dezember 2000 stirbt ein Mann, den ich schon in jungen Jahren außerordentlich verehrte: der österreichische Filmregisseur und Schauspieler Bernhard Wicki.

Er war ganz sicher einer der Großen seiner Zeit. Natürlich stimmte es, was Curt Goetz meinte: Sie (die Zeit) bringt ohne Ausnahme auch ihre »Großen« um, wie könnte es anders sein? Die Regieführung Wickis in den Filmen »Die Brücke«, »Das Wunder des Malachias«, »Die Grünstein-Variante« sowie in anderen Werken lässt ihn nicht in Vergessenheit geraten. Besonders beeindruckt war ich, wenn ich Bernhard Wicki gemeinsam auf der Bühne mit seiner (in der Schweiz geborenen und leider schon 1994 verstorbenen) Ehefrau Agnes Fink sehen durfte. In meiner Jugend war es gottlob noch so, dass auch im Fernsehen des Öfteren große Bühnenschauspieler zu sehen waren, so auch die beiden in Stücken des Zürcher Schauspielhauses. So kam ich auf diesem Wege in den Genuss, Tilla Durieux, Therese Giese oder Carl Wery sehen zu dürfen. In die jeweiligen Schauspielhäuser wäre ich zu dieser Zeit nie gekommen.

Der neue russische Präsident Wladimir Putin macht nicht allen in sei-nem Machtbereich Freude. Am 1. Februar 2000 rückt die russische Armee in Grosny/Tschetschenien ein. Obwohl im Untergrund Kämpfe noch lange weitergehen, verkündet er am 6. Februar den »Sieg« über Tschet-schenien.

Ich erinnere mich, dass den im Fernsehen gezeigten trauernden Müt-tern toter Söhne dieser Scheinsieg völlig egal war, wenn ihnen nur noch eine nackte Holzkiste überlassen wurde. Einige, die ihre noch lebenden Jungen zurückhaben wollten, fuhren bis nach Tschetschenien, um gegen die Besetzung zu protestieren. Ich weiß nicht, ob eine von ihnen Erfolg hatte, mutig waren sie auf jeden Fall.

Aus Österreich kommt am 19. Februar 2000 sowohl eine traurige als auch eine gute Nachricht:

Der Maler und Grafiker Friedensreich Hundertwasser stirbt, 72-jährig, während einer Kreuzfahrt auf dem Pazifischen Ozean.

In Wien demonstrieren circa 200.000 Menschen gegen den Rechtspopulisten Jörg Haider.

In Hundertwasser (auch ein ganz Großer), dessen Werke durch ihre Wahnsinnsfarbkompositionen wirkten, lebte der österreichische Jugend-stil weiter. Ob er Bücher gestaltete, sich als Architekt betätigte oder durch Aktionen die Öffentlichkeit für etwas begeistern wollte – er tat es in genialer Weise.

Jörg Haider hielt sich nur für genial. Das sahen glücklicherweise et-liche Österreicher anders.

Am 24. Februar 2000 schlägt Bundeskanzler Schröder eine deutsche »Green-card« für ausländische Hightech-Experten vor und löst damit eine große Diskussion darüber aus, ob nicht vorrangig die Förderung deutscher Genies ganz oben auf der Liste von Maßnahmen in Politik und Wirtschaft stehen müsste.

Ja, wo laufen sie denn? So würde wahrscheinlich Loriot fragen. Ich sagte mir, das unsere »Genies« – falls vorhanden – wohl eher weiter aus Deutschland weglaufen würden, wenn nicht ganz schnell Anreize auf den Tisch kämen, die sie zum Bleiben animierten. Auf das »Greencard«-Angebot hin soll sich doch tatsächlich einer gemeldet haben. Hoffentlich musste er nicht nach Ostdeutschland ziehen. Was da schon seit geraumer Zeit an Ausländerfeindlichkeit praktiziert wurde, regte mich wirklich auf. (Wenn ich all meine Gedanken dazu hier wiedergeben sollte, würde das den Umfang meines Buches enorm anschwellen lassen. Ich glaube aber, dass fast alle Parteien inzwischen erkannt haben, dass Deeskalationsmaßnahmen bereits in Schulen ansetzen müssen.)

In unserem familiären Bereich gab es im neuen Jahr (zunächst) noch kaum Probleme. Das sollte sich bald ändern. An meiner Arbeitsstelle zeichnete sich ab, dass die Bank etliche Umstrukturierungen geplant hatte. Aus Erfahrung wussten alle, dass dieses ominöse Wort für Entlassungen von Mitarbeitern stand. Je besser auf Hauptversammlungen die präsentierten Zahlen aussahen, umso gefährlicher wurde es nach meiner Meinung (und der der Kollegen) für »Normalbanker«, dass einem ein Vorgesetzter eröffnete: »Wir können nicht auf Sie und Ihre Arbeit verzichten, aber ab dem nächstmöglichen Termin wollen wir es mal versuchen!« Besonders ältere Arbeitskollegen bekamen schon Albträume. Es gab immer mehr Gerüchte, dass sie in den vorzeitigen Ruhestand geschickt werden sollten, selbst dann, wenn sie Probleme mit laufenden Verpflichtungen bekommen würden, weil sie von einer anderen Planung ausgegangen waren.

Erzählte man außerhalb der Arbeitsstelle jemandem von der sich offenbar zuspitzenden Situation, hieß es schon mal schadenfroh: »Das ist doch woanders genauso. Jetzt geht es auch mal denen an den Kragen, die sich für was Besseres hielten.« Schadenfreude zerstört viel zwischen Menschen. Mir fiel zu dem ganzen Thema ein, dass wir einige Jahre vorher als Motivation von unserer Bank neben kleinen Geschenken eine kleine Fibel erhalten hatten, in der vorne ein Spiegel eingeklebt war. Wenn man dann sein eigenes Bild darin sah, konnte man nicht umhin zu lesen, was groß darunter stand: Du bist die Bank! Inzwischen sah ich das als einen eher schlechten Scherz an.

Ich persönlich konnte mich noch nicht beklagen, gehörte ich doch zu einer Spezialabteilung, die vorerst nicht aufgegeben werden sollte. Jeder in unserem Bereich wusste aber, dass sich das schnell ändern konnte (und genauso kam es später).

Im Frühjahr 2000 machte mir meine Arbeit noch viel Spaß. Ich besuchte oft Kunden außerhalb der Bank und bekam viel zu sehen. Das bedeutete aber auch, dass es nicht immer geregelte Arbeitszeiten gab. Ich fuhr also frühmorgens vom Land in die Stadt und kam abends (entsprechend müde) wieder nach Hause.

Meinen Eltern gefiel das nicht sonderlich. War ich zurück im Dorf, sollte ich mich zu ihnen aufs Sofa setzen. Ich hatte nur Glück, dass mein Mann vieles auffing, sich um sein Geschäft, das Haus und sehr oft um die Belange meiner Eltern kümmerte. Daneben sahen wir zwar nicht ständig, aber doch in regelmäßigen Abständen nach meiner Schwiegermutter, um auch überprüfen zu können, ob sie gut gepflegt wurde. Es war nicht zu ändern – nach jedem Besuch bei ihr kamen wir unglücklich wieder nach Hause und überlegten, was wir besser machen könnten. Sie erkannte inzwischen keinen aus der Familie wirklich wieder und hatte immer noch aggressive Momente, die schwer zu ertragen waren. Manchmal dachte ich vor der Tür des Pflegeheimes: »Lieber Gott, geh jetzt mit rein.« Meistens half das dabei, nicht so schnell auf die Uhr zu schauen und ihr wirklich eine Zeit lang Zuwendung zu schenken.

Meine Tochter kam gut voran in ihrem Studium. Mit der Zeit zeichnete sich aber deutlich ab, dass sie doch lieber im Rheinland geblieben wäre, wo sie nach zwei Semestern in Hildesheim auch wieder hinging, weil sie in der Nähe eines Freundes sein wollte. Wenn ich an einen erneuten Umzug dachte, der wieder Zeit und Geld kosten würde, das sie zu der Zeit selber nicht hatte, bekam ich schon im Voraus feuchte Hände.

Die älteste Tochter, meine Stieftochter, hatte zu dem Zeitpunkt auch schon weiter oben auf ihrer Karriereleiter liegende Sprossen ins Auge gefasst, was aber ihrem Eheleben offenbar nicht so gut bekam, da die berufliche Entwicklung bei ihrem Ehemann zu der Zeit schon in die andere Richtung ging.

Vom Sohn meines Mannes kamen ebenfalls keine guten Nachrichten. Seine Ehe war schon einige Zeit vorher in die Brüche gegangen, seine Tochter sah er inzwischen nicht mehr und aufgrund seines angeschlagenen Gesundheitszustandes (trotz mehrerer Rückenoperationen ließ sich nicht verhindern, dass er Frührente beantragen musste) machte er einen resignierten Eindruck. Im Klartext hieß das, mein Mann und ich mussten schon wieder aufpassen, nicht alles, was mit den anderen Personen unserer Familie passierte, zu dicht an uns herankommen zu lassen. Ab und zu brauchten wir eine Auszeit für uns selbst.

Als wir eines Tages Freunde besuchten, sah ich einen gerahmten Spruch in ihrer Wohnung, den ich noch nicht kannte, der mir aber sehr naheging:

> *Deine Kinder sind nicht deine Kinder,*
> *sie sind die Söhne und Töchter der Sehnsucht*
> *des Lebens nach sich selbst.*
> *Sie kommen durch dich, aber nicht von dir*
> *und obwohl sie bei dir sind, gehören sie dir nicht,*
> *du kannst ihnen deine Liebe geben, aber nicht*
> *deine Gedanken.*
> *Du kannst ihren Körpern ein Heim geben,*
> *aber nicht ihrer Seele, denn ihre Seele wohnt*
> *im Haus von morgen, das du nicht besuchen kannst,*
> *nicht einmal in deinen Träumen.*
> *Du kannst versuchen, ihnen gleich zu sein, aber*
> *suche nicht, sie dir gleich zu machen, denn das*
> *Leben geht nicht rückwärts und verweilt*
> *nicht beim Gestern. Du bist der Bogen, von dem*
> *deine Kinder als lebende Pfeile ausgeschickt werden.*
> *Lass deine Bogenrundung in der Hand des Schützen*
> *Freude bereiten.*

> *Khalil Gibral*

Ich nahm mir vor, immer an diese Worte zu denken, wenn ich wieder mal einem unserer Kinder »meine Gedanken« geben wollte. In der Praxis war das wahnsinnig schwer.

Im April wird Angela Merkel zur Bundesvorsitzenden der CDU gewählt.

Ich freute mich, dass sie es allen Voraussagen zum Trotz geschafft hatte, ihren Weg in der CDU zielstrebig weiterzugehen.

Seit 1990 Mitglied des Bundestages, von 1993 an sieben Jahre lang Landesvorsitzende in Mecklenburg-Vorpommern, in der Zeit ebenso Bundesministerin für Frauen und Jugend sowie von 1998 bis 2000 für Umwelt, Naturschutz und Reaktorsicherheit. Hierbei war ihr sicher zugutegekommen, dass sie Physik studiert hatte. Weiß Gott keine Quotenfrau, wie manche in der Anfangszeit ihrer politischen Karriere erst abwertend meinten. Selbst die, die spätestens dann aufwachten, als sie sich mit ihren Meinungen sogar gegen den »Koloss« der CDU, Helmut Kohl, durchsetzte, kamen später immer wieder ins Staunen.

Im gleichen Monat feierten wir meinen 52. Geburtstag. Ich war in meinem Leben bis dahin nicht so erfolgreich gewesen wie Angela Merkel in ihrem, ansonsten aber sehr zufrieden. Über Bemerkungen von Arbeitskollegen, dass der Lack nun doch schon ab wäre, konnte ich nur lachen. Ich war dankbar dafür, dass ich mich gesundheitlich nicht beklagen konnte, und wünschte mir dies auch für alle, die mir am Herzen lagen.

Wünsche und was aus ihnen wird, sind bekanntlich zweierlei Dinge. Kurz nach meinem Geburtstag erlitt meine Mutter einen Schwächeanfall und wurde ins Krankenhaus eingewiesen. Nach einer Woche sollte sie wieder entlassen werden. Einer der behandelnden Ärzte führte die übliche Abschlussuntersuchung durch, forderte sie danach in seinem Zimmer auf, sich wieder anzukleiden, und bekam – an seinem Schreibtisch sitzend – nicht mit, dass ihr schwindlig wurde, bis sie aus dem Stand der Länge nach vor ihm auf den Fliesenboden fiel. Sie hatte zwar nichts gebrochen, zog sich aber schwere, schmerzhafte Prellungen zu und musste anschließend weitere zwei Wochen im Krankenhaus verbleiben.

Die alten Freunde meiner Eltern hatten geplant, noch einmal zu einem einwöchigen Besuch in unser Dorf zu kommen. Als sie erfahren hatten, was passiert war, boten sie an, sich um meinen Vater zu kümmern und meine Mutter im Krankenhaus zu besuchen, wenn sie in unserem Gästeappartement wohnen dürften. Wir freuten uns, eine Möglichkeit zu bekommen, einfach ein paar Tage »ins Blaue« fahren zu können, um uns ein wenig ohne schlechtes Gewissen und mit dem Gefühl, dass alles zu Hause geregelt sein würde, zu erholen. Ich war diesen lieben Menschen dafür unendlich dankbar.

Mein Mann und ich brachen aufgrund dieser Unterstützung ganz spontan zu einer einwöchigen Ostdänemark-Rundreise auf. Wir fuhren Richtung Heiligenhafen, übernachteten in Burg auf Fehmarn und setzen am andern Tag von Puttgarden aus per Fähre auf die dänische Insel Lolland über.

Ich hatte mir schon lange gewünscht, diesen Teil Dänemarks kennenzulernen, konnte mich aber, als wir endlich dorthin unterwegs waren, weder bei Tag noch nachts wirklich entspannen. Ich lauschte immer, ob mein Handy einen Laut von sich geben würde, und war außerdem genervt von dem Dauerregen, der uns während der ganzen Woche begleitete.

Wir fuhren weiter und erkundeten Seeland. Endlich konnte ich einmal durch das wirklich schöne Kopenhagen laufen. Auf einem Abstecher nach Helsingör, wo wir in einem wahnsinnig vornehmen Hotel – wir bekamen spontan nichts anderes – übernachteten, träumte ich nicht nur von der leider zu erwartenden hohen Rechnung, sondern auch von einem merkwürdig bleichen Hamlet. Im Dom von Roskilde besichtigten wir die Sarkophage etlicher Zeitzeugen der schwedisch-dänischen Geschichte und wanderten anschließend durch das für meine Begriffe unendlich interessante Wikinger-Museum. An all den genannten Orten konnte ich in meinem Kopf das Bild meiner abgemagerten Mutter in ihrem Krankenhausbett nicht verdrängen.

Wir kamen wieder nach Hause, und ich nahm mir vor, mehr auf die Wünsche, vielleicht auch Träume meiner Mutter einzugehen, auch wenn sie ihr Alter und ihre Gebrechen schlecht akzeptieren konnte. Vielleicht würde ich es schaffen, die Gründe dafür herauszufinden.

Ich hatte mir überhaupt vorgenommen, mich nicht mehr so leicht aufzuregen und mehr über das nachzudenken, was klappte, als über Dinge, die nicht so optimal liefen. Erschüttert war ich allerdings doch, als uns die Freunde meiner Eltern nach unserer Rückkehr erklärten, dass sie im Krankenhaus einen sehr unangenehmen Zusammenstoß mit dem Stationsarzt hatten, als sie ihm (weil sie gerade im Zimmer waren) die Frage stellten, wie es meiner Mutter ging. Sie hatten ihm auch erzählt, dass sie eine Woche lang für uns, die sich ansonsten kümmernden Kinder, die Stellung halten würden. Er bekam – wie man uns erzählte – trotzdem einen regelrechten Wutanfall und schimpfte über Angehörige, die ihre »Alten« abschieben würden, um in Urlaub fahren zu können. Ich konnte mir vorstellen, dass er seine Gründe hatte, so zu reagieren, beschwerte mich aber in diesem Fall (nach langer Überlegung) trotzdem bei der Krankenhausleitung.

Nachdem meine Mutter wieder zu Hause war, konnte sie zwar einige Schritte an ihrem Rollator laufen, hatte aber eigentlich gar keine Lust dazu, weil sie weiterhin unter Schmerzen litt, schlapp war, wenig aß und auch nicht davon überzeugt werden konnte, eine ausreichende Menge Flüssigkeit zu sich zu nehmen.

Die Welt meines Vaters geriet dadurch immer mehr aus den Fugen. War er früher von morgens bis abends von meiner Mutter bekocht, bedient und verwöhnt worden, saß sie nun mit einem sibyllinischen Lächeln auf den Lippen auf der Couch und rührte sich nicht, wenn er sie massiv aufforderte, sich in die Küche zu begeben. Wenn er sagte: »Ich habe Hunger«, antwortete sie lapidar: »Dann mach dir doch was zu essen.« Ich hatte nie erlebt, dass er ihr gegenüber einmal die Worte bitte und danke über die Lippen brachte, jetzt fiel mir immer öfter auf, dass sie – nach fast 60 Ehejahren – selber immer mehr Anstoß an dieser Tatsache nahm.

Unser Hausarzt sorgte dafür, dass meine Mutter für einige Wochen in eine Reha-Klinik nach Bad Bevensen kam. Mein Mann und ich fuhren meistens alleine dorthin, um sie zu besuchen, weil die Fahrten für meinen Vater zu beschwerlich wurden. Ich vergesse nie, wie sie bei einem unserer Besuchstermine – sie war nur noch ein Schatten der Person, die wir in Erinnerung hatten – zu mir sagte: »Es ist so schrecklich hier. Um mich herum sind nur Alte und die Mitbewohnerin auf meinem Zimmer sieht aus wie eine Mumie. Gestern habe ich überlegt, mit dem Fahrstuhl auf die Dachterrasse zu fahren und mich hinunterzustürzen.«

Ich erstarrte und wusste erst mal nicht, was ich ihr sagen sollte. Die Zimmernachbarin war übrigens jünger als meine Mutter, sah recht adrett und gepflegt aus und stand zu ihren silbergrauen Haaren. In meiner Not malte ich meiner Mutter in den schönsten Farben aus, was wir alles noch würden unternehmen können, wenn sie wieder zu Hause wäre. Am nächsten Tag rief ich ihren Arzt an und bat ihn, ihr aus ihrer Depression zu helfen. Er versprach, ihr einen sogenannten »Aufheller« zu verschreiben. Damals hatte ich noch keinen blassen Schimmer, was sich dahinter verbarg, war aber froh, dass überhaupt etwas passierte.

Ungefähr zu der Zeit, als wir meine Mutter wieder nach Hause holen konnten, richteten Presse und Fernsehen folgende Nachricht an das inzwischen gesamtdeutsche Volk:

Aufstieg und Fall eines Tschekisten: Erich Mielke am 21. Mai 2000 gestorben.

Zur Zeit der Machtergreifung Hitlers war er in die damalige UdSSR geflüchtet, hatte sich bis zum Ende des Zweiten Weltkrieges in Frankreich und Belgien aufgehalten und baute dann später in der DDR den Staatssicherheitsdienst »Stasi« mit auf. Was mochte er wohl wirklich für ein Mensch gewesen sein? Was hatte sich hinter dem Bild, das man zu der Zeit fast täglich von ihm in Zeitungen und Fernsehen vermittelte, verborgen? Zu der Zeit, als meine Eltern an die Heilsgeschichte des Dritten Reiches geglaubt hatten, hielt er unerschütterlich daran fest, das Naziregime bekämpfen zu müssen. So weit, so gut. Warum errichtete er aber später ein Gebilde mit, das kaum einen Deut besser war? Wollte oder konnte er ab einem bestimmten Zeitpunkt nicht mehr erkennen, dass Menschen in der DDR, wenn sie nicht linientreu waren, genauso unterdrückt, diffamiert und weggesperrt wurden wie in dem Regime, das er angeblich so verachtet hatte? Fragen über Fragen, aber leider keine plausiblen Antworten.

Am 1. Juni 2000 beginnt die erste Weltausstellung auf deutschem Boden – die Expo 2000 in Hannover wird für drei Monate ihre Tore öffnen. Erwartet werden 40 Millionen Menschen. Leider sind es am Ende nur 18 Millionen.

Zwei dieser »nur« 18 Millionen waren mein Man und ich. Mir machte der Besuch der Ausstellung großen Spaß, wobei mich die Allee der seltenen Bäume fast mehr interessierte als mancher Pavillon. Am meisten zog es mich zu den asiatischen Ausstellern. Bei den Europäern war Finnland mein Favorit. Die Idee, viele kleine bunte Nokia-Handys wie bunte Vögel in dem mit echten Bäumen angelegten Birkenwäldchen auf die Äste zu setzen, hatte wirklich was. Keiner konnte damals ahnen, dass Nokia nicht nur Handys auf Bäume, sondern Jahre später auch mit brutaler Geschäftspolitik Menschen »auf Palmen« bringen würde.

4. August 2000: Queen Mom, die Mutter der englischen Königin, feiert ihren 100. Geburtstag.

Als ein Bericht über ihr Jubelfest im Fernsehen kam, hörte ich mit Verwunderung, was sie als junge Königin (am Anfang ihrer Ehe soll sie unendlich schüchtern gewesen sein) im von deutschen Raketen beschossenen London geleistet hatte. Unerschrocken war sie durch Trümmer gelaufen und hatte den Engländern Mut zugesprochen.

Queen Mom schaute noch im Alter von 100 Jahren vital und rosig unter den Krempen ihrer Wagenrädern ähnelnden Hüten in die Welt und man konnte sie glatt für 80 durchgehen lassen. Meine Mutter war in dem Jahr 80 geworden und sah eher aus wie zwischen 90 und 100. Sie wollte nach wie vor nicht mehr richtig essen. Ab und zu versuchte ich, sie mit einem Restaurantbesuch zu ködern, aber auch da streikte sie meistens und stocherte nur mit der Gabel in den leckersten Speisen herum. Ein bisschen Freude konnten wir ihr aufs Gesicht zaubern, wenn wir in unserem inzwischen gepflegt aussehenden Garten unter den alten Bäumen am Bach saßen und mein Mann ihr eine Bratwurst grillte. Sie trank gerne noch ab und zu ein Bier oder ein Glas Wein mit, musste aber dann nach Hause gebracht werden, weil sie bei ihrem Untergewicht natürlich nichts vertragen konnte. Lange Zeit weigerte sie sich, den Rollator zu benutzen, den sie aus der Klinik mitbekommen hatte. Was sollten denn die Leute denken?

Ich hätte gerne gewusst, was sie trotz langer Lebenserfahrungen daran festhalten ließ, mehr Angst vor der Meinung anderer Menschen als vor den Folgen eines Sturzes zu haben.

Mein Vater war dagegen mit seinen 84 Jahren noch recht mobil. Durch seine Spaziergänge hatte er wieder neue Kontakte geknüpft, stand hier mit jemandem am Gartenzaun und plauschte dort mit einem Landwirt im Kuhstall. So hatten wir wenigstens vorerst noch kein Problem im Doppelpack.

Am 15. September 2000 beginnen die XXVII. Olympischen Sommerspiele in Sidney.

Beeindruckende Bilder gingen von Sportlern, Land und Leuten um den Erdball. Deutschland war stolz auf 56 gewonnene Medaillen.

Die Feiern zum zehnten Jahrestag der deutschen Einheit am 3. Oktober 2000 fallen nicht mehr unbedingt euphorisch aus.

Ernüchterung hatte sich in Deutschland breitgemacht. Die blühenden Landschaften wurden inzwischen weitestgehend der blühenden Fantasie Helmut Kohls zugeschrieben. Perspektivlosigkeit bei den Menschen im Osten, Unverständnis gegenüber den »neuen« Bundesbürgern und ihrer anderen Mentalität im Westen. Das konnte noch dauern, bis zusammenwachsen würde, was zusammengehörte.

Da es meinen Eltern im Herbst relativ gut ging und auch noch Verwandte zu Besuch kamen, buchten mein Mann und ich eine Woche Urlaub auf Kreta (vier Wochen meines Jahresurlaubes hatte ich bis zum Herbst zum Wohle unterschiedlichster Familienmitglieder eingebracht und wollte nun gerne noch ein paar Sonnentage genießen). Mein Mann hatte mir schon sehr lange diese Insel zeigen wollen, auf der er sich in seiner Bundeswehrzeit etliche Male beruflich aufhalten musste. Nachträglich gesehen hätten wir uns diese Reise schenken können. Nachdem wir in Heraklion angekommen waren, kämpfte ich nur noch gegen Luftnot an. Die Abgase von Zweirädern und alten Autos reicherten das angeblich so angenehme Mittelmeerklima der Insel auf eine Art und Weise an, auf die ich sehr schlecht reagierte. Die erste Nacht verbrachten wir in einem wunderbaren Hotel in der Nähe von Rethymnon (und dachten da noch, es würde bei der geplanten Rundreise so weitergehen). Das war ein einziger Irrtum. Es ging zwar jeden Tag weiter, weil wir die Insel einmal umkreisen wollten und somit auch jeden Abend in ein anderes Hotel kamen, nur wurden unsere Unterkünfte qualitativ täglich schlechter. Nach all den Reisen, die mein Ehemann und ich schon zusammen auf dem Buckel hatten, erschütterte es uns nicht mehr, wenn wir mit wenig Komfort auskommen mussten. Hauptsache, es war einigermaßen sauber und die Verpflegung genießbar. Hätte ich allerdings geahnt, dass die Einheimischen auf der ansonsten landschaftlich reizvollen Insel Straßenränder, Bergabhänge, Schluchten und Flussbetten als einzige große Müllkippe benutzten, wäre ich vielleicht gerade noch in der ersten Hotelanlage geblieben, anstatt die ganze Rundreise zu machen. In Sachen Müllmentalität kam die Tatsache hinzu, dass die Anbauflächen der Insel für Obst und Gemüse mit Plastikplanen abgedeckt wurden, die langsam durch Witterungseinflüsse zerfielen und dann in die Landschaft geweht wurden, wo sie kein Mensch jemals wieder entfernte. Bleibt noch zu erwähnen, dass ich an Orten wie Chania und später Hagios Nikolaos bei der Suche nach genehmen Restaurants mehr als ärgerlich wurde, wenn wir nach bester Reeperbahnmanier am Jackenärmel in irgendwelche Lokale gezogen werden sollten. Um das zu erleben, hätte ich nicht erst nach Kreta fliegen müssen, sondern als Ersatz Hamburg direkt vor der Tür gehabt.

Mein Mann erzählte mir, dass er zuletzt in den 80er-Jahren auf Kreta gewesen war und es zu der Zeit die wahrscheinlich infolge des Massentourismus aufgetretenen Erscheinungen noch nicht gegeben hätte. Er konnte auf jeden Fall seine Enttäuschung über diese Entwicklung nur schlecht verbergen. Mir ging dazu noch durch den Kopf, dass Diskussionen über die CO_2-Entwicklung oberste Priorität eingeräumt wurde, die Müllhalden dieser Erde aber wahrscheinlich weniger ein Thema waren. Ich wusste natürlich auch, dass es auf der Welt (leider) noch viel schlimmere Auswüchse in Sachen Müll gab, als wir sie auf dieser Mittelmeerinsel gesehen hatten; Werbung und Wirklichkeit passten hier aber auf jeden Fall nicht annähernd zusammen.

An den Rest des Jahres 2000 kann ich mich nur noch im Zusammenhang mit endlosen Krisensitzungen in unserer Bank erinnern, weil die Geschäftsleitung in Bezug auf Personalabbau eine Hiobsnachricht nach der anderen herausbrachte, sowie mit dem Umzug meiner Tochter nach Köln, über den wir nicht gerade begeistert waren. Nach zwei Semestern in Hildesheim wollte sie gerne nahtlos in Düsseldorf weiterstudieren, stellte dann aber fest, dass man ihr eben diese beiden Semester dort nicht anrechnen würde. Für uns bedeutete das im Klartext, dass das ganze Studium ein Jahr länger finanziell begleitet werden musste. Kindern freie Entscheidungen zuzugestehen ist eine Sache, die Folgen (ohne Kritik üben zu dürfen) mittragen zu müssen, eine andere. Wenn meine Tochter dann ab und zu äußerte, Studienzeiten wären nicht nur zum Büffeln, sondern auch zum Genießen da, kam mir – da bin ich ganz ehrlich – manchmal der Kaffee hoch, wenn ich mich frühmorgens zu meiner Arbeitsstelle aufmachte, spät abends zurückkam und dann anschließend meinen Eltern zur Seite stehen musste. Ein täglicher »Genuss« anderer Art.

Ich liebte sie schon, die jungen und auch die alten Egoisten in meiner Familie. Wann immer mir aber zu verstehen gegeben wurde, dass ich doch auch nicht schlecht lebte, schickte ich ein Stoßgebet zum Himmel und bat um eine neue »Kraftspritze«. Schaute ich dann meinen Mann an, der Tag für Tag für uns alle da war, kam ich schnell wieder auf den Teppich. Er war derjenige, der am ehesten in der Familie alles am Laufen hielt.

In den USA war kurz vor Jahresende für meine Begriffe etwas nicht so gut gelaufen:

Am 7. November stellt sich heraus, dass der voraussichtlich 43. Präsident der Vereinigten Staaten von Amerika George W. Bush und nicht Al Gore heißt.

Über Peinlichkeiten im Zusammenhang mit den Stimmauszählungen im Bundesstaat Florida wollte ich am liebsten gar nichts mehr hören. Es setzte sich überall in der Welt letztendlich sowieso immer der durch, der den größten Machtapparat hinter sich hatte. In diesem Fall war das eindeutig George W. Bush, dessen Vater schon wusste, wie es ging. Sein Sohn machte von Anfang an klar (die Gegner der Evolutionstheorie dankten es ihm sowieso), dass er nicht nur durch Stimmauszählungen Präsident geworden war, sondern weil Gott – mit dem er auf Augenhöhe zu sprechen schien – durch ihn der Welt das Heil bringen wollte. Was würde, weil er so gestrickt war, auf diese arme Welt noch alles zukommen?

Schon wieder war ein Jahr zu Ende. Die Zahl 2001 machte sich nicht mehr so gut auf Briefen, Dokumenten oder in der Werbung. Heute denke ich, wir hätten diese arme, krumme Jahreszahl doch noch richtig lieb gewinnen können, wenn sie nicht gegen Ende ihres Daseins einer Vergewaltigung zum Opfer gefallen und damit für alle Zeiten als Albtraumjahr in die Geschichte eingegangen wäre.

Eigentlich ging es im Januar 2001 noch recht friedlich zu. Dafür bekam ich erstes »Bauchgrimmen« Mitte Februar, als mich folgende Nachricht überrumpelte:

Am 16. Februar bombardieren US-amerikanische sowie britische Kampfflugzeuge Bagdad. Der Irak hat – so wird gemeldet – gegen das ihm auferlegte Flugverbot verstoßen.

George W. und seine Mannen nahmen anscheinend schon Witterung auf. War es für die »Falken« in Amerika immer noch ein Ärgernis, dass Vater Bush nicht konsequent durchmarschieren ließ? Vielleicht könnte man mit Geduld und Spucke die Welt schon mal darauf vorbereiten, dass hier noch eine Korrektur angebracht wäre. So kam es mir jedenfalls zu dem Zeitpunkt vor (ich hätte später so gerne nicht recht behalten).

In der Familie hatten wir ein besonderes Ereignis zu feiern. Meine Eltern begingen im Februar ihren 60. Hochzeitstag. Wir erzählten ihnen, dass wir eine Überraschung für sie hätten, weihten sie aber ansonsten nicht ein, was an dem Tag alles so passieren sollte. Während einer aushäusigen Feier in einem kleinen Lokal im Nachbarort wollten wir ein kleines Programm ablaufen lassen, mit dem sie sicher nicht rechnen würden. Mein Mann hatte ein Musikarchiv aufgesucht, um Schlager und Melodien von den 40er-Jahren bis ins Jahr 2001 aufzunehmen und zusammenzuschneiden. Von Lale Andersens »Lilli Marleen« über Lys-Assia-Oldies, von Willy-Schneider-Liedern und Rudi Schurickes Caprisong bis hin zu Hits aus der Kehle von Caterina Valente, Peter Alexander und anderen war alles dabei, was meine Eltern geliebt hatten. Als wir dann im Anschluss an eine humorige Rede meines Bruders auf dem Höhepunkt des Festes angekommen waren (um das Jubelpaar herum saßen eine ganze Reihe fast gleichaltriger Verwandter, Freunde und Nachbarn), spielte mein Mann den bunten Melodienreigen mit entsprechenden Kommentaren versehen ab. Meine Eltern und die meisten Gäste suchten erst einmal ihre Taschentücher hervor. Bei Ernst Negers »Heile, heile Gänsje« gab es dann kein Halten mehr – alle Schleusen waren geöffnet.

Es wurde noch lange über dieses gelungene Familienfest gesprochen. In den Tagen darauf (es gab einen Artikel mit Bild in der lokalen Presse über die diamantene Hochzeit meiner Eltern) fiel mir etwas auf, was ich an dem Festtag selber nicht wirklich registriert hatte. Als ich das Bild aus der Zeitung neben die inzwischen entwickelten Fotos der Feier legte, sah ich ganz deutlich auf allen Ablichtungen, wie weit entfernt voneinander meine Eltern saßen und sich (und das durchgängig auf allen Aufnahmen) dabei keines Blickes würdigten. War das der gängige Verlauf in einer langjährigen Beziehung – Abstand aufgrund abgenutzter Gefühle? Hoffentlich nicht!

Bundesintern war zu merken, dass wir uns wieder mal Wahlen näherten. Der Umgang zwischen Politikern unterschiedlicher Couleur schien manchmal ähnlich gestört zu sein wie der langjährig verheirateter Paare. Der einzige Unterschied war, dass sie ihre verbalen Attacken mit gezielter Absicht in der Öffentlichkeit austrugen.

15. März 2001: Bundesumweltminister Trittin vergleicht CDU-Generalsekretär Laurenz Meyer mit einem Skinhead.

Ja, ging's denn ansonsten noch? Weiterer Kommentar überflüssig!

Am 14. Mai 2001 wird Berlusconi neuer Regierungschef in Italien.

Ich empfand es als durchaus angemessen, dass sich die deutsche Bundesregierung wenig begeistert zeigte und ausdrücklich betonte, das Ergebnis der italienischen Wahl lediglich zur Kenntnis nehmen zu wollen. Das leuchtete mir ein. Auswirkungen italienischer Tragikomödien hielten nie lange vor. Dazu wurden die »Schauspieler« zu schnell ausgetauscht.

Eine echte Komödie ließen wir dagegen in unserem Bauernhaus auf der Diele aufführen. Freunde waren Mitglied der Oldenburger Schauspieltruppe an der dortigen niederdeutschen Bühne. Sie hatten in dieser Saison das Einpersonenstück »Die heilige Johanna der Einbauküche« gegeben. Wir fragten zunächst eher aus Jux bei unseren Freunden nach, ob sie nicht eine Vorstellung auf unserer Bauerndiele veranstalten könnten. Sie sagten zu, und wir luden das halbe Dorf ein, sich dieses ulkige Stück anzusehen, in dem unsere Freundin mit durchschlagendem Erfolg die Hauptrolle spielte. Nachdem die Diele ausgeräumt war, Kulisse, Bühnenpodest und Bestuhlung standen, sah das »Mini-Theater« in unserem alten Haus nicht nur ganz putzig, sondern auch richtig professionell aus. Wir hatten an die 60 Zuschauer. Für unseren Dorfhintergrund schon ganz gut. Es ging darum, dass »Frauke Petersen« von ihrem tristen Hausfrauendasein die Nase voll hatte und nach Griechenland ausbüxte. Bei den manchmal recht freizügigen Dialogen zuckte doch der ein oder andere Dorfbewohner etwas zusammen.

Ein anderer hatte seine alte Rolle endgültig ausgespielt.

Nachdem sich Belgrad lange zierte, wird Ende Juni 2001 Slobodan Milosevic an das UN-Tribunal ausgeliefert. Angeblich geben Versprechungen aus dem Westen, Millionen von Dollar Wiederaufbauhilfe zu leisten, wenn sich Serbien zu diesem Schritt entschließt, den Ausschlag, die Ikone Milosevic zu opfern.

Wenn ich ihn später in Filmaufnahmen aus Den Haag sah, konnte ich mir gut vorstellen, dass er nicht nur deshalb tobte, weil er bei sich keinerlei Mitverantwortung für die ihm zur Last gelegten Kriegsverbrechen sah, sondern eher unendlich wütend darüber war, von den neuen Vertretern seines so in den Himmel gehobenen serbischen Volkes geopfert worden zu sein.

Bundeskanzler Schröder teilt am 8. Juli 2001 den Bundesbürgern mit, dass er sein Versprechen, die Zahl der Arbeitslosen unter drei Millionen zu drücken, aufgrund fehlender Unterstützung aus der deutschen Wirtschaft nicht einhalten kann.

Bis zur neuen Bundestagswahl würde die Zahl noch nicht einmal unter 3,5 Millionen sinken. Ein paar mehr Schuldige würden sich im Wahlkampf ja wohl noch finden lassen. Ich hatte noch keine Ahnung, dass ich bald auch zum Kreis von Betroffenen gehören sollte, die Arbeitslosengeld beantragen mussten.

Am 5. August nehmen Talibankämpfer 24 Mitarbeiter einer internationalen Hilfsorganisation unter dem Vorwand fest, sie missionierten Afghanen. Ihnen droht die Todesstrafe.

Die Taliban – und leider auch die Zivilbevölkerung Afghanistans – trennten nur noch einige Monate von massiven Luftangriffen der USA auf ihr Land. Und das kam so:

Am 11. September 2001 saß ich morgens wie immer an meinem Schreibtisch in der Bank und behielt meinen Börsenbildschirm im Auge. Der mir gegenüber sitzende Kollege war ebenfalls in seine Arbeit versunken, als mir etwas Ungewöhnliches auffiel. Unser Bankgebäude grenzte an den Fußgängerweg einer Einkaufspassage. Auf der anderen Seite befand sich ebenfalls ein Bürohaus.

Manchmal betrachteten wir in Gedanken versunken, wie die Angestellten dort hinter der Glasfassade herumwuselten. An dem Tag war das komplett anders. Sie hingen in dichten Trauben vor einigen Bildschirmen und gestikulierten aufgeregt. Ich sagte zu meinem Kollegen: »Ich glaube, irgendetwas Besonderes ist los. Schalte doch mal den Fernseher ein.«

Ich betrachtete mit Staunen Aufnahmen, die offensichtlich etwas mit New York zu tun hatten, und glaubte, man hätte – vielleicht mal wieder so ein Jux – einen Sience-Fiction-Film eingespielt. Es dauerte ein paar Minuten, bis mein Kollege und ich realisierten, dass es sich um eine Livesendung handelte. Uns stockte der Atem, als der Nachrichtensprecher seine Stimme so weit im Griff hatte, dass wir etwas verstehen konnten:

Einer der Türme des World Trade Center in New York wurde soeben von einem Flugzeug attackiert. Mehrere Etagen sind in Mitleidenschaft gezogen. Es brennt. Menschen stehen hinter den Fenstern, winken – wissen nicht, was sie tun sollen. Einige springen in die Tiefe.

Was bedeutete das? Im Augenblick fiel mir nur ein, dass in den über 100 Stockwerke hohen Türmen insgesamt circa 50.000 Menschen arbeiteten und eine noch größere Zahl an Besuchern dort täglich durchgeschleust wurde.

Während wir nur noch Augen für den Bildschirm hatten und mutmaßten, ob es sich um ein Unglück handelte, näherte sich bald schon das zweite Flugzeug dem anderen Turm. Das konnte wohl kaum noch ein Zufall sein. Uns verschlug es die Sprache. Ganz furchtbar war der Anblick der aus den Fenstern springenden Menschen. Ich bekam ab da regelmäßig Schweißausbrüche, wenn ich mich an diese Momente erinnerte.

Es gab allerdings auch Menschen, die das tatsächlich cooler sahen – ich würde das nie jemandem geglaubt haben, wenn ich es nicht selbst erlebt hätte.

Während mein Kollege und ich noch mit offenem Mund auf den Bildschirm starrten, kam aus dem Nachbarbüro ein leitender Angestellter herein, stand – sein Jackett locker über die Schulter geworfen – hinter uns, sah sich das Geschehen eine Weile an, um dann zu bemerken: »Ja, liebe Leute, seht euch das an, die Einschläge kommen näher.« Dann verließ er den Raum. Ich war einen Moment unfähig zu reagieren. Ich habe danach nie wieder – außer ich wurde dazu gezwungen – mit ihm gesprochen. Er verkörperte für mich den Typ Mensch, dem ich im Ernstfall niemals ausgeliefert sein möchte.

Im Laufe des Tages kamen weitere Nachrichten über die Ticker und im Fernsehen, dass nicht nur das World Trade Center inzwischen in Schutt und Asche lag, sondern auch weitere Terrorattacken stattgefunden hatten. Insgesamt seien vier Verkehrsflugzeuge entführt worden. Zwei wurden von den Terroristen in die New Yorker Türme gesteuert, eine Maschine stürzte über Pennsylvania ab, nachdem sich die Insassen gewehrt hatten, und die vierte Maschine beschädigte beim Absturz das Pentagon in Arlington. Insgesamt sprach man zunächst von ungefähr 3000 Opfern. Dass sich diese Zahl später etwas reduzierte, machte die Katastrophe nicht weniger schlimm.

Ich erspare mir weitere Kommentare zu Einzelheiten des Terroranschlages. Es wird wohl kaum jemanden geben, der sich nicht später intensiv mit diesem furchtbaren Geschehen auseinandergesetzt hat – selbst den Hartgesottensten wird in der Zeit danach wohl einiges klar geworden sein (hoffte ich jedenfalls).

Fest stand: Der Welt – und nicht nur den unendlich geschockten Amerikanern, die sich seitdem nie mehr so wie früher sicher fühlen würden – war eine schwärende Wunde zugefügt worden.

Im Sommer finden Forscher in Äthiopien ein Skelett des ältesten (bekannten) Urmenschen. Es soll zwischen 5,2 und 5,8 Millionen Jahre alt sein. Dieses Wesen lief aufrecht und war ungefähr so groß wie ein Schimpanse.

Es hatte wahrscheinlich nicht annähernd so viel Gehirnmasse wie der »Jetztmensch«. Wenn man sich nun im Zusammenhang mit dem Geschehen in New York (und ähnlich schlimmen Dingen, die Bewohner unseres Planeten taten und noch tun werden) die Frage stellte, was die angeblich so tolle Entwicklung des Menschenhirns inzwischen gebracht hatte, gab es meiner Meinung nach nur eine Antwort: verschwindend wenig.

Kurz nach dem Attentat beschließt die NATO auf Antrag der USA den Verteidigungsfall. Jedes Mitgliedsland des Nordatlantikpaktes hat, wenn es in kriegerischer Absicht angegriffen wird, das Recht, diesen Antrag zu stellen und den Verteidigungsfall einzufordern.

Genau daraus wurde später der Angriff auf die afghanischen Taliban abgeleitet. Osama bin Laden hatte selber bestätigt, dass al-Qaida für die Angriffe verantwortlich war. Die maßgeblichen Anführer dieser Terrororganisation versteckten sich, geschützt von befreundeten Taliban, am Hindukusch.

Für Ende September hatten wir, weil die Versorgung meiner Eltern generalstabsmäßig vorgeplant war, einen Urlaub von je einer Woche auf den Kanareninseln Teneriffa und La Palma gebucht. Es wurde eine schöne und – wichtig – geruhsame Zeit.

Am Abschiedsabend spielte die Band unseres Hotels zum Schluss auch Lieder und Melodien, die sich das Publikum wünschen durfte. Mein Mann bat darum, New York, New York zu spielen. Der Bandleader zuckte zusammen und meinte, dass ausgerechnet diese Melodie wohl kaum angebracht wäre. Mein Mann erklärte ihm, dass man das auch anders sehen könnte – nämlich als Solidaraktion für die New Yorker. Dann spielten sie es. Alle im Publikum fanden die Entscheidung in Ordnung, standen auf und gedachten mit Tränen in den Augen sowohl der Opfer als auch der gequälten Angehörigen. Man konnte doch nicht so tun, als würde New York nur noch aus einer rauchenden Trümmerstätte bestehen. Genau das wollten doch Leute wie Osama bin Laden.

Bereits seit Anfang September waren bei uns Planungen angelaufen, den 60. Geburtstag meines Mannes am 25. November 2001 groß zu feiern. Die Einladungen lagen praktisch schon parat, als die Katastrophe in New York passierte. Unter diesen Umständen hatten wir absolut keine Lust mehr, ein lustiges Fest steigen zu lassen. Wir änderten also den Text der Einladungen und kündigten an, mit den Gästen nur ruhig zusammensitzen zu wollen, wofür zumindest die meisten Verständnis hatten. Mein Mann hatte sich ohnehin in Bezug auf die Möglichkeiten, seine Geburtstage ausgelassen feiern zu können, lebenslang nie verwöhnt fühlen können, da das Datum in der Nähe des Totensonntags lag und ihm diese Tatsache schon in seiner Kindheit oft von seiner Mutter schmerzlich vor Augen geführt worden war. Ein Teil seiner vom Niederrhein kommenden Verwandtschaft konnte sich sowieso nicht vorstellen, dass es bei den konservativen Lutheranern an seinem Heimatort nicht so ausgelassen zuging wie in ihrer katholischen Heimat. Es gab also an seinem 60. ein gemeinsames Essen in einer netten Gastwirtschaft, danach eine nicht unbedingt kurze Ansprache unseres Gemeindepastors, mit deren gottesdienstähnlichem Charakter niemand gerechnet hatte, und im Anschluss daran noch sehr viele schöne Gespräche mit Familienmitgliedern, Nachbarn und alten Freunden, die teilweise aus mehreren Ecken der Bundesrepublik angereist waren.

Ein Datum, das vielen Menschen in der Bundesrepublik noch Kopfzerbrechen bereiten sollte, war der

5. Dezember 2001. Ulla Schmidt beginnt mit der Planung der Gesundheitsreform. Ein Aufschrei geht durch die Bundesrepublik, als klar wird, dass diese Reform Schmerzen bereiten würde.

Die daraus entstehenden Mehrbelastungen sollten in der Folge sogar Gesunde krank machen und eine Kette von Diskussionen auslösen, die meines Erachtens immer mehr dazu beitrugen, dass selbst Experten kaum noch das Labyrinth der sich auftuenden Fragen durchschauten.

Am 16. Dezember 2001 stirbt Stefan Heym in Israel am Toten Meer.

In Chemnitz 1913 geboren, emigrierte er 1933 in die Tschechoslowakei, um bald in die USA überzuwechseln. 1952 lebte er in Ostberlin, wurde aus dem Schriftstellerverband der DDR ausgeschlossen und war seit 1994 Mitglied des Bundestages, wobei er als Parteiloser der PDS-Gruppe zugerechnet werden konnte. In der Zeit war er auch Alterspräsident des Bundestages.

Ich hatte von ihm die Bücher mit den Titeln »Schwarzenberg«, »Ahasver« und »Die Architekten« gelesen, die mich alle drei sehr interessierten. Besonders »Schwarzenberg«, die Beschreibung der nach der Kapitulation Deutschlands entstandenen Enklave, die die Besatzer vergessen hatten einzunehmen, empfand ich als sehr tiefsinnig, trotzdem aber irgendwie auch als komisch.

An meiner Arbeitsstelle türmten sich immer mehr Probleme auf. Alle Kollegen, die älter als 55 Jahre waren (kurze Zeit später sogar noch jüngere), mussten damit rechnen, auf den Prüfstand zu kommen. Man wollte sie entweder durch eine Abfindungszahlung loswerden oder in den vorzeitigen Ruhestand schicken. Selbst in unserer Abteilung, die man bis dahin noch nicht angetastet hatte, verdichtete sich die Erkenntnis, dass wir vor einer Auflösung standen. Kein schöner Gedanke zum Jahresende 2001.

Im Januar 2002 bezeichnet George W. Bush in seiner Rede zur Lage der Nation Nordkorea, Irak und Iran als »Achse des Bösen«.

Hatte er wieder mit Gott gesprochen? Auf jeden Fall konnte man daran fühlen, dass diese Manöver schon wieder darauf hindeuteten, Freibriefe für spätere Aktionen zu bekommen.

In Deutschland nominieren, mit Blick auf die kommenden Bundestagswahlen, die Vertreter von Bündnis 90/Die Grünen Joschka Fischer als ihren Spitzenkandidaten für weitere eventuelle Weihen.

Welch eine Karriere hatte dieser Mann schon hinter sich. Er, Jahrgang 1948 (übrigens ein guter – war ja schließlich auch meiner), hatte sich dann im Gegensatz zu mir in seinen starken Jahren im APO-Milieu getummelt, war 1982 zu den Grünen gestoßen und von 1985 bis 1987 Minister für Umwelt und Energie in Hessen, 1991 bis 1994 sogar dort stellvertretender Ministerpräsident. Als er 1998 Bundesminister des Auswärtigen und Vizekanzler wurde, musste er sich wahrscheinlich für seine diversen neuen Maßanzüge einen größeren Kleiderschrank kaufen, während das Fach mit den Turnschuhen vermutlich kleiner geworden war. Ich gönnte ihm das alles, fand es aber auch sehr interessant, was im Laufe der Zeit aus Menschen so wurde.

Als er in der Öffentlichkeit über den Abgang Oskar Lafontaines seine Enttäuschung geäußert hatte, schrieb eine Spiegel-Leserin:

»Wie groß ist die Enttäuschung politisch realistisch denkender Menschen über die Grünen in der rot-grünen Koalition, nachdem sie die Prinzipien ,ökologisch, sozial, basisdemokratisch und gewaltfrei' unter dem Einfluss von Joschka Fischer aufgaben? Man kann nur bedauern, Herrn Fischer und seinen Gefolgsleuten in die Schuhe geholfen zu haben.«

Es gab anscheinend eine ganze Reihe früherer Grünen-Wähler, die der Meinung waren, dass Joschka Fischer nicht nur seine Kleidergewohnheiten gewechselt hatte. Ich dachte ab und zu noch mal an Petra Kelly und Gerd Bastian. Ich hatte die beiden durch meinen Beruf in meiner Bonner Zeit persönlich kennengelernt. Konnte es sein, dass sie nicht nur wegen persönlicher Probleme, sondern auch deshalb resigniert hatten, weil sie voraussahen, dass die alten Vorstellungen ihrer Partei niemals in die Zukunft gerettet werden konnten?

Im Februar und im März 2002 sterben zwei Frauen, die – jede auf eine andere Art und Weise – in die Geschichtsbücher eingehen.

Hildegard Knef am 1. Februar, Marion Gräfin Dönhoff am 11. März 2002.

Als Hildegard Knef in ihrer ersten Hauptrolle im Film »Die Mörder sind unter uns« durch die Verkörperung einer ehemaligen KZ-Insassin bekannt wurde, war ich noch gar nicht auf der Welt. Über den Skandal, den sie 1951 mit einer Nacktszene in »Die Sünderin« ausgelöst haben soll, hörte ich erst sehr viel später. Als sie aber ab 1963 ihre Karriere als Chansonsängerin startete, drehte ich jedes Mal das Radio voll auf, wenn wieder einer ihrer eigenen Texte, gesungen mit ihrer unverwechselbaren rauchigen Stimme über den Äther kam. Auch der Inhalt ihres Buches »Der geschenkte Gaul« hat mich regelrecht mitgenommen. Als ich älter wurde, bekam ich nur noch in größeren Abständen mit, dass sie, neben anderen Schicksalsschlägen, auch noch mit einer Krebserkrankung zu kämpfen hatte und bei Auftritten in der Öffentlichkeit immer Menschen mit ähnlichen Problemen aufforderte, nicht aufzugeben. Erst als sie Anfang Februar 2002 starb, erinnerte ich mich wieder daran, dass ich sie in den 60ern (während meiner Sturm-und-Drang-Jahre) regelrecht vergöttert hatte, auch wenn mir damals schon klar geworden war, dass es für mich kaum jemals rote Rosen regnen würde.

Anders verlief die Kurve meines Interesses an der zweitgenannten verstorbenen Person. Ebenfalls in den 60ern wurde ich auf Marion Gräfin Dönhoff aufmerksam, ich las »Namen, die keiner mehr nennt« und erfuhr aus Kommentaren zu diesem Buch, dass sie 1909 in Friedrichsstein, Ostpreußen, geboren wurde, ab 1932 Volkswirtschaft studiert hatte und nach der Machtergreifung durch die Nazis so mutig gewesen war, sich öffentlich gegen das Regime zu stellen. Nach dem Stauffenberg-Attentat gegen Hitler wurden alle, die mit dem Kreis um Helmut Graf von Moltke in Verbindung gebracht wurden, verhört, und so auch Marion Gräfin Dönhoff. Glücklicherweise lagen wohl keine direkten Beweise gegen sie vor, sodass man sie wieder freiließ. Durch die Gewohnheiten meines zweiten Ehemannes kam ich ab 1973 in den Genuss, wöchentlich »Die Zeit« lesen zu können. Da war Gräfin Dönhoff schon seit fünf Jahren Chefredakteurin dieser Zeitung. Ich verfolgte seitdem ihre weitere Lebensgeschichte mit Neugier und Interesse und freute mich, dass sie 1971 den Friedenspreis des Deutschen Buchhandels zugesprochen bekam. Als sie 1992 dafür sorgte, dass Kaliningrad (früher Königsberg) durch ihre persönliche Stiftung wieder zu einem Kant-Denkmal kam, machte sie dadurch (neben anderen wichtigen Aktivitäten) klar, wie wichtig ihr eine Normalisierung des Verhältnisses zwischen Polen und Deutschen war.

Dass Marion Gräfin Dönhoff eine herausragende Persönlichkeit ihrer Zeit war, wurde auch dadurch unterstrichen, dass die Freie und Hansestadt Hamburg (die diesen Titel bekanntlich nie inflationär vergab) ihr die Ehrenbürgerschaft verlieh.

Mit ihrem Tod am 11. März 2002 verlor Deutschland eine kluge, tatkräftige und rechtschaffene Persönlichkeit, die jahrzehntelang konsequent für eine Annäherung an die Völker des Ostens eingetreten war.

Am 26. April 2002 erschießt ein Schüler des Gutenberg-Gymnasiums in Er-furt in einem Amoklauf 14 Lehrer und 2 Schüler, bevor er sich selber richtet.

Was mag in dem Verursacher dieses Massakers schon zu einem Zeit-punkt vorgegangen sein, als weder Eltern, Mitschüler oder Lehrer eine Ahnung davon hatten, mit welchen Problemen er sich herumschlug? Wie viel Mitverantwortung hatten wir alle daran, dass die meisten von uns kaum noch einen Augenmerk auf die Menschen richteten, die sich in unserer Gesellschaft ausgegrenzt fühlten oder es auch waren? Da ging es nicht nur um frustrierte Schüler, sondern auch um Einsame, Depres-sive und Hilflose jeden Lebensalters. Wir waren zumindest schon auf einem Auge blind.

In unserer Kirchengemeinde führten Diskussionen über dieses Thema immerhin dazu, dass über Einsätze von Mitgliedern einer Besuchs-dienstgruppe herausgefunden werden sollte, welchen Familien Hilfe angeboten werden müsste. In Fällen, in denen Eltern (aufgrund gra-vierender eigener Probleme wie Arbeitslosigkeit, Alkoholismus, kaum noch zu übersehender Schulden, Krankheiten) nicht mehr einschätzen konnten, was in den Köpfen ihrer Kinder wirklich vorging, würde dies aber naturgemäß mehr als schwierig werden. Da wäre meines Erachtens zumindest bei Kindern und Jugendlichen, die sich schon während der Schulstunden auffällig verhielten, ein durch die Lehrpersonen initiiertes Frühwarnsystem hilfreich.

Meine Stieftochter, die sich als angehende Lehrerin darüber schon viele Gedanken gemacht hatte, reagierte zunehmend allergisch darauf, dass bei problematischem Verhalten von Schülern, in deren Elternhaus bereits so viel versäumt oder falsch gemacht worden war, den Schulen später oft die Schuld für daraus resultierende kriminelle Vergehen ange-lastet wurden. Sie hatte sich offensichtlich für ihre berufliche Zukunft im Schuldienst auf die Fahnen geschrieben, ihre Finger in einige Wun-den zu legen, und ich bewunderte sie dafür, dass sie ihre Vorstellungen trotz aller Widrigkeiten auch konsequent in die Praxis umsetzte.

Meinem Mann und mir sollten noch einmal einige freie Tage ver-gönnt sein, da sich, als wir schon gar nicht mehr damit rechneten, eine gute Betreuungslösung für meine Eltern aufgetan hatte. Wir machten nach nur kurzer Vorplanung eine Reise in die Toscana. Mit uns kamen Freunde, die aber leider nach kurzer Zeit ihren Urlaub abbrachen, weil sie in dem von uns gemeinsam gemieteten alten Gemäuer gewohnten Komfort vermissten und ihnen auch das Wetter auf die Nerven ging.

Nachdem sie abgefahren waren, kam die Sonne nicht nur am Himmel, sondern auch in unserem Gemüt wieder durch, weil unsere Vorstellungen, wie man sich im Urlaub einrichtet, um sich wohlzufühlen, von denen der Freunde offensichtlich doch sehr abwichen. Uns störte nicht, dass das Gehöft sehr einsam lag, wir uns teilweise auch mal selber verpflegen mussten und die nächste Gastwirtschaft nicht gerade um die Ecke lag. Unsere Freundin wäre gerne öfter ausgegangen, sie fand zudem die Kücheneinrichtung in unserem urigen Gehöft nicht geeignet, um sich unter optimalen Hygienegesichtspunkten Mahlzeiten zuzubereiten, und konnte – das wurde wirklich zum Problem – längere Autofahrten nicht vertragen, ohne die wir die Sehenswürdigkeiten der Toscana nun mal nicht zu Gesicht bekommen hätten.

Ich lernte daraus, dass man doch eine ganze Menge Punkte klären musste, bevor man einen Urlaub mit Menschen machte, die man nicht so gut und so lange wie den eigenen Partner kennt.

Wir besuchten danach im trauten Alleingang noch viele interessante Stätten im Dreieck Arezzo, Florenz und Siena und tankten Kraft, als hätten wir genau geahnt, was bald an Schwierigkeiten auf unsere Familie zukommen sollte. Vorerst waren wir noch abgelenkt.

Am 18. Mai wird Borussia Dortmund Deutscher Fußballmeister und am 30. Juni gewinnt Deutschland die Europameisterschaft durch einen 2 : 1-Sieg im Endspiel gegen die Tschechische Republik in London.

Beides Ereignisse, über die sich mein Vater richtig begeistern konnte. War doch Borussia Dortmund nach Schalke 04 sein zweiter Lieblingsverein. Ich gönnte es ihm. Bald sollte er kaum noch einen richtigen Grund bekommen, sich des Lebens zu freuen.

Gegen Ende des Sommers brachte mein Mann meine Mutter (wie

er das auch sonst schon des Öfteren getan hatte) auf ihren Wunsch zu ihrem Friseur in den Nachbarort. Ich hatte ihr wegen der immer wieder auftretenden Kreislaufbeschwerden den Rat gegeben, sich nicht so viel auf einmal zuzumuten, weil ich ahnte, dass bei ihrem angekündigten Vorhaben bestimmt eine mehrstündige Sitzung erforderlich sein würde. Sie hörte nicht auf mich. Nachdem sie drei bis vier Stunden auf dem Friseurstuhl gesessen hatte, soll sie plötzlich in sich zusammengesackt sein. Mein Mann wurde angerufen, er möge sie möglichst schnell abholen.

Als ich abends nach Hause kam, lag sie im Bett und konnte nicht mehr deutlich sprechen. Ich war dafür, sofort den Arzt zu rufen, was sie auf gar keinen Fall wollte. Am anderen Morgen, ihr Zustand hatte sich nicht gebessert, holte ich trotz der Proteste unseren Hausarzt. Ich ahnte, dass es sich um einen Schlaganfall handelte. Hätte man sie schon direkt vom Friseur aus ins Krankenhaus bringen lassen, wäre bei ihr vielleicht in Bezug auf spätere Fähigkeiten noch mehr zu retten gewesen. Ich hatte nicht gegen ihren Willen handeln wollen, was bei mir später immer wieder Schuldgefühle auslöste, weil sie selber offensichtlich nicht mehr in der Lage gewesen war, ihren Zustand richtig einzuordnen.

In den Monaten danach schleppte sie sich ab und zu noch mal ins Wohnzimmer, wurde aber bald bettlägerig und rundum pflegebedürftig. Mein Vater war vollkommen überfordert mit der Situation und wurde meiner Mutter gegenüber ärgerlich, weil sie nicht in altgewohnter Weise »funktionierte«.

Mein Mann und ich beschlossen, den Tagesablauf bei meinen Eltern so zu organisieren, dass morgens der Pflegedienst kam, mittags »Essen auf Rädern« ins Haus gebracht wurde und wir uns abends abwechselnd um meine Eltern kümmerten. Es war nicht einfach, alles im Auge zu behalten. Wann immer mein Vater im Haushalt etwas anfasste, gab es Probleme. Er konnte grundsätzlich nicht warten, bis einer von uns in die Wohnung kam, und so ging viel zu Bruch oder es gab im Haushalt Überschwemmungen und andere Katastrophen. Einmal hatte er die Kochplatte total überhitzt bei dem Versuch, Eier zu kochen, ohne Wasser in den Topf zu geben.

Ein anderes Mal war er nachts aufgewacht, nachdem ihm infolge eines verdorbenen Magens ein Malheur passiert war. Als er sich auf dem Badewannenrand sitzend säubern wollte, fiel er rückwärts in die Wanne. Er konnte sich aus der fatalen Situation nicht selber befreien und wurde erst Stunden später von der Pflegerin entdeckt, die zu meiner Mutter wollte. Er hatte unglaubliches Glück gehabt, nicht mit dem Kopf auf die Armaturen gefallen zu sein, und kam mit einer Erkältung wegen der erlittenen Unterkühlung noch glimpflich davon.

September 2002: Hat Rot-Grün es bei der Bundestagswahl der Elbe- und Muldeflut zu verdanken, in der Regierungsverantwortung bleiben zu können, oder kostet die Kanzlerkandidatur Edmund Stoibers die Union den Wahlsieg?

Wie man zahlreichen Zeitungs- und Fernsehberichten entnehmen konnte, sollten laut Wahlforschungsergebnissen immer mehrere Faktoren dafür verantwortlich sein, wer welcher Partei seine Stimme gibt. Mir kam es jedenfalls so vor, dass Gerhard Schröders von den Massenmedien so hochgelobte Präsenz an den Elbdeichen mehr Punkte gebracht hatte als jedes Rededuell zwischen ihm und seinem Widersacher Edmund Stoiber. Ich hoffte nur, dass die Hilfezusagen während der Politikerprozessionen nicht auch den Bach runtergehen würden.

Im Hinblick auf meinen Beruf gab es nun eine wichtige Entscheidung zu treffen. Was würde für mich besser sein? Eine Abfindung auszuhandeln und neue Wege zu gehen oder mich in eine andere Abteilung versetzen zu lassen? Unsere Sparte wurde aufgelöst, das stand fest. Bei einer Versetzung würde wahrscheinlich eine Bezahlung, wie sie bis dahin möglich gewesen war, der Vergangenheit angehören und die Aufgaben, die mich dann erwarteten, nicht nach meinem Geschmack sein. Also entschied ich mich für die erste Lösung.

Es gab im Herbst 2002 durch Mitwirkung des Betriebsrates eine akzeptable Übereinkunft, die mich in die Lage versetzte, mir nach Zahlung einer Abfindung durch meinen alten Arbeitgeber eine – wenn auch eingeschränkte – Selbstständigentätigkeit zu ermöglichen. Aufgrund diverser Umstrukturierungen in meiner alten Bank hatten Kunden ihre

Konten frustriert gekündigt. Ich nahm mir vor, vorrangig in diesem Kreis zu akquirieren, um mir den Grundstock für eine eigene Beratertätigkeit zu schaffen.

Was die rein familiäre Seite anging, sah ich gegen Ende 2002, dass wir sowohl durch die Krankheit meiner Mutter als auch durch sich deutlich zuspitzende Schwierigkeiten, die meine Tochter in Köln belasteten, kein leichtes Jahr 2003 vor uns haben würden.

Teil VI

So lege ich nun
einen blühenden Rosenstein
in deine welken Hände.

So lege ich nun ein letztes Mal
mein Lächeln auf deinen Augenglanz.

So berührt meine Hand
ein letztes Mal
deine Wangen.

Meine Gedanken
hauchen einen letzten Abschiedskuss
auf dein Herz,
auf dass es eine gute Reise hat
zu einem Ort
wo es neu erblühen kann
in ganzer Schönheit

Nina Hansen

1. Kapitel 2003

Mütter, Töchter und ein »Rosenstein in welken Händen«

In den ersten sechs Wochen des Jahres 2003 war ich hektisch damit beschäftigt gewesen, in meinem neu ausgebauten heimischen Büro alles so einzurichten, dass ich ohne Störungen vom Schreibtisch aus mit meinen Kunden – das waren inzwischen einige – per Telefon, Fax und Internet kommunizieren konnte. Daneben standen Hausbesuche auf dem Programm – die Adressen lagen verstreut zwischen Berlin und Frankfurt. Mein Mann hielt derweil im Haushalt meiner Eltern sowie in unserem eigenen alles am Laufen. Ich ging davon aus, dass ich nach einer gewissen Anlaufphase die meiste Zeit von meinem Büro zu Hause aus arbeiten würde und dann auch mehr für meine Eltern da sein könnte.

Meine nächtlichen Träume spielten sich verdächtig oft in Bahnhofshallen und auf Bahnsteigen ab. Dazwischen auch Bilder meiner vor irgendetwas fliehenden Tochter. Fast immer weinte sie, wenn ich sie tagsüber anrief und fragte, wie es ihr ginge. Die zunehmenden Anforderungen in ihrem Studium ließen sie natürlich nicht kalt, das eigentliche Problem lag aber anscheinend nach wie vor in ihrer nun schon längere Zeit andauernden unglücklichen Beziehung zu einem jungen Rheinländer, die meiner Meinung nach diese Bezeichnung gar nicht mehr verdiente. Für meine Begriffe handelte es sich bei ihm um einen jungen Mann, der nach dem Prinzip einer parasitären Rankpflanze lebte, die ihre Ableger systematisch um alle Menschen im Umfeld schlang und all denen Kraft und Saft entzog, die sich nicht aus eigener Kraft in Sicherheit bringen konnten – in diesem Fall die chronisch nachsichtige Mutter, die mitleidige Schwester, die noch hoffnungsvollen Großeltern und natürlich meine Tochter.

Ich hielt mich weitestgehend daran, mich aus diesem Konflikt herauszuhalten, was aber zur Folge hatte, dass sich meine Ängste in Albträumen niederschlugen.

Mit meinem Ehemann bekam ich sofort Probleme, wenn ich mich in dieser Richtung äußerte. Er erinnerte mich an meine Vorsätze und auch daran, dass ich den Spruch Khalil Gibrals, nach dem Kinder nicht den Eltern gehören, als so passend empfunden hatte. Ich wusste, dass er recht hatte, aber der nächste Schniefer meiner Tochter, mit dem sie mir per Telefon klarmachte, dass es ihr wahnsinnig schlecht gehen würde, machte alles wieder zunichte.

Am 1. Februar 2003 zerbricht nach einem 16-tägigen Forschungseinsatz im All die Raumfähre Columbia 15 Minuten vor der Landung auf Cape Canaveral. Alle Besatzungsmitglieder, fünf Männer und zwei Frauen, kommen ums Leben.

Natürlich kennen Menschen, die sich für derartige Aufgaben zur Verfügung stellen, die damit verbundenen Risiken. Das ändert nichts daran, dass es für Angehörige schrecklich grausam sein muss, den Tod der ihnen Nahestehenden von Kameras live aufgezeichnet miterleben zu müssen.

Auf mich sollte ein zwar nicht lebensbedrohlicher, aber meine gerade begonnene berufliche Existenz zerstörender Absturz zukommen.

An einem Tag im Februar, ich glaube, es war der 6., saß ich – noch ahnungslos – mit meinem Mann beim Frühstück, als er mir aus der Financial Times Deutschland vorlas, dass die Bank, die mir erst vor Kurzem versichert hatte, alle für meine Kundengeschäfte notwendigen technischen Abwicklungen für mich zu tätigen, genau diesen Service einstellen würde. Alle Versuche, von den mich betreuenden Stellen eine verbindliche Auskunft zu erhalten, blieben ohne nennenswerten Erfolg. Nach ein paar Tagen stellte ich fest, dass der Zugriff auf meine in das System dieser Bank eingestellten Kundendaten blockiert worden waren. Kurz darauf erhielt ich von meinen außerordentlich irritierten Kunden die Mitteilung, dass sie von einer deutschen Großbank angeschrieben worden wären, die ihnen angeboten hatte, künftig ihre Interessen wahrzunehmen.

Ich erinnere mich daran, dass ich zwei Tage lang tobte und von niemandem angesprochen werden wollte. In den ersten Nächten danach war an Schlaf nicht zu denken. Als ich wieder einigermaßen klare Gedanken fassen konnte, nahm ich Kontakt zu anderen Betroffenen auf – deutschlandweit waren es circa 1000 – und bekam den Tipp, mich, vorausgesetzt ich hätte eine Rechtsschutzversicherung, an eine Anwaltskanzlei in Köln zu wenden, die auf derartige Fälle spezialisiert war. Mein Mann erklärte mir, dass ich diese Möglichkeit auch in Anspruch nehmen könnte, weil wir tatsächlich eine Rechtsschutzversicherung hätten, die auch berufliche Probleme mit abdeckte.

Fest stand auf jeden Fall, dass ich mit keinem meiner vermögenden und daher auch sehr sensiblen Kunden weiter Geschäfte machen konnte, da mir zum einen die Daten fehlten und sie zum anderen bereits zu verunsichert waren. Was sollte ich also tun? Mit 55 Jahren stapelweise Bewerbungen schreiben, um mich irgendeiner Bank oder Versicherung wie Sauerbier anzupreisen? Es würde nicht klappen und – das war mir inzwischen klar geworden – ich wollte mit Menschen in Nadelstreifenanzügen eigentlich gar nichts mehr zu tun haben.

Am 14. März 2003 wird in der Regierungserklärung von Bundeskanzler Gerhard Schröder die Agenda 2010 verkündet, wegen der bis zum Jahresende etwa 100.000 Mitglieder die SPD verlassen.

Ziel der Agenda, so verkündete es der Bundeskanzler, würde sein, die Rahmenbedingungen für mehr Wachstum und Beschäftigung zu schaffen sowie den Sozialstaat umzubauen und zu erneuern. Bedeutung im Klartext: Der Staat würde Leistungen kürzen, weshalb es zu heftigen Kontroversen in der SPD kam, die zum Beispiel die beabsichtigte Lockerung des Kündigungsschutzes nicht gutheißen konnte. Ankündigungen zu Steuervergünstigungen zur Schaffung besonderer Berufsbildungsangebote sowie die Erhöhung von Investitionen zur Förderung von Ganztagsschulen täuschten nicht darüber hinweg, dass die Einschnitte im Gesundheitswesen und im Bereich der gesetzlichen Rentenversicherung Unruhen in der Bevölkerung erwarten ließen.

In Bezug auf meine begründete persönliche Unruhe war ich nicht untätig gewesen. Mithilfe meines Rechtsanwaltes rüstete ich auf, um – das würde wahrscheinlich dauern – gegen einen Großkonzern in den

Krieg zu ziehen. Ich war froh, dass ich durch die unvorhergesehene Situation nicht in echte Existenzschwierigkeiten geraten war, hörte aber von anderen Betroffenen, darunter junge Familienväter, die nicht ein noch aus wussten. Einige hatten ihre Ersparnisse zusammengekratzt, um nötige Investitionen für eine selbstständige Tätigkeit aufzubringen, und standen nun vor dem Nichts. Da sie keine Rechtsschutzversicherung hatten, ließen sie sich auf Entschädigungszahlungen von wenigen Tausend Euro ein, da sie sich einen längeren Kleinkrieg nicht leisten konnten.

Am 21. März 2003 beginnt ein Krieg ganz anderer Art und von vielen bereits vorhergesehen: der dritte Golfkrieg. Gestartet wird er durch eine Großoffensive mit massiven Bombenabwürfen durch die US-Luftwaffe auf Bagdad. UN-Waffeninspekteure haben aufgrund einer UN-Resolution ohne Ergebnis nach den angeblich im Irak versteckten Massenvernichtungswaffen gesucht und auch eine Verbindung Saddam Husseins zu al-Qaida ist nicht nachzuweisen. Als sich die internationale Diplomatie auch mit guten Lösungsvorschlägen zur Beilegung der Krise nicht mehr durchsetzen kann, ist den Menschen in der Welt klar: Amerika will den dritten Irakkrieg unbedingt, und so nehmen die Dinge ihren Lauf.

Wenn ich mir heute, fünf Jahre danach, noch einmal die Kernaussage George W. Bushs aus seiner vierminütigen Fernsehansprache zu Beginn des Krieges in Erinnerung rufe, kommt in mir – wie damals – wieder die kalte Wut hoch. »Wir sind im Recht und akzeptieren keinen anderen Ausgang als den Sieg«, hatte mein »besonderer Freund« George W. damals gesagt. Frankreich, Russland und China sprachen den Amerikanern eine Berechtigung für ihren Kriegszug ab. Viele andere Staaten hatten sich ebenfalls gegen eine militärische Lösung ausgesprochen. Bundeskanzler Schröder machte in der Öffentlichkeit klar, dass er gegen diesen Krieg war, und fiel deshalb in Washington in Ungnade. Weltweit protestierten mehrere Hunderttausend Menschen – davon allein 50.000 in Berlin.

Unbeirrt von alledem marschierten mehr als 270.000 amerikanische und britische Soldaten auf Bagdad zu. Auch wenn sie zunächst auf eine heftige Gegenwehr der irakischen Kräfte stießen, war die Einnahme der Hauptstadt letztendlich nicht aufzuhalten. Die amerikanische Prognose eines Blitzkrieges – kommen, sehen, siegen – hatte sich dagegen nicht aufrechterhalten lassen, da durch den schnellen Marsch auf Bagdad irakische Einheiten hinter den US-Linien Gelegenheit bekamen, weiterzukämpfen. Erst Anfang Mai teilte der amerikanische Präsident mit, dass die Kampfhandlungen im Irak im Wesentlichen beendet wären. Welch schwerwiegender Irrtum. Abgesehen davon wurden die humanitären, politischen und wirtschaftlichen Folgen des Irakkrieges erst in den Jahren danach wirklich sichtbar.

Kurz nach dem Beginn des Krieges war mein Mann bei einer Geburtstagsherrenrunde nach seiner Meinung zum Irakkrieg befragt worden und hatte sich keine Hemmungen auferlegt, Präsident Bush als größenwahnsinnig und den ganzen Krieg als unrechtmäßig zu bezeichnen, worauf einige Anwesende das als Zumutung und unsolidarisches Verhalten gegenüber den Amerikanern auslegten. (In den Jahren danach würde noch manch einer seine Meinung ändern, aber leider nicht öffentlich zugeben.)

Ungefähr in dieser Zeit verschlechterte sich der Gesamtzustand meiner Mutter rapide. Sie musste in ihrem Pflegebett inzwischen viermal am Tag von Fachkräften versorgt werden. Ich assistierte dabei öfter den Pflegerinnen eines ambulanten Dienstes, um möglichst schnell zu lernen, wie man einem Menschen, der offensichtlich in die Endphase seines Lebens eintrat, die Bettlägerigkeit erträglicher machen konnte. Eine der Pflegerinnen meinte, dass ich mich nicht ungeschickt anstellen würde, und fragte, ob ich mich vielleicht für ein Praktikum in ihrem Betrieb interessierte. Schon bald darauf kam es durch ihre Vermittlung zu einem generellen Gespräch mit der Geschäftsleitung des Pflegedienstes, der mir dann für April und Mai 2003 tatsächlich einen Praktikumsplatz einräumte.

Ich habe bis heute nicht vergessen, wie ich am ersten Tag einer Pflegerin zur Seite gestellt wurde und mit ihr zu einer Patientin fuhr, die hochgradig zuckerkrank war, darüber hinaus aber noch mit psychischen Problemen zu kämpfen hatte. Ich war darüber aufgeklärt worden, dass die Frau in einem total vermüllten Haushalt lebte. Als sie uns die Haustür öffnete, fragte die Pflegekraft, ob sie mich als Praktikantin mit hineinnehmen dürfte. Die Patientin musterte mich von Kopf bis Fuß, starrte mich an und sagte: »Ich hasse dich!« Ich versuchte, mir mein Entsetzen nicht anmerken zu lassen, und ging zurück zu unserem Einsatzwagen. Da würde in den bevorstehenden Wochen ja noch einiges auf mich zukommen, was ich bis dahin nicht kennengelernt hatte. Aber auch in dem Beruf wurde nicht alles so heiß gegessen, wie es aus dem Topf kam. Ich verstand mich gut mit den Fachkräften, hatte keine Probleme im Umgang mit kranken und alten Menschen und scheute mich auch nicht, mit den nur selten gut riechenden Körperausscheidungen umzugehen. Selbst blutende und eiternde Wunden schreckten mich nicht. Ich hatte überhaupt nicht gewusst, dass ich in der Lage war, mit alldem recht gelassen umzugehen, und stellte Nachforschungen an, welche Chancen ich in meinem Alter noch haben würde, eine Umschulung zur Altenpflegerin zu beginnen.

Nicht weit von unserem Wohnort entfernt gab es eine Fachschule für Altenpflege. Als ich mich dort anmeldete, bekam ich die Auskunft, dass ich mir aufgrund des Alters keine allzu großen Hoffnungen machen sollte, die üblichen Befragungen während der Aufnahmekonferenz zu überstehen. Da packte mich der Ehrgeiz. Am Tage der Konferenz wurden die Interessenten (es waren circa 30) in kleine Gruppen aufgeteilt und danach an die ebenfalls in Gruppen arbeitenden Kommissionsmitglieder verwiesen, die Einzelinterviews durchführten. Im Raum, in dem ich mich meinem Interview stellen sollte, musterten mich drei Personen mit angestrengten Mienen. Es handelte sich um den Schulleiter und zwei weibliche Lehrkräfte. Ich zögerte nicht lange und machte ihnen klar, dass ich mit 55 Jahren aufgrund meines guten Gesundheitszustandes besser dran war als mancher der jüngeren Bewerber, der bereits mit körperlichen Beschwerden (die bei einigen schon mit bloßem Auge zu erkennen waren) zu kämpfen hatte. Da kam das Argument, dass es in meinem Alter nicht leicht sein würde, den Lernstoff in 14 Fächern zu bewältigen. Ich konnte mit gutem Gewissen anführen, dass ein Banker mit speziellen Aufgaben in einer Großbank ständig damit konfrontiert wird, Neues zu lernen, und ich es daneben noch gewohnt war, mich selber zu organisieren. Die drei sahen sich etwas ratlos an, und dann meinte der Schulleiter: »Wir hatten aber noch nie jemanden in Ihrem Alter.« Ich fragte: »Und was spricht dagegen, mit mir den Anfang zu machen?« Ich bekam die Zusage, im Juni mit der Ausbildung beginnen zu können, wenn ich noch eine letzte Hürde überwinden würde. Die Schule war die eine Seite der Medaille, ein Ausbildungsplatz in der Praxis die andere. Ich würde mich schleunigst um einen solchen kümmern müssen.

Mir war bekannt, dass eine nicht weit von meinem Wohnort entfernte Diakonie-Sozialstation auch ausbildete. Ich bekam einen Gesprächstermin bei dem Leiter und hatte nur einen Gedanken. Hoffentlich würde er sich ebenfalls überzeugen lassen, mit mir einen Versuch zu wagen. Er wagte ihn. Es konnte losgehen. Verwandte, Freunde und Bekannte, die mitbekamen, was ich vorhatte, erklärten mich fast ausnahmslos für verrückt. Mein Ehemann blieb gelassen, denn er wusste es ja schon länger; wenn sich seine Frau etwas in den Kopf gesetzt hatte, dann würde sie sich durch nichts und niemanden davon abbringen lassen.

Meine Mutter reagierte ab dem Sommer immer weniger auf das, was in der Familie passierte, fragte aber ab und zu noch, wie es ihrer Enkelin in Köln gehen würde. Sie freute sich auch, wenn sie von meiner Tochter Post bekam, die versicherte, mit ihrem Studium gut weiterzukommen. Als meine Tochter im Sommer 2003, der unerträglich heiße Tage mit sich brachte, dann einige Tage zu Besuch kam, machten wir uns viele Gedanken darüber, womit wir der Kranken – sie wog vielleicht noch 45 Kilo – eine Freude machen könnten. Sie war aufgrund ihres ausgemergelten Körpers nicht mehr in der Lage, länger als eine halbe Stunde in ihrem ausgepolsterten Rollstuhl zu sitzen, und verweigerte fast alles, was ihr an Nahrung angeboten wurde. Ab und zu trank sie ein paar Schlückchen von ihrer flüssigen Kraftnahrung, aß ein paar Löffelchen Eis oder püriertes Gemüse aus Babykostgläsern. Wenn wir an ihrem Bett saßen, ihr etwas erzählten oder vorlasen, schaute sie relativ entspannt an die Decke oder auf die Spiegelfläche des gegenüberstehenden Kleiderschrankes. Diese ungünstige Möbelanordnung hatte ich ihr schon bei ihrem Einzug ausreden wollen, aber sie erlaubte damals wie später nicht, daran etwas zu ändern. So betrachtete sie sich immer wieder neugierig mit fragendem Blick in der großen Spiegelwand, als wollte sie abschätzen, wie lange es noch dauern würde, bis sie sich einfach aus dieser Welt weggeschrumpft hätte.

Ich wurde jedenfalls den Eindruck nicht mehr los, dass sie mit ihrem Leben endgültig abgeschlossen hatte. Es war eine Veränderung mit ihr vorgegangen, die mich stutzig machte. Trotz ihrer Schmerzen, die nur teilweise durch Medikamentengaben unterdrückt werden konnten, lächelte sie alle Besucher unendlich milde an, die an ihr Bett traten, und es kam fast nie eine Klage über ihre Lippen. Ihre Augen aber waren auf irgendetwas weit Entferntes gerichtet.

Ende August teilen die Meteorologen mit, dass 2003 wohl als heißestes Jahr seit 1540 in die Geschichte eingehen wird.

Meldungen über Todesfälle infolge der Sommerhitze kamen nicht nur aus allen Teilen Deutschlands, sondern auch in großer Zahl aus Frankreich und Italien. Besonders ältere Menschen und Kranke hatten unsäglich zu leiden.

Von Ende Juni bis Mitte Juli hatte ich den ersten theoretischen Block in der Pflegeschule absolviert. Bei der Vorstellungsrunde am ersten Tag war schon zu erkennen gewesen, dass es sich bei den Schülern (am Anfang waren es 22) um eine wundersam zusammengewürfelte Gruppe handelte, in der es nur einen Mann gab. Der Betreffende muss sich wahrscheinlich ebenso als Außenseiter gefühlt haben wie ich mich. Die jüngste Schülerin war 18, ich als älteste 55 Jahre alt. In einer der ersten Pausen hörte ich, wie jemand meinte: »Die Alte (also ich) wird das nicht packen.« Man würde sehen.

Danach kam ein mehrwöchiger Block, in dem praxisbezogenes Arbeiten stattfinden sollte. Für die Fachkräfte der Diakoniestation, die Auszubildende mit zu den Patienten nehmen mussten, war das sicher nicht nur die reine Freude. Es war klar, dass man sich am Anfang noch oft unbeholfen anstellte und die Einsätze so zwangsläufig länger dauerten. Ich bewunderte die Personen, denen ich zugeordnet war, auf jeden Fall für ihre Geduld. Daneben fiel mir eines von Anfang an positiv auf. Wenn ich mich zwar schon mal über den Umgangston, der zwischen den Schülern meiner Klasse angeschlagen wurde, geärgert hatte, so würde ich mich im Kreis der Diakonieangestellten sicher wohlfühlen. Hier herrschte ein anderer Geist, und zwar einer, den ich in den unterschiedlichen Teams während meiner früheren Bankertätigkeit oft vermisst hatte.

Da ich während des Praxisblocks abwechselnd morgens, mittags oder abends und dazu jedes zweite Wochenende arbeiten musste, hatte mein Ehemann zu Hause alle Hände voll zu tun, sich um unseren und den Haushalt meiner Eltern zu kümmern.

Gegen Mitte September muss es gewesen sein, als ich nach Beendigung meiner Arbeit zur Wohnung meiner Eltern ging. Ich betrat gerade das Krankenzimmer meiner Mutter, als sie einen Schwall schwarze, übel riechende Flüssigkeit erbrach. Ich konnte mir zu dem Zeitpunkt noch keinen rechten Reim darauf machen, was das zu bedeuten hatte, ließ mich aber von der Panikreaktion meines Vaters beeinflussen und rief unseren Hausarzt an. Er bestellte sofort einen Krankenwagen, und so kam meine Mutter noch einmal dorthin, wo sie nicht hingewollt hatte, nämlich ins nächste Krankenhaus. Ich hatte sie bei der Abfahrt mit mehreren Kissen so gelagert, dass sie einigermaßen bequem transportiert werden konnte. Ich fuhr mit meinem Wagen hinter dem Krankentransport her. In der Klinik gab man mir nach der Aufnahme zu verstehen, dass ich im Moment wegen der anstehenden Untersuchungen nichts tun könnte und mich besser nach Hause begeben sollte.

Am nächsten Tag fuhr ich direkt nach meinem Dienst wieder zu meiner Mutter. Sie lag in ihrem dünnen Nachthemd total verschwitzt im Bett direkt an einem geöffneten Fenster und jammerte vor Schmerzen. Man hatte sie, die nur noch aus Haut und Knochen bestand, in keiner Weise gelagert (die Kissen, die ich ihr mitgegeben hatte, fanden sich nie wieder an). Ich machte mich auf den Weg zum Schwesternzimmer, um Hilfe anzufordern. Man sagte mir, ich solle mich kurz gedulden, es würde jemand kommen, um sich meine Mutter anzusehen. Ich saß eine geraume Weile am Bett. Es passierte nichts. Daraufhin machte ich auf eigene Faust einen Erkundungsgang durch benachbarte Krankenzimmer und holte mir aus nicht belegten Betten einen Kissenvorrat, um meiner Mutter eine einigermaßen erträgliche Lage zu verschaffen. Als ich später nach Hause fuhr, hatte ich weniger die grantigen Blicke und Kommentare des Krankenhauspersonals in Erinnerung als die entsetzten und flehenden Augen meiner Mutter, die sagten: »Hol mich hier wieder raus.«

Ich kämpfte wieder einmal mit einem unendlich schlechten Gewissen. Warum hatte ich nicht dafür gesorgt, dass meine Mutter zu Hause bleiben konnte? Ich hatte nicht die Nerven gehabt, meinem Vater klarzumachen, dass wir seiner Frau, meiner Mutter, für den kurzen Rest ihres Lebens nur noch einen Gefallen tun konnten, nämlich sie in ihrer vertrauten Umgebung zu lassen. Ich sprach kurz darauf mit dem Stationsarzt, der veranlasste, dass sie wieder nach Hause gebracht wurde. Mein Vater, mein Mann, meine aus Köln gekommene Tochter und ich setzten uns abwechselnd ans Krankenbett. Meine Mutter dämmerte oft nur noch vor sich hin, kommentierte aber zwischendurch auch schon mal Abschnitte aus ihrem Leben; mitunter auch aus der Zeit, als ihre eigene Mutter noch gelebt hatte. So schaute sie mich einmal vorwurfsvoll an, als ich an ihr Bett getreten war, und meinte: »Das war nicht nett, was du damals zu unserer Mutter gesagt hast, bevor sie starb.« Da ich beim Tod meiner Großmutter erst zwei Jahre alt gewesen war, ging ich davon aus, dass sie eine ihrer Schwestern in mir sah und es damals ein Problem gegeben hatte.

Am 24. September 2003 saßen mein Vater, mein Mann und ich bis spät am Abend am Bett. Da ich am anderen Morgen zur Frühschicht musste, meinte mein Vater, wir sollten doch besser nach Hause gehen. Er würde uns benachrichtigen, wenn es meiner Mutter schlechter gehen sollte. Ich verabschiedete mich von meiner Mutter, küsste sie auf die Wange, sprach noch ein Gebet und wusste nicht, ob sie dabei war, einzuschlafen oder sich bereits aus dem Leben zu verabschieden. Es war wohl eher Letzteres der Fall gewesen, denn als am nächsten Morgen gegen sechs Uhr das Telefon klingelte, war mir klar, dass etwas passiert war. Die Pflegerin hatte meine Mutter tot aufgefunden. Im Bett daneben hatte mein Vater die Nacht ruhig durchgeschlafen. Der Arzt meinte, dass meine Mutter zwischen drei und vier Uhr nachts gestorben war. Sie war 83 Jahre alt geworden.

Da stand ich nun am Totenbett der Frau, die mir das Leben geschenkt hatte und mit der ich selten auf einen Nenner gekommen war. Unsere Meinungsverschiedenheiten und unsere unterschiedlichen Lebensauffassungen waren nun unwichtig geworden. Ich hatte mir zwar vor ihrem Tod gewünscht, ein einziges Mal aus ihrem Mund zu hören, wie sie rückwirkend ihr Leben beurteilte. Vielleicht hätte ich zu den Punkten, die wir nie klären konnten, ein paar ehrliche Auskünfte bekommen. Auf der ersten Seite dieses Buches steht: Zur Erinnerung an meine Mutter, die ich immer versucht habe zu lieben. Hoffentlich hat sie zumindest die Absicht manchmal gespürt.

Am Tag vor der Beerdigung stand ich mit meiner Tochter in der Friedhofskapelle am Sarg meiner Mutter. Meine Tochter schob das Gedicht »So lege ich denn einen blühenden Rosenstein in deine welken Hände« zusammen mit einem kleinen Rosenquarz zwischen ebendiese kalten, welken Hände und die Spitzendecke, auf der sie lagen. Mich überkam eine große Ruhe. Ich fühlte mich so, als würde ich als vollkommen fremder und neutraler Beobachter neben uns stehen. Ich sah ganz deutlich, was die drei Frauen im Raum, eine tote und die beiden lebenden, verbunden hatte und noch verband, aber auch viel Trennendes. Es war nur nicht mehr beunruhigend, weil es mir irgendwie normal vorkam. Seit Jahrtausenden hatten Menschen auf dieser Erde, ganz gleich ob sie in Familienverbänden oder alleine ihren Lebensweg gehen mussten, Ähnliches erlebt. Die Tatsache, dass man mit einigen identischen Genbausteinen ausgestattet auf die Welt gekommen war wie andere im Kreis der Blutsverwandten, garantierte doch noch lange nicht, dass man sich auch verstand. Ich nahm mir an dem Tag vor, es trotzdem immer wieder zu versuchen.

2. Kapitel 2003 – 2006

Häutungen – meine Alternative zum inzwischen überlaufenen Jakobsweg

Das Leben ging für meinen 87-jährigen, nun verwitweten Vater nach seinen Aussagen sehr langweilig weiter, aber nicht unbedingt für mich, die ich wieder die Schulbank drückte. Wenn ich ihn nachmittags oder abends besuchte, weil er mir in seiner Einsamkeit leidtat, war er manchmal tatsächlich der Meinung, ich könnte doch ruhig bei ihm übernachten. Mein Mann würde sicher alleine klarkommen. Er versuchte, die Ansprüche, die er ein Leben lang an meine Mutter gehabt hatte, nahtlos auf mich zu übertragen. Wenn meine flachsige Bemerkung, ich müsse schließlich zu Hause noch ein wenig »Hypothek abwohnen«, nichts fruchtete, musste ich ihm auch schon mal etwas drastischer sagen, dass mein Mann und ich bereit waren, ihm bei vielen Dingen des täglichen Lebens behilflich zu sein, unser eigenes dafür aber nicht aufgeben wollten.

Nach den ersten Ausflügen in die Pflegepraxis, bei denen ich schon zu vielen neuen Erkenntnissen gekommen war, stand erneute theoretische Unterweisung in der Schule an, das heißt bis auf die Ausnahme, dass im Fach Pflege auch Anschauungsunterricht auf dem Programm stand und wir uns als Schüler ab und zu in die Übungspflegebetten zu legen hatten, um uns für bestimmte Abläufe mehr Routine anzutrainieren.

Bereits nach wenigen Wochen hatten sich drei Mitschülerinnen schon wieder verabschiedet. Die allerjüngste kam nach ihren ersten Praxiserfahrungen mit den Gebrechen alter und kranker Menschen nicht klar und wollte lieber Erzieherin werden, eine andere war der deutschen Sprache nicht so mächtig, um dem Unterricht wirklich folgen zu können, und die dritte hatte ihren Arbeitgeber verärgert, weil sie nicht regelmäßig und pünktlich zum Dienst gekommen war. Ohne einen praktischen Ausbildungsplatz hatte es für sie keinen Sinn, weiter die Schule zu besuchen. Die verbliebenen, mit stark unterschiedlichen Charakteren ausgestatteten Schüler versuchten so gut es ging, sich aneinander zu gewöhnen.

Wir hatten in den ersten Tagen unseren Ausbildungsplan und auch teilweise der Schule gehörende Bücher für einige der 14 Fächer ausgehändigt bekommen, für die wir lernen sollten. Mir war von Anfang an klar, dass ich für zwei dieser 14 Fächer keine große Begeisterung aufbringen würde. Zum einen war das Pharmakologie, weil mir dafür Grundlagen in Sachen Biologie fehlten, und zum anderen Ernährungslehre. Ich interessierte mich zwar für dieses Thema, hatte aber in meinem Leben schon oft festgestellt, dass Empfehlungen, die als das Nonplusultra hingestellt wurden, nach einer Weile wieder mega-out sein konnten. Nun kam noch hinzu, dass ich in der Praxis recht schnell feststellen musste, dass Menschen in den seltensten Fällen bereit waren, ihre Gewohnheiten zu ändern. Man möchte sich als Pflegeperson manchmal die Haare raufen, wenn sich Patienten gegen jede Vernunft verhalten. Zu wissen, welche Diätform bei welcher Krankheit einzusetzen wäre, ist aus einer Ausbildung zwar nicht wegzudenken, hilft aber nicht weiter, wenn vonseiten der zu Beratenden kaum eine Kooperationsbereitschaft vorhanden ist.

Einen Motivationsanreiz sah ich darin, dass ich mich sehr für die Fächer Anatomische Grundlagen, Psychologie und Soziologie interessierte und sich das Lernen für Politik, Deutsch, Berufskunde, Berufsrecht und Religion, da ich mich mit diesen Themen schon jahrelang beschäftigt hatte, eher erholsam gestalten würde. In Sachen Religion zeichnete sich sehr schnell ab, dass dieses Fach für die meisten in der Klasse der Horror schlechthin war. Sie sahen vordergründig nur, dass sie mit Glaubensfragen überhaupt nichts zu tun haben wollten. Der ganze Komplex war aber so angelegt, dass viele garantiert in der Praxis auftauchende Themen zu bearbeiten sein würden. Allein schon die Punkte »Wie spreche ich mit Todkranken und Sterbenden?«, »Wo ist die Grenze zwischen aktiver und passiver Sterbehilfe?« oder »Wie gehe ich mit betroffenen Angehörigen um?« erschienen mir sehr wichtig. Kratzbürstig verhielten sich im Religionsunterricht vor allem drei Mitschülerinnen, die in den neuen Bundesländern geboren und aufgewachsen waren. Nachdem ich bei unserer Vorstellungsrunde zu erkennen gegeben hatte, dass ich aktives Kirchenmitglied war, wurde ich allein schon aufgrund dieser Tatsache mit bissigen Bemerkungen und Häme bedacht.

In den ersten Tagen des neuen Schulblocks hatte es zudem auch noch einen Zwischenfall mit einer der besagten »Damen« gegeben. Mitten in einer Unterrichtsstunde hatte sie sich ein gekochtes Ei gepellt und dabei als Unterlage eins der Bücher benutzt, die von der Schule zur Verfügung gestellt wurden. Als sie meine missbilligenden Blicke sah, meinte sie: »Was glotzt du so? Mir ist es vollkommen egal, ob dir das passt oder nicht.« Es folgte einer der Momente, in denen ich gegen meinen bereits beschriebenen Vorsatz, meine Mitmenschen nicht mehr mit bissigen Bemerkungen zu bedenken, verstieß. Ich sagte zu ihr: »So stelle ich mir Halle/Saale ganz unten vor.« Das war natürlich der Auslöser dafür, dass wir uns fast drei Jahre lang misstrauisch belauerten, aber zunächst einmal verbuchte ich es als Erfolg, dass sie sich danach zivilisierter benahm und ihre mitgebrachten Lebensmittel von da an auf einen Teller legte.

Während der ganzen Schulzeit konnte ich übrigens nicht nachvollziehen, dass während des Unterrichts ständig gegessen, nein, eher gemampft werden durfte, was das Zeug hielt, ohne dass dies eine Lehrperson irritierte. Interessant war ohnehin, wie die meisten Lehrer – je nachdem, wie es ihnen passte – so oder so argumentierten. Beispiel: »Ach, ihr Lieben, hier sind doch nur Erwachsene in der Klasse; es ist doch eure Sache, wie ihr die Spielregeln gestaltet.« Am nächsten Tag: »Hier an der Fachschule handelt es sich zwar um Erwachsenenbildung, es kann aber trotzdem nicht jeder machen, was er möchte.« Es sah so aus, als würde ich mir auf jeden Fall ein dickeres Fell anschaffen müssen. Ich hatte offensichtlich noch keinen sehr großen Abstand zu den Zeiten gewonnen, in denen ich Auszubildende in der Bank unterrichtete, denn ab und zu kämpfte ich mit merkwürdigen Visionen. Ich stand vor der Klasse und hatte das Recht und die Möglichkeit, schlafende, kauende, quatschende oder einfach nur total desinteressierte Schüler an die Kandare zu nehmen. Eine schöne Illusion, die mir aber nicht weiterhalf.

Mitte Oktober bekamen wir Ferien. Nach reiflichen Überlegungen boten mein Mann und ich meinem Vater an, zusammen mit uns ein paar Tage nach Österreich zu fahren. Er machte den Eindruck, als ob seine depressive Verstimmung in eine echte Depression übergehen würde, und wir wollten ihm die Möglichkeit eines Tapetenwechsels geben. Er freute sich wirklich über dieses Angebot, weil er die Bergwelt immer geliebt hatte. In einem kleinen Ort bei Kitzbühel hatten wir zwei nebeneinanderliegende Appartements mit Blick auf den Wilden Kaiser gemietet. Wir verbrachten die meiste Zeit zusammen, spielten Gesellschaftsspiele, sahen abends oft fern, weil mein Vater nicht gerne das Haus verließ, hatten aber auf der anderen Seite sofort das Problem, dass er ungeduldig die Zeit stoppte, wenn wir hin und wieder auch mal allein sein wollten. Es war ein Urlaub, der deshalb nicht ganz ohne Verstimmungen ablief.

Mein Mann und ich diskutierten viel darüber, wie wir in der Zukunft weiter Hilfe leisten könnten, ohne dass mein Vater uns bereits am Oberarm hatte, wenn wir ihm unsere Hand reichten.

Das Jahr 2003 neigte sich dem Ende. Wir verbrachten die Weihnachtstage zusammen mit meiner Tochter und meinem Vater, der als Geschenk einen Vogelkäfig mit Inhalt von uns dreien bekam. Er konnte endlich wieder Zwiesprache mit einem Wellensittich halten. Ich glaube, es war Hansi IV., und ich hatte mich schweren Herzens darüber hinwegsetzen müssen, dass ich die Haltung von Vögeln in kleinen Käfigen eigentlich nicht mehr tolerieren wollte.

Am zweiten Weihnachtstag kommt es in einem eigentlich als erdbebensicher angesehenen Gebiet im Südosten Irans zu folgenschweren Erdstößen, die die Stadt Bam und Orte in weiten Teilen der Region total zerstören.

Die Opferzahlen waren unfassbar. Erst war man von etwa 21.000 Toten ausgegangen; dann wurden es tatsächlich noch mehr. Darüber hinaus gab es mehr als 30.000 Verletzte und 120.000 Obdachlose. Dass viele historische Kulturdenkmäler Schaden genommen hatten, verblasste für meine Begriffe vor diesem Elend.

Katastrophen hatte es natürlich schon wieder das ganze Jahr über gegeben. Ich hatte diesmal Mühe, nicht auch, wie viele andere Menschen es regelmäßig nach solchen Ereignissen taten, die Frage zu stellen: Wie kann Gott so etwas nur zulassen? Mühe deshalb, weil ich mich gerade in das Buch »Auf dem Jakobsweg« von Paulo Coelho vertieft hatte. Bei der Beschreibung, was dem Schüler auf der Pilgerreise nach Santiago de Compostela alles passiert war, bekam ich manchmal regelrechte Schweißausbrüche. Am Ende wurde ihm klar, dass das Leben auf dieser Welt für Menschen nur einen Sinn ergab, wenn sie den guten Kampf kämpften und eines Tages von der alles umfassenden Liebe berührt wurden. Ich konnte das nachvollziehen, hatte sich mein Denken doch auch in diese Richtung entwickelt. Was mich jedoch quälte, war die Frage, wie viele der bei Naturkatastrophen zerquetschten, ertrunkenen oder verbrannten Menschen (und darunter viele Kinder) wohl zu Lebzeiten die Chance bekommen hatten, den guten Kampf zu kämpfen und die allumfassende Liebe kennenzulernen.

Erst viel später würde ich in Gedanken den Jakobsweg mit Hape Kerkeling noch einmal gehen, dann aber mit einem ständigen Schmunzeln. Coelho dagegen hatte mich im Genick gepackt und förmlich durchgeschüttelt. Das, was mich in seinem Buch am meisten beeindruckte, war der Abschnitt »Die persönlichen Schwächen« und die Worte, die der Lehrer Petrus in Form eines Gebetes, aber auch als Mahnung für seinen Schüler, aussprach. Wenigstens einige Sätze aus dem insgesamt sehr langen Gebet möchte ich hier wiederholen, weil sie mich so tief berührten:

Erbarme Dich derer, die sich selbst gegenüber grausam sind, und nur im eigenen Handeln Böses sehen und sich für die Ungerechtigkeit der Welt verantwortlich machen. Denn diese kannten Dein Gesetz nicht, das da lautet: Sogar jedes einzelne deiner Haare ist gezählt.

oder

Erbarme Dich derer, die fasten, tadeln und verbieten und sich als Heilige fühlen und deren Namen auf den Plätzen verkündigen. Denn sie kannten Dein Gesetz nicht, das da lautet: Wenn ich Zeugnis über mich selbst ablege, dann ist dieses Zeugnis nicht wahrhaftig.

oder

Erbarme Dich derer, die sich um des Seidenbandes der Liebe willen versklaven und sich für den Herrn eines anderen halten und Eifersucht fühlen und sich vergiften und sich quälen, weil sie nicht sehen können, dass die Liebe sich ändert wie der Wind und alle Dinge. Doch erbarme Dich vor allem derer, die aus Angst vor der Liebe vergehen und die Liebe im Namen einer höheren Liebe, die sie nicht kennen, abweisen, denn sie kannten Dein Gesetz nicht, das da lautet: Wer von diesem Wasser trinkt, der wird nie wieder dürsten.

und zuletzt

Erbarme Dich derer, die niemanden außer sich selbst sehen und für die die anderen nur ein undeutliches, fernes Szenarium sind, wenn sie in ihren Limousinen durch die Straßen fahren und sich in bis zum obersten Stockwerk klimatisierten Gebäuden verschanzen und unter der Stille und Einsamkeit der Macht leiden. Doch erbarme Dich auch derer, die alles weggeben und wohltätig sind und versuchen, das Böse allein mit Liebe zu besiegen, weil diese Dein Gesetz nicht kannten, das da lautet: Wer kein Schwert hat, der möge seinen Umhang veräußern und eines kaufen.

Beim Schreiben der vorhergehenden Zeilen fiel mir ein, dass mich nur einmal ein ähnlicher Text so tief angerührt hatte, weil ich mich selbst darin wiederfand, und zwar war das Matthias Claudius' »Brief an meinen Sohn Johannes« gewesen.

In den ersten Monaten des Jahres 2004 wurde bei uns zu Hause ein zu diesem Zeitpunkt von der Presse besonders herausgehobenes Thema diskutiert:

Vogelgrippe durch neues Supervirus?

Im Januar waren zwei Frauen an der Vogelgrippe gestorben, obwohl sie keinen Kontakt zu kranken Tieren gehabt haben sollen.

War das der Beweis dafür, dass sich Infektionen nicht nur von Tieren auf die Menschen, sondern auch zwischen Menschen übertragen ließen? Experten befürchteten, dass der Mensch zum »Virusmixer« wird. Wenn das H5N1-Virus Gene des menschlichen Grippevirus übernehmen würde, könnte es zu ähnlichen Epidemien kommen wie 1918, 1957 oder 1968. 1918 waren zwischen 40 und Millionen Menschen gestorben. Als Gegenmittel zur Vogelgrippe wurde das Medikament Tamiflu genannt. Etliche Leute wollten sich vorsorglich damit eindecken, sodass es garantiert zu Lieferengpässen kommen würde. In meiner Familie kam es auf jeden Fall deshalb nicht zu hysterischen Anwandlungen.

Am 6. Februar 2004 erklärt Bundeskanzler Schröder seinen Rücktritt als Parteivorsitzender zugunsten von Franz Müntefering.

Mein Vater mochte eigentlich mit mir, die der SPD den Rücken gekehrt hatte, gar nicht mehr über das reden, was ihn ab und zu beschäftigte, wenn Nachrichten in Bezug auf seine »Lebenspartei« herauskamen. Nun konnte er aber seine Freude nicht verbergen, weil er glaubte, dass der Franz, wie er geboren im Sauerland und ebenfalls IG-Metall-Mitglied, unter den Genossen mal so richtig aufräumen würde. Hatte er doch erst kurz vorher noch vehementer als andere betont, dass er an den Grundwerten Freiheit, Gerechtigkeit und Solidarität auf jeden Fall festhalten wollte, auch wenn in einigen Fragen umgedacht werden müsste. Was diese noch vagen Andeutungen – insbesondere beim Thema Solidarität – bedeuten würden, sollte noch im gleichen Jahr auf den Tisch kommen.

Anfang April erreichte mich die Nachricht, dass meine Patentante, die ältere Schwester meiner Mutter, im Alter von 92 Jahren verstorben war. Das machte mich sehr, sehr traurig. Diese Tante war von allen Verwandten immer am liebevollsten mit mir umgegangen und hatte mich in den Schulferien so oft beherbergt. Als ich am Tage ihrer Beerdigung Haus und Hof wiedersah, wo ich mich früher so gerne aufgehalten hatte, fielen mir etliche meiner Streiche wieder ein, über die sie meistens nur geschmunzelt hatte. Nun lebte niemand mehr von den vier Schwestern, von denen meine Mutter die jüngste gewesen war.

Bei der Trauerfeier hielt ich mich das erste Mal seit langer Zeit wieder in einer katholischen Kirche auf und erinnerte mich an die Zeit, in der das Bodenpersonal Gottes mich so eingeschüchtert hatte. Mit einigen anderen Verwandten, die ebenfalls evangelisch waren, hatten wir uns in den Kirchenbänken zusammengefunden. Dass uns der katholische Geistliche keines Blickes würdigte, machte mir nichts mehr aus. Als mein Mann ihn nach der Trauerfeier freundlich begrüßte und ein paar Worte mit ihm wechseln wollte, wendete er sich ab. Schade.

Im April 2004 stellen Redakteure des Magazins »Der Spiegel« bei einem Interview des Bundeskanzlers Gerhard Schröder starke Verhaltensunterschiede im Vergleich zu im Jahre 2002 geführten Gesprächen fest.

Er soll dabei Fragen kaum noch beantwortet, lustlos gewirkt und dabei stark an den »späten« Helmut Kohl erinnert haben. Die Frage, ob Menschen Institutionen oder Institutionen die Menschen verändern, hatte ich für mich schon längst beantwortet. Wenn ich unseren Bundeskanzler und unseren Außenminister nebeneinander sah, kam es mir so vor, als ob sie eins auf jeden Fall gemein hatten: Arroganz und Überheblichkeit hatten zugenommen. Ich hörte von vielen Mitmenschen, dass ich mit dieser Meinung nicht auf verlorenem Posten stand.

Deutschlands östlichster Nachbar, die Republik Polen, tritt am 1. Mai 2004 der Europäischen Union bei.

Ich sah darin das positive Zeichen dafür, dass sich durch die EU-Osterweiterung politisch und wirtschaftlich alte Gräben würden schließen lassen. In der Schule musste ich bei einem Gespräch über dieses Thema im Fach Politik feststellen, dass es noch ein weiter Weg sein würde, bis bestehende Vorurteile verschwänden. Aus der wechsel- und leidvollen Geschichte Polens, in der es fast ganz von der europäischen Landkarte getilgt worden war, hätte wohl kaum einer etwas wiedergeben können. Einige hatten vielleicht noch im Hinterkopf, dass sich hinter dem Namen Frederic Chopin ein begnadeter polnischer Komponist verbarg und der Papst Johannes Paul II. aus Polen stammte. Dass Polen mit Vorliebe deutsche Autos klauen und den Menschen in Deutschland Arbeitsplätze wegnehmen, war dagegen in den Köpfen fest verankert. Ich nahm an, dass in Polen ähnlich festgefahrene Meinungen über Deutschland und seine Bewohner existierten, war aber nach wie vor zuversichtlich, dass sich im Laufe der kommenden Jahre auch freundliche Betrachtungsweisen durchsetzen würden. Mein Mann und ich hatten uns jedenfalls vorgenommen, das Land bald zu besuchen.

Das Lernen in der Pflegeschule machte mir von der Sache her viel Spaß. Leider kam es beim Unterricht in fast allen Fächern gehäuft vor, dass ich mich über die Ausbreitung schon geschilderter Vorurteile ärgerte, die – so erschien es mir – verdächtig oft mit den Schlagzeilen einer in Deutschland weitverbreiteten Boulevardzeitung übereinstimmten, und ich mal wieder nicht mit meiner Meinung über einen derartigen Schwachsinn hinter dem Berg halten konnte. Die Tatsache, dass ich zusammen mit einer weiteren Mitschülerin als Klassensprecherin gewählt worden war und wir beiden oft als letzte Ansprechpartner angesehen wurden, wenn Probleme zu lösen waren, führte dazu, dass man mich meistens noch gnädig davonkommen ließ. Es gab allerdings Tage, an denen ich in den Pausenhof kam und sie mich wieder mal am Wickel hatten. Da fielen dann Worte wie Streber und Ähnliches. Wenn ich fragte: »Spielt ihr heute mal wieder ‚Brigitte schlachten‘?«, herrschte zumindest für eine Weile Burgfrieden. Außerordentlich angenehm war auch, dass sich in der Klasse eine Gruppe von sechs oder sieben gleich gesinnten Frauen zusammengefunden hatte, die das Ganze erträglicher erscheinen ließ.

Die Tochter meines Mannes teilte uns Neuigkeiten mit, die zunächst beunruhigten. Mir war schon klar, dass auch bei unseren Kindern und anderen Menschen, die uns besonders am Herzen lagen, nicht immer nur alles rund laufen würde. Wir besuchten meine Stieftochter in ihrem Einfamilienhaus, dessen Einrichtung erst kurze Zeit vorher aufwendig (aber sehr geschmackvoll) fertiggestellt worden war. Nun hatte sie sich gerade einvernehmlich von ihrem Mann getrennt und wollte nur noch so lange dort wohnen bleiben, bis die beiden einen akzeptablen Käufer für das Haus gefunden hätten. Einvernehmliche Trennung hin oder her – mein Mann und ich wussten schließlich aus eigener Erfahrung, dass man all das mit einem Ehepartner zusammen Erlebte nicht einfach von heute auf morgen löschen konnte. Über Hintergründe wurde nicht lange diskutiert. Das ging uns im Detail wohl auch wenig an. Wir wollten ganz einfach »unsere« Tochter wieder glücklich sehen. Im Moment sah sie noch nicht so aus. Sie hatte einen ungewohnt harten Zug um den Mund und machte einen etwas erschöpften Eindruck. Ich war mir aber sicher, dass sie bei dem ihr eigenen Schwung, mit dem sie normalerweise durchs Leben düste, bereits neue Ufer ansteuerte.

In der Presse und im Fernsehen wird über die Misshandlung irakischer Häftlinge im Militärgefängnis Abu Ghraib berichtet.

Beim Anblick der Bilder, die unglaublich niederträchtiges Handeln gegenüber Gefangenen belegten, musste ich den Atem anhalten. Zu allen Zeiten hatte es immer wieder neue Anlässe für die Frage gegeben, warum Menschen in der Lage sind, anderen Menschen so etwas anzutun. Neben der für mich feststehenden Tatsache, dass Folter in keinem Fall entschuldbar war, wurde mir schnell klar, dass die Amerikaner, die doch in der Welt als »Gutmenschen« dastehen wollten, mit diesen Dokumenten einen nicht mehr zu löschenden Eindruck von Barbarei hinterlassen hatten. Natürlich würde es Bestrafungen geben. Wen es dabei in erster Linie treffen würde, konnte man sich fast schon denken. Angeblich hatten die Ausführenden auf höheren Befehl gehandelt. Sie würden wahrscheinlich trotzdem keine guten Chancen haben, so milde abgeurteilt zu werden wie ihre Vorgesetzten. Ich konnte mir beim besten Willen noch nicht vorstellen, dass die Öffentlichkeit wirklich erfahren würde, wer der oberste in der Kette der Verantwortlichen gewesen war. Am Ende dieser Kette hatte jedenfalls ein Befehl dazu geführt, dass gefangene Menschen, ganz gleich, was ihnen vorzuwerfen war, wie Hunde an der Leine geführt und – auch sexuell – vor Kameras gedemütigt worden waren. Das konnte nur anekeln.

Am 23. Mai 2004 wählt die Bundesversammlung Horst Köhler zum neunten Bundespräsidenten der Bundesrepublik Deutschland.

CDU/CSU und FDP hatten sich erst nach peinlichen parteiinternen Querelen auf ihn als Kandidaten geeinigt, nachdem Wolfgang Schäuble von der FDP abgelehnt worden war. Von der rot-grünen Koalition war Gesine Schwan, die Präsidentin der Universität Frankfurt/Oder, nominiert worden. Mit ihr wäre ich ebenso einverstanden gewesen – warum hätte Deutschland keine Bundespräsidentin bekommen sollen? Wie sich der gewählte Präsident in der Praxis machen würde, konnte sowieso noch niemand voraussagen. Die wenigsten Bundesbürger hatten gewusst, dass er Direktor des Internationalen Währungsfonds (IWF) gewesen war oder vorher Präsident der Europäischen Bank für Wiederaufbau und Entwicklung in London. Ich erinnerte mich an ihn noch aus meiner Bonner Zeit, als er als Präsident dem Deutschen Sparkassen- und Giroverband vorgestanden hatte.

Wir besuchten wieder einmal meine Tochter in Köln. Sie war inzwischen zu ihrem Freund auf Distanz gegangen und bemüht, neue Menschen kennenzulernen. Neben ihrem Innenarchitekturstudium jobbte sie in einem Geschäft, um ihre Kasse aufzubessern. Ihre Erfahrungen aus der Zeit ihrer Ausbildung als Raumausstatterin kamen ihr da sehr zugute. Mein Mann und ich hatten vor, Urlaub im Haus von Freunden auf der Kanareninsel La Palma zu machen, und fragten sie, ob sie mitkommen wolle. Sie sagte zu, und ich freute mich auf gemeinsame Tage, an denen es uns auf der noch nicht vom Massentourismus überlaufenen Insel im Atlantik bestimmt gut gehen und uns auf keinen Fall langweilig werden würde.

Mein Vater hatte schon öfter gefragt, ob wir eine Möglichkeit sehen würden, dass er noch einmal seine Verwandten in der alten sauerländischen Heimat besuchen könnte. Wir organisierten für ihn einen zweiwöchigen Aufenthalt im Dorf seiner Kindheit und ersten Ehejahre und mussten deshalb wohl kein schlechtes Gewissen haben, wenn wir in der Zeit unbeschwert Urlaub machten.

Nachdem der frühere irakische Diktator Saddam Hussein Ende 2003 in einer grotesken Festnahmeaktion durch amerikanisches Militär verdreckt und verwirrt einem Erdloch bei Tikrit entstiegen ist, beginnt man nun mit der Vorbereitung zu der Anklage gegen ihn als einen der größten Despoten der letzten Jahrzehnte. Es ist davon auszugehen, dass einige Anklagepunkte zusammenkommen.

Nach seiner Amtsübernahme ließ er 1979 erst einmal alle Rivalen hinrichten, selbst wenn sie wie er zur Baath-Partei gehörten, die ihm die Machtergreifung erst ermöglicht hatte. Vor laufenden Kameras waren während einer Sitzung Parteigenossen und Regierungsmitglieder zur Erschießung abgeführt worden. Als 1980 der Irak den Iran angriff und damit der erste Golfkrieg begann, hatte er noch viele Befürworter, die glaubten, dass er eine islamische Revolution verhindern würde. Nach Beendigung des Krieges verschlechterte sich das Verhältnis Saddam Husseins zu den Führern der anderen Golfstaaten.

1990 erklärte er bekanntlich kurzerhand Kuwait zur irakischen Provinz und empörte mit diesem Vorgehen die ganze Weltöffentlichkeit. Auch nach der Befreiung Kuwaits war es ihm möglich gewesen, mit brutaler Gewalt in seinem Land weiterzuregieren. Hinrichtungen von Regimegegnern bei laufenden Fernsehkameras waren immer noch üblich. Wenn man ihm die Herstellung von die Welt bedrohenden Waffen vielleicht nie würde nachweisen können, blieben immer noch Völkermord, Kriegsverbrechen und Verbrechen gegen die Menschlichkeit abzuurteilen. Bis dahin sollten aber noch viele Monate vergehen.

An einem Sommertag, ich weiß nicht mehr das genaue Datum, wurde mein Mann vom Pflegeheim, in dem seine Mutter untergebracht war, angerufen, weil es einen Unfall gegeben hatte. Wie wir erst Tage später von dem behandelnden Arzt erfuhren, hatte man einen Anruf bei ihm aber erst einen Tag nach dem Vorfall getätigt. Wir fuhren sofort los, um uns zu informieren, was genau passiert war. Meine Schwiegermutter lag, von Kopf bis Fuß schwarz-blau angelaufen, wie tot in ihrem Pflegebett. Angeblich konnte uns niemand erklären, was genau passiert war. Sie hätte plötzlich neben ihrem Tisch auf dem Fußboden des Aufenthaltsraumes gelegen. Als ich eine Pflegerin, die an dem Tag Dienst gehabt hatte, etwas nachdrücklicher befragte, wurde sie sehr unruhig und verließ unter einem Vorwand den Raum. Ich hatte den Eindruck, dass es Absprachen gab, was man uns sagen wollte und was nicht. Wir würden wohl nicht mehr erfahren und beschlossen, meine Schwiegermutter sofort woanders unterzubringen, wenn wir ihr einen

Transport zumuten könnten. Eine Mitschülerin arbeitete in einem kleinen Heim, das von einer Familie geleitet wurde, die ihre sechs oder sieben Patienten wie eigene Familienmitglieder betreute und nun einen freien Platz anbot. Ein Glücksfall. Es war uns bis dahin nicht möglich gewesen, einen solchen Platz zu finden.

In der Schule hatten wir ein neues, heißes Thema. In Deutschland waren bereits seit 2003 die Folgen der Gesetze zur Reform des Arbeitsmarktes zu spüren gewesen, die die Regierung der Einfachheit halber Hartz I, II, III und IV genannt hatte. Die Vorschläge der Hartz-Kommission, die nach dem Vorsitzenden Peter Hartz, dem Personalvorstand von VW, benannt worden war, hatten in der Öffentlichkeit seit August 2002 zunächst noch keine wirklich große Beunruhigung ausgelöst. Hartz I und II waren dann mit Wirkung vom 1. Januar 2003 in Kraft getreten, Hartz III am 1. Januar 2004. Die Einführung von Bildungsgutscheinen, Regelungen zur Zeitarbeit über die Personal-Service-Agenturen, Vorgaben für Minijobs, Ich-AGs und die Einrichtung von Jobcentern hatten anscheinend bis dahin noch niemandem richtig wehgetan.

Die ersten größeren Diskussionen kamen mit den Befürchtungen auf, dass die seit dem 1. Januar angelaufenen Hartz-III-Maßnahmen, nämlich die Arbeitsämter in Agenturen für Arbeit umzubauen, so viel Zeit brauchten, dass sie mit großer Wahrscheinlichkeit mit den Folgen der Einführung des Hartz-IV–Paketes kollidieren würden. Die Zusammenführung von Arbeitslosenhilfe und Sozialhilfe und die Verwaltung der Leistungen direkt bei der Agentur für Arbeit bedeutete schon allein für sich ein Mammutprojekt. Nun sollten aber auch noch 69 Kreise und Gemeinden die Option bekommen, eigenverantwortlich mitmischen zu dürfen. Welch eine »Gemüsesituation« war das denn?

Was aber die Situation weiter verschärfte und die ersten Betroffenen dazu brachte, auf die Straße zu gehen, war, dass nun einige Arbeitslose empfindliche Leistungsreduzierungen auf sich zukommen sahen. So spielte auch die Dauer der Anwartschaft eine Rolle. Außerdem wollte man bei der Bewilligung von Hartz-IV-Bezügen (Arbeitslosengeld II) künftig auch noch die Vermögenslage des Antragstellers und seiner Angehörigen stärker berücksichtigen.

Am 9. August demonstrieren (vor allem in Ostdeutschland) 50.000 Menschen gegen die Hartz-IV-Reform, am 16. August bereits 85.000 und so geht es noch munter weiter.

An meinen Ausbildungsplatz in der Diakonie zurückgekehrt bekam ich nun zu spüren, was es bedeutete, wenn während der Sommerferien nur die Hälfte des Stammpersonals zur Verfügung stand. Alle rotierten und ich hatte bereits eigenverantwortlich eigene Einsätze zu fahren. Ich kannte inzwischen eine Vielzahl von Patienten in den umliegenden Dörfern und war tief betroffen über die Schicksale der Kranken, an deren Häusern ich früher oft täglich vorbeigefahren war, ohne zu ahnen, was sich hinter den Mauern dieser Gebäude abspielte.

Meine Arbeit war – das hatte ich auch nicht anders erwartet – körperlich sehr anstrengend, aber an die psychischen Belastungen, die daraus resultierten, die Beschwerden der alten und kranken Menschen meistens nur lindern und nicht beseitigen zu können, konnte ich mich erst ganz langsam gewöhnen. Eine Kollegin, die früher Krankenschwester gewesen war, meinte einmal, dass sie angenehme Erinnerungen daran hätte, die Patienten immer nur kurzzeitig gesehen zu haben, weil sie dann meistens geheilt oder in einem verbesserten Zustand entlassen wurden und die pflegenden Personen dadurch Erfolgserlebnisse verbuchen konnten. Im ambulanten Pflegedienst wusste man bei vielen Kranken, und besonders bei den Hochbetagten, schon von vornherein, dass sich ihr Zustand eher verschlechtern würde, durfte sich das aber nie anmerken lassen. Ich war also sehr froh, eine Auszeit nehmen zu dürfen.

Meine Schwiegermutter hatten wir inzwischen zu der Familie gebracht, in deren Haus eine Atmosphäre wie in einem gut geführten Privatsanatorium herrschte, und meinen Vater zu einer Cousine ins Hochsauerland.

Wir flogen von Münster aus nach La Palma und fühlten uns vom ersten Tag auf dem Gelände der Finca unserer deutschen Freunde wohl. Das Haupthaus, in dem mein Mann und ich wohnten, wurde normalerweise nur von den Besitzern benutzt, und wir freuten uns darüber, dass man uns das Vertrauen entgegenbrachte, in den mit sehr vielen persönlichen

Dingen ausgestatteten Räumen leben zu dürfen. Etwas unterhalb vom großen Haus lag ein total urig zu einem Gästeappartement umgebauter früherer Eselstall, in dem meine Tochter untergebracht war. Meinen kleinen Scherz über diesen Zufall nahm sie mir nicht übel. Wir beide waren nämlich schon wild darauf, zum nächstgelegenen Strand zu fahren, um uns in die Atlantikfluten zu stürzen. Mein Mann wollte es sich lieber in dem traumhaft angelegten Garten mit einem kühlen Drink gemütlich machen und seine empfindliche Haut schonen.

Die ganze Hausanlage befand sich auf der trockenen Westseite der Insel, auf der es mehr Sonnenstunden gab als im Osten. Von Norden nach Süden teilt die Cumbre, ein Gipfelkamm, die Insel wettermäßig in zwei Gebiete. Wie ein Schild stemmt sich dieser Kamm gegen die Wolken, die mit den Passatwinden herankommen und an der Ostseite abregnen. Im Osten La Palmas ist es deshalb sehr viel grüner, die Feriengäste klagten aber häufig über die hohe Luftfeuchtigkeit, die mitunter auch in den Appartements Schimmelbefall auslöste. Wenn man allerdings einen Einkaufsbummel in der an der Ostküste gelegenen Hauptstadt Santa Cruz de la Palma machen wollte, war ein bewölkter Himmel mitunter eher angenehm.

Natürlich machten wir auch einige gemeinsame Ausflüge, zum Beispiel zum Vulkan Teneguia im Süden, der 1971 zuletzt ausgebrochen war, zu den grün-feuchten Wäldern im Norden sowie zu einigen Orten an der Ostküste. Meine Tochter war als ausgemachte Wasserratte natürlich begeistert vom Charco Azul, einer in den Felsen gehauenen Naturbadeanstalt, die ins offene Meer überging. Die meisten Strandaufenthalte genossen wir beiden aber an dem mit Palmen bestandenen Wassersaum vor Puerto Naos. Am oberen Ende wurde der schwarze Sandstrand von einer hohen Felsklippe überragt, auf der sich ein gemütliches Café befand. Nachdem ich mich eine Weile im Wasser getummelt hatte, ging ich schon mal vor, um es mir dort gemütlich zu machen und auf meine Tochter zu warten, die immer mehrere Runden schwimmen wollte. Ich sehe noch das Bild vor mir, wie sie sich unterhalb der Terrasse, von der aus ich alles gut übersehen konnte, mit ihrer schlanken Figur und braun gebrannt am Strand räkelte. Ihre fächerartig ausgebreiteten blonden

Haare bildeten einen deutlichen Kontrast zum sie umgebenden schwarzen Lavasand. Das wurde sehr schnell auch von männlichen Zuschauern direkt am Strand oder an den anderen Tischen des Cafés registriert. Es war sehr amüsant, die Kommentare mitzubekommen, zumal die wenigsten Leute wussten, dass wir zusammengehörten. Ich gebe zu, ich freute mich sehr darüber, dass meine Tochter in ihrem Aussehen und ihren Talenten von der Natur nicht gerade benachteiligt worden war. Am meisten wünschte ich ihr aber, zu einem ruhigen, zufriedenen Leben finden zu können.

Wir führten auch in diesem Urlaub wieder viele schöne Gespräche zu zweit und zu dritt und erholten uns gut. Nachdem ich ungefähr die Hälfte meiner Ausbildung zur Altenpflegerin hinter mich gebracht hatte, war mir klar, dass die Daumenschrauben in der Schule bald noch mehr angezogen würden. In meinen Urlaub hatte ich deshalb neben dem Buch von Harry Mulisch, »Die Prozedur«, auch noch Fachliteratur mitgenommen.

Seitdem ich Jahre vorher bereits »Die Entdeckung des Himmels« zweimal gelesen hatte, wollte ich mir »Die Prozedur« auch noch ein zweites Mal zu Gemüte führen. Ich war total begeistert und fasziniert von Mulischs Schreibkunst, hatte aber sowohl bei den architektonischen Höhenflügen in dem einen wie auch bei seinen Jongleurnummern mit Genkettenbeispielen im anderen Buch einige Verständnisprobleme. Immerhin hatte mich die Lektüre des Weltbestsellers »Die Entdeckung des Himmels« so neugierig gemacht, dass ich bei meiner Tochter Bücher über Architektur auslieh, um über die Bauwerke Palladios in der italienischen Renaissance mehr zu erfahren. Über Kabbalistik nachzulesen hob ich mir erst einmal für spätere Zeiten auf. Es machte auf jeden Fall Spaß, sich manche der von Mulisch kreierten Sätze mehrmals ganz langsam auf der Zunge zergehen zu lassen.

Da ich im Rahmen meiner Ausbildung je zwei vier- bis sechswöchige Einsätze außerhalb meiner praktischen Arbeit nachzuweisen hatte, würde bald ein Praktikum in einem Seniorenheim auf mich zukommen. Den ersten Einsatz hatte ich in der Spezialabteilung einer Reha-Klinik ableisten können, in der schwer geschädigte Schlaganfallpatienten behandelt wurden. Für den nun anstehenden hatte man mir zugesagt, dass ich mich überwiegend verwirrten (in den meisten Fällen von der Alzheimerkrankheit betroffenen) Menschen widmen durfte. Ich hatte deshalb die »Einführung in die Validation nach Naomi Feil« im Gepäck. Es ging darum, von dementen Menschen nicht zu verlangen, wie nicht verwirrte zu funktionieren, sondern ihnen im Gegenteil in ihrer eigenen inneren Erlebniswelt zu begegnen und sie ernst zu nehmen. Es gab sicher auch noch andere interessante Möglichkeiten, als nur nach den Beispielen der Amerikanerin Naomi Feil zu arbeiten, ihre Methoden wollte ich aber auf jeden Fall näher kennenlernen und in die Praxis umsetzen.

Am Ende der schönen gemeinsamen Wochen wandten wir uns alle gestärkt wieder unseren unterschiedlichen Aufgabengebieten zu.

Ich besuchte ein paar Tage nach unserer Rückkehr aus dem Urlaub meine Schwiegermutter an ihrem neuen Aufenthaltsort und stellte erfreut fest, dass sie gut aussehend (seit ihrem Umzug musste sie zugenommen haben) und entspannt im Wintergarten des Hauses in einem bequemen Ohrensessel saß. Sie ab und zu nach Hause zu holen, hatten wir schon vor längerer Zeit aufgegeben, weil sie, wenn sie zurückgebracht werden musste, regelmäßig Panikattacken bekam. Sie erkannte die Umgebung nicht wieder, aus der wir sie Stunden vorher abgeholt hatten. Sie war nun 98 Jahre alt, bis zu ihrem letzten Geburtstag zwar laut Aussagen des Arztes noch weitestgehend körperlich in Schuss, aber schon seit circa 15 Jahren räumlich und situativ und seit einigen Jahren zeitlich nicht mehr orientiert.

Nach den Theorien von Naomi Feil machen Menschen im Laufe ihrer demenziellen Erkrankung verschiedene Phasen durch, die von geschultem Personal erkannt werden können. Am Anfang, wenn die Orientierung mangelhaft wird, sind die Betroffenen unglücklich und gereizt, weil sie bemerken, dass mit ihnen etwas nicht in Ordnung ist. In der folgenden Phase der Zeitverwirrtheit benötigen sie bereits in vielen Bereichen Hilfe. Danach setzt bei den Menschen, die nur noch wenig Anregung aus der Außenwelt aufnehmen, meistens eine große Rastlosigkeit ein und die verbale Kommunikationsfähigkeit geht weitestgehend verloren. Diese Phase wird die der immer wiederkehrenden

Bewegungen genannt. Man weiß, dass altbekannte Klänge, gewohnte Finger- beziehungsweise Routinebewegungen aus dem früheren Arbeitsleben Erinnerungen wecken, und man kann sich diese Erkenntnis im Umgang mit den Betroffenen zunutze machen.

Ich wollte bei meiner Schwiegermutter etwas in dieser Richtung versuchen. Sie war in jungen Jahren in einer Konditorei angestellt gewesen. Ich nahm eines Tages einen Stapel Papierservietten mit zu ihr und bat sie, mir beim Falten zu helfen. Sie kam dieser Aufforderung mit einem unglaublichen Eifer nach und wollte gar nicht mehr aufhören, Serviettengebilde anzufertigen. Es tat mir unendlich leid, dass ich über die Jahre, in denen sie sich in ihre Erinnerungswelt zurückgezogen hatte, so gut wie nichts über die Zusammenhänge bei demenziellen Erkrankungen erfahren hatte. Es wäre sonst sicher möglich gewesen, auf den Verfall ihrer geistigen Fähigkeiten für alle Beteiligten nervenschonender zu reagieren. Nachträglich machte ich mir darüber noch sehr oft Gedanken, ihre Tage waren da aber bereits gezählt. Am 14. September 2004 bekamen wir nachmittags die Nachricht, dass sie tot in ihrem Sessel sitzend aufgefunden wurde, als man sie zum Kaffeetrinken abholen wollte. Mittags hatte sie sich noch über eine Extraportion Erdbeeren gefreut. Ihr ungewöhnlich langes Leben schien – sie hatte noch im Tod ein deutliches Lächeln auf den Lippen gehabt – ohne erkennbare Qual zu Ende gegangen zu sein.

Im Oktober 2004 verfolge ich Pressemeldungen darüber, dass der »Kalif von Köln«, Metin Kaplan, aus Deutschland in die Türkei abgeschoben und dort gleich verhaftet wird.

Der Kalif von Köln hatte schon in jungen Jahren in Köln-Nippes von einer Eigentumswohnung aus Anhänger für seine Meinung gesucht, nach der aus der Türkei wieder ein Gottesstaat zu machen wäre, aus dem Juden und Christen zu vertreiben seien. Auch wenn ihm deutsche Ärzte neurologische Probleme bescheinigt hatten – er fand sie, seine Anhänger. 1992 gründete er auf einer Großveranstaltung in Koblenz den »Islamischen Bundesstaat Anatolien« und ernannte sich zwei Jahre später zum »Emir der Gläubigen und Kalif der Muslime«. Der »Staat« des Kalifen hatte es durch Abkassieren von Mitgliedern zu erheblichem Reichtum gebracht. Während meiner beruflichen Zeit im Köln-Bonner Raum hatte ich schon verfolgen können, wie etliche Grundstücke in Köln-Nippes von Kaplan erworben worden waren. Ich fragte mich sicher nicht als einzige Person, warum die Stadt Köln seine Machenschaften nicht stoppte. Es sollte immerhin noch Jahre dauern, bis der »Kalif« in Deutschland hinter Gitter kam und die Abschiebung nach einem (in unserem Land anscheinend normalen) langen juristischen Hin und Her endlich erfolgte.

In den letzten Monaten des Jahres 2004 überraschte mich mein Mann mit der Ankündigung, auf seine »alten Tage« noch die Jägerprüfung – das grüne Abitur, wie man es auch nannte – anzugehen. Das würde für ihn bedeuten, über einen Zeitraum von neun Monaten in vielen Fachbereichen Kenntnisse erwerben zu müssen. Da ich inzwischen auch fast jeden Abend über meinen Büchern büffelte, waren wir nun also zu zweit dabei, »Gehirnjogging« zu betreiben. Fragten in meinem Fall die Leute: »Warum tust du dir so was noch an?«, wurde hinter vorgehaltener Hand in unserem Dorf darüber spekuliert, ob meine bessere Hälfte den – so viel war bekannt – nicht gerade niedrigen Anforderungen mit über 60 Jahren wohl noch gerecht werden konnte. Ich war da zuversichtlich. Da wir uns nun gegenseitig beim Lernen unterstützten und abfragten, bekam ich mit, dass ihm die ganze Materie lag und Spaß machte. Eine bessere Voraussetzung für einen Erfolg konnte er kaum haben.

Ende 2004 wird im Europäischen Rat darüber diskutiert, unter welchen Voraussetzungen mit der Türkei über eine EU-Mitgliedschaft verhandelt werden soll.

Ich war hin- und hergerissen, was ich darüber denken sollte, bis ich einen Kommentar von Elke Heidenreich las:

»Am Bosporus fängt der asiatische Kontinent an, oder? Warum sollte der auch noch Anschluss an die EU bekommen? Und warum soll ein Land in die EU, dessen Väter immer noch Töchter zwangsverheiraten, dessen Frauen immer noch der sogenannten Familienehre wegen umgebracht werden, selbst wenn man sie vergewaltigt hat? In dessen Gefängnissen und Rechtsprechung es nicht nach Menschenrechten geht? Außerdem glaube ich nicht an die Säkularisierung des Islam. Das wird kämpferischer, nicht toleranter!«

Ich fand, sie hatte recht.

Ein ereignisreiches Jahr war wieder zu Ende gegangen. Beim Silvesterrückblick fiel mir auf, dass ein Ereignis aufgrund der vielen Verdachtsmomente im Hinblick auf Doping beziehungsweise Korruptionsaffären während des Sommers in meinem Kopf in den Hintergrund gedrängt worden war, nämlich die Olympiade in Athen. Die ersten Olympischen Spiele der Neuzeit waren 1896, also 108 Jahre vorher, auch schon in Athen ausgetragen worden. Ob die Teilnehmer damals auch schon so viel getrickst hatten?

Ich war außerordentlich gespannt auf das Jahr 2005. Einige Ereignisse hatten wir schon im Visier. Mit meiner Tochter würden wir im April ihren 30. Geburtstag feiern, für meinen Vater im Frühjahr eine kleinere Wohnung finden und danach gerne noch einmal – diesmal mit Freunden – für ein paar Tage nach La Palma fliegen, in der Hoffnung, dass mein Mann dann schon seine Jägerprüfung bestanden hätte. Ich zweifelte nicht daran, dass meine Tochter im Sommer ihr Diplom erhalten würde. Ebenfalls zu dem Zeitpunkt könnte ich, wenn alles klappen sollte, ins dritte Schuljahr an meiner Altenpflegeschule versetzt werden. Mir fiel mehr als einmal der Spruch »Der Mensch denkt und Gott lenkt« ein. Also ganz wichtig: hoffen und beten, dass alles gut geht, und dankbar für alles sein, was klappt.

Anfang 2005 musste ich aber erst einmal das erwähnte Praktikum in einem Seniorenheim antreten. Die Frühschicht begann dort, wie in den meisten Heimen, morgens um 6 Uhr, die Nachmittagsschicht um 14 Uhr. Da ich fast 30 Kilometer zu fahren hatte, das Wetter sehr winterlich war und ich morgens auch nicht erst Punkt 6 Uhr ankommen wollte, hieß das, ich hatte spätestens um 4 Uhr 15 aufzustehen. Für einen Langschläfer wie mich ein hartes Brot. Nach ein paar Tagen war mir schon klar, dass sich der Einsatz auszahlen würde. Den Praktikumsplatz hatte mir eine Mitschülerin, die in dem Seniorenheim lernte, vermittelt. Sie würde dafür während der Zeit an meiner Stelle im ambulanten Dienst der Diakonie arbeiten. Alles, was sie mir an positiven Dingen über ihre Arbeitsstelle erzählt hatte, traf zu. Sowohl bei der Leiterin als auch bei der Pflegedienstleiterin des Heimes handelte es sich um kompetente und freundliche Personen, und die Bewohner der Einrichtung machten einen entspannten, recht zufriedenen Eindruck. Die mir gegebene Zusage, mich in erster Linie mit demenziell Erkrankten befassen zu können, wurde nach kurzer Einarbeitungszeit eingehalten.

Ab der zweiten Woche hatte ich freie Hand, nach dem Frühstück, das die von mir zu betreuenden Personen alle zusammen auf der gleichen Etage einnahmen, bis kurz vor dem Beginn des Mittagessens meine Beschäftigungsideen auszuprobieren. Zunächst hatte ich aber gründliche Biografiearbeit zu leisten. Die infrage kommenden acht Bewohnerinnen (leider waren in meinem Bereich keine Männer untergebracht) waren zwischen 80 und Anfang 90. Einige waren in Westdeutschland geboren worden, ein Teil aber im Osten und erst durch die Kriegswirren nach Westen gekommen. Die meisten der Frauen waren, bevor sie Rente bekamen, Hausfrauen gewesen, einige wenige hatten andere Berufe gelernt, aber es gab eine große Übereinstimmung: Sie hatten alle (bis auf eine unverheiratete) ihre Männer um Jahre überlebt. Nach ein paar Tagen hatte ich mir nach Akteneinsichtnahmen und Befragungen des Stammpersonals ein ungefähres Bild über die Vorlieben und Abneigungen der Damen gemacht. Inzwischen war mir aber auch klar geworden, dass es wegen der sehr starken Abweichungen ihrer noch vorhandenen geistigen Fähigkeiten nicht einfach werden würde, sie in einer Gruppe zu beschäftigen – genau das war mir aber als Aufgabe gestellt worden.

Morgens nach dem Wecken half ich natürlich erst einmal dabei, dass die hochgradig verwirrten Personen Hilfe bei der Körperpflege bekamen. Die früher berufstätige Bewohnerin (sie hatte als Sekretärin in einem Handelshaus gearbeitet) wollte grundsätzlich nicht aufstehen. Das Pflegepersonal hatte nur eine Lösung für dieses Problem gefunden. Man kündigte an, dass der frühere Chef der alten Dame sie besuchen möchte. Sie sprang dann freudestrahlend aus dem Bett und wählte aus, welche ihrer Blusen sie zu dem Anlass tragen wollte. Ich war von dieser

Methode erst peinlich berührt, da aber kein wirklicher Zwang auf diese Person ausgeübt wurde, akzeptierte ich sie schließlich. Gegen Ende der Frühstücksrunde musste man sich unheimlich schnell etwas einfallen lassen, damit nicht die ersten Kandidaten zu Erkundungsgängen auf den anderen Etagen losliefen. Meistens war aber die Neugier groß, wenn ich diverse Materialien und Spiele auspackte. Alle wussten, jetzt passiert etwas. Für den ersten Versuch gab ich einen Stapel gesammelter Ansichtskarten in die Runde und fragte nach früheren Reisen. Diejenigen, die sich nicht mehr erinnern konnten, freuten sich zumindest über die bunten Bilder.

Im Schulunterricht hatten wir viele gute Beschäftigungsideen gesammelt, von denen wir alle nun profitierten. Zum Beispiel erfreuten sich »Themenkartons« einer großen Beliebtheit. In einen vorbereiteten Pappkarton wurden Tücher, Gürtel, Herbst- oder Weihnachtsdekorationen und auch einmal Küchengeräte untergebracht, die dann von allen ausgepackt und kommentiert werden durften. Um Abwechslung in die Gruppenarbeit zu bringen, gab es auch zwischendurch Sitzrunden, bei denen wir leichte Übungen für Arme und Beine nach bekannter Volksmusik machten. Am meisten beeindruckt war ich, wenn Personen, die wirklich erhebliche Gedächtnisstörungen hatten, viele Strophen in der Schule gelernter Gedichte wiedergeben konnten und beim Singen von Volksliedern alle Strophen kannten, während ich nach der ersten bereits ins Liederbuch schauen musste. Singen war in dieser Altersgruppe eine absolute Lieblingsbeschäftigung. Die Wochen meines Praktikums vergingen wie im Flug. Es hatte Spaß gemacht, und ich konnte mir vorstellen, mich in der Zukunft noch mehr mit dem Thema Demenz zu beschäftigen.

Eines hatte mich während des Praktikums nachdenklich werden lassen, und das hing mit der Beobachtung zusammen, dass sehr junge Pflegekräfte es lästig fanden oder sogar ablehnten, mit den alten Herrschaften zu singen, weil sie häufig weder die alten Melodien noch ein Minimum an Texten kannten, oder weil sie all das »uncool« fanden. Zu dem Zeitpunkt stellte ich mir zum ersten Mal die Frage, was wohl auf mich zukäme, wenn ich selber eines Tages in der Situation eines

Heimbewohners wäre. Würden sie mir dann vielleicht englische oder Raptexte um die Ohren blasen?

Am 20. Februar 2005 finden in Schleswig-Holstein Landtagswahlen statt. Weder die Konstellationen CDU/FDP noch SPD/Grüne erreichen eine Stimmenmehrheit.

Dass Heide Simonis es erzwingen wollte, erneut Ministerpräsidentin von Schleswig-Holstein zu werden und auf einem vierten Wahlgang bestand, bei dem sie erneut unterlag, war in meinen Augen einfach nur peinlich. Es ging nicht darum, Peter Harry Carstensen die Daumen zu drücken, mit dem ich in meiner Bonner Zeit bei Veranstaltungen öfter lebhaft diskutiert hatte und dessen Humor ich schätzte. Nein, auch er würde Worten auch erst einmal Taten folgen lassen müssen. Frau Simonis war für mich einfach nur ein trauriges Beispiel dafür, dass Politiker häufig dazu neigen, ihre Außenwirkung und auch ihre Fähigkeiten zu überschätzen, und deshalb nicht mitbekommen, wenn es an der Zeit ist, sich zurückzuziehen. In kurzer Zeit zerstören sie dann viel von dem Ansehen, das sie bis zu einem bestimmten Zeitpunk zu Recht hatten.

Ende März 2005 stirbt in den USA Terri Schiavo, die 15 Jahre lang im Wachkoma verbrachte, nachdem sie 14 Tage lang aufgrund einer richterlichen Entscheidung kein Wasser und keine Nahrung mehr erhielt.

Dieser traurige Fall passte gerade zu dem Thema aktive und passive Sterbehilfe, das wir gerade in der Pflegeschule diskutierten. Ein Teil der Mitschüler war auf der Seite der Eltern, die ihre Tochter nicht sterben lassen wollten, der andere gab dem Ehemann recht, der dafür gekämpft hatte, seiner Frau die künstliche Ernährung versagen zu dürfen, weil er nach 15 Jahren nicht mehr an eine Besserung ihres Zustandes glaubte.

Unabhängig davon, dass deutsche Richter wahrscheinlich anders entschieden hätten, weil aktive Sterbehilfe gesetzlich bei uns sowieso nicht erlaubt ist (ich persönlich sehe das nicht nur aus religiösen Überlegungen als richtig an), sind die Voraussetzungen für eine passive »Hilfe« genau und eng begrenzt festgeschrieben. Nachdem ich selber ein paarmal in der Pflege mit Wachkomapatienten in Berührung gekommen war, konnte ich nicht über dieses Thema nachdenken, ohne emotional angerührt zu sein. Mein Bauch sagte mir, dass diese Menschen nicht nur aus Reflexen heraus reagierten, mein Kopf hatte aber auch vieles gespeichert, was in Fachaufsätzen dagegengesetzt worden war. Bei einer Patientin bemerkte ich, dass sie auf eine bestimmte Art von Musik ansprach und ihr Körperverhalten je nach Stimmlage der Pfleger variierte. Wenn es schon für Pflegende so schwierig war, sachlich an dieses Krankheitsbild heranzugehen, wie würde es dann erst nahen Angehörigen ergehen? Ich spreche natürlich von denen, die noch am Bett eines Wachkomapatienten ausharren. Bei meinem Heimpraktikum hatte ich erlebt, dass dort eine im Alter von 35 Jahren mit dem Motorrad verunglückte Frau schon zehn Jahre gepflegt, aber schon lange von niemandem aus der Familie mehr besucht wurde.

Ich lernte, dass es ratsam ist, eine Patientenverfügung anzufertigen, wenn man verhindern will, jahrzehntelang von künstlicher Ernährung oder Maschinen abhängig weiterleben zu müssen. Diese Erklärungen sind aber auch nicht immer ein wirkliche Hilfe, zudem werden sie selten von jungen Leuten hinterlegt. Im Ernstfall stellte sich oft heraus, dass bei vorhandenen Verfügungen die Abfassung zu allgemein geraten war.

Bei unseren Töchtern haben mein Mann und ich zum Beispiel eine notarielle Erklärung hinterlegt, dass und in welchen Fällen sie unsere Interessen wahrnehmen sollen, wenn wir das eines Tages nicht mehr können. Das hat aber noch nichts mit einer detaillierten Patientenverfügung zu tun. Nun habe ich mir Tipps aus dem Internet geholt und mir vorgenommen, sie in Bälde auch umzusetzen. Ein Exemplar will ich dann meinem Hausarzt aushändigen und das Original auf Termin legen, weil spätestens nach zwei Jahren – besser fände ich jährlich – der Inhalt vom Verfasser bestätigt werden sollte.

Im April sterben zwei Männer, die beide eine außergewöhnlich lange Amtszeit hinter sich haben. Am 2. April 2005 Papst Johannes Paul II. mit 84 Jahren nach 27-jährigem Pontifikat und am 6. April Fürst Rainier von Monaco mit

81 Jahren. Nach 56 Jahren Einsatz in seinem Fürstentum geht in die Geschichtsbücher ein, dass er bis zu seinem Todestag der am längsten regierende Monarch Europas war.

Bei beiden Personen stand die Nachfolgefrage an. Ich musste mir ehrlich eingestehen, dass mich mehr interessierte, wer demnächst das neue Papstamt bekleiden würde als die Frage, wer der neue Herr über Monaco und sein Spielkasino sein würde.

Am 19. April 2005 – so hörten wir – sollte ein neuer Papst gewählt werden. Da aber an diesem Tag meine Tochter 30 Jahre alt wurde, war mir ihr Wohlergehen zunächst wichtiger. Mein Exmann und ich hatten uns schon einige Zeit vorher Gedanken darüber gemacht, wie wir ihren Geburtstag im kleinen Kreis nett gestalten könnten. Da sie nach Abschluss ihres Studiums mit ihren Freunden und Bekannten etwas auf die Beine stellen wollte, hatten wir geplant, mit ihr den 30. Geburtstag in einem netten Lokal zu feiern und dabei ein paar nicht ganz so ernst gemeinte Kommentare zu ihren bisherigen Lebensstationen abzugeben. Bei meinen Vorbereitungen war ich darauf gestoßen, dass sie am gleichen Tag wie David Beckham, Angelina Jolie, Ralf Schumacher und Kate Winslet geboren wurde, aber ich verzichtete dann auf entsprechende Anspielungen. Über die genannten Personen hatte es schon etliche Berichterstattungen in die Richtung gegeben, dass sie bereits mit einem gewissen Lebensüberdruss zu kämpfen hatten. Das wünschte ich meiner Tochter nun gewiss nicht. Sie nahm es gelassen hin, dass ihr Vater unseren abgesprochenen Wechselgesang so begann:

»In deinen ersten Lebensmonaten drücktest du Freude gerne dadurch aus, dass du – einen Vorgeschmack auf dein später manchmal unberechenbares Temperament gebend – aufgeregt strampeltest, wenn du auf dem Arm von Vater oder Mutter gerne deren Oberhemden oder Blusen unter Wasser setztest. Leider war nicht eindeutig feststellbar, ob du diese Eigenart sauerländischen oder ostfriesischen Genen zu verdanken hattest.«

Ich fuhr fort:

»Mit 1½ Jahren richtetest du in deinem ersten Urlaub – von

Cornwall'schen Klippen herunterschauend – deinen Blick fest nach Westen. Damals muss dir schon durch den Kopf gegangen sein, dass du eines Tages gern als Junginnenarchitektin eine Zeit in New York verbringen möchtest.«

So kommentierten wir abwechselnd Auffälligkeiten und Ereignisse aus dem 30-jährigen Leben unserer Tochter, und sie konnte über das meiste herzlich lachen.

Danach genossen alle das leckere Geburtstagsmenü und waren am Ende des Abends der Meinung, dass es eine gelungene Feier gewesen war. Als wir spät wieder nach Hause kamen, hörte ich dann noch folgende Meldung in den Nachrichten:

Kardinal Josef Ratzinger wird als Nachfolger des verstorbenen Papstes Johannes Paul II. ins Amt gewählt und nennt sich Benedikt XVI.

Ich hatte damit nicht gerechnet, weil ihm im Vorfeld keine sehr großen Chancen eingeräumt worden waren. Könnte es vielleicht so gewesen sein, dass – weil keiner der anderen Favoriten genügend Stimmen auf sich vereinigen würde – man in dem Deutschen eine Interimslösung sah? Wenn ich mir den Lebensweg dieses zweifellos schon immer mit hohem Intellekt agierenden und von Insidern nicht als »Marionette« einzustufenden Mannes vor Augen führte, würde es meiner Meinung nach noch Überraschungen geben. Ich war davon überzeugt, dass er beabsichtigte, seine Aufgaben, begleitet von klugen Worten, mit »harter Hand« anzupacken, und für die Katholiken nicht unbedingt liberalere Zeiten anbrachen.

Meinem Vater hatten wir schon vor einiger Zeit versprochen, eine neue Wohnlösung für ihn zu finden. Aufgrund seiner ausgeprägten Dominanz kam es, um nicht ständig mit Konflikten leben zu müssen, (noch) nicht infrage, ihn in unseren Haushalt aufzunehmen. In unserer Tageszeitung gab es im Frühjahr wiederholt Anzeigen, nach denen Appartements für betreutes Wohnen im zwölf Kilometer entfernten, nächstgrößeren Ort zu vermieten waren. Er stimmte zu, sich ein leer stehendes Seniorenappartement anzusehen, und hörte auch interessiert zu, als ich ihm erklärte, dass er dort täglich andere Alleinstehende um sich haben würde, mit denen er Kontakt pflegen und etwas unternehmen könnte.

Ihm gefiel die kleine Wohnung und die Aussicht, dass er sich um eigentlich nichts mehr, was den täglichen Ablauf anging, kümmern müsste, und er unterschrieb in vollem Bewusstsein, was das bedeutete, den erforderlichen Vertrag mit der Betreuungseinrichtung. Ich erwähne das deshalb, weil in unserem Umfeld auch diesmal – wie früher bei meiner Schwiegermutter – von manchen Leuten behauptet wurde, wir hätten ihn nur »entsorgen« wollen. Am 1. Mai 2005 zog er in sein kleines, mit persönlichen Gegenständen und Möbeln, natürlich war auch Hansi IV dabei, eingerichtetes Domizil. Der Ort, an dem er jetzt wohnte, lag auf der Strecke zwischen meiner Schule und unserem Haus. Ich besuchte ihn fast täglich. Darüber hinaus erledigte mein Mann für ihn alle Einkäufe und fuhr ihn zu Arzt- und Behördenterminen. Vor der Einrichtung, in der insgesamt 20 Senioren wohnten, war ein von Grünpflanzen umgebener, überdachter Sitzplatz angelegt worden. Dort saß mein Vater fast täglich und unterhielt sich mit einigen der anderen Bewohner, wobei er bald mit einem gleichaltrigen Mann Freundschaft schloss, der früher Rektor einer Schule gewesen war und – wie mein Vater – gerne auf ironische Art und Weise die Tagesschau kommentierte. Manchmal ebenfalls dort sitzende Damen schüttelten über die beiden Herren und ihre bissigen Bemerkungen nur noch den Kopf.

Wir nahmen dankbar das Angebot einer Bekannten an, die an meiner Stelle meinen Vater eine Zeit lang regelmäßig besuchen würde, damit wir noch einmal ein paar Tage wegfahren konnten. Ich hatte mich nach den Ferien der Pflegeschule zu richten und freute mich, dass wir genau zu dem Zeitpunkt die Möglichkeit bekamen, die von uns so geliebte Finca auf La Palma wieder zu mieten. Freunde aus unserem Dorf begleiteten uns. Nachdem die Freundin es in ihrem 67-jährigen Leben vehement abgelehnt hatte, in ein Flugzeug zu steigen, war mir nicht ganz wohl dabei, dass sie es – dank unserer Überredungskünste – nun doch wagen wollte. Ich erinnere mich an den Moment, wo sie (wir waren gerade auf Teneriffa zwischengelandet) erleichtert meinte, sie wäre unendlich froh, wieder heil auf der Erde angekommen zu sein und wir ihr mitteilen mussten, dass wir noch einmal starten und landen würden. Nach ein paar Tagen hatte sie sich, so kam es mir jedenfalls vor, von der Anreise erholt, und wir unternahmen wunderschöne gemeinsame Ausflüge auf dieser Insel, die mich bis heute immer noch fasziniert. Bei einer unserer Erkundungstouren fiel mir allerdings zum ersten Mal etwas auf, was ich offensichtlich früher verdrängt hatte. Es gab in den ansonsten idyllischen Orten der Insel eine Vielzahl vernachlässigter oder sogar verwilderter Hunde. An einem besonders heißen Tag kamen wir in einem sehr gepflegten Dorf an Häusern vorbei, wo auf den Grundstücken angekettete Hunde sehr zu leiden schienen. Mitten in abgelegenen, steinigen Gebieten sah ich abgemagerte Tiere herumstreunen, denen ich zwar nicht zu Fuß hätte begegnen mögen, die mir aber unendlich leidtaten. Einer der Einheimischen erzählte mir dann noch, dass unerwünschte Hunde oft in Schluchten geworfen würden. Mir war genauso schlecht wie unserer Freundin, die schon wieder an den Rückflug dachte. Galt die von den Katholiken so gepriesene Barmherzigkeit nicht für Kreaturen auf vier Pfoten? Nach einigen weiteren Überlegungen musste ich mir kleinlaut eingestehen, dass dies noch nicht mal unter Zweibeinern funktionierte.

Ich versuchte, mich durch Urlaubslektüre von meinen düsteren Gedanken abzulenken. Umberto Ecos »Baudolino« und »Die geheimnisvolle Flamme der Königin Loana« heiterten mich aber nicht gerade auf. Eco, der Meister der Semiotik, kannte sich aus mit den Abgründen in Menschenseelen. Er wusste sicher schon seit Langem, was auch mir immer mehr aufging: Abgründe würde es immer geben, darüber wölbte sich aber auch meistens ein heller Himmel – warum also unnötig oft nach »unten« schauen? An all unseren Urlaubstagen genossen wir das Licht, die klare Luft und die deshalb besonders sternenklaren Nächte über der Insel La Palma, auf deren 2426 m hohen Roque de los Muchachos übrigens genau aus diesem Grund von Briten, Schweden, Dänen und Deutschen das größte astrophysische Zentrum der nördlichen Hemisphäre errichtet worden war.

Nach unserer Rückkehr in die Heimat schickte mir am 2. Juli 2005 meine Tochter morgens per E-Mail Fotos der von ihr aufgebauten

Präsentationswände zu ihrer Diplomarbeit. Sie hatte die Aufgabe bekommen, ihrer Prüfungskommission für ein in Düsseldorf stehendes Parkhaus einen Funktionsänderungsvorschlag mit allen dazugehörenden Zeichnungen und Beschreibungen, ergänzt durch ein Modell, zu unterbreiten. Von dem, was ich auf den Fotos erkennen konnte, war ich, wenn auch Laie, sehr angetan, besonders gefiel mir das Modell. Sie hatte sich dafür entschieden, eine deutsch-japanische Begegnungsstätte zu entwerfen. Auf den einzelnen Ebenen des früheren Parkhauses fand man zum Beispiel Räumlichkeiten für Kunstausstellungen und andere kulturelle Veranstaltungen, Geschäfte, ein kleines Motel (dessen Raumausstattung mir ein Leben von Liliputanern in Schubladen vorgaukelte), Sportstätten, in denen man fernöstliche Sportarten lehrte, sowie natürlich Gastronomiebetriebe. Am meisten begeisterte mich der Entwurf eines Restaurants für japanische Küche auf dem Dach des Gebäudes. Als ich einige Tage später selber vor den Originalstellwänden stand, konnte ich nachträglich besser verstehen, wie aufwendig die Anfertigung der Pläne, der Objektbeschreibungen und des Modells gewesen sein mussten (einen Teil davon hatte meine Tochter sogar ins Japanische übersetzen lassen). Schon allein die Beschaffung von Materialmustern, die in einem Schaukasten ausgestellt waren, hatte sicher viel Mühe gemacht. Natürlich litt meine Tochter schon etwas länger unter zunehmendem Endspurtstress und war am Tag der Abschlusspräsentation mit anschließender Benotung besonders aufgeregt. Wir konnten nichts tun außer Daumen drücken und beten. Alles ging gut. Als ihr Vater, ihre Stiefschwester, mein Mann und ich einige Tage später zur Diplomübergabe anwesend waren, stand unsere angehende Innenarchitektin – wie die anderen feierlich gekleidet – zwischen den ehemaligen Mitstudenten und nahm mit ernster Miene aus der Hand ihres Professors die Urkunde entgegen. Sie hatte sich, obwohl sie seit frühester Kindheit nicht den Rückhalt einer intakten Familie genießen konnte, ihren Erfolg zäh erkämpft. Mir kamen die Tränen, aber es war sicher normal, in so einem Moment Stolz zu empfinden. Anderen Müttern und Vätern um uns herum ging es genauso. Bei unserem anschließenden gemütlichen Essen kündigte meine Tochter an, sich in Hamburg um eine Anstellung bemühen zu wollen, um dann endlich in dieser Stadt, die es ihr schon lange angetan hatte, leben zu können.

Vom 29. auf den 30. August 2005 wird der Süden der USA durch den Hurrikan Katrina schwer verwüstet; am schlimmsten sind die Folgen für die Bevölkerung der Stadt New Orleans, in der es Todesopfer und eine Vielzahl von Obdachlosen gibt.

Zwei Jahre vorher hätten wir bei der dann doch abgesagten Amerikareise auch New Orleans auf dem Programm gehabt. Nun standen die Straßen mit den alten und weltweit bekannten Häuserzeilen unter Wasser. Später wurde in der Presse geschrieben, dass die evakuierten Menschen, die man im Convention Center und im Superdome untergebracht hatte, keineswegs am Verhungern und Verdursten gewesen wären. Ich fand, dass die Bilder beunruhigend genug waren und es durchaus Hinweise auf Pannen bei der Koordination der Einsätze von Rettungskräften gab. Ich konnte die Amerikaner verstehen, die nach dieser Katastrophe nicht mehr an der Südküste leben wollten, weil es nur eine Frage der Zeit war, bis sich ein weiterer Hurrikan ankündigte. Für alle, die die Stadt wieder auf die Beine bringen wollten, hoffte ich, dass die amerikanische Regierung ihre Hilfeversprechungen ohne große Zeitverzögerungen umsetzen würde.

In unserer Familie hatten wir uns derart ungewöhnlichen und bedrohlichen Herausforderungen nicht zu stellen, aber spannend war es trotzdem. Mein Mann sollte nun die Prüfung zum »Jungjäger« ablegen. Es ergab sich des Öfteren, dass er mich bat, sein Wissen durch Abfragen zu testen, und er das Gleiche bei mir machte, weil in der Schule eine Klausur die andere jagte. Eines Abends, wir wollten noch eine Weile arbeiten, fiel der Strom aus. Mein Mann sagte, dass er noch eine Art Grubenlampe besäße, die er sich am Kopf befestigen könnte, und so saßen wir dann tatsächlich beim Licht der kleinen »Funzel«, bis wir irgendwann zu müde wurden. Da meinte mein Mann: »Wir machen nun Schluss. Ich möchte nicht, dass du morgen aus Versehen Patienten aufbrichst und ich Rehe windele.«

Es war für uns eine interessante Zeit, in der jeder vom anderen viel lernte. Ich hatte zum Beispiel nicht gewusst, dass die Aufgaben der Jäger überwiegend darin lagen, sich um »Hege und Pflege« von Pflanzen und Tieren in ihrem Revier zu kümmern, und sie nicht – wie ihre Gegner gerne behaupteten – nur mit dem Finger am Abzug ihrer Waffe durch die »Botanik« liefen. Mein Mann bestand die Prüfung, und ich freute mich für ihn. Bei mir kam der Endspurt zum Examen bedrohlich näher.

Die Bundesrepublik Deutschland hat auch ihre Prüfungen zu bestehen. Aufgrund der vorzeitigen Auflösung des 15. Deutschen Bundestages finden am 18. September 2005 Neuwahlen zum 16. Deutschen Bundestag statt.

Die Verfassungsmäßigkeit des Verfahrens war von vielen – ähnlich wie bei der Auflösung auf Vorschlag Helmut Kohls 1982 – angezweifelt worden, da der Bundestag grundsätzlich über kein Selbstauflösungsrecht verfügt. Bundeskanzler Gerhard Schröder hatte nach Willy Brandt und Helmut Kohl als Dritter gemäß Art. 68 GG die Vertrauensfrage mit der Absicht gestellt, sie »zu verlieren«. Dass dieses Verfahren vom Bundesverfassungsgericht dennoch als verfassungskonform bestätigt wurde, hing – wenn ich das richtig verstanden hatte – damit zusammen, dass man davon ausging, eine Auflösung des Bundestages würde zu einem Ergebnis führen, das dem Anliegen des Artikels 68 GG näher käme als eine Ablehnung.

Am Wahlnachmittag hielten wir uns in einem Kreis Gleichgesinnter auf und verfolgten (noch zuversichtlich) die Berichterstattungen. Je weiter die Zeit fortschritt, desto länger wurden jedoch die Gesichter, und zwar nicht nur in unseren Reihen, sondern auch bei den Teilnehmern der im Fernsehen quer durch die Parteienlandschaften gefilmten Berliner Wahlpartys. Die Prognosen hatten anders ausgesehen als die Vorboten der rauen Wirklichkeit. Weder die CDU noch die SPD konnten – mit welcher weiteren Partei auch immer – die Mehrheit für eine Regierungsbildung auf die Beine stellen. Als ARD und ZDF in der sogenannten Elefantenrunde die Vorsitzenden der in den Bundestag gewählten Parteien präsentierten, zeichnete sich bereits ab, dass wohl nur eine Große Koalition Sinn ergeben würde. Ein nicht nur auf mich »angeschickert« und aggressiv wirkender Gerhard Schröder verstieg sich zu dem Schnellschuss: »Die Wähler haben uns ein Ergebnis beschert, sodass niemand außer mir in der Lage ist, eine stabile Regierung zu bilden.«

Und in Richtung Angela Merkel: »Wir werden reden, aber Sie werden nicht Kanzlerin – nicht mit den Stimmen der SPD.« Verschätzt.

Dass Gerhard Schröder am nächsten Tag als »Rambo« durch die Presse geisterte, wunderte mich nicht. Jemand konstatierte, dass selbst ein Franz Josef Strauß gegen den »Proll« Schröder noch Format gehabt hätte. Der mit diesen Worten Bedachte tat mir nicht leid. Die Munition für solche auch nicht feinen Äußerungen hatte er den Medien selbst geliefert.

Ich war zuversichtlich, dass Deutschland nun tatsächlich eine Kanzlerin bekommen würde. Bei der Aussicht auf eine Große Koalition geisterte mir dagegen schon frühzeitig durch den Kopf, dass damit eine Zeit anbrechen könnte, in der das Austüfteln gegenseitiger Blockaden viele Reibungsverluste und ein politisches Auf-der-Stelle-Treten bedeutete. Dass Angela Merkel – wie anscheinend selbst manche »Größen« aus ihrer eigenen Partei in nur schlecht verklausulierten Kommentaren erkennen ließen – Schiffbruch erleiden würde, befürchtete ich allerdings nicht.

Schon Monate vor der Wahlschlacht hatten mein Mann und ich kurz entschlossen unser Sparkonto geplündert, um uns einen lang gehegten Traum zu erfüllen, und für den Oktober eine ausgiebige Südafrikareise gebucht. In der Familie ging momentan alles gut, ich hatte noch Urlaub, wusste aber auch, dass man mich in den darauffolgenden Monaten noch ordentlich zwiebeln würde.

Als Vorbereitung hatte ich Bartholomäus Grills Bericht »Südafrika – Zukunftsmodell für den ganzen Kontinent?« gelesen. Er schrieb: »Was an Südafrika als Erstes auffällt, sind seine Extreme. Seine Weite und seine Enge, seine Rastlosigkeit und seine Erstarrung, seine wunderbaren Paläste und seine Blechhütten.« Ich war also schon auf einiges vorbereitet. Da ich einer CDU-Frauengruppe versprochen hatte, nach meiner Rückkehr einen Vortrag über meine ganz persönlichen Eindrücke zu halten, führte ich akribisch Tagebuch und hielt mich dazu an, mich nicht nur in schönen Reisebeschreibungen zu verlieren, sondern nüchtern und sachlich aufzuschreiben, was ich unterwegs sehen und hören würde.

Natürlich wären meinem Mann und mir auch ohne die Grill'schen Einstimmungen sofort nach der Ankunft in Kapstadt und der Fahrt vom Flughafen zu unserem Hotel die krassen Gegensätze zwischen den Shackland-Blechhütten und der Innenstadtoptik aufgefallen. Ich hatte keinen Zweifel daran, dass sich hinter der gettoartigen Ansammlung von Verschlägen, Hütten und ab und zu dazwischen gebauten Ministeinhäusern reichlich Arbeitslosigkeit, Krankheit, Kriminalität, Analphabetentum und auch Hoffnungslosigkeit verbarg.

Über Kapstadt, in dem die Weißen lebten und die schwarzen Bewohner morgens in ihren schrottreifen Klapperbussen eintrafen, um sich als Arbeitende oder Zaungäste eine Weile dort aufzuhalten, schwebte der imponierende Tafelberg. Ich versuchte mir vorzustellen, was wohl ein Pendler aus den Shacklands empfand, wenn er tagsüber, das Leben der Reichen in greifbarer Nähe, an den Geschäften für Verwöhnte, Kunstmärkten, Diamantenausstellungen und Vergnügungsstätten vorbeikam, wohl wissend, dass er abends wieder in seine Hütte zurückkehren musste. Man hatte uns Touristen vor Dieben und Räubern gewarnt. Irgendwie konnte ich nachvollziehen, dass Menschen sich manchmal mit Gewalt etwas nehmen, wenn sie nicht mehr ein noch aus wissen, andere aber offensichtlich im Überfluss leben. Beim Besuch eines Kunstmarktes an der Viktoria and Albert Waterfront freute ich mich deshalb besonders über einen jungen Schwarzen, der auf eine ganz originelle Art und Weise Geld verdiente. Er hatte aus Castrol-Ölbehältern bunte Gitarren gebaut und bewies durch professionelles Vorspielen, dass sie auch einen herrlichen Klang besaßen. Innerhalb kurzer Zeit hatte er einige Exemplare verkauft. Wir stöberten noch viele Stunden in den Hallen und Läden an der Waterfront und kauften ein paar originelle Mitbringsel, die nichts mit den ansonsten auf afrikanischen Märkten angebotenen Massenwaren zu tun hatten. Besonders angenehm war es danach, in einem Restaurant für belgische Spezialitäten auszuspannen. Ein merkwürdiges Gefühl hatte ich dabei, als ich, mein belgisches Lieblingsbier trinkend, dem ungeheuer bunten Treiben im Hafen von Kapstadt zuschaute.

Auf unserer weiteren Rundtour – zunächst ging es nach Süden zum

Kap der guten Hoffnung und von dort wieder Richtung Norden über Simonstown in Richtung Stellenbosch – fielen uns natürlich täglich wieder die krassen Gegensätze zwischen den Lebensumständen der weißen und schwarzen Bevölkerung auf. Insgesamt fühlte ich mich auf dieser Etappe noch nicht wirklich so, als wäre ich im Afrika meiner Vorstellungen angekommen. Die Kapregion bot noch zu viele Eindrücke, die an die Lebensweise der ersten holländischen und englischen Siedler erinnerten und daran, dass es deren Erben nicht unbedingt nur schlecht ging. Das blieb auf der gesamten Gardenroute so, auf der die mit Mauern und Stacheldraht abgeschotteten Anwesen der südafrikanischen Superreichen für sich sprachen.

Von Port Elizabeth flogen wir nach Durban, weil wir von dort aus in das Gebiet der Drakensberge und in die Provinz KwaZulu-Natal wollten. Durban wurde angeblich bis weit in die 90er-Jahre des letzten Jahrhunderts noch zu 50 % von Indern bewohnt. Inzwischen sollten es weniger sein. Als Geschäftsleute waren sie überall noch zu finden. Besonders bunt waren die Stände mit einem reichhaltigen Angebot indischer Waren im überdachten Markt von Durban, dem Victoria-Street-Market, der aber – wie man sehen konnte – mehr und mehr auch von Schwarzafrikanern erobert wurde.

Unterwegs, abends und an den reisefreien Tagen (solche genossen wir zum Beispiel in einer schönen Wohnanlage in den Drakensbergen) hatten wir reichlich Gelegenheit, mit unserer südafrikanischen Reiseleiterin (die überwiegend Afrikaans, aber auch Deutsch sprach, weil sie in Deutschland studiert hatte) über das Gesehene und Erlebte zu diskutieren. Sie meinte, dass ihrer Meinung nach aufgrund von Korruption, Kriminalität und Unfähigkeit der Politiker die Probleme in absehbarer Zukunft noch nicht in den Griff zu bekommen wären.

In Südafrika (dreimal so groß wie die Bundesrepublik Deutschland) sollte es offiziell 23 % Arbeitslose geben. Es sei aber bekannt, dass man inoffiziell von 30 bis 40 % ausging. Ebenso würden die mit 14 % angegebenen Analphabeten nicht der Wirklichkeit entsprechen.

In einem Land, das so unendlich reich an Bodenschätzen und landwirtschaftlichen Möglichkeiten ist, ein besonderes Trauerspiel. Natürlich sprachen wir auch über die große Anzahl von Aids-Infizierten und die Millionen von Kindern, die bereits als Aids-Waisen aufwuchsen. Die Regierung Mbeki glaubte, dass Aids nicht wirklich problematisch wäre, sondern einzig und allein von Pharmafirmen und Politikern anderer Länder als Druckmittel benutzt würde, um Afrika zu beherrschen. Selbst Regierungsmitglieder unternahmen nichts gegen so haarsträubende Überzeugungen wie: »Schlaf mit einer Jungfrau und du wirst von Aids geheilt.« Kein Wunder, dass Vergewaltigungen an der Tagesordnung waren. Frauen schienen zudem auch noch aus anderen Gründen die Verliererinnen in dem afrikanischen Spiel »Heute ist heute und morgen ist noch weit weg« zu sein, weil sie klaglos mehr arbeiteten als ihre Männer und sich häufig ebenso klaglos um die Früchte dieser Arbeit bringen ließen, da ihre Männer sie als eine Art Sklavinnen ansahen. Den Eindruck hatte ich auch schon während der nun schon einige Jahre zurückliegenden Reise nach Namibia gehabt.

Bei einem Aufenthalt im Königreich Lesotho gab es die Gelegenheit, einen Ausflug zum Sani-Pass, einem der aufregendsten Bergpässe Afrikas (2874 m), zu machen. Die in den Bergen lebende Bevölkerung war so arm, dass sie von Touristen geschenkte Jacken und Mäntel dankbar annahm. Wenn man die Menschen in ihrer extrem ärmlichen Umgebung sah, konnte man eigentlich nicht davon ausgehen, dass es sich hierbei um eine »Masche« handelte. Dies war eher in dem Museumsdorf »Shakaland« in KwaZulu-Natal der Fall, in dem die Akteure die Besucher vor den Hütten im Fell-Lendenschurz begrüßten, um später gut gekleidet in ihre hinter den Lehmgebäuden stehenden Mittelklassefahrzeuge zu steigen.

Wirkliche Armut bekamen wir dagegen wieder in Swaziland zu sehen. Jedes Jahr wurde dort angeblich beim Reethfest dem König zugejubelt, wenn er sich aus der Schar der tanzenden Jungfrauen wieder einmal eine neue Frau aussuchte – er hatte ja auch erst 16. Sie lebten wie seine Mutter, die »weiße Elefantin«, im Gegensatz zu der gebeutelten übrigen Bevölkerung äußerst komfortabel. Es gab immer noch viele Orte auf der Welt, an denen die Menschen erstaunlich leidensfähig waren.

Nach einem beeindruckenden Aufenthalt im Krüger-Nationalpark fuhren wir weiter nach Pretoria. Das Erste, was wir in der Stadt sahen, waren Alleen, gesäumt mit lila blühenden Jakaranda-Bäumen. Natürlich täuschte das nicht darüber hinweg, dass es in diesem Ort auch weniger schöne Dinge gab. Trotzdem war der Anblick der Blütenflut etwas, das ich nie vergessen würde.

Allerdings auch nicht das Voortrekker-Denkmal am Stadtrand. Bis vor Kurzem war es noch eine beliebte Wallfahrtstätte für weiße Afrikaner gewesen, weil es an die Schlacht der Buren gegen die Zulus 1838 am Blood River erinnerte. Für meine Begriffe war es einfach nur erschlagend und peinlich. Was macht man mit solchen Kolossen, wenn ein Teil der Bevölkerung sie nach einem politischen Umbruch nicht missen will, der andere aber ständig an Zeiten der Unterdrückung erinnert wird? Vielleicht würde es eines Tages eine Lösung geben, obwohl bis dahin unbedingt Lösungen für dringendere Probleme gefunden werden müssten.

Unsere Reise endete in Johannesburg in Gauteng (Platz des Goldes). Diese kleinste Provinz Südafrikas hat die größte Bevölkerungsdichte und deshalb auch nicht gerade wenig Probleme. Wir fuhren an Teilen des South Western Townships »Soweto« vorbei. Die Mitreisenden stellten wie erstarrt ihre Gespräche ein. In unserem Hotel am Flughafen angekommen bat man uns, dieses Gebäude bis zum Abflug möglichst nicht mehr zu verlassen. So setzten mein Mann und ich uns abends in eine Bar des Hotels. Bedient wurden wir von einer netten jungen Schwarzafrikanerin, die reichlich nervös zu sein schien und wohl deshalb auch einige Fehler machte. Am Nachbartisch saßen zwei weiße Südafrikaner, die sich sehr unfreundlich über die Bedienung ausließen, die Frau selber aber – auch während der Aufgabe ihrer Bestellungen – keines Blickes würdigten. Als ihr an unserem Tisch beim Servieren ein kleines Malheur passierte, tröstete sie mein Mann und meinte, das wäre nicht weiter schlimm. Da fing sie an zu weinen. Auf unsere Nachfrage, wie lange sie schon in dem Lokal arbeitete, bekamen wir die Auskunft, dass es ihr erster Tag sei, sie aber unabhängig davon noch nie von Weißen freundlich angesprochen worden wäre. Sie tat mir leid. Voraussichtlich würde sich so schnell an den Verhaltensweisen der ehemals herrschenden Klasse nicht viel ändern.

In Johannesburg sollten laut Reiseführer um die drei Millionen

Menschen wohnen. Die Arbeitslosenquote hatte inzwischen 45 % erreicht und die Polizei angeblich schon vor einiger Zeit den Kampf gegen die Gewalt verloren. In einigen Teilen der Stadt – so wurde berichtet – gab es aber auch eine wachsende Mittelstandsdurchsetzung, wodurch sich bei steigendem Bildungsstand letztendlich sogar Stammesgegensätze überwinden ließen.

Vor unserem Abflug konnte ich mich auf dem Flughafen von Johannesburg des Eindruckes nicht erwehren, dass die dort für die Gepäckabfertigung zuständigen Schwarzafrikaner alle Weißen – und das waren nicht nur Touristen aus Europa, sondern auch Südafrikaner – arrogant, unfreundlich und teilweise auch sehr ruppig behandelten. Da musste sich offensichtlich auf beiden Seiten noch einiges auswachsen.

Während unserer Rundreise hatten wir nur einen (wenn auch keinen ganz kleinen) Teil des »schrecklich und furchtbar« schönen Afrikas gesehen. Unsere Erinnerungen, die, wenn ich sie alle niederschreiben würde, schon fast ein Buch für sich ergäben, konnte uns nun niemand mehr nehmen. Eines stand für uns aber rückblickend fest: Afrika hatte zwar Tausende Probleme, anscheinend aber auch ebenso viele Hoffnungen.

Meine Tochter, die inzwischen nach Hamburg gezogen war, fühlte sich dort grundsätzlich wohl, musste aber – wie viele andere Studienabgänger – die Erfahrung machen, dass sie zur sogenannten Generation Praktikum gehörte. Auch wenn es in vielen Bereichen der Wirtschaft Engpässe gab, fand ich es nicht in Ordnung, dass immer mehr junge Menschen nach ihrem Studium, um überhaupt in die Praxis reinriechen zu können, befristete Jobs annehmen mussten, in denen sie trotz Vollzeitbeschäftigung mit einem Hungerlohn abgespeist wurden. Immerhin glaubte ich, feststellen zu können, dass sie in Hamburg mehr moralische Rückendeckung und Aufmunterung von Freunden und Bekannten bekam, als dies in Köln der Fall gewesen war.

Wenn sie uns in unserem niedersächsischen Dorf besuchte, machte ich immer mal wieder den altbekannten Fehler, ihr ungefragt Ratschläge zu erteilen. Ich hoffte, dass sie eines Tages, wenn sie selber einmal Kinder haben sollte, erkennen würde, dass es Müttern selten darum geht, recht zu behalten, sie sich aber nur schlecht von der Vorstellung lösen können, nicht genug vor den Fallstricken des Lebens gewarnt zu haben, und ihre Sprösslinge deshalb auf einen Schiffbruch zusteuern sehen. Eine Wiederholung dieses Musters ist von Generation zu Generation garantiert vorprogrammiert.

Gereizte Stimmung kam zwischen uns auch regelmäßig auf, wenn wir mit meinem Vater, ihrem Opa, zusammenkamen. Im Gegensatz zu meiner verstorbenen Mutter hatte er es schon in den vorhergehenden Jahren nicht für so wichtig gehalten, dass seine Enkelin studierte. Auch sie musste seine merkwürdigen Scherze und seine ironischen Bemerkungen über emanzipierte Frauen über sich ergehen lassen. Man merkte ihr an, dass sie innerlich auf Abstand ging, was ihm dann andererseits auch nicht gefiel. Man würde ihn nicht mehr ändern können; sein Frauenbild schien irgendwie aus einer längst vergangenen Zeit oder von einem anderen Stern zu stammen. Ich konnte das deshalb so schwer nachvollziehen, weil er immer für gerechte Behandlung von Menschen gekämpft hatte. Irgendwie muss er dabei aber immer nur an die männliche Hälfte der Menschheit gedacht haben.

2005 näherte sich seinem Ende. Es war Einsteinjahr, Internationales Hans-Christian-Andersen-Jahr, Schillerjahr, Internationales Jahr der Physik, Polnisches Jahr, Internationales Jahr des Sports und sogar Internationales Jahr der Kleinstkredite gewesen. Etliche Tier- und Pflanzenarten waren im Zeichen des Artenschutzes zum Tier oder zur Pflanze des Jahres 2005 gekürt worden. Eine der sympathischsten Nachrichten war für mich, dass deutsche Winzer 2005 zu einem der hervorragendsten Rieslingjahrgänge erklärt hatten.

Anfang 2006 stand für mich fest, dass ich die schriftlichen Prüfungsklausuren ganz gut hinter mich gebracht hatte, in einigen Fächern aber noch in eine mündliche Prüfung gehen sollte. Vor der ersten der drei schriftlichen Prüfungen waren wir von unseren Lehrern aufgeklärt worden, dass wir von dem Moment an, wo die Aufgaben verteilt wären, den Raum bis zur Abgabe der Arbeiten nicht mehr verlassen dürften. Ich hatte das noch mit der Bemerkung: »Na klar, das ist doch eigentlich normal«, kommentiert. Mein Mann packte mir am ersten Prüfungstag, wohl wissend, dass ich während des Schreibens viel schwarzen Kaffee brauchen würde, eine Thermoskanne und einen großen Keramikbecher in mein Handgepäck. Nachdem ich meine Aufgabenstellung in Empfang genommen hatte, goss ich mir erst einmal meinen geliebten Kaffee ein und – oh Schreck, was war das denn? Im Kaffee schwamm mein Miniglücksbringerbär, begleitet von Haribowürfeln und anderen Süßigkeiten. Mein Mann hatte es zweifellos gut mit mir gemeint, als er diese kleinen Aufmunterer eingepackt hatte, aber was sollte ich nun machen? Ich winkte den uns beaufsichtigenden Lehrer herbei, der anscheinend mit meinem (inzwischen in einer undefinierbaren Brühe schwimmenden Bären) Mitleid hatte und mir ausnahmsweise erlaubte, den Becher auszuleeren. Glück gehabt.

Meine praktische Prüfung bestand ich im Januar bei einer dementen Patientin, bei der ich nach dem Pflegeteil auch noch eine Tagesbeschäftigungsübung absolvieren sollte. Von der Familie erfuhr ich, dass die Patientin ursprünglich aus Hamburg stammte und auch dort ihren Ehemann, der schon seit vielen Jahren tot war, kennengelernt hatte. Sie reagierte kaum noch auf Außenreize. Ich wollte nun versuchen, sie in ihre Hamburger Vergangenheit zurückzuversetzen. Sie sang kräftig mit, als ich ihr ein Bild von Hans Albers zeigte und »Auf der Reeperbahn nachts um halb eins« anstimmte. Aus dem Internet hatte ich mir Hamburgmotive besorgt und ausgedruckt. Sie schien einige wiederzuerkennen. Als ich ihr allerdings die Abbildung einer Störtebekerfigur zeigte, reagierte sie erst gar nicht. Ich sagte: »Der war Seeräuber, den haben sie deshalb einen Kopf kürzer gemacht.« Da lachte sie und meinte: »Das ist aber schade.« Dass bei dieser Frau während meiner Hamburgfragen plötzlich die Augen anfingen zu funkeln, bestärkte mich erneut darin, Biografiefakten bei meiner Arbeit mit Alzheimerkranken und anderen demenziell beeinträchtigten Personen zu nutzen. Ich würde bald Gelegenheit dazu bekommen; mein Chef beabsichtigte, ab März 2006 ein Demenz-Café ins Leben zu rufen, deren Leiterin ich werden sollte.

Mein Vater erholte sich inzwischen von einer schweren Bronchitis, konnte aber – trotz Rollator-Trainings – seine Füße immer schlechter bewegen. Der Kräfteverfall bei seinem neu gewonnenen Freund, dem ehemaligen Rektor, war aber in den zurückliegenden Wochen noch viel gravierender gewesen. Er musste deshalb vom betreuten Wohnen in das nebenan liegende Pflegeheim überwechseln, was meinen Vater sehr traurig machte. Ich versuchte, möglichst viele Bekannte (die Zahl seiner noch lebenden Verwandten war sehr gering und die infrage kommenden wohnten zudem weit weg) dazu zu bewegen, ihn in seinem kleinen Appartement zu besuchen. An einem Nachmittag fragte mich ein Mitbewohner unseres kleinen Dorfes, der wie mein Vater aus dem Sauerland stammte, ob er mich bei meinem täglichen Besuch begleiten könnte. Das machte ich doch gerne und wir drei tranken gemütlich zusammen Kaffee. Dann ließ ich die beiden Herren in ihrer Unterhaltung allein, um in der Miniküche des Appartements das Geschirr abzuwaschen. Mein Begleiter sagte nebenan zu meinem Vater, dass er doch recht froh über die täglichen Besuche seiner Tochter sein könnte. Die Antwort kam ganz spontan, aber leise und verschwörerisch: »Ich habe allerdings etwas zu beklagen, die Weiber spuren heutzutage nicht mehr!«

Mich haute es fast aus den Schuhen. In jungen Jahren war mein Vater für mich ein großes Vorbild gewesen, weil er sich von niemandem hatte verbiegen lassen und mit seiner oppositionellen Haltung häufig recht gehabt hatte. Nun würde er bald 90 Jahre alt werden, und seine nur noch starren Ansichten hatten auch in seinem neuen Wohnumfeld dazu geführt, dass sich immer mehr Leute, die sich zunächst durchaus an ihm interessiert gezeigt hatten, von ihm abwendeten. Ich konnte das nicht ändern, aber er tat mir leid, weil er am Ende seines Lebens den Menschen Hindernisse in den Weg legte, die eventuell noch Lust gehabt hätten, sich mit ihm zu beschäftigen. Besonders schade war, dass einige der dort wohnenden älteren Damen sich gerne ausführlicher mit ihm unterhalten hätten, dies aber bald aufgaben, weil all ihre Versuche von ihm mit viel Ironie kommentiert worden waren. An gemeinsamen Veranstaltungen nahm er bald nicht mehr teil, und ich wusste, wenn wir ihn nicht vereinsamen lassen wollten, würden wir uns bald eine neue Lösung einfallen lassen müssen.

Inzwischen hatte ich mein Examen als Altenpflegerin in der Tasche. Mir war klar, dass ich mit meinem nun erworbenen Wissen den

»altgedienten« Kolleginnen nicht das Wasser würde reichen können, weil sie etwas hatten, was ich erst noch erwerben musste, nämlich ihre in langen Jahren erworbenen Praxiserfahrungen. Ich freute mich darauf, dass ich dazu nun Gelegenheit bekommen sollte.

Im März 2006 übernimmt Altbundeskanzler Gerhard Schröder den Aufsichtsratsvorsitz des Pipelinekonsortiums NEGPC. Kritik aus den Reihen seiner ehemaligen (vielleicht sogar neidischen?) Politikerkollegen sowie der Medien ist ihm damit sicher.

Verwunderlich, zu erwarten gewesen oder die Folge eines Nachholbedürfnisses? Wann immer ich Auftritte von Politikern zusammen mit Wirtschaftsbossen im Fernsehen oder in der Presse verfolgte, stellte ich mir die Frage, was wohl die Erstgenannten in Bezug auf die anderen im Kopf wälzten, wenn ihnen das Einkommensgefälle zwischen der einen und der anderen Liga schmerzhaft bewusst wurde.

Wo muss Deutschland Heide Simonis' Auftritt in der Show »Let's dance« einordnen?

Ich bekam Schweißausbrüche, als ich die »arme«, untrainierte Frau in den Reihen derjenigen stehen sah, die zwar nicht unbedingt viel Geist, dafür aber publikumswirksamere Dinge in die Waagschale werfen konnten. Andererseits sagte ich mir aber auch, dass sich niemand, der einigermaßen klar denken kann, zu solchen Dingen hinreißen lässt.
Der Leiter der Diakoniestation, bei der ich meine Ausbildungszeit absolviert hatte, beschäftigte mich inzwischen fest – ich war ihm dafür sehr dankbar – als examinierte Altenpflegerin. Ich mochte meine Arbeitskollegen und -kolleginnen, kannte mich inzwischen auch in den umliegenden Dörfern und bei den meisten der schon längere Zeit von der Diakonie gepflegten Patienten aus und schreckte selten vor irgendwelchen (gerade in der Behandlungspflege manchmal nicht einfachen) Aufgaben zurück. Als belastend empfand ich zum einen, dass die pro Patient vom Medizinischen Dienst der Krankenkassen (MDK)

vorgegebenen Pflege- und Behandlungszeiten bei manchen Kranken und Alten nicht annähernd ausreichten, zum anderen aber auch die Menschen, die einem das Leben als Pflegerin schwer machten. Ich kannte das zwar auch aus meiner Familie, aber ich hatte mich schon häufig gefragt, mit welcher Berechtigung einige Menschen ihr Leben lang nur klagen. An allem, was ihnen in ihrem Leben passierte, waren immer nur andere schuld. Kein Wunder, dass sie eines Tages niemanden mehr hatten, der sich das noch anhören wollte. Dafür gab es Gott sei Dank auch die Patienten, die einen tatsächlich schon frühmorgens übers ganze Gesicht anstrahlten und damit alles Unangenehme vergessen ließen und die Arbeit leicht machten.

Kurz nachdem wir den 90. Geburtstag meines Vaters ausgiebig mit Familienmitgliedern, Freunden und seiner ebenfalls »betreut wohnenden« Nachbarn im großen Gemeinschaftsraum der Senioreneinrichtung gefeiert hatten, bekam er einen Schwächeanfall, von dem er sich nicht mehr recht erholte. Wir konnten seinen noch einigermaßen fitten Mitbewohnern nicht zumuten, dass sie ihn zu den Mahlzeiten aus seiner Wohnung an seinen Essplatz begleiteten und anschließend wieder dorthin brachten, wie er sich das so einfach vorstellte. Der Zeitpunkt war gekommen, ihm vorzuschlagen, mit uns unter einem Dach zu leben. Er nahm unseren Vorschlag gerne an und zog, das hatten wir schon im Hinterkopf, zum letzten Mal in seinem Leben um. Mein Mann und ich hatten vorher versucht, unser Zusammenleben mit ihm schon mal in Ansätzen theoretisch durchzuspielen. Die Wirklichkeit sah ganz anders aus. Ich war froh darüber, dass mein Mann meinem Vater angeboten hatte, ihm bei der Körperpflege zur Seite zu stehen, und die beiden sich einig geworden waren, wie das in der Praxis laufen sollte. Bei meinem alten Herrn hatte es wohl schon lange vorher Überlegungen gegeben, dass eine Intimpflege durch seine eigene Tochter nicht infrage kommen würde. Die Sorge musste er jetzt nicht mehr haben. Er genoss es, bei gutem Wetter im Rollstuhl in unseren Garten gefahren und von Nachbarn besucht zu werden und abends mit uns zusammenzusitzen. Was er nicht akzeptieren konnte, war, dass seine Kräfte ihn weitestgehend verlassen hatten und er immer mehr auf Hilfe angewiesen sein würde.

Ende März wurde das Demenz-Café der Diakoniestation ins Leben gerufen. Mit drei zu betreuenden Personen ging es los. Sie wurden zu Hause abgeholt und später auch wieder dorthin zurückgebracht. Es war auch darüber nachgedacht worden, parallel zu dem Beschäftigungsprogramm für die Dementen einen Gesprächskreis für die Angehörigen einzurichten. Nach Befragungen stellte sich aber heraus, dass es aufgrund der Rund-um-die-Uhr-Belastung der Familienangehörigen für sie noch wichtiger war, den bis zu dreistündigen Freiraum für sich zu nutzen. Sie konnten so auch in Ruhe Dinge erledigen, zu denen sie sonst nicht kamen.

Die acht mir zur Verfügung stehenden ehrenamtlichen Helfer hatten viele Informationen zur Alzheimerkrankheit sowie etlichen anderen Erkrankungen mit ähnlichen Auswirkungen bekommen und sollten nun kontinuierlich weitergebildet werden. Als es losging, wussten aber alle Helfer, dass die Wertschätzung der Kranken im Vordergrund stehen musste, man sie durch Nutzung von Informationen aus ihrer Biografie regelrecht »beleben« und »auftauen« konnte, sie aber – außer sie gefährdeten sich selber – nicht korrigieren sollte. Mit Geduld, Humor und Besonnenheit schafften es die Helfer dann auch von Anfang an, dass mit den Betroffenen (wobei jedem gemäß seiner Fähigkeiten ganz vorsichtig und individuell zu begegnen war) in entspannter Atmosphäre Kaffee getrunken, gesungen, gespielt, gebastelt, vorgelesen und viel »geklönt« wurde. Das sprach sich herum, sodass sich unser Kreis schnell vergrößerte. Wir bekamen Sach- und Geldspenden, von denen wir Spiele und andere Materialien (wie ein buntes Schwungtuch, das sich großer Beliebtheit erfreute) kaufen konnten. Es hatte mir kaum etwas in meinem Leben so viel Freude gemacht, wie immer wieder neue Beschäftigungsprogramme für unsere Café-Nachmittage zu entwerfen, obwohl sie meistens nur als Rahmen genutzt wurden, weil Improvisation alles war. Aber gerade wenn Unvorhergesehenes gut klappte, waren wir so richtig zufrieden.

Am 21. April 2006 feierte meine Tochter in Hamburg mit vielen Freunden und Bekannten ihres Alters nachträglich ihr Diplom, ihren zwei Tage zurückliegenden 31. Geburtstag sowie die Einweihung ihrer Wohnung, die im dritten Stock eines Altonaer Altbaus lag, der steile

Treppen mit zu kurzen Treppenstufen hatte, aber leider keinen Fahrstuhl. Ihr Großvater wünschte sich sehr, sie dort einmal zu besuchen, aber wir hätten ihn nie bis in ihre Wohnung bekommen. Sie schenkte ihm dann zum Trost vergrößerte Fotos von der Einrichtung der einzelnen Zimmer.

Meine Tochter hatte noch nie eine so große Party ausgerichtet. Ich freute mich, dass sie mich um Rezepte für ihr Partybuffet bat, und hörte am nächsten Tag, dass alle mit dem, was sie als Gastgeberin auf die Beine gestellt hatte, sehr zufrieden gewesen waren. Unter den Gästen hatte sich auch ihre aus Schleswig-Holstein in Begleitung ihres neuen Freundes angereiste Stiefschwester befunden. Ich hoffte, dass unsere beiden »Deerns« auch weiterhin Kontakt halten würden, wohl wissend, dass sie von ihren Charakteren, Meinungen und Interessenlagen her unterschiedlicher kaum sein könnten, aber war das nicht bei leiblichen Geschwistern oft ebenso?

Im Juni 2006 fällt Deutschland ins Weltmeisterschaftsfieber. Die von den »Klinsmännern« losgetretene Partywelle verwandelt Menschenmengen in ein Meer aus Schwarz-Rot-Gold und macht Germany im Ausland bestimmt nicht unbeliebter.

Ich erinnere mich gut daran, dass mein Vater trotz seines hohen Alters und seiner Gebrechen, aber im Vollbesitz seiner geistigen Fähigkeiten, mit uns zusammen auch seinen Anteil an Deutschlands WM-Rausch hatte. Er war zwar kein Klinsmann-Fan, ihm aber gnädig gestimmt, weil sich Erfolge einstellten. Sorgen machte ich mir, als er beim Spiel Deutschland gegen Argentinien nach dem Elfmeterkrimi und der Tatsache, dass unsere Mannschaft mit dem 5 : 3 im Halbfinale stand, Luftnot bekam. Selbst das Halbfinalspiel gegen Italien regte ihn nicht mehr so auf. Trotz der Niederlage gegen Italien war unserer Meinung nach die deutsche Elf eine der besten der Weltmeisterschaft gewesen und hatte nicht nur in Deutschland die Herzen der Zuschauer erobert.

Nachts sollte mein Vater möglichst nicht mehr alleine aufstehen und zur Toilette gehen. Mein Mann und ich – wir schliefen direkt nebenan

– hatten ihm eine kleine Glocke auf seinen Nachtschrank gestellt und ihn gebeten, sich zu melden, wenn er Hilfe brauchte. Eines Nachts, er hatte uns nicht wecken wollen, war er aufgestanden und hingefallen. Erst gegen Morgen hörte mein Mann ihn stöhnen. Er lag vor dem Bett und hatte starke Schmerzen beim Atmen. Unser Hausarzt stellte Rippenbrüche fest und ließ ihn ins Krankenhaus einweisen. Dort blieb er zehn Tage. Für den 3. Juli, einem Montag, war seine Entlassung vorgesehen. Am Samstag vorher – es war ein ganz besonders heißer Tag – hatte ich meinen Vater noch im Rollstuhl durch die Krankenhausanlagen gefahren und mit ihm dann einen Abstecher zu seinen ehemaligen Mitbewohnern des »betreuten« Seniorenhauses gemacht. Mir fiel auf, dass er sich ungewöhnlich anhänglich und »sanft« verhielt. Keine Missfallensbekundungen, keine Ironie. Er ließ am liebsten gar nicht mehr meine Hand los. Als ich mich abends von ihm verabschiedete, rechnete ich ihm tröstend die Stunden vor, bis wir ihn wieder nach Hause holen würden. Dazu kam es nicht mehr.

Am Sonntag, den 2. Juli 2006, als ich gerade mit meinem Mann zusammen zur Kirche fahren wollte, erreichte mich gegen 9 Uhr 30 ein Anruf aus dem Krankenhaus. Mein Vater hätte einen Kreislaufkollaps erlitten. Die Stationsschwester sagte dann etwas, was mich aufschreckte: »So wie es mit ihm aussieht, wollen wir ihn nicht mehr auf die Intensivstation bringen. Wir haben ihm aber gesagt, dass sie kommen.«

Die viertelstündige Fahrt zum Krankenhaus kam mir wie eine Ewigkeit vor. Als ich das Zimmer betrat, in dem er inzwischen alleine lag, sah ich sofort, was die Schwester gemeint hatte. Ich setzte mich auf die Bettkante, nahm meinen Vater in den Arm, redete mit ihm und strich ihm dabei über den Kopf. Er sagte nichts mehr, entspannte sich aber erkennbar, und ich war der festen Überzeugung, dass er auf mich gewartet hatte. Nach einigen Minuten hörte er auf zu atmen – ganz einfach so. Als wäre von einem Moment zum anderen ein Schalter umgelegt worden.

Weinen konnte ich erst viel später. Ich war dankbar, dass er, der viel Angst vor langem Leiden und vor Gebrechen gehabt hatte, so friedlich aus der Welt gehen durfte. Was hatte er in 90 Jahren nicht alles gesehen und durchlebt. Mitten im Ersten Weltkrieg in eine arme Familie

433

hineingeboren, hatte er als kleines Kind fast das Augenlicht verloren und als junger Mann die schlechten Wirtschaftszeiten erlebt, die es den Nationalsozialisten erleichterten, Fuß zu fassen. Er wurde Soldat, überlebte Stalingrad und seine Kriegsgefangenschaft, gründete eine Familie und profitierte – auch wenn er ständig gegen den Kapitalismus wetterte – vom Wirtschaftswunder in der Bundesrepublik Deutschland. Entgegen aller ärztlichen Prognosen wurde er sehr alt und starb, wie er es sich gewünscht hatte, nämlich ohne langes Leiden.

Über Glaubensfragen hatte ich mit ihm ebenso wenig sprechen können (und es irgendwann, als er sich über meine Kirchgänge nur noch lustig machte, auch nicht mehr gewollt) wie mit meiner Mutter über deutsche Vergangenheit. Sie hatten es selber zu verantworten, so wie ich für Tun und Lassen in meinem Leben verantwortlich bin. Die guten Erinnerungen an meine Kinderjahre, in denen sich meine Eltern immer um mein Wohl gekümmert hatten, wurden dadurch nicht geschmälert.

Apropos deutsche Vergangenheit. Günter Grass rückt im August 2006 ganz plötzlich mit seinem (zu?) späten Bekenntnis in das Interesse der Öffentlichkeit, in den letzten Kriegsmonaten noch zur Waffen-SS eingezogen worden zu sein.

Die Kommentare zu dieser merkwürdigen Spätbeichte wären sicher weniger bissig gewesen, wenn sich Günter Grass nicht immer wieder selber als Moralapostel gepriesen und andere Menschen gnadenlos vorgeführt hätte. Exminister Otto Schily gab, nachdem die Hetze allerdings auch schon groteske Züge angenommen hatte, zu bedenken: »Auch ein großer Mann macht Fehler, lassen wir es dabei bewenden.« Der polnische Autor Stefan Chwin zeigte Verständnis für die entsetzte Reaktion seiner Landsleute, merkte aber an, dass Künstler das Recht haben, ihre Biografie frei zu formen. Das konnte ich nun nicht ganz absegnen. Kein Mensch sollte gezwungen werden, all seine Lebensgeheimnisse unter die Lampe legen zu müssen. In dem Moment aber, wo seine Handlungen anderen so schadeten, dass die Öffentlichkeit ein Recht darauf bekam, sich damit zu befassen, hatte das mit künstlerischer

Freiheit für meine Begriffe nichts mehr zu tun. Auf der anderen Seite legt doch wohl jeder Autor auch Wert darauf, durch Öffentlichkeit zu Erfolg zu kommen. Hing vielleicht das späte Bekenntnis ganz einfach nur mit der Vermarktung eines neuen Buches zusammen? Bei solchen Gelegenheiten hatten schon andere Autoren die Folgen von »Selbstbezichtigungen« billigend in Kauf genommen.

Während der Sommermonate bekämpfen sich SPD und Union immer heftiger in Sachen Gesundheitsreform.

Die Pressemitteilung, dass nun endgültig aus der Koalition der gemeinsamen Möglichkeiten die des kleinsten gemeinsamen Nenners geworden war, sagte alles. Wenn auch der Streit um Kopfpauschale (CDU) oder Bürgerversicherung (SPD) in das Jahr 2009 verschoben werden sollte, wusste doch schon jeder normal denkende Bürger, dass es, ganz gleich was dabei jetzt oder später herauskäme, für ihn nur schwieriger würde.

Während meiner Ausbildung zur Altenpflegerin hatte ich ernsthaft mit dem Gedanken gespielt, mich nach meiner Prüfung kommunalpolitisch zu betätigen, da mir auch immer bewusster wurde, dass Alte und kranke Menschen in der Politik mehr Interessenvertreter brauchten. Die Seniorenbeiräte in den Gemeinden waren nach meinen Beobachtungen sehr engagiert und hatten viele Themen auf dem Programm, politisch umgesetzt wurde davon meines Erachtens zu wenig. Aus wirklichem Interesse heraus hatte ich an einer parteiübergreifenden Fördermaßnahme Frau von der Leyens unter dem Motto »Frauen in die Politik« teilgenommen. Eine Aufgabenstellung war es dabei, sich mit Politikern in der eigenen Gemeinde darüber zu unterhalten, wie ein Einstieg in die Kommunalpolitik vonstatten gehen könnte, und darüber zu berichten. Ich besuchte als Gast Rats- und Parteiveranstaltungen, um nach einiger Zeit an dem Punkt anzukommen, an dem mein Mann vor vielen Jahren schon angekommen war, nämlich sich aus dem Bereich schleunigst wieder zurückzuziehen. Natürlich war mir klar, dass irgendwer diese Arbeit machen musste. Ich hatte nur ganz eindeutig nicht (oder nicht mehr) das dafür erforderliche Naturell und traf deshalb die Entscheidung, lieber an vorderster Praxisfront mit Senioren weiterzuarbeiten. Hier brauchte ich nämlich meine Überzeugungen keiner Parteiräson zu opfern, war nicht ständig gezwungen zu taktieren, musste nicht mit spitzen Ellenbogen gegen Konkurrenten kämpfen, sondern konnte meine Energie in klar umrissene Aufgaben investieren, die sich jedenfalls nicht so schnell wie die wechselnden Meinungen in der Politik ändern würden.

Die wichtigste Erkenntnis war für mich 1999 gewesen, dass mir mein über viele Jahre geführtes unchristliches Leben seelisch geschadet und mich körperlich krank gemacht hatte. Bis zum Ende meiner Tätigkeit im Jahre 2002 als Bankerin und auch noch bis Frühjahr 2003 fiel ich immer mal wieder in alte Verhaltensmuster zurück und ging mit Menschen nicht so um, wie ich es inzwischen für richtig hielt. In meiner dreijährigen Ausbildung zur Altenpflegerin waren mir dann weitere Herausforderungen begegnet, die mich verändert und teilweise noch vorhandene alte, fragwürdige Vorstellungen ans Licht gebracht hatten. Nachträglich kam mir diese Zeit so vor, als wäre ich zwar nicht zu Fuß nach Santiago de Compostela gelaufen, hätte aber doch so etwas wie meinen ganz persönlichen Jakobsweg beschritten. Und nun wollte ich mich – ganz ohne Not – politisch betätigen? Welcher Teufel hatte mich denn da geritten?

Für den Oktober 2006 hatten mein Mann und ich verabredet, zusammen mit seiner Tochter und ihrem Freund Urlaub zu machen. Wir griffen dabei ein viertes Mal auf die wirklich schöne Finca unserer Freunde auf La Palma zurück. Die beiden jungen Leute kannten die Insel nur von unseren Erzählungen und waren ihrerseits gespannt auf die idyllische Unterkunft und den »Eselstall«, der auch schon meiner Tochter und unseren Freunden so gut gefallen hatte. Ziemlich zu Anfang des Urlaubs bekam ich bereits den Eindruck, dass sich die Herren der Schöpfung nicht ganz so entspannt aufeinander einlassen konnten wie wir beiden Frauen, und ich fragte mich in der einen oder anderen Situation (ohne mir ein Grinsen verkneifen zu können), ob es letztendlich um die »Rudelführung« ging oder ob Väter mit Schwiegersöhnen, oder denen, die es vielleicht werden könnten, noch kritischer umgehen als Mütter mit ihren Schwiegertöchtern. Die beiden würden das natürlich nie zugeben.

Der Freund meiner Stieftochter, ein zweifellos attraktiver und grundsätzlich sympathischer junger Mann, hatte mir gegenüber durch eine Bemerkung signalisiert, dass er besonders freundlich und nachsichtig mit Frauen sein könnte, die sich »nett« verhielten (ich vermutete, dass er pflegeleicht meinte). Ich hatte damals darauf verzichtet zu fragen, was andernfalls passieren würde. Falls sich die Beziehung der beiden frisch Verliebten als dauerhaft erweisen sollte, hätten wir sicher noch öfter Gelegenheit, uns auch über solche »Feinheiten« auszutauschen. Ich könnte ihm dann natürlich auch empfehlen, Frauen gegenüber eine Gelassenheit anzustreben, wie sie mein Mann zumindest meinen »Macken« gegenüber inzwischen an den Tag legte, weshalb ich auch das Bedürfnis hatte, »nett« zu sein. Von seiner Seite eine kluge Strategie, oder?

Im Großen und Ganzen lief in unserem gemeinsamen Urlaub alles rund, nicht zuletzt auch dank der Tatsache, dass sich jeder in seinen Bereich zurückziehen konnte. Wenn wir etwas zusammen unternahmen, gabs meistens auch viel zu lachen, besonders beim Kartenspielen. Am meisten freute ich mich darüber, dass ich mit meiner Stieftochter – wie bei vielen früheren Gelegenheiten – manchmal nur Blicke wechseln musste, um zu wissen, dass wir uns auch ohne Worte verstanden.

Auf unseren Ausflügen entdeckten wir selbst beim vierten Besuch der Insel noch Dinge, die wir noch nicht kannten. Ich war mir sicher, dass gerade diese Kanareninsel aufgrund ihrer wunderbaren Vielfalt immer noch ganz oben auf der Wunschliste meiner Reiseziele bleiben würde. Am Ende freuten wir uns sehr, heil wieder zu Hause angekommen zu sein, da sowohl der Hin- als auch der Rückflug mit großen Problemen behaftet gewesen war. Bevor ich allerdings in der Zukunft auf einer Reise noch einmal den Flughafen Madrid miteinbeziehe, müssten mir Insider schon glaubhaft versichern, dass sich dort organisatorisch einiges zum Besseren verändert hätte.

Eine ausgiebige Reise macht im November 2006 Papst Benedikt XVI. Er besucht die Türkei, obwohl sich viele Türken dagegen ausgesprochen haben.

Vorausgegangen war, dass der Papst in einer Rede an der Universität Regensburg einen alten Text zitiert hatte, wonach dem Propheten

Mohammed nur »Schlechtes und Inhumanes« bescheinigt wurde. Die muslimische Welt war zutiefst erbost und forderte eine Entschuldigung. Selbst katholische Theologen rätselten danach, ob es Zufall, Missverständnis oder bewusste Provokation gewesen war. Man traute ihm offenbar in den eigenen Reihen auch Letzteres zu. Er entschuldigte sich nicht, reiste aber trotzdem in die Türkei. Und zwar nach Ankara, Ephesos und Istanbul, wo er den orthodoxen Patriarchen Bartholomäus I. traf und später auch sogar eine Moschee besuchte. Nach den Berichten über die Gespräche mit dem Patriarchen über eine Wiederannäherung zwischen der katholischen und der orthodoxen Kirche hatte ich den Eindruck, dass der Papst hier nachsichtiger agierte als im Umgang mit Vertretern der evangelisch-lutherischen Kirche in Deutschland.

Kurz vor Jahresende verbrachten mein Mann und ich im Norden Schleswig-Holsteins ein paar gemeinsame Tage mit meiner Tochter. Sie litt unter Misserfolgserlebnissen in beruflicher Hinsicht und der Trennung von einem Freund. Ich hatte Verständnis dafür, dass sie traurig und gereizt war, und geriet wieder mal in meine alte Sorgenfalle, weil ich sie nachts weinen hörte. Bei Gesprächen gerieten wir immer öfter aneinander. Mein Mann, der sich ab einem bestimmten Punkt nur noch genervt fühlte, gab die Empfehlung, dass wir uns eine Weile einfach mal voneinander fernhalten und – wenn nötig – eher nur schriftlich miteinander kommunizieren sollten. Die Briefe, die wir uns im darauffolgenden Jahr schrieben, enthielten allerdings auch einigen Zündstoff.

Den letzten Tag des Jahres wollten mein Mann und ich einfach nur ganz friedlich zu zweit verbringen. Bevor wir uns spätabends ein frohes neues und hoffentlich wenig problembehaftetes Jahr 2007 wünschen konnten, sah ich in den Nachrichten etwas, was mich in den letzten Stunden des Jahres 2006 noch erschütterte:

Saddam Hussein wird am 31. Dezember 2006 in Bagdad gehenkt.

Unabhängig davon, ob er es verdient hatte oder nicht, die Umstände seiner Hinrichtung schienen einfach nur furchtbar gewesen zu sein. Dass ein Anwesender seinen Todeskampf am Strang per Handy gefilmt hatte, war nicht mehr rückgängig zu machen, kaufen und zeigen sollen hätten die Sender derartige Aufnahmen aber nicht.

Der Bevölkerung des Irak wünschte ich auf jeden Fall von ganzem Herzen für das kommende Jahr Frieden oder zumindest einen Vorgeschmack darauf und den amerikanischen Soldaten intelligente Regierungsbeschlüsse.

3. Kapitel 2007

Alles ist, wie es immer war ... oder doch nicht?

Im letzten Kapitel meines Buches möchte ich keine Kommentare mehr zu allgemeinen Geschehnissen machen, weil Dinge aus Politik und Gesellschaft, die mir aus dem Jahresverlauf 2007 wieder einfielen, sicher auch anderen noch gut in Erinnerung sein dürften.

Am Neujahrstag 2007 ging mir durch den Kopf, dass ich mich dem selbst gesteckten Ziel, mit 60 Jahren aus dem Berufsleben auszuscheiden, mit großen Schritten näherte. In gut einem Jahr würde es so weit sein.

Im Januar war es auch, als nach einem heftigen Wortwechsel mit meiner Tochter, unser Telefongespräch hatte zunächst ganz ruhig begonnen, einer von uns beiden (ich weiß nicht mehr, wer) vor Ärger oder Frust den Hörer auflegte. Ich schrieb ihr daraufhin einen langen Brief. Offensichtlich lagen ihre Nerven immer noch blank, und ich wollte ihr nur klarmachen, dass ich sie liebte und an sie dachte.

Wenn zwei Menschen an einen Punkt gekommen sind, an dem sie alles, was der andere äußert, auf die Goldwaage legen, wird es wirklich schwierig, überhaupt noch miteinander zu kommunizieren. Unser folgender Briefwechsel war dann so persönlich und unter die Haut gehend, dass er nur zwei Personen, nämlich sie und mich, etwas anging und ich ihn deshalb nicht kommentieren möchte.

Wenn mir in der Zeit das Herz unerträglich schwer wurde – und das war nicht selten der Fall –, nahm ich das Schreibheft zur Hand, das mir meine Tochter vor langer Zeit geschenkt hatte und in das sie mir, seit sie ungefähr 15 Jahre alt geworden war, immer mal wieder eigene Gedichte sowie Texte, die sie anrührten, eingetragen hatte. Mein Blick blieb an einigen Zeilen hängen, die mir – so empfand ich das in dem Moment - etwas Wichtiges mitteilen wollten: Ich würde Gottvertrauen brauchen und sie und ich viel Zeit ...

... alles ist, wie es immer war,
die Reise scheint wie ein ferner Traum
- niemals erlebt.
mit leisen Schritten ziehen die Dinge fort
- ungezählt,
an einen besseren Ort,
wo einer flüstert und heimlich schleicht,
bis die Zeit ihr Ziel erreicht ...

In meinem Leben waren schon einige Dinge fortgezogen, dafür aber auch andere, oft sogar sehr gute, wiedergekommen. Bei ihr würde das auch nicht anders sein, nur müssten wir beide offensichtlich noch viel Geduld miteinander haben und es wirklich der Zeit überlassen, ihr Ziel zu erreichen.

Meine Tochter hatte mir in ihren Briefen viele Fragen gestellt, wie: Wieso warst du so, wie du früher warst? Wer bist du heute? Wie stehst du zu mir? Wie gehst du eigentlich mit deinen Gefühlen (auch Schuldgefühlen) um? Nachdem ich oft genug erlebt hatte, dass Inhalte meiner früher getroffenen Aussagen sich schnell verflüchtigt hatten, kam ich erstmals im Frühjahr 2007 auf die Idee, mit dem Manuskript für dieses Buch zu beginnen. Mir war klar, dass die Vollendung neben einem Beruf, in dem man sehr oft müde und abgespannt ist, eine Weile in Anspruch nehmen würde.

Nina und ich sahen uns im Frühjahr 2007 nur zwei Mal. Einmal bei meiner Stieftochter, die uns gemeinsam zur Einweihung ihrer neuen Wohnung eingeladen hatte, und ein weiteres Mal an meinem Geburtstag. Wir trafen uns in einem Ort auf halbem Weg zwischen Hamburg und meinem Wohnort zu einem Mittagessen und um Geschenke auszutauschen, da meine Tochter (einen Tag nach meinem) ihren Geburtstag nur in kleinem Kreis mit ihren Freundinnen feiern wollte. Ich hatte gerade eine Operation hinter mir, litt noch unter Schmerzen und war sicher auch deshalb nicht unbedingt ein vor Freude strahlender Gesprächspartner. Als ich am nächsten Tag meiner Tochter telefonisch zum Geburtstag gratulierte, sagte sie mir, sie habe es als Unverschämtheit empfunden, dass ich bei unserem Zusammensein sehr klagevoll gewesen wäre. Mit meiner überflüssigen Retourkutsche, ich hätte mich in fast 60 Jahren noch nicht so viel über etwas beklagt wie sie in 30, läutete ich zwischen uns eine Zeit der Funkstille ein.

Ich nahm an, dass sie enttäuscht gewesen war, weil ich mir nicht intensiv genug ihre Anliegen angehört hatte, und ich war es, weil mir anscheinend selbst an meinem Geburtstag kein Recht auf ein bisschen Egoismus zustand. Und hieß das nicht auch, dass ich an Tagen, an denen es mir schwerfiel, mich nur liebevoll zu verhalten, morgens besser gleich im Bett bleiben sollte?

Mein Mann verstand es, mich aufzubauen, wenn ich traurig war. Er stärkte mir den Rücken, wenn ich mich in meiner freien Zeit zurückziehen und schreiben wollte, verwöhnte und bekochte mich, war Kritiker und mein Laienlektor. Er hatte es langsam verdient, selber wieder ausspannen zu können. Ich nahm zehn Tage Urlaub, von dem wir acht Tage auf einem kleinen Kreuzfahrtschiff verbrachten. Von Kiel aus ging es nach Stockholm. Wir waren begeistert vom Charme dieser Stadt, aber auch vom Anblick der Schärenlandschaft mit ihren bunten Holzhäusern, an denen wir im vollen Sonnenlicht nach dem Auslaufen des Schiffes zur Weiterreise nach Tallinn vorbeiglitten.

Bei dem Besuch der Hauptstadt Estlands, dem Land, das sich aus der zerfallenden Sowjetunion befreien konnte und seit dem 20. August 1991 wieder unabhängig war, erhielten wir von den Fremdenführern im Verhältnis zu dem recht kurzen Landgang eine so große Fülle von Informationen, dass es uns erst später auf dem Schiff beim Nachlesen in Reiseunterlagen möglich war, sie zu verarbeiten. Der gute Eindruck, den der mittelalterliche Stadtkern Tallinns machte, konnte nicht darüber hinwegtäuschen, dass der Umbruch, den die Esten radikal auf einem schnellen Weg zu überdurchschnittlichem Wirtschaftswachstum herbeigeführt hatten, auch Teile der Bevölkerung benachteiligte. In erster Linie wohl die Alten, die nach Auskünften der Fremdenführer kaum ihre Mieten aufbringen konnten.

Auf der Seereise nach St. Petersburg vertiefte ich mich in die russische Geschichte und las noch einmal etwas über die unselige Zeit nach, als die Deutschen im Zweiten Weltkrieg die Stadt, damals noch Leningrad, lange Zeit belagert hatten, sodass eine große Zahl von Menschen verhungern musste. Kaum zu glauben, dass wir heute als Deutsche, ohne behelligt zu werden, durch die aufblühende Stadt flanieren und auf dem Newski Prospekt entspannt ein russisches Bier trinken konnten. Merkwürdig mutete dann doch an, dass für unsere Reisegesellschaft, die zu einer Besichtigung des Zarenpalastes Zarskoje Selo aus dem Bus stieg, von einer uniformierten russischen Blaskapelle ein bayrischer Marsch gespielt wurde. Da blieb es nicht aus, dass einem Erinnerungen an die Zeit des Kalten Krieges kamen und man den Wunsch verspürte, so etwas möge sich nicht wiederholen. Ob bei Stadtausflügen oder einer ausgiebigen Schiffstour auf der Newa – unsere Eindrücke von St. Petersburg waren überwältigend und nachhaltig.

Nun stand vor der Rückkehr nach Deutschland noch ein Besuch Danzigs auf dem Programm. Als wir uns in dieser wunderschönen, nach Bränden und Kriegseinwirkungen in Anlehnung an historische Vorgaben immer wieder aufgebauten Stadt umgesehen hatten, verspürten ich und andere unserer Reisegruppe den großen Wunsch, eines Tages mit viel Zeit im Gepäck wieder herkommen zu können.

Wenn ich heute an unser Bordleben auf dem Kreuzfahrtschiff zurückdenke, weiß ich genau, dass ich eine ähnliche Reise nur noch auf einem Schiff buchen würde, auf dem ich mich vollkommen ungezwungen bewegen und auch zu den Zeiten essen könnte, wenn es mir passte. Wir lernten liebe Menschen kennen, mit denen wir bei den Mahlzeiten an einem Tisch saßen und die wir heute noch gerne wiedersehen, die aber anscheinend an festen Gewohnheiten mehr Gefallen fanden als mein Mann und ich. Wahrscheinlich war es eine Folge unserer zahlreichen Individualreisen, dass ich das mehrmals täglich im dichten Menschengedränge zu absolvierende, prozessionsartige Defilieren zwischen Veranstaltungsräumen und Restaurants nicht mochte.

Als wir wieder zu Hause waren, las ich in einer E-Mail meiner Tochter, dass sie bis auf Weiteres keinen Kontakt mehr zu mir wünschte. Nach kurzem Nachdenken verspürte ich ein befreiendes Gefühl, das ich auch heute noch kaum beschreiben kann. Da war sie, die Abnabelung, die meine Tochter schon so lange dringend gebraucht und die ich mit vielen unnötigen Aktionen eher verhindert hatte. Mit der ständigen Schilderung meiner Ängste und der Erteilung von Ratschlägen (mit denen ich verhindern wollte, dass sie Frusterlebnisse haben könnte) hatte ich ja wohl nur eines bewiesen: mangelndes Vertrauen. Von dem Moment an, als mir diese Erkenntnisse wie Schuppen von den Augen gefallen waren, schlief ich nachts wieder tief und ohne Albträume durch. Nichts würde mich davon abhalten können, meine Tochter zu lieben, wie sie in ihrer eigenen Individualität war – sie, ein echtes Unikat. Ich wollte nur noch, dass sie selbstbewusst ihre eigenen Wege gehen konnte. Unsere würden sich dann irgendwie schon wieder kreuzen.

Im Sommer hatte mein Mann eine Handoperation zu überstehen und seinen Sohn, mit dem er zwar immer noch spärlichen, aber doch wieder etwas intensiveren Kontakt pflegte, gefragt, ob er Lust hätte, sich zwei oder drei Wochen bei uns um Haus und Garten zu kümmern, weil ich das wahrscheinlich nicht alleine schaffen würde. Er kam gerne, meinte aber in der zweiten Woche, dass er wegen seines Aufenthalts bei uns nun nicht an einem Klassentreffen in seinem Heimatort teilnehmen könne, was eigentlich schade wäre. Ich schlug ihm vor, über das betreffende Wochenende zurückzufahren und am Montag wieder bei uns zu sein, und so machte er es dann auch. Er hatte nach seiner Scheidung erst eine Weile alleine gewohnt und dann mit einem alten Freund zusammen eine Wohnung gemietet. Inzwischen war er 40 Jahre alt und machte, nachdem er mit der ein oder anderen Frau auch schon mal einen Neustart zumindest in Erwägung gezogen hatte, den Eindruck eines relativ zufriedenen Singles.

Das sollte sich an dem besagten Wochenende ändern. Nach seiner Rückkehr dachte ich zunächst, ihn hätte jemand hypnotisiert. Er hatte nämlich so merkwürdige »Sternchen« in den Augen. Mein Mann und ich fragten ihn, warum er denn einen so seltsam abwesenden Eindruck machte, und er bekannte: »Ich bin ja so verliebt!« Bei dem Klassentreffen war ihm eine frühere, ebenfalls geschiedene Mitschülerin wiederbegegnet, bei der es offenbar genauso gefunkt hatte wie bei ihm. Nun gab es aber einen Wermutstropfen bei der Sache: Sie wohnte schon seit vielen

Jahren in Bayern, würde das auch nicht ändern wollen, und er lebte an der von ihm geliebten Nordseeküste. Beide hatten das Bedürfnis, in Ruhe über diesen »positiven Schicksalsschlag« nachzudenken. Mein Mann und ich boten ihnen an, dies bei uns auf neutralem, niedersächsischem Boden zu tun. Dabei kam heraus, dass sie ihre Zukunft gemeinsam anpacken wollten. Mein Stiefsohn würde, was er früher weit von sich gewiesen hätte, seine Sachen packen und Anfang Oktober nach Bayern ziehen. Wenn das kein Liebesbeweis war, was dann? Nicht mehr »Moin« zu sagen, sondern »Grüß Gott«, würde er sicher auch hinbekommen.

Am 5. Oktober 2007 verstirbt der Schriftsteller Walter Kempowski im Alter von 78 Jahren im nicht weit von uns entfernt liegenden Rotenburg.

Die Nachricht über seinen Tod machte mich sehr betroffen. Deutschland hatte nicht nur einen großen Schriftsteller, sondern auch einen außergewöhnlichen Menschen verloren. Ich las, dass er kurz vor seinem Ableben gesagt haben soll: »Das Einzige, was mich am Tod wirklich traurig macht, ist, dass man als Toter keine Musik mehr hören kann.« Er musste nun über gar nichts mehr traurig sein. Uns aber, den noch Lebenden, die wir mit den inzwischen immer unangenehmer werdenden Folgen von Fehlern und Versäumnissen in Politik und Gesellschaft hadern, bleibt ein Trost: Walter Kempowski hat uns unendlich viel Schönes hinterlassen. Dies zu würdigen und ab und zu in den Spiegel zu schauen, den er unserer Nachkriegsgesellschaft in seiner Geradlinigkeit oft zu Recht vorgehalten hatte, sollten wir nicht vergessen.

Die Überschrift des letzten Kapitels meines Buches lautet: Alles ist, wie es immer war ... oder doch nicht? Nein, vieles hatte sich geändert. Für manchen in unserer Familie sogar ganz gravierend. Einige Gründe habe ich schon genannt. Meinem Mann und mir war während des Jahres 2007 ganz deutlich klar geworden, dass jedes unserer Kinder sein eigenes Lebensziel verfolgen, sich aber keiner von den dreien eines Tages mit unserem Haus und Grund in dem kleinen Dorf befassen würde, in dem wir nun schon zehn Jahre lebten. Die Frage stellte sich, wie unsere eigenen Zukunftspläne aussahen. Wenn wir selber noch ganz bewusst Veränderungen in dem nun auf uns zukommenden Lebensabschnitt vornehmen wollten, um einem mit möglichst wenigen Problemen behafteten Seniorendasein entgegensehen zu können, so mussten wir jetzt ein paar Weichen umstellen.

Wir fassten ohne große Diskussionen den gemeinsamen Entschluss, spätestens im Laufe des Jahres 2008, wenn ich Rentnerin sein würde, aus unserem Haus, das eine Wohnfläche von über 200 qm und einen großen, recht pflegebedürftigen Garten hatte, aus- und in eine halb so große Eigentumswohnung im Norden Schleswig-Holstein mit Blick auf die Ostsee einzuziehen. Falls wir gesund bleiben sollten, würden wir noch gerne die eine oder andere Reise machen und könnten dann einfach die Wohnungstür hinter uns zumachen und den Schlüssel umdrehen.

Von Freunden, Bekannten (oder auch einfach nur Neugierigen) wurden wir, nachdem unsere Absichten bekannt geworden waren, oft gefragt, ob wir uns über die Folgen eines Neustarts an einem anderen Ort – und das in unserem Alter – wirklich klar wären. Natürlich lassen wir nur ungern uns lieb gewonnene Freunde, Nachbarn und Bekannte in unserem alten Umfeld zurück. Eines war meinem Mann und mir aber schon lange bekannt: Es gibt viele Hindernisse, die Menschen selber schaffen, um Freundschaften oder ein gutes Miteinander zu verhindern. Dabei denke ich an Gleichgültigkeit, Vorurteile, vorgeschobenen Zeitmangel, fehlendes wirkliches Interesse an Dingen außerhalb des eigenen Bauchnabeldenkens und, und, und. Einige Kilometer zwischen dem einen und dem anderen Wohnort sind für mich dagegen kein wirkliches Hindernis.

Nachbetrachtungen Frühjahr 2008

Die letzten Monate vergingen unglaublich schnell – inzwischen bin ich nicht mehr als Altenpflegerin tätig, dafür aber zu der Erkenntnis gekommen, dass ich auf jeden Fall weiter literarisch tätig sein möchte. Die wachsende Anhäufung von Spickzetteln, auf denen ich Ideen für einen Roman sammle, der in großen Teilen in meinem Kopf schon vorhanden ist und nun herausmöchte, macht mich schon ganz kribbelig. Für den Sommer steht unser Umzug bevor. Danach werde ich mich aber ganz sicher auf die neue Aufgabe stürzen, bei der mich mein Mann – wie bisher – unterstützen will.

Heute, kurz vor dem Endspurt zu diesem Manuskript, passierte mir etwas ganz Merkwürdiges. Mir fiel in einer Broschüre zu einer Kunstausstellung, die sich vornehmlich dem Thema Alter verschrieben hatte, ein Gedicht auf. Unter dem Titel »Hälfte des Lebens« schreibt Hölderlin in der zweiten Strophe:

> *Weh mir, wo nehm ich, wenn*
> *es Winter ist, die Blumen, und wo*
> *den Sonnenschein,*
> *und Schatten der Erde?*
> *Die Mauern stehn*
> *sprachlos und kalt, im Winde*
> *klirren die Fahnen.*

Ich war zutiefst erstaunt. Ich hatte mich mit Hölderlin bisher nur wenig befasst und kannte auch dieses Gedicht nicht. Mit meinen fast 60 Jahren trifft zum einen »Hälfte des Lebens« auf mich nicht mehr zu, und zum anderen bin ich kein Mensch, der beim Nachdenken über seinen letzten Lebensabschnitt an kalte Mauern oder klirrende Fahnen denkt. Der Titel meines Buches war mir deshalb in den Sinn gekommen, weil ich bei meiner Arbeit mit dementen Menschen manchmal den Eindruck hatte, dass sie etwas sahen, was ich nicht sehen konnte. Vielleicht hatten sie, unbeeinträchtigt von Jahreszeiten, die Schönheit bestimmter Blüten vor Augen oder sogar die Weite ganzer Blumenwiesen.

Auch am Abend, im Dezember meines Lebens werde ich alles daransetzen, mir Blumen unterschiedlichster Art im Kopf zu erschaffen. Ich hoffe aber, mich zunächst (neben dem schon erwähnten Vorhaben) in meinem jetzigen Rentnerdasein auch an unserem neuen Wohnort im städtischen beziehungsweise kirchlichen Bereich an Projekten beteiligen zu dürfen, die dem Wohl hilfloser alter und kranker Menschen dienen. Auf jeden Fall würde es mir Freude machen, dabei noch eine Weile auf Erfahrungen aus meiner letzten beruflichen Tätigkeit zurückgreifen zu können.

Mein Dank gilt an dieser Stelle Frau Professor
Dr. Gudrun Spitta, die mich mehrfach anspornte,
mit meinen Aufzeichnungen fortzufahren, wenn
mich manchmal der Mut verlassen hatte. Ich danke
meinem Mann, der mich während meiner sich
gut 1 Jahr hinziehenden Schreibarbeiten unermüdlich
und auf verschiedenste Art und Weise unterstützte.
Ich danke aber auch meiner Tochter Nina, die mir nach und nach
für vieles die Augen öffnete, was ich vorher nicht hatte
sehen wollen.

Brigitte Cleve